北京外国语大学王佐良外国文学高等研究院出品
北京外国语大学"双一流"重大标志性项目成果

新编外国文学简史丛书

新编
美国文学
简史

A New Concise History of
American Literature

金莉　主编

金莉　沈非　著

外语教学与研究出版社
FOREIGN LANGUAGE TEACHING AND RESEARCH PRESS
北京 BEIJING

图书在版编目 (CIP) 数据

新编美国文学简史 ＝ A New Concise History of American Literature ／ 金莉，沈非著. －－ 北京：外语教学与研究出版社，2022.6
（新编外国文学简史丛书 ／ 金莉主编）
ISBN 978-7-5213-3721-1

Ⅰ. ①新… Ⅱ. ①金… ②沈… Ⅲ. ①文学史－美国 Ⅳ. ①I712.09

中国版本图书馆 CIP 数据核字 (2022) 第 104861 号

出 版 人	王　芳
项目负责	姚　虹　李　鑫
责任编辑	李　鑫
责任校对	周渝毅
封面设计	奇文云海
出版发行	外语教学与研究出版社
社　　址	北京市西三环北路 19 号（100089）
网　　址	http://www.fltrp.com
印　　刷	紫恒印装有限公司
开　　本	650×980　1/16
印　　张	34
版　　次	2022 年 7 月第 1 版 2022 年 7 月第 1 次印刷
书　　号	ISBN 978-7-5213-3721-1
定　　价	99.00 元

购书咨询：(010) 88819926　电子邮箱：club@fltrp.com
外研书店：https://waiyants.tmall.com
凡印刷、装订质量问题，请联系我社印制部
联系电话：(010) 61207896　电子邮箱：zhijian@fltrp.com
凡侵权、盗版书籍线索，请联系我社法律事务部
举报电话：(010) 88817519　电子邮箱：banquan@fltrp.com
物料号：337210001

记载人类文明
沟通世界文化
www.fltrp.com

总　序

　　21世纪已经走过了第一个20年，在这20年中世界政治风云变幻、经济全球化趋势增强、人类进步与安全的威胁仍然存在。2020年席卷全球的新冠肺炎疫情，为国际政治、世界经济和全球治理带来了深刻影响。习近平总书记在2019年亚洲文明对话大会的开幕式上指出："应对共同挑战、迈向美好未来，既需要经济科技力量，也需要文化文明力量。"北京外国语大学王佐良外国文学高等研究院组织、策划的"新编外国文学简史丛书"便是以"促进世界文明平等对话、交流互鉴、相互启迪"为宗旨而编写的。进行文明对话首先要加强世界各民族之间的了解，而文学正是加强相互了解、促进人文交流的重要途径。"他山之石，可以攻玉"，学习外国文学有利于我们吸收全人类的优秀文化遗产，丰富本国文学。

　　作为文明的重要组成部分，文学是民族艺术与智慧的结晶，也是社会文化的重要表现形式。了解和阅读文学经典作品，对人文素质的培养、人格的塑造、审美能力的提高与情操的陶冶都是大有裨益的。本丛书的编写，是为了使读者对这套丛书所涉及的国别文学的发展历史、贯穿其中的人文精神传统及文化底蕴有鸟瞰式的了解。阅读和学习外国文学，并非要对其全盘接受，而是要对作家与作品给予褒贬恰当的评价，给予它们应有的历史地位。

"新编外国文学简史丛书"是一套国别文学史，它以史为经，按编年顺序分为不同章节；以代表作家与代表作品为纬，对一个国家的文学进行评介，在此基础上描述该时期的文学现象、文学流派、美学特征以及其内在联系，并在广阔的文化背景下阐述其产生的历史和社会根源。作为"简史"，编者无法做到面面俱到，作家与作品的取舍与价值判断便显得尤为关键，尽管其中带有编者的主观性。我们在勾勒有关国家的文学发展概貌时，强调了将文学的"内部研究"和"外部研究"相结合的原则，既对重要作家及其作品进行分门别类的分析、考察他们独特的审美价值，又努力勾画整个文学的发展历程及其与时代、社会、历史的关系，力求以深入浅出、夹叙夹议的方式，为读者搭建一座走进文学殿堂的桥梁。

本丛书共分十卷，卷次按照国家名称的音序排列如下：《新编爱尔兰文学简史》（作者：陈丽）、《新编澳大利亚文学简史》（作者：彭青龙）、《新编德语文学简史》（作者：丁君君、任卫东）、《新编俄国文学简史》（作者：刘文飞）、《新编法国文学简史》（作者：车琳）、《新编美国文学简史》（作者：金莉、沈非）、《新编日本文学简史》（作者：张龙妹、曲莉、岳远坤）、《新编西班牙文学简史》（作者：杨玲、陈众议）、《新编意大利文学简史》（作者：文铮）、《新编英国文学简史》（作者：邵雪萍）。文学史的撰写是一种创造性的批评阐释，本丛书的作者都是在本领域具有较为深厚的学养及较高学术声望的学者；本丛书的编写也体现了北京外国语大学的多语种优势，其中绝大多数作者都是我校从事外国文学教学与研究的学者。

　　本丛书是供外国文学爱好者及高校本科生与研究生了解外国文学的引导性读物，也可作为有志于深入学习和研究的读者的选择性读物，还可用作高校外国文学专业的教学辅助资料。该丛书因而强调了可读性、趣味性和实用性，力求以简明扼要、通顺流畅的文字，将读者带入绚丽多彩的外国文学世界，使之得以窥见其精华、领略其魅力，从而开阔视野、增长见识、拓展思维、提高人文素养，为培养具有国际视野的高层次人才贡献我们的力量。

　　本丛书是北京外国语大学王佐良外国文学高等研究院策划的一个集体项目，得到了团队成员的通力合作。该丛书亦被列入北京外国语大学"双一流"建设重大标志性项目，得到了学校的鼎力支持。此外，外语教学与研究出版社在丛书的出版过程中也给予了高度关注，为我们提供了宝贵的编辑意见，在此谨向他们表示衷心的感谢。

金　莉

2021年6月30日

于京西厂洼

目　录

第三章
内战结束至20世纪初的美国文学（1865—1914）/ 105

第四章
美国现代文学的兴盛（1914—1970）/ 183

第一章

美国文学的诞生（1650—1810）

美国文学自肇始至今仅有300多年的历史，与源远流长的欧洲文学相比，大西洋彼岸的美国文学的确是年轻的一代。然而，如果说文学既是社会文化发展的产物，又能深刻地反映社会现实，那么随着美国社会的迅速发展，美国文学早已走出了孩提时代，显现出独立的气质和成熟的风格。它在独立战争的硝烟中诞生，在拓展民族题材的探索中成长，在社会演变发展的洪流中繁荣。上下300余年，一大批享有世界声誉的作家脱颖而出，一大批对世界文学发展产生巨大影响的作品相继问世。今日的美国文学已经成为世界文学之林中一棵枝叶茂盛、硕果累累的参天大树了。

美国文学史的发端远远早于美国作为一个国家在地平线上的出现。美国早期的文学不是土生土长的产物，而是从欧洲，特别是从英国文化中移植过来的。因此，在殖民统治时期，美国的文学还无法摆脱欧洲文学的羁绊，不但发展缓慢，而且未能产生具有美国民族特色的优秀作品。就体裁而言，小说和戏剧几乎是一片空白，只有为数不多的散文、诗歌和宗教著作点缀着美国文学的荒原。

美国文学并非植根于本土印第安人的文化土壤之中。在欧洲殖民者进入美洲大陆之前，印第安人就拥有悠久的文化传统，该文化传统展现了他们丰富的想象力、朴实的情感以及对美好生活的向往。他们也曾真诚地欢迎过远道而来的白人兄弟，帮助他们适应"新世界"艰苦恶劣的自然环境。而具有讽刺意味的是，这些文明人非但不能与"野蛮人"（何况是那些在危难之时向他们伸出了援助之手的"野蛮人"）和睦共处，反倒表现得比"野蛮人"更加野蛮。他们在新开垦的处女地上安营扎寨，获得丰收之后，先设宴感谢上帝的恩典使他们渡过了难关（感恩节便由此而来），然后便转过头来开始了由于殖民地规模不断扩大而引发的对印第安人的驱赶、屠杀和奴役。欧洲征服者带给美洲印第安人的不仅是对他们土地的掠夺和民族的灭绝，还有对他们原始文化的摧残。虽然印第安人没有自己的书面语言，但他们的口头文学传统极其发达，拥有包括口头叙事、诗歌、歌曲和演讲在内的语言传统[1]。随着印第安民族的衰败，其文化也近乎绝迹。印第安文学在19世纪才真正得以发展，而长期以来印第安人只是作为白人征服美洲新大陆的例证被载入了美国文学史。

早期到新大陆落户的移民来自欧洲不同的民族，虽然他们都为北美殖民地文化做出了贡献，但生活在殖民地的欧洲移民并不把自己看作美国人。至18世纪，美洲大陆已成为一个独特的殖民地联合体，其文化模式则以英国移民的文化为主。在成为"美国人"之前，他们一直保留着英国的文化传统，受英国法律的制约，以英国商业为后盾，并以英国的王室名和地名命名自己落户的新领土，如佐治亚、卡罗来纳、弗吉尼亚、纽约、新罕布什尔、新英格兰等。然而，率先加入美利坚合众国的也正是这些英国移民。

---

1. Elliott, Emory. *The Cambridge Introduction to Early American Literature.* Cambridge and New York: Cambridge UP, 2002, p.3.

从严格意义上来讲，最早出现在如今被称为美国这片土地上的文学既不是美国的，也不能算是文学。说它不算是美国的，是因为它远在"美国人"出现之前便已存在；说它不算是文学，则是因为它既不是小说，也不是诗歌或散文，而是一种游记、日记和宗教著作的松散结合。这些作品记录了早期定居者在新大陆的荒原上艰苦创业、开辟家园的曲折经历，同时也描绘了美洲大陆丰富的自然资源和居住在那里的奇异而又原始的部落。而正是这些早期的作品吸引着众多追求宗教自由的英国清教徒来到被他们称之为"新英格兰"的土地上。清教因努力"净化英国教会"而得名，英国的清教徒们认为欧洲旧大陆已经腐败透顶，他们为了逃避国内的宗教迫害，也为了追求自由美好的新生活而来到美洲新大陆。他们把"新世界"看作是刚刚诞生的天地，是上帝在《圣经》中所许诺的"应许之地"。他们作为上帝的选民，得以重新建立一个理想社会。这些挣脱了欧洲传统社会桎梏的新人，肩负着创造一个新世界的神圣使命进入了荒原。其实，在殖民者到达殖民地之前，他们已经产出了一种预言式的文学。1630年春天，在驶往殖民地的"阿尔贝拉"（Arbella）号船上，约翰·温思罗普（John Winthrop）向同行的殖民者宣读了他的布道文《基督教仁爱的典范》（"A Model of Christian Charity"），提出了要将北美殖民地建成"山巅之城"（City upon a Hill）的理想和使命。早期殖民地作品中浓厚的宗教色彩反映了殖民者对宗教自由的向往，同时又向我们揭示了宗教在殖民者生活中起到的巨大作用。

早期殖民地的女诗人安妮·布雷兹特里特（Anne Bradstreet，1612—1672）是新英格兰荒原上第一位有影响力的诗人。她的诗集《美洲新近出现的第十位缪斯》（*The Tenth Muse Lately Sprung up in America*）于1650年在伦敦出版后流传甚广。这是出自新大陆殖民者之手的第一部诗集。

布雷兹特里特从女性的视角描绘了欧洲移民在新大陆艰苦环境里所面临的严峻挑战，也揭示了生活在那个时代的女性的内心世界与心灵感受。她的诗歌宗教色彩浓郁，但也不乏生动感人之处。

北美的第一种本土文学形式当属印第安囚掳叙事（Indian Captivity Narrative），讲述了被印第安人俘虏的白人殖民者如何在经历了成为俘虏、遭受磨难之后，最终得到救赎、回归家园的故事。玛丽·罗兰森（Mary Rowlandson，1637—1711）为新英格兰囚掳叙事的开创者，她撰写的《关于玛丽·罗兰森夫人被俘以及被释的叙事》（*The Narrative of the Captivity and Restoration of Mrs. Mary Rowlandson*，1682）源自她本人的亲身经历。她在菲利普王战争（King Philip's War）[1]中被印第安人俘虏，作为俘虏与印第安人一起生活了近三个月的时间，最后被赎回家园。正是这段经历加深了她的宗教意识和她作为上帝选民的信念。罗兰森的叙事一经出版便深受读者欢迎，成为17世纪新英格兰地区最为畅销的读物，在大西洋两岸广为流传[2]。虽然罗兰森不是第一位被印第安人俘虏的白人定居者，但她的叙事开创了印第安囚掳叙事这一文学体裁，被掳—磨难—回归的叙事结构也由此成为这一文学体裁的规范模式。

爱德华·泰勒（Edward Taylor，1642?—1729）是殖民地时期的诗

---

1. 菲利普王战争是17世纪后期印第安人与英国殖民者之间爆发的一场大规模战争。梅塔科迈特（Metacomet）是印第安万帕诺亚格（Wampanoag）部落的首领，英国人称其为"菲利普王"。因不满殖民地的不断扩张，他于1675年率领部下发起了对新英格兰殖民地的攻击，这场杀戮持续了近一年，新英格兰地区有几十个城镇遭受袭击，还有一些被完全摧毁。白人随即对印第安人进行了血腥镇压。至战争结束，有数千名白人殖民者丧生，也有不少人被掳，但印第安人的死亡人数则两倍于此。菲利普王被活捉残杀后，头颅被悬挂起来示众，他的妻子和儿子都被当作奴隶卖到西印度群岛。

2. Burnham, Michelle. *Captivity and Sentiment: Cultural Exchange in American Literature, 1682—1861.* Hanover and London: UP of New England, 1997, p.14.

人，生前写了大量诗歌和布道词，但他的诗稿直到20世纪30年代后期才被发现，这一发现被认为是早期美国文学批评的最大成就[1]，泰勒也随后被认为是18世纪最优秀的诗人。从哈佛大学毕业后，他在马萨诸塞州的西部乡村里任牧师和医生，直至去世。他于1682年完成诗作《上帝的决心》（*God's Determinations Touching His Elect*），另一部诗集《受领圣餐前的自省录》（*Preparatory Meditations*）收录了他在1682至1725年间创作的诗歌。泰勒是位虔诚而又保守的清教徒，对宗教有着坚定的信念。他推崇英国玄学派诗歌，具有丰富的想象力，善于使用隐喻，他的许多诗作宗教色彩浓厚，其中多首与他的布道词有着直接的关系，学界一般认为泰勒将诗歌作为他在准备布道前的一种冥想形式，或利用这种构思过程使自己进入接受和给予圣餐时的恰当心理和精神状态。其他的诗作则是对自然界或日常生活中的事物有感而发，诗中的隐喻、意象和类比多来自乡村百姓的日常生活[2]。

当时的创作目的在于唤醒人们的原罪意识，从而感受服从上帝绝对意志所带来的幸福与满足。这类作品的最典型代表是乔纳森·爱德华兹（Jonathan Edwards，1703—1758）的布道词和小册子。爱德华兹是最后一位同时也是最杰出的清教主义神学家，他的思想代表了美国清教主义传统中理想主义的一面。他笃信上帝，认为上帝无所不在、无所不容，世间万物都是上帝自身的体现，都是精神的体现。他因而竭力追求在精神上与上帝融为一体的理想主义。爱德华兹深信人生来堕落，并用摄人心

---

1. Bosco, Ronald A., and Jillmarie Murphy. "New England Poetry." in *The Oxford Handbook of Early American Literature*. Ed. Kevin J. Hayes. Oxford: Oxford UP, 2008, p.131.

2. Elliott, Emory. *The Cambridge Introduction to Early American Literature*. Cambridge and New York: Cambridge UP, 2002, pp.90-91.

魄的语言毫不留情地鞭挞了教徒的道德堕落和世俗气息。"上帝憎恨你们，把你们抓起来放在地狱之火上烘烤，就像一个人在火堆上烧着一只蜘蛛或那些令人作呕的昆虫一样。"[1]这是他的那篇《愤怒的上帝手中的罪人》（"Sinners in the Hands of an Angry God"，1741）布道词中的名言，以其令人心悸的意象和威慑人心的力量而被流传下来。

如果说乔纳森·爱德华兹的作品是清教中宗教理想主义最典型的代表，那么18世纪的另一些作品，特别是独立革命时期的散文和政论作品，内容上则有着极强的政治色彩。托马斯·潘恩（Thomas Paine，1737—1809）的《常识》（*Common Sense*，1776），特别是由托马斯·杰斐逊（Thomas Jefferson，1743—1826）执笔起草的《独立宣言》（"The Declaration of Independence"，1776），都代表了北美殖民地人民要求摆脱英国殖民统治、争取独立解放的民族意识和强烈愿望，表现出对自由民主的向往。《独立宣言》是美国历史上最杰出的政论文献。它所阐述的原则，如一切人生而平等，人享有不可侵犯的生存、自由、追求幸福的天赋权利等，奠定了美国资产阶级民主制的基础，也使杰斐逊成为美国民主思想的奠基人。而《独立宣言》中那些气势恢宏、美妙卓绝的言辞又使这部作品成为美国散文中经久不衰的精品。

这一时期最重要的美国作家是本杰明·富兰克林（Benjamin Franklin，1706—1790）。毫不夸张地说，富兰克林是最能反映时代精神的人，他身上充分体现了美国建国前后的理想和价值观。富兰克林以自己的人生作为在一个充满机遇的时代一个人能够取得何种成就的榜样。他

---

1. Levine, Robert S., et al., eds. *The Norton Anthology of American Literature*. 9th ed. Vol. A. New York: Norton, 2017, p.397.

是在美洲被发现和欧洲移民开始定居以后才有的一类新人——超越了传统上对人加以区分的等级界限[1]。富兰克林不仅以自己的思想、才智和成就名扬天下，也是美国民族文学中第一位伟大的作家，他的著作在美国文学史上留下了不朽的墨迹。

在北美殖民地时期，烟草种植成为英国在北美殖民地南方的主要农作物，契约佣人和奴隶提供了所急需的廉价劳动力。奴隶制是由葡萄牙人和西班牙人引进新大陆的，他们首先奴役了在西印度群岛和拉丁美洲所俘虏的印第安人。但印第安人熟悉自己的土地，拒绝为征服者干活，还轻易脱逃了。1440年之后，去非洲探险的葡萄牙人开始将非洲人作为奴隶，而当蔗糖、咖啡、玉米和烟草成为美洲大陆的主要贸易商品后，渴望扩大种植园规模的种植园主开始购买在田间劳动的非洲奴隶。随着位于北美殖民地的弗吉尼亚公司的贸易逐渐兴隆，第一批黑人奴隶于1619年到达南方定居点，比普利茅斯清教徒的到来还要早一年[2]。

但即使生活在奴役之中，非洲奴隶中还是产生了一位真正的诗人，而且是一名女诗人。她叫菲利斯·惠特利（Phillis Wheatley, 1753? —1784），从小被贩卖到北美殖民地，在短短的几年时间里她不仅学会了英语，还能够阅读《圣经》和古典文学，并且表现出对诗歌创作的极大兴趣。在一个白人统治的社会环境里，这位天才的女奴诗人横空出世，她的出现不仅开启了非裔美国文学，其文学成就也向世人证明了黑人的智识并不劣于白人。

---

1. Hayes, Kevin J. "Benjamin Franklin." in *The Oxford Handbook of Early American Literature*. Ed. Kevin J. Hayes. Oxford: Oxford UP, 2008, p.443.
2. Elliott, Emory. *The Cambridge Introduction to Early American Literature*. Cambridge and New York: Cambridge UP, 2002, p.13.

在哈丽叶特·比切·斯托夫人（Harriet Beecher Stowe，1811—1896）的小说《汤姆叔叔的小屋》（*Uncle Tom's Cabin*）于1852年面世之前，《夏洛特·坦普尔》（*Charlotte Temple*，1791）一直是美国文学中最畅销的小说，出版后曾再版过200多次。小说出自18世纪后半叶美国著名的小说家、剧作家和教育家苏珊娜·罗森（Susanna Rowson，1762？—1824）之手，描写了一位天真无邪的15岁英国女孩夏洛特·坦普尔受到坏人引诱，上当受骗而命赴黄泉的人生悲剧。《夏洛特·坦普尔》是当时流行的诱奸小说（novel of seduction）的代表作品。罗森在书中教育了她的女性读者应如何避免像夏洛特一样幼稚无助，如何坚强起来。确如小说中的叙事人所说："如果下面这个故事可以从造成夏洛特毁灭的错误中拯救出一个不幸的女子，我会无比欣慰。"[1]罗森的创作对象是女性，目的在于告诉年轻女性缔结负责任的婚姻的重要性，以及要警惕那些诱骗涉世未深的年轻女子的邪恶小人，同时也指出了当时的女性教育的弊端。

查尔斯·布罗克登·布朗（Charles Brockden Brown，1771—1810）常被人们视为第一位重要的美国小说家[2]。他曾希望以手中的笔维持生计，但这一愿望终难实现，这说明美国建国初期大众对于虚构文学的藐视态度。他的作品受哥特式小说和感伤小说的影响，内容恐怖、荒诞，还有不少对人物复杂心理的描写以及对人物行为心理动机和道德问题的探讨。他的主要作品包括《威兰德》（*Wieland*，1798）、《奥蒙德》（*Ormand*，1799）、《埃德加·亨特利》（*Edgar Huntly*，1799）和《阿瑟·默文》（*Arthur Mervyn*，1800），其中最受人称颂的作品当属《阿瑟·默文》，这部两卷本的小说

---

1.   Rowson, Susanna. *Charlotte Temple*. Ed. Cathy N. Davidson. New York: Oxford UP, 1986, p.6.

2.   Castillo, Susan, and Ivy Schweitzer, eds. *The Literatures of Colonial America: An Anthology*. Malden, MA: Blackwell, 2001, p.591.

　　记录了一个毫无处世经验的年轻人在大都市里拼搏与成功的故事，被认为是"形塑期中由美国人创作的最优秀的小说"[1]。

　　18世纪下半叶至19世纪初的这段时期内，美国文学界仅产出了不多的几位重量级人物，但是这一阶段是美国文化形成期，也是为一种明晰可见的美国民族文学在19世纪的出现奠定基础的阶段[2]。美国文学此时已初见雏形，而且影响到19世纪美国文学的发展历程。

安妮·布雷兹特里特（Anne Bradstreet, 1612—1672）

　　安妮·布雷兹特里特是北美殖民地的第一部诗集《美洲新近出现的第十位缪斯》的作者，虽然她对自己诗歌的出版最初并不知情[3]，但是这个带有偶然性的事件，却具有深远的历史意义，它不仅使北美殖民地产生了它的第一部诗集，也标志着美国女性文学的滥觞。

　　布雷兹特里特出生于英国，因为家境优渥，她幼时便在家中受到良好教育，并且阅读了大量书籍。1630年她与父母以及毕业于剑桥大学的丈夫加入了约翰·温思罗普率领下驶往北美新大陆的船队。他们所乘坐的"阿尔贝拉"号舰是这支有五六艘船的船队的旗舰，约翰·温思罗普在"阿尔贝拉"号上宣读了要在新大陆建立"山巅之城"的著名布道。

---

1. 萨克文·伯克维奇主编：《剑桥美国文学史（第一卷）：1590年—1820年》，蔡坚主译。北京：中央编译出版社，2008年，第623页。

2. Elliott, Emory. *The Cambridge Introduction to Early American Literature.* Cambridge and New York: Cambridge UP, 2002, p.159.

3. 1647年她的妹夫去英国办事，在她不知情的情况下带去了她的诗稿，她的诗集于1650年以《美洲新近出现的第十位缪斯》为名在伦敦出版。

十周之后，船队到达大西洋彼岸还是一片荒芜的塞勒姆，为饱受疫病和饥饿打击的马萨诸塞州的海湾殖民地提供给养和人员，新的定居者的到来也使殖民地恢复了生气。布雷兹特里特一家在马萨诸塞州海湾殖民地的建设中做出了重要贡献，她的父亲和丈夫两人都担任过马萨诸塞州的总督，并积极参与了殖民地的公共事务。

定居者们必须学会适应新生活。布雷兹特里特曾写道："我初次踏上这片土地，置身于一个陌生的世界和异域风俗，不免心中惶然。在我确信这是上天之旨意后，便服从上帝的安排，加入了波士顿的教会。"[1]定居者的生活面临极大的挑战，因为水土不服、给养不足、条件恶劣，人们在严寒气候和肆虐疾病面前经常手足无措，殖民地定居者的死亡率很高。当年乘"五月花"号到达北美大陆的欧洲移民，一年之后有一半人丧生。到达殖民地两年之后，布雷兹特里特一家才搬入较为像样的房舍。布雷兹特里特生来体质屡弱，经常疾病缠身，来到新大陆后的第三年才生下第一个孩子，至1652年，她共生育了8个子女。北美殖民地的女性都承担着繁重的家务，布雷兹特里特也不例外，她大部分的时间都花在养育子女、料理家务、照顾病人、打理家庭农场、管理账务上，而她的丈夫因为忙于公务，基本无暇顾及家庭。

从英国来到北美殖民地的定居者们不乏饱读诗书之士，他们还携带了大批书籍，布雷兹特里特的家里就拥有800本书。她自幼喜爱诗歌，还在少有的闲暇里开始了她的创作，尽管如她在诗歌中所说的，她的许多同代人都认为针线比纸笔更适合女性。《美洲新近出现的第十位缪斯》是

1.　Scheick, William J. "The Poetry of Colonial America." in *Columbia Literary History of the United States*. Ed. Emory Elliott, et al. New York: Columbia UP, 1988, p.92.

　　由北美殖民者创作的第一部正式出版的诗集，因其真实刻画了北美新大陆人民的生活，一经面世便造成轰动。诗集的序言证实了这些诗歌的真实性，并为其作者是女性进行了辩解和担保。布雷兹特里特对自己诗稿的出版颇感意外，但随即开始为诗集的第二版进行修订和扩增。《美洲新近出现的第十位缪斯》为布雷兹特里特生前出版的唯一作品，她诗集的第二版在她去世后的1678年由约翰·罗杰斯（John Rogers）补选编辑后，以《一些风格各异、充满智慧的诗歌》（*Several Poems Compiled with Great Variety of Wit and Learning*）为题出版，她最好的一些作品也包含其中。1867年约翰·哈佛·艾利斯（John Harvard Ellis）编辑出版了《安妮·布雷兹特里特诗歌散文集》（*The Works of Anne Bradstreet in Prose and Verse*）；1981年由约瑟·R. 小麦克尔拉思（Joseph R. McElrath Jr.）和艾伦·P. 罗布（Allan P. Robb）出版的全集成为布雷兹特里特诗歌的权威版本（definitive edition）[1]。

　　北美殖民地时期的文学作品都带有浓郁的英国色彩，布雷兹特里特的诗歌在形式和技巧上也模仿了英国诗歌，但其诗歌内容和主题却是关于北美新大陆的。布雷兹特里特刻画了自视为上帝选民的北美殖民者的宗教热情以及他们所处的新大陆的生活环境，并且表达了殖民地女性的独特感受。布雷兹特里特的许多诗歌创作于丈夫离家在外的时候，展示了她虔诚的宗教信仰、渊博的学识和精湛的技巧，尤其是她后期的诗歌，内容涉及殖民地（尤其是女性）生活的方方面面，这些诗歌感情细腻，极富幽默感，更受当代读者欢迎。

---

1. McElrath, Joseph R., Jr., and Allan P. Robb, eds. *The Complete Works of Anne Bradstreet*. Boston: Twayne, 1981.

　　布雷兹特里特自幼受到清教思想根深蒂固的熏陶，她的诗歌中也反映了她虔诚的宗教信仰。在这位清教徒定居者所遭受的种种"磨难"面前，是宗教给予她力量，这些磨难也成为上帝对其信仰的考验。布雷兹特里特的诗歌有助于我们了解北美殖民地定居者的艰难生活。在《房舍焚毁记》（"Upon the Burning of Our House"）中，她用栩栩如生的细节描绘了她的住房一夜之间被大火吞噬的情景："猛然坐起身，窥见火苗，/我的心向着主哭喊：/赐给我力量，我处境多艰，/别让我孑然一身孤立无援。/我跑了出去，目光所到处，/大火正无情地吞噬我的房屋。"[1]面临天灾人祸，诗人悲痛不已，她禁不住历数了曾在这房子里放置的心爱物品，回顾了她在这所房舍度过的美好时光，表达了她对尘世间财物的依恋。但诗人突然意识到她这样做似乎是在埋怨上帝，便用"再见吧再见；万物皆虚空"结束了她的哀叹，也结束了她诗歌前半部分所表现出来的对于世俗间财产丧失的惋惜。面对天灾人祸，她最终只有以天意解释发生的一切，努力接受命运的安排。虽然家里财产几乎毁于一旦，但她始终以坚强的心态面对并坚守对上帝的信念。

　　布雷兹特里特的诗歌最感人的部分是那些描写家庭生活的内容。而这些诗歌除了表达对在外亲人的挂念之外，还有不少涉及病痛与死亡的主题。在《作于身体不适时》（"Upon a Fit of Sickness"）中，她以沉重的笔触谈道："我的心焦虑不安，充满了忧伤/及耗人的痛楚，身体对此了如指掌，/躺在床上辗转反侧，难以入睡，/浸透了从悲苦的脸上流出的泪水。"《作于一个孩子出生前》（"Before the Birth of One of Her Children"）描绘了她分娩前的顾虑。鉴于殖民时期的分娩高死亡率，她

1.　张跃军译：《安娜·布莱德斯翠特诗选》。上海：东华大学出版社，2010。下同。

担心自己在分娩时意外身亡，因而叮嘱丈夫"假如我有任何的价值或美德，让它们在你的记忆里鲜活起来"，并且期盼丈夫"请照看我留在身后的亲爱的孩子。/若你爱着自己，或如你对我有爱，/啊请保护他们免受后妈的伤害"。《纪念我亲爱的孙子西蒙·布雷兹特里特》（"On My Dear Grand-child Simon Bradstreet"）描绘了她仅1个月的小孙子的夭亡："刚来就要走，永远的安息，/认识虽短，离别亦令人哭泣。/三朵鲜花，其二刚绽放，另一朵/仍在花苞，便被万能的主侵削/但他公正，让我们缄默、心存敬畏，/这是他的意志，其原因不必过问。"布雷兹特里特此时难以掩饰自己的悲伤心情，只能将此理解为上帝的旨意。

布雷兹特里特描写爱情的诗歌就是被人们定义为"婚姻诗歌"（marriage poems）的那些作品，字里行间流露出她与丈夫的情深意笃，读起来十分感人。其中《致我亲爱的仁爱的丈夫》（"To My Dear and Loving Husband"）倾诉了她对丈夫的深情厚爱："若两人曾为一体，无疑我们就是，/如有男人被妻子爱，你便如此；/若有妻子在男人处安享幸福，你可把我与任何女人比附。"《致丈夫的一封信》（"Letter to Her Husband, Absent upon Public Employment"）表达了她对丈夫的思念之情。"肉体与骨骼，这一切无不属于你，/我居此地，你在他乡，却二位一体。"早期殖民地百废待兴，担任公职的丈夫经常出差在外，布雷兹特里特的诗歌中表达了诗人与丈夫的两情相悦与肉体和灵魂的结合，以及分离带来的深深眷恋之情。

虽然早期北美殖民地的女性比起母国的女性享有更多自由，但在清教社会里，妇女还是被期待全身心地操持家务，许多人更是认为她们的智力比男性低。布雷兹特里特虽然是一位尽职尽责的妻子和母亲，但她在诗中也谴责了当时流行的父权观念。在《序诗》（"The Prologue"）中，她敏锐地指出："我易受世人口舌之箭所伤/他们称我的双手握针倒能用得上，/若说诗笔鄙薄一切我难免娇枉，/纵然人们如此看低女性的睿智：/即便我妙笔生花，作用也不多，他们会说那是偷来的，或纯出巧合。"在她的诗歌被亲戚带到伦敦出版之后，从来没有出版过作品的诗人不禁心怀忐忑，她如同顾虑自己那还未来得及梳洗打扮、便被好心的朋友从她身边带走的孩子一样，担心她那些被突然曝光在大庭广众之下的诗歌的命运。她在《作者致其书》（"The Author to Her Book"）中这样写道："你是我贫乏大脑的畸形产物，/自从出生便不曾在我的左右，/直至被忠诚而愚钝的友朋/拉到国外，暴露于大庭广众，/让你衣衫褴褛，步履蹒跚，/错误未减（人人皆可判断）。"布雷兹特里特因诗歌的出版而闯入了一直由男性把持的殖民地文学创作领域，虽然步履艰难、困难重重，但她通过诗歌创作获得了成功，赢得了尊重。

布雷兹特里特在美国文学史中占有独特的地位。人们既把她作为第一位美国诗人来看待，也十分关注她作为女性诗人的重要意义[1]。有人曾这样评价她："仅在1638至1648年间，她就书写了6000多行诗，比大西洋两岸任何一位作家一生创作的作品都要多，而在这期间，她或是有孕在身，或是刚从分娩中恢复，或是照料生病的幼儿。"[2]作为新大陆的第一位缪斯女神，布雷兹特里特在艰难的生存环境里创作了大批诗歌，成为美国女性文学的开拓者，着实令人钦佩。

1.　Rosenmeier, Rosamond. *Anne Bradstreet Revisited*. Boston: Twayne, 1991, p.2.

2.　Gordon, Charlotte. *Mistress Bradstreet: The Untold Life of America's First Poet*. New York: Little, Brown, 2005, pp. 194-95.

本杰明·富兰克林（Benjamin Franklin，1706—1790）

18世纪美国文学中最为不朽的人物是本杰明·富兰克林，其作品在19和20世纪受到极大的推崇，至21世纪依然如此。他的人生与思想以引人注目的方式反映了美国人将清教的信仰和自我约束与18世纪后期出现的对科学、技术和秩序的启蒙主义理性热情的结合。对当时的欧洲人和20世纪的美国人来说，他是"新型美国人"的典型代表[1]。而他讲述了一个贫困家庭的孩子在经历种种磨难后获得成功的《本杰明·富兰克林自传》（*The Autobiography of Benjamin Franklin*，1771—1790），是一部杰出的励志之作，不仅鼓舞了历代读者，也开创了一种新的美国叙事形式。

富兰克林生于波士顿一个肥皂和蜡烛制造商家庭。他10岁时因家境困难辍学，12岁开始在哥哥创办的印刷厂当学徒。勤奋好学的精神和博览群书的习惯弥补了富兰克林所受到的正规教育的不足。他坚持习作，16岁时便以"默默的行善夫人"为笔名在哥哥主办的《新英格兰周报》上发表小品文，文章针砭时弊。1723年，富兰克林冲破师徒契约的束缚离开波士顿跑到费城，怀里揣着仅有的一元钱独闯天下。富兰克林艰苦创业的成功故事典型地象征了美国文化中"从破衣烂衫到腰缠万贯"的美国梦的实现。不出几年时间，富兰克林依靠自己的奋斗和才华成为成功的印刷商和出版商。他组织了"共读会"，建立了美国第一个图书馆，并且出版了极其畅销的《穷理查智慧书》（*Poor Richard's Almanac*，

---

1. Elliott, Emory. *The Cambridge Introduction to Early American Literature.* Cambridge and New York: Cambridge UP, 2002, p.162.

1733—1758）。富兰克林成为财资雄厚的实业家和社会名流后，42岁时从商界退休，以便能有更多的时间阅读、写作、进行科学试验和为公众服务。富兰克林在社会公益事业方面成就非凡，他协助创办了宾夕法尼亚大学和宾夕法尼亚医院，主编了《宾夕法尼亚报》，并组织了美洲哲学会。富兰克林在科学方面也取得了惊人的成就，发明了富兰克林炉、避雷针、远近两用眼镜等。他用风筝线对电进行的试验，至今仍是广为流传的故事。

富兰克林也是美国独立革命中最有影响的人物。他曾任北美殖民地常驻英国的代表长达18年之久。在独立战争中，他任美洲大陆会议代表，并在《独立宣言》起草委员会工作，协助杰斐逊起草、修改了《独立宣言》。他促成了美法同盟的建立，在美国制宪会议上起到了重要作用。富兰克林是唯一参加了美国建国所签署的所有四份重要文件的美国人：《独立宣言》《美法同盟条约》《巴黎和约》《美利坚合众国宪法》。"整个世界都把他看作殖民地事业的代言人。他曾到伦敦面见国王、议会和人民，后来又到巴黎面对整个欧洲。"[1]富兰克林于1790年去世时，被誉为与总统华盛顿齐名的美国最伟大的人物。

今天人们之所以能记住富兰克林，不仅因为他在美国建国时期所创下的丰功伟绩，还因为他对美国民族文学发展所做出的重要贡献。富兰克林在美国文学史上的地位主要来自他的两部著作，他最重要的作品是《本杰明·富兰克林自传》（以下简称《自传》）。《自传》分四个不同时期写成，是美国传记文学的开山之作。1771年，富兰克林65岁，他开始写

---

1. 沃浓·路易·帕灵顿：《美国思想史：1620—1920》，陈永国等译。长春：吉林人民出版社，2002年，第149页。

这本书。他在书中以自己的切身体会讲述了一个人应该怎样修身养性、自立自强，以达到致富的目的。在繁忙的公务和社会活动中，富兰克林直到1784年才得以撰写该书的第二部分。第三部分写于1788年。在他去世前几个月，富兰克林完成了第四部分（1789—1790），把自传一直写到1759年。《自传》的写作历时19年之久，它是一位老人对自己以往生活中成功与失败经历的回顾，讲述了一个出身低微的人如何自学成才、如何通过自我奋斗达到目标的传奇生涯。

富兰克林是18世纪美国最伟大的文学家。他的《自传》被誉为美国文学史上第一部经典文学作品。该书的真正意义不仅仅在于它描述了一个令人尊重的伟人的生活经历，还在于它向我们揭示了富兰克林所代表的美国人的形象、美国人的理想和美国人的价值观。它毫无疑问地回答了18世纪那位法裔美国人克雷夫科尔（Crevecoeur，1735—1813）在其《一个美国农夫的信札》（*Letters from an American Farmer*，1782）中提出的问题："这个美国人，这个新人是何等样子？"[1] 通过讲述一个出身贫贱但自强不息而最终成功的人的故事，这本传记的字里行间渗透着后来美国文化中反复出现的主题：美国梦的实现。正因为如此，富兰克林极有代表意义，他成为建国初期发奋图强、乐观向上的美国人的象征。他成长的过程也是美国成长的过程。在许多人的眼中，富兰克林"成为美国民族身份的代表"[2]，而他宣扬的"自助"精神，被19世纪超验主义作家拉尔夫·华尔多·爱默生（Ralph Waldo Emerson，1803—1882）加以发扬，成

---

1. Levine, Robert S., et al., eds. *The Norton Anthology of American Literature*. 9th ed. Vol. A. New York: Norton, 2017, p.638.

2. Elliott, Emory. *The Cambridge Introduction to Early American Literature*. Cambridge and New York: Cambridge UP, 2002, p.162.

为19世纪美国浪漫主义文学的重要思想。

富兰克林的著作的意义还在于它所代表的美国启蒙主义思想。富兰克林自年轻时便养成读书的习惯，他善于从书中汲取知识、探索真理。虽然他也受到清教思想的影响，但他那些充满哲理的话语并非是来自上帝的启示，而是世俗式的告诫。与爱德华兹相反，富兰克林认为上帝是仁慈的，允许人去自由、和谐地发展；而崇拜上帝的最好方式就是对人行善。尽管上帝不断出现在他的讲述之中，但只能说明富兰克林"在世俗解释中对宗教术语进行了巧妙运用"[1]。出自这种观点，富兰克林把神权抛在一边，去追求天赋的人权，用自己的智慧去造福社会和人类。对他来说，善行比祈祷和冥思更为重要，"行善"意味着成为"有用的社会公民"[2]。他努力完善自我，为自己制定了达到完美品德的13种德行计划。他的《自传》本身就是自我检验和自我完善的生动写照。他同时又提倡"自助者天助"，认为人只有通过自己的努力才能实现生活的目标。他的著作反映了处于上升时期的资产阶级的强烈意识，即人必须努力、勤俭、谨慎、律己，才能立足于世。与爱德华兹的理想主义相反，富兰克林代表了美国清教主义传统中务实以奉上帝的一面。他的思想不但极大地影响了北美的新民族，也影响了英法等欧洲国家。

《穷理查智慧书》是富兰克林的另一部重要著作。他1733年出版此书，并在此后二十多年里进行不断的修改和扩充。富兰克林假托一个名叫"穷理查"的人以谈生活经验的形式写成，内含大量的警句、谚语、成语

1.　萨克文·伯克维奇主编：《剑桥美国文学史（第一卷）：1590年—1820年》，蔡坚主译。北京：中央编译出版社，2008年，第424页。

2.　Elliott, Emory, et al., eds. *Columbia Literary History of the United States*. New York: Columbia UP, 1988, p.108.

和名言。富兰克林用自己的智慧把这些流传于民间的格言加以整理提炼，使之生动简洁、通俗易记。其中如"自助者天助""勤奋是成功之母""睡得早起得早，富裕、聪明、身体好""省一文等于挣一文""岁月既往，不可复追"等条目既启迪、教育了读者，又起到了一定的娱乐作用。富兰克林利用这些迸发着智慧火花的格言宣传了处于上升时期的资产阶级的伦理原则和道德观，这本书在当时家喻户晓，极为畅销。

富兰克林在美国文学史上的地位也在很大程度上归功于他别具一格的写作手法。他的《自传》开创了美国传记文学创作的优良传统，使自传成为一种新的文学体裁。一位饱经风霜的老人，以拉家常的方式，回顾了他自我奋斗的一生，把自己成功的经验和失败的教训向世人娓娓道来。整本自传既无哗众取宠之意，又无盛气凌人之态。而他的《穷理查智慧书》则是一种通俗的实用文学形式，浅显的文字中不时迸发出睿智和哲理的火花。他的写作风格对后来的美国文学产生了较深的影响。他的作品语言简朴幽默、叙事清楚简洁、形象生动活泼，为处于襁褓时期的美国民族文学带来一股清新的气息。富兰克林不以华丽的辞藻取人，不去刻意雕琢，他那些毫无矫饰的叙述和通俗易懂的道理使读者有一种亲切感，也更易于被读者接受。富兰克林的写作原则被他自己概括为"如果一样东西能用一个词来表达，便不要用两个词……文章应该尽可能简短，自始至终要清楚。词的搭配应该读起来悦耳。总之，文章应该流畅、清晰、简洁"[1]。富兰克林不仅对美国建国功勋卓著，其通俗且具有可读性的文体也持续影响到后来的美国作家[2]。

---

1. Miller, James E., Jr., ed. *Heritage of American Literature: Beginnings to the Civil War.* Vol. I. San Diego and New York: Harcourt Brace Jovanovich, 1991, p.404.

2. Ibid.

富兰克林是"美国梦"的实践者，他在《自传》中以自己的亲身经历表明美国新大陆是一块有希望的土地，人们的愿望可以通过个人奋斗得以实现。他本身的成功证明了美国梦是可以实现的，这也鼓舞了大批后来的移民为之奋斗。正因为如此，富兰克林成为其时代的楷模，他的《自传》所宣扬的个人奋斗精神也鼓舞了世世代代的读者，他也以自己的《自传》为美国民族文学的建构奠定了基础。

菲利斯·惠特利 (Phillis Wheatley, 1753? —1784)

菲利斯·惠特利曾被称为"戴着枷锁的天才"[1]，而她也的确不愧于这一称号。她在幼时便被贩卖到北美殖民地，作为奴隶在逆境中长大，但她不仅很快掌握了"主人的语言"，而且展示了她的诗歌创作天赋。惠特利的诗作使美国诗坛上第一次出现了黑人女性的声音，同时开启了非裔美国文学和非裔美国女性文学的发展历程。

惠特利七八岁时被从非洲冈比亚贩卖到美国，波士顿的一名商人约翰·惠特利买下了她，并为她冠以自己的姓氏，她的名字则来自她乘坐的贩奴船"菲利斯"号。当时的惠特利不仅大字不识，也不会说英语。主人一家对这个聪明伶俐的女奴很友善，让她与自己的子女一起接受教育。菲利斯从对英语一无所知到开始阅读英语著作只用了不到两年的时间，并且已经能够"理解《圣经》中最难懂的段落"[2]了。她尤其钟爱新古典诗歌，

---

1. Carretta, Vincent. *Phillis Wheatley: Biography of a Genius in Bondage*. Athens: U of Georgia, 2011.
2. Bennett, Paula. "Phillis Wheatley's Vocation and the Paradox of the 'Afric Muse." *PMLA* 113.1 (Jan., 1998): 65.

对亚历山大·蒲伯（Alexander Pope）的作品欣赏有加。菲利斯1770年为纪念当地一位著名的牧师去世创作了一首诗歌《悼念乔治·惠特菲尔德先生》（"On the Death of Mr. George Whitefield"），从此开始引起人们关注。由于其主人的关系，她之后成为当地许多白人家庭的座上客，并为他们朗读自己的诗歌，避免了当时绝大多数黑奴的悲惨生活境遇。

尽管如此，身为黑奴的惠特利希望出版诗集的愿望还是遇到了巨大阻力，因为一位女奴创作的诗歌在当时的社会环境下会受到人们的普遍质疑。于是在1772年的某天，惠特利参加了一场特别的面试。这场有18位考官的面试阵容强大，其中包括马萨诸塞州总督托马斯·哈钦森（Thomas Hutchinson）、第十公理会教堂牧师查尔斯·钱宁（Charles Channing），还有其后成为《独立宣言》签名者之一的约翰·汉考克（John Hancock）。这些波士顿的达官贵人聚集一堂，以确定惠特利作为其诗歌作者身份的真伪。最终这18位考官共同签署了一个证词，指出"此诗集中所收录的诗歌，均为惠特利所作。这个年轻的黑人女子，仅仅几年前还是未开化的非洲野蛮人，之后一直作为奴隶服务于波士顿的一个家庭。她通过了我们对她的考核，被认为具有创作这些诗歌的资质"[1]。翌年，惠特利随同主人的儿子去了英国，她的诗歌引起了英国社会上层人士的兴趣，她也试图通过获得白人的赞助将自己的诗作出版。她最终得到亨廷顿伯爵夫人的赞助，得以出版包含了39首诗歌作品的诗集《关于宗教与道德的各种话题的诗歌》（*Poems on Various Subjects, Religious and Moral*, 1773）。就连当时正因外交事务出访英国的本杰明·富兰克林也

---

1. Gates, Henry Louis, Jr. "Forward".in *Six Women's Slave Narratives*. New York: Oxford UP, 1988, pp. viii-ix.

曾与她会面。

惠特利返回北美殖民地后，她的诗歌也在新大陆风靡一时。这位年轻的女奴，被当地的报纸称为"不同寻常的诗歌天才"[1]，她的主人也给予了她自由。但遗憾的是，之前受到主人家庇护而被白人社会所接纳的惠特利，获得自由后不再享有那些特权。惠特利1778年与一位自由黑人成婚，生育了三个子女，但全部早夭身亡。惠特利的诗歌再也没有获得过出版商的青睐，她期望出版第二部诗集的愿望也最终落空。她在贫困中离开人世，年仅约31岁。

惠特利对非裔美国文学的发展功不可没，被当代学者视为美国黑人文学传统和黑人女性文学传统的开创者[2]。她自幼被带到北美洲，接受了白人文化的教育，成为第一位出版诗集的北美黑人。因为她非同寻常的人生经历和创作风格，长久以来人们对惠特利的评价莫衷一是。对许多人来说，惠特利的创作具有重大意义，她的诗歌挑战了那些将非洲黑人视为劣等种族的观点，抨击了罪恶的奴隶制。但在她所生活的时代白人社会极力贬损非洲人的智识与理性，就连《独立宣言》的执笔人托马斯·杰斐逊也对惠特利不屑一顾。杰斐逊在他的《弗吉尼亚州笔记》（ *Notes on the State of Virginia*，1784）中曾说："诗歌中最感人的笔触来自苦难。上帝知道，黑人的确饱受苦难，但是他们没有诗歌……宗教的确造就了菲利斯·惠特利，但不可能造就一位诗人。评论她的作品是件有失身份的事情。"[3] 除此之外，当代也有人质疑惠特利诗歌作为黑人诗歌的

1.   Nott, Walt. "From 'Uncultivated Barbarian' to 'Poetical Genius': The Public Presence of Phillis Wheatley." *MELUS* 18.3 (Fall 1993): 21.

2.   Gates, Henry Louis, Jr. "Foreword: In Her Own Write."in *The Collected Works of Phillis Wheatley*. Ed. John C. Shields. New York: Oxford UP, 1989, p. x.

3.   Robinson, William, ed. *Critical Essays on Phillis Wheatley*. Boston: G. K. Hall, 1982, p. 42.

代表性，批评"她的诗歌反映了白人的态度和价值观……。她远离自己的人民，她的诗歌也绝对不能被视为表达了黑人的观点和思想"[1]，还有人认为，"菲利斯·惠特利对自己族人的需求不够敏感，无论在她的生活或作品中都没有表现出与之的密切关系"[2]。

　　无疑，惠特利的诗歌不仅具有新古典主义文学传统的特色，而且具有浓厚的宗教色彩，但惠特利没有忘记自己的非洲奴隶身份，而是使用了一种双重声音来表述她作为非洲女奴所无法表达的意思。惠特利生活在美国独立战争时期，美国革命表达了殖民地人民对于自由的追求，并赢得了黑人的普遍拥护。惠特利是第一位在诗歌中使用"自由"这个字眼，也是第一位在诗歌里表达了"对自由的热爱"的非裔北美人[3]。1774年2月，惠特利在写给北美印第安传教士萨姆森·奥科姆（Samson Occom）的信中说："在每个人的心里，上帝都灌输了一种原则，我们将其称之为'对自由的热爱'。这种原则使我们不愿忍受压迫，渴望得到救赎。"[4]

　　惠特利善于将关于自由和自然权利的革命语言与《圣经》中关于奴役与解救的宗教语言相结合，以表达自己对自由的向往。在惠特利的诗歌中，有两首诗歌直接与宗教和她作为非洲黑奴的身份有关。其中最广为流传的是惠特利在约14岁时创作的诗歌《从非洲被带到美洲》（"On Being Brought from Africa to America"，1768）。在诗歌的第一节中，惠特

1.　Jamison, Angelene. "Analysis of Selected Poetry of Phillis Wheatley." *The Journal of Negro Education* 43.3 (Summer, 1974): 409.

2.　Smith, Eleanor. "Phillis Wheatley: A Black Perspective." *The Journal of Negro Education* 43.3 (Summer, 1974): 403.

3.　Adams, Catherine, and Elizabeth H. Pleck. *Love of Freedom: Black Women in Colonial and Revolutionary New England.* Oxford: Oxford UP, 2010, p.20.

4.　"Phillis Wheatley's Struggle for Freedom." in *The Collected Works of Phillis Wheatley.* Ed. John C. Shields. New York: Oxford UP, 1989, p.230.

利强调了奴隶制是一种矛盾的基督教解救行为，对黑人来说是通往救赎和文明的必要阶段："是仁慈将我从异教之地带来，/开导我愚昧的灵魂，教我懂得/有一个上帝，还有一位救世主；/而从前我从不知，也不寻求救赎。"在第二诗节中，惠特利把基督教的正统观念变成了对白人伪善和压迫性的种族准则的批判："有人以鄙夷的眼光看待我们黑色的种族，/'他们的肤色被魔鬼漂染而成'。/请记住，基督徒们，黑人虽肤色黑如该隐/也能够高贵典雅，登上天堂的快车。"[1]惠特利的这首诗也曾遭到一些人的抨击。例如，20世纪60年代的黑人民族主义者指责惠特利背叛了自己的种族，为白人的奴隶制和奴隶贸易摇旗呐喊，他们批评惠特利在诗中强调的非洲人愿意在新大陆被奴役以及他们被从非洲带到新大陆从而受益。其实，如果说惠特利认为自己被带到美国来是一件极其幸运的事情，那是因为她在此找到了耶稣[2]。她相信尽管她是一名黑奴，但基督教是非洲人进入天国的唯一方式，天堂才是一个自由的领域，才是一个黑奴可以逃离邪恶世界的地方。与此同时，诗人告诫白人不要仅仅以肤色判断一个种族的优劣，即使是来自异教之地的非洲人也可以通过信仰上帝得到救赎。惠特利在这首诗中暗示了在上帝面前人人平等的思想。而且这里的救赎不仅是指宗教的拯救，也含有从奴隶制中解放出来的意思。

在《致尊敬的威廉·达特茅斯伯爵》（"To the Right Honorable William, Earl of Dartmouth"，1773）中，惠特利庆贺达特茅斯伯爵被任命为北美殖民地的总督，她将此任命看作是"自由"的归来。惠特利在诗中谈到，达

1. Erkkila, Besty. "Revolutionary Women." *Tulsa Studies in Women's Literature* 6.2 (Autumn, 1987): 205.
2. Matson, R. Lynn. "Phillis Wheatley –Soul Sister?" *Phylon* 33.3 (3rd Qtr., 1972): 225.

特茅斯伯爵的任命可以使北美殖民地人民不再"担忧铁链，/恣意的暴君以非法的手/制成。试图以此奴役这片土地"。表面上惠特利在谈论美国的自由，但最后一个诗节显然影射了奴隶制，这也是她关于奴隶制最为直接和激烈的言论。在此女诗人又一次以美国爱国者和非洲奴隶的双重身份说话，将自由视为新英格兰爱国者与非洲奴隶的共同追求目标。惠特利在诗中用反对暴君统治与奴役的革命言论来促进美洲殖民地的事业，但作为一名美国黑奴她的话语又与黑人的解放密切相关。她在诗中说道："当时年幼的我，被似乎残酷的命运之手/从非洲想象中的幸福之地掠走；/造成我父母心中/何种难以忍受的痛苦，何种的伤痛！……/这就是我的状况。那么我能否祈望/其他人能够永远免受暴君的统治？"作为一名幼时被从父母身边掠到北美洲的非洲小女孩，惠特利是不幸的，但是这个不幸的后果又使她找到耶稣，对惠特利来说这似乎是对"残酷的命运之手"的补偿。无论如何，惠特利的亲身经历使得她的诗歌成为对北美暴君统治的直接抗议。她的"其他人能够永远免受暴君的统治"的祈祷不仅仅指的是北美殖民地人民，也包括了作为"他者"的非洲种族。

在某种程度上，惠特利也是一位在诗歌中涉及政治的女诗人，她在诗歌中表现出对独立战争时期时局的关注。例如，在《致尊敬的华盛顿将军阁下》（"To His Excellency General Washington"，1775）中，她将华盛顿视为为自由而战的勇士，称赞华盛顿"开创了和平与荣耀"。她不仅赞扬华盛顿，也为他强大的军队和杰出的战术欢呼。惠特利还因为自己写给华盛顿的诗，而收到后者一封热情洋溢的信，受邀于1776年在乔治·华盛顿位于剑桥的指挥部拜访他。

亚瑟·尚伯克（Arthur Schomburg）称赞她说："菲利斯·惠特利是一颗珍珠，对美国黑人文学弥足珍贵。她的名字如灯塔之光照亮了年轻人的道路。"[1]惠特利以自己创作的诗歌向社会表明，黑人绝非劣等种族，肤色不应成为衡量人的智力和理性的标准。虽然自幼受到白人文化的熏陶，但惠特利没有忘记自己的种族身份，她在诗歌中寻求自由，用语言表达了她的心声。惠特利坚持了自己的种族身份，同时又努力融入主流文化，其经历就是对持种族歧视观点的白人主流社会的最好批判，她的经历和文学创作极大鼓舞了后代的非裔美国人。

---

1. Matson, R. Lynn. "Phillis Wheatley –Soul Sister?" *Phylon* 33.3 (3rd Qtr., 1972): 223.

第二章

美国文学的第一次繁荣（1810—1865）

美国民族的独立并没有立即带来美国文化的独立，但是政治的独立使得文化的独立变得更为迫切。在美国建国以后的很长一段时期里，美国作家所面临的重要任务是怎样摆脱欧洲文学的羁绊，建立具有民族特色的美国本土文学，以文学形式表现这个新独立的国家的面貌，由美国人来塑造美国人自己，因为只有民族特征鲜明的文学才是有世界意义的文学。

18世纪末小说开始在美国流行。18世纪是英国小说的辉煌时代，这种文学形式以它通俗的语言、世俗的观点和对平民生活的描绘赢得了大众读者。在英国小说越过大洋来到美国的时候，一向习惯于从英国人那里寻求文学表达方式的美国人也进行了这种文学尝试。虽然刚刚独立不久的美国人也意识到自己广袤的国土上蕴藏着丰富的文学素材，但"新酒要用旧瓶装"[1]，美国人在有意识地去表达自己的观念与题材的同时，还是习惯于模仿英国作家的风格与手法。苏珊娜·罗森这位出生在英国的美国作家特地在作品中使用了美国的地理名称，但除此之外很难找出与其他英国小说的

1. 罗伯特·E.斯皮勒：《美国文学的周期——历史评论专著》，王长荣译。上海：上海外语教育出版社，1990年，第19页。

区别。查尔斯·布罗克登·布朗的小说故事背景也是美国，但英国小说的影响却处处可见。应该承认，文化的独立比政治和经济独立更为艰难，也是更为长期的任务。正是在寻求发展自己民族文化的进程中，美国文学迎来了第一个繁荣时期——19世纪美国浪漫主义文学。

　　从美利坚合众国诞生到美国南北战争，不到一百年的时间内，美国社会在政治、经济和文化方面都取得了前所未有的独立。工业迅猛发展、大批移民拥入、西部开疆拓荒，使美国人民进入了全新的生活。经济上的繁荣给新近独立的人民带来了希望，而充满勃勃生机的社会则期待文学上的表现。正是在这种民族主义意识高涨的社会环境下，美国民族文学在19世纪前半叶进入了一个突破性的新时期。著名思想家和作家拉尔夫·华尔多·爱默生铮铮有力的言辞表达了时代的强音，被誉为美国思想上的"独立宣言"："我们对欧洲朝廷的文艺女神听得太久了"[1]，"我们依附于别人，我们外国学识的漫长学徒期即将结束"，"不能永远靠外国宴席上的残汤剩羹过活"[2]。19世纪上半叶美国作家所关注的问题，不是盲目地继承欧洲的文化遗产，也非亦步亦趋地追随欧洲的文学潮流，而是努力表现美国人民开发新大陆、建设新国家的沸腾生活，描绘本土绮丽壮观的自然景色和千姿百态的风俗人情。在这样的文化氛围中，一种在形式和内容上都具有民族特色的文学应运而生。美国浪漫主义文学运动以独立的美国意识和独特的民族方式开始汇入欧洲浪漫主义文学的主流。

　　蒸蒸日上的国家和时代气息从一定程度上推动了19世纪浪漫主义文学在美国的盛行，它的出现是当时各种社会、思想和文化因素的汇合。

1.　Levine, Robert S., et al., eds. *The Norton Anthology of American Literature*. 9th ed. Vol. B. New York: Norton, 2017, p. 223.

2.　Ibid. p. 211.

18世纪末，欧洲大陆对政治与宗教权威的反抗引起了人们对理性主义的质疑，浪漫主义思潮弥漫欧洲大陆。欧洲大陆，特别是德英两国的浪漫主义文学思潮在19世纪初传到美国。它所提倡的注重精神、崇尚个人、歌颂自然的一系列思想恰恰符合了当时美国开拓新大陆的社会环境。浪漫主义对个人的推崇体现了美国建国的基本原则、美国作为新伊甸园的观点，以及美国社会所提倡的个人主义和自由平等的民主思想。浪漫主义对自然的崇拜更是在美国找到了一片沃土。新大陆的原始森林和未开发的处女地的瑰丽迷人的自然景色为美国作家提供了丰富的材料，并成为他们创作的灵感来源，砍伐树木时铿锵有力的板斧声代替了如夜莺鸣啭般的歌声。美国浪漫主义文学同时还表现出一种强烈的反叛精神，它既试图突破18世纪新古典主义强调理性与秩序的传统文学形式的束缚，又努力摆脱加尔文主义遏制人性的思想禁锢。美国浪漫主义作家强调个人情感的自由流露，而且注重人物的心理状态描写。他们对精神和道德观的重视、对个人和直觉的肯定，充分反映了美国作家所受到的盛行于19世纪上半叶的美国超验主义的影响。

　　超验主义是美国浪漫主义在理论上的概括，代表了美国浪漫主义运动的最高阶段。这一哲学和文学思潮以及在这一时期受其影响而出现的文学创作被后人称为"美国文艺复兴"[1]。超验主义始于19世纪30年代，一直持续到美国南北战争爆发。超验主义的根据地是美国工业发展最快的新英格兰地区，其代表人物为拉尔夫·华尔多·爱默生和亨利·戴维·梭罗（Henry David Thoreau，1817—1862）。超验主义可以说是一种浪漫理想主义，它的理论基础来自欧洲浪漫主义文学、新柏拉图主义、德国理想

1.　Matthiessen, F. O. *American Renaissance: Art and Expression in the Age of Emerson and Whitman.* Oxford: Oxford UP, 1941.

主义哲学、东方神秘主义和美国清教主义。超验主义对美国文学的影响
是不可低估的，从同时期的作家纳撒尼尔·霍桑（Nathaniel Hawthorne，
1804—1864）、赫尔曼·麦尔维尔（Herman Melville，1819—1891）、沃尔
特·惠特曼（Walt Whitman，1819—1892）的作品中可以看出超验主义思
想的痕迹。爱默生原是牧师，后辞去神职专心写作与演讲。作为超验主义
的主要代言人，他的散文作品《论自然》（"Nature"，1836）、《美国学者》
（"American Scholar"，1837）和《神学院献辞》（"Divinity School Address"，
1838）阐述了超验主义思潮的主要观点。爱默生强调精神的重要性，主张
人具有神性，人可以通过直觉掌握真理。他提倡发扬个性，认为人才是社
会最重要的财富，人的自我完善是最有意义的社会活动，而人必须自助才
能达到精神的完善。人的身上体现了上帝的存在，因而人也是神圣的。爱
默生同时还热情讴歌了大自然。对超验主义者来说，物质世界是精神世界
的象征和体现，上帝在大自然中无所不在，所以自然对人可以起到教育作
用。爱默生在美国思想史上的重要地位是毋庸置疑的。他对个性的强调既
是向旧思想的宣战，又是美国资产阶级人本主义的宣言；他对自然的推崇
反映了超验主义者对文明社会中的虚伪堕落、拜金主义和物质至上主义的
批判。他所宣扬的自助精神——"我们要用自己的脚走路，我们要用自己
的手工作，我们要表现自己的思想"[1]——不仅鼓舞着正在建设新世界的美
国人民，也表达了美国与旧大陆彻底决裂的决心。

超验主义的另一杰出代表是亨利·戴维·梭罗。如果说爱默生从理
论上阐述了超验主义基本原则的话，梭罗则身体力行地实践了超验主义

1.　Levine, Robert S., et al., eds. *The Norton Anthology of American Literature*. 9th ed. Vol. B. New York: Norton, 2017, p.223.

的生活方式，力图在大自然中寻求生活的真谛和天人合一的境界。被视为超验主义又一代表作的《瓦尔登湖》（*Walden, or Life in the Woods*，1854）记载了梭罗在森林中独自生活两年的经历。梭罗只身伫立在瓦尔登湖畔的身影成为生活在新世界的美国人追求理想生活的象征。在这期间，他住在自己建造的小屋里，过着简朴自给的生活，其目的在于腾出更多的时间写作和观察自然，使自己的生活更有意义。

美国浪漫主义文学从一开始就展示出强大的生命力。它既显现出与欧洲文学决裂的气概，又寻求多样化的文学表现形式。从此美国文学不再满足于拾人牙慧，而转向描述和再现自己本土蜿蜒千里的森林、一望无际的平原和浩瀚无边的大海，"美国人"将成为美国民族文学的真正主题。文学不再以说教为根本目的，也不再用来单纯服务于宗教和政治的需要。人和自然成为文学创作的主题，小说、短篇故事、诗歌成为主要的文学形式。虽然在今天看来，刚刚诞生的美国文学在文学表达方式上还多流于模仿，但早期作家为创立美国民族文学意识与挣脱传统束缚所进行的努力却是具有深远意义的。

华盛顿·欧文（Washington Irving，1783—1859）是美国建国之后第一位享有国际声望的作家，并享有"美国文学之父"的美誉[1]，在使用美国题材进行创作方面做出了开拓性的贡献。他的代表作《见闻札记》（*The Sketch Book*，1820）的体裁和内容丰富，既有故事，也有散文和杂感，显示了他的文学才华。其中最有名的故事是《瑞普·凡·温克尔》（"Rip Van Winkle"）和《睡谷的传说》（"The Legend of Sleepy

---

1. 萨克文·伯克维奇主编：《剑桥美国文学史（第一卷）：1590年—1820年》，蔡坚主译。北京：中央编译出版社，2008年，第631页。

Hollow")。在《瑞普·凡·温克尔》中欧文所塑造的为躲避凶悍的妻子而进入深山的瑞普·凡·温克尔这一人物形象极有象征意义,他在深山中进入了睡梦,醒来之后回到自己的村庄,发现这里已从静谧的殖民地时期进入了一个他无所适从的新世界,作品反映出这一时期许多人的心态[1]。在欧文之后的美国小说中常常出现这种从"文明社会"中逃跑的男性主人公形象——不论是进入森林、出海航行、沿河漂流,还是参加战斗。这种逃离家庭牵累、逃避社会责任的人物形象成为后来美国小说中男性人物的重要特色。欧文充分利用当地的民间传说与风俗人情,描绘了美国早期的殖民地生活。他的故事内容幽默、情节离奇,既富有浪漫色彩又饱含地方特色。

詹姆斯·费尼莫尔·库珀(James Fenimore Cooper, 1789—1851)的小说把美国开拓边疆的历史展现在读者面前。"在自然和文明的中间地带——边疆,库珀的思想才能充分地展现出来。"[2]他以猎人纳蒂·班波为中心人物写成的边疆小说五部曲,塑造了美国文学中"美国人"的典型人物形象——一个"完全没有受到人类恶习污染的自然人"[3],歌颂了向往自由、热爱自然、勇于开拓的精神,对后来的文学产生了极大影响。毛信德先生将欧文与库珀进行了令人信服的比较,他说:"假如我们把欧文看作将美国文学这只船带进浪漫主义潮流的领航员,那么库珀就是推动这只船在广阔的潮流中破浪前进的舵手。是库珀将美国的浪漫主义小说发展到一个完整的、充分的、在艺术上无懈可击的程度,在他之前还没

---

1. 沃浓·路易·帕灵顿:《美国思想史:1620—1920》,陈永国等译。长春:吉林人民出版社,2002年,第529页。
2. 同上,第546页。
3. 同上,第546页。

有任何一个美国作家能如此充分地发挥小说这一创作形式的重大优势，使之具有雄踞文坛、无可争辩的重要的地位。"[1]

威廉·卡伦·布莱恩特（William Cullen Bryant，1794—1878）的诗歌开创了美国浪漫主义诗歌的先河，被称为"美国的华兹华斯"。他借鉴了英国浪漫主义诗歌的写作手法，热情讴歌了美国本土的自然景色。他还擅长寓教于抒情之中，渲染了大自然对人精神的陶冶和灵魂的净化。

亨利·沃兹沃思·朗费罗（Henry Wadsworth Longfellow，1807—1882）是19世纪另一位备受推崇的诗人。他坚持诗歌提升、净化人的灵魂的教化功能，以及采用朴实易懂的语言进行创作的做法，将欧洲的浪漫主义传统与自己国土上殖民时代的历史和传说相结合，写出许多通俗流畅、脍炙人口的诗篇。他的诗作抒发了人民大众朴实的理想，并为欧洲人了解美国做出了贡献。其中《海华沙之歌》（"The Song of Hiawatha"，1855）讲述了殖民时期一位印第安传奇英雄的故事，成为美国文学中最早描写印第安人的诗篇。其他重要诗作还包括《人生礼赞》（"A Psalm of Life"，1838）和《伊凡杰琳》（*Evangeline, A Tale of Acadie*，1847）

埃德加·爱伦·坡（Edgar Allan Poe，1809—1849）是美国短篇小说之父，其作品通过对阴森古堡和月光下自然景色的描绘，创造了一种超自然的、恐怖的气氛，探讨了人类扭曲的心理。他又是侦探小说的鼻祖。他的侦探故事巧用推理分析，为后人创立了一整套模式，影响了如英国的柯南·道尔（Arthur Conan Doyle，1859—1930）和阿加莎·克里斯蒂（Agatha Christie，1890—1976）那样的侦探小说大师。其诗歌也别具风

1.　毛信德：《美国小说史纲》。北京：北京出版社，1988年，第2页。

格，颓废的意识中闪烁着艺术的火花。

纳撒尼尔·霍桑的小说多以新英格兰殖民地为背景。他不像爱默生那样对新世界充满乐观，他以自己对历史的深刻理解，鞭挞了社会的陈规陋习，探讨了人们内心存在的恶。他的作品揭示了受到清教主义压抑的人性，以及人与社会传统观念的冲突。赫尔曼·麦尔维尔是与霍桑齐名的另一位浪漫主义作家。他经受了对宇宙间的邪恶从愤怒到挑战，乃至最后接受其存在的痛苦过程。其长篇代表作《白鲸》（*Moby Dick*，1851）取材于为19世纪美国社会带来财富的捕鲸业。小说富有象征意义，充满了悲剧性的神秘色彩，表现了人与命运争斗的主题，探索了人与宇宙的关系。

美国奴隶叙事（slave narrative）反映了美国黑人的独特声音[1]，其出现和畅销促进了非裔美国文学的崛起，成为美国南北战争前流行的黑人创作模式，也是黑人文学的重要源头之一。尽管奴隶制下的南方法律禁止黑人学习文化，但还是有一些黑人获得了读写能力。而大多逃亡到北方的前奴隶所撰写的奴隶叙事，逐渐形成其较为固定的写作模式，这些叙事描述了黑人在南方奴隶制度下的悲惨生活，抨击了奴隶制的罪恶，有力促进了美国南北战争前的废奴主义运动。美国著名非裔学者伯纳德·贝尔（Bernard Bell）在谈到奴隶叙事时说："他们普遍是善于表达的激进主义分子，投身于为正义和自由而战的斗争中。他们所代表的理想——为自由而百折不挠，对正义事业不可动摇的信念，非凡的创造能力和抑制不住的英勇精

---

1.   Langley, April. "Early American Slave Narratives." in *The Oxford Handbook of Early American Literature*. Ed. Kevin J. Hayes. Oxford: Oxford UP, 2008, p.415.

神——是非洲裔美国黑人小说传统中的重要主题。"[1]

哈丽雅特·雅各布斯（Harriet Jacobs，1813—1897）是美国内战前唯一亲笔撰写过奴隶叙事的非裔女性，其叙事作品《一个奴隶女孩的生活事件》（*Incidents in the Life of a Slave Girl*，1861）"公开揭露了白人奴隶主对女奴的性剥削"[2]，强调了奴隶制度下女奴经历的特殊性。雅各布斯的叙事出版后长期被忽视，不仅是因为它出版于内战爆发的1861年，更是因为它代表了女性的视角，从而成为一个例外，此外，这本书一直受到学界对于白人作家是否参与了这部叙事的产出的质疑[3]。雅各布斯以自己的叙事证实了她具有讲述自己经历的才能。她的叙事在这个男性占主导地位的文学界中难能可贵，也在当今获得了高度认可。

这一时期文学的另一特点是妇女文学的崛起，其中的典型代表是比切·斯托夫人。她的作品着眼于社会，极大地推动了19世纪的废奴运动。她的小说《汤姆叔叔的小屋》不仅因其对罪恶的奴隶制的揭露而成为美国社会的重要历史文献，也代表了美国废奴文学的巅峰。她的作品还代表了美国文学由浪漫主义向现实主义的转变，表现了美国民主理想与社会现实之间巨大的差距。此外，她对新英格兰地区的自然景色和风俗人情的描写手法，使她成为19世纪后期乡土文学的先驱。

玛格丽特·富勒（Margaret Fuller，1810—1850）是19世纪美国著名的女文人。她一直生活在波士顿和剑桥浓厚的文化氛围中，其智识与博

1.　伯纳德·W.贝尔：《非洲裔美国黑人小说及其传统》，刘捷等译。成都：四川人民出版社，2000年，第43页。

2.　Martin, Terry J. "Harriet A. Jacobs (Linda Brent)." in *Nineteenth-Century American Women Writers: A Bio-Bibliographical Critical Sourcebook*. Ed. Denise D. Knight. Westport: Greenwood P, 1997, p.264.

3.　John Ernest, "Beyond Douglass and Jacobs." in *The Cambridge Companion to the African American Slave Narrative*. Ed. Audrey A. Fisch. Cambridge: Cambridge UP, 2007, p. 219.

学得到普遍认可。她编辑过超验主义杂志《日晷》（The Dial），也曾在波士顿为女性举办具有广泛影响力的谈话讲座。她最知名的作品为其论作《19世纪的女性》（Women in the Nineteenth Century, 1845），作品抨击了社会的男权文化偏见，并从哲学、社会学和政治学的角度探讨了这些偏见的形成。富勒提出了"女性气质""社会协办意识""基于妇女相互之间广泛而深沉的姐妹情谊"等女权理论观点，呼吁女性享有在政治、社会、经济、教育、职业等方面的平等。这一著作如今被认为是美国女权运动史上的里程碑之作。另一作家苏珊·沃纳（Susan Warner, 1819—1885）的小说开创了一代妇女小说的新风。一部《宽广的大世界》（The Wide, Wide World, 1850）一时间风靡美国，成为真正意义上的畅销小说，书中女主人公的命运曾经牵动了成千上万读者的心，最终她凭借自己的努力和高尚的品德，获得了认可，在社会上赢得了一席之地。苏珊的作品以及后来的一大批妇女小说塑造了在奋斗中成功的女性，为处于社会底层的妇女提供了新的角色模式。这些小说鼓励妇女冲破父权社会所界定的狭隘生活圈子，鼓励她们为改变自己的命运而努力，表达了广大妇女渴望平等的心声。

沃尔特·惠特曼的诗歌来源于美国社会沸腾的生活，代表了浪漫主义文学的最高峰。一部凝聚了作者几十年心血的《草叶集》（Leaves of Grass, 1855—1891）热情洋溢地讴歌了民主、自由，为一个生机勃勃的新世界和千百万乐观向上的普通民众引吭高歌。惠特曼的诗歌为美国人自己的文学表达方式开辟了新路。他所创造的自由体是对诗歌的重要革新。

美国民族文学从地平线上一出现就显示出勇于创新的特点。这一时期的美国文学以浪漫主义为主旋律，主要从三个方面体现了前进中的美国人的民族精神。爱默生和惠特曼充满乐观情绪，代表了美国人对理想的执着追求和对新世界的坚定信念。爱默生把欧洲浪漫主义的观念与19世纪的美国现实结合起来，成为美国超验主义运动的领袖。爱默生自己认为"通常被称为超验主义的只不过是1842年间的理想主义"[1]。他对美国的前途充满信心，满腔热情地憧憬着新世界的未来。他对个性的强调和对自助精神的宣扬不仅符合美国的边疆开拓精神，也有助于美国人打破欧洲文化传统的束缚和摆脱加尔文教的残余思想的禁锢，这对美国民族文学的建立功不可没。惠特曼则是新世界的"歌手"，他的诗歌是赞歌，歌颂了新世界生气勃勃的沸腾生活，颂扬了自由平等的社会理想，也讴歌了富有进取精神的美国人民。惠特曼的诗歌洋溢着浪漫主义的激情，他为美国的现实和未来引吭高歌，为自己的民族和人民感到无比自豪。他奔放的自由体诗开创了美国民族诗歌的新纪元。

以库珀和梭罗为代表的另一部分作家对新大陆的发展表现出谨慎的乐观。他们一方面欢呼在荒原上崛起的新伊甸园，另一方面对物质文明发展所带来的危害自然、侵蚀人的灵魂的现象深感不安。库珀在"皮袜子故事集"里歌颂了美国人在荒原上建设家园的业绩，塑造了与自然和睦相处的"高尚的野蛮人"（noble savage）的人物形象。然而，他已经意识到美国边疆开拓时期出现的一系列问题，在作品里表现了现代化与自然界、社会与个人的种种矛盾，流露出对处女地和纯朴生活方式的追怀情感。如果说"皮袜子"是美国文学中"新亚当"的典型形象，那么，只身一人在瓦尔登湖畔体验生活的梭罗就是新世界的亚当。他认为物质文明有碍于人格的发展，主张在自然界中寻求自我完善，身体力行地批

---

1. "Idealism and Independence." in *Columbia Literary History of the United States*. Ed. Emory Elliott, et al. New York: Columbia UP, 1988, p.207.

判了美国经济发展中逐渐显现出的物质至上主义和拜金主义。

霍桑、麦尔维尔、斯托等作家从另一侧面探讨了新世界成长过程中的问题。霍桑和斯托的作品有强烈的宗教意识，强调宗教在社会发展中的重要作用。霍桑触及了现实和人内心的黑暗面，作品反映了他对个人与社会、善与恶等问题的深切关注。他号召人们正视罪恶、净化心灵，并且呼吁宗教宽容精神。斯托直接抨击了使黑人家破人亡、妻离子散的奴隶制，强调只有基督教才能结束奴隶制的暴虐无道，只有基督教的平等博爱思想才能拯救美国社会。麦尔维尔怀着对新世界的憧憬开始写作，后来却描绘了现实与理想之间的鸿沟。他创作了人类抗争命运的悲剧，提倡以宽容平静的态度接受邪恶的存在和宇宙的不可知。这些作家对人本性进行了深刻挖掘，表现了对美国社会发展进程更为冷静的理解。

19世纪上半叶至中叶，是美国民族文学的开创时期与第一次繁荣时期。摆脱了历史和传统的羁绊的美国人在陌生的新大陆建立起自己的家园，然后，他们开始创立自己的文学。这些"新世界的新人"迫切希望描述自己的新生活，表现自己的生命活力，表达自己的思想意识。美国文学正是在美国开拓新世界的进程中崛起的，在美国人对新世界的希望和憧憬之中发展的。19世纪初传入美国的欧洲浪漫主义提倡推崇个人、强调精神、歌颂自然，这种基本观念恰与追求理想社会的美国人的心态相吻合，对美国文学的建立和美国浪漫主义文学的发展起到了很大的促进作用。受其影响的美国超验主义成为美国人开创新文化和与旧大陆决裂的重要理论源泉。美国人在19世纪中叶终于有了真正意义上的自己的文学，出现了库珀、霍桑、坡、麦尔维尔、惠特曼、斯托等一批负有开创美国民族文学先河使命的作家，美国文学表现出朝气勃勃的生命力。至19世纪中叶，美国民族文学业已确立，它已"挣断英国老祖母的引带"[1]，将以自己民族的特色走向成熟。

詹姆斯·费尼莫尔·库珀（James Fenimore Cooper，1789—1851）

詹姆斯·费尼莫尔·库珀出生在美国的新泽西州。在他出生的那一年，乔治·华盛顿成为刚刚诞生的美利坚合众国的第一任总统。在美国建国的最初年月里，政治上取得独立的美国在发展民族经济的同时，面临着建立民族文学的艰巨任务。由于没有本国的文学传统，当时的文人雅士尚没有可以利用的"有用历史"。许多文学作品还流于模仿欧洲文学的题材与形式。以至于1820年，一位名叫西德尼·史密斯（Sydney Smith，1771—1845）的英国文学评论家不无讥讽地问道："四海之内有谁曾读到过出自美国作家之手的书？"[2]尽管另一位美国作家华盛顿·欧文在同一年出版了他的《见闻札记》，但美国作家由于自己过去的殖民历史，还未能完全摆脱对欧洲文化遗产的依附，从整体上来说仍旧有一种文化自卑感。挖掘和使用民族素材、创建具有民族特色的文学因而成为美国彻底摆脱殖民地文化、获得文化独立的根本途径。正是在开拓民族文学、采用民族题材方面，库珀做出了卓越贡献。"他最具有在文学中建立国家传统的意识。"[3]通过他的作品，库珀使美国人发现了自己，使欧洲人认识了美国人，也使今天的读者看到了美国文学的辉煌起步。

---

1. 马库斯·坎利夫：《美国的文学》，方杰译。香港：今日世界出版社，1975年，第35页。

2. Showalter, Elaine. *Sister's Choice: Tradition and Change in American Women's Writing*. Oxford: Oxford UP, 1991, p.10.

3. 萨克文·伯克维奇主编：《剑桥美国文学史（第一卷）：1590年—1820年》，蔡坚主译。北京：中央编译出版社，2008年，第645页。

　　库珀的童年在位于纽约州的库珀镇度过。这个镇是由他的父亲威廉·库珀带领一批拓荒者最早在此定居的，因而被命名为库珀镇。老库珀是当地最有影响力的人物，他不仅是最大的土地拥有者，还是第一任法官，并且两次当选为国会议员。库珀在这些开发边疆的拓荒者中间长大成人，耳闻目睹了边疆开发区的美国人的沸腾生活，他们用斧头、猎枪和马车征服自然的事迹后来都成为他创作的素材。同时库珀所挚爱的山林湖泊、飞禽走兽又为他的创作灵感提供了实践基础。而与库珀镇接壤的森林河畔居住着印第安人，这些印第安人和有关他们的种种传说也出现在库珀日后的创作中，使他成为第一位在文学中描述被白人文明社会摧残、压榨的印第安民族的美国作家。

　　库珀成为作家实属美国文学史上的一件趣闻。他曾就读于耶鲁学院、出海当过水手、服役于美国海军，后来娶了一位当地的名门闺秀，过着悠闲舒适的乡村绅士生活。在他为妻子朗读一本英国小说时，库珀为该书低劣的质量所激怒，宣称自己要写一本超过它的书。妻子对此表示怀疑，这反而更加坚定了他进行创作的决心。1820年，库珀的第一本小说《戒备》(*The Precaution*)出版。这部作品无论从题材、人物还是背景都模仿了英国的流行小说，甚至被人误认为该书出自英国人之手，因此并无太大价值。但从另一种意义上来说，这部作品在改变人们对于舶来品的盲目崇拜方面有着极其重要的意义，因为它象征着美国自己的小说家的诞生。库珀从此一发而不可收，在以后30年的写作生涯里他出版了30余部小说和其他形式的作品。从第二部小说《间谍》(*The Spy*, 1821)开始，库珀转向从自己年轻的国家发掘创作素材。他在创作中首次采用民族题材，为以后的美国作家开拓了一条崭新的道路。库珀从此致力于创作"纯粹的美国式作品"。他所开创的三种不同小说类型，即以

《间谍》为代表的革命历史小说、以《拓荒者》（*The Pioneers*，1823）为代表的边疆题材小说、以《水手》（*The Pilot*，1824）为代表的海上历险小说，奠定了库珀作为美国重要作家的地位。

相比其他所有同时代人，库珀更充分地认识到美国边疆作为小说题材的可能性，并进行探索[1]。库珀对美国文学的最大贡献就是他创作的"皮袜子故事集"，即以猎人纳蒂·班波（绰号"皮袜子"）为中心人物的边疆小说五部曲。这五部小说按出版顺序排为《拓荒者》、《最后的莫希干人》（*The Last of the Mohicans*，1826）、《草原》（*The Prairie*，1827）、《探路者》（*The Pathfinder*，1840）和《杀鹿者》（*The Deerslayer*，1841）。如果说美国历史就是美国人把边界不断西移的历史，那这五部小说便构成了一部美国边疆开拓的史诗。库珀正是把西部和边疆作为可以使用的过去，作为自己写作的源泉，以文学形式真实地表现了美国民族的开拓史——挥舞着板斧砍树烧荒的拓荒者们、边疆地区定居点居民的生活方式和风俗习惯、白人猎手的独往独来、白人殖民者对印第安人的掠杀、印第安人的原始狩猎生活，以及未开发的荒原和原始森林那绮丽迷人的自然景色。

《拓荒者》是"皮袜子故事集"五部曲的第一部小说，也是最有代表性的一部。爱默生曾把这本小说称为"我们的第一本民族小说"[2]，可见它在美国文学史上的地位。这部小说的重要意义不仅在于库珀大胆地选用了民族题材进行写作，还在于他所塑造了纳蒂·班波这样一个典型的美国人形象。纳蒂·班波象征着美国人心目中的理想人物：他天真、纯

1.　Peek, H. Daniel. "James Fenimore Cooper and the Writers of the Frontier." in *Columbia Literary History of the United States*. Ed. Emory Elliott, et al. New York: Columbia UP, 1988, p.240.

2.　Railton, Stephen. "James Fenimore Cooper." in *Dictionary of Literary Biography*. Vol. 3. Ed. Joel Myerson. Detroit: Gale, 1979, p.80.

朴、正直、慷慨，而且具有强烈的正义感和责任感。他坚持西部边疆的原始生活方式，对"文明社会"的腐朽和邪恶切齿拊心。他是一个生活在新世界的亚当。此外，库珀在这本小说里所反映的种种矛盾冲突，如个人与社会、自由与法律、社会与自然等，对后来的美国文学产生了重大的影响，成为美国文学的永恒主题，而他关于社会进步对大自然的毁坏的担忧则成为现代生态意识最早的表述[1]。

《拓荒者》以纽约州的一个早期定居点坦普尔镇为背景，表现了美国建国初期拓荒者开发西部、征服自然的生活。在文明社会巨人般的脚步踏上这片土地之前，这里风景优美，人与自然和睦相处。独自生活在原始森林里的白人猎手纳蒂·班波（因惯用鹿皮裹腿而被称为"皮袜子"）与印第安人结下了兄弟般的友谊，过着自由自在的狩猎生活。后来坦普尔法官带着大批的拓荒者来到这里定居。拓荒者们砍倒了树木、清出了空地、建起了住宅。在拓荒者开辟家园、建立城镇的过程中，宗教、教育、法律等文明社会的种种机构和组织也随之产生。在小说开始时，我们看到的是已具雏形的文明社会画面。可是，文明社会对个人的约束使过惯了自由生活的皮袜子无所适从，他一向恪守"只猎所需"的原则。然而由于违反了人们制定的狩猎法，皮袜子被罚了款，还被判了刑。同时，文明社会由于开发原始森林和荒原对自然环境造成了极大毁坏，这又使热爱自然的皮袜子悲愤不已。热爱自然、向往自由狩猎生活的皮袜子最终远离文明社会。小说以皮袜子肩扛猎枪、稳步朝着日落的方向走去结束。

---

1.   Peek, H. Daniel. "James Fenimore Cooper and the Writers of the Frontier." in *Columbia Literary History of the United States*. Ed. Emory Elliott, et al. New York: Columbia UP, 1988, p.244.

　　《拓荒者》是美国人开发西部的绚烂历史画卷。但小说的真正主人公却是一直生活在大自然中的白人猎手纳蒂·班波。班波是库珀倾心塑造的一个"有着蒙昧人身上所体现的最高文明原则"[1]的艺术形象。故事开始时，班波已经年至古稀。班波几乎就是他居住了40年的原始森林的化身——正直、朴实、独立、高尚。他出身低微，未受过正式教育，在白人圈子里或社交场合态度拘谨，举止不自然。然而他丝毫没有社会等级观念的偏见，并认为人应以平等之心待人，对遭受白人掠夺、压榨的印第安人充满了同情之心。班波又是个熟练的猎手和樵夫，有着丰富的山林生活经验。他热爱自然，遵守自然界的法则，蔑视文明人的"邪恶和挥霍"。他不贪得无厌、不挥霍浪费，也决不无故杀戮动物，他认为"最微不足道的东西，生来也是有用的，不能被随便破坏"，因为"上帝创造了它们是为了供给人类食物，没有任何其他可辨知的理由"。他反对毁坏森林，因为森林"是为了动物和鸟类有栖息之地，当人类想得到它们的肉、皮或者羽毛的时候，可以在这样的地方找到它们"[2]。对他和他的塑造者库珀来说，自然代表着纯洁、完美与自由，对自然界的侵犯就是摧毁自然界所代表的优秀道德品质。显然，库珀想极力表现的一点就是在纳蒂·班波身上综合了自然人和文明人的最好品质。班波没有受过什么教育，其行为举止却反映了文明的最高准则；他过着原始生活，其生活方式却又符合行为的最高规范。皮袜子最后为摆脱文明社会的羁绊继续向西而去。他的被迫离去说明文明社会的发展带来的不仅有

1.　Cooper, James Fenimore. "Preface to The Leather-Stocking Tales." in *Concise Anthology of American Literature*. 2nd ed. Ed. George McMichael, et al. New York and London: Macmillan, 1985, p.317.

2.　萨克文·伯克维奇主编：《剑桥美国文学史（第一卷）：1590年—1820年》，蔡坚主译。北京：中央编译出版社，2008年，第656页。

人类的进步，也是文明人对大自然的破坏。纳蒂·班波也是美国文学中的第一个具有象征意义的反叛者。逃离文明社会的邪恶、重返大自然的怀抱自此成为美国文学中的熟悉主题。在他之后的作家梭罗、马克·吐温（Mark Twain，1835—1910）以及20世纪的欧内斯特·海明威（Ernest Hemingway，1899—1961）都曾步库珀的后尘，探索同样的主题。

《拓荒者》刻画了美国社会发展中的一个重要历史时期。美国自西部开始开发后，不仅是美国版图的扩大：一方面，朝气蓬勃、坚毅勇敢的拓荒者们以大无畏的精神创建了西部的物质文明，他们所到之处，森林被夷为平地，荒原变成良田，来自旧大陆的人们在这里梦想成真，用自己的双手建造了一个新世界；另一方面，白人文明社会向西部边疆荒原的步步推进不可避免地给大自然带来了毁灭性的破坏，一片片原始森林被拓荒者的板斧无情地砍倒，自由狩猎的原野即将不复存在，自然资源遭到破坏，动物、鸟类横遭杀戮。原来自由地生活在大自然中的森林居民们，特别是土生土长的印第安人，被屠杀、被驱赶，他们的生存直接受到了文明社会发展的威胁。尽管库珀对文明社会价值具有坚定的信念，但他也深深意识到在开拓边疆、开发荒原的过程中，不仅许多可贵的东西遭到破坏，而且不可避免地产生了许多对立和矛盾冲突。这些矛盾冲突代表了两种生活方式，也是两种价值观念的冲突。正是因为认识到并且反映了社会进步所要付出的代价，"皮袜子故事集"五部曲才被赋予一种史诗的性质。而库珀自身也同样具有这两种冲突，他既致力于文明建设，被美国穿越大陆的进展所鼓舞，同时也怀念他儿时边疆社区的田园景色[1]。

《拓荒者》一书中所表现的冲突是文明社会发展进程中必然遇到的问

1.　Peek, H. Daniel. "James Fenimore Cooper and the Writers of the Frontier." in *Columbia Literary History of the United States*. Ed. Emory Elliott, et al. New York: Columbia UP, 1988, p.245.

题。从某种意义上说，库珀小说的深度就在于他同时表现了文明社会发展
势不可挡的趋势和大自然所代表的高贵品格，以及这两者之间的无情冲
突。人类的进步带来了文明社会的发展，也必然会侵犯自然界的权利。随
着社会的发展而日益健全的社会机制必然对社会成员加以约束，社会人负
有的责任和受到的约束必然与独立人、自然人发生冲突。在《拓荒者》一
书中，这两种冲突具体表现在纳蒂·班波和法官坦普尔这两个人物身上，
他们两人的对立构成了小说的内在结构。"毋庸置疑，《拓荒者》最大的艺
术魅力在于对皮袜子与法官之间的矛盾的技巧性处理。"[1]法官坦普尔在书
中代表着社会秩序和法律约束。他强调人作为社会成员的义务和责任，认
为个人行为必须服从社会的需要，呼吁社会成员之间的协调与合作。法律
不仅制约了像皮袜子这样的人的自然生活方式，也起到了保护自然资源不
被任意浪费和破坏的作用。对法官坦普尔来说，法律的尊严至高无上。与
其相反，皮袜子代表了个人自由与自然法则。他认为人应该按照自然的自
由法则安排自己的生活，一切顺其自然，毫无约束。人应该自律，但是个
人只需为自己的行为负责。对纳蒂·班波来说，个人的尊严高于一切。价
值观念的对立使法官坦普尔和皮袜子这样的人发生冲突。而正是法官坦普
尔所代表的文明人和纳蒂·班波所代表的自由人之间的冲突，构成了美国
开发边疆过程中的主要矛盾。个人与社会、自由与法律、自然界与社会发
展的矛盾在这里得到了充分的体现。而库珀把书名中的拓荒者以复数形式
表现，似乎同时强调了个人自由和社会发展的重要性，美国开发边疆的史
诗正是由以他们为代表的两种人谱写的。

　　从库珀塑造的两个主要人物身上，我们看到了库珀自己内心深处的

1.　Grossman, James. *James Fenimore Cooper*. London: Hesperides P, 2008, p.79.

矛盾。他一方面对社会发展充满信心，另一方面又向往纯真朴实、无拘无束的自然人生活。这种矛盾心理在以后的岁月里还将不断使其他美国作家感到困惑。库珀歌颂了美国开发西部的光辉业绩。社会进步顺应了历史发展潮流，而社会的发展又要破坏自然、拘束个人。从这一点来看，法官代表了社会发展和社会规范。法官坦普尔在努力把文明带到被开垦的处女地时，就会使自然资源遭到破坏，还会使生活在大自然中的白人狩猎者和印第安人失去赖以生存的生活方式。尽管如此，库珀明显地表现出对皮袜子和残存下来的印第安人的同情。他们的悲剧在于他们无法掌握和改变自己的命运——他们的原始生活方式注定要被更先进的生活方式所取代，他们所信奉的个人自由和个人尊严必将受到社会法律和秩序的侵犯，他们所代表的那种自然的生活方式也终将成为历史。而唯一能使他们保持个人尊严和完整人格的方法便是离开定居点向森林深处迁移。令人感慨的是，皮袜子在小说结尾逃离文明社会的举动可以说是徒劳的。他向着原始森林的不断遁退使得他事实上成为文明社会向外延伸的开拓者和带路人，拓荒者们将沿着他的足迹继续向西部挺进。

除了探讨文明与自然的关系，文明与"野蛮"（印第安人）的关系也是库珀关注的主题。在《最后的莫希干人》中，纳蒂·班波这一人物身上体现了库珀本人的矛盾心态。他虽然认可人类的进步和社会的发展，但也对印第安人部落的消亡感到悲哀；在对印第安人表示同情的同时，也描述了白人的贪婪、残暴和邪恶。边疆拓荒时期英法殖民者为争夺领地你死我活的战争，白人对印第安部落的挑拨造成的印第安人相互残杀，白人与印第安人之间的屠杀，这些都在《最后的莫希干人》中得到了生动的再现。正如他在书中描述的那样："面临着文明的推进，也可以说，文明的入侵，所有印第安部落的人民，就像他们故土林木上的绿叶在刺骨的严寒侵凌下纷纷坠地一样，日益消亡，看来这已成为落在他们头上的不可避免的命运。"[1]

库珀对美国文学做出了卓越贡献。他率先在自己的创作中使用民族题材，并塑造了具有民族特色的人物形象。他为美国文学的发展，特别是美国小说的发展开辟了一条新路。他书中所涉及的"边疆""荒野""拓荒""西部开拓"等题材，成为美国文学的恒久主题。他的小说描述了美国人自己民族的故事，使一向依赖文化进口的美国人耳目一新，从而缩短了作品与读者之间的距离。他的小说又以情节曲折见长。西部边疆茂密的原始森林、边疆地区居民的风俗民情、印第安人带有神秘色彩的生活方式都被他在写作中得以巧妙地利用，使他的作品富有浪漫色彩。他对边疆地区瑰丽的自然风景的描写也是相当出色，在这一点上，《拓荒者》一书的开始部分便是极好的例子。不可否认，库珀在情节创作上仍然受到英国作家的影响，以至于他有"美国的司各特"之称。在语言使用上，库珀也未完全摆脱当时作家沿袭英国文学老路的窠臼，他的描写有时过长，缺少生活气息。有些人物形象，特别是女性的塑造，显得不够生动，缺乏活力。就连后来著名的美国作家马克·吐温对他的写作风格也有所贬责。尽管如此，库珀的成就使他成为美国文学真正的"拓荒者"。

纳撒尼尔·霍桑（Nathaniel Hawthorne，1804—1864）

霍桑在年轻的时候就说过："我不愿意当医生，靠为病人治病谋生；

---

1. 詹·费·库珀：《最后的莫希干人》，宋兆霖译。南京：译林出版社，1999年，第12页。

不愿当牧师，靠和人们的罪恶打交道谋生；也不愿当律师，靠解决人们的争吵谋生。因此，我看不出除了当作家，还有什么我可以干的事情了。"[1]话虽这样说，身为作家的霍桑以其敏锐的洞察力及对人性的深刻理解探索了人世间种种疾病、罪恶与争吵的根源和后果。而他正是以探索人的本性、人的心理和人的道德观开创了美国心理浪漫小说的先河，并成为美国19世纪最有影响力的浪漫主义小说家。

霍桑的文学创作深受其生活环境的影响。与库珀颇为相似的是，他也关注自己国家过去的历史，对影响了新英格兰，乃至整个美国的清教主义思想进行了深刻的反思，并以此作为自己的创作背景。霍桑自己就出生于马萨诸塞州塞勒姆镇的一个清教徒世家，先辈中曾有两人在17世纪的新英格兰地区担任要职，参与了清教徒对异端的迫害，而且其中一人还在美国历史上有名的塞勒姆镇"驱巫"案里担任法官。到了霍桑这一代，家境已经败落。霍桑自幼丧父，随母亲投奔外祖父，在浓厚的宗教氛围中长大，耳濡目染了宗教派别的激烈斗争和宗教的残酷迫害。新英格兰的历史、塞勒姆的宗教环境与历史背景，以及霍桑自己清教徒祖先的所作所为都在他年轻的心灵上打上了深刻的烙印，并使霍桑坚信人的"原罪说"，而这一观点极大地影响了他日后的创作。

霍桑大学期间与后来成为美国总统的富兰克林·皮尔斯（Franklin Pierce，1804—1869）、著名的浪漫主义诗人朗费罗结下了终生友谊。1825年大学毕业后他回到塞勒姆镇，过了整整12年用他自己的话说"从

1．Miller, James E., Jr., ed. *Heritage of American Literature: Civil War to the Present.* Vol. Ⅱ. San Diego and New York: Harcourt Brace Jovanovich, 1991, p.1387.

生活的主流分离出来"的孤独生活[1]。在很早之前写给母亲的信中，他就说过："对于我要成为作家、以笔为生这件事，你怎么看？我的笔迹难以辨认，倒是很像作家。当你看到评论家赞扬我的作品，你将会多么为我骄傲！……但是作家都是穷鬼，会被撒旦带走的。"[2]在这一段时间里，霍桑与外界几乎隔绝。他阅读了大量书籍和史料，认真地思考习作，为将来创作做准备。1837年，短篇小说集《重述的故事》（*Twice-Told Tales*）的出版标志着霍桑写作实习期的结束，短篇小说集《古屋青苔》（*Mosses from an Old Manse*，1846）的问世开始引起出版界的注目，而长篇小说《红字》（*The Scarlet Letter*，1850）的出版使霍桑一跃成为当时最重要的小说家。霍桑后来还写了《带有七个尖角阁的房子》（*The House of the Seven Gables*，1851）、《福谷传奇》（*The Blithedale Romance*，1852）、《玉石雕像》（*The Marble Faun*，1860）三部长篇小说和一些短篇。

　　霍桑生活在一个充满变化和矛盾的时代。一方面，新大陆仍以它广阔无垠的沃土和无限的机遇召唤着人们，强调通过个人奋斗达到成功的美国梦仍以它独特的魅力吸引着美国人，杰斐逊式的民主社会又为美国人展现了一幅充满希望的画面；另一方面，理想和现实之间的沟壑越来越宽，宗教自由、种族平等、性别平等等美好的愿望并没有实现，工业革命和资本主义经济发展所带来的金钱万能、道德堕落等现象日益明显。面对社会的种种矛盾，霍桑不是从社会改革中寻求出路，而是以宗教的善恶观看待一切社会现象，把社会矛盾归咎于灵魂深处人心善恶的冲突。正因为如此，他对社会改革持怀疑态度，比如他虽鄙视奴隶贸

1.　Bell, Michael Davitt. "Nathaniel Hawthorne." in *Columbia Literary History of the United States*. Ed. Emory Elliott, et al. New York: Columbia UP, 1988, p.415.

2.　Ibid. p.414.

易，却既不支持奴隶制也不支持废奴运动[1]。他所做的就是在自己的作品中努力向人性的深处挖掘，试图在人的内心中寻找意义。如果说库珀的主题是社会人与自然人、人与自然的矛盾，那么霍桑的主题则是人内心的矛盾，是人本性中的善恶之争。霍桑的一生一直被人生的罪恶所缠扰，他的作品反映出清教的宗教意识对他根深蒂固的影响。"当康考特的思想家们宣称人类是上帝的子民时，霍桑却根据自己的经验批判地审视罪恶。这正是他精神生活上最主要、最有趣的矛盾问题。为了寻找答案，他好奇地向人类灵魂深处不断挖掘。"[2]麦尔维尔对霍桑的评价是十分贴切的："肯定地说，霍桑描写黑暗的巨大力量，是由于受到加尔文教义关于与生俱来的堕落与原罪思想的影响。没有一位思想深邃的人能永远、完全地摆脱这种思想所产生的各种形式的影响。"[3]而霍桑曾经用来评价麦尔维尔的话——"他既不肯信教，又对自己的不信教感到惶恐不安"[4]——对霍桑自己同样适用。更为重要的是，霍桑意识到清教主义在自己年轻的国家的形成过程中起到了不可忽视的作用。他用自己的笔探索和反映了这种历史进程。对霍桑来说，世上一切罪恶的根源来自人们心中之恶。他用加尔文教义中人性本恶和原罪等观念解释社会上的不合理现象，认为罪恶无所不在、罪恶人人皆有。罪恶不仅存在于外界环境之中，更存在于人的内心深处。而令人沮丧的是，我们永远无法知道

1. Person, Leland S. *The Cambridge Introduction to Nathaniel Hawthorne*. Shanghai: Shanghai Foreign Language Research P, 2008, p.28.

2. 沃浓·路易·帕灵顿：《美国思想史：1620—1920》，陈永国等译。长春：吉林大学出版社，2002年，第735—36页。

3. Melville, Herman. "Hawthorne and His Mosses." in *The Norton Anthology of American Literature*. 9th ed. Vol. B. Ed. Robert S. Levine, et al. New York: Norton, 2017, p.1417.

4. Hawthorne, Nathaniel. "Herman Melville." in *The Norton Anthology of American Literature*. 1st ed. Vol.1. Ed. Ronald Gottesman, et al. New York: Norton, 1979, p.1154.

别人内心所想[1]。例如，著名短篇《年轻小伙子布朗》（"Young Goodman Brown"）描写了一个单纯善良的年轻人受到引诱，到森林中与魔鬼赴约。在那里，他才发现镇上他心目中的好人，包括他纯洁的爱妻，竟然也全都在场。布朗因此彻底丧失了快乐的能力，其悲伤根源在于他信仰的丧失。而布朗在今后的岁月里也必须接受这个不是那么善恶分明的世界。短篇小说《教长的黑面纱》（"The Minister's Black Veil"）中的胡珀教长一向受到教民的爱戴，然而有一天他忽然以黑纱罩面，并且再也不肯摘下。就是这块面纱，使教长与教民的关系发生了根本性变化。教民将他视为令人生畏的怪物，对他避之不及，就连心爱的未婚妻也离他而去。临死前，胡珀教长隔着盖面的黑纱大声说道："我看看四周，每一张脸上都蒙着一面黑纱！"教长透过黑纱看到的是一片黑暗，而躲在黑纱后面的便是隐藏在人们心灵深处的各种罪恶。

罪恶不仅存在于人的心灵深处，也来自自己的祖先。霍桑背负着人类的罪恶遗产，对自己祖辈的罪恶行为始终不能忘怀。他相信"一代人的罪孽要殃及子孙"[2]，因此有人说他创作长篇小说《带有七个尖角阁的房子》的目的实际上就是希望为自己的祖先赎罪。"过去已经死去，却未被遗忘，霍桑为它写了传记。"[3]这部小说讲述了祖先的罪孽给后代带来的灾难。品钦家族的人在殖民开发时期强行霸占了毛尔家的土地，在上面盖起了带有七个尖角阁的房子，并以惩处巫师之名把毛

1.　Person, Leland S. *The Cambridge Introduction to Nathaniel Hawthorne*. Shanghai: Shanghai Foreign Language Research P, 2008, p.42.

2.　Hawthorne, Nathaniel. "Preface to *The House of the Seven Gables*." in *The Norton Anthology of American Literature*. 9th ed. Vol. B. Ed. Robert S. Levine, et al. New York: Norton, 2017, p.569.

3.　沃浓·路易·帕灵顿：《美国思想史：1620—1920》，陈永国等译。长春：吉林大学出版社，2002年，第736页。

尔活活烧死了。这座带有七个尖角阁的房子和毛尔死前的诅咒一起传给了品钦家族的后代,并给他们带来了厄运,因为后代必须为祖先的罪恶付出代价。

霍桑在探讨罪恶的时候,直接或间接地抨击了清教主义社会对人性的压抑和摧残。霍桑认为人是带着"原罪"降生的,所以他提供的出路不是一个没有罪恶的世界,而是要使人正视罪恶的存在,并把人从泯灭人性的负罪感中解脱出来,他的代表作《红字》最集中地反映了他的思想观以及他对200年前统治美国社会的清教主义的看法。霍桑选择17世纪的波士顿作为这本小说的背景。故事开始时女主人公海斯特·白兰因与人通奸生下一个孩子而被罚带着有红色字母A的通奸标志示众,并从此受到社会的歧视和排斥。但是霍桑在这部小说中并不仅仅描写了被社会和法律所不容的罪恶,也着重探讨了罪恶的普遍存在以及罪恶对人的影响。一方面是海斯特犯下了通奸罪,受到宗教和社会的公开谴责;另一方面,即在更深的层次上,霍桑揭露的是隐藏着的道义上的罪恶。这种隐藏的罪恶有两种:一种是与赫斯特通奸的清教徒、牧师丁梅斯代尔所代表的道貌岸然和自私怯懦的性格,另一种则是由海斯特的丈夫奇林沃思所代表的充满嫉恨的冷酷复仇心理。作者描写了通奸罪发生之后三个主要人物的命运。而在故事的结尾,只有在开始时饱受社会冷眼和侮辱的赫斯特,由于能够真实地面对上帝和世界,真诚地待人待己,终于使自己胸前的红字变为仁爱和德行的象征,她也因而获得新生。《红字》不仅是霍桑对过去社会的批判,也是他对人类心理和人在社会中所处困境的清晰理解。霍桑试图从罪恶的神秘之中探求人的获救之路,而他最后的结论便是告诫人们要正视罪恶,以净化心灵、获得拯救。

对霍桑来说,罪恶的另一个来源是科学技术的发展。霍桑由于看到工业革命和经济发展带来的金钱至上、道德堕落等恶果，再加上他的宗教意识，因此对科学技术的发展，人类改造自然、征服自然的行为持怀疑甚至是否定态度。在霍桑的短篇小说中，代表智力的头脑与代表感情的心灵之间的冲突不时出现。霍桑总是把这两者之间的冲突描绘成善恶之争，把智力的发展与心灵的变态和感情的冷酷等同起来。在霍桑笔下，自然界的一切事物都是按上帝的旨意安排的，人类企图揭开自然之谜的举动既是愚蠢的，又是徒劳的。在短篇小说《拉伯西尼医生的女儿》（"Rappaccini's Daughter"）和《胎记》（"The Birthmark"）中，科学技术被描绘成扭曲自然、毒害人类的怪物，而痴迷于科学的人则变成了丧失良知与人性的罪人。《拉伯西尼医生的女儿》中的拉伯西尼医生就是个科学狂人，为满足自己的求知欲不惜付出一切。他在花园里种植了各种毒花毒草，使在这种环境下成长起来的女儿成为"毒人"。而邻家小伙乔万尼在与拉伯西尼医生的女儿比阿特丽丝的交往中也身染毒素。他责备比阿特丽丝毒害了自己，并试图净化她。比阿特丽丝服下了乔万尼的解毒药，最终身亡。而在《胎记》中，科学家埃尔默在自己妻子的身上进行了实验，他视妻子乔治亚娜脸上的胎记为"凡人的不完美"的表征，试图将妻子的胎记去掉，并自负地认为自己渊博的学识定能战胜自然的局限。乔治亚娜服下了他配制的药水，在胎记消失之时，乔治亚娜命赴黄泉。在这个故事中乔治亚娜象征着女性被物化，只能被自己的身体所定义[1]。

1．　Person, Leland S. *The Cambridge Introduction to Nathaniel Hawthorne*. Shanghai: Shanghai Foreign Language Research P, 2008, p.57.

霍桑曾在他的几部长篇小说——《红字》、《带有七个尖角阁的房子》、《玉石雕像》——中阐述了自己的艺术观点。正像在他之前的作家欧文和库珀那样，他努力从自己国家短暂的历史中挖掘可以利用的素材，用自己的想象力把过去和现在联系在一起。这样，他就能创造一种介于现实和虚幻之间的中间地带，在那里真实和想象可以相遇，并且彼此影响。正因为如此，霍桑开创了一种独特的浪漫主义小说形式"罗曼司"，也就是一种认为文学创作应介于像与不像之间的文学观。他认为他的罗曼司有别于"必须达到每个细节都真实，不仅符合人们经历可能的进程，而且符合一般会产生的过程"的小说创作[1]。罗曼司也要遵循创造法则，然而罗曼司的作者在一定程度上可以通过自己的创造去表现真实，只要这种真实能够忠实于他所谓的"人性的真"就可以。就这样，霍桑把读者带回到新英格兰殖民地的过去，带回到那个在清教主义统治下的社会。他巧妙地利用了自己国家的传奇性历史故事，并结合他对新英格兰殖民时代历史的理解和认识，探讨了美国清教主义的过去，并因此探索整个社会和人生。

由此可见，霍桑的罗曼司不是一般意义上的罗曼司。"他从不关心爱情、冒险之类的罗曼司，吸引他的是道德罗曼司，是病态想象中灵魂的暴力扭曲。"[2]他用这种写作形式把读者带进了一种境界，在这个既是真实又是想象的境界里挖掘了人性的心理根源。霍桑的小说尤其注重心理分析，他擅长描写复杂的心理过程，刻画人们的思想冲突和心理活动，同

1.　Hawthorne, Nathaniel. "Preface to *The House of the Seven Gables*," in *The Norton Anthology of American Literature*. 9th ed. Vol. B. Ed. Robert S. Levine, et al. New York: Norton, 2017, p.569.

2.　沃浓·路易·帕灵顿：《美国思想史：1620—1920》，陈永国等译。长春：吉林大学出版社，2002年，第736页。

时他的心理描写又与他的宗教和道德观相呼应。在加尔文教的罪恶观影响下，他感到社会的种种矛盾来自人内心潜在的罪恶，而罪恶又造成了对人心理的困扰。他的笔墨因而着墨于在罪恶面前人的内心矛盾以及罪恶对人的心理和行为的影响。

　　霍桑艺术表现手法的另一重要特征是善于使用寓言和象征。他的作品常常由于其寓言形式和宗教隐喻而带有一种色彩模糊的阴郁气氛，但他那些蕴含着深刻道德寓意的故事并非是以书中人物的命运来阐明道德观念的，他的作品揭示了人们某种道德行为背后的深层心理活动，而且具有独特的寓言性质，这便是他作品中那些说不清、道不明的象征意义。象征也是霍桑写作的一大特点。霍桑常常把客观事物看作含有某种隐秘意义的象征物，并在作品中通过象征物来表达某种寓意。霍桑的象征手法十分含蓄，其象征物又常常意义含糊，可以有多种释义。他的这些构思微妙、意义含糊的作品，的确令人回味无穷。其代表作《红字》是霍桑成功地使用象征手法的典型。字母A作为一个象征物有多种含义。它在不同的场合下表达了"通奸"（adultery）、"天使"（angel）、"有才能的"（able）等意义。该书中赫斯特的女儿珠儿更是一个活脱脱的象征，她既是爱情也是罪恶的产物。她是母亲与人私通的见证，又是母亲和牧师爱情的结晶。她的降生使母亲饱受屈辱，又给她的生活带来希望。而在著名短篇小说《教长的黑面纱》中，教长的黑面纱无疑也是一象征物，但它所象征的意义在故事中没有交代清楚。故事探讨了一个突然改变外在形象的人的后果[1]。教长为什么突然带上黑面纱？黑面纱是用来隐藏教长自己的罪恶呢，还是象征着人人都有隐藏的罪恶？罪恶真的处处皆有吗？是带了黑面纱的教长给社会蒙

---

1. Person, Leland S. *The Cambridge Introduction to Nathaniel Hawthorne*. Shanghai: Shanghai Foreign Language Research P, 2008, p.47.

上了一层黑影吗？带上黑面纱的教长是企望以心灵面对上帝，还是想把自己与上帝隔开？他是羞于面对公众，还是不屑于与他的教民为伍？诸如此类的疑问作者都没有解答。读者和故事中的其他人物一样，只能凭借自己的想象和判断得出结论。霍桑的这种做法既表现了作者本身思想观和道德观的矛盾，也充分显示了他娴熟的艺术手法和创作技巧。

霍桑写作的时期正是浪漫主义在文坛盛行之时。作为一个浪漫主义作家，他强调想象力的重要性，提倡净化精神生活，呼吁个人内在完善，而且相信自然现象是精神的象征。但是，他的许多观点也表明了他自己充满矛盾的思想意识。许多浪漫主义作家崇尚自然，并试图在自然中寻求真理以挣脱商业化的文明社会对人的束缚。霍桑所描绘的自然并非净土一片，自然拯救人类的力量在霍桑眼里也远非人们所愿。他笔下的人物也有过从社会转向自然的尝试。《红字》中的赫斯特和她的情人丁梅斯代尔在林中互诉衷情，商量如何逃离令人窒息的清教统治下的社会，去追求自由和幸福。《年轻小伙子布朗》中布朗践约来到森林。森林在此到底代表什么？纯洁？邪恶？自由？阴谋？看看这些人物的命运吧！赫斯特和丁梅斯代尔的计划最终未能实现，丁梅斯代尔当众忏悔后死在赫斯特的怀抱中。布朗的森林之行有着灾难性的后果，当他发现包括爱妻在内的镇上人都在森林中与魔鬼约会时，他的信念被彻底摧毁，他失去妻子的同时也失去了信仰（具有象征意义的是，布朗的妻子名为"信仰"）。因此，在霍桑笔下，自然成为"从习俗和家庭的价值观中解放出来的空间，同时亦是来自无意识的黑暗冲动涌现的地下场所"[1]，充分体

---

1.   Person, Leland S. *The Cambridge Introduction to Nathaniel Hawthorne*. Shanghai: Shanghai Foreign Language Education P, 2008, p.42.

现了他关于人性、社会、自然的矛盾观点。

　　与面对未来、乐观向上的超验主义者相比，霍桑是一个悲观主义者，他更注重的是人的阴暗隐秘的一面。与爱默生不同的是，霍桑用社会人的观点，而不是自然人的观点观察世界。他的结论与爱默生所代表的超验主义者迥然不同。对霍桑来说，罪恶的处处存在是现实所在。人所处的社会环境、人的负罪感以及过去的时代都给人带来了巨大的压力。而轻易否认这一切、试图逃离或改变这一切都是不现实的，也是不可能的。在《红字》的结尾，赫斯特许多年后又自己返回波士顿，胸前依旧佩戴着那个红字标志直至去世。尽管阅读霍桑的作品常常给人带来一种沉重的压抑，我们却无法否认霍桑小说撼人心灵、发人深思的力量。霍桑对人性和心理的孜孜探索与高超的艺术手法，使他当之无愧地成为19世纪美国最著名的作家之一。

埃德加·爱伦·坡（Edgar Allan Poe，1809—1849）

　　当美国东北部新英格兰地区的作家们为建立有民族特色的美国文学而努力的时候，美国南方出现了一位与众不同的浪漫主义作家——埃德加·爱伦·坡，他在诗歌、短篇小说和文艺理论三方面均为美国文学的发展做出了独特的贡献。然而，这位在文学创作之路上独辟蹊径的作家却远不如他同时代的其他作家幸运或者声名显赫。有很长一段时间，他被排斥在美国文学主流之外，他的人品受到攻击，他的作品也得不到国人的重视。爱默生曾称他为"叮当诗人"[1]，19世纪的另一位著名诗人惠特曼则说他的诗是"想象文学的电光，光华耀目但缺少热力"[2]。他的命运令人想起他著名诗作《乌鸦》（"The Raven"，1845）中那只孤零零地唱着"永不复返"的哀歌的乌鸦。可是，在大西洋彼岸的法国，著名诗人夏尔·波德莱尔（Charles Baudelaire，1821—1867）和斯特凡·马拉梅（Stephane Mallarme，1842—1898）却对他大加赞扬，他们热情洋溢地翻译了爱伦·坡的作品，使他成为对法国印象派作家极有影响的美国作家。而当法国的印象派诗人反过来影响美国下一代诗人的时候，美国人才意识到坡的价值，开始对他重新进行评价。这位在异域游荡着的幽魂终于回到了自己的故土。

　　埃德加·爱伦·坡出生在新英格兰城市波士顿，但基本上是在南方的弗吉尼亚州度过其青少年时代的。坡短暂的一生并无多少幸福而言。他幼年失去父母，后来由弗吉尼亚州的富商约翰·爱伦抚养成人。坡曾随爱伦夫妇去过英国，在那边受过教育，以后又回到美国上学。但坡在家里得不到真正的温暖。他性情敏感，因而和养父的关系一直不融洽。17岁时坡进入由杰斐逊创办的弗吉尼亚大学，一年以后离开。在军队里待了几年之后，他又进了西点军校就读，却因违反军纪被开除。家庭生活的不幸福使坡对前途感到茫然，他年轻时便染上嗜酒、赌博和吸毒的恶习。坡和养父的关系继续恶化，以致他做养父财产合法继承人的希望最终破灭。在以后

1.　马库斯·坎利夫：《美国的文学》，方杰译。香港：今日世界出版社，1975年版，第58页。

2.　Whitman, Walt. "Edgar Poe's Significance." in *The Norton Anthology of American Literature*. 1st ed. Vol.1. Ed. Ronald Gottesman, et al. New York: Norton, 1979, p.2019.

的年月里，坡以报纸和杂志编辑工作为生，过着捉襟见肘的生活。坡从年轻时便才思敏捷，生活的压抑和思想的苦闷或许更激发了他创作的灵感。他18岁时出版了第一本诗集，第二和第三本诗集在以后几年中相继出版。当然，那个时代的诗人所得的稿酬根本无法维持生计，坡只好从事其他职业。坡从19世纪30年代起开始做杂志和报纸的编辑，同时也不时发表短篇小说和文学评论。1836年，坡娶了表妹弗吉尼亚为妻，婚后两人情深意笃。可惜弗吉尼亚自幼体弱多病，11年后便因肺病而去世。这对坡无疑是一沉重的打击。由于他的怪诞、无常和嗜酒，加上他辛辣的文学批评，坡虽曾受雇于好几家杂志，但又不断被解聘，生活毫无保障。坡此后身体状况不佳，生活极不安定。1849年的一天，坡突然发病，昏倒在巴尔的摩大街的一条阴沟里。几天之后，坡在医院去世，年仅40岁。而在他死后，他的文学遗嘱执行人鲁弗斯·威尔莫特·格里斯沃尔德（Rufus Wilmot Griswold）又对他大肆诽谤、攻击，不仅在世人面前严重地诋毁了他的形象，还使他的作品在很长一段时间遭到误解和忽视。

坡"在自己的写作生涯中努力发挥一位坚持独立性的作家的多种作用"[1]。他的作品可以分为三大类：文学理论、短篇小说和诗歌。坡是个杰出的文学评论家。他积极探索、总结创作理论与技巧，而且努力将其实践于自己的小说和诗歌创作。他在《评霍桑〈重述的故事〉》（"The Review of Hawthorne's *Twice-Told Tales*"，1840）、《创作哲学》（"The Philosophy of Composition"，1846）和《诗歌原理》（"The Poetic Principle"，1850）三篇文论中阐述了他的主要创作思想与技巧。坡的基本创作思想是唯心主义

1.　Thompson, G. R. "Edgar Allan Poe and the Writers of the Old South." in *Columbia Literary History of the United States*. Ed. Emory Elliott, et al. New York: Columbia UP, 1988, p.277.

和唯美主义的。他既不像新英格兰超验主义作家那样相信"文以载道"，也不认为创作是社会现实生活的反映，他的作品没有强烈的地方情感[1]。从爱默生到梭罗乃至霍桑，都是为追求理想而批判现实，而坡对现实的反叛则表现在他从现实世界向想象世界的转换。毋庸置疑，他的观点是背离时代、不容易被人接受的。后人在谈到19世纪美国文学史上那个辉煌的"文艺复兴"时期时，甚至不把他包括在内[2]。与自己同时代的作家相悖，坡不是从现实生活或是美国自己的历史中挖掘素材，而是继承了从古希腊到文艺复兴的古典传统。这正如他诗中所说的那样："回到昨日希腊的光荣，和往昔罗马的盛况。"[3]坡一生追求的是美和艺术上的和谐。创作是艺术，目的就在于创造美。真实能够满足人的理智、感情能够满足人的心灵，而美则能震撼人的灵魂。说到底，对于坡，艺术的目的就是艺术。

坡一共创作了70余篇短篇小说和50多首诗歌。他的作品，特别是后期作品，贯穿了他的基本创作思想和写作技巧。坡主张创作应该以美为目标，应该严格遵守技巧上的标准。他强调作品效果和气氛的统一。他还认为作品要短，要能使读者一气读完，以保证读者印象的完整性。作品的第一句话即要创造一种气氛，建立起要达到的预期结果，而且事先就应该把结局考虑在内。作家使用的每一个词、每一句话都要以达到这个效果为目的，从而给人以"美的享受"。在坡看来，作品的最佳基调是"忧郁"，而最能打动人的心灵、最富有诗的气氛的题材便是美与死的结

1. Thompson, G. R. "Edgar Allan Poe and the Writers of the Old South." in *Columbia Literary History of the United States*. Ed. Emory Elliott, et al. New York: Columbia UP, 1988, pp.268-69.

2. Matthiessen, F. O. *American Renaissance: Art and Expression in the Age of Emerson and Whitman.* Oxford: Oxford UP, 1941.

3   吴伟仁，印冰编著：《美国文学史及选读学习指南（第一册）》。北京：中央民族大学出版社，2002年，第145页。

合。正是在这种创作思想的指导下，坡的作品不乏渲染爱情和死亡结合的主题，并且大都充斥着恐怖、忧郁、凄惨、怪诞和神秘的气氛，展现了一种病态的、痛苦的、疯狂的"美"。

坡的短篇故事可以分为怪诞恐怖小说和侦探推理小说两类。坡虽然是南方作家，但他的作品很少用南方作为故事背景，极少以南方人作为其人物角色，也很少涉及南方文学的主题。坡的故事哥特式风格浓郁，他常常以发生在异域的故事为题材，作品弥漫着恐怖、怪诞与死亡的氛围。但他这些故事的独特之处在于他对人物的心理，特别是对无意识、潜意识和变态心理的深刻探索。他的怪诞恐怖小说中最为著名的有《丽姬娅》（"Ligeia"，1838）、《厄舍古厦的倒塌》（"The Fall of the House of Usher"，1839）、《红死魔的面具》（"The Masque of Red Death"，1842）、《黑猫》（"The Black Cat"，1843）以及《阿芒提拉多的酒桶》（"The Cask of Amontillado"，1846）等。坡的这些故事大都游离于生与死、人与鬼之间的中间地带，带有一种梦魇般的神秘色彩。这些故事通常都发生在夜间，或是在黑暗的地方，异域的古堡、颓败的庄园、阴森的地窖等场景常被坡用作故事的背景。坡笔下的男主人公皆出身贵族，其性格多为孤独、高傲、神经质，有些人甚至有精神变态或人格分裂，而女主人公则具有一种冷血般的美，光彩炫目但没有活力，仿佛是来自另一个世界的幽灵。故事情节多是描写死亡、鬼魂、复仇和心理变态，加上作家精心设计的恐怖和凄惨的气氛，的确给读者一种毛骨悚然的感觉。

故事《丽姬娅》就是坡把美和死亡结合在一起的典范作品。故事中男主人公在黑夜里独坐在刚咽气的第二个妻子罗维娜身边，而此时萦绕在他心头的却是他故去的第一个妻子丽姬娅。丽姬娅美貌绝伦、学识广博，是他心目中的偶像。坡不吝笔墨，对丽姬娅无与伦比的美貌和才华进行了详细的描写，充分表达了男主人公对她的崇拜、爱慕之情。但谁料她婚后不久便命赴黄泉，令男主人公伤心欲绝、肝肠寸断，饱受相思之苦。男主人公孤独悲痛的心情和周围环境的阴森可怕交织在一起，造成了一种令人恐怖的不祥之兆。就在这种神秘可怕的气氛中，床上的女尸有了动静，既而站了起来。但她不是罗维娜，而是一直在与死神抗争、借尸还魂的丽姬娅。丽姬娅以自己顽强的精神，超越了生与死的界限，她的复活也带来了作者预定的恐怖效果。

《阿芒提拉多的酒桶》是一个复仇故事，故事的叙述者蒙特雷索从一开始就提出成功的复仇所要具备的两个条件，即谋杀者必须使大家知道他是一个复仇者，而他又能够复仇后逃脱惩罚[1]。诡计多端的蒙特雷索巧妙地利用了虚荣、自负等人性弱点，以鉴赏美酒为由，诱使他的仇敌福尔图纳托心甘情愿地进入地窖，在不动声色之中将福尔图纳托拴在地窖墙壁的铁链上，并且用砖头将他封在地窖内。虽然成功地逃脱了法律的制裁，但在之后的半个世纪里他一直受到深埋于内心的负罪感的折磨。坡在故事中使用了反讽、隐喻、双关等多种修辞手段，每一个细节都严丝合缝地服务于故事的整体效果，揭示了扭曲的人格。

《厄舍古厦的倒塌》是坡怪诞恐怖小说的另一杰作。故事中罗德里克和玛德琳是厄舍家族的一对孪生兄妹，两人相依为命，但都患有一种不可名状的不治之症。妹妹玛德琳先哥哥死去，此后罗德里克精神状态每况愈下。他精神不安、神色恐惧、夜不能寐、几近疯狂，陷入极度恐惧中而无法自拔。在故事叙述者看来，"厄舍府周围以及厄舍府内的物件，

---

1.   Thompson, G. R. "Edgar Allan Poe and the Writers of the Old South." in *Columbia Literary History of the United States*. Ed. Emory Elliott, et al. New York: Columbia UP, 1988, p.272.

都显得深不可测，让人捉摸不透。同时又透着某种邪恶的力量，足以摧毁人的意志力"[1]。在妹妹玛德琳被埋葬几天后的一个狂风暴雨的夜晚，躺在棺材中的死尸起死回生，她破棺而出，身裹血迹斑斑的尸衣出现在哥哥面前，她抱住心神错乱的哥哥，两人同归于尽。厄舍家族的末代就这样消亡了，原已败落的厄舍古厦也在狂风暴雨中骤然崩塌。死亡与恐怖在作者对人的心理描写的烘托下被渲染到极点，而古厦及周围环境也被笼罩在阴郁、诡异和萧索的氛围之中，使它们具有一种神秘、超自然的邪恶力量。这些都显示出坡在探索灵魂的恐惧和人的心理方面的高超才能，以及他精心建构故事情节和渲染氛围的精湛技巧。

　　坡的另一类短篇故事属于推理侦探小说。他在西方被认为是侦探小说的鼻祖。他这类作品中最为著名的有《被窃的信件》（"The Purloined Letter"，1842）、《金甲虫》（"The Gold-Bug"，1843）和《莫格街谋杀案》（"The Murders in the Rue Morgue"，1841）。在这些引人入胜的故事里，坡又一次显示了他作为心理小说家的独特匠心。他的这些故事结构巧妙、严谨，案件的破获完全依靠破案人对案情剥茧抽丝般的推理和对人的心理活动的精确分析，丰富的想象力和高度敏锐的分析能力的完美结合令我们赞叹不已。坡的侦探小说为后来西方无数的这类小说所仿效，而那位运筹帷幄的侦探杜宾先生，也早已成为其后众多侦探小说中神机妙算的侦探的原型，他冷静的逻辑推理、对细节的谨慎观察、对事件真相的大胆推测，为读者带来了奇妙的阅读体验。

　　坡的诗作也遵循了他自己的创作原则，和他的怪诞恐怖小说在题

1.　唐伟胜：《爱伦·坡的"物"叙事：重读〈厄舍府的倒塌〉》，载《外国语文》2017年
　　第3期，第7页。

材、基调、长度诸方面都有许多相似的地方。他曾谈到诗歌的"美、纯、谐"三个要素，提出诗是"美的节奏性的创造"[1]。他声称，"深埋于人类灵魂深处的永恒本能就是对美的感受力"[2]。在《创作哲学》里，他以自己的名作《乌鸦》为例，详细讨论了自己的创作思想和技巧。在这首诗里，美和死亡的结合作为最富有诗意的主题又一次出现。诗的内容是诗人对死去的爱人的哀悼。那只在漫漫黑夜的阴影中出现的乌鸦没有给沉浸在沉痛哀伤中的诗人带来光明和希望，相反，它对诗人所有提问的回答都是千篇一律的"永不复返"。使诗人原本充满忧伤的灵魂更感凄楚。看似简单的重复，却起到了不断加重语气的作用，既是对永恒之爱的强调，也是对不可逆转的生离死别的确认。整首诗语气忧郁悲哀。《安娜贝尔·李》（"Annabel Lee"，1849）也是对逝去的爱人的哀悼。诗人咏唱已经香消玉殒的爱人以及她的美貌，重复了"美人之死"的主题。除此之外，坡对诗歌的形式也十分重视，他的诗作在象征意义、感官印象以及诗歌韵律等方面都颇见功力。坡较有名的诗作还有《致海伦》（"To Helen"，1831）、《钟声》（"The Bells"，1849）、《海中的城市》（"The City In the Sea"，1831）等。

今天，爱伦·坡在美国文学史中的重要地位已经确立。现代的评论家们早已把他与同时代的另一位注重分析人们心理和人性黑暗面的作家霍桑相提并论。坡在自己的创作中并未着意挖掘美国民族题材，甚至是南方题材，他也不赞成通过作品对人进行教诲的做法。但是他作品中所表现的那种忧郁、悲哀、恐惧的基调从一定程度上反映了美国南北战争

1.　Poe, Edgar Allan. "The Poetic Principle." in *The Norton Anthology of American Literature*. 1st ed. Vol.1. Ed. Ronald Gottesman, et al. New York: Norton, 1979, p.1335.

2.　Thompson, G. R., ed. *The Selected Writings of Edgar Allan Poe*. New York: Norton, 2004, p.701.

之前弥漫于南方社会的败落气氛。应该说，爱伦·坡是第一位冲出美国、对欧洲文学产生重大影响的作家，他也是一位多年之后才被美国文学界重新定位，并对后来美国文学产生重大影响的作家。"其创作不仅摆脱了作为美国文学源头的英国文学，还反过来给以长辈自居的英、法、德等欧洲文学注射了一剂兴奋剂，进而对美国文学独立的实现及其后来拔秀于世界文学之林做出了不可小觑的贡献。"[1]

哈丽叶特·比切·斯托 (Harriet Beecher Stowe, 1811—1896)

从文学对社会进程影响的角度来看，《汤姆叔叔的小屋》应该是世界小说中极其重要的一部了。这部作品在美国19世纪废奴运动中所起到的巨大作用雄辩地说明了文学震撼心灵的力量和功能。它的作者是19世纪著名的美国女作家哈丽叶特·比切·斯托。除了这部在国际上享有盛名的小说之外，这位习惯上被称作"斯托夫人"的作家还出版过众多其他作品，为美国民族文学的发展做出了卓越贡献。

斯托夫人的家庭对她的写作生涯起到了不可低估的影响。她1811年出生于美国康涅狄格州的一个很有名望的家庭，父亲莱曼·比切为公理会著名牧师。斯托夫人自幼在父亲的指导下读书学习，并在浓厚的宗教家庭气氛下长大。莱曼·比切在对子女的教育中，为他们灌输了一种服务于公众的使命感。比切先生也为自己的子女安排好了他们的道路，儿子将来去做牧师，女儿则为人妻。斯托夫人生来天资聪颖，据说比切甚

---

1. 朱振武：《爱伦·坡小说及诗歌创作源头考论》，载《国外文学》2013年第2期，第69页。

至为偏偏生为女儿身的斯托感到惋惜。斯托夫人的姐姐凯瑟琳·比切（Catharine Beecher）是美国19世纪妇女教育的积极倡导者，并且开办了一所女子学校。斯托夫人曾就读于这所学校，后来便在该校任教。在女子学校就读与任教期间，斯托夫人学到了许多道理，逐步有了既要扮演好传统妇女的角色，又要尽力以基督教的精神和行为改变社会、拯救世人的观念。1832年，斯托夫人随家人迁往辛辛那提。这座城市与南部蓄奴州只有一河之隔，在那里斯托夫人耳闻目睹了奴隶制的残暴和黑奴的悲惨遭遇，并且和家人一道积极参与了援助逃亡黑奴的活动。

如果说斯托夫人在父亲的影响下树立了强烈的道德观念和使命感的话，她的婚姻从另一方面为她以后的创作提供了动力。1836年，她与神学教授卡尔文·斯托结为夫妻，共生有7个儿女。像19世纪的其他中产阶级家庭妇女一样，斯托夫人婚后承担了照顾丈夫、抚养子女的繁重家务劳动。她忙里偷闲，挤出时间写点儿故事。一来是希望从她称之为"家庭奴隶制"的繁忙家务中得以解脱，二来是她发现她的笔能为这个并不富裕的大家庭增加点儿收入。斯托夫人的第一部名为《五月花》（*The Mayflower*）的短篇小说集于1843年出版。1850年斯托夫人一家迁往缅因州，她在那里继续写作。她早期的作品反映了她对社会改革、家庭关系以及妇女在家庭中的地位等问题的兴趣。

1850年，国会通过了《逃亡奴隶法案》（Fugitive Slave Act），规定庇护南方逃奴的北方人将负有法律责任，北方人应把逃到北方的黑奴归还其南方"主人"。这个法案引起了北方进步舆论的强烈谴责，也激起了斯托夫人的极大义愤。她住在俄亥俄州南部的时候见过黑奴的悲惨遭遇，读过有关废奴运动的宣传品，也听过当牧师的兄长的废奴演说，还亲眼看见了自己家中一个据说是逃奴的女佣受到的人身威胁。这些都加深了她对奴隶制拆散奴隶家庭的愤恨和对奴隶的同情，使她抑制不住要把自己的心声表达出来。可是，作为一位维多利亚时期的中产阶级妇女，她不能参加竞选、不能公开讲演，也不能登上布道坛传道，她只能用自己唯一的武器——手中的笔——表示自己对奴隶制的满腔仇恨。据说，斯托夫人曾接到过嫂嫂的一封来信，鼓励她以笔唤醒民众。信中说："哈蒂，要是我有你那样的写作天赋，我就会拿起笔杆，让国人都知道奴隶制是多么可恶。"[1]不久之后在一次做礼拜时，斯托夫人声称自己看到了一个黑奴被白人摧残致死的幻象，她感到自己受到一种超自然力量的驱使，抑制不住要把整个情景记录下来。《汤姆叔叔的小屋》就这样诞生了，斯托夫人的这个幻象成为她小说中的一个场景。

　　《汤姆叔叔的小屋》于1851至1852年间首先在华盛顿的一家报纸上连载，紧接着于1852年辑集出版。小说的出版所引起的轰动效应是惊人的。销售数字直线上升，小说出版后的头一年就售出30万册，10年后销售量高达300万册，20年后则又翻了一番。这部小说一版再版，成为美国历史上除了《圣经》以外销量最大的著作。与此同时，小说被翻译成多种文字，还被改编成戏剧上演。《汤姆叔叔的小屋》一书揭露了南部奴隶制的黑暗和黑奴所遭受的骇人听闻的虐待。黑奴汤姆和伊莱扎的遭遇触目惊心，代表了千千万万的黑人的命运。小说在唤醒民众，争取公众对废奴运动的同情和支持方面比任何废奴主义者的讲演都更有说服力，因此极大地推动了废奴运动的发展。后来林肯总统在接见斯托夫人时称她

1．埃德蒙·威尔逊：《爱国者之血——美国南北战争时期的文学》，胡曙中等译。上海：上海外语教育出版社，1993年，第27页。

为"写了一本书，酿成了一场大战的小妇人"[1]，这句话并不完全是在开玩笑。小说出版后斯托夫人遭到来自南方奴隶主和御用文人的攻击。为了回答对她的诋毁以及对小说情节真实性的质疑，她专门写了《关于〈汤姆叔叔的小屋〉的答辩》(*A Key to* Uncle Tom's Cabin，1853) 一书，引用了大量法庭记录、报纸文章、法律条文和信件作为作品事实根据的佐证。

《汤姆叔叔的小屋》在当时所取得的巨大成功并不是偶然的，重要原因之一是书中对奴隶制罪恶的现实主义描写。这些都来自作者的耳闻目睹和对第一手资料的掌握。斯托夫人住在俄亥俄州的时候曾和以前的黑奴有过交往，她一家人也曾亲自帮助黑奴逃亡。斯托夫人还通过阅读废奴派的报刊了解到不少情况。1851年7月，她致信因撰写了《弗雷德里克·道格拉斯：一个美国黑奴的生平叙事》(*Narrative of the Life of Frederick Douglass, an American Slave, Written by Himself*，1845) 而出名的黑人废奴主义者弗雷德里克·道格拉斯 (Frederick Douglass，1817—1895)，就自己的作品向他请教。斯托夫人在信中说："我希望我所勾勒的画面在细节上生动逼真。"[2]其次，这部小说的出版日期也起了重要作用，它出版在废奴运动的高潮时期，对废奴运动起到了强烈的推动作用。当然，这部小说能够引起轰动效应的主要原因还在于本身强烈的艺术感染力。斯托夫人在书中倾注了她的宗教热情和基督教的博爱思想。作者用饱含激情的笔描述了奴隶制度所造成的黑奴家破人亡、妻离子散的惨景。斯托夫人尤其不能容忍的是奴隶主从黑奴母亲那里强夺去她们

---

1. Miller, James E., Jr., ed. *Heritage of American Literature: Beginnings to the Civil War*. Vol. I. San Diego and New York: Harcourt Brace Jovanovich, 1991, p.1989.
2. Stern, Madeleine B. "Harriet Beecher Stowe." in *Dictionary of Literary Biography*. Vol. 12. Ed. Donald Pizer and Earl N. Harbert. Detroit: Gale, 1982, p.430.

亲生骨肉的残忍行径。在斯托夫人看来，这种不义行为是与基督教平等博爱的思想背道而驰的。奴隶制和基督教不能共存，只有基督教才能结束这种暴虐无道的行径。小说明确表明了斯托夫人的这一信念：不义和残暴行为必遭天谴，建立在奴隶制上的社会是不会长久的。此外，斯托夫人现实主义的描写手法、对情节的精心构筑、对主要人物的生动刻画，都使小说读来真挚动人，有些部分甚至有催人泪下的效果。

《汤姆叔叔的小屋》以描绘汤姆和伊莱扎的命运为主线揭露了南方奴隶制社会的黑暗和奴隶主的残忍暴虐。生活在奴隶制度下的黑人是从来不被主人当人来看待的。他们被当作牲口一样驱使，稍不如意便遭奴隶主的鞭笞。更有甚者，他们被当作牲口一样任意买卖。斯托夫人怀着极大的同情心讲述了黑奴被牵到奴隶市场上拍卖的悲惨遭遇，那种妻离子散、生离死别的凄惨景象令人不忍卒读、难以忘怀。书中还淋漓尽致地揭露了奴隶贩子对奴隶惨绝人寰的暴力手段和欺压奴隶的工头残酷无情的行径。奴隶制把南方社会变成了黑人的人间地狱。

《汤姆叔叔的小屋》主要围绕两条情节主线展开，两个情节相对独立，又被有机地联系在一起。小说以描写主人公老黑奴汤姆和女奴伊莱扎的不同命运揭露了奴隶制的黑暗和残暴。汤姆和伊莱扎同为肯塔基州奴隶主谢尔比家的奴隶。谢尔比在股票市场投机失败，决定把汤姆和伊莱扎的儿子卖掉抵债。得此消息之后，伊莱扎毅然决定带儿子北上逃跑，而笃信基督教的汤姆毫无怨言地接受了命运的安排，被卖南下。就这样，小说描写了汤姆和伊莱扎两种不同的人生态度以及由此产生的两种不同的生活经历，从而塑造了两种截然不同的黑奴形象。

尽管《汤姆叔叔的小屋》问世后引起轰动，但对它的评价却褒贬不一。除了当时南方各州对这本书的攻击外，20世纪以来社会和文学界围绕主人公汤姆叔叔的形象一直争议不休。在斯托的笔下，汤姆叔叔这一人物的塑造充分体现了基督教的博爱、忍耐和宽容精神，这种精神是受到斯托赞扬的。汤姆听到自己要被卖的消息却拒绝出逃，他也有妻小，但为了拯救别的黑奴，也为了不辜负主子的信任，他毅然决定留下不走，自己一个人承受被卖的厄运。汤姆被卖后在奴隶主之间几经转手，最后因拒绝将两个逃亡女奴的下落告知奴隶庄园主李格里，而被鞭笞至死。斯托笔下的汤姆是有着深深的宗教色彩的。汤姆叔叔的每一个关于自己命运的决定——从最初拒绝出逃以及后来面对死亡——都体现了汤姆虔诚的基督教信念。汤姆叔叔的决定并不是对尘世的屈服，而是一种精神胜利。汤姆实际上被塑造成一个甘愿为自己的种族捐躯的耶稣式人物。没有人否认这本小说是谴责奴隶制的，但有许多人，尤其是黑人，认为这本书歪曲了黑人形象，带有种族歧视色彩。特别是20世纪中叶以后，"汤姆叔叔主义"在许多人眼里变成了一个贬义词，专指那种在白人面前卑躬屈膝的奴才相。此外，斯托在小说结尾将多数黑人角色（除了死去的汤姆叔叔）都打发到非洲的做法，也引起许多黑人的质疑。尽管多数评论家认为斯托夫人对这个人物的塑造是基于她唤醒中产阶级白人的良知和宣传基督教平等博爱思想的需要，但也不排除斯托的目的是抨击奴隶制，而非呼吁种族平等。

伊莱扎是一个敢于向命运挑战的典型女奴形象。斯托夫人在赞扬汤姆叔叔的忍耐精神的同时，也歌颂了伊莱扎的反抗精神。伊莱扎对奴隶主任意买卖奴隶、拆散自己家庭的伤天害理的行为不是逆来顺受，而是勇敢反抗。她连夜携子冒死潜逃，奔向自由，途中与不堪主人虐待而早于她出逃的丈夫相遇。他们一路上躲避奴隶贩子的追捕，困难重重，险象环生。在废奴派人士的帮助下，伊莱扎一家最终以自由人的身份在加拿大团聚。伊莱扎面对奴隶贩子的追捕，冒着生命危险、抱着儿子跳过俄亥俄河上浮动着的冰块，这一惊险场面是书中最扣人心弦的一个段落，一直受到读者的称颂。伊莱扎夫妇与奴隶主和奴隶贩子所进行的无畏斗争为他们赢得了自由，他们的形象为黑人反抗压迫、争取自身解放树立了良好的榜样。

　　文学界一向对斯托夫人这部有着浓厚说教气味的作品怀有戒备之心，怀疑其作为文学作品的价值。当年这部作品天文数字的销售量以及它所起到的巨大宣传作用恰恰成为它今天受到冷落的主要原因。《汤姆叔叔的小屋》中人物的塑造确实有些简单化和格式化，他们的善恶可谓泾渭分明、一目了然。所有好人都是基督教徒，都反对奴隶制，而坏人则相反。当然，对斯托夫人想要达到的宣传目的来说，人物心理复杂和道德观念含糊都是不可取的；斯托夫人更不可能采用霍桑小说中那种含义模糊的象征手法。在一定程度上，汤姆叔叔和伊莱扎都是理想化了的人物，斯托夫人在他们身上倾注了自己的民主博爱理想。另外，20世纪社会的日趋世俗化和愤世嫉俗意识使斯托小说中强烈的基督教道德观显得幼稚和伤感。特别使斯托有别于同时代男性作家的是其小说中所描绘的家庭生活、社区活动、人际关系，以及她所提倡的母爱和责任感等价值观念，这些与当时许多男性作家描写逃避社会的男性主人公的作品大相径庭。所以斯托夫人在20世纪也遭到了与其他女性作家同样被男性中心文化所忽视和排挤的厄运。

　　除了其宣传废奴思想的社会抗议小说之外，斯托夫人还写过一系列描写新英格兰地区的小说。这些充满乡土气息的作品，表现了新英格兰地区的乡土人情、风俗习惯，特别是独立战争之后人们的思想意识和生活状态。《教长的求爱》（*The Minister's Wooing*，1859）的故事背景设在罗得岛州的纽波特，真实地再现了殖民主义时期新英格兰地区人民的生活以及清教主义对人们思想的影响。《奥尔岛上的珍珠》（*The Pearl of Orr's Island*）出版于1862年，描绘了缅因州沿海地区人民原始纯朴的生活方式。《老镇乡亲》（*Oldtown Folks*，1869）是这些小说中最成功的一部作品，勾勒了波士顿南边的一个小村庄生活的画面，以此表现了这种生活所蕴含的能够改造美国社会的潜力。斯托夫人把它称作"我关于新英格兰精神的摘要"[1]。《波格纽克人》（*Poganuc People*，1878）则重现了她童年生活过的康涅狄格州的风土人情。斯托夫人这些作品的时代背景都是独立战争之后的美国社会。斯托夫人在描绘新英格兰的这段历史时表达了她对工业资本主义的洪水猛兽到来之前那个简朴美好的时代的怀旧情感。在这些小说里斯托夫人充分显示了她的创作才华，她以现实主义的手法描绘了乡村生活，作品具有强烈的地方色彩和浓郁的生活气息。她的人物塑造生动逼真、有血有肉。她善于深入人物的内心世界，剖析他们的思想意识和心理状态，作品笔触细腻，文字流畅自然。斯托夫人的这些作品，正越来越受到人们的重视，她也被认为是美国"乡土文学"的先驱和"美国现实主义的母亲"，在威廉·迪安·豪威尔斯（William Dean Howells，1837—1920）、马克·吐温等现实主义作家之前就为美国现实主义的发展起到了奠基的作用[2]。后来著名作家马克·吐温的作品之中对地方色彩的描写和方言的使用无疑可以追溯到斯托夫人那里。著名评论家亨利·纳什·史密斯（Henry Nash Smith）便认为在马克·吐温之前的美国作家中，斯托夫人在挖掘日常会话的文学潜力方面比其他作

---

1. Perkins, George, et al., eds. *The American Tradition in Literature*. 6th ed. Vol. 1 New York: Random House, 1985, p.694.

2. Berkson, Dorothy. Preface to *Oldtown Folks*. New Brunswick and London: Rutgers UP, 1987, p.x.

家做得出色[1]。她的这些艺术手法还极大地影响了美国19世纪末的女作家萨拉·奥恩·朱厄特（Sarah Orne Jewett，1849—1909）和玛丽·威尔金斯·弗里曼（Mary Wilkins Freeman，1852—1930）。

斯托夫人是美国第一位享有国际盛誉的女性作家。她今天仍然主要是作为《汤姆叔叔的小屋》的作者为读者所熟悉。这部作品既是具有巨大艺术感染力的文学著作，又是重要的历史文献。作为文学作品，它以批判社会现实代表了美国文学从浪漫主义到现实主义的转折；作为历史文献，它以无比的感召力促进了废奴运动。我国读者对这部作品并不陌生。早在1901年，这部小说就被林纾和魏易译成中文，译名为《黑奴吁天录》，后来欧阳予倩又把它改编成话剧《黑奴恨》上演。出版后的一个半世纪以来，《汤姆叔叔的小屋》在世界上拥有无数的读者。斯托夫人的名字将永垂美国文学史册。

亨利·戴维·梭罗（Henry David Thoreau，1817—1862）

亨利·戴维·梭罗是19世纪美国著名的散文家和超验主义者。他熟悉大自然、热爱大自然，热衷于在大自然之中寻找生活的真谛，努力摆脱空虚和庸俗的现代物质生活对人的羁绊，身体力行地践行了超验主义思想。他拒绝随波逐流地生活，以自己的行为，契合了爱默生所提倡的独立自主的思想。但梭罗并非遁世绝俗之人，他在废除奴隶制、抵制关

1.　A.T.鲁宾斯坦：《美国文学源流（第一卷）》。北京：外语教学与研究出版社，1988年，第144页。

税，以及反对政府的非正义法律和现代文明的态度上立场强硬、毫不畏缩。梭罗的代表作品为《瓦尔登湖》以及《论公民的不服从》（"Civil Disobedience"，1849），它们"激发了不同时代的读者对社会、自然以及个人责任的思考"[1]，成为美国文学中的传世之作。

　　梭罗1817年生于马萨诸塞州的康科德镇，16岁时进入哈佛大学学习。大学毕业后回到家乡帮父亲干活，还曾与哥哥一起任教，但不久便放弃这一职业。他既为兄长又为挚友的哥哥的早逝对他打击颇大，他后来创作了《在康科德和梅里马克河上一周》（*A Week on the Concord and Merrimack Rivers*，1849），以纪念1839年他与哥哥的一次长达两周的乘船旅行。1836年，梭罗结识了移居康科德镇的爱默生，他与爱默生关系密切，曾到他家帮工，他还加入了"超验主义俱乐部"，协助编辑超验主义杂志《日晷》，思想上深受爱默生影响。在爱默生的鼓励下，梭罗开始记日记，这些日记累计200万字。1844年，梭罗在爱默生所拥有的瓦尔登湖畔的一片林地上建造了一座小木屋，于次年7月4日美国独立日这个具有象征意义的日子搬了进来，在此独居两年两个月零两天。在瓦尔登湖畔居住期间，梭罗徜徉于大自然的怀抱，读书、写作，享受一种维持基本水准的简朴生活，"选择通过降低需求、自给自足而变得富有"[2]。在此期间他还因抗议美国政府侵夺墨西哥领土的战争并拒付人头税而被捕入狱一夜，这段经历激励他撰写了探讨个人与国家关系的著名政论文章《论

1.　Baym, Nina, et al. eds. *The Norton Anthology of American Literature*. 8th ed. Vol. B. New York: Norton, 2012, p.961.

2.　Emerson, Ralph Waldo. "Thoreau." in *Walden* and *Resistance to Civil Government*. 2nd ed. Ed. William Rossi. New York: Norton, 1992, p.321.

公民的不服从》。离开瓦尔登湖畔之后，梭罗先后出版了《在康科德和梅里马克河上一周》和《瓦尔登湖》，尽管这些作品在当时知名度并不高。与此同时，他成为康科德地区最直言不讳的废奴主义者，多次在康科德、波士顿、伍斯特等地演讲，强烈反对奴隶制，在约翰·布朗（John Brown，1800—1859）[1]率部起义遭镇压被判死刑时，他公开发表演说，为布朗辩护，产生了很大的影响。不幸的是，他的健康状况不断恶化，于1862年因肺结核而英年早逝。

　　梭罗的代表作《瓦尔登湖》共分为19章，记录了梭罗在林中生活时对大自然的观感和体验，以及他对人生和社会的富有哲理和睿智的思考。梭罗熟悉家乡的一草一木，对大自然充满了兴趣和感情，并从中获得了知识和灵感。他感受到大自然之美，享受和欣赏大自然所提供的一切，孜孜不倦地探索其奥秘和规律。爱默生称他"以全部的热爱将他的天赋贡献给家乡的田野、山脉和河流，他使得所有具有阅读能力的美国人和其他国家的人知晓它们，对它们产生兴趣"[2]。作为一个坚定的超验主义者，梭罗号召人们做返璞归真的自然人，主张人到大自然中去寻找生活的真谛，在大自然中达到自我完善。他自己则在瓦尔登湖岸上，靠自己双手的劳动所得，在自己建造的小木屋里栖身长达两年之久。在此期间他观察花开花落、星移斗转、季节变换等自然现象，倾听大自然中鸟类和动物的声音，过了一段自给自足的自由生活。"我的生活本身成为我

1.　约翰·布朗，美国著名白人废奴主义者，起义领袖。布朗于1859年领导武装起义，起义者攻占了哈珀斯费里的兵工厂和军械库，同时在附近村庄逮捕了种植园主，并解放了部分奴隶。几天之后起义遭镇压，布朗被捕。同年年底布朗被处以绞刑。布朗起义推动了废奴主义运动，加速了美国内战的爆发。

2.　Emerson, Ralph Waldo. "Thoreau." in *Walden* and *Resistance to Civil Government*. 2nd ed. Ed. William Rossi. New York: Norton, 1992, p.326.

的消遣，它从来都不缺乏新意。"[1]他以少量的时间耕种林地、种菜种豆，获取生活所需，因此能够在其他时间里自由地安排自己的生活，尽情享受大自然之美，感受大自然的召唤，从容地进行阅读、思考和写作。梭罗说："我到林子里去是因为我希望从容不迫地生活，只面对生活的最基本事实，看我是否能学到生活的真谛，而不至于在离开人世时才发现自己未曾生活过。"[2]这就是他对生活的见解。他倡导人们回归自然，拥抱大自然的一切。著名学者沃浓·路易·帕灵顿（Vernon Louis Parrington）将他称为"一个生活在户外、保持清醒头脑、情绪饱满，每天都与自然现象息息相关的哲学家；一个好奇地探索着自然的意义、熟悉希腊与东方思想体系的神秘主义者；一个精通各种家居工艺的美国人，其兴趣在于证明什么是出色的，而不止是道听途说。"[3]梭罗正是在与大自然的密切接触中不断完善自己，获取他所追求的精神生活的。

在歌颂大自然的同时，梭罗不遗余力地抨击了现代文明对人造成的伤害。他认为资本主义物质文明妨碍了人性的发展，物质享受会使人丧失对生活真正意义的追求。他指出，物质追求造成了人的不幸，那些继承了农庄、房屋、谷仓、牲口和农具的人们因此终日操劳，失去自由，沦为物质的奴隶，亲手锻造了自己的"金脚镣""银脚镣"，把一生的大半时间用于求得粗俗的必需品和享受，他们的生活等同于自掘坟墓。"大多数人，即使是在这个较为自由的国度的人，出于无知和误解，忙于生活中那些人为的忧虑和多余的低级劳动，而无法摘取生命中更美的果实……实际上，

1.　Thoreau, Henry D. *Walden and Resistance to Civil Government*. 2nd ed. Ed. William Rossi. New York: Norton, 1992, p.76.

2.　Ibid. p.61.

3.　沃浓·路易·帕灵顿：《美国思想史：1620—1920》，陈永国等译。长春：吉林人民出版社，2002年，第697页。

从事劳动的人无暇每日使自身获得真正的完善，无法保持人与人之间的真正关系，因为如此一来他的劳动进入市场就会贬值。除了充当机器，他没有时间做别的事情。"[1]这正是现代文明所造成的悲剧，陷入物质羁绊的现代人看上去富有，实则贫乏，因为他们无暇去考虑生活的主要目标，也不清楚什么才是真正的生活必需品。梭罗在《瓦尔登湖》中详细列举了人维持生活必需品的花费，声称人在一年中只需劳动大约6周时间便可满足生活所需的一切开销，而剩余时间可用于完善自我。他强调人们应该通过生活实践，自始至终真诚地生活。梭罗指出："大多数的奢侈品，以及许多所谓使生活舒适的东西，非但不是必不可缺的，还阻碍了人类的进步……大智慧者往往比穷人生活得更为简朴和贫乏……他们几乎不拥有什么外在财富，但他们的内在精神生活无比丰富。"[2]梭罗视精神高于物质，希望通过自己的努力"唤醒"人们，他因而呼吁人们生活要"简朴、简朴、再简朴"，将财富视为生存的手段而非目的，寻找和追求自己的道路，过上一种真正有意义、有价值的生活。

《瓦尔登湖》是美国散文中的精品，其风格清新朴实、鲜活生动、通俗易懂、言简意赅，读起来如抒情诗般美妙流畅。他在书中所呈现的不是高深的学问，而是关于生活的智慧。他从生活的微细之处入手，阐述人生的道理。他的散文包含丰富的比喻和深刻的哲理，以幽默与讽刺相结合的方式展现了他对大自然的歌颂与对现代文明的批评，令人印象深刻。霍桑尤其欣赏梭罗，称他的作品为"对自然真正而精细的观察者"

---

1. Thoreau, Henry D. *Walden* and *Resistance to Civil Government*. 2nd ed. Ed. William Rossi. New York: Norton, 1992, p.3.
2. Ibid. p.9.

的产物，"这种特质几乎与一位真正诗人的特质同样罕见"[1]。

梭罗对高尚生活的热爱也表现在他的高度道德感方面。他强烈反对一个种族对另外一个种族的奴役，以及一个国家对另外一个国家的侵略。他立场鲜明地谴责美国的奴隶制，他因反对美国政府侵夺墨西哥领土的战争、拒付人头税而被捕入狱，还为此撰写了一篇言辞犀利的战斗檄文《论公民的不服从》。梭罗是非分明，富有正义感，他拒不服从美国的非正义法律。他说："我们首先是人，然后才是臣民。培养人们像尊重正义一般尊重法律是不可取的。我有权承担的唯一义务，就是无论何时都去做我认为是正确的事。"[2]他反对打着自由国度的幌子，却使其六分之一的人口变为奴隶的政府，他认为与这样的政府有任何关系都使人蒙羞。梭罗强调，作为自由的个体，他有不服从的权利："除非我同意，否则政府无权支配我的人身和财产。"[3]正因为如此，他宁愿入狱也不去交税，以此来表明自己的态度，他所采用的和平抵抗的斗争策略、他对非正义法律的抵制也极大影响了后人。爱默生恰如其分地引用了亚里士多德的话来形容梭罗："当一个人在道德上超越了他的同胞时，他就不再隶属于那个城市；他们的法律不适用于他，因为他就是自己的法律。"[4]

梭罗生前并不为人们充分理解，他的思想也没有得到广泛传播和接

1.　Person, Leland S. *The Cambridge Introduction to Nathaniel Hawthorne*. Shanghai: Shanghai Foreign Language Research P, 2008, p.7.

2.　Thoreau, Henry D. *Walden* and *Resistance to Civil Government*. 2nd ed. Ed. William Rossi. New York: Norton, 1992, p.227.

3.　Ibid. p.245.

4.　Emerson, Ralph Waldo. "Thoreau." in *Walden* and *Resistance to Civil Government*. 2nd ed. Ed. William Rossi. New York: Norton, 1992, p.330.

受。以至于爱默生在他去世时说："这个国家尚不知道，或知之甚少，她失去了一位多么伟大的儿子。"[1]但梭罗身后声誉渐长，在20世纪中叶影响力甚至超过了爱默生。梭罗如今已被公认为美国文学史册里的重要作家，《瓦尔登湖》亦成为美国文学的经典作品，也深刻地影响到后来的环境保护运动和生态文学。而他的《论公民的不服从》不仅在20世纪上半叶启发了圣雄甘地对印度如何取得独立的思考，也在20世纪下半叶使得马丁·路德·金（Martin Luther King）将"非暴力不合作"模式作为了民权运动的关键。

弗雷德里克·道格拉斯 (Frederick Douglass, 1817—1895)

弗雷德里克·道格拉斯是19世纪美国最为著名的黑人领袖，也是杰出的演说家和政治活动家，为美国黑人的解放事业做出了不朽的贡献。他撰写的《弗雷德里克·道格拉斯：一个美国黑奴的生平叙事》是美国的经典传记作品[2]，鼓舞了为自由而战的黑人，推动了废奴主义运动的发展，也使奴隶叙事这一非裔美国文学的独特体裁广为流传。

1817年，道格拉斯出生于马里兰州塔尔伯特县吐卡霍的一个奴隶种植园。母亲是个黑人奴隶，父亲是白人，但他始终不知生父为何人。出生不久，他就被卖到其他种植园。八岁时母亲去世，他又被送到巴尔的

---

1. Emerson, Ralph Waldo. "Thoreau." in *Walden* and *Resistance to Civil Government*. 2nd ed. Ed. William Rossi. New York: Norton, 1992, p.333.
2. Yellin, Jean Fagan. *The Intricate Knot: Black Figures in American Literature, 1776-1863*. New York: New York UP, 1978, p.161.

摩当家奴。在巴尔的摩，白人女主人教他读书写字，但这个难得的机遇不久就被男主人残忍扼杀，他声称："教育会宠坏世界上最好的黑鬼……会使他永远不适合再当奴隶。"[1]之后道格拉斯被派去在田间劳动，受到白人奴隶主和监工的欺压，目睹奴隶主鞭打、虐待奴隶的场景，这一切激发了他的反抗精神。在一次被白人监工科维毒打时，他愤而反抗，与这位当地有名的奴隶驯服者进行了英勇抗争，其结果是这个白人监工之后没有再对他施以暴虐。这一事件成为道格拉斯认识的转折点，道格拉斯后来在他撰写的叙事中说："那次打架之后，我完全变了个人。以前我什么都不是，现在我是个人了。它唤起了我被碾碎的自尊和自信，进一步坚定了我要做一个自由人的决心……这种精神使得我成了本质上的自由人，尽管在形式上我仍是奴隶。"[2]为了获得自由、掌握自己的命运，道格拉斯在21岁那年，经由"地下铁路"（Underground Railroad）[3]逃脱了奴隶主的魔爪，来到北方，实现了从奴隶变成人的愿望。

跑到北方之后，他更名为道格拉斯，以逃避追捕。之后不久他参加了废奴主义运动，被动员在废奴会议上讲述自己的经历。道格拉斯的口才极好，其铿锵有力、掷地有声的演讲深受欢迎，他也很快成为废奴运动的重要成员。1845年，描述他亲身经历的叙事出版，反响极大，也使道格拉斯陷入岌岌可危的境地。为避免被抓和再度戴上奴隶制的镣铐，

1.　Miller, James E., Jr., ed. *Heritage of American Literature: Beginnings to the Civil War*. Vol. I. Sam Diego and New York: Harcourt Brace Jovanovich, 1991, p.1964.

2.　萨科文·伯克维奇主编：《剑桥美国文学史（第二卷）》，史志康等译，北京：中央编译出版社，2008年，第328页。

3.　地下铁路是19世纪美国废奴主义者把黑奴送往自由州、加拿大以及海外的北上秘密路径网络。据说通过地下铁路逃亡的人数为3—10万。地下铁路成为通往自由的途径，也是非裔美国人对奴隶制进行抗争的重要象征。

道格拉斯远赴英国和爱尔兰举行巡回演讲，享受着自由的空气。在英国时他的朋友凑钱从他的主子那里赎买下他的自由。回到美国之后，道格拉斯创办了一份废奴主义周报《北极星》(*The North Star*)[1]。他逐渐在废奴事业中扮演了独立的角色，发挥了巨大的作用。道格拉斯的一系列演讲都曾受到广泛关注，其中他于1852年在罗彻斯特市关于美国独立日的演讲尤为引人瞩目。在这一演讲中，道格拉斯对美国民主思想的双重标准进行了有力的抨击："对黑人民族来说，7月4日的国庆是一个骗局；你们白人鼓吹的自由是一种不神圣的自由；……此时此刻，在这个地球上，没有一个国家像合众国的人们那样，犯下如此惊人而血腥的罪行。"[2]道格拉斯毕生为自由和公正而战，他曾担任林肯总统的顾问，内战后积极参与公共事务，出任过重建时期自由黑人储蓄银行行长、美国驻海地总领事和驻多米尼加共和国代理大使等职，成为当时最有影响力的黑人。

从19世纪30年代中叶起，具有自传色彩的奴隶叙事在废奴主义运动中发挥了重要作用。自国际奴隶贸易在19世纪初被禁止之后，大批的奴隶通过国内奴隶贸易被卖往南方腹地，南方种植园奴隶人数不断上升，成为南方经济的重要支撑。作为南方白人的私有财产，黑奴受到奴隶主的残酷迫害和非人待遇。在这种情形下，不断有黑奴冒着生命危险奔向自由、逃往北方。美国南北战争前的奴隶叙事揭露了奴隶制惨无人道的罪恶行径，描述了逃亡奴隶冒着生命危险奔向自由的旅程，以及他们到达北方后的新生活。

道格拉斯出版于1845年的《弗雷德里克·道格拉斯：一个美国黑奴的生平叙事》（以下简称《叙事》）享有极高声誉。当时的著名女文人玛格丽

---

1. 该报纸于1851年更名为《弗雷德里克·道格拉斯报》(*Frederick Douglass Papers*)。

2. Douglass, Frederick. "What to the Slave is the Fourth of July?" in *The Norton Anthology of African American Literature*. Ed. Henry Louis Gates Jr. and Nelly Y. McKay. New York: Norton, 1997, p.321.

特·富勒盛赞它说："我们从未读过比它更为简朴、更为真实、更为连贯、更因为充满真情实感而令人激动的叙事。"[1]这部叙事出版之后的前四个月就销售了5000册，在1845至1847年间售出11,000册；而在英国，它在两年中印刷了9版，至1860年已售出30,000册。《叙事》描述了道格拉斯从生为奴隶到最终成为自由人的过程，控诉了奴隶制对黑奴的残酷迫害，批判了自诩为基督教徒的白人的伪善。尽管北上逃亡是道格拉斯叙事的关键事件，1845年出版的叙事却因为保护那些曾经帮助他的人而略去了对这一过程的描述。

　　道格拉斯的叙事之所以在诸多奴隶叙事中显得格外突出，在于它鲜明的政治性和文学色彩。当时流行的奴隶叙事，主要讲述了奴隶主的残酷欺压和奴隶的悲惨遭遇，为读者呈现了生活在南方的黑奴的真实生活画面。除了声讨奴隶制的暴行与非正义的行径，这些叙事还特别描绘了奴隶对自由的渴望和追求。每部奴隶叙事都是一个关于自由的故事，这种自由是通过激烈的反抗和克服种种艰难险阻而取得的，常常需要冒着生命的危险，因而奴隶叙事也是对那些成功冲破牢笼的黑奴的颂歌。但由于种族压迫和种族歧视的社会环境下白人对黑人智力的蔑视，造成了白人对奴隶叙事作者身份和叙事真实性的质疑，使得奴隶叙事的作者在写作时更多追求的是如何使叙事更为可信、更易被白人读者接受；而且，奴隶叙事往往通过由白人作序的方式来证实其真实性。揭露奴隶制的罪恶、呼唤白人的道德良心、争取白人读者的同情成为许多叙事的终极目标，追求真实成为达到这一目标的首要任务，这些因素导致许多叙事缺乏对社会、人生和奴隶制的深度思考，作品的文学性更是退至次要地位。

1.　Miller, James E. Jr., ed. *Heritage of American Literature: Beginnings to the Civil War.* Vol. I. San Diego and New York: Harcourt Brace Jovanovich, 1991, p.1965.

　　道格拉斯的叙事是奴隶叙事这一体裁最优秀的典范[1]。它在以往奴隶叙事的基础上，秉承了美国文学传统中对个人主义的推崇，尤其强调了读写能力对于黑奴获得自由的重要性。著名非裔学者亨利·路易斯·盖茨（Henry Louis Gates）声称："非裔美国文学传统中读写能力与自由之间存在着不可分割的联系，而这种联系发源于奴隶叙事。"[2]道格拉斯在叙事中特别强调了知识为他带来的巨大变化，正是知识使他加深了对奴隶制的认识，萌发出进行反抗的决心，使他最终决定踏上奔向自由之路。这种认识的转变带来了他行为的转变，正如他在叙事中宣称的那样："你们已经见到一个人如何变为奴隶，你们将要看到一个奴隶如何变为人。"[3]道格拉斯敢于挑战权威的行为以及他的独立自主意识与美国文学中对个人主义的推崇一脉相承，他不仅因为成功逃亡北方而改变了受奴役的命运，也通过撰写自己的故事，彰显了战胜逆境取得成功的精神典范，塑造了以个人奋斗取得成功的英雄形象，在废奴运动中发挥了重要的舆论作用。

　　除此之外，道格拉斯的叙事不仅讲述个人经历，也将个人命运与当时的美国政治、经济、社会和文学现实结合起来，他的遭遇代表了千千万万在奴隶制的枷锁下挣扎的黑人的悲惨命运。道格拉斯抨击了美国社会在民主自由的口号下所维护的残酷、野蛮的社会体制，揭示了打着基督教幌子却对黑人进行残酷压榨的美国白人的虚伪本性，控诉了罪恶的奴隶制对人性造成的扭曲，因此内容更为深刻，更具教育意义。

1.　Porton, Carolyn. "Social Discourse and Nonfictional Prose." in *Columbia Literary History of the United States*. Ed. Emory Elliot, et al. New York: Columbia UP, 1988, p.359.

2.　Gates, Henry Louis, Jr., ed. "Introduction." in *The Classic Slave Narratives*. New York: Signet, 2002, p.1.

3.　Douglass, Frederick. *Narrative of the Life of Frederick Douglass, an American Slave, Written by Himself* . Cambridge: The Belknap P of Harvard UP, 2009, p.72.

　　道格拉斯的《叙事》也是非裔美国文学创作的卓越成果。它语言朴实、通俗易懂、朗朗上口，带有演讲的明显特点，极具感染力。道格拉斯使用了多种修辞手法以加强其效果，也在叙事中使用了内省的视角以突出叙事者的声音。总之，它的内容既有政治意义，也有文学价值。《叙事》不但是一部战斗檄文，成为废奴运动的有力政治武器，在结构和语言上也具有非裔美国文学的显著特征，对之后的黑人文学产生了重要影响。

　　道格拉斯后来两次修订、扩充了他的叙事：《我的奴役和我的自由》（*My Bondage and My Freedom*，1855）和《弗雷德里克·道格拉斯的生平与时代》（*The Life and Times of Frederick Douglass*，1881）。在后两部叙事中，道格拉斯添加了他到北方之后的活动与经历，特别是他在内战前后以及南方重建期间为争取黑人权利所付出的努力。在《弗雷德里克·道格拉斯的生平与时代》中，他公布了他在撰写《叙事》时无法言说的出逃策略以及有关"地下铁路"的一些细节。随着社会以及他个人经历的变化，后两部叙事在风格和视角上也有一些不同。他的后两部自传在写作风格上更为成熟，经历了多年政治活动之后的道格拉斯本人看问题的角度也更为全面，相比之下，《叙事》的语言更为直截了当、更具感情色彩，也更有鼓动性。

　　为黑人解放和黑人权利奋斗了一生的道格拉斯，被视为"非裔美国人的代表"[1]，他不仅以自己的传奇经历和社会影响力成为19世纪最具影响力的黑人社会活动家以及美国历史上的名人，其撰写的叙事作品也成为

1.　Ernest, John. "Beyond Douglass and Jacobs." in *The Cambridge Companion to the African American Slave Narrative*. Ed. Audrey Fisch. Cambridge: Cambridge UP, 2007, p.219.

美国文学史上的佳作，在非裔美国文学的发展中起到了重要的和独特的作用。

赫尔曼·麦尔维尔（Herman Melville, 1819—1891）

被时代冷落的伟人在历史上并非鲜见。今天被认为可与19世纪任何伟大的美国作家相媲美的麦尔维尔，生前从未有过如此殊荣，而如今文学界在谈到他的作品时所用到的溢美之词他在生前也从未听到。实际上，当他于1891年在默默无闻中死去时，美国只有少数几家报纸的讣告栏以"曾与土著人共同生活过的人"为题目登载了他去世的消息。到20世纪20年代后，美国人才重新认识了麦尔维尔作品的广博与深邃，以及其内涵丰富的象征意义。麦尔维尔的声望自此如日中天。在1941年出版的美国著名文学评著《美国文艺复兴：爱默生与惠特曼时代的艺术和表现》（*American Renaissance: Art and Expression in the Age of Emerson and Whitman*）中，麦尔维尔被誉为与爱默生、梭罗、霍桑、惠特曼齐名的重要美国作家，跻身美国经典作家行列[1]，而在当代，他被称为是"美国文学中最伟大的作家之一"[2]。

麦尔维尔1819年生于纽约市，童年在优裕的家境中度过，并受过良好教育。12岁时其父在美国经济萧条中破产了，之后不久便抑郁而亡。这件事从此改变了麦尔维尔的命运，他不得不辍学，为生计所迫当过银

---

1. Matthiessen, F. O. *American Renaissance: Art and Expression in the Age of Emerson and Whitman.* Oxford: Oxford UP, 1941.
2. Brodhead, Richard H. "Trying All Things: An Introduction to *Moby-Dick*." in *New Essays on* Moby-Dick. Ed. Richard H. Brodhead. Beijing: Peking UP, 2007, p.1.

行职员、农场工人、商店伙计和小学教师。18岁那年，精神上的无寄托和生活上的无着落把年轻的麦尔维尔驱向大海。麦尔维尔从此进入了他生命航程中烙印最深的阶段。

1839年，麦尔维尔首次签约出海，在一艘开往利物浦的商船上当了水手。在以后4年多的时间里，麦尔维尔曾几次在开往南太平洋的捕鲸船上当水手，亲身经历了捕鲸那种惊险壮观的场面。在捕鲸船上的经历使麦尔维尔不仅学会了捕鲸，还使他认识了大海，认识了另外一种人生，也为他今后的写作积累了丰富的素材。当他的同龄人在校园的舒适环境里读书时，麦尔维尔在大海上受到了另一种内容完全不同的大学教育。以至于麦尔维尔后来曾借他笔下人物的口说："捕鲸船就是我的哈佛和耶鲁大学。"[1]浩瀚无边的大海开阔了麦尔维尔的视野，使他接触到一个陌生的世界。在海上的生活既单调又充满险恶，但大海同时又是神秘莫测、变化多端的，它那超人的威力使麦尔维尔赞叹不止。而作为普通水手，航海捕鲸让麦尔维尔感受到以前从未接触过的独特经历。捕鲸船实际上就是一个人类社会的缩影，同样有着等级地位的区别。在船上，船长专制横行、主宰一切，肆虐妄为的事件不断发生，船员在非人的待遇下生活在最底层。捕鲸船又是一个人与自然争斗的象征。在大海上航行，人与大海的搏斗从未停止过，船员必须同心协力、全力以赴。大海的风浪冲刷去了种族、文化、宗教之间的差异，普通船员之间常常结下生死友谊。除了在捕鲸船当水手之外，麦尔维尔还曾在海军中服役。航海生涯和像大海一样的性格筑成了麦尔维尔的世界观，造就了他以后的写作风格。

---

1.   Melville, Herman. *Moby-Dick*. A Norton Critical Edition. Ed. Hershel Parker and Harrison Hayford. New York: Norton, 1967, p.101.

在麦尔维尔这段浪迹天涯的生活中有两段经历对他日后的写作至关重要。其一是他第一次出海航行时在利物浦的短暂逗留。麦尔维尔在这个英国工业城市目睹了生活在社会底层的贫民窟人们的穷困，看到了人世间的不平。其二是他那几年航海时在南太平洋的岛屿上与泰比和巴比特土著人的共同生活经历。这些土著人纯朴自然的生活方式使他对现代文明社会的丑陋有了深刻的认识。这两段生活促成了麦尔维尔民主思想的形成，加深了他对所谓的"文明社会"的了解。

四年的海上生活使麦尔维尔饱经风霜，也使他获益匪浅。航海归来的麦尔维尔变成了一个新人。他从此转向了读书与写作的生活。麦尔维尔在后来给霍桑的信中声称："我25岁之前一直无所事事。我的生命应从25岁时算起。"[1]显然麦尔维尔这里指的是他的艺术生命。麦尔维尔从1846年开始出版作品，他早年艰辛曲折的生活经历为他提供了取之不竭的写作素材，并且帮助他确立了思想观。比起他的同龄人来，他阅历丰富、见多识广。在以后的岁月里，他用手中的笔把自己的阅历和感受告诉世人。他曾为生计中断学业，这时又以加倍的热情钻进书堆，他阅读了大量的作品，努力咀嚼着西方文化的精华。柏拉图（Plato）、斯宾塞（Fdmund Spenser）、莎士比亚（William Shakespeare）、弥尔顿（John Milton）等人的作品和《圣经》都在他的阅读之列。读书唤醒了他沉睡的心灵，帮助他反思与评判本国文化，同时还增强了他反映生活、提炼思想的表达能力。如果说霍桑多从书本中寻找素材再以自己的想象力予以加工的话，麦尔维尔的文学创作则是提炼于他自己的生活经历，主要是他的航海生涯，然后再

---

1. Melville, Herman. "Letters to Hawthorne." in *Moby-Dick*. By Herman Melville. A Norton Critical Edition. Ed. Hershel Parker and Harrison Hayford. New York: Norton, 1967, pp.559-60.

从读书中使这些经历得到升华。他的早期作品比较接近库珀的浪漫主义小说。《泰比》（Typee，1846）和《欧穆》（Omoo，1847）是两部海洋历险故事，书中年轻的主人公离奇而充满刺激的遭遇和对南太平洋岛屿土著人的风俗人情的描写使美国读者耳目一新。这两部作品出版后很受读者欢迎。麦尔维尔在对原始的道德价值的赞美中，抨击了白人的文明社会。他的下一部作品《马尔迪》（Mardi，1849）在形式上和前两部作品相同，但在这本书中，麦尔维尔很快就从南太平洋探险转向精神世界的遨游。当海上奇遇与哲学的寓言性历程被置于同一本书里时，毫无思想准备的读者便终于失去了兴趣，该书终因其晦涩难懂的象征意义和对深奥哲理的探讨而失败。随后在写《雷德本》（Redburn，1849）和《白外套》（White-Jacket，1850）时，麦尔维尔又回到自己以前写作的老路，以取悦读者。前者以他第一次航海的经历和在利物浦的见闻为素材，后者描写了他作为海军水手的经历。这些以浪漫主义与现实主义写作手法相结合的作品使麦尔维尔重新被读者所接受。麦尔维尔1851年出版了他最重要的作品《白鲸》（Moby-Dick）。麦尔维尔的这部小说素材来自当时一次令人震惊的海难，麦尔维尔仔细阅读了相关报道，还采访了幸存者，在此基础上完成了他的创作，但读者反映冷淡。他晚年渐渐被文学界遗忘，仅写过一些诗作。最后一部作品《比利·巴德》（Billy Budd，1924）于作者去世30多年后才得以出版。

《白鲸》这部在19世纪末几乎被遗忘了的作品，自20世纪20年代以来，受到文学界非同一般的高度重视，曾被认为是"英语语言历史上最伟大的作品"[1]。随着岁月的流逝和时代的变化，这部作品显示出旺盛的生

---

1. Hayes, Kevin J. *The Cambridge Introduction to Herman Melville*. Shanghai: Shanghai Foreign Language Education P, 2008, p.60.

命力。多少年来，读者和学者们从各种角度对它进行探讨，其结果自然是"横看成岭侧成峰"，不同的人、不同的时代有着不同的发现和见解，真可谓"仁者见仁，智者见智"。其结论之多样化和复杂性令人咋舌。但是，文学界对这部巨著的评价之高是毫无疑问的。《白鲸》已成为文坛上一个恒久的话题。如今，这部一度被忽视的作品被视为美国文学的经典作品，并被列入了许多大学美国文学课的必读书目。

1850年曾发生过一件对《白鲸》的问世来说意义重大的事情。这一年秋天，麦尔维尔与比自己年长的新英格兰作家霍桑相识，两人结下友谊。麦尔维尔十分推崇霍桑，他们的结交和霍桑的著作对正在创作《白鲸》的麦尔维尔影响极深，以致麦尔维尔对自己的作品进行了重大修改。从修改后的《白鲸》中，我们能看到霍桑对人的心理探索、对人罪恶本性的悲观看法以及其象征手法对麦尔维尔的影响。麦尔维尔在《白鲸》一书出版时把该书题献给了霍桑，以表示自己对他的敬意。另外，在创作《白鲸》过程中，麦尔维尔又重读了莎士比亚的悲剧和英国作家托马斯·卡莱尔（Thomas Carlyle，1795—1881）的作品。莎士比亚的悲剧加深了他对宇宙和人性的认识，卡莱尔的象征主义手法也使他获益匪浅。最后完成的《白鲸》则成为一部结构多重层次、内容多重含义、象征多重色彩的作品。

《白鲸》是一部波澜壮阔的作品，如中国学者常耀信所说："要想了解19世纪美国的思想和美国社会，就必须阅读这本书。它是一部百科全书式的作品，涉及历史、哲学、宗教等领域，还有对捕鲸业的详尽描述。"[1]小说内容大体上可分为四个方面。与麦尔维尔其他作品相同，这部

---

1. 常耀信：《美国文学简史（第三版）》。天津：南开大学出版社，2008年，第83页。

小说的素材也来源于他的航海经历。从表面上看，它是一部海洋探险小说，叙述了在亚哈船长指挥下的捕鲸船"佩阔德"号远航捕鲸的故事。"佩阔德"号远航的目的当然是为了捕杀鲸鱼，以猎取鲸油，然而出航不久，亚哈船长的真正用意便昭然若揭。他在以前的一次捕鲸行动中曾与一条叫莫比·迪克的白色鲸鱼相遇。这条鲸鱼以凶猛无比、神秘莫测而闻名遐迩，在与其搏斗中亚哈船长被咬断了一条腿。从此以后，报仇雪恨就成为亚哈船长生存的唯一目的。装有一条用鲸鱼骨制成的假腿的亚哈船长不顾个人和全船船员的安危，强迫大家发誓跟他一起去向白鲸复仇。在亚哈船长的专制统治下，"佩阔德"号驶向远海，最终来到莫比·迪克经常出没的海域。在随后的三天中，亚哈船长率领船员与白鲸展开了你死我活的拼斗。经过一场惊心动魄的追逐大战，亚哈船长与白鲸同归于尽，"佩阔德"号船员葬身海底，只剩下故事的叙述者船员伊斯梅尔侥幸生还，向世人叙说了这个故事。

《白鲸》也是一部捕鲸的百科全书。麦尔维尔是第一位以美国捕鲸业为写作题材的作家，这当然要归功于他早年的经验和实践。捕鲸曾在美国早期的资本主义经济发展过程中起到过不可低估的作用，是美国东海岸城市走向繁荣的基本方式之一，而在19世纪上半叶，美国的捕鲸船位于世界统治地位，遍布全球各大洋。其实"在1850年之前，美国的边疆，主要指海洋……，对美国梦的渴望和想象主要来自大海而不是荒野。"[1]麦尔维尔选择这样一个题材是极有意义的。正像在他之前的库珀那样，麦尔维尔的作品为读者提供了一个认识、了解美国社会发展的良好机会。

---

1.   Philbrick, Thomas. *James Fenimore Cooper and the Development of American Sea Fiction.* Cambridge: Harvard UP, 1961, p.vii.

麦尔维尔对美国的捕鲸业极为推崇，称之为最崇高的行业。他在书中利用史料翔尽地介绍了捕鲸业的历史发展和重要作用。同时，麦尔维尔旁征博引，描述了鲸鱼的种类、形状和习性。麦尔维尔对捕鲸全过程的描写尤其令人信服。由于是亲身体验，麦尔维尔对捕鲸的步骤和技巧了如指掌，他的描述也就极具权威性。捕鲸水手与鲸鱼之间惊心动魄的搏斗、水手们那繁重艰苦地获取鲸油的劳动在麦尔维尔的笔下得到栩栩如生的再现。

　　然而，这部小说从根本上来说描写了亚哈船长与白鲸的冲突。亚哈船长身上集中体现了人的潜力的基本事实，并且揭示了典型的人类命运，他是美国文学为世界文学贡献的少有的人物（其他还有哈姆雷特、李尔、俄狄浦斯、浮士德）之一[1]。亚哈船长向凶猛残暴、坚不可摧的白鲸发起的挑战代表了人类反抗命运、战胜自然、反抗神明的愿望和斗争。他意志刚强、不屈不挠、敢于犯上，为了达到目的即使遍体鳞伤、牺牲性命也在所不惜。在亚哈船长眼里，白鲸不仅是一头使他致残的巨大海兽，也是宇宙间一切邪恶势力的化身。激情满怀的亚哈船长曾发出这样的豪言壮语："切莫谈什么亵渎神明，即便是太阳侮辱了我，我也要还击。"[2]在麦尔维尔笔下，亚哈船长既像弥尔顿的《失乐园》中叛逆的撒旦，又如希腊神话里盗取天火的普罗米修斯。从这个意义上来说，亚哈船长是一个敢于向命运挑战、藐视上帝与自然的悲剧式英雄人物，而《白鲸》则是一部悲壮的伟大史诗。

---

1. Brodhead, Richard H. "Trying All Things: An Introduction to *Moby-Dick*." in *New Essays on* Moby-Dick. Ed. Richard H. Brodhead. Beijing: Peking UP, 2007, p.2.

2. Melville, Herman. *Moby-Dick*. A Norton Critical Edition. Ed. Hershel Parker and Harrison Hayford. New York: Norton, 1967, p.144.

但是，麦尔维尔又把亚哈船长称为"不敬神的，神一般的人"[1]，这说明他对亚哈船长这个人物的复杂感情。这个人物的塑造代表了麦尔维尔充满矛盾的思想观。亚哈船长有着极强的个人意志，他的确是爱默生所提倡的那种具有"自助"精神的个人。他反抗命运、抗击邪恶的大无畏精神是他性格中麦尔维尔所认同和赞扬的一面，麦尔维尔在感情上是同情这样一位英雄的。从另一方面来看，亚哈又是一船之长。如果我们把"佩阔德"号捕鲸船看作是人类社会的缩影的话，亚哈船长则是统治者，他以自己的意志统治着他的下属，使下属按他的意愿行事。这样看来，他可以说是个"神一般的人"。在这里麦尔维尔把亚哈船长性格的另一面展示给读者。当亚哈船长的复仇心理发展到偏执狂热的时候，当他把力量用在为达到个人目的而视他人生命于不顾的时候，当他试图以自己的法则代替自然界和上帝的法则的时候，他就变成了一个不敬神明的人、一个邪恶的人。所以，亚哈船长身上明显地表现出双重身份和双重性格。对统治万物的神来说，他是勇敢的反叛者；对"佩阔德"号上的船员来说，他又是不容别人挑战和反叛的统治者。麦尔维尔在理智上是不赞同亚哈船长的，亚哈船长最终要受到惩罚。麦尔维尔在思想上与其说是与爱默生更加接近，不如说是与霍桑更加接近。亚哈船长的悲剧表现了人类抗争命运的无效，超验主义所提倡的个人创造世界的乐观主义是不现实的。麦尔维尔同时也告诉我们，亚哈船长的悲剧结局又是由潜伏在人内心的邪恶造成的。亚哈船长不惜一切的狂热、他对邪恶的绝对认识、他极端的个人主义都注定了他的必然失败。

1.　Melville, Herman. *Moby-Dick*. A Norton Critical Edition. Ed. Hershel Parker and Harrison Hayford. New York: Norton, 1967, p.76.

虽然《白鲸》是以亚哈船长与白鲸的殊死搏斗为主要戏剧冲突的，但读者在书中遇到的第一个和最后一个人物却是伊斯梅尔——故事的叙述者。所以，《白鲸》又是一个讲述年轻人航海经历的作品，整个航程便成为他开阔眼界、增加认识、走向成熟的生长历程。"对他而言，奔向大海的远航是追求知识和自由，探寻生命价值及人生意义的旅程。"[1]伊斯梅尔是个善于思考的人，麦尔维尔借助这个人物表达了他对许多问题的看法。例如在"白鲸的白色"一章中伊斯梅尔关于白鲸和它的白色的探讨便是麦尔维尔对自己胸臆的抒发。白鲸本身就有一种神秘的气氛，它象征着宇宙本身的神秘与不可知。同样，它的白色也有着多种对立的含义。它既象征死亡和腐败，又代表纯洁与天真。同亚哈船长不同的是，伊斯梅尔对人在宇宙中的地位以及人与宇宙的关系的看法是客观的和理智的，他最终学会了以平静的心态接受邪恶的存在和宇宙的不可知。人类只能是不断地探索宇宙的奥秘，而一味地进攻与反叛是愚蠢的和徒劳的。

伊斯梅尔在这次航程中受到的教育是多方面的。"佩阔德"号的水手来自地球的各个角落。伊斯梅尔和一名土著人水手魁魁格结下了真挚的兄弟般情谊。魁魁格是一个没有受到现代文明污染、勇敢、善良而又淳朴的异教徒，却又充满人道主义情怀。伊斯梅尔在与他的交往中改变了人生态度，最终获得了救赎。麦尔维尔的民主思想由此可见一斑。在捕鲸的艰苦危险的环境中，不同肤色、不同民族的水手们肩并肩地与大海和鲸鱼搏斗，大家命运紧密相连、休戚相关。伊斯梅尔逐渐懂得了友谊和爱的重要性，学会了与他人相互尊重、平等相待，他认识到只有这样才能保证他和全人类的生存。幸存下来的伊斯梅尔成为真正意义上的成年人。

---

1. 毛凌滢：《论〈白鲸〉的民族形象与帝国意识形态的同构》，载《国外文学》2017年第3期，第96页。

《白鲸》不光内容丰富，其艺术手法也颇具特色。麦尔维尔广泛吸取了多种写作技巧，融会贯通地应用在自己的作品当中。很难说他的风格到底属于哪一种，因为它本来就不止一种。在这部气势磅礴的巨著中，有莎士比亚式的戏剧场景、人物对话和独白，有哥特式小说的神秘与恐怖，有哲人般的沉思与遐想，有富有诗情画意般的抒情描写，也有平铺直叙的白描。值得赞叹的是，这些不同风格的文体在这部小说中被作者巧妙地用在不同的场合，更显出作者的深厚功力。这就是麦尔维尔自己独特的风格。

除了《白鲸》之外，麦尔维尔的一篇短篇小说《抄写员巴特比——一个华尔街的故事》（"Bartleby, the Scrivener: A Story of Wall Street"，1853）也值得我们特别关注。与麦尔维尔的航海叙事不同，这是一篇关于华尔街的故事，探讨了"人在现代社会中的位置"[1]，塑造了一位在资本主义社会里被异化的小人物，讲叙了他以自己的方式为人性独立和自由而进行的抗争。《巴特比》的故事背景是19世纪40年代，正是美国工业化和城市化迅猛发展的时期。故事是一位老律师对往事的回顾，描述了他曾经雇佣过的一位抄写员巴特比。故事里的"墙"比比皆是，这个意象生动展现了工业社会里人的异化生活状态。律师事务所有许多窗户，但从这些窗户看出去都是华尔街鳞次栉比的高楼大厦。律师事务所的雇员仿佛置身牢笼，已被物化为机器。巴特比的工作就是机械地、一刻不停地抄写各种法律文书，完全失去了人的主体性，成为这个不停运转的社会大机器上的固定部件。巴特比寡言少语，在律师雇主眼里是个怪人，却给雇

1.　Hayes, Kevin J. *The Cambridge Introduction to Herman Melville.* Shanghai: Shanghai Foreign Language Education P, 2008, p.81.

主带来心灵震荡。巴特比最初卖力工作，但逐渐对这种令人窒息的生活感到厌倦，开始消极对抗，对雇主的指令都报以"我不愿意"的答复，拒绝这种毫无意义的生活。虽然拒绝工作，但巴特比蜗居在办公室，寸步不离，使得老律师百般无奈，只能自己搬走。后来巴特比被新房主送进监狱，在狱中绝食而死。巴特比以自己的不妥协，甚至是死亡，维护了精神上的自由和尊严。麦尔维尔最后以一句"啊，巴特比！啊，人性"结束了故事，表达了他对资本主义社会里商业运作法则以及人的"非人"生活状态的批判，而巴特比代表了现代社会中人的命运[1]。

麦尔维尔是个走在时代前面的人。在那个充满爱默生式的乐观主义时代里，他作品中表现了理想与现实之间不可跨越的鸿沟，流露了悲观主义的思想意识，这显然难以被读者接受。他自己似乎早已意识到他的不合时宜。"我写了一本坏书。"他在完成《白鲸》后这样告诉霍桑，但他感觉到"好像绵羊似的洁白无瑕"[2]。生存的无意义、信念的丧失、理想的破灭等概念更像是现代人的专利。所以，麦尔维尔更属于我们这个时代。

沃尔特·惠特曼（Walt Whitman，1819—1892）

1855年，一位名不见经传的诗人自费出版了一本题为《草叶集》的诗集。书上没有作者的署名，却附有一幅作者的画像。他帽子略歪，身

1. Hayes, Kevin J. *The Cambridge Introduction to Herman Melville*. Shanghai: Shanghai Foreign Language Education P, 2008, p.86.

2. Melville, Herman. "Letters to Hawthorne." in *Moby-Dick*. By Herman Melville. A Norton Critical Edition. Ed. Hershel Parker and Harrison Hayford. New York: Norton, 1967, p.566.

穿敞着领口的工作服，一手叉腰，一手插在裤兜里，流露出一副豪放不羁的样子。说实在的，这部诗集问世之初并没有引起读者和文学界多大的兴趣，而真正慧眼识才的人可以说是爱默生。爱默生一直为建立美国民族文学大声疾呼，《草叶集》的出现使他看到了美国民族诗人的诞生。他读了这本诗集之后，立即给作者写了一封热情洋溢的信，称这本诗集为"美国有史以来最杰出的、充满才识与智慧的贡献"[1]。这部诗集的作者就是沃尔特·惠特曼。他以毕生精力完成的《草叶集》对美国诗歌的发展有着划时代的意义，而他对美国文化边疆的开拓所做出的贡献使他无愧于"美国最伟大的诗人"这一光荣称号。

沃尔特·惠特曼1819年生于纽约州长岛的一个平民家庭。他的祖辈都是以体力谋生的劳动者，父亲是农夫兼手艺人。儿时给惠特曼留下深刻印象的就是近在咫尺的大西洋了。大海是他幼年嬉戏的场所和伙伴，大海的宽阔胸怀、汹涌澎湃、奔放无羁从小便融进了惠特曼的性格。大海孕育了惠特曼，给他以气质，给他以活力，给他以启迪，对他以后的诗歌创作产生了深刻的影响。惠特曼4岁那年，全家迁居布鲁克林。由于父亲不善经营，兄弟姊妹又多，惠特曼一家生活在贫困之中。惠特曼从小只念过几年书便因家境贫寒而被迫辍学。他11岁开始自谋生路，先是在办公室做杂役，后来又当过印刷厂学徒，还曾在小学任教。1833年，惠特曼一家迁回长岛。在家里排行第二的惠特曼这时不仅可以自食其力，而且很快就开始补贴家用了。他15岁时在纽约《镜报》上发表了自己的第一篇文章，后来

---

1.   Emerson, Ralph Waldo. "Letter to Walt Whitman." in *The Norton Anthology of American Literature*. 9th ed. Vol. B. Ed. Robert S. Levine, et al. New York: Norton, 2017, p.307.

便开始为布鲁克林和纽约的报纸杂志撰稿。成长中的惠特曼努力从沸腾的生活中、从社会实践中汲取养分。他热爱故乡的大海、森林，热爱纯朴自然的乡村生活，也倾心于城市的蓬勃生机和城市丰富多彩的文化生活。工作之余，他常常走在纽约的街道上，关注着这个城市日新月异的发展。他喜欢读书，对各种文学名著爱不释手，是图书馆的常客。他对其他文化形式也有着广泛兴趣，常踏足歌剧院、音乐厅、教堂和展览馆。他还十分热心政治活动，为民主党做过演说。他当然也是位称职的报人。1838至1839年创办了《长岛人报》，1846年成为《布鲁克林鹰报》的编辑，直到两年后因政治观点分歧被解聘。

1848年惠特曼离开纽约，应邀去南部的新奥尔良办报。这是他第一次远离家门。虽然旅途颠簸劳累，但也使年轻的惠特曼大开眼界。三个月后他动身北上，沿途饱览了自己国家辽阔的疆土和瑰丽的自然风光。这次南方之行也是惠特曼人生旅程上重要的一站。生活在这片土地上的人民以各自的方式建设着新大陆，惠特曼在与他们的接触中增长了见识、开阔了视野。惠特曼的南行成为他探索人生和社会的一次富有意义的实践活动。

随后的几年是惠特曼积蓄力量的岁月。他除了继续进行新闻写作之外，还从事过各种职业。他知识的积累既源于对书本的钻研，也来自与人和社会的接触。惠特曼一面潜心读书，在文、史、哲以及科学领域孜孜探讨；一面又来到普通劳动者中间，观察他们的生活，学习他们的语言，和他们交朋友。农民、水手、马车夫、摆渡人、搬运工等都与他融洽相处。与此同时，他自己也在进行着文学创作的尝试。他几年前也写过一点儿文学作品，但随着实践经验的丰富和思想的升华，注定了他的"新生儿"将是一部面目全新的作品。在默默耕耘多年之后，美国民族诗歌的荒原里终于滋生出具有旺盛生命力的草叶。

　　对惠特曼人生观和艺术观的形成起到巨大启发作用的人不能不提爱默生。1844年，爱默生在《论诗人》（"The Poet"）一文中指出美国还没有歌唱自己的国家和时代的诗人。他向自己的国人发出了充满希望的呼唤："美国就是我们心目中的一首诗，其辽阔的疆土激发着人们的想象力。不久定当出现讴歌它的诗作。"[1]惠特曼当年亲耳聆听了爱默生的演说，还阅读过他的作品。爱默生所提倡的歌颂自我、解放个性的超验主义思想，以及对建立美国自己的民族文学的呼吁无疑对正在艺术道路上摸索的惠特曼大有裨益。惠特曼后来谈到爱默生对他的影响时说，他那时正在冒泡呀，冒泡呀，是爱默生使他一下子沸腾起来[2]。实际上，这两位美国文学界巨人的思想在许多方面是相通的。惠特曼在《草叶集》初版序言中所说的与爱默生的话如出一辙："美国是世界上所有民族中最富有诗意的。美利坚合众国本身就是最伟大的诗篇……它等待着与它同样博大慷慨的手笔来描述它。"[3]难怪《草叶集》在地平线上的出现使爱默生如此振奋，这本诗集就是爱默生所期待的美国诗人的号角，他毫不犹豫地把它的问世称为"一桩伟大事业的开端"[4]。

　　标志着美国民族诗歌诞生的《草叶集》第一版是本薄薄的小册子，有包括《自己之歌》（"Song of Myself"）在内的12首诗。次年惠特曼又

1. Emerson, Ralph Waldo. "The Poet." in *The Norton Anthology of American Literature*. 9th ed. Vol. B. Ed. Robert S. Levine, et al. New York: Norton, 2017, p.267.
2. Reynolds, David S. "Walt Whitman." in *The Cambridge Companion to American Poets*. Ed. Mark Richardson. Cambridge: Cambridge UP, 2015, p.88.
3. Whitman, Walt. "Preface to *Leaves of Grass*." in *The Norton Anthology of American Literature*. 9th ed. Vol. B. Ed. Robert S. Levine, et al. New York: Norton, 2017, p.1298.
4. Emerson, Ralph Waldo. "Letter to Walt Whitman." in *The Norton Anthology of American Literature*. 9th ed. Vol. B. Ed. Robert S. Levine, et al. New York: Norton, 2017, p.307.

印了《草叶集》第二版，增加到32首诗。在此后的年月里惠特曼对这本诗集不断地进行修改和扩充，倾注了自己的全部心血。他的生活构成了他的诗，他的诗就是他的生活。即使在贫困交加、病魔缠身的情况下，惠特曼也没有放弃对这本诗集的再版工作。《草叶集》在惠特曼生前一共出了9版。1891年，《草叶集》的终结版问世，这是诗人自己最满意的一版，并成了现在通用的全集本，共收入诗作383篇。诗人于1892年去世。

惠特曼对美国民族文学的最大贡献在于他把美国诗歌从束缚个性的旧文学传统中解放了出来。作为美国诗歌的先驱，惠特曼走的是一条全新的道路，他的诗歌将浪漫主义与现实主义相结合，而且洋溢着爱国主义精神。在惠特曼之后美国诗歌改变了自己的面貌。惠特曼从一开始就宣称他就是要表现自己独特的时代和环境，而他的大胆探索和无畏创新充分体现了他在内容和形式上都冲破了英国诗歌传统的樊篱。惠特曼像麦尔维尔一样，也创作了一部美国史诗。他的史诗里的英雄不是以往史诗中的帝王将相，而是美国民主社会中普通的男男女女。惠特曼站在自己国家创建和发展时期的前列，高唱自我、人民、国家和时代的赞歌，讴歌自由、平等、民主与个人，表现了这个走向成熟的年轻国家的理想、抱负与希望。

惠特曼为自己的诗集取名为《草叶集》是有独特含义的。草叶是自然界中最普通、最常见，然而又是生命力最强的东西。诗人曾说："凡有陆地和水的地方都生长着草。"[1]这很容易使中国读者联想到"野火烧不

1.　惠特曼：《自己之歌》，载《草叶集选》，楚图南译。北京：人民文学出版社，1978年，第52页。

尽，春风吹又生"的意境。惠特曼用草叶象征自己，象征美国千千万万的普通老百姓，象征蓬勃向上的美国社会，也象征美国民主理想的生命力。在惠特曼的诗里，草叶的成长与星辰的运行等量齐观。惠特曼正是从草叶的平凡之中见其伟大，通过歌颂草叶进而歌颂了自己的国家、时代和人民。

惠特曼诗歌的一个重要内容是讴歌自我，并通过讴歌自我来歌颂普通人的伟大。《草叶集》中的《自己之歌》被认为是惠特曼的代表作，它最突出地体现了诗人的这一思想。诗歌以这样的诗句开始："我赞美我自己，歌唱我自己，我所讲的一切，将对你们也一样适合，因为属于我的每一个原子，也同样属于你。"[1]正是由于这个自己与所有人息息相通、血肉相连，诗中歌颂的"自己"既是自己，又不是单纯的个人，而是"个人"的理想形象，是每个人的"自我"，是美国千千万万的普通人的化身。《自己之歌》是通过赞扬人体的健美和旺盛的生命力来歌颂自己、歌颂人的尊严的。在这一点上，惠特曼显然把超验主义往前推动了一步。对爱默生来说，感官世界——尤其是肉体——是精神世界的反映；而在惠特曼笔下，肉体是神圣的，健康而坚实的肉体是和谐灵魂的标志。惠特曼自称"既是肉体的诗人，也是灵魂的诗人"[2]，肉体和灵魂在他的诗中是相互依存的。诗人以极大的热情赞颂和表现了健壮的身躯里包含的生命活力和永恒不灭的灵魂，因而人我之间、物我之间、生死之间、时空之间的差别也就消失了，自己最终融进了宇宙和大地的永恒世界。《草叶集》从而成为对人的赞歌、对生命的赞歌。

---

1. 惠特曼：《自己之歌》，载《草叶集选》，楚图南译。北京：人民文学出版社，1978年，第31页。
2. 同上，第55页。

　　惠特曼对普通人的赞美又见于他的《一路摆过布鲁克林渡口》（"Crossing Brooklyn Ferry"，1856，1881）一诗。布鲁克林是诗人的故乡，他从幼年起便经常来往于布鲁克林和曼哈顿之间。渡口穿梭来往着的渡船与熙熙攘攘的人群展现出一幅繁忙的景象，给他留下了深刻的印象。这里的一切令他留恋、使他深思。惠特曼怀着对自己的人民、自己的国家的诚挚炽热之情，放声高歌了这些建设新大陆、开创新生活的男男女女、老老少少，颂扬了他们高昂的活力、蓬勃的精神和无限的创造力。每个人都既渺小又伟大，这些普通劳动者用自己的双手创造了现代物质文明，推动了美国社会大踏步地向前发展。

　　惠特曼讴歌的人格和个人尊严从精神上来自爱默生所代表的思想传统，他同时又是杰斐逊所代表的民主理想的提倡者。《草叶集》是美国民主精神在文学中的首次体现。"在美国文学史上，作家把自己等同于美国，认为自己是祖国的化身，最早的范例当推惠特曼。"[1]惠特曼歌颂的是一个平等民主的社会，这个社会里劳动没有贵贱之分，人没有等级之分。惠特曼在《草叶集》的序言中强调："共和国最为优秀或突出的天才，不是它的执政者、立法者、外交官、作家，也不是来自大学、教堂、客厅、报纸，甚至也不是其发明家，而永远是它的普通民众。"[2]千千万万的人、各行各业的劳动者都以平等的身份，成为他讴歌的对象。他以慷慨激昂的诗句歌唱了劳动之美和劳动者之美。正是通过这些不同阶层的人们的共同努力，美国这片土地才得到天翻地覆的变化。诗

1．　刘树森：《21世纪惠特曼研究管窥——兼评〈致惠特曼，美国〉》，载《国外文学》2004年第4期，第41页。

2．　Whitman, Walt. "Preface to *Leaves of Grass*." in *The Norton Anthology of American Literature*. 9th ed. Vol. B. Ed. Robert S. Levine, et al. New York: Norton, 2017, p.1298.

人的歌声和劳动者的歌声汇在一起，唱出了一曲民主、自由的赞歌。正是由于美国人民健康、勇敢、快乐、坚强，美国社会才得以以日新月异、蓬勃向上的面貌出现在人们面前，美利坚民族才得以屹立于世界民族之林。

惠特曼的诗歌内容丰富博大，令人赞叹。他歌颂自我、人民和社会，也歌颂宇宙。他的作品跨越了时间与空间，过去、现在与未来，生命与死亡在他的诗中紧密相连。他的宇宙观和人生观在《从永久摇荡着的摇篮里》（"Out of the Cradle Endlessly Rocking"，1859，1881）一诗中得到充分的表现。这首诗是诗人对孩提时代在故乡海滨亲身经历的回忆。诗人听到了一只丧偶的海鸟在月下的哀鸣，于是，叙景抒情，思索了人生和宇宙的根本意义。生命和死亡的主题贯穿了整个诗篇。《自己之歌》以欢快热烈的诗句歌唱了生命，而《从永久摇荡着的摇篮里》则以深沉凝重的音调赞美了死亡。诗中在海边嬉戏的孩童倾听着唱着哀歌的海鸟，望着翻滚不止的大海，小小的心灵受到了触动。"一瞬间，我觉醒了，我知道了我为什么而生。"[1] 听着大海唱着死亡的歌，孩子长大成人。是死亡把他变为诗人，他将从此吟诵着痛苦与欢乐。生命终究要走向死亡。自然界的生死别离使他发现了死亡，使他懂得了生命的极限和灵魂的责任，而死亡又使他理解了生命。生命是美好的，死亡也是美好的，它预示着精神生命的再生，象征着肉体、灵魂与大自然的最终结合，宣告着新的生命周期的开始。生命和死亡原本就在宇宙间往复循环。

1.　惠特曼：《从永久摇荡着的摇篮里》，载楚图南译的《草叶集选》。北京：人民文学出版社，1978年，第230页。

死亡和生命的主题也贯穿于《啊，船长！我的船长！》（"O Captain!
My Captain!"，1865，1881）和《当紫丁香最近在庭院中开放的时候》
（"When Lilacs Last in the Dooryard Bloom'd"，1865—66，1881）这两首诗
篇中。在《啊，船长！我的船长！》中，惠特曼将林肯总统比作一艘巨
轮的掌舵人，在巨轮即将靠岸，进入平静的港湾时，林肯总统却不幸倒
下了。《当紫丁香最近在庭院中开放的时候》也是惠特曼为悼念林肯总
统——"那个在我一生中和我的国土上最美好、最睿智的灵魂"[1]——而作
的一首震撼心灵的挽诗。作品使用象征手法写成，通篇没有提到林肯的
名字，而是以紫丁香、金星和画眉鸟寄托了诗人对这位象征民主的伟大
总统的深切哀思。林肯总统被刺的噩耗传来，举国上下沉浸在深深的悲
痛之中。灵柩所过之处，乌云笼罩大地，城镇披上黑纱，为总统送葬的
蜿蜒行列，勾画出人民对林肯这颗巨星陨落的悲恸心情。伟人倒下了，
金星被乌云遮住了。然而，庭院里盛开的紫丁香吸引了诗人。它的色
彩、它的芬芳、它的旺盛代表着生命的蔓延，也代表着人民对死去的总
统的永久怀念。而画眉鸟的歌声又把诗人从对死者的哀悼唤回到有感于
灵魂不灭的欢乐。林肯的精神永存，他所代表的美国实现平等民主的理
想永存。紫丁香、金星、画眉鸟与诗人心灵的歌融合在一起，死亡和生
命融合在一起，成为精神生命的再生和永存。

惠特曼的诗歌不仅在内容上打破了旧的文学传统，在形式上也开创
了一代新风。"他首先大胆地运用灵活性极大的自由诗形式，使诗歌彻
底地从传统形式的束缚中解放出来，因此惠特曼常常被视为自由诗之

1.　惠特曼：《当紫丁香最近在庭院中开放的时候》，载楚图南译的《草叶集选》。北京：人
　　民文学出版社，1978年，第271页。

父。"[1]他的诗大胆奔放、气势磅礴，富有时代气息，表现了惠特曼的乐观主义精神。他的诗歌形式完全挣脱了旧诗歌的束缚，以抒发诗人心中的激情和表现丰富的题材为宗旨。惠特曼是一个以人民的语言来写作的伟大诗人。他的诗歌有美国各行各业劳动人民的词汇，有印第安人的土语，也有外来语。他使用不拘音步也不拘韵律的自由诗体进行写作，把传统模式的诗行纳入完全自由的诗节中。他诗行的结构常有重复，不时出现目录、名单和对一系列事物的列举，以适应其博大内容的需要，并因此创造出一种宏大的气势。他的诗行和诗节的长度则以思想和感情流淌的自然幅度决定，节奏起伏自如，极富音乐感，读起来虽不规则却十分流畅。读惠特曼的诗会感受到心灵的撞击。他的诗句犹如大海的低语、起伏和澎湃，既发人深省，又震撼人心。

　　惠特曼不愧是美国新世界一个勇敢的精神开拓者。他的诗歌以崭新的内容和崭新的形式为美国诗歌开辟了一片新天地，把19世纪美国浪漫主义文学推到了最高潮。对惠特曼诗歌的评价早已成为美国诗歌传统的重要内容，与惠特曼的对话和辩论也将是美国诗人的永久话题。一百多年以来，《草叶集》被译为多种语言，对美国和世界诗歌起到了深远而广阔的影响。著名文学评论家哈罗德·布鲁姆（Harold Bloom）如是说："在十九世纪下半叶以及几乎整个二十世纪，或许除了狄金森外，没有人比得上惠特曼作品的直接感召力和崇高性。"[2]惠特曼是时代造就的伟大诗人，他的诗歌是世界文学中的不朽篇章。

1.　张子清：《论沃尔特·惠特曼》，载《合肥学院学报（综合版）》1999年第3期，第28页。
2.　哈罗德·布鲁姆：《西方正典》，江宁康译。南京：译林出版社，2015年，第230页。

第三章

内战结束至20世纪初的美国文学
（1865—1914）

内战以后的美国文学进入了一个新的阶段。随着美国工业资本主义的迅猛发展，美国的社会现状发生了巨大的变化。社会经济的发展并未带来美国人心目中那种人人平等的自由民主的社会境况。相反，社会的两极分化日益加大、贫富之间的差别越来越明显。库珀笔下"皮袜子式"纯洁正直的美国人逐渐被追求物质享受的拜金主义者所代替，富兰克林所提倡的个人奋斗思想被投机堕落的道德观所取代。就在理想与现实的差距不断增大的情况下，美国浪漫主义文学开始衰落，现实主义文学逐渐兴起。与战前歌颂美国社会民主自由的理想主义相比，战后文学越来越多地转向对社会现实的揭露和批判。理想的幻灭、怀旧情调和对平等社会神话的揭露成为这一时期文学作品的主旋律。

美国内战之后首先出现在文坛的是"乡土文学"，"乡土文学"的出现代表着美国文学从浪漫主义向现实主义的转折。美国版图的不断扩大、内战后交通运输的快速发展使美国人产生了了解自己国家不同地区的地理面貌、风情民俗和语言文化的愿望。"乡土文学"不仅增进了美国各地人民的相互了解和交流，而且为美国文化的普遍繁荣起到了积极作用。"乡土文学"具有美国人以美国方式写美国题材的特色，以及浓郁的地方色彩，属于真正意义上的民族文学，成为美国文学发展进程中的一个重要组成部分。威廉·迪安·豪威尔斯（William Dean Howells，1837—1920）是美国现实主义文学框架的设计师，同时也是美国乡土文学的积极倡导者。他在担任著名杂志《大西洋月刊》（*The Atlantic*）的主编时，在这本杂志上刊登了不少地区性文学作品。斯托夫人在《汤姆叔叔的小屋》大获成功之后，于战后转向创作能反映新英格兰乡村生活的作品。她的《教长的求爱》《奥尔岛上的珍珠》《老镇乡亲》等作品真实地再现了殖民主义时期新英格兰地区人民的生活以及清教主义对人们思想的影响。乡土文学最具代表性的作家是布雷特·哈特（Bret Harte，1836—1902）和萨拉·奥恩·朱厄特（Sarah Orne Jewett，1849—1909）。哈特开创了美国西部幽默小说的先河，他的作品再现了加利福尼亚的淘金热和云集着淘金人、妓女、赌徒、投机者、流浪汉的边疆小城镇生活。哈特虽然来自东部，但他的笔描绘起淘金人生活来却得心应手、出神入化。他的成名作——短篇小说《咆哮营的幸运儿》（"The Luck of Roaring Camp"，1868）讲述了淘金汉们对一个妓女的婴孩的倾力呵护。这篇故事生动感人，又富有幽默感，受到东部读者的极大欢迎。哈特笔下那些富有人情味的人物——深谋远虑的赌徒、粗犷而又善良的探矿人、有金子般心肠的妓女——每一个都栩栩如生，作者对这些社会的下层人表示出极大的同情。哈特的写作手法幽默诙谐，为后人所仿效。他的作品推动了后来的乡土文学创作，也为此后出现的西部文学创立了模式。朱厄特的作品描述了资本主义工业发展对东部沿海地区传统生产方式的破坏，以及对已经逝去的旧时光的追忆，作品充满了怀旧情调。她的作品描写细腻、抒情性强，很有艺术感染力，她所塑造的独立坚强的女性角色尤其令人印象深刻。玛丽·威尔金斯·弗里曼（Mary Wilkins Freeman，1852—1930）是另一位在作品中描写了新英格兰地区乡村生活的作家。她的短篇小说表现了在这个已经衰落的地区人们贫困孤寂的生活和受到压抑、扭曲的人格。其著名短篇《新英格兰修女》（"A New England Nun"，1891）中，女主人公的未婚夫离家14年后回来欲与她完婚，而她在多年的等待中已经习惯了独居生活。她在了解到自己的未婚夫与另一女子倾心相爱时，便自动解除了婚约。这不仅使另外两人获得幸福，也保留了自己拥有的独立和宁静。弗里曼的写作风格朴实无华，对人物心理的挖掘很见功力。哈姆林·加兰（Hamlin Garland，1860—1940）也是乡土文学的重要作家。他的短篇小说集《大路条条》（*Main-Travelled Roads*，1891）是美国第一部描绘了10世纪后期中西部生活的作品，其作品具有浓郁的乡土气息，对农民的不幸命运寄予了极大的同情。加兰在这部小说集中从不同侧面讲述了深受土地资本家剥削与压榨的西部农民的经历以及他们的痛苦和绝望感受，通过描写西部农民每况愈下的生存困境以及工业化、商业化对农村的侵蚀揭露了西部神话的真相。总体来看，乡土文学作品中有很多现实主义的描写，但同时带有较重的理想主义色彩，因而并未完全脱离浪漫主义文学的轨迹。但是，乡土文学的出现使美国文学不再是东部文人的专利，它标志着美国文学进一步走向成熟和多样化。

艾米莉·狄金森（Emily Dickinson，1830—1886）是美国战后诗坛的一朵奇葩。她与惠特曼两人堪称19世纪最伟大的两位诗人。与惠特曼竭力反映发展中的美国社会不同，她在几乎完全同现实隔绝的情况下，创作了上千首简朴洗练、意象新颖的小诗。虽然她的诗作仅有几篇在她生前发表，但她的诗歌技巧和形式对美国和欧洲后来的新诗运动产生了极大的影响。

　　19世纪下半叶是美国现实主义文学的高峰期。美国资本主义的发展日益造成社会的两极分化，对社会制度的不满和对美国民主的失望促使美国作家由带有理想色彩的浪漫主义转向现实主义。现实主义文学体现了作家对社会现实的关注。威廉·迪安·豪威尔斯侧重探讨中产阶级的生活方式和价值观念；亨利·詹姆斯（Henry James，1843—1916）以现实主义的手法对人物进行心理分析；马克·吐温的批判性最强，他的作品对社会弊端的讽刺和揭露淋漓尽致。吐温又率先使普通人的语言登上了文学的大雅之堂，为美国文学的发展开辟了一条新路。

　　豪威尔斯被人们称作美国"现实主义文学"的奠基人。他的作品摒弃了浪漫主义的写作传统，以写实的手法描写生活，触及一些社会现实问题。他的代表作《塞拉斯·拉帕姆的发迹》（*The Rise of Silas Lapham*，1885）试图以现实主义的手法描写中产阶级的生活与风俗习惯，并探讨了这个阶层人们的道德观念。豪威尔斯的作品缺乏深度，今天读起来有些乏味。但他对美国文学的功绩不在于他那些今天已少有人读的作品，而在于他对美国现实主义文学理论上的贡献和对现实主义文学的积极倡导。现实主义文学是19世纪下半叶在美国流行的一种文艺思潮，现实主义作家提倡按照生活的本来面目描写生活。他们认为浪漫主义对抽象、崇高的事物的描写脱离现实生活，因而强调要描写作家熟悉的普通人和他们的日常生活。豪威尔斯率先挑起现实主义的大旗，他利用自己担任《大西洋月刊》主编的便利条件，坚持向新老作家和读者推广他在自己小说创作中所遵循的写作原则，告诫人们小说创作的试金石在于"真实与健康"[1]。豪威尔斯相信，只要作家仔细而忠诚地观察生活并如实反映他的

1.　罗伯特·E.斯皮勒：《美国文学的周期——历史评论专著》，王长荣译。上海：上海外语教育出版社，1990年，第117页。

所见所闻，就可以达到表现事物本来面貌的目的，也就可以在小说中达到美的境界。他曾这样对一名年轻的诗人说："除了反映人已经经历的生活，没有什么其他东西值得去写了。"[1]豪威尔斯不仅自己身体力行地进行现实主义文学创作，并且扶持和鼓励了许多年轻作家，其中包括马克·吐温、斯蒂芬·克莱恩（Stephen Crane，1871—1900）、哈姆林·加兰和弗兰克·诺里斯（Frank Norris，1870—1902）。他的杂志成为这些现实主义和自然主义作家的试验田地。此外，他还积极引进和介绍了易卜生（Henrik Ibsen）、陀思妥耶夫斯基（Dostoevsky）、托尔斯泰（Leo Tolstoy）、左拉（Émile Zola）等优秀欧洲现实主义作家的作品。豪威尔斯对美国现实主义的发展功绩卓著。

　　马克·吐温和亨利·詹姆斯代表了美国19世纪现实主义文学的顶峰。马克·吐温创造了美国式的幽默，拓宽了美国小说的题材，并且首次在小说创作中使用方言土语，形成了自己的独特风格。自马克·吐温之后，美国文学不仅在主题上，还在语言风格上真正打破了欧洲文学传统的束缚。马克·吐温作品的重要性还在于他对美国民主弊端的揭露，其作品讥讽淋漓、笔锋犀利，令人拍案叫绝。亨利·詹姆斯的作品是美国现代小说的新起点。他擅长用现实主义的手法表现人物复杂的心理活动和精神动机，素有"心理现实主义作家"之称。他的作品着力探讨了美国人与欧洲人的文化和思想差异，力图表现美国人的民族性格和道德观念。与詹姆斯同时代的女作家伊迪丝·华顿（Edith Wharton，1862—1937）也努力表现人物内心的道德冲突。但她比詹姆斯对社会的时代特征有着更加清醒的认识，对

1.　Carter, Everett. "Realism to Naturalism." in *Theories of American Literature*. Ed. Donald M. Kartiganer and Malcolm A. Griffith. New York: Macmillan, 1952, p.380.

社会习俗和弊端的批判更加深刻。她笔下的美国社会更加堕落，社会环境的影响和压力造成了人物的悲剧性命运。华顿对女性形象的塑造尤见笔力。她以女性特有的审美经验描绘了妇女在一个日益商业化的社会里所面对的种种束缚。她的两部再现纽约上层社会生活的长篇《欢乐之家》(*The House of Mirth*, 1905) 和《纯真年代》(*The Age of Innocence*, 1920)，以及描写新英格兰乡村生活的中篇《伊坦·弗洛美》(*Ethan Frome*, 1911)颇受人们称道。她文笔流畅优美，作品有较高的思想内涵。

在19世纪末期，受欧洲自然主义思潮影响，特别是法国小说家左拉的影响，自然主义文学在美国文坛兴起。左拉认为作家可以用科学试验的方法分析社会和个人。既然达尔文 (Charles Darwin) 已经证实所有的有机体都是由环境决定的，那么真正可以说明个人经历的方法就是使他置身于社会和经济环境之中。由此推论，自然主义作家认为人并未完全脱离动物本质，仍受爱恨、贪欲、饥饿等原始本能的驱使，而人因为受社会环境和遗传因素的支配，根本无法选择和控制自己的命运。自然主义作家往往着墨于那些处于社会下层的小人物的悲惨命运，作品也带有较强的悲剧色彩。同时，自然主义作家强调文学要真实而且客观地反映现实，既要具有科学试验般的精确，又要注意细节的积累。他们的作品因此不加美化地暴露社会的阴暗面和生活中的丑恶行为。美国自然主义文学在19世纪末20世纪初最为盛行，主要代表作家有斯蒂芬·克莱恩、弗兰克·诺里斯、杰克·伦敦 (Jack London, 1876—1916) 和西奥多·德莱塞 (Theodore Dreiser, 1871—1945)。与一直受舒适的中产阶级生活方式所庇护的豪威尔斯不同，这些作家自己往往有过含辛茹苦的生活经历。他们在创作中以写实的手法描写了在社会底层挣扎的人们的真实生活情景，从客观上反映了美国社会的另一侧面。

英年早逝的克莱恩以两部作品确立了他在美国文坛的地位。《街头女郎梅季》（*Maggie, A Girl of the Streets*，1893）描写了流落街头的妓女，真实地再现了纽约社会底层的贫民窟。《红色英勇勋章》（*The Red Badge of Courage*，1895）刻画了一个初次参加战斗的新兵的感受和成长，从广义上探讨了战争与生存的意义。诺里斯的作品《麦克提格》（*McTeague*，1899）是一部典型的自然主义作品，忠实地描写了城市下层人民的生活情景，揭示了人对金钱的贪婪及人性的丑陋，人自私的本性在对金钱毫不掩饰的觊觎中昭然若揭。小说中三个主要人物均死于对金钱的争夺过程中，诺里斯没有对人物行为进行价值判断，而是把主人公的悲剧归咎于遗传因素的影响和人的动物本性。杰克·伦敦的作品既有对资本主义社会丑恶的揭露和对社会下层人民悲惨命运的同情，也流露出社会达尔文主义对他的影响。他的名作《野性的呼唤》（*The Call of the Wild*，1903）以一条雄悍的狗为主人公。它从加州主人家被带到冰天雪地的阿拉斯加后，全凭出众的体力才得以在残酷的环境下生存。这条野性未驯的狗最后返回莽林，成为狼的领袖。伦敦以这只狗的经历喻指了"物竞天择，适者生存"的原则。伦敦的代表作《马丁·伊登》（*Martin Eden*，1909）是一部自传成分很浓的小说，取材于他早年的经历和后来的成名过程。出身贫寒的水手马丁·伊登依靠个人奋斗最终实现了自己的美国梦，成为知名作家。但上流社会的腐朽空虚使他理想幻灭，他最终以自杀结束了自己的生命。小说无情地揭露了资产阶级上流社会高雅面具下的庸俗和丑陋。西奥多·德莱塞被称为最伟大的自然主义作家，他的早期作品表现了社会环境对个人行为的巨大影响，揭露了弱肉强食的资本主义社会繁荣表面下的丑恶，对美国的下层城市生活做了真实的反映，抒发了对在社会激烈竞争中存活的弱者和小人物的同情。他最为成功的作品《美国悲剧》（*An American Tragedy*，

1925）的视野更加开阔，对社会现实的批判更加尖锐，以大家手笔创作了一出美国的社会悲剧。作品以美国城市生活为背景，塑造了一个具有时代特征的悲剧人物。主人公的自我奋斗和最终堕落揭示了美国梦中人性的扭曲和现实的严酷。《美国悲剧》不但把美国自然主义文学推往纵深，而且成为美国现代文学中的精品。

　　19世纪末的文坛首次出现了女权主义作家的典型作品。这些妇女作家打破了传统文学中渗透着男性偏见的女性现象，大胆塑造了敢于向传统社会观念挑战的新女性。这些妇女作品不仅反映了这一时期妇女在教育、就业、政治权利、社会地位等方面所取得的进展，也描述了妇女在商业化社会里的地位和所面临的种种约束。世纪之交的妇女文学所塑造的新女性角色起到了唤醒妇女意识、表达妇女要求的作用，为半个世纪之后的美国女权运动奠定了基础。夏洛特·珀金斯·吉尔曼（Charlotte Perkins Gilman，1860—1935）的著名中篇小说《黄色糊墙纸》（*The Yellow Wall Paper*，1892）大胆地向现存社会制度挑战，控诉了父权社会里的婚姻和家庭对妇女的禁锢和奴役。故事使用一位被男性社会认为是疯女人的叙事视角，揭示了作为社会二等公民的女性心态，发人深省。乌托邦式的小说《她乡》（*Herland*，1915）则虚拟了一个全部是女性的理想国，表达了作家对妇女地位和命运的深切关心和试图冲破时代限制的愿望。19世纪末的另一位女作家凯特·肖邦（Kate Chopin，1851—1904）更有惊世骇俗之举。她在其代表作品《觉醒》（*The Awakening*，1899）中大胆地塑造了一个追求女性解放，甚至是性解放的女性形象。肖邦的作品表达了妇女寻求个性独立和实现自身价值的愿望，抨击了19世纪男权统治下美国社会的道德规范。为女性解放大声疾呼的肖邦在世时被横加指责，而今却被誉为美国女权文学的先驱。

美国华裔女性文学也于这一时期出现。伊迪丝·莫德·伊顿（Edith Maude Eaton，1865—1914，更为人知的是她的中文笔名"水仙花"［Sui Sin Far］）是欧亚混血人，因受困于"双重公民身份"，转向文学创作来表达自我的身份建构需求，并由此成为美国亚裔文学的第一代开拓者。伊顿在作品中着力呈现在美华人的生活状态，明确表达了对他们的同情和辩护之意。她的主要作品《春香夫人》（*Mrs. Spring Fragrance*，1912）以种族和性别为核心主题，表达了中国文化与美国文化之间的复杂关系，以及美国社会存在的强烈种族歧视。

20世纪初的文学，尤其是美国小说，主要是继承了上一世纪的现实主义和自然主义的传统，并且更加注重社会现实。在这一时期，美国工业资本主义和大城市的迅猛发展使社会两极分化愈演愈烈。社会格局的变化在文学上得到相应的反映。以暴露社会黑暗、呼吁改革为宗旨的"揭发黑幕运动"应运而生。厄普顿·辛克莱（Upton Sinclair，1878—1968）的小说《屠场》（*The Jungle*，1906）以一家移民来美国后的悲惨遭遇为背景，描写了当时工人的低劣生活环境，揭露了芝加哥肉类加工企业非人的劳动条件。小说出版后社会一片哗然，美国人为辛克莱的描绘所震惊。杰克·伦敦甚至把这部小说形容为"工资奴隶制度下的《汤姆叔叔的小屋》"[1]。被称为美国现代短篇小说创始人的欧·亨利（O. Henry，1862—1910）也以他那支锋利的笔揭露了资本主义制度的丑陋。他的作品以描绘纽约普通人生活见长，倾注了他对四百万下层市民的极大同情。他的一部短篇小说集就叫做《四百万》（*The Four Million*，1906）。欧·亨利的作品以巧妙的构思布局见长，具有讽刺意义的巧合和出人意

1.　董衡巽等编著：《美国文学简史（上册）》。北京：人民文学出版社，1978年，第206页。

料的结尾是他故事的两大特点。著名短篇《麦琪的礼物》("The Gift of the Magi")讲述了生活于贫困之中的夫妻俩卖掉自己的心爱之物为对方购买圣诞礼物，但最终心愿落空的故事。幽默中透着辛酸，极有感染力。

19世纪后半叶的美国文学反映了社会发生的巨大变化。美国内战以后经济和社会发展日新月异，工业化大城市迅速崛起，美国本土边疆开拓也基本结束，这一切使一度占据首要地位的浪漫主义和理想主义在美国文学中日渐衰弱，逐步让位于以真实地反映现实为宗旨的现实主义文学。美国文学从此进入一个新的阶段。第一次世界大战即将改变世界格局，对传统价值观造成巨大冲击，也使得进入新世纪的美国社会日益显示出在世界事务中的重要地位。已走上成年的美国文学，将迎来一个新的文学高潮。

艾米莉·狄金森 (Emily Dickinson, 1830—1886)

艾米莉·狄金森是与沃尔特·惠特曼齐名的另一位19世纪美国诗人。当惠特曼高举着自由民主的旗帜积极参与生活事务、密切关注社会发展的时候，这位女诗人却悄无声息地生活在自己家中，用笔探索着人生永恒的真理。实际上，如果说狄金森是19世纪最伟大的作家之一，并不是指她对自己的时代有什么影响。她在自己生活的时代是一个默默无闻的人，而她数量可观的作品生前只有10首得以发表。直到20世纪20年代以后，美国人读着她那些言简意赅、独具匠心的小诗，才惊讶地意识到自己的国土孕育了这样一位诗坛巨星。狄金森对20世纪的现代主义诗歌产生了重大的影响，今天她的诗已被誉为美国诗歌的一座里程碑。

艾米莉·狄金森1830年12月10日出生于美国马萨诸塞州的阿默斯特

镇，她的父亲是一位名律师，又是她祖父创办的阿默斯特学院的财务主
管。狄金森曾先后在阿默斯特学院和离家不远的霍利奥克山女子学院就
读。学生时代的她性情活泼、思路敏捷、言谈风趣。她既喜爱读书，又
迷恋大自然，还是镇上社交界受人欢迎的出色人物。狄金森这时的生活
方式可以说和其他年轻人没有什么不同。然而25岁以后，出于世人不得
而知的感情原因，狄金森开始闭门谢客，过起孤寂隐居的生活来。在以
后的岁月里，她把自己禁锢在家中，和外界几乎完全隔绝，生活在自己
用灵魂筑起的世界里。就像她在诗里所写的那样："灵魂选择自己的伴
侣，然后，把门紧闭——"[1]狄金森终生未嫁，她整日待在屋里，偶尔也
在家里的花园里露面，就是在这个自己筑造的小天地里，狄金森纵情想
象，创作了大量的诗篇。除了诗人生前发表的那几首诗外，其他诗作在
她去世后于抽屉里被发现，后由亲友整理，陆续得以出版。1955年托马
斯·H. 约翰逊编辑出版了狄金森的三卷诗集，共收有1775首诗，使狄金
森的作品较完整地出现在读者面前。

　　狄金森反抗传统的宗教观念、思想意识和诗歌规范，为美国文学做
出了独特的贡献。狄金森的一生是在清教主义统治的新英格兰地区度过
的。她的家人都在当时的信仰复兴运动中皈依了基督教。狄金森是个有
独立思想的人，她虽然受到加尔文教的影响，却不愿盲目地接受基督教
教义，更不愿为屈从上帝的意志而放弃自己精神上的独立。她在学校读
书时，就以拒绝加入基督教会的大胆行动表现了她的叛逆精神。她在给

1.　江枫译：《狄金森诗选》。长沙：湖南人民出版社，1984年。文中所引狄金森诗歌均出
　　自该书。

朋友的信中这样说道:"我单枪匹马地进行了反抗。"[1]正是由于摆脱了宗教思想的束缚,狄金森才能使自己的个性得到自由的发展,才能实现自己的追求。

　　狄金森在宗教信仰面前表现出来的这种反抗精神也反映在她对待人生其他领域的态度上。她虽然离群索居,但读过爱默生的作品,在崇尚个性、强调直觉、认为自然可以反映人生真谛诸方面可以说她的观点与超验主义是相通的。她的诗歌冲破了欧洲大陆的旧文学传统,以自己的语言、自己的形象和自己的特征反映生活,这也使她在某种意义上成为超验主义的同路人。她的笔尽管没有像惠特曼那样直接反映美国社会的蓬勃发展,却被用来探索人生的真谛。狄金森所注重的是内心世界,而不是外部世界。同时,狄金森也不允许传统的社会观念和妇女角色羁绊自己的人生。她脱离社会隐居,是为了使自己不受世事的骚扰而独自体会人生。她选择了独身,不但使维多利亚时期对妇女的种种约束在她身上无效,还为她的诗歌创作营造了空间。她的单身生活代表了她精神上的自由和艺术上的完整。她的想象力在她自己僻静的小房间里任意驰骋,她自由地写着属于自己的诗,抒发内心深处的感受,探索生存的奥秘。更有甚者,即便是在诗歌创作中,她也是坚持走自己独特的道路,决不肯随波逐流,向传统的诗歌创作方式妥协。她早已远离名利场的尘嚣,对她来说,"发表,是拍卖/人的心灵"。如果无法真实面对社会,她宁可与世隔绝,让她的诗歌沉在湮湮无息之中。

　　世人常常把狄金森和惠特曼相提并论,是因为他们俩在美国诗坛各

1.　Miller, James E. Jr., ed. *Heritage of American Literature: Civil War to the Present*. Vol. II. San Diego and New York: Harcourt Brace Jovanovich, 1991, p.135.

领风骚，以自成一格的诗歌为后人，特别是后来的现代诗歌开辟了道路。尽管他们风格迥异，却都是旧诗歌传统的叛逆者。狄金森诗歌所表现的思想是深邃的，她的表达方式又是那样不循常规。她在句法、韵律和意象方面的鲜明革新影响了20世纪的许多诗人。狄金森对诗歌有她自己独特的定义。她这样说道："如果我在读一本书时感到浑身发冷，而炉火也无法使我温暖，我知道那就是诗；如果我切实感到好像我的天灵盖被掀掉了，我知道那就是诗。我认识诗的方式仅此一种。难道还有什么别的方式吗？"[1] 诗歌是狄金森对世界和生活的独特感受。她虽然阅历不广，对生活的感受却很深刻。实际生活的局限使她的探索趋于内向，而她对周围世界的感知和她所处理的题材显示了她敏锐的观察力和深刻的见解。她的诗都不长，但往往表达了极为深刻的思想。这些格言式的短诗乍一看简单，读起来却又是那样内涵丰富，有时尽管令人困惑，但总是耐人寻味。

狄金森诗歌的内容和形式是一个不可分割的整体。她所使用的词汇多来自日常生活，特别接近口语，因而有一种质朴无华的自然美。有时狄金森也使用一些带有宗教色彩的词汇。她诗歌的一大特点就在于她能用这些简朴的语言表达极为深刻的哲理和极为真切的感情。正如她所说："从平凡的词意中提炼神奇的思想，从门边寻常落英提炼精纯的玫瑰油上品。"狄金森的诗基本上属于《圣经》赞美诗体和民谣体。诗歌多为四行一节，诗行主要由三音步和四音步的抑扬格组成。但是狄金森在创作过程中往往随心所欲，有很大的自主性，绝不肯为形式的完整而牺牲自

1.　Miller, James E. Jr., ed. *Heritage of American Literature: Civil War to the Present*. Vol. II. San Diego and New York: Harcourt Brace Jovanovich, 1991, p.135.

己所追求的效果，因而她的诗歌形式又有很大的独创性，格律节奏也不那么规范。而这些变化加上句法、词法和标点符号的奇特应用——特别是那些用来表示停顿、转折或不曾表明意思的神奇破折号——使她的诗歌形式千变万化、别具一格。狄金森诗歌中最令人折服的是她那数量众多、新颖别致的意象。她努力从生活和书本中搜集各种意象，然后以她丰富的想象力把它们成功地应用于自己的诗中。狄金森使用了大量的隐喻和象征。这些隐喻和象征使许多抽象的概念和深刻的哲理见于平凡、具体和卑微的事物，而这些哲理警句又以简洁凝练见长。

就狄金森狭隘的生活范围而言，她诗歌涉及的内容范围之广的确令人赞叹。当她把自己的诗歌创作比作"圆周"时，她自己便因而成为这个宇宙的中心[1]。她从自己那与众不同的视觉角度给这个宇宙的众多事物下定义。她描绘自然界的芸芸众生，日月星辰、季节变换、虫鸟花草都是她冥想的对象；她也探索人生，爱情和死亡、灵魂与肉体、宗教信仰、情感世界、人情世故皆为她诗歌的主题。由于加尔文教的影响和她多年离群索居的生活，狄金森诗歌的基调是悲观的。可是她的诗又自有其奇特的活力。读狄金森的诗是一种不同寻常的经历。读者被她带到一个陌生新奇的世界，那一首首意境深远的小诗，那一个个不同凡响的意象，既让人诧异，也让人神迷。

狄金森诗歌的一个主题是爱情。这个抱守孤独的女诗人的爱情故事对世人来说始终是不解之谜。她或许也曾全心全意地爱过，她或许还经历过失恋的彻骨痛心。爱情在她的笔下既甜蜜又痛苦，既炽烈又缠绵。

---

1.   Elliot, Emory, et al., eds. *American Literature: A Prentice Hall Anthology*. Vol. II. Englewood Cliffs: Prentice Hall, 1991, p.152.

这种苦与甜交织的矛盾构成了她爱情诗的基调。爱情是伟大的，它的力量可以压倒一切。"我张望整个宇宙，一无所有——/只见到他的面孔！"载着爱的船只在暴风雨的夜晚也会安然抵达港湾。"风，无能为力——/心，已在港内——/罗盘，不必，/海图，不必！"只可惜爱情不光带来幸福，也常常伴随着失望和痛苦。"心啊，我们把他忘记！/我和你——今夜！/你可以忘掉他给的温暖——/我要把光忘却！"得不到爱情之甘露的滋润，失恋人即便难以忘却，也只有默默吞下失去爱情的苦水，唯有和自己痛苦、寂寞的心为伴。爱之痛就在狄金森的字里行间悄悄地溢出。

　　生活因为爱情变得充实，然而生命是短暂的。在狄金森的诗中，有相当一部分是描写死亡的。对多年独居的诗人来说，死亡并无所惧。"死去，只需片刻——/据说，并不痛苦——"它悄悄降临人间，又默默同死者离去。在她一首很有名的死亡诗里，死亡被诗人巧妙地比做一位殷勤的"他"。他赶着马车而来，邀诗人与他同行。车上同座的还有一个象征着"永生"的乘客。"因为我不能停步等候死神——/他殷勤停车接我——/车厢里只有我们俩——/还有'永生'同座。"与许多死亡诗歌不同的是，这首诗没有描绘坟地的阴冷凄苦和死者的孤寂绝望。坟地不是目的地，而是人生、死亡和永生旅程中的中转站。"那一天，我初次猜出/马头，朝向永恒。"死亡无法避免，但愿灵魂可以永存。寥寥几笔之间，诗人对永生的期盼跃然纸上。诗人有时竟用调侃的口吻谈论死神的来临。她以一个奇特的意象开篇："我死时——听到了一个苍蝇的嗡嗡声。"这个小生物的出现既代表了死者和人世间的最后一丝牵连，又使人联想到死者散发着腐臭气味的肉体，还因苍蝇的盘旋（英语中"苍蝇"和"飞行"拼法一样）使人不禁对死者的去处进行猜想。狄金森的这首诗不仅构思奇特，用词和结构上也颇受人们称道。对于永生的期盼可以说是这些诗的一个共同特点。正因为如此，死亡又因为它的不可知而变得神秘，令人困惑。"泥土是唯一的秘密——/死亡，是仅有的一个/你无法从他的'家乡'/查出他的全部情况。"

　　诗人常常在诗中流露出对死亡及永生的思考，这种对死亡和永生的思考来自诗人对宗教信仰的怀疑。生活在一个宗教气氛浓厚的环境中，诗人难免要受到宗教的影响。可是随着思想的日趋成熟，她不免要考虑上帝的存在和作用之类的问题，并提出自己的质疑。对宗教信仰的怀疑使她困惑，使她感到孤独，但这些都不能取代她所追求的思想独立。这样一来，上帝还经常出现在她的诗中，但不是至尊至上的救世主，也不是高不可攀的智者；而诗人的口吻也常常是不恭，甚至是不敬的。她在诗中坦诚直言："我忘掉你已经很久——/你，是否还能把我想起？"她把上帝称作父亲，同时又称他为"盗贼"和"银行家"，因为他剥夺了诗人所亲近的人的生命，还因为他虽然给予人们幸福，但是终究还要索回。当诗人宣称"头脑正好和上帝的分量相等"时，我们又不能不赞叹这位生活在19世纪的女诗人反抗宗教束缚、强调个人意志的大无畏精神。

　　和世人隔绝的生活使诗人更钟情于自然，挣脱了上帝的束缚促使狄金森在自然界中寻找真理。对诗人来说，自然自有一种神奇的力量。日月星辰各有其运行规律，虫鸟花草各有其生命。狄金森观察自然、描绘自然，也用自然作为自己遐想和内省的对象。自然中的万物在她的诗中既富有情趣又变幻无常，而更令人目不暇接的是，狄金森常常笔锋骤然一转，它们的一举一动又顿时变得富有哲理，让你不得不佩服诗人思路转换之迅捷。常年对自然的细心观察使诗人对自然的一草一木充满感情。"丛林中美丽的居民/待我都十分亲切——"，诗人告诉我们。大自然也毫不吝惜表现出见到她的喜悦："我来时溪流笑声更亮——/清风嬉戏更加狂放。"诗人悄无声息地观察着沿着小径走来的小鸟，把它吞吃蚯蚓、畅饮露珠、给甲虫让路的一系列动作描写得惟妙惟肖。大自然的生活也同样神圣，夏末秋初草丛中的蛐蛐齐鸣，其气氛之庄重犹如教堂弥撒。自然的万物还被巧妙地用来抒发诗人对生活的感受，既生动又逼真：夏季的消逝像忧伤一样令人难以觉察；痛苦由于太重而无法飞去；小石头犹如太阳一样独立。

　　言简意赅的艺术手法也使狄金森的诗歌富有生机。她的诗虽然短小，但极有哲理意义。这些诗是诗人对人生、社会、艺术的反思和回味，不仅表现了狄金森深邃的思想和睿智的才思，也使我们领略到诗人那纯洁的内心。她的诗是她"写给世界的信"，但她从不曾为出人头地、名利地位而出卖自己的艺术，因为"做个，显要人物，好不无聊！/像个青蛙，向仰慕的泥沼——/在整个六月，把个人的姓名/聒噪——何等招摇！"短短几行，表现了诗人的崇高情操。对她来说，真理才是诗人应该追求的最高目标。"舆论是个飞来飞去的东西，/但是真理，生命比太阳长久——"她那些探讨生活哲理的诗行字字珠玑、意境深远。"成功的滋味最甜——从未成功者认为。"她意味深长地说。在经历了那许多道不出来的痛苦之后，她仍然没有放弃生活和希望："'希望'是个有羽毛的东西——/它栖息在灵魂里——/唱没有歌词的歌曲——/永远，不会停息——"她还以如此奇妙的意象给予人们如此真实的生活启示："预感，是伸长的阴影，落在草地——/表明一个个太阳在落下去——/通知吃惊的小草/黑暗，就要来到——"

　　阿默斯特小镇上默默无闻的女诗人今天拥有众多的拥趸。她的诗歌艺术，尤其是她反传统的格律形式和奇特新颖的意象曾备受英美现代诗人的推崇。对她诗歌的探讨至今方兴未艾。她的诗作在各种美国文学选集和诗选中都占有很大篇幅，因而了解她的诗歌已成为文学爱好者和文学研究者不可缺少的一课。

马克·吐温 (Mark Twain, 1835—1910)

马克·吐温是一个中国读者和世界读者都熟悉的名字。他书中的小主人公汤姆·索亚和哈克贝利·费恩是世界文学中极受欢迎的人物角色，有着经久不衰的魅力。但许多中国读者并不知道的是，马克·吐温实际上是塞缪尔·克莱门斯的笔名。这个笔名原是密西西比河上水手们使用的术语，意思是水有两㖊[1]深，船只可以安全通过。马克·吐温用这个笔名绝非偶然，他是在密西西比河河边长大的，后来又曾经在这条河上当过领航员。马克·吐温对密西西比河有着深厚的感情，他的好几部有名的作品都是以这条缓缓流淌着的大河为背景的。

马克·吐温出生于密苏里州的佛罗里达，幼年时全家迁往密西西比河边的汉尼拔镇，吐温家的房子离密西西比河只有几百米之遥。他童年时代与他书中小汤姆的生活十分相似。他和镇上的其他孩子一起在河里游泳，在树林里玩耍，还常去周围的农场听黑人讲故事。《汤姆·索亚历险记》（*The Adventures of Tom Sawyer*，1876）中的场景与他故乡汉尼拔镇的样子也几乎一模一样。可以说是密西西比河孕育了这位伟大的美国作家。内战之前河上繁忙的交通、大河沿岸的自然景色，以及小镇人的日常生活后来

---

1 即英寻，英美制计量水深的单位，1英寻等于6英尺，合1.828米。

都成为吐温创作的源泉，顺着他的笔端源源不断地涌现出来。童年的生活尽管充满了乐趣，但吐温家的经济状况并不稳定。他的父亲一生都在做发财梦，但从未成功。吐温12岁时，一直不走运的父亲突然撒手西归，使全家陷入更大的经济困境中。父亲去世后，吐温辍学当了印刷厂学徒，从此走上了自己谋生的道路。在以后的岁月里，吐温干过排字工、轮船领航员，当过兵，采过矿，还做过记者。吐温丰富曲折的生活经历为他日后创作提供了丰富的素材，也使他更加成熟地面对社会、面对人生。

1865年马克·吐温的短篇故事《卡拉维拉斯县驰名的跳蛙》（"The Celebrated Jumping Frog of Calaveras County"）在纽约一家报纸上发表，内容是他在西部边疆淘金宿营地听到的一个幽默故事，生动描写了一个嗜赌成瘾、试图不劳而获的人物形象。故事中的结构、文体和语言展现了吐温独特的夸张手法和幽默感，马克·吐温因此一举成名，他的文学生涯也就此正式开始。马克·吐温的文学创作按其年代大致可分成三个阶段。吐温创作初期是建立他现实主义幽默作家身份的时期，他的重要文学创作多出于这个时期。他的第一部散文集《傻子出国记》（*The Innocents Abroad*，1869）是他以记者的身份出游欧洲大陆和巴勒斯坦的报道。这部作品讽刺了欧洲大陆的腐败和虚伪，也嘲笑了美国人的浅薄无知，出版后大受读者欢迎。1870年吐温与一富商的女儿结婚，从此结束了漂泊不定的生活，并进入了文学创作的辉煌时代。《竞选州长》（"Running for Governor"，1870）揭露了美国"自由竞选"的真相，撕下了美国式民主的虚伪面纱。《艰苦岁月》（*Roughing It*）出版于1872年，记叙了他当年加入淘金大军去荒凉的西部边疆探险的经历。吐温的第一部小说是与查尔斯·达德利·沃纳（Charles Dudley Warner）合著的《镀金时代》（*The Gilded Age*，1873），小说针砭时弊，批判了美国内战后表面繁荣、金钱至上的社会现实，揭露了资本主义社会的丑陋本质，以及蔓延全国的投机心理，以致"镀金时代"后来成为这个时期的代名词。《汤姆·索亚历险记》、《密西西比河上的生活》（*Life on the Mississippi*，1883）、《哈克贝利·费恩历险记》（*The Adventures of Huckleberry Finn*，1884）这三部作品都是吐温文库中的佳作。它们的相似之处在于都带有自传色彩，都具有怀旧情调，而且还都以密西西比河为背景，马克·吐温对家乡的这条大河充满了感情，这条大河也成为他创作的丰富资源。他在《密西西比河上的生活》一书的开篇便说："密西西比这条河流是非常值得了解的，它不是一条普通的河，相反，它在所有方面都不同寻常。"[1]《汤姆·索亚历险记》抒发了吐温对已经逝去的童年时代的回忆。吐温把一个机灵淘气、充满幻想的孩子形象塑造得栩栩如生，充分显示了他刻画儿童心理的才华。小说生动风趣，从问世以来就深得包括成年人在内的读者的喜爱。在《密西西比河上的生活》一书中，吐温倾诉了他对那条孕育了他并给予他灵感的大河的挚爱和了解，回顾了他在大河边度过的童年时代和后来当领航员的生活。我们后面还要读到的《哈克贝利·费恩历险记》则不仅仅是儿童读物，小说丰富的内涵和独特的语言风格使它当之无愧地成为美国文学中最伟大的作品之一。总起来看，稳定的家庭生活和优裕的经济收入使吐温在那些年里能够静下心来进行创作，他这一时期的作品素材多来自他以往的生活，表现了对无忧无虑的孩提时代的追怀情感。作品基调诙谐幽默，比较乐观。

马克·吐温的中期作品主要有《康州美国佬在亚瑟王朝》（*A Connecticut Yankee in King Arthur's Court*，1889）和《傻瓜威尔逊的悲剧》（*The Tragedy*

1.　Twain, Mark. *Life on the Mississippi*. New York: Harper, 1981, p. 1.

of Pudd'nhead Wilson，1894）。前者是一部带有幻想色彩的小说，讲述了一位生活在吐温时代的美国匠人试图在6世纪君主制度下的英国建立民主制度的故事，着重抨击了欧洲的封建制度。后者以一个黑人女奴将自己儿子与白人主子的儿子在摇篮里调包的故事，说明社会制度和社会环境才是人品质的决定因素，而不是肤色，从而批判了社会上流行的"白人优越论"，揭露了美国的种族歧视所造成的悲剧。吐温这一时期的作品主要是转向对社会的批判，作品中幽默成分减少，而更多的是讽刺和批判。吐温的个人生活在这一时期也遇到不少波折，他由于投资不当招致破产，还欠下一大笔债，结果不得不为还债到世界各地讲演。

对美国民主理想的幻灭和吐温个人生活的悲剧（他妻子和两个女儿的去世以及他个人经济的破产）使他的晚期作品带有明显的悲观色调。社会的不公、人类的愚蠢、帝国主义的侵略行径成为他抨击的主要目标。他的讽刺更加辛辣，毫不留情，甚至流露出厌世的情绪。除了发表文章外，他的中篇小说《败坏了哈德莱堡的人》（"The Man That Corrupted Hadleyburg"，1900）最能代表他这一时期的心态，故事含义深刻、发人深省，揭示了人性的弱点。在一袋金币面前，享有"诚实"盛誉的哈德莱堡居民一个个显露了自己贪婪虚伪的本性，无一能够抵住金钱的诱惑，反而昧尽良心，上演了种种闹剧。马克·吐温在这里表现了他对美国民主社会的失望，也反映了他愤世嫉俗的心理状态。

马克·吐温最为优秀的作品是《哈克贝利·费恩历险记》。它最完整、最全面地表现了吐温作为现实主义作家的多方面艺术才华。20世纪的美国著名作家海明威对这部小说有着极高的评价。他说："全部现代美国文学都来自一部书，即马克·吐温的《哈克贝利·费恩历险记》……这是我们所有书中最好的一部……无论是在它之前或之后都没有任何书可以超过它。"[1] T. S. 艾略特（T. S. Eliot, 1888—1965）也说，哈克贝利·费恩"是一位具有永恒象征意义的小说人物形象，堪与尤利西斯、浮士德、堂吉诃德、唐璜、哈姆雷特等人物角色相媲美"[2]。马克·吐温是一位为美国文学走向成熟做出巨大贡献的作家。与他之前的作家相比，他更彻底地摆脱了欧洲文学传统的羁绊，无论在内容还是形式上，他的作品都更有美国特色。美国文学在马克·吐温那里不再是"旧瓶装新酒"。从主题到语言，马克·吐温都在讲述着美国人自己的故事。

《哈克贝利·费恩历险记》的主人公哈克贝利·费恩是村里一个终日在野外流浪的"野孩子"，没有受过多少教育，父亲是个无赖酒鬼，他也因此缺少家庭管教。在小说的开始，哈克贝利被村里一位有钱的寡妇收养，送他去学校读书，还教给他文明社会的社交礼仪，以使他日后成为体面的上流人。父亲无休止的纠缠和寡妇道格拉斯的清规戒律让哈克贝利无法忍受，他终于设法逃了出来，因为对哈克贝利来说，自由才是最为重要的东西。在密西西比河岸的一个小岛上，哈克贝利遇到了试图逃往自由州的黑奴吉姆。就这样，两人乘着木筏，在密西西比河上开始了奔向自由的旅程，一个是为了逃离不把奴隶当人的奴隶制，另一个是为了逃离文明社会的种种束缚。而就是在这个旅程中，哈克贝利的思想认识和道德观念发生了根本变化，所以这个旅程在象征意义上也是人生旅程，代表了哈克贝利从单纯走向成熟的过程。

在这部小说中，吐温使用的是第一人称，巧妙地让没有受过多少教

1.　McMichael, George, et al., eds. *Concise Anthology of American Literature*. 3rd ed. New York: Macmillan, 1985, p. 1097.

2.　Eliot, T. S. "Introduction to *The Adventures of Huckleberry Finn*." in *The Adventures of Huckleberry Finn*. A Norton Critical Edition. 2nd ed. New York: Norton, 1977, p.329.

育的哈克贝利担任了故事的叙述者。我们通过一个孩子的眼睛了解到发生的一切，也领略到马克·吐温精湛的艺术手法。哈克贝利只有十三四岁，还是一个未成年的孩子，而且几乎目不识丁。他的叙事与成年人不同，没有刻意的修饰、没有道德评判、没有逻辑推理，而只是对所见所闻的直接反映，以及他自己的真实感受，所以读起来更加真实可信，容易使读者产生情感上的共鸣。哈克贝利的旅程基本上可以分为两部分，木筏上的生活以及他几次上岸后的经历。正因为河上和岸上代表了两种不同的经历，哈克贝利的成长过程中所受到的教育也是来自两方面的。一方面，哈克贝利和吉姆一起在木筏上的生活象征着和谐、平静、友爱和自由，这首先表现在人与毫不虚伪的大自然的和谐相处之中。明月下漂流在平静河面的木筏上的生活对他们来说是那样的无拘无束，与文明社会里枯燥乏味的生活相比，哈克贝利觉得"坐在木筏上面，你会感觉到又自由、又轻松、又舒服"[1]更重要的是和黑奴吉姆在木筏上同舟共济的生活，使哈克贝利的认识有了转变，他与一位受社会压制、被社会唾弃的黑奴结下了友谊，并且最终摒弃了社会偏见，协助他实现奔向自由的计划。遇到出逃的吉姆之前，在南方蓄奴社会长大的哈克贝利从来没有怀疑过奴隶制度的合法性。在与吉姆最初的交往中，他对待吉姆也是一副居高临下的态度，甚至常常戏弄吉姆。但吉姆的言行举止教育了他，在吉姆给他讲述自己对妻女的想念时，他的那份挚爱触动了哈克贝利，他看到黑人也是有感情的血肉之躯。而吉姆对他的情谊和照顾，特别是他们有一次在大雾中分散后吉姆的焦虑，使这个缺乏父爱的孩子深

1.　马克·吐温：《哈克贝利·芬历险记》，张万里译。上海：上海译文出版社，1979年，第144页。

深地为之感动。他为自己的谎话和恶作剧感到羞愧，认识到黑人也是人，也有人的尊严，并且鼓起勇气向吉姆道歉。哈克贝利终于学会了以平等态度对待一个受社会歧视的黑奴。吐温的人人平等和种族平等的思想在这里得到了充分的展示，但社会的偏见和传统势力在哈克贝利的心里打下了烙印。他在帮助吉姆的时候，又常常受到良心的谴责，认为自己在做一件大逆不道的事，要受到社会的谴责和上帝的惩罚。就这样，直觉和理性的矛盾造成了哈克贝利激烈的内心冲突，也使小说达到了高潮。哈克贝利思想斗争的结果是按照自己对是非的判断而不是社会界定的是非标准行事。当哈克贝利决定宁可下地狱也不能出卖吉姆时，他的纯真无邪便充分显示了出来，表现了他与传统观念的最后决裂。通过哈克贝利的行动，吐温表达了他对黑人向往自由的同情和对惨无人道的奴隶制度的无情鞭挞。

另一方面，与木筏上那种友爱和谐的气氛相比较，岸上的生活充满了奸诈和邪恶。除了哈克贝利父亲那种流氓无赖和寡妇道格拉斯死气沉沉的生活方式之外，哈克贝利在几次上岸时还目睹了白人社会的阴暗和肮脏。他对岸上环境的描述折射了文明社会里的生活与木筏上的生活的鲜明对照："无论大街小巷，到处都是稀泥，没有别的，只有稀泥，有几处差不多有一英尺深；其余的地方也有两三英寸。到处都有猪走来走去，咕噜咕噜地叫着。你能够看见一口泥糊糊的母猪带着一窝猪崽子，顺着大街懒洋洋地走过来，一歪身就躺在街上，弄的过路的人不得不由它身边绕过去。"[1]如果说吉姆教会了哈克贝利如何做人，社会则从反面教育了哈克贝利怎样识别善恶。文明社会中人的贪婪、虚伪、狡诈、愚蠢

---

1. 马克·吐温：《哈克贝利·芬历险记》，张万里译。上海：上海译文出版社，1979年，第165页。

和残酷在吐温的笔下暴露无遗。街道上游手好闲只热衷于看狗打架的居民、寻衅闹事的醉汉博格斯、视他人生命为儿戏的舍伯恩上校、围观起哄的人群、阿肯色一个小镇上的众生相，这一切构成了一幅丑陋的社会画面。吐温还以讽刺的手法描述了格兰杰福德家族和谢泼德森家族的世仇。格兰杰福德上校是个彬彬有礼、温文尔雅的绅士，他的家族和另一个同样高贵体面的家族早年因为一点儿口角结成世仇，遂相互残杀。可悲的是，两个家族早已不记得引起这一连串杀戮的起因。而且，当他们去教堂听牧师关于博爱的布道时，枪就放在他们的双膝之间。哈克贝利目睹了他们之间血淋淋的械斗后，又重回到木筏上。文明人的野蛮、残酷和虚伪被哈克贝利"童真"和"自然"的眼光揭露得淋漓尽致。吐温对文明社会最大的讽刺和批判莫过于他在书中塑造的两个伪装成贵族的江湖骗子。他们利用人们的愚蠢和无知，在沿岸的城镇里招摇撞骗，用各种方式骗取财物，手段极其下流无耻。两个骗子最后又为金钱卑鄙地出卖了吉姆。黑暗的社会现实和这些"道德典范"擦亮了哈克贝利的眼睛，当哈克贝利最终决定和文明社会彻底决裂时，他真正成长起来了。

在认清了社会的真实面貌后，哈克贝利就再也不愿回去受教化做"文明人"了，因为他"早已尝过滋味了"[1]。他要拯救自己，就必须远走高飞，离开这个腐败的社会。哈克贝利决定去边疆地区，宁愿继续他漂泊不定的自由生活。《哈克贝利·费恩历险记》的结尾让我们联想起美国建国初期的作家库珀的小说《拓荒者》中主人公皮袜子扛着猎枪向西大步走去的形象。继皮袜子之后，哈克贝利成为又一个逃离文明社会的人

1.　马克·吐温：《哈克贝利·芬历险记》，张万里译。上海：上海译文出版社，1979年，第370页。

物。当然，在吐温的作品里，文明社会早已变得腐败黑暗、弊病深重，理想和现实之间的距离越来越大。和内战前许多歌颂美国社会民主、自由的作品相比，马克·吐温的现实主义小说旨在抨击现实、揭露黑暗、批判社会的不平等和假民主现象。

豪威尔斯用"我们文学的林肯"[1]来形容马克·吐温，说明吐温在美国文学史上所占据的重要地位。马克·吐温对美国文学的重要贡献，除了他作品所表现的美国主题外，还在于他为美国文学开创了新的文风，这主要体现在他的语言风格和写作手法上。吐温摒弃高雅、华丽的文学辞藻，采用了最贴近民众生活的方言，充分展现了独特的民族特色。他表现的是美国人的思想感情，反映了美国社会的千姿百态，而更可贵的是，他使用的是美国人自己的语言。如同惠特曼开创了美国自己的诗歌形式，吐温在美国小说领域独辟蹊径，第一次把方言口语变成了文学语言。吐温"奠定了美国方言文学传统的基础"[2]，成功地在作品中使用了充满美国地方方言和黑人俚语的口语体，并在此基础上经过提炼加工，形成了富有口语化特征的文学语言，他的文体生动、逼真，毫无矫揉造作之感，使普通美国人的日常对话，登上了文学大雅之堂，开创了口语化创作的先河，真正反映出美国人自己的语言特点。更令人称道的是，吐温巧妙地对他使用的方言土语进行了艺术加工，使简单朴实的文体表达出深邃的思想和抒情诗般的细腻情感。《哈克贝利·费恩历险记》中描写哈克贝利内心矛盾达到高潮的第31章，堪称前者的典范。而吐温对密西

1.　Gottesman, Ronald, et al., eds. *The Norton Anthology of American Literature*. 1st ed. Vol. 2. New York: Norton, 1979, p. 14.

2.　Messent, Peter. "Preface." in *The Cambridge Introduction to Mark Twain*. Shanghai: Shanghai Foreign Language Research P, 2008, p. v.

西比河的优美风景的描绘，只有寥寥几笔，但着实令人难以忘却。20世纪的文学巨匠海明威就对吐温情有独钟，也难怪豪威尔斯说他甚至"可以品尝出［吐温作品中的］泥土的味道"[1]。

吐温的作品同时又以幽默讽刺的手法见长。吐温从他最早的文学创作开始，就表现出这方面的艺术才能。他在作品中继承了美国西部的"幽默文学"传统，将幽默、讽刺、批评融为一体，善于使用夸张、漫画、俚语，取得了独特的艺术效果。《哈克贝利·费恩历险记》中两个骗子的塑造就表现出吐温独特、娴熟的写作技巧。随着马克·吐温思想和认识的变化，他作品中的幽默也从单纯的诙谐和轻松的嘲弄转化为辛辣的讽刺和深刻的批判。

马克·吐温对社会现实的描写和批判，把美国的现实主义文学推到了最高峰。他的作品又因其独特的艺术魅力——巧妙的构思、生动的形象、活泼的文体、幽默讽刺的手法——使吐温今天仍然是美国作家中拥有最多读者的一位。因此，用现代著名美国作家威廉·福克纳（William Faulkner, 1897—1962）的话来概括吐温和美国文学的关系再恰当不过了，他说："马克·吐温是第一位真正的美国作家，我们都是继承他而来。"[2]

---

1. Carter, Everett. "Realism to Naturalism." in *Theories of American Literature*. Ed. Donald M. Kartiganer and Malcolm A. Griffith. New York: Macmillan, 1952, p.389.

2. Miller, James E., Jr., ed. *Heritage of American Literature: Civil War to the Present*. Vol. II. San Diego and New York: Harcourt Brace Jovanovich, 1991, p. 186.

亨利·詹姆斯 (Henry James, 1843—1916)

亨利·詹姆斯是美国19世纪现实主义文学的另一位著名作家。在现实主义作家三巨头中，豪威尔斯着重描写了中产阶级的生活和道德观，马克·吐温主要着墨于生活在社会下层的普通人，而詹姆斯却擅长塑造上层社会的人物形象。身为这个阶层的一员，他在自己的作品中真实地揭示了美国上层阶级人们的生活和思想感情。詹姆斯通过描绘他们在欧洲大陆的经历，表现了欧美文化冲突和美国人的特性。詹姆斯又被称为"心理现实主义作家"，作品尤以细腻的心理描写见长，他的写作技巧在20世纪的文坛备受推崇。

亨利·詹姆斯1843年生于纽约。祖父是爱尔兰移民，后因经营地产致富，给詹姆斯的父亲留下一笔可观的遗产，使其得以终生过着优裕的文人雅士生活，并按照自己的意愿安排子女的教育。詹姆斯的父亲一向认为孩子应该以最广阔的视野接触人生，因而为孩子们请了各种家庭教师授课。稍后，为了使孩子直接接触到世界上最优秀的教育，他又携全家去欧洲。詹姆斯曾随家人在欧洲大陆各地旅游，并先后在日内瓦、伦敦、巴黎等地的学校就读，受欧洲文化的熏陶，詹姆斯很早就对欧洲社会和旅居欧洲的美国人有广泛的了解和认识。

从欧洲回到美国后，詹姆斯一家定居于新英格兰的剑桥。詹姆斯的父亲在家里接待过包括爱默生、梭罗、华盛顿·欧文（Washington Irving）在内的许多美国文坛巨子。在这种"谈笑有鸿儒，往来无白丁"的家庭氛围中，詹姆斯接触到当时最先进的文化思想，培养了对文学的兴趣，激发了艺术想象力。1862年詹姆斯进入哈佛大学的法学院学习，但他把主要精力放在阅读文学作品和写作上。他的哥哥威廉·詹姆斯（William James，1842—1910）当时也在哈佛学习，后来成为美国著名的哲学家和心理学家。亨利·詹姆斯不久在波士顿结识了担任《大西洋月刊》主编的豪威尔斯，豪威尔斯对他最初的文学创作给予了很大的帮助。

从19世纪60年代末期起，詹姆斯频繁地来往于美国和欧洲之间。在欧洲期间他认识了屠格涅夫、都德、福楼拜、莫泊桑、左拉等欧洲文学大师，对他们的作品极为欣赏，并通过与他们的交往了解到欧洲最新的文学动向。欧洲古老的文化传统使詹姆斯逐渐意识到欧洲对他的文学创作更为适合，于是在1876年，詹姆斯决定定居国外。此后除了几次在世界各地的短期旅行外，他一直住在伦敦，并为了抗议美国在第一次世界大战中的中立态度而于1915年加入英国国籍。詹姆斯1916年在伦敦病逝。

詹姆斯的生活和家庭背景为他的文学创作创造了极有利的气氛。首先，他富裕的家境使得他可以在优越的环境下读书、写作、周游世界，而不必像19世纪美国大多数的作家那样为生计而奔波，甚至是在捉襟见肘的困境中从事文学创作。再者，詹姆斯有着多年在欧美国家上层社会社交的经历，因而对欧美上层社会人士的生活和心态了解甚深。他从自己独特的视角观察欧美社会，对新旧大陆的文化差异有了深刻的认识，因而成为第一位使用国际主题写作的美国作家。詹姆斯在自己的作品中着重描写了在欧洲的美国人的经历，以表现欧美文化的冲突和美国人的特性。可以说，詹姆斯对欧美文化存在着一种矛盾心理。他在1879年评论霍桑时曾经列举了美国文化中所缺乏的许多"高度文明社会所包含的内容"，说明了他对欧洲文化精华的向往[1]。但从感情立场上来说，詹姆斯

---

1. James, Henry. "Hawthorne." in *The Norton Anthology of American Literature*. Ed. Ronald Gottesman, et al. 1st ed. Vol. 2. New York: Norton, 1979, p.479.

又明显倾向于自己的民族。他作品中的主人公绝大多数是美国人，詹姆斯反映了他们的声音。从詹姆斯对自己作品的处理上，可以看出他的态度。詹姆斯崇尚欧洲大陆源远流长的文化传统，但是对欧洲贵族社会的腐朽虚伪、道貌岸然、世故奸诈持批判态度。相比之下，美国人虽然粗俗幼稚、缺乏教养，但是心地纯洁，代表着更高的道德标准。詹姆斯的作品，特别是小说，主要是围绕这个主题展开的。

詹姆斯一生作品数量众多，形式多样。他不仅写小说，还写过文学评论、传记、游记、剧本等，但他的主要建树在小说和文学理论上。从他的主要小说中，我们都可以看到他对国际主题的探讨。评论界一般把詹姆斯的创作生涯分为三个时期。他早期的主要作品从1875年出版的《罗德里克·赫德森》（*Roderick Hudson*）开始，包括后来出版的《美国人》（*The American*，1877）、《黛西·密勒》（*Daisy Miller*，1878）和《贵妇画像》（*The Portrait of a Lady*，1881）。《罗德里克·赫德森》描述了一位美国雕塑家在欧洲的遭遇。这也是詹姆斯以后的小说创作中反复涉及的主题：欧美人性格和道德标准的对比，以及文化差异和冲突。

在《美国人》中，詹姆斯清楚地表明了自己对美国民族的特性和欧美文化差异的看法。美国富豪克里斯托弗·纽曼来到巴黎，除了希望见识一下欧洲高雅的文化之外，主要是想以他的资产为后盾娶一位欧洲上层社会的女子为妻。詹姆斯将这个人物角色命名为"克里斯托弗·纽曼"显然是有意为之。"克里斯托弗"来源于探险家和美洲大陆发现者克里斯托弗·哥伦布，而纽曼（Newman）即"新人"的意思，也就是一个来自新大陆或新兴民族的人。从名字来看，詹姆斯为男主人公取了具有浓厚美国色彩的名字，预示他是一个具有探险精神而又不拘传统的美国人。乐观自信而又讲究实际的纽曼以为，金钱的力量可以帮助他实现愿望，

"欧洲是为他而存在，不是他为欧洲而存在"[1]。当然，纽曼这种以金钱买女人的打算显得粗俗而幼稚，他将一切都视为市场上流动的商品的想法也仅仅是一种浪漫的幻想，他的所作所为透露出美国人的文化弱势，但纽曼的行为是光明磊落的。他在朋友家遇到克莱尔，对她一见钟情，因为她不光拥有令人倾心的美貌，还具有贵族的家庭背景，这完全符合纽曼找妻子的标准——美丽、高雅、有异国情调。然而纽曼在老练世故的欧洲人面前处处碰壁，他在追求他的意中人的过程中，始终受到她家庭的鄙视、奚落和嘲弄，后又目睹了欧洲贵族那表面上彬彬有礼、背地里玩弄诡计的卑鄙伎俩，最后克莱尔因纽曼不是"自己人"而拒绝了他。卡莱尔的家人既觊觎纽曼的财富，又鄙视纽曼的粗俗。最后纽曼放弃了向他们报复的机会，他意识到他和克莱尔之间不可逾越的沟壑，破除了自己之前对欧洲的迷信和崇拜，之后毅然离开了巴黎。从纽曼身上我们看到美国人慷慨正直的本性和他在道义上的胜利。

《黛西·米勒》是一部使詹姆斯赢得国际声誉的中篇小说。詹姆斯在这部小说中大胆地以女性为故事主人公，以此来表现美国人的性格。黛西·米勒是个纯真活泼、独立性极强的美国年轻女子，她无视欧洲上层社会的社交礼节，按自己的意愿行事，以致遭到指责和非难。黛西最后也为自己的任性付出了代价——她染上时疫，不治而亡。詹姆斯在此把欧洲贵族社会的清规戒律和等级观念跟美国社会的自由平等做了形象的比较。

《贵妇画像》是詹姆斯最负盛名的作品，也可以看作是一部女性成长小说。美国年轻女子伊莎贝尔崇尚个性自由，不愿平庸地度过自己的一

---

1. James, Henry. *The American.* New York: Schocken, 1969, p.31.

生，追求独立判断和探索人生的机会。带着对古老的欧洲文化的向往，她由姨妈带到欧洲，开始了她的人生探索。到达欧洲后，好心的表兄拉尔夫为了给她的理想提供助力，说服父亲将遗产的一半转送给她。伊莎贝尔曾一度认为金钱可以为她的想象力插上翅膀，使她能够自由安排自己的命运。她陶醉在自己的幻想中不能自拔。美国富商戈德伍德、英国贵族沃伯顿勋爵相继向她求婚，被她一一拒绝，因为他们虽然都能为伊莎贝尔提供安全感，却都不是她自己的选择，不能代表她个人的意志和自由，更重要的是她无法获得所期待的生活经验，无法实现用她所拥有的金钱去拯救他人的理想。她说："我要自己选择命运，了解人生的一切，不限于别人认为我可以知道的那些。"[1]但她涉世不深，意外之财的获得没有给她带来自由，反而使她陷入了堕落、狡诈的伪君子奥斯蒙德及其情妇梅尔夫人设下的圈套。她接受了既无财产也无地位的奥斯蒙德的求婚，将他的贫穷和坎坷看作是其精神上富有的标志，以为自己的钱可以为貌似高尚但一文不名的奥斯蒙德带来幸福。但婚后的伊莎贝尔逐渐意识到理想与现实之间的差距，也认清了丈夫的本质。当真相大白后，已经成熟起来的伊莎贝尔毅然决定面对现实，留在丈夫身边，在逃避与责任之间她选择了责任，选择了自己之后的生活道路。美国人的个人理想主义虽然在欧洲文化传统面前破灭了，但美国人的优良道德和独立个性通过女主人公的行动又一次显示出来。

詹姆斯写作的第二时期相对来说不太成功。他在这一时期内对创作体裁和创作形式进行了各种尝试。创作体裁包括长短篇小说、评论，甚至还有剧本。他的剧本在上演后反应平平，让他不尽懊恼。但他把戏

1. 亨利·詹姆斯：《一位女士的画像》，项星耀译。北京：人民出版社，1984年，第189页。

剧对话和场景应用于小说创作时，倒起到了良好的效果。进入20世纪之后，詹姆斯一连推出了三部力作，即《鸽翼》（*The Wings of the Dove*，1902）、《专使》（*The Ambassadors*，1903）和《金碗》（*The Golden Bowl*，1904），从而进入他创作的第三个时期。在《鸽翼》中，女主人公米莉在识破了别人试图骗取她钱财设下的圈套后，还是慷慨施舍，显示出她的宽宏大量。《专使》中斯德莱塞被他的情人纽森夫人派到巴黎拯救其在欧洲陷入困境的儿子，却被那里的文化气息唤醒，对欧洲有了更深层的理解，形成了全新的生活观念。《金碗》讲述了美国姑娘麦琪和其父在欧洲经历了一番感情纠葛后各自找到归宿的故事。这三部小说中，詹姆斯又一次转向他所熟悉的主题：欧美价值观的冲突和文化差异。而且在开始涉及这一主题的二十多年后，不仅詹姆斯的写作艺术日臻完善，他书中的人物也成长起来了。这些美国人依然代表着纯朴和正直，但同时又表现出一种经历了精神启蒙后的成熟。这在詹姆斯的初期作品中是没有的。

　　詹姆斯在写于1872年的一封信中曾这样说过："身为美国人是一种复杂的命运，责任之一就是与欧洲迷信的价值观做斗争。"[1]詹姆斯在对欧美新旧大陆多年的观察和认识中，努力挖掘美国人的民族特性，表现了美国人在与世故、腐朽和邪恶的接触中走向成熟的过程。詹姆斯笔下的美国人具有爱默生式的独立个性和理想主义精神，特别是他早期塑造的人物，更是对自己的理想与行为充满了自信。与欧洲人和那些久居欧洲的美国人相比，他们虽然天真幼稚，但纯朴善良、充满活力、道德高尚。《美国人》的主人公纽曼在经商赚了一大笔钱后来到巴黎，认为欧

1.　Yeazell. Ruth Bernard. "Henry James." in *Columbia Literary History of the United States*. Ed. Emory Elliott, et al. New York: Columbia UP, 1988, p. 673.

洲之行可以使他受到欧洲古老文化的熏陶。小说开篇时一个极有讽刺意味的情节是他受骗花一大笔钱买了一幅质量低劣的卢浮宫藏画的仿制品。在故事的结尾，纽曼即使在掌握了可以向有负于他的法国贵族家庭报复的秘密，也没有以此来达到自己的目的，而是选择返回美国。黛西·米勒置欧洲社会的等级观念于不顾，坚持自己选择交往对象。《贵妇画像》中的伊莎贝尔拒绝了两个富有的求婚者，而选择了与穷困潦倒的奥斯蒙德结婚，也表现出对社会传统观念的蔑视。她不愿做男人的附庸，希望能够掌控自己的命运；她以为通过与奥斯蒙德的结合，可以达到物质与精神的完美结合。与同时代的其他作品相比，财富在詹姆斯的作品中被赋予了不同的意义。詹姆斯不像许多作家那样描绘金钱使人堕落这一普遍的社会现象，在詹姆斯笔下，财富既可以给人们带来自由，又有潜在的危险。最能体现这一貌似矛盾概念的莫过于《贵妇画像》中伊莎贝尔的经历了。得到了一笔遗产的伊莎贝尔有了钱，可以自由地选择自己的道路，但恰恰又是她的财富使她遭到算计，囚于自己自由选择的牢笼里。詹姆斯在其他作品中塑造的也都是拥有财富，同时又心地善良的美国人。詹姆斯对财富的这种观点显然与他自己的生活经历密切相关。

　　除了进行小说创作之外，詹姆斯还是小说创作艺术理论家。他一生写过大量的评论文章，但最能概括他的观点，也最为评论界重视的还是他的文章《小说的艺术》（"The Art of Fiction"，1884）和他为自己小说的纽约版本（1907—1917）所写的序言。侯维瑞先生在《现代英国小说史》中指出："詹姆斯对传统的革新和对后世的影响主要在于他对小说人物心理的探索和对作品艺术形式的追求，而这两点恰恰是后来风行的现代主义小说最显著、最根本的特点。因此，称他为英、美现代小说的先声应该是恰如其分的。"[1]

詹姆斯在漫长的写作生涯中，开创并完善了心理现实主义，对小说的发展起到了重要作用。和其他现实主义作家一样，詹姆斯也认为"小说存在的意义在于反映现实"[2]，他强调，"一部作品之所以可以称其为小说的首要因素就是它的真实性——对某一事件的真实描绘。同时这一真实性也是用来检验这一作品其他优点的标准"[3]。但不同的是，詹姆斯强调现实存在于作家从生活中得到的印象。作家要忠于现实则只能是表现自己熟悉的生活，描写自己感受最深的现实。另外，詹姆斯的忠于现实还表现在对创作素材的忠实上，主要是对人物性格的忠实。在詹姆斯的小说世界里，人物的言谈举止始终符合人物的主要本质，即使有时人物的行为令读者不解，但从人物的本身来看，并未违背其本性。这种作家心目中人物的性格，就会决定人物的经历。因此，詹姆斯在进行小说创作时，不仅从故事情节着眼，还更注重对人物性格的描写，特别着墨于人物的心理动态，使读者能够充分进入他的小说世界，了解人物复杂的心理活动。在其名作《贵妇画像》中，有一描写女主人公伊莎贝尔深夜坐在炉边沉思的著名章节。她经过对自己婚姻的反思，对丈夫的真实性格和自己生活的意义有了新的认识。女主人公通过内心独白来展现其觉醒的这一幕被有些评论家认为是詹姆斯转向心理探索的转折点。詹姆斯就是这样"把现实主义艺术

1.　侯维瑞：《现代英国小说史》。上海：上海外语教育出版社，1985年，第62页。

2.　James, Henry. "The Art of Fiction." in *The Norton Anthology of American Literature*. Ed. Nina Baym. Shorter ed. New York: Norton, 1999, p. 1581.

3.　Ibid. p. 1586.

的土壤从外部世界移到了内心世界"[1]。

　　詹姆斯小说的结构也有其独到之处。许多人在读詹姆斯的小说时都有一种迂回不前的感觉,这是因为詹姆斯的作品都有一个用以突出某个中心人物的中心点,所有的情节、场景和谈话都围绕这个中心构成,所以詹姆斯的小说情节并不是沿着一条直线前进,而更像是围绕着中心的许多圆。这些圆从不同角度、不同层次揭示了人物性格,使读者对小说人物有了更深的了解。而在他的后期小说里,詹姆斯又从故事的叙事角度方面进行了改革,即以一个或几个人物的内心反映发生的事情。在詹姆斯之前,传统小说一般采用两种叙述方式——"全知叙述"方式(即叙述者了解所有角色及所有细节的发展)或"自传体叙述"方式(即用第一人称方式,按"我"的观察进行叙述),而詹姆斯反对传统叙事模式,提倡"限知视角"方式,即以某个人物为意识中心,所有叙述都从这个角色的观察和认识出发。譬如《黛西·密勒》的整个故事以一位年轻人温特伯恩的视角展开,黛西的所思所感都是通过温特伯恩的所见所闻表现出来的,而在《专使》中,詹姆斯就是从一个人物的视角叙述故事的细节,同时还描述了那个人物对事物不断加深的理解。詹姆斯后期的小说结构更加复杂,对心理的探索更加深入,使许多人望而生畏。甚至有人用"亨利·詹姆斯嘴里咀嚼的比他能咬下来的还多"这句话来戏谑地批评詹姆斯[2]。但无论如何,詹姆斯的心理分析和写作技巧使他在20世纪蜚声世界文坛,对现代主义小说影响深远,爱尔兰作家詹姆斯·乔

1.　罗伯特·E. 斯皮勒:《美国文学的周期——历史评论专著》,王长荣译。上海:上海外语教育出版社,1990年,第137页。

2.　Elliott, Emory, et al, eds. *American Literature: A Prentice Hall Anthology*. Vol. II. Englenood Cliffs: Prentice Hall, 1992, p. 669.

伊斯（James Joyce）、英国作家弗吉尼亚·伍尔夫（Virginia Woolf）和美国作家福克纳的作品中使用的"意识流""内心独白"等写作技巧都可以追溯到詹姆斯那里。

有趣的是，关于詹姆斯的"归属"问题，也是英美两个国家争论的话题。当然，詹姆斯曾为两个国家的公民，他的作品又同时描绘了欧美两个大陆。他在欧美两个大陆的漂泊，使他对欧美文化有了倾向的认识，他"才能以欧洲人的眼光来看美国人，以美国人的眼光审视欧洲人……漂泊使他开阔了视野，得以抛开偏狭的民族意识，去汲取人类共同需要的文化精髓"[1]。但毋庸置疑，他的创作视野是以美国人为焦点的，他以表现美国人的民族性为美国文学做出了重要贡献。而他对小说写作技巧的开拓性钻研，特别是他开创的心理现实主义传统，对美国和欧洲一些国家的现代文学影响极大，使他当之无愧成为一位有国际影响力的作家。

萨拉·奥恩·朱厄特（Sarah Orne Jewett，1849—1909）

萨拉·奥恩·朱厄特生活在美国社会经历了重大变革的时代。以北方的胜利宣告结束的南北战争、战后工业资本主义的崛起、大城市的迅猛发展，正是这些社会变迁使朱厄特"生于斯，长于斯"的故乡——繁荣喧闹的新英格兰港口城市——变得日渐衰败、落后、毫无生气。怀着

---

1. 代显梅：《亨利·詹姆斯的欧美文化融合思想刍议》，载《外国文学评论》2000年第1期，第59页。

对过去美好时光的依依眷恋和对故乡深厚的感情，朱厄特从独特的视角记录了她的故乡生活，描述了故乡人民那种行将消失的生活方式和价值观念，并因此被誉为美国19世纪最优秀的乡土文学作家。

朱厄特1849年生于缅因州的南贝里克，这座沿海小城镇在她出生时业已开始衰落。朱厄特的父亲是位乡村医生，她幼时因体弱多病，没受过多少正规教育，却得以伴随父亲四处为乡亲们看病。她后来回忆说："我所受过的最好教育来自我父亲的两轮马车和它载我去过的那些地方。"[1]朱厄特在出诊中遇到了各种各样的人，许多都成为她后来书中的原型。朱厄特的教育也得益于她父亲藏书丰富的家庭图书馆，她在这里读到大量英国、法国、俄国的名家著作，也曾阅读过美国超验主义作家爱默生等人的作品。

在她14岁那年，朱厄特读到斯托夫人描写缅因州沿海地区的小说《奥尔岛的珍珠》，继而确定了自己的生活目标——她立志成为一名作家，忠实地记载自己故乡人民的生活。朱厄特开始着手收集地方传说和民间故事，并研究风俗人情和语言特征，熟悉农民和渔民的生活。从那时起，她走上了文学创作的道路。据说她父亲十分支持女儿的选择，并告诫她要按照事物的本来面目进行创作[2]。

19岁时，朱厄特的一篇描写缅因人生活的故事被当时著名的《大西洋月刊》刊登。豪威尔斯在当时为该杂志的主编，他对朱厄特的作品特别感

---

1.   McMichael, George, et al., eds. *Concise Anthology of American Literature.* 3rd ed. New York: Macmillan, 1985, p.1066.

2.   Miller, James E., Jr., ed. *Heritage of American Literature: Civil War to the Present.* Vol. II. San Diego and New York: Harcourt Brace Jovanovich, 1991, p.466.

兴趣，称赞她说："你的声音在一片震耳欲聋的文学鼓噪声中犹如画眉鸟的歌声那样动听。"[1]豪威尔斯随后又陆续发表了朱厄特其他一些充满着乡土气息的故事，这些故事很明显是以她的故乡为原型创作的。豪威尔斯后来又鼓励朱厄特把这些故事收集成书，于是，1877年以作品中一个虚构的城镇名"深港"（Deephaven）为书名出版。在该书1893年版本的前言中，朱厄特曾说她创作时遵循了柏拉图的名言，即"最有益于国民的事莫过于使他们相互了解"[2]。但朱厄特的创作所受到的直接影响还是来自以同样乡土故事背景写作的斯托夫人，从她那里，朱厄特认识到新英格兰地区才是她创作的真正源泉。就这样，朱厄特在她的第一部乡土作品中描述了两个波士顿的城市女孩在缅因州一个沿海城镇里度过的夏季。两个城里人在度假期间接触到形形色色的本地人：喋喋不休的老船长、沉默寡言的渔民、机智灵敏的家庭主妇、年迈体衰的老处女、惨淡经营的农夫以及性格古怪的种草药人。在与这些人的交往中，这两个女孩子了解到他们的处世哲学、乡村智慧和流传下来的故事。两个年轻城里人的视角和乡村背景相结合，构成这部几乎没有情节的作品的基本框架。朱厄特在这部作品中描述了新英格兰地区人民每况愈下的生活，但也歌颂了这种艰苦生活中所体现的内在尊严。《深港》的出版使朱厄特在28岁时便已成为美国颇有名气的作家，也标志着她漫长的写作生涯的开始。

　　朱厄特以极大的热情进入了文学界，结识了许多文坛名人，其中包括波士顿著名的出版商詹姆斯·T. 菲尔兹（James Fields）和他的夫人安

1. Sundquist, Eric J. "Realism and Regionalism." in *Columbia Literary History of the United States.* Ed. Emory Elliott, et al. New York: Columbia UP, 1988, p.509.

2. Nagel, Gwen L. "Sarah Orne Jewett." in *Dictionary of Literary Biography.* Vol. 12. Ed. Donald Pizer and Earl N. Harbert. Detroit: Gale, 1982, p.328.

妮·亚当斯·菲尔兹（Annie Adams Fields）。菲尔兹1881年去世之后，两位妇女的关系日渐密切。深厚的友情使她们每年都有好几个月共度时光，以致有人把她们的关系称之为"波士顿婚姻"。她们冬季住在菲尔兹位于波士顿的住所里，在那里接待文学界人士。夏季她们常常结伴去欧洲旅行，并在那里见到吐温、詹姆斯等其他美国作家和许多著名欧洲作家。而当她回到自己的故乡时，她读书、写作、在户外进行各种活动，或在她家乡的林间小路上沐浴着大自然的新鲜空气。从这个意义上说，虽然朱厄特为她所钟爱的家乡倾注了几乎全部的笔墨，但她并不狭隘。在其一生中，她代表和歌颂了新英格兰地区那些最优秀的传统品质，并因它们的逝去而哀叹。在她之前的新英格兰作家梭罗为了更好地了解自己家乡康科德而拒绝去往别处。与他相反，朱厄特曾说一个人只有认识世界才能真正认识自己的村庄[1]。

　　1878年，朱厄特的父亲去世。朱厄特对父亲怀有深厚的感情，因而陷入深深的悲痛之中。几年之后，朱厄特的小说《乡村医生》（*A Country Doctor*，1884）出版，其中的人物莱斯利医生即是以她的父亲为原形塑造的，作家在书中倾诉了她对父亲的敬重和热爱。这部小说可以算是朱厄特作品中女性意识最强的一部了。同时，朱厄特对女主人公南·普林斯童年生活的描写也颇带自传意味。身为孤儿的南自小被莱斯利医生收养，她陪同莱斯利医生出诊，后来自己也打算献身于这一职业。莱斯利医生尊重和支持了南的选择。南最终拒绝了幸福的婚姻和舒适的家庭生活的诱惑，决心以自己的全部精力为社区服务。

1.　Berthoff, Warner. "The Art of Jewett's Pointed Firs." in *Women Writers of the Short Stories A Collection of Critical Essays*. Ed. Heather McClave. Englewood Cliffs: Prentice Hall, 1980, p.11.

1886年，朱厄特的另一部短篇小说集《白鹭及其他故事》（*A White Heron and Other Stories*）出版。在其主题篇《白鹭》中，少女西尔维亚和她的祖母住在缅因州乡下宁静的农舍里，西尔维亚终日徜徉在森林田野之间，和自然浑然融为一体。一天，一位搜集珍禽做标本的城里人来到此地，他愿意出大价钱让西尔维亚帮助他找到一只白鹭。少女对她所热爱的大自然和她对白鹭的忠诚受到了考验，她不得不在人与鸟之间做出选择。尽管西尔维亚对这个和蔼可亲的城里人充满了好感，但她知道自己不能背叛白鹭。无论是为了金钱还是为了友谊，背叛以白鹭为象征的大自然就意味着背叛自我。西尔维亚最终决定忠于自然。像朱厄特笔下许多独立自主的女性一样，这个年轻女孩的抉择表明了她热爱自然、热爱生命的道德观。《白鹭》曾被收入多部美国文学选集，是朱厄特最著名的短篇。朱厄特其他的作品集包括《愚蠢岛的国王》（*The King of Folly Island*，1888）、《温贝的本地人》（*A Native of Winby*，1893）以及《南希的一生》（*The Life of Nancy*，1895）等。

1901年，鲍登学院授予朱厄特荣誉文学博士学位。鲍登学院是她父亲曾经就学的地方，也是头一次给予一名女性如此殊荣。同年，朱厄特乘车外出时受伤，她多年的写作生涯就此画上了句号。1909年6月，朱厄特在缅因州她出生的那所大房子里悄然去世，终身未婚。

真正确立了朱厄特在美国文学中地位的是她的代表作《尖尖的枞树之乡》（*The Country of the Pointed Firs*，1896）。该书先是在《大西洋月刊》上连载，同年辑书出版。美国20世纪初的著名小说家威拉·凯瑟（Willa Cather，1873—1947）在1925年为这部作品所作的序言里高度评价了它的意义，称其为与霍桑的《红字》和马克·吐温的《哈克贝利·费恩历险记》并驾齐驱的三部美国小说传世之作。她说："如果让我来提名三部有可能流芳百世的美国作品的话，我会冲口而出《红字》、《哈克贝利·费恩历险记》和《尖尖的枞树之乡》。我想不出还有其他什么作品能够以如此平和的方式对抗时间和变化。"¹这部作品和她的第一部作品《深港》在结构框架上有许多相同之处，也是以一个城里的来访者为故事的叙述人。这位未提及姓名的来客讲述了自己在缅因州一个沿海的村庄度过的那个夏天以及她的所见所闻。但不同之处在于这个叙述人不再是涉世不深的年轻少女，而是一名阅历丰富的作家。她以一个作家的敏锐、妇女的本能和成年人的成熟为读者展现了登奈兰丁那个古雅但又衰落的小村庄里的生活和缅因州的风俗人情。朱厄特的这部名作宛如一幅幅素描，作家以她娴熟细腻的笔触把书中人物的故事栩栩如生地呈现在画面上。

登奈兰丁一度是个繁荣热闹的内陆小港口。南北战争之后，工业化的潮流迅速席卷全国，连登奈兰丁也不能幸免，原先的农业、造船业和伐木业逐渐被纺织厂和罐头加工厂所代替。随着都市的发展，大批年轻人，特别是男人，纷纷涌进城市。在登奈兰丁，只剩下依旧与自然唇齿相依的老人和妇女。登奈兰丁虽然在经济上衰落了，但普通老百姓，尤其是那些妇女，在这个丧失了经济活力的小村庄里默默地、坚强地继续生活，将过去美好的价值观和传统继承下来，并使之流传下去。作者的笔把我们带进了这些普通人的生活轨迹。

作为女性作家，朱厄特怀着对妇女的深刻理解和同情描写了那些生活在贫困之中的妇女。她在这部名作中塑造了一些青春不再而生命活力依旧的女性形象。阿尔米拉·托德是一位集独立、自给、实际等美德于

---

1.   Orvell, Miles. "Time, Change, and the Burden of Revision in *My Antonia*." in *New Essays on* My Antonia. Ed. Sharon O'Brien. Beijing: Peking UP, 2007, p.31.

一身的女人。她是个体魄魁梧的寡妇，以搜集、制作、出售草药为生，偶尔也将房屋出租。她待人和善、机智幽默，和当地医生配合为村里人治病。托德夫人坚毅的外表下蕴藏着丰富的情感。在一次出外采药时，她对女房客敞开了心扉。她年轻时爱情受挫，后来嫁给一个她不爱的男人，那男人对她百依百顺，托德夫人对他却只有怜悯和敬重。他们曾坐在海边一起憧憬今后的生活，但男人后来在一次暴风雨中淹死在海里了。托德夫人的叙述更加深了两个女人的友情。托德夫人对自己的家人无比忠诚。一天她带房客到枞树环绕的格林岛去探望母亲和兄弟，布莱克特夫人已经高龄，但她对过去美好时光的回忆、对现实生活的热爱和对未来的希望使她始终保持着青春和生命的活力。枞树之乡成为象征着生命延续和持久的所在地。书中另一人物埃斯特也是一位身处逆境不低头的女性，她放弃教书生涯，常年在山中放羊，身边只有一个瘫痪的老母亲。尽管如此，她仍毫无怨言，对生活充满了信心。

相比之下，作品中的男性人物倒是更值得怜悯。利特尔佩奇船长是个行为举止古怪，带有几分神秘色彩的退休船长。他早年率船航海，现早已赋闲在家。多年的船长生活使他不仅言谈举止带有几分尊严，还因大量阅读而博学多闻，莎士比亚和弥尔顿的名字在他的谈话中不断出现。他深深地怀念以前海港的繁荣岁月，叹惜如今生活的颓败。他认为早期的人们在出海中可以"见识世界"，而如今的生活方式使人们的眼光狭隘，已经没有"眼界开阔的思想"了。这个精神已经有些错乱的老船长还讲述了他去北极的一次旅行。在那里他见到一个居住着奇异生灵的村庄，老船长把这个神秘的小村庄称为"今世和来世的驿站"。在登奈兰丁还居住着一位名叫伊莱贾·蒂利的老渔民，他妻子已经过世，只剩下他一人孤苦伶仃地活着。他叙说着对已故妻子刻骨铭心的眷念，把自己简陋的家保持得和妻子在世时一样整洁，以此来表达自己的哀思。他洗涮缝补，做着妻子做过的那些事，默默地打发着时光。他的哀诉，不仅仅是对死去的妻子以及他们一起度过的那些时光的怀念，从某种意义上来说，也是整个枞树之乡那种不复存在的生活方式的挽歌。书中还有一个男性是托德夫人的弟弟威廉姆，他虽已年过六十，但生性羞怯，几乎不跟陌生人说话。与那些性格坚强的女性相比，这些男性在书中只能算是陪衬。

朱厄特的作品不注重情节而侧重于人物的刻画。她的作品尤以塑造那些生活在困境和孤独中的坚强女性见长，她曾对威拉·凯瑟说过，她的脑海里满是那些可爱的老房屋和可亲的老太太。每当这两者在她头脑里啪嗒一声碰到一起时，她就知道又有一个故事冒出来了[1]。朱厄特善于表现女性细腻的情感和丰富的精神世界，同时又把她们描绘成生活中的砥柱人物。当资本主义工业经济的发展使年轻人特别是男人纷纷拥进城市时，是妇女留下来负起了生活的重担，继承了民族传统。与19世纪男性作家笔下的"社会的叛逆"不同，朱厄特所塑造的是在逆境中顽强生活、具有忍耐精神的女性。这些自食其力、充满自信、有感情、有个性的女性形象是作者心中的理想人物，给读者留下了深刻的印象。

朱厄特作品浓郁扑鼻的乡野气息，寄托了作者对故土的真挚感情。像许多同时代的乡土作家一样，朱厄特很早就意识到南北战争以后的深刻社会变化，她以自己的笔把在工业化的侵蚀下即将消失的新英格兰风采保留了下来。她所描绘的家庭和社区生活实际上代表了已经或即将消

1.　Cather, Willa. "Preface." *The Country of the Pointed Firs and Other Stories.* By Sarah Orne Jewett. New York: Doubleday, 1989, p.12.

失的那种生活方式和价值观念。大自然的美丽景色、乡村生活的幽静简朴与城市的喧闹、忙碌无聊的生活形成了强烈对比。她的作品体现了作者心中对以往传统生活模式的眷恋和对受到文明侵蚀的大自然的感叹，因而带有强烈的理想化怀旧色调。朱厄特的写作范围比较狭窄，但她在自己界定的范围内达到了相当的高度。她用笔细腻、语言含蓄、充满了抒情味，其作品有极强的艺术感染力。

朱厄特的《尖尖的枞树之乡》为她带来了"19世纪美国最佳乡土文学"的盛誉[1]，她为后人忠实记录了她的故土枞树之乡的生活。在她描绘的世界早已逝去之后，朱厄特作品中那些普普通通的人仍为朱厄特赢来文学界的赞赏，并吸引着众多热情的读者。

凯特·肖邦（Kate Chopin，1850—1904）

凯特·肖邦的一生是美国文学史上一个奇特的故事。她39岁时才开始写作，很快就崭露头角，获得成功。在其后短短的10年里，她驰骋文坛，出版了两个短篇小说集和两部长篇小说，成为一位很有建树的乡土文学作家。1899年，她的第二部小说《觉醒》问世，标志着肖邦思想意识和艺术风格的完全成熟。《觉醒》一书以现实的手法描写了一位生活在19世纪美国父权社会的妇女对个性自由的大胆追求。小说一出版，立即产生了轰动的社会效应，掀起了一场轩然大波。传统观念的卫道士对

---

1. McMichael, George, ed. *Concise Anthology of American Literature*. 3rd ed. New York: Macmillan, 1985, p.1067.

《觉醒》横加指责，不仅小说被列为禁书，肖邦本人也被逐出当地的文化圈。这使正值创作高峰的肖邦骤然止笔，并在5年之后默默死去。肖邦和她的作品在以后的几十年时间内几乎被人遗忘。直到20世纪五六十年代，随着美国女权运动的蓬勃发展，《觉醒》一书才得以重见天日。这部当年给肖邦带来灭顶之灾的小说，实在是一本在思想水平和艺术手法上均属上乘的好书。后人纵观肖邦的一生，不免感叹肖邦生活的那个社会对反叛者的压制和扼杀。

凯特·肖邦于1850年生于美国密苏里州圣路易斯市的一个富商家庭。父亲在她5岁那年因一次事故而丧生，自此肖邦便生活在一个全是女人的家庭里，由母亲、外祖母、曾祖母抚养成人。肖邦的这几位长辈是法裔克里奥尔人，她们不仅精明强干，而且开朗健谈，肖邦儿时便常常在她们娓娓动听的故事中入睡。肖邦在这个家庭里见到的都是独立、坚强的女性，她们与当时社会提倡的那种软弱、顺从的女性形象迥然不同，这对肖邦性格的形成及其后来的写作风格产生了极大的影响。肖邦自幼好学，常常躲在阁楼上阅读英国作家沃尔特·司各特（Walter Scott）、斯宾塞等人的作品，她酷爱音乐，音乐中流露出来的激情令她心怡神往，给了她思维的活力和创造的灵感。她还说得一口好法语，出嫁后在丈夫的社交圈里应付自如。

肖邦于1868年毕业于圣路易斯的一所教会学校，两年后与富有的新奥尔良棉花商人奥斯卡·肖邦结婚，并随其迁到新奥尔良居住。婚后肖邦忠实地履行了作为中产阶级家庭妇女的社会和家庭职责。无论是在新奥尔良还是在她后来居住过的路易斯安那州的红河谷地区，肖邦的语言才能和音乐天赋使得她能迅速捕捉到当地居民独特的语言特征。她对事物敏感的天性和细致的观察能力为后来的写作积累了宝贵的素材。1883年，肖邦的丈夫因病去世，肖邦自己承担了庄园的经营管理，并有机会接触到各个阶层、各种类型的人，其中许多人成为她后来作品中的人物雏形。

19世纪80年代中期，肖邦卖掉庄园，搬回圣路易斯同母亲住在一起。稍后母亲去世，肖邦在世上只剩下她的6个孩子和日益减少的财产。在朋友的鼓励下，她开始了文学创作。1889年6月肖邦的第一个短篇《智胜神明》（"Wiser Than a God"）发表。故事描述了女性对事业的献身和对传统婚姻的反叛。女主人公波拉·冯斯托尔兹在她所钟爱的音乐生涯和舒适优裕的家庭生活之间选择了前者。《智胜神明》表现了肖邦对妇女问题的关注，这种关注成为后来肖邦作品中不断出现的主题。在以后短短几年时间内，肖邦不断在美国几家畅销杂志上发表短篇小说。肖邦娴熟的法语和对法国文学的喜爱使她对几位法国作家十分敬佩，她的早期作品显然受到莫泊桑、都德和莫里哀等法国作家的影响。

1890年，肖邦完成了她的第一部长篇小说《过错》（At Fault）。这部小说探讨了婚姻观念、道德理想以及现代女性的困惑等妇女问题。作品暴露出作者初涉文坛的一些弱点，如构思不够成熟，小说结构略显牵强等，因此效果并不十分理想。肖邦继而转向短篇小说的创作。她在其后3年中共完成了40个短篇故事，其中的23篇（只有4篇未曾在杂志上发表过）辑成集子，以《牛轭湖的乡亲》（Bayou Folk）为名于1894年出版。这些故事以路易斯安那州中北部地区为背景，书中人物都是居住在那里的法裔克里奥尔人、卡津人和黑人。这些故事描写细腻、文字优美，不仅描绘了普通人的喜怒哀乐，而且展现了当地的风俗民情，极富感染力，表现出她作为乡土作家的横溢才气和娴熟技巧。在这些早期的故事中，我们已经可以看出肖邦着重从女性的角度来探索个人在社会上的位置。《德西蕾的孩子》（"Desiree's Baby"）是肖邦极为有名的一个短篇。出身于名门贵族的农场主阿曼德因发现自己刚出世的儿子带有黑人血统而陷入深深的烦恼之中。他认为是妻子德西蕾的过错，盛怒之下赶走了他曾深爱过但又"玷辱"了他家族名声的妻子。德西蕾抱着儿子径直走进了河口，再也没有回来。故事以一个具有讽刺性的转折结尾。在焚烧妻子的物品时，阿曼德意外地发现了自己母亲留下的一封信，原来是他自己有着黑人的血统。这个故事写得极其动人，肖邦在这里不仅触及种族问题，也揭露了男人对妇女的歧视和压迫。

肖邦短篇小说的成功不仅为她带来了经济上的独立，而且鼓舞她进行更加大胆的尝试。1897年，短篇小说集《阿卡迪亚之夜》（*A Night in Acadie*）出版。在这部集子里，肖邦作为乡土作家的艺术风格更臻成熟。这部集子描述了19世纪美国妇女在爱情、婚姻、家庭诸方面的独特经历，也揭示了传统观念对妇女的束缚。肖邦特别注重表现女性对爱情的大胆追求。爱的力量之强大，可以冲破种族、性别、阶级、地位、名誉的羁绊。其中《一位正派女人》（"A Respectable Woman"）描写了一位已婚妇女面对婚外恋情的微妙心理，并预示她将冲破一切束缚去追求自己的幸福。当时的评论界在肯定这本集子所表现的浓郁乡土气息的同时，也指责该书所流露出的对妇女性解放的大胆追求。

1898年夏季，出版商接受了肖邦的第三个短篇小说集《一种职业和一个声音》（*A Vocation and a Voice*）。在这些故事里，肖邦更深入地讨论了人的情感和道德观念，探索什么是充实人生的主题。现在经常被收入文学选读集的著名短篇《一个小时的故事》（"The Story of an Hour"）便是这一主题的典型代表。女主人公马拉德夫人患有心脏病，她得知丈夫在铁路事故中丧生的消息后，便沉浸在深深的悲痛之中，同时，也有一种随之而来的"自由"了的感觉。马拉德夫人憧憬着属于自己的未来，欣喜激动。当马拉德先生安然无恙地回到家中（他其实远离事故现场，他死亡的消息不过是个误传），马拉德夫人心脏病突然发作，离开人世。马拉德夫人对新生活的憧憬被丈夫的意外归来打断了，她在巨大的刺激下顿时身亡。在精神上获得了新生的女主人公在那一小时已经成为一个和以前完全不一样的人，她已无法回到旧日生活的轨道上去。别有讽刺意味的是故事的结尾：为马拉德夫人检查的医生说是喜悦夺去了她的性命。肖邦收在这个集子里的故事和她以前的作品相比较，女性意识更加强烈，人物性格更加鲜明。肖邦把妇女的特殊生活经历和其生活的社会环境紧密联系在一起。作者在这个集子里涉及的许多主题都在以后《觉醒》一书中得到最充分的表现。这个短篇小说集后来因《觉醒》受到攻击而未能出版，出版商因这些作品表现的女性解放思想而拒绝了肖邦。

　　肖邦完成《一种职业和一个声音》、《觉醒》之后，当年又写了短篇小说《暴风雨》（"The Storm"），这个短篇探讨了一个冒社会之大不韪的主题。肖邦在这个故事里一反维多利亚社会的传统观念，宣扬女性和男人一样享有性的权力，并不加任何修饰地描绘了性爱带来的喜悦。故事描写了一个妇女与在她家躲避暴风雨的旧时男友之间冲动而短暂的情爱。"暴风雨过去了，大家都很快活。"虽然这个故事具有极高的艺术技巧，第二年《觉醒》一书带来的暴风雨却浇灭了肖邦的热情，她甚至没有把它拿去投稿。

　　肖邦除了小说和短篇故事之外，还发表过约40首诗和一些翻译作品（包括翻译自莫泊桑的7个故事），另外也写过一些评论文章。这些作品大都发表在圣路易斯的杂志上面。她的文学评论立场鲜明，观点敏锐，证明了其作品和艺术观的一致性，但肖邦的主要成就还在于她的文学作品，小说《觉醒》是她的代表作。

《觉醒》于1899年出版。书中的女主人公埃德娜·庞蒂利埃是个中产阶级妇女。她生活优裕，还有一对可爱的儿女。在结婚6年之后，她开始反省自己在生活中的位置和人生的意义，认识到自己只不过是属于丈夫的一件"贵重的财物"。她一直被桎梏在婚姻和家庭之中，被男性的权力所奴役，扮演着社会所规定的贤妻良母的角色。她有家庭，有丈夫，有舒适的生活，唯独没有自我。埃德娜的觉醒使她走上了一条反叛的道路。她要冲破社会强加到妇女身上的行动准则，按自己的意愿生活，大胆地追求自己当家作主的生活方式。埃德娜对男性占统治地位的社会体制的勇敢反抗首先表现在她拒绝再去顺从地扮演社会分配给自己的妻子角色。她不再像以往那样每周在家里招待丈夫生意圈里的朋友，她开始越来越少地在家务事上花费精力。她爱孩子，但她不愿意只为别人而活。她说："我可以放弃一切无关紧要的东西，我可以为我的孩子牺牲钱财，甚至牺牲我的生命，但是我不会去牺牲我自己。"[1]这正是她的独立宣言。埃德娜冲破传统规范和家庭樊笼的进一步行动是从丈夫豪华舒适的住宅里搬了出来，住进了属于自己的"鸽子笼"。她还试图以绘画为生，从而彻底摆脱对丈夫的经济依赖。

19世纪的传统社会观念使丈夫有统治夫妻之间性生活的绝对权力。丈夫是性权力的化身，丈夫的意志不可违背。虽然美国文化的基石是个人主

---

1. Chopin, Kate. *The Awakening and Selected Short Stories*. New York and Toronto: Bantam Books, 1988, p.62.

义，强调人生而平等，但这里的"人"的传统定义是男人而不是女人。妇女是依附男性、满足男性、为男性服务的、她不能有自己的感情要求和性欲的满足，而只能以丈夫的要求为自己的行为准则。埃德娜要挣破这个逼人驯服、温顺的无形之网，要成为自立自主的人，这种强烈的意识使她开始求索存在的意义。当她在精神上觉醒之后，自然而然也就追求性的解放。埃德娜渴望走一条前人没有走过的路，彻底成为自己身体和灵魂的主人。她打破了在男女关系上女人被动地受男人支配的传统观念，不再容许丈夫控制她的性生活。更重要的是，她要按照自己的意愿去爱，去选择自己的爱情伴侣。就这样，埃德娜有了被传统价值观所不容的婚外恋情。埃德娜品尝禁果，大胆地爱上了年轻人罗伯特。她体验了善与恶，经历了真实和虚伪。她对自由、幸福的性生活的大胆追求就连爱她的罗伯特也不能理解，更不用说与她一道去开辟新生活了。埃德娜最终认识到现行社会制度下要改变自己的生活方式、要追求女性的个人完善是不可能成功的。在小说的结尾，埃德娜返回最初使她觉醒的海岛，为逃脱"灵魂的奴役"义无反顾地投身大海，以生命换取了最高的自由和解放。

　　肖邦本人也从未想到《觉醒》一书会引起巨大的反响和震动。她后来说过这样的话："我从来没有想到庞蒂利埃夫人（书中女主人公）会把事情弄得这么糟，会招来众人的诅咒。我当初若是稍稍预料到能有这般结果，就不会把她写在小说之中了。"[1]然而，认真考虑一下小说的出版年代和社会背景，就不难理解这场风波的来龙去脉了。19世纪90年代的美国经历了许多社会变更。南北战争之后，妇女接受高等教育的机会比以

1.　Martin, Wendy. "Introduction." *New Essays on* The Awakening. Ed. Wendy Martin. Cambridge: Cambridge UP, 1988, p.9.

前多了，有的妇女走出了传统社会为她们界定的生活圈，闯入了历来由男性占据的领域。但是，19世纪"真正女性"的社会模式仍然在美国占主导地位，这种所谓的"真正女性"要求妇女具备"虔诚、贞洁、温顺、持家"四种品质[1]。这种模式的实质是把妇女囿于社会为她们界定的妻子和母亲的社会职能圈子之内，不允许她们有自我意识和个性自由。当时的文学作品大都反映并强化了这一模式。

　　但是，肖邦笔下的埃德娜·庞蒂利埃完全是一个叛逆的女性。她渴望"品尝狂热的生活"[2]，追求女性的个人自由，期待体验生存的意义。肖邦大胆塑造了一个拒绝履行传统女性职责的埃德娜，她的行为与男性统治下的社会道德规范格格不入。埃德娜的反传统举动，对19世纪男性统治下的社会规范和行为准则来说的确是大逆不道的。尤其是埃德娜对自由、幸福的性生活的追求，更是那些墨守成规的读者和评论家不能容忍的。埃德娜的觉醒是灵魂的觉醒，也是肉体的觉醒。她意识自我的一个重要方面就是意识到自己的性萌动。肖邦通过埃德娜这个人物，塑造了美国文学中一种新的女性形象，即美国夏娃的形象。"美国的亚当"是传统美国文学中的理想男性形象，是美国文化中新大陆伊甸园的主人公[3]。而肖邦笔下的"美国夏娃"探索自我的存在，冲破上帝划定的界限，吃下了禁果。埃德娜不甘心在夫权社会的婚姻中溺死，不甘心在清规戒律下偷生，她自然要被社会所不容。

1. Welter, Barbara. "The Cult of True Womanhood: 1820–1860." in *Dimity Convictions: The American Women in the Nineteenth Century*. Athens: Ohio UP, 1976, p.21.

2. Chopin, Kate. *The Awakening and Selected Short Stories*. New York and Toronto: Bantam Books, 1988, p.74.

3. Lewis, Richard W. B. *The American Adam: Innocence, Tragedy and Tradition in the Nineteenth Century*. Chicago: U of Chicago P, 1955, p. 5.

埃德娜对理想的追求注定是失败的，这是那个时代追求个性解放的女性的悲剧。但作为社会的叛逆者，她又是值得赞颂的。她对新生活的追求充满了勇气，一旦认准了目标，就决不回头。为了与命运抗争，她甘愿献出自己的生命。美国的新女性正是这样依照自己的意愿向前游去，并且再也没有回头。这也就是为什么《觉醒》的问世会如此震撼当时的美国社会，为什么女主人公埃德娜的行为会产生如此强烈的社会效应。

从某种意义上来说，埃德娜冲破妇女作为妻子和母亲传统角色的禁锢和肖邦打破文学传统的行为是并行的。《觉醒》一书中追求个性解放的女主人公无疑是对男性所主导的社会的一种反叛，她的命运也只能是以生命换取自由。肖邦创作的这部向社会传统挑战的小说也必遭厄运。19世纪的男性美国小说讴歌纳蒂·班波和哈克贝利·费恩式的英雄，赞扬他们为争取个人自由、向社会传统势力发起的挑战。埃德娜同样是蔑视社会传统势力、向19世纪的女性生活模式发起挑战的社会叛逆者，然而，她是女人，是中产阶级的白人女性，所以就要受到非难、受到谴责。当"美国的亚当"自由地，甚至是受"上帝所命"去开拓新的疆界的时候，"美国的夏娃"对新天地的探索却在男性统治下的社会里遭到毁灭，她的自由只能在死亡中获得。埃德娜的创造者当然也就受到无情的责难，受到美国社会和文学界不公正的排斥和打击。

一个世纪后的今天，肖邦在文坛上得到了本该属于她的地位，《觉醒》也成为各大学文学课程的必读书之一。为女权大声疾呼、为女性解放奋力拼搏的肖邦也被誉为美国妇女文学和女权运动的先驱。然而，埃德娜的艰苦争斗和肖邦当年的凄凉境地却使人难以忘记19世纪社会舞台上演出的一幕幕女性悲剧。

伊迪丝·华顿 (Edith Wharton, 1862—1937)

伊迪丝·华顿是20世纪初的著名小说家。她的作品是描写纽约上流社会的风俗小说，展现了19世纪与20世纪之交的社会风貌，并以敏锐的洞察力剖析了这一时期美国上流社会的传统价值观以及它对人性的摧残，特别是被裹挟在社会风俗之中的自我压抑、反叛。伊迪丝·华顿成为其时代重要的社会史家，以及她所熟悉的社会的敏锐观察者。

华顿出身于纽约的名门望族，其祖先可以追溯到300年前的殖民时期，几代人经商积累下来的财富使得华顿的父母跻身于纽约上流社会。华顿没有进过学校，由家庭教师教授她各种知识，幼年便跟随父母到欧洲各国游历，青少年时期接受上流社会"淑女"的礼仪规范教导，为日后成为上层社会贵妇人做准备。1885年，23岁的伊迪丝嫁给了年长她许多的波士顿富商爱德华·华顿。在婚姻的前几年，旅游、社交、娱乐、招待客人和装饰家庭成为华顿生活的主要内容。然而，这桩看起来门当户对的婚姻并不完满。由于年龄、性格和兴趣的悬殊，加上没有子女，他们的夫妻关系日趋冷漠。华顿最终通过写作将自己从这种郁闷的生活中解脱出来，从19世纪90年代起正式开始了她的写作生涯。写作使华顿变得自信、自立。1913年，华顿终于与爱德华离婚，之后定居巴黎直至去世。在第一次世界大战期间，华顿旅居法国，她热情地参与了战时的慈善工作，为此获得了法国政府颁发的勋章。

华顿自幼痴迷于阅读，对写作有着浓厚的兴趣。父亲的图书收藏为她提供了畅游于知识海洋的机会，据她自己说，她4岁时便开始编故事，

12岁时进行创作[1]。但对纽约上流社会来说，富家女子就是一件华丽的装饰品，无须也不应从事某种职业，华顿的写作没有得到家庭的支持。但华顿不满足于这样的生活，最终以文学创作获得了自己的独立，并取得了极高的艺术成就。对华顿来说，写作是她"幼年的爱好、青春期的迷恋、成年初期的救赎、壮年时期的荣耀"，给予她"自由、自主权与力量，这些因为其性别而被剥夺了的特权"[2]。她1899年出版了第一部短篇小说集《高尚的嗜好》（*The Greater Inclination*），她一生创作了40多部作品，包括19部中长篇小说和11部短篇小说集。其成名作为《欢乐之家》，主要作品还有《伊坦·弗洛美》、《暗礁》（*The Reef*, 1912）、《国家习俗》（*The Custom of the Country*, 1913）、《夏天》（*Summer*, 1917）、《纯真年代》等，并著有自传《回眸一瞥》（*A Backward Glance*, 1934）。在生前，华顿获得多项荣誉，她于1923年成为第一个获得耶鲁大学荣誉博士学位的美国女性，1924年获得美国艺术文学学小说类金奖，1930年当选为美国艺术文学院理事，1934年当选为美国艺术文学院院士。

作为华顿的成名作品，《欢乐之家》（又译为《豪门春秋》）奠定了华顿作为其时代重要英语小说家之一的地位[3]。小说出版当年印数高达14万册，成为斯科瑞纳出版社有史以来最为畅销的小说。《欢乐之家》的书名取自《旧约·传道书》："智慧人的心，在遭丧之家；愚昧人的心，在欢乐之家。"（7：1—4）华顿以"欢乐之家"为标题，揭露了19世纪末纽约

1.　Esch, Deborah. "Introduction." in *New Essays on* The House of Mirth. Ed. Deborth Esch. Beijing: Peking UP, 2007, p.1.

2.　Wolff, Cynthia Griffin. *A Feast of Words: The Triumph of Edith Wharton*. 2nd ed. Reading: Addison-Wesley, 1995, p.xiv.

3.　Esch, Deborah. "Introduction." in *New Essays on* The House of Mirth. Ed. Deborth Esch. Beijing: Peking UP, 2007, p.5.

上层社会的腐败、虚伪和轻浮，特别是将女性作为装饰品和婚姻市场上的交换品的社会建构[1]。小说女主人公莉莉·巴特出身于破落贵族家庭，因家庭破产、父母双亡而被迫寄居于姑妈家，凭借自己的美貌和优雅得体的举止混迹于上流社会。爱慕虚荣的莉莉希望通过婚姻改变自己的命运，成为阔太太是她人生的最高目标。然而，在内心深处，莉莉（其名字暗示着纯洁和无助）还保留了一份纯真，她虽然贪图荣华富贵，却又不甘彻底堕落。在物质欲望和精神追求之间的摇摆不定使莉莉错失钓到"金龟婿"的机会，还受到有钱人的要挟，并因遭富人诬陷而身败名裂，但莉莉拒绝以陷害别人来洗刷自己的名誉，最终被上层社会弃如敝履，也被姑妈剥夺了继承权。被逐出上流社会的社交圈之后，莉莉不得不去制帽厂做工，又因无法胜任那里的工作而被解雇。莉莉最后落得无立锥之地，在贫困和孤独中因服过量安眠药离开了人世。

《欢乐之家》描述了纽约上流社会成员的奢侈、堕落，揭露了他们如何维护自己在上流社会的地位：毫无意义的仪式、没有爱情的婚姻、投机倒把的营生、相互之间的尔虞我诈。但更为重要的是，华顿探讨了这个金钱社会里的婚姻问题，谴责了社会对人的个性和自由的羁绊。莉莉的悲剧就是这个商品社会里女性的悲剧，生活于社会夹缝之中的莉莉·巴特不甘清贫，一心想嫁有钱人以跻身上流社会，但她的道德观又使她无法与上流社会的人同流合污，最终死于物欲横流和性别歧视的双重社会压力之下。华顿在这部作品里不仅透过上层阶级的珠光宝气揭露了其伪善堕落的本质，而且对男权和金钱社会里流行的女性观念进行了剖析和批判。

---

1. Gilbert, Sandra M., and Susan Gubar, eds. *The Norton Anthology of Literature by Women: The Tradition in English*. 2nd ed. New York: Norton, 1996, p.1150.

　　莉莉在这种将女性视为商品的社会环境里长大，接受了上层社会所灌输的道德准则，一直试图为自己的美貌（她的唯一资产）找到一个买主，但也因为她与这个制度偶尔的微弱对抗，而破坏了自己的机遇。莉莉的悲剧正在于此，"她显然就是造就她的这个文明社会的牺牲品，她手镯的链环仿佛就是锁住她命运的镣铐"[1]。她是这个物欲社会的产物，其命运依赖于与男性的关系，只能随波逐流地生活。"她生来就不适应简陋寒酸的环境，以及贫困所造成的窘迫。她只有在豪华奢侈的气氛中整个身心才得以舒展，那才是她需要的环境，才是她唯一能够自由呼吸的气候。"[2]更为可悲的是，即使莉莉心存改变的愿望，她也不具备挑战社会的力量，只能继续扮演社会所期待的角色。将容貌和肉体视为女性最为重要资本的社会，没有给予女性体验其他生活模式的机会。莉莉没有其他的道路可走，因为她没有其他的生存技能。莉莉意识到自己的悲惨命运："我已尽我所能，但生活困难重重，我又一无所长。我可以说无法独立生存。我只不过是那叫做生活的巨大机器上的一个螺丝或齿轮，一旦脱离那机器，也就毫无用处了。当你发现自己仅仅适合一个洞穴的时候，又能如何呢？要么就回到那个洞里，要么就被扔到垃圾堆里——你不知道被扔进垃圾堆是种什么感觉！"[3]

　　在《纯真年代》里，华顿进一步揭露了维护旧道德观念的纽约上层社会，这部小说获得了1921年的普利策文学奖，使华顿成为美国首位获此殊荣的女性作家，也是第三位获得此荣誉的作家。小说与《欢乐之家》在主题上类似，时间背景主要设在20世纪70年代末80年代初的纽

1.　Wharton, Edith. *The House of Mirth*. New York: Signet Classics, 1964, p.9.

2.　Ibid. p.29.

3.　Ibid. pp.319-20.

约，同样揭示了纽约上流社会在固守风俗礼仪和传统价值观时的虚伪及其对人性的束缚。《纯真年代》中的纽约上流社会是一个由风俗、礼仪、习惯等传统文化的各个方面交织在一起的社会阶层，这是个有着严格的道德标准和固定行为模式的群体。在这个社会里，人们从言谈话语到穿着打扮，以及举手投足都必须遵循社会规范，任何出格的事情都是不允许的，而背离社会传统的思想与行为更是会受到严厉的指责和无情的镇压。华顿向读者展示了遵从社会准则的巨大代价。《纯真年代》描绘了两个深深相爱的人不得已被禁锢于要求个人为了符合社会习俗而牺牲自我的社会准则之中的故事。个人与社会群体的关系、个性发展与社会传统权威之间的冲突成为作者关注的焦点。

华顿在《纯真年代》中令人信服地描述了男主人公纽兰·阿切尔走向成熟、走向自我定义的历程。纽兰是纽约上层社会的一分子，曾试图寻找某种置于他生活的文化之外、超越纽约上层社会束缚的"新的领地"（纽兰的英文为Newland，意思是"新的土地"）。阿切尔的确有过选择，但是这些选择却处处受到他所身处的社会地位的制约。阿切尔在小说的开篇是一个循规蹈矩的年轻人，他忠实地履行自己作为社会成员的职责，实际上，遵循其社交圈子的行为准则几乎已经成为他的第二天性。他与梅——一个属于同一社会阶层的美丽女子——订了婚，期盼能够早日与她共度良宵。但奥兰斯卡伯爵夫人埃伦的出现改变了阿切尔一成不变的生活。埃伦是纽兰未婚妻梅的表姐，因为忍受不了拈花惹草、风流成性的丈夫而毅然离开欧洲回到纽约，并决定与丈夫解除夫妻关系。然而，纽约上流社会对她违背"习俗"的行为极力反对。"他们害怕丑闻更甚于疾病，把体面置于勇气之上；对他们来说没有什么比出丑更没教养的了。"[1]作为律师，阿切尔受家族委托，劝说埃伦放弃与丈夫离婚的要求，但与崇尚自由、敢于逆习俗而行的埃伦的接触使阿切尔的思想产生了巨大的变化。埃伦唤醒了他的自我意识，为他提供了实现自我想象力的机会。埃伦与众不同的装扮、无所顾忌的举止、带有异国情调的住宅和独特坎坷的经历代表了阿切尔所向往的自由。阿切尔不顾一切地爱上了她，开始厌倦自己的生活。他希望和埃伦一起去一个只属于他们的世界，一起开辟一个幸福的新天地，在那里只有他们两个相爱的人。

　　但两人的离经叛道终究受到纽约社会的惩罚。纽兰心目中理想的爱情王国是不存在的，无论是埃伦还是纽兰都不能完全摆脱上流社会规则的束缚。埃伦为了维护表妹梅的婚姻以及家族的名誉，最终选择了放弃与纽兰之间的爱情。但她拒绝再去充当丈夫的花瓶，坚持把独自生活作为返回欧洲的条件；她也不愿失去尊严，不愿作为阿切尔的情妇生活在他身边。她在异国的土地上开创了自己的生存空间。而梅怀孕的消息，打消了纽兰义无反顾地追随埃伦远去的念头。他屈服于社会传统的巨大压力之下，继续扮演丈夫、父亲和好公民的角色。多年后他感慨自己"失落了一样东西，即生命的花朵"[2]。

　　华顿以从纽约社会提取人具有的普适性意义为己任，在创作中聚焦纽约上流社会："它在我面前一览无遗，被动地等待挖掘；这个题材对我来说比比皆是，因为我自幼在这样的环境里长大，无需借助笔记和百科丛书才能了解它。"[3]华顿的《欢乐之家》和《纯真年代》都描写了纽约社

1.　Wharton, Edith. *The Age of Innocence*. Beijing: Foreign Language Teaching and Research Press, 2004, p.219.

2.　Ibid. p.226.

3.　Wharton, Edith. *A Backward Glance*. New York: Charles Scribner's Sons, 1964, pp.206-07.

会。华顿笔下的"老纽约"具有特定的意思，指的是一个特殊的社会小圈子，生活在这个圈子里的人经济地位稳固，狭隘势利，沉迷于自己的寻欢作乐，遵循自己的价值标准和举止规范，一切偏离既有习俗的言行都被视为大逆不道。如《纯真年代》中所说："是否合宜，在纽兰·阿切尔时代的纽约是极其重要的，就像几千年前支配了他祖先命运的神秘图腾畏惧一样重要。"[1]而随着美国社会在内战之后的商业化趋势，社会财富剧增，大批的社会新富开始进入上层社会，金钱又逐渐成为衡量人成功与否的标准。华顿的作品反映了时代变迁以及新旧价值观念的交替。她特别抨击了社会成规对自我发展的危害，以及将女性作为婚姻市场上的交换物的社会建构，深刻和充满同情地再现了生活在将身体作为女性最为重要资本的社会里的女性的生存困境。

亨利·詹姆斯是华顿在美国文坛上的好友，对华顿的创作影响极大，他鼓励华顿对美国生活进行研究，敦促她写自己熟悉的纽约。两人都描写了美国上流社会的风尚、人情，对美国上流阶层进行了深刻剖析。因而，评论界许多人将华顿视为詹姆斯的文学继承人，认为她在创作主题和风格等方面都是其追随者。的确，华顿的早期短篇小说与詹姆斯的作品有相似之处，但是随着华顿艺术上的成熟，她形成了自己独特的风格和观点，在风格上她对主题的切入比詹姆斯更为直接，省略了詹姆斯作品中所含有的大量细节、限定性条件以及阐释文字。她的观点深受她身为女性所遭受的社会局限的影响，她对各种形式的社会压迫尤为敏感，对这个限制女性实现独立、自我的社会的批判也更加犀利。

---

1.   Wharton, Edith. *The Age of Innocence*. Beijing: Foreign Language Teaching and Research Press, 2004, p.4.

华顿以敏锐的观察力，捕捉到时代的脉搏。她以精湛的艺术手法，为读者呈现了一幅幅鲜明逼真的纽约上层社会的风俗画，她对社会与人性的精辟分析，就连今天的读者，也为之折服。

斯蒂芬·克莱恩（Stephen Crane，1871—1900）

斯蒂芬·克莱恩仅仅活了短短的29个年头，但如今他已当之无愧地跻身于美国重要作家之列，被许多人视为"美国文学历史上第一位真正意义上的自然主义作家"[1]。克莱恩英年早逝，写作生涯也只有不到10年的光景，而他的文学才华以及作品所表现的深度和广度却着实令人佩服。克莱恩的作品题材涉及面极广，城市贫民窟、战争、航海、西部草原无一不在他的笔下出现。他的战争小说《红色英勇勋章》更是饮誉文坛，成为美国文学的经典之作。

斯蒂芬·克莱恩在其一生的写作中着重塑造了生活在社会下层的普通人，这或许与他自己的贫困生活经历不无关系。克莱恩1871年出生于新泽西州的纽瓦克，家里兄弟姐妹14人。他的父亲是卫理公会的牧师，母亲是位社会活动工作者。克莱恩幼年的生活并不稳定。由于父亲的职业，一家人随父亲不断搬来搬去。克莱恩8岁那年父亲去世，使一家人的生活陷入困境。克莱恩曾一度向往军事生涯，但上了两年半军事预备学校后，便改变了主意，转而进入大学学习。他就读于两所大学，均未毕

1.　方成：《美国自然主义文化传统的文化建构与价值传承》。上海：上海外语教育出版社，2007年，第155页。

业，后于1891年辍学去了纽约，以卖文为生。克莱恩从此踏上了自立的
谋生道路。

　　纽约的生活唤起了克莱恩的作家梦，也使他对城市贫民窟人们哀苦
无告的生活有了深刻的认识。1893年，克莱恩完成了他的第一部小说《街
头女郎梅季》。书中的女主人公梅季是在贫民窟长大的贫家女子。残酷的
生存环境使那里的人们像猪狗一样地生活，根本无法左右自己的命运，
生活对他们来说就像一场噩梦。梅季天生丽质、天真无邪，她向往美好
的生活和渴望得到家庭的温暖，在哥哥的朋友、酒吧招待彼得甜言蜜语
的勾引下与其同居，后又遭其遗弃沦为妓女，最终以投河自杀结束了自
己短暂而悲惨的一生。《街头女郎梅季》揭穿了美国民主繁荣的神话。
它一反以往浪漫主义文学传统，以写实的手法披露了城市贫民窟的残酷
黑暗现实，成为出自美国人之手的第一部自然主义作品[1]。克莱恩在书中
表现了环境对人的决定性影响以及人试图改变环境的徒劳的自然主义观
点。在他的作品中，"他一再表达了宇宙无视人类的观点，社会机构缺乏
固有的效应，人类的所有努力都是徒劳的。克莱恩总是把他的人物角色
置于超出他们自以为是的判断力之上的情景之中"[2]。他在同一年给另一位
作家哈姆林·加兰的信里这样写道："环境是世界上一种强大的力量。它
不管怎样，总是在塑造着人们的一生。"[3] 而且，克莱恩大胆使用被社会
所不齿的妓女作为小说的主人公，也显示出这部小说与以往文学作品的

1.　McMichael, George, ed. *Concise Anthology of American Literature.* 3rd ed. New York: Macmillan, 1985, p.1405.

2.　Mitchell, Lee Clark. "Nationalism and Languages of Determinism." in *Columbia Literary History of the United States.* Ed. Emory Elliot, et al. New York: Columbia UP, 1988, p.535.

3.　拉泽·齐夫：《一八九〇年代的美国：迷惘的一代人的岁月》，夏平等译，上海：上海外语教育出版社，1988年，第196页。

不同。此外，小说用美国俚语和口语写成，语言简朴无华、通俗易懂，全无雕琢之气，真实地再现了贫民窟人们肮脏、贫困的生活环境和他们酗酒打架、毫无意义的日常生活。克莱恩的文学创新因其思想和技巧上的超前意识遭到出版商的拒绝，他只好借钱自费出版此书。《街头女郎梅季》出版后的销路并不好，克莱恩却因此结识了哈姆林·加兰和豪威尔斯，他们后来成为克莱恩的朋友和支持者。《街头女郎梅季》为美国文学指出了新的发展方向。

克莱恩最重要的作品《红色英勇勋章》于1895年在大洋两岸的美国和英国同时出版，它描写了一个新兵的战斗经历。在此之前，该书已在美国许多报纸上以连载的形式发表。这部战争小说的问世使克莱恩骤然出名，小说获得广泛好评，仅在第一年就印制了10版。"这部美国最著名的战争小说在内战爆发35年后由一位这场战争结束时还未出生的人写成。"[1]虽然在此之前克莱恩从未经历过战火的洗礼或服过兵役，但许多久经沙场的老兵也被他对战争的逼真描写所折服。克莱恩的战争小说在英美文坛上享有极高的声誉，甚至有"前无古人，后无来者"之称。在他之后，也有不少作家写过战争小说，但没有人可以否认克莱恩在这方面的天赋。文学界甚至还流传着这样的说法："克莱恩的著作会使在他之后的英语战争作品黯然失色。"[2]同一年克莱恩还出版了他的第一本诗集《黑骑士及其他》（*The Black Riders and Other Lines*，1895）。《红色英勇勋章》给克莱恩带来的声誉终于使得他的《街头女郎梅季》于次年得以重新出版。

---

1. Delbanco, Andrew. "The American Stephen Crane: The Context of *The Red Badge of Courage*." in *New Essays on* The Red Badge of Courage. Ed. Lee Clark Mitchell. Beijing: Peking UP, 2007, pp.51-52.

2. Bloom, Harold. "Introduction." in *Stephen Crane*. Modern Critical Views. New York: Chelsea House, 1987, p.1.

《红色英勇勋章》使克莱恩时来运转，名声大振。在他生命的最后几年里，他受雇为记者，在美国、墨西哥、古巴等地采访。他成功地把记者和作家的职业结合起来，不断地积累素材，除了采访、报道外，还坚持创作，笔耕不辍。他1895年间的西部之行为他两个名篇《蓝色的旅店》（"The Blue Hotel"，1899）和《新娘来到黄天镇》（"The Bride Comes to Yellow Sky"，1899）提供了素材。这两篇故事表现了西部草原上文明与野蛮、法律与暴力的冲突，也再次使读者领略到克莱恩的自然主义观点，即人在强大的外在力量面前的孤立无助。次年，克莱恩去古巴采访的路上轮船遇风暴沉没，克莱恩和其他几位船员靠着一只救生艇在大海上颠簸了几十个小时才获救。死里逃生的克莱恩根据自己的亲身经历写出了著名短篇小说《海上扁舟》（"The Open Boat"，1898）。这是美国短篇小说中的一部佳作，笔触细腻地描写了遇险后四个人在茫茫大海上坐着小船求生的经历。四个人生活背景不同，社会地位也不同，却被迫共同面对在同一条小船上漂泊的命运。荒诞的是，当小船终于被海浪冲上海岸后，唯有熟悉水性，也是最有可能生还的油工贝利被淹死在海浪中。大自然对人类的冷漠无情、人在大自然面前试图掌控自己命运的徒劳的自然主义观点在这个故事中得以充分反映。不由令人想起克莱恩说过的话："人永远处于自然的掌控之下。只要自然稍一用劲，人便会像臭虫那样被碾得粉碎。"[1]除了描绘人的恐惧、无助和忍耐之外，克莱恩还表现了他以往作品中不曾有过的主题，即强调了人类在逆境中同心协力的必要性，这才是人们生存于这个荒诞世界上的意义和价值。在《红色英勇勋章》成名之后，克莱恩受雇专门报道战争，包括希土战争（1897）和美西战争（1898）。这个先写战争小说后体验

---

1.   Berryman, John. *Stephen Crane*. The American Men of Letters Series. London: Methuen, 1950, p.89.

战争的人在目睹了炮火之后，更加确信自己作品的真实性。但克莱恩的海上遇险使他身体从此一蹶不振。克莱恩1897年后定居英国，与詹姆斯以及英国作家约瑟夫·康拉德（Joseph Conrad）结为挚友。他的诗集《战争是仁慈的》（War Is Kind）出版于1899年。1900年克莱恩因患肺结核不幸早逝。

标志着克莱恩非凡成就的主要还是他描写一个年轻人战争经历的小说《红色英勇勋章》。在美国文学当中，有许多这样描写年轻人从幼稚走向成熟的教育小说，但这是"第一部没有以豪言壮语和英雄气概来表现战争的文学名著"[1]。克莱恩的独到之处，也是他文学创作思想和技巧的超前之处，同时他极为逼真地描绘了人自我定义的复杂性和模糊性。此外，克莱恩的作品没有任何的道德说教，他只是客观地把主人公的经历呈现在读者面前，由读者自己对其做出评判。"小说本身表明英雄主义的概念似乎与战斗中的反复进退无关。纯粹的冲动支配着一切，无人可以掌控事件的发生或他们自己的行动。"[2]不夸张地说，《红色英勇勋章》属于那种每看一遍都可以使人有新发现的著作。这部页数不多的小说，在英美文学界有着不少的崇拜者，美国著名作家海明威便是其中之一。

从表面上看，《红色英勇勋章》是一个简单的故事，讲述了美国内战时北军的一个新兵在战斗中的经历和成长过程。亨利·弗莱明是个对战争充满幻想的战士，他因为渴望创造英雄业绩，便不顾母亲的反对，入伍参加了战争。弗莱明的头脑里对战争没有什么概念，认为只有接受了战争的洗礼才能成为一名真正的男子汉。然而，当战斗真正开始时，战

---

1. Kazin, Alfred. "Introduction." in *The Red Badge of Courage*. Ed. Alfred Kazin. New York: Bantam Books, 1983, p.vii.

2. Mitchell, Lee Clark. "Nationalism and Languages of Determinism." in *Columbia Literary History of the United States*. Ed. Emory Elliot, et al. New York: Columbia UP, 1988, p.536.

场上的血腥厮杀和枪林弹雨使他惊恐万状。恐惧感一时压倒了虚荣心，他在慌乱中做了逃兵。弗莱明对自己临阵逃脱的行为感到羞愧不已，他甚至渴望负伤，把负伤看作是红色的英勇勋章。在惊慌退却中，一个士兵用枪柄击伤了他的头部。小说具有讽刺意义的书名"红色英勇勋章"指的就是他头部的那块伤痕。别人眼中的光荣对弗莱明来说是极大的讽刺。他的那个伤口代表了弗莱明之前的懦弱，代表了他不甚光彩的历史。弗莱明后来回到了自己的部队，出乎他意料的是，他的战友真以为他负了伤，反倒称赞起他。不久，战斗又打响了。沉浸在对自己行为的负罪感中的弗莱明逐渐战胜了自己的恐惧，在以后的几次战斗中，他顽强作战，可以说是打红了眼。战争使弗莱明成熟起来，战火的考验使他终于成为"堂堂正正的男子汉"。

然而，克莱恩真正感兴趣的，并不是描绘战争，而是探索一个初次参战者的心理活动。战争本身并不重要，重要的是人物对战争的反应。克莱恩甚至都没有明确交代这场战争的年代和地点，后来我们从军队服装的颜色上才分辨出他们的归属。作者迟迟不暴露主人公和其他人物的姓名，也避免提及部队番号和驻扎地点。其实，读者对这场战争的了解主要来自亨利·弗莱明这个毫无战场经验的新兵的观察，或许作家正是想这样来强调军人参战心理的普遍性。但是，克莱恩把一个初临沙场的新兵由渴望战斗到害怕战斗、从克服恐惧到英勇拼杀的心理转变过程生动、形象、令人信服地呈现在读者面前。克莱恩只是试图客观地再现一个新兵在战场上的心理和行为，而并不进行任何是非判断，尽管他的描述常带有一点儿讽刺的味道。

在克莱恩的笔下，战争是毫无意义的，它既不是勇气和英雄主义的象征，也不是什么值得人们为之英勇献身的事业。读者在书中看不到运筹帷幄、胆略过人的军事将领，士兵行为更是完全受本能和环境条件的驱使。弗莱明的临阵逃脱和他后来的英勇作战只是人的动物本能在极端的外界条件下的充分反映。同样，战争的结局也毫无意义。在小说的结尾，弗莱明的部队在经过了两天的血战之后，又回到他们的出发点，以战士的流血和死亡换来的胜利没有带来任何实质性的改变。克莱恩对战争的批评态度是显而易见的，他描绘战争的真正用意是把战争当作一种可以使人暴露本能和基本情感的外界环境。

　　克莱恩的作品有着强烈的个性。他那种自然主义、印象主义和象征主义兼而有之的写作手法一直为后人称道和仿效。语言朴实无华是他作品的一个重要特点，他用词简单，但那些简单的词汇有极高的艺术感染力。他在运用意象方面也极为出色，塑造了一幅幅生动独特的形象。"红色"一词被使用得非常广泛。"红色"使人联想到鲜血、战争、暴力和死亡，也象征着激情和冲动。此外，他常把士兵比作野兽，以表现人的本能与战争的残酷。战争使人失去理智，剩下的只是求生的本能。弗莱明初次面临战斗时，他害怕自己像"猪"一样被杀掉；当战斗打响后，他温顺地像一头"母牛"；逃跑中的战士像逃窜的"兔子"、被驱赶的"骡子"和"羊群"，他自己则如一只吓蒙了的"小鸡"；当他最后战胜恐惧、奋勇杀敌时，他又变成了一头"发疯的马"。克莱恩的手法又是带有印象主义色彩的，因为他往往不是按照真实情况而是他的印象来描绘一个场景：他以爬行的长蛇形象描述行进中的部队，简直就像一幅印象派的画。他塑造人物的手法也是如此，书中人物被分别冠以"大嗓门战士""高个子战士"等，仅此而已，包括书中的主人公弗莱明在内，读者对他们的相貌几乎一无所知。克莱恩还是使用讽喻的好手。《红色英勇勋章》和《战争是仁慈的》两部著作的书名就是这方面的最好例证。可以说，克莱恩的成功之处就在于他把内容和风格以他丰富的想象力和横溢的才华结合得近乎天衣无缝。

除了小说之外，克莱恩的诗歌也颇为后人推崇。他的诗作主要收集在《黑骑士及其他》和《战争是仁慈的》两部诗集中。他的诗歌通常篇幅不长，语言简练。譬如那首著名的《别哭少女，战争是仁慈的》（"Do Not Weep，Maiden，For War Is Kind"）只有三小节，诗人以反讽的手法，分别告诉失去恋人的姑娘、失去父亲的孩子和失去儿子的母亲战争是仁慈的，揭露了战争的残酷及其为人们带来的巨大伤害。而在《一个人对宇宙说》（"A Man Said to the Universe"）中，宇宙是人的命运的主宰者这一观点跃然纸上："一个人对宇宙说，/阁下，我为存在之物！/那又如何，宇宙回答道，/你的存在虽是事实，却/并没有为我带来义务。"[1]在高高在上的宇宙面前，人是如此渺小卑微，无情地遭受鄙视。克莱恩善于以印象主义的意象表达深刻的寓意，"如同把象征的意义浓缩在小小的胶囊中"[2]。他的诗歌受到艾米莉·狄金森的影响，又反过来影响了20世纪意象派的诗人。

斯蒂芬·克莱恩的一生既短暂又灿烂。他首开美国自然主义文学的先河，为19世纪末的美国文坛带来一股清风。一部薄薄的著作，为他奠定了在美国文坛的牢固地位，他在短短的写作生涯里所创下的业绩已足以把美国文学推向一个新的起点。

---

1. Levine, Robert S., et al., ed. *The Norton Anthology of American Literature*. 9th ed. Vol. C. New York: 2017, p.1649.

2. 拉泽·齐夫：《一八九〇年代的美国：迷惘的一代人的岁月》，夏平等译。上海：上海外语教育出版社，1988年，第194页。

西奥多·德莱塞 (Theodore Dreiser, 1871—1945)

1930年，诺贝尔文学奖有史以来第一次授予了一位美国作家。获奖人辛克莱·刘易斯（Sinclair Lewis，1885—1951）在接受该奖项时却高度赞扬了另一位美国作家德莱塞在美国小说领域所做出的开拓性贡献："德莱塞……在孤独中前进，常常无人欣赏，往往被围攻，是他打开了美国小说从维多利亚式、豪威尔斯式的谨慎、体面通向诚实、大胆和生活的激情的道路。若没有他的开拓，我很怀疑我们这些人有谁敢试图去描写生活、美和恐惧，除非冒着坐牢的危险。"[1]刘易斯对德莱塞的评价充分说明了德莱塞在美国文学发展中的重要作用。

德莱塞于1871年出生于印第安纳州特雷霍特镇一个多子女的贫寒家庭，父亲是位笃信天主教的德国移民。由于父亲生意不景气，家里生活日渐拮据。德莱塞从小随家庭到处漂泊，在毫无经济保障的贫困环境中长大，16岁起便不得已离家自谋生路。德莱塞只断断续续读过几年书，后来在一名欣赏他的老师的资助下读过一年大学。贫困的家境在德莱塞的心灵上留下了深刻的烙印，他后来作品中绝大多数的主人公都出身贫苦，德莱塞着力描写的也是他们在弱肉强食的社会里坎坷的经历与痛苦的挣扎。

德莱塞是以为报纸杂志撰稿开始他的写作生涯的。他作为记者和编辑，能够广泛地接触社会，了解到自己所处时代的真实面目。在那一段时间里德莱塞认真阅读了达尔文、托马斯·赫胥黎（Thomas Huxley）、斯

---

1. 董衡巽等：《美国文学简史（下册）》。北京：人民文学出版社，1986年，第165页。

宾塞等人的作品，接受了自然主义的一些观点。丰富的生活经历也磨炼了德莱塞的观察和分析能力，使他得以在以后的写作中以敏锐的眼光揭示种种不公的社会现象。而与众不同的是，德莱塞"大胆地背离从前宗教理想和伦理道德的两大叙事主流，转向以'消费欲望'为核心的消费伦理叙事。正是在这个意义上，他突破了美国文坛上传统思想的禁锢，解放了美国的小说，给美国文学带来了一场革命"[1]。

1900年，德莱塞的处女作《嘉莉妹妹》(Sister Carrie)问世。这是德莱塞一系列城市小说的开端，背景便是贫富差距悬殊的大都市消费社会。"德莱塞在小说中始终聚焦城市。关注农村的年轻人，特别是青年女子在城市文化圈和价值观念的冲击下，道德意识、生活方式和行为方式所发生的畸变。"[2]嘉莉妹妹是一个初次来到大城市芝加哥的乡下少女。作者在一开始就告诉读者在环境作用下女主人公的命运："一个女孩子十八岁离家出门，结局只有两种之一。要么遇好人搭救而越变越好，要么很快接受了大都市道德标准而越变越坏。在这样的环境里，要保持中间状态是不可能的。"[3]嘉莉妹妹年轻、幼稚，对未来充满美好的憧憬，她满怀羡慕地看着城市的灯红酒绿、纸醉金迷，大街上的繁荣景象、穿着时尚的城市女子、商店橱窗里陈列的商品都令她着迷，也使她物质欲望不断膨胀。她厌恶工厂里辛苦的劳动和微薄的工资，以及姐姐家枯燥、拮据的生活，渴望自己也能置身都市的消费社会氛围中。但失业的打击和亲人的无情很快使她幻想破灭，将她推入了一个对她觊觎已久的男人的怀

1. 毛凌滢：《消费伦理与欲望叙事：德莱塞〈美国悲剧〉的当代启示》，载《外国文学研究》2008年第3期，第57页。
2. 朱振武：《生态伦理危机下的城市移民"嘉莉妹妹"》，载《外国文学研究》2006年第3期，第141页。
3. 德莱塞：《嘉莉妹妹》，潘庆舲译。北京：人民文学出版社，2004年，第1—2页。

抱。她与推销员杜洛埃同居，后又受诱骗成为酒吧经理赫斯特伍德的情妇，而在为她犯下盗窃罪的赫斯特伍德失业后坐吃山空、每况愈下时，嘉莉毫不犹豫地搬出了与他同居的住所。德莱塞这样描绘嘉莉妹妹的所作所为："在嘉莉的心里，如同许多凡夫俗子一样，本能和理智，欲念和觉悟，无时无刻不在争夺控制权。她完全听从自己的欲念摆布，不是走下决心要走的路，而是很快就随波逐流了。"[1]嘉莉心心念念的都是如何成功，以满足自己的欲望。一个偶然的机会，嘉莉成为百老汇的红舞星，骤然跻身上流社会。金钱、地位、豪华舒适的生活——她以前憧憬的一切都实现了。而赫斯特伍德沦落为穷困潦倒的乞丐，最终自杀身亡。"嘉莉不仅逃脱了惩罚，德莱塞甚至都不认为她有罪。这就是德莱塞蔑视19世纪传统习俗的关键所在。他只是把自己所知道的写了出来。正是因为他这种逼真的描写，舍伍德·安德森把他誉为下一代勇敢的开启者。"[2]德莱塞这部作品带有一定的自然主义色彩。作者向读者揭示了环境和机遇对人的制约作用，尤其强调了生活在社会底层的人们对自己的命运无法控制这一事实。小说完稿之后，因为德莱塞塑造了一位有悖于当时道德准则的女主人公、一个通过出卖肉体走向成功的堕落女人，出版商曾以内容有伤风化为由拒绝出版。勉强出版后，也只卖出几百本，致使德莱塞精神受到很大打击，有相当一段时间没有出版文学作品。

　　十一年后，德莱塞推出了以一个贫寒女子的命运为题材的第二部小说《珍妮姑娘》（Jennie Gerhardt，1911）。女主人公珍妮的人生也是环境使然。珍妮是个天真纯洁、容貌姣好的穷苦少女，也是自我牺牲的典

1．　德莱塞：《嘉莉妹妹》，潘庆舲译。北京：人民文学出版社，2004年，第75—76页。

2．　Matthiessen, F. O. *Theodore Dreiser*. Westport: Greenwood P, 1973, p. 61.

范。她出身贫寒，家里仅靠父亲微薄的工资度日，时常为生计发愁。善良的珍妮对家庭有强烈的责任感，刚成年就把精力用在了如何使家庭摆脱贫困上。她一生中两次委身于富家男子。第一次是参议员白兰德，珍妮在酒店打工时遇到了白兰德，后因感激他帮助营救被捕的哥哥，拯救了自己处于危难境地的家庭，与他发生了关系。珍妮怀了他的孩子，并因此被父母逐出家门。但白兰德突然暴病而死，珍妮不得已又出去当了女仆。她的美貌使富家少爷凯恩垂涎三尺，但珍妮拒绝了他。恰在此时，父亲在玻璃厂烫伤了手，家里又一次陷入窘境。为了生活下去，她又一次牺牲名誉和贞操成为凯恩的情妇。珍妮的命运是不幸的，因为凯恩不可能给予她名分，他的父亲在遗嘱中写下了苛刻的条款。虽然她与凯恩情投意合，但得知凯恩继续与她待在一起将失去家产时，她主动提出分手。凯恩最终为能够继承遗产离她而去，回到自己所属的上层社会，娶了门当户对的女人为妻。心地善良、富有自我牺牲精神的珍妮在隐姓埋名中度过了一生。德莱塞在这部作品中，又一次谴责了卑鄙虚伪的上流社会，同时描写了挣扎在贫苦深渊里的劳苦大众。珍妮虽然被社会视为"堕落"的女人，但她比那些道貌岸然的有钱人要高尚得多。她的悲剧在于经济上对男性的依赖，作为女性，她永远处于被动位置，她没有自我，只是满足男人性欲望的牺牲品，她的价值只能体现在她与男性的关系之中。德莱塞是抱着极大的同情心来描写这个人物的，是那个逼良为娼的罪恶社会造成了珍妮的不幸，而珍妮的命运代表了生活在那个社会里许多下层妇女的命运。德莱塞这部小说的现实主义色彩更强，创作手法更臻成熟，作品也更有艺术感染力。

　　接下来，德莱塞从另一个侧面揭露了美国资本主义的种种丑陋现象。他以19世纪末芝加哥工商业巨头查尔斯·耶基斯为原型，创作了由

《金融家》（*The Financier*，1912）、《巨人》（*The Titan*，1914）和《斯多葛》（*The Stoic*，1947）组成的"欲望三部曲"（"Trilogy of Desire"，第三部书在作者去世后才得以出版）。作品描写了不择手段、唯利是图、狡诈狠毒的金融家考珀伍德的发家史。三部曲如同一幅历史画卷，它的意义就在于考珀伍德从发迹到衰落直至死亡的个人历史恰恰代表了垄断资产阶级由盛转衰的全过程。《金融家》着重展现了弱肉强食的社会里"强者生存"、金钱至上的资产阶级道德准则；《巨人》刻画了资本家们为敛积钱财而进行的大鱼吃小鱼的殊死角逐，以及为满足自己的贪欲所使用那些尔虞我诈、伤天害理的无耻手段。而考珀伍德正是这个物欲横流、巧取豪夺的社会里的巨人和强者。他在一个资本垄断的社会里叱咤风云、几经盛衰，在商业竞争中被欲望驱使着永不停止脚步。在三部曲的最后一部《斯多葛》中，德莱塞描写了考珀伍德从金钱和地位的顶峰受挫乃至走向毁灭的过程，勾画了卑鄙堕落的资本大亨可悲的结局。德莱塞还以自然主义的观点揭示了人之命运的反复轮回和不可控制。考珀伍德在少年时代就有一种强烈的竞争意识，他每天上学途经海鲜市场，观察着水柜里龙虾经过不停歇地追逐，将鱿鱼一口一口吞食掉的情景。这使他领悟到生活的真谛："世间万物是怎样有机组合在一起的？他们都是相互依存的——原来如此。龙虾是靠鱿鱼和其他生物赖以生存。那么，以食龙虾为生的又是什么呢？当然啰，是人！准没错，就是这么一回事。"[1]他因此在一生中不择手段地聚敛财富，并利用金钱的力量跻身上层社会。德莱塞对这些企业家、金融家、银行家有着浓厚的兴趣，他在1906年一份关于耶基斯的简报上写道："我们不能期望豪威尔斯先生写这么一部小

1.　德莱塞：《金融家》，潘庆舲译。上海：上海译文出版社，2005年，第6页。

说。年轻的作家写不了。我们也想象不出如果詹姆斯先生去写，会写成什么样子。这个故事太复杂，变化太多，太富于戏剧性的刺激，活着的作家谁也写不了……王权神授，按说这是巴尔扎克的专利，还得由都德当余产承受者。可是那两位都死了。"[1] 德莱塞勇敢地承担了这一使命。他的欲望三部曲塑造了美国资本主义上升时期金融资本家的典型形象，描绘了上流社会的狡诈、残忍的本质。作品不仅在艺术手法上有特色，还具有相当的社会意义。

德莱塞于1915年出版了自传意味很浓的作品《天才》（The "Genius"）。这是一部描写知识分子的小说，讲述了一位被金钱、地位和梦想所驱使，从农村来到城市的艺术家的故事。德莱塞通过富有艺术天分的威特拉的堕落，谴责了社会邪恶力量巨大的腐蚀和毒害作用。

1925年出版的《美国悲剧》（An American Tragedy）是德莱塞的代表作。他根据美国1906年发生的一个真实案件，对资本主义社会本质进行了深刻剖析。小说出版后在社会上引起强烈反响，最终确立了德莱塞在美国文学史上的地位。《美国悲剧》描述了一个普通美国青年的"美国梦"的幻灭，展现了一部挣扎、失望的社会悲剧。全书共分三部分，第一部分交代了出身微贱的主人公克莱德·格里佛斯在一个贫富悬殊、自私冷酷的社会环境下的成长。克莱德童年时代跟随父母沿街布道，生活窘迫，也常为此感到羞愧，而他所目睹的富人的消费方式使他对财富和地位充满了渴望。第二部分描写了克莱德对"美国梦"的追求。他投奔有钱的亲戚，梦想有朝一日成为上层社会的一员。他在伯父于纽约开办

1.　Lehan, Richard. *Theodore Dreiser: His World and His Novels*. Carbondale & Edwardsville: Southern Illinois UP, 1974, p.101

的工厂里工作，先是与女工罗伯达发生恋情，后来在伯父家结识了富家小姐桑德拉·芬奇利，并赢得了她的好感。为了和富家小姐结婚，他不惜走上犯罪的道路，企图谋杀已有身孕的未婚妻罗伯达。他将罗伯达带上小船，准备将她推到远离岸边的湖里淹死。但在最后一刻，他却觉得下不了手，谁知小船却意外翻了，罗伯达溺水身亡。克莱德不久被捕归案，因谋杀罪被判死刑。第三部分叙述了美国政党和司法机关利用这个案件追逐私利的争斗。社会造就了克莱德的悲剧，最后又以"公正"的面孔判了他的罪。克莱德·格里佛斯的道德堕落有力地抨击了美国社会对年轻一代的毒害。因此，克莱德的悲剧也就是美国的悲剧。《美国悲剧》的出版是德莱塞对美国社会的最强烈谴责，也代表了他文学创作的最高成就。德莱塞曾于1941年被选为美国作家协会主席，1944年获美国艺术文学院颁发的荣誉奖，翌年病逝于加利福尼亚的好莱坞。

德莱塞是美国杰出的城市小说作家。他的作品从社会的多个侧面反映了美国梦魇般的城市生活，不加任何粉饰地揭露了美国社会的真实面目。在他的作品里，穷奢极欲、腐败糜烂、散发着铜臭气的上流社会和啼饥号寒、衣不蔽体、挣扎在死亡线上的社会底层人形成了鲜明的对比，德莱塞的笔绘出了富人的天堂、穷人的地狱这样一幅社会写实画面，锋芒直指那些寡廉鲜耻、道貌岸然的政客、金融巨头、法官和律师。但德莱塞更多的是抒发了他对广大劳动人民的真切同情。嘉莉、珍妮、克莱德，这些有血有肉的人物和他们的悲惨命运，成为那个时代社会底层生活的真实写照和劳苦大众的典型代表。

德莱塞笔下这些悲剧性人物的命运体现了变质了的"美国梦"和扭曲了的人性。在金钱至上、铜臭熏天的社会环境下，美国梦失去了在美国开拓时期那种勤劳勇敢和高尚情操使人致富、人人机会均等的美好理想，取而代之的是对财富和地位不择手段的追求和有钱人的专横跋扈。德莱塞作品中的人物遭遇便深刻揭示了这样的社会现实。嘉莉初进大城市时，就怀着以自己的勤劳努力得到幸福的美好憧憬，而社会的残酷现实使一个天真纯洁的年轻姑娘陷入了泥淖。她的辛勤劳动甚至不能为她带来温饱，只有她的美貌和肉体才使她免遭穷困的吞噬。尽管后来由于偶然的机会她出了名，跻身社会的上层，金钱和地位却未给她带来幸福。同样，珍妮的勤劳和善良也未能使她免受被玩弄、被遗弃的凄惨命运。《美国悲剧》更清楚地说明了美国梦的扭曲。腐败的社会给克莱德的启示就是金钱才是人们顶礼膜拜的对象，正直、勤奋永远无法使他改变命运。灯红酒绿的上层社会生活令克莱德倾慕，也为他打下罪恶的烙印。金钱的诱惑让他把伦理道德抛之一边，扭曲了的心灵促使他以卑鄙龌龊的手段追求自己的美国梦，最终走向彻底的毁灭。

德莱塞作品的意义还在于它的普遍性。从根本上来说，他所有的作品都是"美国的悲剧"。嘉莉、珍妮和克莱德都是生活在社会底层的普通人，他们的悲惨遭遇表明了美国下层社会悲剧的普遍程度。德莱塞以他精湛的手法，揭示了美好理想与严酷现实之间的天壤之别，以及普通人在社会上的坎坷挣扎和苟延残喘。德莱塞没有对他笔下的人物进行价值判断，而是将他们描绘成受控于欲望机制下被物化的人。嘉莉妹妹在这个以金钱判断价值的无情社会里，寻找一切机会满足自己的欲望，即使出卖肉体也在所不惜。德莱塞把他最重要的作品称之为《美国悲剧》，是对他一生创作经历的总结，因此不能不说是他良苦用心和独具匠心的真实表现。

德莱塞的作品打破了维多利亚时代文学的斯文传统。他的作品一度遭禁，被人谴责，是因为德莱塞没有为美国社会歌舞升平、没有对那些社会的暴发户和投机家的"成功"歌功颂德；与之相反，他大胆地撕破了上流社会道貌岸然、温文尔雅的遮羞布，对有产者的虚伪、自私、冷酷的本质进行了鞭辟入里的批判。德莱塞勇敢地面对现实，同情生活在社会下层的穷苦人，反映了他们作为社会牺牲品的艰难生活。更为重要的是，德莱塞大胆地使用遭社会鄙弃、被社会视为"堕落"的女人作为其作品的主人公。英国维多利亚时代的文学所推崇的是那些"虔诚、纯洁、温顺、善于持家"的中产阶级女性形象，而德莱塞不仅敢于把目光投向社会下层的劳动妇女，描写她们在饥寒中的挣扎，还侧重表现了那些成为男人性欲牺牲品和玩物的女性。德莱塞在作品里表现出对这些女性的极大同情，指出她们的堕落并非她们自己的过错，是冷酷无情的社会逼迫她们以自己的美貌和肉体换来自己和家人的温饱，逼良为娼的社会才是真正的罪魁祸首。德莱塞对社会入木三分的批判使他成为社会谴责的对象，但他的作品却以真实和激情为美国小说注入了新的活力。

　　德莱塞常常被文学界称为自然主义作家，因为他的作品，特别是早期作品，反映了他悲剧意识和自然主义的观点。对德莱塞来说，人生就是悲剧，因为人受先天遗传、社会环境和机遇的控制，所以无法左右自己的命运。达尔文的"进化论"以及社会达尔文思潮在德莱塞的作品中也有反映。《嘉莉妹妹》中赫斯特伍德最后的潦倒和《金融家》里考珀伍德的发迹说明人在生存战场上的殊死搏斗和强弱之分，这些无疑减弱了他对资本社会的批判。但从整体上来说，德莱塞还是一位卓越的现实主义作家。他的作品有着大量事实材料做基础，有着广阔的社会背景做依托，这是他对社会透彻了解的成果。德莱塞对搜集到的生活素材进行加工，忠实地、大胆地、多侧面地反映了社会现实，对社会制度的种种弊端做出了有力控诉。他还塑造了多个形象丰满、真实可信的典型人物，对他们的命运进行了分析，着重探讨了其人生悲剧的社会原因。因此，与豪威尔斯相比，德莱塞的现实主义更加忠于"现实"，具有更为广泛的社会基础。

　　德莱塞在美国小说上的开拓精神和大胆实践使他在美国文学殿堂里占有重要地位。"在美国文学史上，他不带偏见地率先描写了新的城市生活。他在不同程度上极大地影响了他同时代的作家。"[1]与当时的不少美国作家相比，他对弱肉强食的社会的批判锋芒更加锐利，作品涵盖面更为广泛。他的著作既抨击了富人挥金如土的奢侈生活方式和不择手段聚敛财富的手段，也表达了对被践踏、被压榨的穷人的同情。他突出表现了社会环境对人的影响和控制，以及堕落的社会对人灵魂的腐蚀。虽然曾被诟病为"文笔拙劣"，但他毫无疑问是一位"大作家"[2]。他的代表作品《美国悲剧》以对美国社会的深刻剖析和批判而成为美国现代小说发展史上的里程碑，受到美国和世界读者经久不衰的欢迎。

1.　蒋道超：《德莱塞研究》。上海：上海外语教育出版社，2003年，第70页。
2.　Bellow, Saul. "Dreiser and the Triumph of Art." in *The Stature of Theodore Dreiser: A Critical Survey of the Man and His Work*. Ed. Alfred Kazin and Charles Shapiro. New York: Indiana UP, 1955, p.146.

第四章

美国现代文学的兴盛（1914—1970）

步入成年的美国文学以多流派、多体裁、多元化的特点进入了"第二次繁荣"时期，即美国现代文学时期。这一时期可从1914年第一次世界大战爆发算起，持续到20世纪60年代末。在这一时期内，美国产生了一大批有国际影响力的重要作家，这批作家的出现使得美国民族文学终于以平等的身份进入了世界文学的殿堂。而美国现代文学的崛起，不论对美国文学自身的发展，还是对世界文学的进程，都有着极其深远的意义。

这一时期美国文学的演变和发展与美国社会局势和现代生活密切相关。对进入20世纪不久的美国人冲击最大的莫过于第一次世界大战，作为战胜国的美国从战争中获得巨大的经济利益，战后又进入新的经济发展高潮。但是这场打赢了的战争却有使信仰动摇、使理想破灭的负面作用。血腥的厮杀使一切神圣的字眼变得毫无意义，血腥的现实使一代年轻人迷惘绝望。第一次世界大战造就了"迷惘的一代"和战后精神空虚、追逐享乐的一代。第一次世界大战后被称为"爵士乐时代"的20世纪20年代是经济高速发展、拜金主义弥漫的年代。信仰的失落造成了对传统价值观的否定和反叛。在第一次世界大战中身心遭受重创的美国人战后成为畸形的享乐主义者，在繁荣时期尽情地享受、挥霍。金钱成为人们崇拜的对象、金钱变为美国梦的核心。1929年爆发的经济危机使美国人从纸醉金迷中猛醒。这场始于美国、进而波及世界的经济萧条造成的失业、破产和贫困导致了各种社会矛盾的激化。贫富不均和社会不公唤起了社会有志之士的良知和责任感，抗议之声代替了靡靡之音，迷惘和空虚转为对统治阶级的愤怒和对社会的批判。20世纪的社会风云变幻，磨炼了美国人，也推动了美国文学的发展。

在这一时期的创作中，小说仍然占据着重要地位。从世纪初到第一次世界大战结束的十几年中，美国小说集中表现了资本主义社会中的种种矛盾，并且在刻画现代社会中人的精神状态方面取得了令人瞩目的突破。舍伍德·安德森为美国现代小说指出了方向。他以中西部小城镇生活为题材的短篇小说集《小城畸人》（*Winesburg, Ohio*，1919）刻画了一组在现代生活冲击下失去正常本性的人，抨击了美国小城镇生活的庸碌、偏狭和沉闷。安德森以独具一格的印象主义手法，探索人物的心理，描绘出一幅幅孤独苦闷、相互隔绝、心灵扭曲的小镇"畸形人"画像。他的作品影响了海明威和福克纳这些20世纪的文学巨匠。辛克莱·刘易斯是美国文学史上第一个摘取诺贝尔文学奖桂冠的作家，他的成就标志着世界文坛对独立的美国文学的正式承认。刘易斯批判了世纪初流行的市侩习气和物质主义，文笔触及中西部的小镇和城市。他描绘了乏味无聊的小镇生活和守旧偏狭的小镇人，继而又笔锋一转，塑造了城市中产阶级自鸣得意、庸俗浅薄的典型形象。刘易斯以其独到的讽刺幽默手法，铺开了美国现实生活的画面。在其名作《大街》（*Main Street: The Story of Carol Kennicott*，1920）中，刘易斯以深刻的洞察力、嘲讽的笔触和形象的艺术手法，拉开了中西部小城镇生活的帷幔，把卑琐、丑陋、沉闷的小镇生活展现在美国公众面前。作品打破了人们对小城镇作为纯洁象征的幻想，成为对美国社会本质的再发现。他的另一部力作《巴比特》（*Babbitt*，1922）塑造了美国中产阶级的典型形象，揭穿了在财产、身份和地位背后美国中产阶级自命不凡、庸俗愚昧、趋炎附势的真实面目。刘易斯成为20世纪初"美国文化的真正解剖大师"。

第一次世界大战改变了世界力量对比的格局，也为美国文学的发展确定了新的方向。大战的阴影犹在，而在战火硝烟中踏入人生的一批年轻作家跃上文坛，使战后小说界呈现出群星灿烂的繁荣局面。这些才华横溢的年轻作家大都在上个世纪末出生，许多来自中西部，然后到东部的文化中心寻求发展。他们经历了战火和军队生活的考验，在战后又都一度侨居巴黎，反思自己的经历和社会的现实。第一次世界大战对这些作家的成长和创作具有至关重要的影响。鲜血与死亡摧毁了他们赖以成长的传统价值观念，打破了他们对民主理想和美好未来的信念。他们困惑、迷惘，心灵受到重创。战争以血的现实使他们睁开了眼睛，铸就了他们的思想观和创作观。他们因而以手中的笔反映了那一代人的迷惘、失落和幻灭，表现了战后作家对社会现实、传统价值观念以及人生意义的深刻反思。这些作家后来被旅居巴黎的美国作家格特鲁德·斯泰因（Gertrude Stein，1874—1946）称作"迷惘的一代"。又由于海明威将这一称语用于他小说的扉页题词而使其从此成为一代作家的特有名称。海明威是"迷惘的一代"的小说家代表，他的作品流露出对第一次世界大战这场荒诞战争的厌恶和强烈的反战情绪，着重描绘了肉体和心灵遭到严重创伤的年轻一代的消极无望和失落感受。对他们来说，民主理想已经幻灭，未来是一片迷惘。他的作品别具一格，其文体独树一帜，对西方文学产生了极大的影响。20世纪20年代美国社会另一类型迷惘者的代言人是F. 司各特·菲茨杰拉德（F. Scott Fitzgerald，1896—1940）。他的作品再现了战后经济繁荣的"爵士乐时代",描写了人们在这一时期内对"美国梦"不择手段的追求和理想的幻灭。物质奋斗取代了早期美国梦中的道德准则。菲茨杰拉德入木三分地刻画了"迷惘的一代"特有的思想情感和当时美国人的社会心理状态,使其作品成为时代的真实写照。现代文学中在批判现实社会的同时也不乏对社会价值观的彷徨与反思。"迷惘的一代"以描写战争的残酷无情和毫无意义开始,进而对一切传统价值观念产生怀疑,对旧的行为准则进行否定。这些作家表达了对现实生活的不满和失望,反映了失去了精神支柱的战后一代青年人的痛苦和绝望。海明威在作品中表现出强烈的反战情绪,也揭示了战争给他这一代人带来的身心创伤。理想的破灭和悲观迷惘的精神状态成为那一代人的写照。菲茨杰拉德扣住战后美国经济繁荣时期的时代脉搏,展示了追求物质享受、一味寻欢作乐的社会风尚。他揭示了年轻一代对"美国梦"的追求和其梦想的幻灭,成为美国20世纪20年代的代言人。而斯泰因长期以来在文学史上被提到的原因是她在巴黎举办的文艺沙龙以及对青年作家的提携,而不是她自己的文学创作。直到今天,学界才对斯泰因对美国现代文学的贡献有了更加深刻的认识。

　　崛起中的美国现代文学对现实社会的批判力度进一步加深。现代文学作家发扬了第一次大战前文学的社会批判传统,在经历了怀疑、失望到幻灭的思想历程之后,更注重从社会制度上寻求现代生活中空虚、颓败、罪恶的根源。威拉·凯瑟的作品有着强烈的时代气息,突出表现了理想主义和物质至上主义的冲突。她把自然作为力量和永恒的象征,对都市商品文化进行了深刻的批判。凯瑟厌恶商业社会里拜金主义的盛行,对大都市文化持强烈的批评态度。她的名作《啊,拓荒者们!》(*O Pioneers!*,1913)和《我的安东妮亚》(*My Antonia*,1918)歌颂了早期拓荒者在艰苦的环境中坚韧不拔、不计名利、敢于创业的高尚品德和优良传统。她笔下的拓荒者们，尤其是那些乐观向上和意志坚强的女性令人耳目一新。埃伦·格拉斯哥（Ellen Glasgow，1874—1945）也是这一时期的著名作家，她以自己的创作为南方文学注入了"血液和讽喻"（blood and irony），以讽刺的手法描写了从内战前至第二次世界大战前夕的南方新旧社会秩序的冲突，抨击了南方社会的意识形态和不良社会习气，反映了南方的社会政治现实。她在作品中塑造了一系列世纪之交的新南方女性，这些女性意志坚强、刻苦独立、拒绝向命运低头，令人印象深刻。其代表作《荒芜的土地》（*Barren Ground*，1925）刻画了一位打破传统习俗、通过个人努力重建农场的女主人公，描述了女性在重新认识了两性关系后试图建构自我身份的努力。

约翰·多斯·帕索斯（John Dos Passos，1896—1970）是这一时期的另一重要作家。他像海明威一样也属于战后"迷惘的一代"，他的早期作品涉及"战争是摧毁人性的机器"这一主题。在他称为"美国"（"U.S.A"，1937）的鸿篇巨制三卷集序列小说——《北纬42度》（*The 42nd Parallel*，1930）、《一九一九年》（*1919*，1932）和《赚大钱》（*The Big Money*，1936）里，帕索斯描述了美国民族从世纪初到第一次大战后的历史，展现了广阔的社会图景和不同阶层的众多人物，对美国社会进行了多侧面的分析，表现了对社会现实，特别是美国战后社会的强烈不满。又由于他把新闻和电影的种种技巧用于文学创作，把个人与社会重大事件巧妙地结合起来，使得其作品具有现代文学的特点和史诗般的壮阔。帕索斯在"迷惘的一代"作家与20世纪30年代的作家之间起到了承前启后的作用。托马斯·沃尔夫（Thomas Wolfe，1900—1938）短暂的一生使他未能充分发挥自己的文学创作才能，但他遗留下来的几部作品已足以使他在美国文学史上占据一席位置，其代表作《天使，望家乡》（*Look Homeward, Angel*，1929）描述了主人公尤金·甘特前20年的人生经历，刻画了这一代人的痛苦和孤独的心理历程以及对未来的憧憬。沃尔夫善于以个人经历来表现自己国家的进程，反映了世纪初美国乡村青年的精神面貌。其作品具有自传色彩和抒情气息，十分感人。

1929年开始的全球性资本主义危机使美国作家对美国社会的现状和出路进行了更加深刻的反思。这一时期的作品表现出强烈的政治意识。约翰·斯坦贝克（John Steinbeck，1902—1968）是经济大萧条时期最具代表性的作家，他着墨于20世纪30年代大萧条时期劳动人民的苦难，以文学形式再现了垄断资本对农民土地的占有和由此造成的农民的流离失所，社会贫富的差距和对立跃然纸上。他的作品以现实主义的手法反映了20世纪30年代农业工人的悲惨命运和反抗精神，塑造了富有感染力的人物形象。斯坦贝克在表述资本主义制度的邪恶时，特别强调了劳苦大众团结起来做斗争的力量。

20世纪上半叶美国南方文学异军突起。威廉·福克纳是这个时期崛起的一位文学巨擘，也是南方文学的一代宗师。他所创作的"约克纳帕塔法"系列宛如一部浩瀚的南方史诗，对整个南方社会的历史、现状和未来进行了深刻的挖掘。福克纳的作品集中表现了南方贵族世家的衰落和北方商业势力的入侵，作家以南方的衰落揭示了人类命运的悲剧。福克纳也是艺术上的创新派，他娴熟地融合了各种现代派小说的技巧，形成自己独特的艺术风格，为后来的美国作家所推崇，在国际上也不乏崇拜者。

凯瑟琳·安妮·波特（Katherine Anne Porter，1890—1980）是20世纪30年代驰名文坛的南方作家。她创作题材广泛，笔下的人物形象各异，也擅长细腻的人物心理刻画。波特描写南方生活的作品最见风格与功力。她的许多短篇小说皆为佳品，其优美的文体尤为人们称道。其代表作品有短篇小说集《盛开的犹大花和其他故事》（*Flowering Judas and Other Stories*，1930）和《灰色马，灰色的骑手》（*Pale Horse, Pale Rider*，1939），以及中篇小说《中午酒》（*Noon Wine*，1937）。卡森·麦卡勒斯（Carson McCullers，1917—1967）在短暂的一生中取得了令人瞩目的文学成就。她23岁时凭借处女作《心是孤独的猎手》（*The Heart Is a Lonely Hunter*，1940）一举成名，另一部由其长篇小说《婚礼的成员》（*The Member of the Wedding*，1946）改编的舞台剧在百老汇上演后引起轰动。她虽然是南方作家，但其作品因着力表现人类的精神孤独而上升到对普遍人性的探讨。麦卡勒斯善于描写人物心理，作品充满浓郁的哥特色彩，以怪诞和暴力的表现手法描写了身心畸零的南方社会边缘人物，呈现了孤独及抗争的主题。弗兰纳里·奥康纳（Flannery O'Connor，1925—1964）是著名的南方女作家之一，却因红斑狼疮英年早逝。她信奉天主教，坚信宗教的精神救赎作用，作品中带有强烈的宗教象征色彩。她的作品秉持了现实主义的创作方法，但充满着神秘、怪诞、离奇、诡异的气息，具有南方哥特式风格，其人物多为自私自利、自负清高、愚昧无知，或者是身心有残缺的"畸人"，他们性格古怪、行为乖张，甚至变态堕落。奥康纳通过邪恶和暴力主题审视了现代南方人的道德伦理和伪善的宗教信仰所带来的伤害，蕴含了她对种族、性别、内战等大的政治话题的看法。奥康纳最重要的作品多数收入在短篇小说集《好人难寻》（*A Good Man Is Hard to Find*，1955）和《上升的一切必将汇合》（*Everything That Rises Must Converge*，1965）中。尤多拉·韦尔蒂（Eudora Welty，1909—2001）以摄影记者身份开始职业生涯，走遍了她的老家密西西比州的角角落落。她从20世纪40年代开始出版作品，创作生涯长达半个多世纪。与奥康纳一样，韦尔蒂的小说也有着强烈的地方感。她的创作看似随意，充满对话、人物内心对世界的刻画和对日常生活细节的描写，但貌似简单的文本表面下蕴含着潜文本，以荒诞甚至是哥特式的描写表现了南方的种族界限、大规模贫困、人的异化及女性的生活窘境，反映出她对南方生活细致入微的观察和对人性的深刻理解。其主要作品收集在《绿色帷幔和其他故事》（*A Curtain of Green and Other Stories*，1941）、《宽网和其他故事》（*The Wide Net and Other Stories*，1943）、《金苹果》（*The Golden Apples*，1949）、《英尼斯福伦号船上的新娘和其他故事》（*The Bride of the Innisfallen and Other Stories*，1955）及《月亮湖》（*Moon Lake*，1980）中。

　　20世纪上半叶还有一位在中国生活过多年的女作家赛珍珠（Pearl S. Buck，1892—1973），她对自己的第二故乡充满感情。她后来以描写中国的小说代表作"大地三部曲"［"The House of Earth"，包括《大地》（*The Good Earth*，1931）、《儿子们》（*Sons*，1932）和《分家》（*A House Divided*，1935）］获1938年诺贝尔文学奖，其中《大地》还曾获普利策奖，并一度风靡美国。赛珍珠为沟通中西方文化做出了积极贡献，她还将小说《水浒传》译成英文介绍给西方读者，译名为《四海之内皆兄弟》（*All Men Are Brothers*，1933）。遗憾的是，长期以来，她的名字几乎成为不应得到诺贝尔文学奖的作家的代名词，只落到在文学史中被一笔带过的地步。

　　理查德·赖特（Richard Wright，1908—1960）的作品对黑人文学的发展做出了重大贡献。他的作品表现了社会抗争的主题，揭示了黑人犯罪的社会原因，指出了黑人以暴力摆脱被奴役的命运的道路，引起了人们对种族歧视以及对新崛起的美国黑人文学的关注。他在1938年出版由四部中篇小说组成的作品《汤姆叔叔的孩子们》（*Uncle Tom's Children*）之后，就走上了专业写作的道路。1940年，赖特的代表作《土生子》（*Native Son*）出版。这部作品一反文学传统中汤姆叔叔逆来顺受的黑人形象模式，塑造了以反抗和暴力对待种族歧视的黑人角色。赖特指出了不公正的社会环境是造成黑人暴行的根本原因，也预言了黑人终将把愤怒转变成争取平等权利的暴力斗争。该书成为第一部黑人畅销作品，不仅表达了受压迫、受歧视的黑人的心声，也预示着黑人文学将成为美国文学中一支不可忽视的力量。

美国的诗歌在惠特曼和狄金森之后一度陷入低谷，但在1910至1920年之间，正当第一次世界大战的战火席卷欧洲时，一场建立新的诗歌风格的战役也在英美两国进行。这场运动的标志就是"意象主义"诗歌的诞生。意象主义诗歌是20世纪前20年聚集在伦敦的一群英美诗人所掀起的一场诗歌革命。意象派诗人反对传统的诗歌题材和诗体，也反对传统的表现感官经验的方法，他们努力探索新的诗歌形式，极大地推动了20世纪英美诗歌的发展，难怪有人说意象主义诗歌"既是奠基石又是硕果。从整体来看，它就是现代诗歌的缩影"[1]。意象派诗歌具有清晰、精确、具体、浓缩等特点，表现了诗人对事物的观察和自己瞬间获得的印象。意象派诗人常常以生活中的普通事物为载体，借以传达自己的印象和感受，他们冲破旧诗格律的束缚，提倡自由体诗，强调在创作中用自己的韵律和普通的语言。意象派诗歌在20世纪初的英美诗坛上占据了重要的地位，包括艾略特、卡尔·桑德堡（Carl Sandburg，1878—1967）、维切

---

1. Pratt, William Crouch, Jr. "Introduction." in *The Imagist Poem: Modern Poetry in Miniature*. 3rd ed. LA: UNO Press, 2008, p. 26.

尔·林赛（Vachel Lindsay，1879—1931）在内的许多著名诗人都受其影响。埃兹拉·庞德（Ezra Pound，1885—1972）高举"意象派"的大旗，追求以浓缩的意象和精炼的词句表达诗人的感受，宣称"意象所表现的是在一瞬间里理智与情感的复合"[1]。他仅有两行的诗作《在地铁车站》（"In a Station of the Metro"，1915）是意象派诗歌的代表作品。庞德以自己对理论和实践的探索成为催化艾略特和其他作家艺术灵感的酵母[2]。希尔达·杜立特尔（Hilda Doolittle，1886—1961；人们通常称她H. D.）和艾米·洛厄尔（Amy Lowell，1874—1925）是另外两位重要的意象派诗人。杜立特尔在青年时代曾与埃兹拉·庞德和威廉·卡洛斯·威廉斯（William Carlos Williams，1883—1963）结为好友，并一度与庞德订婚，在庞德的影响下开始写诗，其诗作登载在美国新诗运动的核心刊物《诗刊》上面，成为意象派诗人的重要代表作家之一。她的前期作品属于印象派诗歌，诗风简约精致，但后期逐渐转向神秘主义，诗风也趋于神秘复杂，加入了大量古希腊文学元素。二战期间的"战争三部曲"组诗被认为达到了其创作高峰。洛厄尔曾主持出版了三部意象派诗歌年集，使意象派诗歌的影响力大增，她在第一部年集里确定了意象派的六点原则，在庞德之后成为意象派诗人的领袖。洛厄尔自己的诗作精品不多，但其诗集《几点钟》（*What's O'Clock*，1925）曾获得普利策奖。

　　T. S. 艾略特的诗歌和文学批评使他成为新诗运动的旗手，被视为20世纪最伟大的现代主义诗人。他对诗歌创作进行大胆革新，以非传统的

1.　Pratt, William Crouch, Jr. "Introduction." in *The Imagist Poem: Modern Poetry in Miniature*. 3rd ed. LA: UNO Press, 2008, p. 32.

2.　罗伯特·E. 斯皮勒：《美国文学的周期——历史评论专著》，王长荣译。上海：上海外语教育出版社，1990年，第219页。

技巧表现现代社会的文化和精神危机。他遐思驰骋于过去、现在和未来的时空之中，其作品旁征博引，韵味浓郁，充满了支离破碎的意象和象征，反映出支离破碎的现实与生活。艾略特的诗作成功地表现了现代生活的毫无意义和极度空虚，形象地反映了现代人的精神危机，精心绘制了心灵的荒原这一现代生活画面。

卡尔·桑德堡、维切尔·林赛和埃德加·李·马斯特斯（Edgar Lee Masters，1868—1950）是20世纪初崛起于美国中西部城市芝加哥的现代诗人，被称为芝加哥诗派。芝加哥诗派继承了惠特曼的诗歌创作传统，在内容上贴近普通人和现实生活，以人民大众为对象并抒发他们的感受。桑德堡的诗作有着惠特曼的粗犷和活力，把握了新兴工业城市芝加哥的脉搏。林赛把对人民大众的爱尽情地用诗歌抒发出来，其诗作富有浪漫主义色彩。马斯特斯的诗歌是中西部小镇生活的真实写照，人物刻画逼真、描写手法属现实主义。在形式上三位诗人采用了惠特曼用过的自由体，使诗歌更能为人民大众所接受。桑德堡和林赛还开创了美国诗歌朗诵艺术的新风气。

美国新诗运动在本土纽约还有一个中心，威廉·卡洛斯·威廉斯和华莱士·史蒂文斯（Wallace Stevens，1879—1955）成为代表人物。威廉斯是美国本土特色诗歌的积极倡导者，他强调诗歌必须植根于美国人日常生活和语言之中。他的诗歌简短精练、口语化强，描写的都是一些毫不起眼的客观事物，用以捕捉诗人当时的感受或揭示事物所包含的普遍意义。他反对从书本和过去中寻找灵感，认为"想象仅存在于事物之中"[1]，主张艺术源于对现实生活的精心观察。正因为如此，他抨击艾略特，反对艾略特对

1.　Miller, J. Hillis. "William Carlos Williams and Wallace Stevens." in *The Columbia Literary History of the United States.* Ed. Emory Elliott, et al. New York: Columbia UP,1988, p.975.

欧洲和英国传统的强调，甚至认为才华横溢的艾略特把自己卖给了欧洲，因而成为威廉斯建立具有美国本土特色诗歌目标的"敌人"。

华莱士·史蒂文斯是一位真正意义上的现代派诗人。他与威廉斯是朋友，但两人诗风迥然不同。如果说威廉斯的诗歌看上去太明显、太清楚而使评论家和读者难以琢磨其含义的话，阅读史蒂文斯的诗歌则属于另一种挑战。史蒂文斯的诗歌抽象、深奥、富有哲理，按照诗人自己的话说："诗歌就是关于人与世界之间关系的表述。"[1]史蒂文斯致力于沟通现实和想象两个世界，认为诗歌的魅力来自想象的力量。想象赋予诗歌以生命，而诗歌赋予我们的世界以秩序、赋予我们的生命以意义。

罗伯特·弗罗斯特（Robert Frost, 1874—1963）也是美国20世纪备受爱戴的诗人。他的诗作以新英格兰为背景，以朴实无华的乡土白话作为诗的语言，在白描淡抹中隐含了深刻的喻义，探索了现实和人生。弗罗斯特曾被邀请在肯尼迪总统的就职典礼上朗读他的诗作，并被称为真正的美国民族诗人。

黑人诗歌也在20世纪上半叶有了很大的发展。兰斯顿·修斯（Langston Hughes, 1902—1967）是哈莱姆文艺复兴运动的中坚人物，曾创作过多种体裁的文学作品，但以诗歌闻名，被誉为"新黑人哈莱姆文艺复兴的桂冠诗人"[2]。成名诗篇《黑人谈河流》（"The Negro Speaks of Rivers", 1921）使他声名鹊起。修斯继承了沃尔特·惠特曼和卡尔·桑德堡等人的诗风，以自由体为主，但成功地将爵士乐与黑人民歌引入美国诗歌，创作

1. Miller, J. Hillis. "William Carlos Williams and Wallace Stevens." in *The Columbia Literary History of the United States*. Ed. Emory Elliott, et al. New York: Columbia UP, 1988, p. 989.
2. Miller, James E., Jr., ed. *Heritage of American Literature: Civil War to the Present*. Vol. II. San Diego and New York: Harcourt Brace Jovanovich, 1991, p.986.

出独具特色的美国黑人诗歌。他在自己的作品中表达了身为黑人的自豪感，并大力弘扬黑人文化，对后来的黑人文学发展居功甚伟。

在美国现代文学崛起的大潮中，美国戏剧也第一次成为具有世界意义的文学创作。尤金·奥尼尔（Eugene O'Neill，1888—1953）开创了美国现代戏剧的新风。他摆脱了旧戏剧的羁绊，摒弃了单纯追求浪漫情节、脱离社会现实的传统手法，使人们通过戏剧舞台进入现实生活，揭示了美国现实生活的各种矛盾冲突和人的心理状态。在奥尼尔开拓性的创作的影响下，美国戏剧进入了一个崭新的时代。同时，奥尼尔的戏剧不仅把美国戏剧推向世界，而且表现了美国文学真正的多元特点。20世纪30至60年代最为著名的女性剧作家是莉莲·海尔曼（Lillian Hellman，1905—1984），她在美国戏剧界享有盛名。她的现实主义剧作《儿童时代》（*The Children's Hour*，1934）、《小狐狸》（*The Little Foxes*，1939）、《阁楼玩偶》（*Toys in the Attic*，1960）等都是当时颇有影响力的作品。她的剧作结构紧密、人物形象鲜明、情节生动，以辛辣讽刺的笔法再现了社会转型期价值体系的变化为南方人带来的影响。

20世纪中叶的重要剧作家还有阿瑟·米勒（Arthur Miller，1915—2005）、田纳西·威廉斯（Tennessee Williams，1911—1983）、爱德华·阿尔比（Edward Albee，1928—2016）。米勒的《推销员之死》（*Death of a Salesman*，1949）是他的巅峰之作，在百老汇上演后大获成功，还获得纽约戏剧评论家奖和普利策奖在内的多项奖项。作品深刻剖析了美国社会现实，描绘了生活在工业化和商品化社会里小人物的悲剧命运和普通人的情感，展现了"人人都能成功"的美国梦的幻灭。主人公威利·洛曼一直渴望成功，却在年老体衰时遭到解雇，他最后选择了撞车身亡，以此为儿子留下一笔人寿保险金。有意思的是，20世纪80年代初米勒与北京人民艺术剧院合作，亲自参与导演了人艺版的《推销员之死》，我国著名表演艺术家英若诚既是该剧的翻译也是主演，剧作大获成功。

田纳西·威廉斯是另一位知名现代剧作家。其最著名的作品为《玻璃动物园》(*The Glass Menagerie*，1944)和《欲望号街车》(*A Streetcar Named Desire*，1947)，他以20世纪上半叶美国南方为背景，描绘了现代工业化对南方社会的侵蚀，探讨了现代社会中难以摆脱旧道德观念和生活方式的南方人的生存困境。威廉斯善于塑造人物，而最能体现其功力的是他笔下的女性人物形象。《玻璃动物园》中的一家三口都是生活的逃避者。母亲阿曼达把对过去的回忆作为从苦闷现实中解脱出来的手段，儿子和女儿也始终无法直面社会现实，无法自拔。《欲望号街车》的背景是第二次世界大战后的新奥尔良，女主人公布兰奇是剧作家笔下的典型南方女性，她放不下南方贵族女性的身段，却迫于生计来投奔妹妹、妹夫，最后惨遭妹夫强奸，并被强行送进疯人院，其悲惨遭遇象征了南方社会和文化的没落。

爱德华·阿尔比的作品既继承了美国本土戏剧创作传统，又有机融合了欧洲荒诞派剧作家如尤金·尤涅斯库(Eugène Ionesco)、塞缪尔·贝克特(Samuel Beckett)等人的戏剧理念，成为继威廉斯、米勒之后美国戏剧界最有影响的剧作家。他的第一部作品《动物园的故事》(*The Zoo Story*，1959)被视为美国荒诞派戏剧的代表作，成功描绘了现代社会里人的异化状态及悲惨命运。《谁害怕弗吉尼亚·伍尔夫?》(*Who's Afraid of Virginia Woolf?*，1962)为阿尔比最杰出的作品，刻画了现代社会中产阶级知识分子表面平静和谐的家庭生活实则矛盾重重、充满精神危机，作品涉及人与人之间交流沟通的失败，寓意丰富、发人深思。阿尔比在1991年靠《三个高个子女人》(*Three Tall Women*)在美国主流剧坛重放异彩，该剧在美国国内外演出获得巨大成功，并摘得普利策奖等多项重要奖项。《山羊，或谁是西尔维娅?》（*The Goat, or Who Is Sylvia?*，2002）获当年托尼最佳戏剧奖，该剧既有古希腊戏剧的严肃和沉重，又辛辣讽刺，大胆挑战了当代人的性别和伦理观[1]。

　　20世纪中叶也有一批女诗人活跃在文坛。作为"自白派"诗人的一员，西尔维娅·普拉斯（Sylvia Plath，1932—1963）被许多人视为当代最著名的女诗人。普拉斯的作品具有鲜明的个人色彩，感情细腻、意象奇特，个人经历与社会生活、现实与幻象交融在一起。作品常常表现出对死亡的关注，以及女性生活中的种种困境。她于1963年自杀身亡。她去世后，作品被结集出版，包括《爱丽儿》（*Ariel*，1965）、《渡河》（*Crossing the Water*，1971）等。除了创作诗歌之外，普拉斯还撰写了一部影响深远的小说《钟形罩》（*The Bell Jar*，1963），成为反映其时代女性生活的标志性作品。《钟形罩》描写了20世纪50年代盛行的家庭意识形态以及这种社会氛围下中产阶级女性经受的巨大心理压力。即使是受过高等教育、有才华的女性最后也只能扮演传统的女性角色，而无法发挥其创造力。小说结尾，曾怀有成为作家抱负的女主人公因试图自杀而住院治疗。小说题目"钟形罩"成为女性樊篱的象征。伊丽莎白·毕晓普（Elizabeth Bishop，1911—1979）也是美国最为重要的女诗人之一。虽然她也被称作"自白派"诗人，但她的诗歌却并不总是那么直白。毕晓普在诗歌中努力寻找一种在抒发情感和公开发声之间的平衡。毕晓普的诗歌富有想象力和音乐感，语言表达精确奇妙。《北方和南方——一个寒冷的春

1.　刘海平、王守仁主编：《新编美国文学史（第四卷）》，王守仁主撰。上海：上海外语教育出版社，2019年，第135页。

天》（*North & South – A Cold Spring*，1955）获得普利策奖，《诗歌全集》
（*The Complete Poems*，1969）获美国国家图书奖，《地理学III》（*Geography
III*，1976）获全国书评家协会奖。

　　二战后的美国小说也为文坛带来了新气象。犹太作家成为这一时期美
国文学一道亮丽的风景，如伯纳德·马拉默德（Bernard Malamud，1914—
1986）、索尔·贝娄（Saul Bellow，1915—2005）、艾萨克·巴什维斯·辛
格（Isaac Bashevis Singer，1904—1991）、诺曼·梅勒（Norman Mailer，
1923—2007）等。索尔·贝娄是犹太作家群体中最为耀眼的明星，也
是1976年诺贝尔文学奖获得者。他从20世纪40年代开始发表作品，创作
生涯长达半个多世纪，出版了多部优秀小说，也斩获多种奖项。主要作
品有《晃来晃去的人》（*Dangling Man*，1944）、《奥吉·马奇历险记》
（*The Adventures of Augie March*，1953）、《勿失良辰》（*Seize the Day*，
1956）、《雨王亨德森》（*Henderson the Rain King*，1959）、《赫索格》
（*Herzog*，1964）、《赛姆勒先生的行星》（*Mr. Sammler's Planet*，1970）、
《洪堡的礼物》（*Humboldt's Gift*，1975）、《院长的十二月》（*The Dean's
December*，1982）。贝娄善于挖掘现代社会人，尤其是知识分子的精神危
机和异化状态，表现了他对人性和社会现实的深刻理解。

　　马拉默德擅长刻画城市生活，笔下的人物常是生活潦倒、饱受苦
难、命运多舛，但同时具有怜悯心和良知的城市贫民阶层，作品常常涉
及犹太历史中的受难、赎罪、获救的恒久主题，马拉默德在此基础上
探讨了现代人普遍的生存窘境。马拉默德的第二部小说《店员》（*The
Assistant*，1957）为他的优秀作品之一，描述了20世纪30年代的纽约犹太
社区里人们在贫困线上的挣扎，以及他们"美国梦"的破灭，以此呈现
了以犹太人为代表的小人物所表现出来的人性尊严和对待苦难的态度。

小说也讲述了意大利青年弗兰克·阿尔派的精神赎罪与皈依。他曾参与抢劫犹太小店店主莫里斯，后来受到良心谴责，遂到小店当了一名店员，最终担负起赡养遗孀、抚育孤女的责任，并且皈依了犹太教。马拉默德也是一位优秀的短篇小说作家，曾出版了五部短篇小说集，其中《魔桶》（*The Magic Barrel*，1958）获翌年的美国国家图书奖。

　　艾萨克·巴什维斯·辛格是出生于波兰的著名犹太裔作家，继索尔·贝娄之后，他成为又一位获得诺贝尔奖的犹太作家（1978年）。值得注意的是，辛格一直坚持用意第绪语进行创作，他最为优秀的作品为短篇小说，有多部短篇小说集问世，主要包括《傻瓜吉姆佩尔》（*Gimpel the Fool*，由索尔·贝娄译成英文，1957）、《市场街的斯宾诺莎》（*The Spinoza of Market Street*，1961）、《短促的礼拜五》（*Short Friday*，1964）等，其中最为知名的短篇是《傻瓜吉姆佩尔》和《市场街的斯宾诺莎》。在《傻瓜吉姆佩尔》中，辛格塑造了一个典型的傻瓜形象，人物角色对自己经历的陈述表达了辛格的观点，即在一个不道德的世界里，人的存在是虚无的，信仰也不过是谎言，人只能被动地面对和接受现实。辛格的作品描绘了第二次世界大战前后犹太人在欧洲和美国的悲惨遭遇，聚焦了生活在社会底层的犹太小人物，表达了对他们的同情。如瑞典文学院的颁奖评语中所说："他的洋溢着激情的叙事艺术，不仅是从波兰犹太人的文化传统中汲取了滋养，而且还将人类的普遍处境逼真地反映出来。"[1]

　　第二次世界大战给美国人带来创伤性的记忆，成为战后文学的重要主题。诺曼·梅勒二战期间曾参战，战后完成的第一部长篇小说《裸者与死者》（*The Naked and the Dead*，1948）被誉为最优秀的美国二战小说。

1.　杨仁敬，杨凌雁：《美国文学简史》。上海：上海外语教育出版社，2008年，第308页。

作者以现实主义与自然主义相结合的手法，描绘了二战中发生在太平洋岛屿安诺波佩岛上的战事。小说聚焦于集权统治与个人抗争之间的冲突，展示了战争的血腥与人生命的渺小，并以此作为美国社会的缩影，呈现了美国的社会冲突。

　　"垮掉派文学"为美国20世纪50年代的产物。1948年，杰克·凯鲁亚克（Jack Kerouac，1922—1969）以"垮掉"一词来描绘自己这一代文人，"垮掉的一代"从而成为这一运动的代表名称，也成为反主流文化的主力军。垮掉派作家以自身的纵欲、吸毒、同性恋行为向主流文化发起了挑战，并在作品中毫无顾忌地展示了他们对正统文化的反抗以及对传统价值观的质疑和否定。艾伦·金斯堡（Allen Ginsberg，1926—1997）是垮掉派文学运动中最具影响力的作家，也是最具反叛意识的美国作家和著名社会活动家。他1956年出版的诗作《嚎叫》（"Howl"）曾被指控为淫秽之作，却反而使他名气大增。这首长诗成为当时发行量最大的作品，与凯鲁亚克的小说《在路上》（*On the Road*，1957）一起成为垮掉派文学的扛鼎之作，被载入文学史册。金斯堡在诗中抨击了艾森豪威尔年代商品社会的物欲横流，又宣扬了反主流文化，真实再现了"垮掉的一代"吸毒、纵欲、酗酒的狂妄不羁的生活方式，以及他们空虚、绝望、苦闷的颓废精神状态，"嚎叫"成为他们对所生活的时代和社会的宣泄、控诉。在《嚎叫》出版后的30多年中，金斯堡一直活跃在诗坛，是一位多产的作家。凯鲁亚克的《在路上》是一部自传式的作品，以松散杂乱的结构描绘了作者和几个年轻男女朋友一路西行的旅程，再现了"垮掉的一代"恣意妄为、荒诞不经的人生历程，以及他们苦闷、空虚、彷徨的内心情感，也展现了他们对正统文化的逃遁和反叛。但正如美国西部边疆开拓的终结，他们的追寻带来的注定只能是深深的幻灭感。

J. D. 塞林格（J. D. Salinger，1919—2010）于1951年出版的长篇小说《麦田里的守望者》（*The Catcher in the Rye*）使他一举成名，小说也成为20世纪美国文学的经典作品，曾入选美国20世纪最畅销的25本作品之列。小说的书名选自苏格兰诗人罗伯特·彭斯（Robert Burns，1759—1796）的诗《走过麦田来》（"Comin' Through the Rye"），真实刻画了二战后美国青少年苦闷彷徨的思想状态，塞林格因此成为20世纪50年代年轻人的代言人。小说以16岁的主人公霍尔顿的眼光观察周围世界，描绘了他在短暂的流浪期间的经历。战后人们过着衣食无忧的生活，但整个社会充斥着各种伪君子和缺乏道德感的人，人们追逐名利、缺乏信仰、行为龌龊，霍尔顿所看到和经历的一切使他充满了幻灭感，他希望成为一名道德守望者的愿望也无法实现。

黑色幽默小说在20世纪60年代出现在美国文坛，"标志着美国小说进入后现代派小说的新时代"[1]。黑色幽默小说产生于传统道德观念崩溃、反战情绪高涨、西方民主思想受到质疑的20世纪60年代的美国社会，这类作品以一种夸张和嘲讽的态度对待现实社会中的荒诞不经，表现出个人对社会的无所适从与强烈不满。这个文学流派以喜剧形式表现悲剧的内容，将现代社会的丑陋、荒谬加以放大，以其"反英雄"人物的可笑言行折射残酷与痛苦的社会现实。60年代涌现的黑色幽默作家中最为知名的包括约瑟夫·海勒（Joseph Heller，1923—1999）、库尔特·冯内古特（Kurt Vonnegut，1922—2007）、弗拉基米尔·纳博科夫（Vladimir Nabokov，1899—1977）、托马斯·品钦（Thomas Pynchon，1937—　）等。海勒是黑色幽默小说的代表作家，他曾在二战中任空军轰炸机飞行员。他的小说《第

---

1. 杨仁敬、杨凌雁：《美国文学简史》。上海：上海外语教育出版社，2008年，第328页。

二十二条军规》（*Catch-22*，1961）是影响力最大的黑色幽默作品，享有很高的关注度，特别是在越南战争期间，小说对战争的讽刺与抨击，引起了大批读者的共鸣。虽然是一部战争题材的小说，但是小说并没有描写战争的大场面，而是聚焦美国军队内部争权夺利、谄上欺下的腐败现象，其荒诞可笑的讽刺手法，突出表现了战争的非理性、非人道，以及现代社会的荒唐。小说中的"第二十二条军规"也成为社会专制统治的象征，也是被高频使用的英语词汇。冯内古特曾参加二战，并被德军俘虏，关押在德累斯顿服苦役，后来盟军将这座古城炸毁，冯内古特躲在地窖里才幸免于难。这段经历为他创作其代表作《第五号屠宰场》（*Slaughterhouse-Five*，1969）提供了素材。小说不仅表达了作者的反战思想，也是一部杰出的后现代小说，小说结构松散，真实历史事件、科幻元素巧妙交融，同时又展现了作品的创作过程，打破了真实与虚构、过去与现在的界限，在创作技巧上获得了突破。冯内古特知识渊博、想象力丰富，作品涵盖战争、灾难和社会冲突等主题，具有深刻的社会批判色彩，又带有黑色幽默的特点，对后现代小说创作做出了重要贡献。

　　与上述作家不同的是，纳博科夫的着力点不是文学的社会批判功用，他的作品更多地显示出他对语言、形式的实验和对新技法的探索，被人称为后现代主义创作的开拓者。受到他影响的有约翰·巴思（John Barth，1930—）、唐纳德·巴塞尔姆（Donald Barthelme，1931—1989）和品钦等一大批作家。这些人在创作前期都进行过较为激进的语言与技法实验，但随着时间的推移他们也在作品中表现出对历史和现实的关注，以及对后现代社会人的生存意义的反思。巴塞尔姆的作品多为短篇小说，但其长篇小说《白雪公主》（*Snow White*，1967）被视为后现代主义文学的杰出作品，这部小说是对经典童话故事的颠覆和改写的典范，从一个惩恶扬善的故事变为描写现代人的可悲人生的写照。小说中所有人物（包括白雪公主和七个小矮人）都是现代普通人，过着平庸、猥琐、毫无意义的生活。

托马斯·品钦于1960年发表的短篇小说《熵》（"Entropy"）以熵的概念预示了人类社会将走向混乱和衰亡的趋势，而之后的作品如《V》（*V*，1963）、《拍卖第四十九批》（*The Crying of Lot 49*，1966）、《万有引力之虹》（*Gravity's Rainbow*，1973）则更多地展现了其创作的后现代主义风格。品钦热衷于进行文体实验，作品内容庞杂、风格多变，为普通读者阅读和理解造成不少的困扰。约翰·巴思从20世纪60年代起成为实验小说和文学的先锋代表人物，他在1967年发表的论文中提出"枯竭的文学"（The Literature of Exhaustion）的观点，认为传统文学题材、形式和手法已枯竭，提倡要对小说创作进行重新思考和探索。他自己探索到的另类道路就是所谓的"元小说"，把小说写作和虚构本身当作题材，有意颠覆传统小说中的叙述权威和文本的封闭自足性。他的小说《烟草代理商》（*The Sot-Weed Factor*，1960）、《羊孩贾尔斯》（*Giles Goat-Boy*，1966）和《喀迈拉》（*Chimera*，1972）将古老的叙事传统与作家的后现代意识和多种艺术元素相结合，赋予了作品新的活力。巴思的追随者威廉·加斯（William Gass，1924—2017）应和并进一步鼓吹所谓的枯竭文学，对"元小说"进行了更为具体的定义并从理论上进行了阐述和发展。其第一部小说《奥门赛特的运气》（*Omensetter's Luck*，1966）对结构、视角和语言进行了大胆实验，而加斯后期的小说作品，如《隧道》（*The Tunnel*，1995）虽然以第二次世界大战为背景探讨历史和叙述的意义，并对人性中邪恶和仇恨进行了形而上的反思，但小说在使用比喻、图解与异常印刷字体等方面的探索，还是给人留下忽略情节的印象。

　　科幻文学在20世纪后半叶引起更多的关注，进入了主流文学的殿堂。厄休拉·勒奎恩（Ursula Le Guin，1929—2018）是美国著名科幻和奇幻小说家。她曾与人合译《道德经》，深受老子和东方哲学的影响。勒奎恩擅长塑造一个与地球不同的未来或奇幻世界，以此作为对人类的生存状态的深层比喻，并引发读者对人类命运的思考。作为一名科幻作家，勒奎恩是其领域最具影响力的作家之一，曾多次获得包括世纪奇幻大奖的雨果奖与星云奖在内的奖项，被誉为"将奇幻故事带进了高雅文学的殿堂"的作家[1]。勒奎恩的作品有着丰富的内涵，涉及多种思想和文化元素。1969年她的小说《黑暗的左手》（The Left Hand of Darkness）出版，挑战了传统的性别关系，该书奠定了她在文坛中的地位；另一部作品《一无所有》（The Dispossessed: An Ambiguous Utopia，1974）通过两个不同的星球比较了两种不同的社会体制，广受好评。她最为知名的奇幻作品是"地海传奇"系列，探讨了青少年成长主题以及对自我身份的建构，传播了阴阳平衡、尊重自然法则的思想，堪称经典科幻名著。

　　这一时期的美国文学表现出对文学传统的大胆突破。多数现代作家表现出创新意识，在创作手法和文体上进行了标新立异的探索。现代文学起源于诗歌领域，现代诗人以自己对生活和艺术的独特见解，在创作中各抒己见、各有千秋。以庞德为首的意象派诗人，勇于反抗浪漫主义的诗歌传统，坚持主张以生活中的普通事物、以浓缩的意象、以口语化的语言和自由诗体表达诗人自己的印象和感受，开辟了现代诗歌的新路。艾略特充满神秘主义色彩的诗歌融神话、历史、传说、文学为一体。时间与场景的不断变幻、大胆奇异的比喻和出处繁杂的文学典故令

1.　Bloom, Harold. "Introduction." in Ursula K. Le Guin. Ed. Harold Bloom. New York: Chelsea House, 1986, p.9.

人目不暇接，他的诗歌仿佛是色彩绚烂的现代油画，给人一种玄奥莫测的感觉。相比之下，弗罗斯特的乡土白话诗则像一幅幅白描，虽然只有简单几笔，却也饱含哲理。威廉斯诗歌中描写的细微事物和口语化风格与史蒂文斯作品中高度抽象的意象形成有趣的对照。

　　小说和戏剧领域在文学创作手法上也大放异彩。安德森以心理画像的手法描绘了现代生活中的畸形人；刘易斯的创作幽默诙谐，但对小镇人的狭隘庸俗和中产阶级的市侩习气的讥讽常令读者捧腹；帕索斯巧妙地把新闻与电影技巧应用于文学，展现了广袤的社会画面；斯泰因摒弃传统，对文学语言和叙事手法进行大胆实验，力求以简洁的文体表达作家的独特意识，她具有超前意识的探索影响了众多的现代作家；海明威言简意赅的电报式文体具有巨大的开创意义，为后来许多作家所仿效，在国际文坛上颇有名望；斯坦贝克以个人遭遇与社会大背景交融的表现手法，描写了一个苦难和愤怒的时代；福克纳把历史、神话和现代生活相结合，创作了一组浩瀚的南方史诗，他还将意识流、内心独白、多视角的叙事等现代写作技巧融于自己的创作，作品具有浓厚的寓言色彩和很强的艺术感染力；奥尼尔在戏剧创作上大胆发掘新的艺术手法，注重揭示人性和心理，使用了包括现实主义、自然主义、表现主义和象征主义在内的表现手法，此外，他独辟蹊径，开创了美国现代戏剧的先河。

　　20世纪美国现代文学对心灵和人性的探讨也更加深入。动荡不安的现代生活使人的命运无法预测，也造成了现代人的强烈孤独感和异化感。现代作家注重发掘现代人的人性演变，探索了现代生活所造成的人性扭曲和心灵荒原。安德森笔下的中西部小城居民是一群失去自己正常本性的畸形人，令人窒息的社会环境导致了人性的扭曲和心理的变态。刘易斯把普通人因受现代生活压抑所产生的失意、孤独及苦闷刻画得入木三分。福克纳以大家手笔勾勒了美国南方广阔的社会画卷，集中刻画了南方旧制度解体和旧道德法规破产后南方人的精神面貌，对南方人特有的心理重负和现代人的心理痼疾进行了深刻的剖析。剧作家奥尼尔横扫剧坛以往的商业气息，努力探索人生和人的内在世界，着重分析了人生的各种矛盾和丧失了生活意义的人生悲剧。人性的扭曲和心理的变态成为现代文学的普遍主题。精神危机是现代生活的最严重危机。

20世纪六七十年代特别值得关注的是后现代主义文学的出现与流行。后现代主义文学是第二次世界大战后西方社会的产物，二战后世界格局发生了巨大变化，战后科学和技术的高速发展使得传统生产方式和社会结构被打破，存在主义和后结构主义在西方社会的流行，深刻影响到人们的行为模式和心理倾向，后现代主义文学因此应运而生。后现代主义文学颠覆了艺术应反映客观世界的传统，对二战后的人类命运与人生意义进行了重新思考，文学传统中原有的"hero"（主人公、英雄人物）多于"anti-hero"（反英雄），并成为渺小卑微的社会小人物。后现代主义作品在创作手法上进行了大胆革新，以夸张的修辞手段、嘲讽的笔法、混乱的逻辑和支离破碎的情节表现了后现代社会的荒诞不经与毫无意义的人生，表达了作者对现实生活的不满、绝望和抗议，也因此形成了文学创作手法的改革和创新。从整体来看，垮掉派、荒诞派和黑色幽默都属于后现代主义文学范畴，而其后的作家如纳博科夫、约翰·巴思、唐纳德·巴塞尔姆、品钦等则为后现代文学的代表人物。

综上所述，美国现代文学以悲观迷惘为基调，以表现人类苦难和精神危机为题材，以探索被战争和现代生活扭曲的人性为主题，以创新和多元手法进行艺术探索，在内容和技巧等方面均取得了相当高的成就。20世纪的美国文学以多样性的文学形式和文学倾向显示了美利坚民族的整体文化意识，又以其与国际文化潮流接轨的现代文学实践表现了美国文学的成熟。美国现代文学以蔚为大观之势迎来美国文学史上的第二次繁荣时期。美国文学最终登上世界文坛。

薇拉·凯瑟（Willa Cather，1873—1947）

薇拉·凯瑟是20世纪上半叶的美国女作家。她的小说讴歌了美国移民拓荒者们在中西部大草原的拓荒伟绩，也表现了她对西部拓荒精神的消亡以及腐败的商业社会价值观的极大关注。凯瑟以自己的笔抒发了对拓荒岁月的怀念，弘扬了定居新大陆及西进运动中的美国民族精神。著名文学评论家哈罗德·布鲁姆认为她是"20世纪上半叶美国最重要的作家之一，堪与德莱塞、海明威和菲茨杰拉德比肩。在同时代的作家中，只有福克纳的成就超过了她"[1]。凯瑟无愧于"中西部的伟大缪斯女神"的称号[2]。

凯瑟于1873年生于弗吉尼亚州温彻斯特附近的后溪谷。幼时外祖母便教她阅读，阅读因此成为她生命的重要组成部分。童年时对她影响最大的事件是全家搬迁到内布拉斯加。年仅9岁的凯瑟面对荒凉的西部平原感到深深的震撼，但最初的陌生感消失之后，凯瑟在大草原上度过了无拘无束的少女时代。在此期间凯瑟结识了来自波西米亚、德国、斯堪

1. Bloom, Harold, ed. *Willa Cather.* New York: Chelsea House, 2000, p.10.
2. Carlin, Deborah. "Willa Cather." in *Modern American Women Writers: Profiles of Their Lives and Works:From the 1870s to the Present.* Ed. Elaine Showalter, Lea Baechler, and A. Walton Litz. New York: Collier Books, 1993, p.35.

的纳维亚、俄国和法国的移民定居者，听到那些女性拓荒者讲述她们母国的故事，许多故事后来出现在她的小说中。全家最后在红云镇定居下来，凯瑟开始阅读西方文学经典作品。1890年凯瑟就读于内布拉斯加州立大学，她最初学的是自然科学，后来对新闻产生了浓厚的兴趣，在大学期间，凯瑟已经开始创作文学作品了。凯瑟毕业后先后在几家杂志社担任编辑和专栏作家，直到后来遇到了萨拉·奥恩·朱厄特，朱厄特鼓励她找到自己"宁静的生活中心，从那里开始写起，然后走向世界"[1]。凯瑟终于在37岁时走上了专业文学创作之路。

凯瑟是位高产的作家，创作了多部脍炙人口的小说，主要作品有《啊，拓荒者!》、《我的安东妮亚》、《一个沉沦的妇女》(A Lost Lady, 1923)、《教授之屋》(The Professor's House, 1925)、《死神来迎大主教》(Death Comes for the Archbishop, 1927)、《磐石上的阴影》(Shadows on the Rock, 1931)。哈罗德·布鲁姆将这六部小说称为"凯瑟经典"(Cather's Canon)，是美国文学史中的"永恒"之作[2]。凯瑟于1947年去世时，已获得诸多荣誉，包括普利策奖、费米娜文学奖、全国文学艺术研究院金奖等，还被授予内布拉斯加大学、耶鲁大学、密歇根大学等校的荣誉博士学位。1943年，凯瑟成为唯一一位在白宫图书馆有四本图书上架的作者。

《我的安东妮亚》为凯瑟的巅峰之作，具有自传色彩，在这部小说中，凯瑟以自己的回忆和想象力，给已经逝去的青少年时期注入了活力[3]。小说中的许多人物灵感来自凯瑟对在红云镇度过的少年时期的回

1. Miller, James E., Jr., ed. *Heritage of American Literature: Civil War to the Present*. Vol. II. San Diego and New York: Harcourt Brace Jovanovich, 1991, p.1131.

2. Bloom, Harold, ed. "Introduction." in *Willa Cather*. New York: Chelsea House, 1985, p.1.

3. O'Brien, Sharon. "Introduction." in *New Essays on* My Antonia. Beijing: Peking UP, 2007, p.5.

忆，而故事的叙述人吉姆少年时期从弗吉尼亚到内布拉斯加的搬迁也与凯瑟自己的经历相同。吉姆初到内布拉斯加的感受恰如其分地表达了凯瑟当时的心情："似乎什么也看不到，看不见篱笆，看不见小河或树木，看不见丘陵或田野。如果有一条路的话，暗淡的星光下我也分辨不出。除了土地，什么也没有。根本就算不上什么乡村，只有构成乡村的原料……我感到仿佛人世已经被我们丢弃在后面，我们越过了人世的边缘，在人世之外了。"[1]

《我的安东妮亚》将欧洲移民作为描写的对象，展现了他们如何在艰苦的环境中开发西部草原，以求得生存与发展的经历。欧洲移民最初来到这片大草原时，一无所有，只有像北美殖民地的早期定居者那样从头开始。面对荒无人烟的大草原，多数人只能在河堤或山坡上掘洞筑屋，他们开垦荒地、开辟牧场，饱受生活的煎熬，而像安东妮亚一家那样语言不通的移民，还要努力适应笼罩着他们的孤独感，生活极其艰难。但坚持下来的移民们，凭着坚定的信念和不懈的努力，把荒野变成了粮仓。在开发荒野的过程中，拓荒者们最终在这块土地上扎下根来。凯瑟创作《我的安东妮亚》时，边疆的开拓已经结束，凯瑟担忧随着承载着拓荒精神的边疆的关闭，拓荒精神也会荡然无存，于是她以艺术的形式，将这一段历史记载并保留了下来。

安东妮亚是凯瑟塑造的令人印象最为深刻的女拓荒者形象。尽管这部小说以一名男性叙述者的角度呈现了凯瑟在内布拉斯加的童年回忆，但小说的内容是关于一位西部女性拓荒者安东妮亚的，描写了她在少年时期

1.　薇拉·凯瑟：《啊，拓荒者！我的安东妮亚》，资中筠、周微林译。北京：外国文学出版社，1983年，第170—171页。

跟随父母从波西米亚移民到美国之后，在西部大草原上的拓荒经历。安东妮亚身上具有坚忍不拔、积极向上的精神，她面对生存和艰难环境的挑战，从不畏惧。而她的父亲就因为无法面对残酷的生存环境，失去了活下去的勇气，从而结束了自己的生命。父亲去世之后，安东妮亚勇敢地担起了家庭的重担，她像男人一样从日出到日落一直在田间辛苦劳作，为撑起自己的家投入了全身心。无论是在地里耕种，还是在城里帮工，或是最后返回草原创建自己的农场，安东妮亚始终保持了积极乐观的精神。她依恋土地，在大自然的怀抱里得到慰藉、得到净化，也得到收获。在20年之后吉姆去拜访安东妮亚时，她的相貌已经带上岁月的印记，但她仍然充满生命的活力，她带领丈夫和子女在这片土地上建立了新的家园，为自己家人带来了快乐、舒适的生活。与哺育了她的大自然一样，安东尼娅有着旺盛的生育能力，她拥有11个子女，受到丈夫和子女的爱戴。她成为大地的母亲，产出了累累硕果。"她只要站在果园里，手扶一颗小小的酸苹果树，仰望着那些苹果，就能使你感觉到种植、培养和终于得到收获的好处。"[1]在吉姆的眼中，她就像脚下那片土地，使人类延绵下去，她成为"生命的丰富矿藏，就如那太古民族的奠基者一般"[2]。

在《我的安东妮亚》中，凯瑟采用了一种框架式的结构，即把安东尼娅的成长经历镶嵌在小说叙述人吉姆自己的成长经历之中，两者交织呈现，从而形成一种双重叙事结构。吉姆也是在少年时期搬迁到内布拉斯加的，之后搬到黑影镇上居住，随着求学、工作，又搬到林肯、波士顿，最后定居纽约。他和安东妮亚是少年时期的玩伴，虽然后来相见次

---

1. 薇拉·凯瑟：《啊，拓荒者！我的安东尼娅》，资中筠、周微林译。北京：外国文学出版社，1983年，第390页。
2. 同上。

数少了，但他一直关注着安东妮亚。从传统的意义上来讲，吉姆也取得了成功，他是个事业有成的律师，在纽约的一家大公司工作，但他的婚姻不尽如人意，他没有子女，在大城市里毫无归属感，并且心中充满了怀旧情绪。他精神上的贫瘠，与安东妮亚形成了鲜明的对照。而正是他们共同拥有的过去，使吉姆认识到他们在大草原上度过的青少年时代对他们一生的意义以及他人生的缺失，因而他由衷地说："现在我懂得，这同一条路又将我们带到一起。不管我们感到失去了多少东西，我们却共同拥有着无法用语言表达的宝贵的往事。"[1]

《教授之屋》是凯瑟的中期作品。小说主人公圣彼得是一位历史学教授，他因撰写了一套关于西班牙历史的巨著，而获得丰厚的稿酬和奖金，一家人也搬进新居。如果说凯瑟在《我的安东妮亚》中讴歌了美国的拓荒时代和拓荒精神，在《教授之屋》中凯瑟为读者呈现了一种精神的"荒原"，一个以金钱衡量人的价值的拜金时代。圣彼得不满充斥着金钱和物质享受的现实生活，挣扎于丑陋的现实和崇高的理想之间，他怀念自己昔日的忘年交奥栏以及平顶山淳朴自然的生活，最后却不得不放弃对自由的追求，随波逐流地生活。在日常生活中，金钱改变了人与人之间的关系。教授因为自己著作的出版获得一大笔奖金，大女儿从奥栏的遗嘱中继承了大笔财产，但金钱的拥有并没有带来幸福，金钱改变了人与人之间的关系。教授的家人耽于物质享受，家人之间关系冷漠、缺乏相互理解。物质财富的充裕带来了精神空间的挤压，生活在这样的氛围中教授逐渐感到压抑和窒息，他成为金钱社会里孤独的精神流浪者，

1.　薇拉·凯瑟：《啊，拓荒者! 我的安东尼娅》，资中筠、周微林译。北京：外国文学出版社，1983年，第403页。

只有对奥栏的思念使他感到慰藉，只有奥栏能够从精神上给予他理解和支持。圣彼得任教的高校也受到商业化社会的冲击。人文课程被消减，攻读文学学士的学生甚至可以用商学和其他学科的学分来充数，教授们不再潜心学问，不再专注于培养学生，而醉心于经济利益。小说刻画了拓荒精神已经远去的金钱时代，以及普遍异化的现代人生活。

　　小说中的房子富有象征意义。圣彼得在一家人乔迁新居之后，一个人固守着简陋拥挤的旧房子不愿放弃，只有在这里他才能进行思考，才能感受到宁静，而在新房子里他成了没有思想的躯壳。他虽然不甘沉沦，却难以抵抗世俗的大潮，只能将老房子当作抵抗外部世界的避难所。"围裙里的花园一直是他生活的慰藉"，"春天里，当他开始思念其他的地方，或者因为某些还没做完的事情生出焦虑情绪的时候，他就在这里消磨掉他的烦躁与不满"[1]。他不愿意与妻女相伴、不愿意与他们一起逛街购物、不愿意与他们海外度假。他在老房子的书房和花园里，躲避着世俗社会的熙熙攘攘。而他们的新居里则充斥着教授家人的物质欲望，成为教授一家拥有物质财富的表征。妻子爱慕虚荣、庸俗不堪，对奢华生活趋之若鹜，对不断以礼物贿赂她的女婿言听计从。大女儿罗莎萌原为奥栏的未婚妻，奥栏出国参战去世后，她从奥栏的遗嘱中继承了大笔财产；后来罗莎萌与路易成婚，他们不仅将奥栏的发明专利进行了商业化推广，连新建的庄园也命名为"汤姆·奥栏"。大女儿和丈夫路易穿昂贵皮草、盖大别墅、佩金戴银、开豪华车，小女儿因为姐姐的炫耀而心怀自卑和嫉妒。物质财富的不均造成了姊妹间的沟壑，曾经的姐妹之情荡然无存。面对这一切，教授觉得忍无可忍，却也无计可施。在一场煤气

1.　薇拉·凯瑟：《教授之屋》，庄焰译。上海：上海文艺出版社，2011年，第3—4页。

事故中他甚至被动地等死，试图以此得到解脱。虽然他的自杀行为没有成功，但面对无法抗衡的强大社会力量，教授只能麻木不仁地度过余生。

　　奥栏是一位未被腐败文明价值观侵蚀的人物，他的人生与那些追逐金钱的人形成了鲜明的对比。他的名字"奥栏"（Outland）就意味着他与这个现实社会的格格不入。奥栏正直、诚实、忠厚，代表着已经逝去的价值观。奥栏在成为科学家之前曾在西南地区有过放牧和探险的经历，他在平顶山发现了古印第安部落遗留下来的古代文明遗址之后，就尽自己所能保护这些文物，从始至终没有想到要利用这些文物发财。这也是他为何在知道自己的朋友布莱克将文物卖给了一个德国古董商后，勃然大怒的原因。他说："我从没想过要把它们卖掉，因为那不是我的，也不是你的！它们属于这个国家，是政府的，也是所有人的。是你我这样，没有其他祖宗的东西可以继承的小伙子们的。"[1]奥栏坚守着自己的信念，坚守着传统价值观。他热爱自然，热爱远离现代社会的那片净土平顶山，所以他去华盛顿寻求官方对这些文物的保护措施时，会那么怀念平顶山的宁静、和谐。他对城市里的繁华一点儿也不感兴趣，"只想回到平顶山过自由的生活、呼吸自由的空气，并且永远不再看见成百上千穿黑衣服的小人儿从白色的大楼里涌出来。比起工厂里出来的工人，他们要压抑、沮丧得多"[2]。是自然界熏陶了他，使他领悟了人生的意义："我突然间开悟了……我内心发生了一些变化，使得我能够和谐、简单，而我内心发生的那个过程，带来了巨大的幸福感。那是真正的拥有。"[3]与自然界的这种高度和谐影响到奥栏一生，即使他后来离开平顶山去求学，却

1.　薇拉·凯瑟：《教授之屋》，庄焰译。上海：上海文艺出版社，2011年，第167页。

2.　同上，第162—163页。

3.　同上，第172—173页

仍然能够在物欲横流的社会里独善其身，不被世俗的事务所束缚。

凯瑟的作品风格鲜明、语言简洁淡雅、笔调清丽，带有浓厚的怀旧情绪，令读者回味无穷。尤其是她对意象的巧妙应用，受到普遍的肯定。此外，凯瑟小说的结构和叙述角度也别具一格，使其作品具有内涵丰富的多层次、多样性特点。正如她所说："美文应使敏感的读者心存感怀：记住一分愉悦，不可捉摸却又余味悠长；记住一种韵调，为作者所仅有、个性独特的音质。这种品质，读者释卷之后会在心中多次记起却永远无法定义，正如一首情歌，亦如夏日花园的馥郁。"[1]

从某种程度来讲，凯瑟也是美国文学的拓荒者，在美国文学版图上开辟了美国中西部这片土地，塑造了那些令人难忘的拓荒者们，她将他们的奋斗与整个人类文明的进程联系在一起，以此将一个时代的精神流传下来。阅读凯瑟的小说"将我们带进她为我们开辟的想象空间"[2]，在此我们见证了她穿越时空的呼吁，她所讴歌的平凡而伟大的拓荒者，以及在拜物社会里追求理想世界的人们，对今天的读者仍然具有现实意义。

格特鲁德·斯泰因 (Gertrude Stein，1874—1946)

在美国现代主义女作家中，斯泰因是最为标新立异、特立独行的一位，"20世纪没有哪一位美国作家比格特鲁德·斯泰因带给我们更多具有

1. Cather, Willa. "Miss Jewett." in *Willa Cather: Stories, Poems and Other Writings*. New York: The Library of America, 1992, p.850. 转引自金莉等：《20世纪美国女性小说研究》。北京：北京大学出版社，2010年，第48—49页。
2. O'Brien, Sharon. "Introduction." in *New Essays on* My Antonia. Beijing: Peking UP, 2007, p.26.

挑战性的阐释与评价的重任了。"[1]的确，斯泰因是个站在时代前列的人，她在思想和艺术上的大胆创新与超前，使她成为最重要的现代主义作家之一，但也正因为如此，她也是"最少人问津的美国重要作家"[2]。

斯泰因出生于宾夕法尼亚州阿勒格尼一个富裕的犹太家庭，祖上是德国移民，幼时随父母在奥地利和法国待过4年。1880年全家定居加利福尼亚州的奥克兰市，至1891年，父母均已去世，但是给三个子女留下来足够的金钱。斯泰因的长兄善于经商，也给予了弟妹慷慨的支持。斯泰因一向与另一个哥哥利奥感情好，她1893年进入哈佛学习，在拉德克利夫学院师从威廉·詹姆斯（William James）学习心理学。从哈佛毕业之后，她于1897年在约翰·霍普金斯医学院学习医学，但因为对人脑解剖学不感兴趣，最终没有毕业。斯泰因1903年追随利奥移居巴黎，兄妹两人都是艺术爱好者，他们因此结识了一批画家，包括西班牙画家毕加索（Pablo Picasso），法国画家马蒂斯（Henri Matisse）、高更（Paul Gauguin）、塞尚（Paul Cezanne）、雷诺阿（Pierre-Auguste Renoir）等，通过购买以及开画展的方式帮助了这些画家。定居巴黎期间，斯泰因的住所花园街27号成为著名的文艺沙龙，客人来往不断，就连T. S.艾略特和庞德也曾登门拜访。斯泰因还招待和扶植那些居住在巴黎的年轻美国作家，包括海明威、菲茨杰拉德和舍伍德·安德森，对他们的创作产生了影响，她用来形容这些人的"迷惘的一代"一词，被海明威用来作为《太

---

1. Reynolds, Guy. *Twentieth-Century American Women's Fiction: A Critical Introduction*. London: Macmillan, 1999, p.42.
2. Miller, James E., Jr., ed. *Heritage of American Literature: Civil War to the Present*. Vol. II. San Diego and New York: Harcourt Brace Jovanovich, 1991, p.1288.

阳照样升起》(*The Sun Also Rises*，1926)的题词而闻名，也成为20世纪20
年代一批年轻文学家的代称，载入美国文学史册。"她生活在风云多变的
20世纪上半叶，身处各种文艺流派的发源地巴黎，集时代风气于一身，却
又超然于一切流派之上，独树一帜，成为20世纪的文学大师之一。"[1]

　　1907年，艾丽斯·B.托克拉斯进入了斯泰因的生活，成为斯泰因的
秘书和助手，为她料理家务、打字、接待客人，更重要的是，她成为斯
泰因的终身伴侣。斯泰因与托克拉斯长达近四十年的伴侣关系也成为斯
泰因许多爱情诗歌的主题。1926年斯泰因应邀在牛津大学和剑桥大学演
讲，很受欢迎。尽管斯泰因一直保持着美国人的身份，但仅在1934年返
回美国一次，作为名人进行演讲，获得广泛好评。二战期间，为躲避纳
粹分子对犹太人的屠杀，斯泰因搬到法国罗纳-阿尔卑斯的乡村居住，
幸免于难。二战之后，斯泰因返回巴黎。1946年斯泰因去世，终年72岁。

　　斯泰因的作品极具先锋意识，因而其中不少都在创作多年之后或在
她身后才得以出版。她的作品体现出立体派画家的作品对她的巨大影
响，同时也受益于她的老师、美国心理学家威廉·詹姆斯以及法国哲学
家、作家亨利·柏格森(Henri Bergson)，当然斯泰因独具个性的写作风
格也很重要。她的创作分为三个阶段：早期小说作品揭示了她对意识高
度主观特征的兴趣；"生活是主观的经验感受，经验是绵延不断的，然
而又时时发生着变化"[2]。她在第二阶段的创作中努力应用立体派的原则，
试图把绘画艺术引入文学实验，将知觉应用在她使用的词汇上。"她沉

1.　申慧辉：《现实主义的文学巨匠　语言魅力的实验大师——西方文坛现代派女杰斯泰
　　因》，载格特鲁德·斯泰因《艾丽斯自传》，张禹九译。北京：作家出版社，1997年，
　　第2页。
2.　胡全生：《美国文坛上的怪杰——试论斯泰因的创作意识、技巧和历程》，载《外国文
　　学评论》1991年2期，第13页。

涵于哲学与语言问题的冥思遐想之中。她想像毕加索驾驭画笔那样驾驭文字，用一种崭新的文学样式来表达她对人与世界的认识。"[1]至20世纪20年代末，她已经成为文坛名人，出版了好几部自传作品，以及戏剧和讲稿[2]，但形式上更趋于传统。斯泰因基于自己一家三代人的生活经历创作了《美国人的形成》（*The Making of Americans: The Hersland Family*，1925），虽然斯泰因似乎是在通过描写一个美国家庭的历史来讲述美国人的故事，但书中随处可见的即兴评论和离题发挥似乎表明作家对作品的可读性的随意态度，而这本完成于1908年的书，直至1925年才得以出版。斯泰因的《三个女人》[3]（*Three Lives*，1909）刻画了三位女性形象，带有福楼拜《三故事》的痕迹。因其创作理念的创新而闻名的、仿立体主义画作的诗集《软纽扣》（*Tender Buttons*，1914）可分为三部分，这部作品以异于寻常的句法和标点符号、抽象和凌乱的语言而被视为斯泰因的实验性散文诗歌。斯泰因以西班牙历史上著名女圣人特里萨为主人公创作了歌剧《三幕剧中四圣人》（*Four Saints in Three Acts*，1929）。《艾丽斯自传》是斯泰因借用其秘书和伴侣艾丽斯的真名写成的，这种借助别人姓名讲述自己经历的做法的确别具一格，这也是她唯一的一本畅销书[4]。这本小书讲述了斯泰因旅居巴黎30年的经历，以及她在这一期间所结交的文人雅士，描述了她与他们之间的交往以及对他们的印象。

---

1. 申慧辉：《现实主义的文学巨匠 语言魅力的实验大师——西方文坛现代派女杰斯泰因》，载格特鲁德·斯泰因《艾丽斯自传》，张禹九译。北京：作家出版社，1997年，第4页。
2. Wagner-Martin, Linda. *The Routledge Introduction to American Modernism.* London: Routledge, 2016, pp.127-28.
3. 也被译为《三个女人的一生》。
4. Miller, James E., Jr., ed. *Heritage of American Literature: Civil War to the Present.* Vol. II. San Diego and New York: Harcourt Brace Jovanovich, 1991, p.1289.

颇有意思的是，她在书中借艾丽斯之口，称自己为当时世界上的三位天才之一，另外两人是毕加索和阿尔弗雷德·怀特海[1]。这部自传语言平实幽默、行文自然流畅，恰似一幅幅素描的人物肖像，"成为进入斯泰因的文字世界的一把入门钥匙"[2]。斯泰因在二战后还写了纪实文学《我所见的战争》（*Wars I Have Seen*，1945），以19世纪著名女权主义者苏珊·B.安东尼（Susan B. Anthony）为主人公的剧作《我们大家的母亲》（*The Mother of Us All*，1947）等。

《三个女人》奠定了斯泰因的文学地位，这部作品包括三个较长的短篇：《好安娜》（"The Good Anna"）、《梅兰克莎》（"Melantha"）和《温柔的莉娜》（"The Gentle Lina"）。这几部短篇具有斯泰因创作的显著特点，文风朴实、句型简单、节奏性强、重复率高。《三个女人》一书的题词是法国诗人朱尔·拉福格的诗句"我是个不幸的人，可这并不是我之过，也不是命之多舛"[3]，书中讲述了三个普通女性的悲剧人生。她们中的两人是从德国移民来的女佣，一人是黑人女性。三人都是生活在社会底层的人，都是受压迫的社会个体，也都无法掌控自己的命运。虽然斯泰因以一种客观的口吻描述她们的人生，但不难看出斯泰因对她们的同情。好安娜是白人家庭的一名普通的女仆，她一生恪守本分、忠心耿耿、勤劳节俭，全身心地扮演着她的女仆角色，她内化了男权白人社会的价值观，竭力维护白人主子的财富和权力，直至劳累成疾而去世。安娜之"好"，在于她的人生是别人奉献出一切的人生，是为别人而活的一生，"好安娜就这样倾

---

1. 阿尔弗雷德·怀特海（Alfred North Whitehead，1861—1947），英国数学家、哲学家。

2. 申慧辉：《现实主义的文学巨匠 语言魅力的实验大师——西方文坛现代派女杰斯泰因》，载格特鲁德·斯泰因《艾丽斯自传》，张禹九译。北京：作家出版社，1997年，第8页。

3. 格特鲁德·斯泰因：《三个女人》，曹庸、孙予译。上海：上海译文出版社，1997年。

其所有给了朋友、陌生人、孩子们，给了狗和猫，给了有求于她的，或者看上去需要她照顾的人或动物”[1]，但是她唯独没有为自己活过。

莉娜的人生更为悲哀。她由姑母从德国带来，一直被动地任由别人安排她的命运，做女佣、结婚、生子、做家庭妇女。她安于现状、逆来顺受，是一个完全被物化了的、没有任何话语权的人。她的温柔和顺从使她沦为一个玩偶式的人物，而婚姻又将她围于家庭的牢笼，进一步割裂了与他人的交往，使她陷入失语状态。她没有自己的追求，没有主体意识，也几乎没有存在感，成为为男人传宗接代的工具，她过着一种几乎就是行尸走肉的生活，最终在默默无闻中去世。

三人当中的梅兰克莎是一个混血黑人女子，也是一位已经被社会打入另类的他者。但梅兰克莎恰恰是三人当中最为独立、最为倔强，也是最有叛逆精神的。她希望通过“游荡”的方式寻求知识、找到真爱，从而掌控自己的命运。但也因为她的身份，她的行为被视为不体面、不正派，并遭受非议。在游荡了一段时间后，她碰上了一个刚刚就业的医生杰夫·坎贝尔。两人的关系是微妙又矛盾，他们既相爱又不相爱，既渴望在一起又害怕在一起，他们既相互坦诚又相互戒备，他们有时爱意绵绵，有时又相互猜疑，两人最后还是分手了，梅兰克莎最终在济贫所孤独地离开人世。特别值得指出的是，斯泰因打破了种族主义的偏见，把梅兰克莎塑造成一个具有自主意识的人，而不是进行呆板的种族主义类型刻画。为此书作序的美国评论家卡尔·凡·维奇坦指出，斯泰因在这篇故事中，“相当深刻地接触到人性脆弱的问题。这可以说又是一个卓

1.　格特鲁德·斯泰因：《三个女人》，曹庸、孙予译。上海：上海译文出版社，1997年，第53页。

越之处。在美国小说中，将黑人看成是人，而不是一个被居高临下地加以同情的对象，或者被嘲弄的对象，这也是第一篇"[1]。而美国黑人作家理查德·赖特则称这篇故事为"美国的第一篇描写黑人生活的长篇严肃之作"[2]。

斯泰因的这部作品对于读者也是一种新奇的阅读经历。斯泰因颠覆了传统小说的线性叙事模式和时间观，不是将外部事件，而是将人物内心感受作为叙述的中心。读者会忘却时间的流逝，转而关注人物的心理描写。很显然，斯泰因受到詹姆斯的意识流理论的影响，除了对人物的心理活动进行描写，还增加了读者对人物的认识。与此同时，作品所强调的是对现在时刻的表现，使得读者仿佛是在观赏一副静物画像，以此形成自己的观点。

"一朵玫瑰是一朵玫瑰是一朵玫瑰是一朵玫瑰。"（Rose is a rose is a rose is a rose.）这句常被引用的斯泰因的名言，出自她的诗歌《神圣的艾米丽》（"Sacred Emily", 1913）。重复是斯泰因特有的语言风格。对斯泰因来说，重复不是文字表述的简单重复，而是为了强调句子的内在意义，并且所重复的句子总有些微不同，这也犹如你站在不同的角度观察一物，角度变换时，印象也就有所不同。斯泰因以此不断地推进主题增强读者对所读之物的印象，通过不断的重复达到理解。譬如她在《好安娜》中谈到安娜时说："安娜过着辛苦烦劳的生活"[3]；两页之

---

1. 卡尔·凡·维奇坦：《原序》，载格特鲁德·斯泰因的《三个女人》，曹庸、孙予译。上海：上海译文出版社，1997年，第vi页。
2. 张禹九：《空谷足音——格特鲁德·斯泰因传》。北京：中国文联出版社，2002年，第49页。
3. 格特鲁德·斯泰因：《三个女人》，曹庸、孙予译。上海：上海译文出版社，1997年，第3页。

后，她又说："你看安娜就过着这样一种辛苦烦劳的生活"[1]；下一次我们又看到"你瞧，安娜过着辛苦烦劳的生活"[2]。除了句子重复，词语也重复，她的一个常用的手法就是使用连词"and"，以达到一种独特的修辞效果。

斯泰因作品的另外一个突出特点是她喜欢使用动词-ing形式。她认为名词是物的命名，它本身就包含了完整的意义，也不会发生变化，但动词就不同，因为动词标志着动感和变化，可帮助她呈现人物的思维过程和心理时间，也有利于表现她的时间观，即"绵延的现在"（the continuous present）。这种现象在她的作品中随处可见，使作者的目光始终关注现在的时刻、关注当下发生的事情。

斯泰因质疑和挑战了传统的写作方式以及人们在词语中寻找意义的习惯思维，在语言的使用上进行了大胆的试验，她创造了重复、拼贴、持续现在时等各种反传统的叙事策略，借鉴了"无意识"的手法，其文学创作取得了与现代派视觉艺术相似的效果，以自己独特的修辞手段呈现出立体主义画像的效果。她的"成功之处在于她通过对语言特点的研究来探究人的思维方式。她认为人的思维与语言的表达之间存在着差异，文学创作应该通过新的语言表达方式和写作技巧来增强语言的表意功能，以达到弥补这种差异的效果"[3]。

斯泰因的"创造性姿态使她不仅超出了她的时代，也在某些方面超

---

1. 格特鲁德·斯泰因：《三个女人》，曹庸、孙予译。上海：上海译文出版社，1997年，第5页。
2. 同上，第12页。
3. 苏煜：《斯泰因的文学语言特色》，载《上海师范大学学报（哲学社会科学版）》第31卷第1期，2002年1月，第103页。

出了我们的时代"[1]。斯泰因作品的先锋性和实验色彩极大地影响了美国现代主义文学和后现代主义文学的发展，而她标新立异的写作方式也同时疏离了大众读者，造成了合众者寡的现象。尽管如此，斯泰因是当之无愧的"作家中的作家"，美国现代主义文学和后现代主义文学的发展都因为斯泰因的大胆探索而受益。

罗伯特·弗罗斯特 (Robert Frost，1874—1963)

罗伯特·弗罗斯特属于那种大器晚成的诗人。他直到近40岁才出版了第一部诗集，然而他于1963年去世时，已无疑是美国最为人瞩目的文学界人士了。他4次荣获普利策诗歌奖，并获哈佛、牛津、剑桥等著名大学的荣誉学位。他也是第一位被邀在总统就职典礼上朗诵诗歌的诗人，还以美国非官方桂冠诗人的身份出访过其他国家。弗罗斯特在其创作生涯里留下许多脍炙人口的诗歌作品，堪称美国20世纪最伟大的民族诗人。

或许连弗罗斯特自己也不会预料自己诗歌创作生涯会有这样一个光彩炫目的戏剧性结尾，他在自己选定的人生道路上曾走过一条漫长的路。这位以描写新英格兰地区著称的乡土诗人并不是土生土长的新英格兰人，他的父母是新英格兰人，而他却出生于西海岸的旧金山。弗罗斯特的父亲早年来到沸腾的西部闯天下，做过报社编辑，对当地的政治活动也表现出极大的热情。他因为同情南方，为自己的儿子取名罗伯

---

1. 申慧辉：《现实主义的文学巨人 语言魅力的实验大师——西方文坛现代派女杰斯泰因》，载格特鲁德·斯泰因的《艾丽斯自传》，张禹九译。北京：作家出版社，1997年，第3—4页。

特·李（南北战争时南军统帅的名字）。弗罗斯特幼时没有受过多少学校教育，只是整天跟在颇有冒险精神的父亲后面东奔西跑。1885年，一向嗜酒的父亲患肺结核过世，母亲借钱将家迁回马萨诸塞州劳伦斯城的娘家，全家靠母亲教书的微薄工资和亲戚贴补生活。弗罗斯特和妹妹就在母亲的班上听课。弗罗斯特高中二年级时在校刊上发表了他的第一篇诗作，从此，16岁的弗罗斯特有了一个诗人梦。高中毕业后，他进入达特茅斯学院学习，几个月后便辍学回家。其后，弗罗斯特教过书，还干过各种杂活，闲暇时就专心创作诗歌。

1894年，年轻诗人的作品《我的蝴蝶》（"My Butterfly"）在纽约的一家全国性杂志《独立者》上发表。但在以后约二十年的时间内，弗罗斯特一直默默无闻地在诗歌园地里耕耘，只有寥寥几首诗被接受出版。1897年，他在哈佛大学学习古典文学，为以后的教书做准备，但1899年他又一次中途退学。这次他携全家来到祖父为他在新罕布什尔州购买的农场。弗罗斯特尽管喜爱大自然，却算不上一位称职的农夫，他把主要精力都放在了诗歌创作上面，他后来发表的不少诗歌就是在这个时期写成的。在此期间，为了养家，他也在几所大学执教，是个颇受学生欢迎的教师。这些年的生活就构成了他日后漫长岁月里的生活模式：耕种、教书、写诗。1912年，弗罗斯特卖掉农场，带领全家去了英国，随身还有他已完成的一箱诗稿。这一举动的确是明智之举，后来证实这是弗罗斯特写作生涯中的一个重要转折点。

在英国安顿下来之后，弗罗斯特又开始了他的诗歌创作。他把自己以前写的诗加以筛选整理后，按照一个男孩子的成长过程汇成一个集子，定名为《一个男孩子的意愿》（A Boy's Will，1913）交给了出版商。这本诗集很快就在伦敦出版了。诗集的出版离弗罗斯特到达英国只有几个月的时间，但距离他正式出版作品算起来已过了几乎二十年。在这部诗集里诗人以季节的更迭和自然界的变化表现了人物情感的变化，诗歌有着浓郁的抒情意味和清新的气息，受到英国评论界的赞扬。正旅居伦敦的美国诗人庞德在《诗刊》杂志上为该诗集写了一篇热情洋溢的书评，成为美国人对弗罗斯特诗歌做出的最早反应。次年，弗罗斯特的第二部诗集《波士顿之北》（*North of Boston*）问世。尽管《波士顿之北》与第一本诗集出版只有一年之隔，但可以看出弗罗斯特在诗歌写作技巧和对人物内心的挖掘上有很大的提高。比起第一部诗集中多属个人情感的表露，这部诗集具有更强的戏剧性。同时，诗集的名字表明了诗歌的新英格兰农村地理背景。诗集对诗中人物在自然环境中的艰难挣扎与生存做了现实主义的描写，更重要的是，诗人以此表现了人因缺乏相互沟通而造成的孤立和内心孤独。《波士顿之北》使弗罗斯特名声大震，英国的一位评论家称之为"当今最有革命意义的作品之一"[1]。这部诗集一般被认为是弗罗斯特最出色的诗歌集。

第一次世界大战爆发后，弗罗斯特全家启程回国。由于大西洋彼岸对他诗歌的高度评价，美国出版商在1915年先后出版了他的这两部诗集。实际上，弗罗斯特在短短的时间内已不知不觉成为美国诗坛的风云人物，他的诗歌在各大杂志上发表，评论界誉他为美国新诗的领袖，各地也不断来邀请他去讲学、诵诗。从那时起直到诗人去世的近半个世纪里，弗罗斯特不愧为美国诗坛的常青树，曾获得众多的荣誉和称号。他获得了包括英国牛津大学、剑桥大学在内的世界上多所大学的荣誉学

1.　Miller, James E., Jr., ed. *Heritage of American Literature: Civil War to the Present.* Vol. II. San Diego and New York: Harcourt Brace Jovanovich, 1991, p.859.

位，还4次获得普利策奖以及其他重要奖项。除了在外讲学和参加活动，弗罗斯特一直住在新英格兰的农场上，在他长于斯、歌于斯的那片土地上生活和孜孜不倦地创作。自1915年返回美国后，他又有多本诗集出版，包括《山间》（*Mountain Interval*，1916）、《新罕布什尔》（*New Hampshire*，1924）、《西去的溪流》（*West-Running Brook*，1928）、《山外有山》（*A Further Range*，1936）、《见证树》（*A Witness Tree*，1942）、《理智的假面具》（*A Masque of Reason*，1945）、《慈悲的假面具》（*A Masque of Mercy*，1947）、《绒毛绣线菊》（*Steeple Bush*，1947）、《林间空地》（*In the Clearing*，1962）。《罗伯特·弗罗斯特诗歌全集》（*The Poetry of Robert Frost*）在诗人去世后于1969年出版。

弗罗斯特不仅著作等身，他在美国诗坛上长盛不衰的名望也令大多数诗人难以望其项背，这种"弗罗斯特热"确属美国诗歌发展过程中一个奇异的现象。但如诸多评论家所说："'真正'的弗罗斯特并非一个在全国各地游走，向热情的听众朗诵其通俗易懂、具有道德训诫意义诗歌的老人，而是一位复杂、深奥，并且具有惊人力量和持久重要性的诗人。"[1]弗罗斯特的艺术风格颇贴近传统，可是即使在美国现代派诗人于诗坛大放异彩的20世纪二三十年代，他的诗歌仍未失去其巨大的魅力。仔细分析弗罗斯特的诗歌特征，个中缘故也就不难理解了。其一，弗罗斯特的诗歌是对传统诗歌形式的进一步发展和完善。他在诗歌中基本上使用的是传统的抑扬格诗律和无韵体形式。然而，他又能在诗歌中成功地引进新英格兰人的日常用语与节奏，这就使他的诗歌有一种内在的民

1．Parini, Jay. "Robert Frost." in *Columbia Literary History of the United States*. Ed. Emory Elliott, et al. New York: Columbia UP, 1988, p.937.

族活力和乡土生命活力。弗罗斯特将富有地域特色的日常生活的声调带入诗中，强调"意义声音"的重要性，并有意识地去挖掘意义声音的音乐性。弗罗斯特也十分注重对隐喻的使用。他认为诗歌皆由隐喻构成，隐喻赋予他那些带有地方色彩和乡土气息的诗歌以普遍意义，构成诗歌的深邃内涵。隐喻也赋予日常事物以新的含义，给予我们某种启示[1]。他曾说："对诗歌，我曾做过许多评论，但其中最主要的是，诗歌就是隐喻，指此物而说彼物，以此述彼，这是一种秘而不宣的快乐。诗歌简直就是由隐喻组成的……每一首诗内部都是一个新的隐喻，否则它就毫无意义。"[2]弗罗斯特同时也强调诗歌的戏剧性。除了他的抒情短诗外，他的叙事诗常使用对话体的语气，这样就达到亲切自然、令人难忘的戏剧效果。弗罗斯特的诗歌把传统与革新、内容与形式有机地结合起来，在很大程度上成为一种雅俗共赏的文学形式，因而同时受到文学界、学术界和大众读者群的欢迎。

其二，弗罗斯特是在梭罗之后对自然与自然中的人有深刻洞察力的美国作家。"如同著名小说家福克纳以写美国南部农村的特色而引人注目，他则以新英格兰农民诗人见称于世"[3]。弗罗斯特常被称作田园诗人。他虽然继承了浪漫主义诗歌崇尚自然的传统，但他的诗歌不仅流露出对工业社会之前那种纯朴简单的田园生活的怀念，还含蓄地批判了与大自然相对立的现代文明社会，他是从现代人的角度来对待自然的，可以说他更多地是以自然作为载体来探索人生哲理的。弗罗斯特的诗歌含有大

1. "Introduction to Robert Frost." in *The Norton Anthology of American Literature.* 1st ed. Vol. 2. Ed. Ronald Gottesman, et al. New York: Norton, 1979, p.1101.

2. Greenberg, Robert A., and James G. Hepbum. *Robert Frost: An Introduction.* New York and Chicago: Holt Rinehart and Winston, 1961, p.87.

3. 张子清:《二十世纪美国诗歌史》。长春:吉林教育出版社，1995年，第95页。

量的新英格兰农场中的意象。自然界的一切事物与现象，如森林花草、锄头镰刀、昆虫动物、四季变换等都被他随手拈来，在不经意之中传达了深远的寄托。弗罗斯特的诗歌通常以新英格兰地区的自然景色、日常事物或人物开始，在近乎白描的叙述中，逐渐过渡到诗的结尾处那种对于生活的某种发人深省的启示。这种对人生的哲理性启示实际上早已在不知不觉中超越新英格兰的区域环境，使其诗歌具有普遍意义。这种始于轻松而终于严肃、始于自然而终于哲理的创作手法可以用弗罗斯特自己那句"诗歌以欢欣开始，以智慧结束"的名言来总结[1]。世人往往对弗罗斯特诗歌平铺直叙的语言风格有一种误解，其实他的诗歌虽然易读，却不易懂，读者难以取得共识。所以，他的诗歌可以令人反复咀嚼，百读不厌。

　　许多年来，弗罗斯特在公众的眼里一直是一个充满睿智、慈祥平和的长者。但他的朋友劳伦斯·汤普森（Lawrance Thompson）在20世纪60至70年代间出版的三卷本传记披露了关于诗人个人生活中许多鲜为人知的细节。汤普森的传记揭示出弗罗斯特的生活中也不乏情感的骚动和死亡的阴影。弗罗斯特对诗歌创作有着自己的理解，他称自己是一个在诗歌创作中使用提喻法的诗人。他在一封信中说："如果我被认为是一个诗人的话，我可以被称作一个提喻法专家，因为我喜欢在诗歌中使用提喻法——一种用局部代表整体的语言修辞法。"[2]这使他诗歌的含义超出了诗歌本身。在《诗歌塑造的形象》一文中弗罗斯特曾谈到诗歌创作是"混

1.　Frost, Robert. "The Figure a Poem Makes." in *Heritage of American Literature: Civil War to the Present*. Vol. II. Ed. James E. Miller, Jr. San Diego and New York: Harcourt Brace Jovanovich, 1991, p.880.

2.　Thompson, Lawrence. *Robert Frost: The Years of Triumph, 1915-1938*. New York and Chicago: Holt, Rinehart and Winston, 1970, p.485.

乱中一瞬间的稳定"[1]。当然对所有的诗人来说，诗歌或许可以为世界和生活中混乱的现实带来某种秩序，但对弗罗斯特来说，诗歌创作同时也意味着稳定自己情感的混乱。

弗罗斯特的诗歌大体可以分为两类：短篇的抒情诗和长篇的叙事诗。他晚年也写过两部假面戏剧，但他的名望主要还是建立在他的抒情诗和叙事诗上。弗罗斯特的抒情诗最为成功，他善于在平淡中见深刻，在具体中见抽象。如上所述，这些诗一般以新英格兰景物开始，诗人见景触情，继而阐发对自然界和人生的某种认识。弗罗斯特常常以此表达对人生的困惑和窘境的关注，而对大自然的描绘也展现了人与人、人与自然的关系。正如他所说："因为我诗歌中的自然背景，有些人称我为自然诗人，但我不是自然诗人，我的诗中总有一些其他的东西。"[2]《哥伦比亚美国文学史》中也这样评价弗罗斯特："如果仅仅认为弗罗斯特的诗只是提供了简单的日常生活哲理以及美国式的智慧，那绝对是愚蠢的；同样，如果觉得他的诗易读所以浅显，也是错误的。即便是那些随意描写普通乡村风景的诗……也可能极其难懂。"[3]《雪夜在林边停留》（"Stopping by Woods on a Snowy Evening"）可以算是弗罗斯特最著名的诗歌了。诗中写到诗人在一个雪片纷飞的冬夜驱车路过一片树林。他被大自然的美景——"迷蒙而幽深"的林地——所陶醉，情不自禁地想停下来欣赏笼罩在夜幕中的树林和白雪，但他却不得不继续他的行程，因为"我还有

1. Frost, Robert. "The Figure a Poem Makes." in *Heritage of American Literature: Civil War to the Present.* Vol.II. Ed. James E. Miller, Jr. San Diego and New York: Harcourt Brace Jovanovich, 1991, p.880.

2. Cook, Reginald L. "Robert Frost: A Reviewal." in *Robert Frost: An Anthology of Recent Criticism.* Ed. Manorama Trikha. Delhi: Ace Publications, 1990, p.207.

3. Parini, Jay. "Robert Frost." in *Columbia Literary History of the United States.* Ed. Emory Elliott, et al. New York: Columbia UP, 1988, p.944.

许多诺言要履行，/安歇前还须走漫长的路程。"[1]诗人似乎在抒发日常繁杂的生活中人对短暂的休憩和安逸的渴望，甚至是对暂且遁世的企望。但人所承担的责任和义务又驱使他不断地继续前进，这种义务和欲望、感情和理智之间的矛盾，在人生道路上是屡见不鲜的。

《未走之路》（"The Road Not Taken"）也是弗罗斯特的名作之一，诗人追忆往事，回顾了他在两种选择之间做出的决定。这首诗以森林为背景。诗人有一次穿行森林遇到了岔路，踟蹰良久，选择了一条似乎是人迹稀少的道路。既然选择了这条路，就知道即便他希望以后再走另一条路，似乎也是不可能的了。遥想未来，诗人会叹一口气，只因当初的选择，才有了以后的种种差别。这首诗也是以写景叙事开篇，从而引发诗人对人生道路选择的感慨："我将会一边叹息一边叙说，/在某个地方，在很久很久以后；/曾有两条小路在树林中分手，/我选了一条人迹稀少的行走，/结果后来的一切都截然不同。"[2]人生道路一经选择，就无法回头。许多评论家认为这首诗是弗罗斯特对自己人生旅程的回顾，因为他的确选择了一条不易被人理解的道路。或许成名之后的弗罗斯特自己也在回味他当初如果做出了另一种选择，他的一生将是如何。但从另一个角度来看，这首诗中所探讨的主题其实是有普遍意义的。我们每个人在人生的旅途中都有过这样的关键时刻，哪怕是一个随意的选择，往往都会影响或决定人的一生。

《补墙》（"Mending Wall"）为弗罗斯特的另一名篇。这首诗以补墙这样一件极为普通的事做引子，表达了人际关系的主题。诗篇依然是以简单平易的言辞写成。诗人以流畅平稳的语气将补墙的细节与人物的行为

---

1. 罗伯特·弗罗斯特：《弗罗斯特集（上）》，曹明伦译。沈阳：辽宁教育出版社，2002年，第291—292页。
2. 同上，第142—143页。

和思想娓娓道来。诗人和邻居相约，一起修补两家之间倒塌了的石墙。双方各站在自家的地界上，把倒塌下来的石头堆砌上去。诗作以站在墙两边的人反映了两种截然不同的处世态度。诗人一面工作，一面对墙的必要性表示质疑，他的邻居却认为墙是构成邻居和睦相处的条件，因为他的父辈曾告诫过他："篱笆牢实邻居情久长。"[1]墙在诗中用来表现人之间的藩篱。诗人邻居的观点其实也有几分道理，因为有时人的确需要用一堵界线分明的墙来保护自己的利益，但从另一个角度来看，墙的存在又阻碍了人之间的相互沟通与了解。更何况，除了这些有形的墙之外，人与人之间还存在着许多无形的墙。拆除有形的墙容易，而拆除无形的墙就远非那么简单了。

弗罗斯特的抒情短诗佳作众多，像《摘苹果之后》（"After Apple-Picking"）、《不远也不深》（"Neither out Far Nor in Deep"）、《一簇野花》（"The Tuft of Flowers"）、《白桦树》（"Birches"）、《设计》（"Design"）、《火与冰》（"Fire and Ice"）等，都是脍炙人口的名篇。其中《设计》和《火与冰》中所流露出来的悲观情绪常被评论家看作是弗罗斯特心理阴暗面的反映。

弗罗斯特也长于写叙事诗。他的叙事诗常常采用对话体的形式，因而富有戏剧性。诗中人物是简单纯朴的新英格兰乡下人，对话也是用日常语言写成。但是在这些普通人的日常语言里又往往蕴涵着丰富的情感和深刻的哲理，令人难以忘怀。《雇工之死》（"The Death of the Hired Man"）是一首无韵体的叙事诗。诗作以夫妻对话的形式叙说了雇工塞拉斯的故事。沃伦和玛丽是一对农家夫妻，塞拉斯曾是他们的雇工，他

---

1.   罗伯特·弗罗斯特：《弗罗斯特集（上）》，曹明伦译。沈阳：辽宁教育出版社，2002年，第291—292页。第32页。

在年老体弱时，宁肯回到自己以前的雇主家去死，也不愿求助富有的哥哥，以保持自己那仅存的自尊。实际上这首诗的结构很像是一个独幕剧。故事的中心人物塞拉斯一直没有露面，他的境遇和性格完全由沃伦夫妇的对话表现出来。沃伦和玛丽对塞拉斯不同的态度也反映了两人性格的差异。沃伦是个讲究实际的农夫，他起初反对妻子再一次收留塞拉斯，因为塞拉斯在农忙季节，曾几次在别人高价的诱惑下，离他们而去，给农场带来损失。玛丽心地善良、善解人意。在两个人的对话中，富有同情心的妻子终于使丈夫转变态度，体谅到一贫如洗而又倔强的塞拉斯的难处，学会尊重他人的价值和尊严。可在此时塞拉斯已悄然去世。《雇工之死》是一首十分感人的叙事诗，抒发了诗人对人类同情心的呼唤，强调了在人际关系中相互理解的重要。

《家葬》（"Home Burial"）也是对话体的叙事诗，和《雇工之死》有许多相似之处。两首诗都是以夫妻对话的形式写成，又都涉及另一个人的死亡。但在前一首诗中，夫妻两人通过对话思想观点逐渐趋于一致，两人的关系也十分和谐。而在这首诗里，读者看到的是由孩子的夭亡引起的夫妇二人感情的鸿沟，乃至最后的反目。在这首诗里，夫妻俩的感情纠纷是由缺乏相互理解而造成的。妻子不理解丈夫何以对自己孩子的死亡如此漠然，而丈夫既无法使妻子理解他的感情，也无法帮助妻子摆脱巨大的悲哀。弗罗斯特在这里从另一个侧面探讨了同一个主题。

在其漫长的诗歌创作生涯里，弗罗斯特留下了大量优美的诗篇。他的诗歌超越了浪漫主义的基础，并融入了现代主义的情愫，因而表现出传统风格与时代气息的交融。弗罗斯特曾这样谈到诗歌："读诗百遍，依然清新，像花瓣朵朵，永远芳馨。"[1]这正是弗罗斯特诗歌的独特魅力。弗罗斯特不愧为美国20世纪诗坛的巨人。

辛克莱·刘易斯（Sinclair Lewis，1885—1951）

辛克莱·刘易斯是一位深受广大读者喜爱的作家，他的小说以辛辣的笔触对美国社会现实的方方面面进行了嘲讽和批判。他还是美国第一位荣膺诺贝尔文学奖的作家，获得了文学创作界的最高荣誉，为美国文学跻身世界文学的行列立下了汗马功劳，但与此同时，他在作品中对美国社会的无情批判以及他特有的写作风格也使他受到訾议。

刘易斯生于美国中西部明尼苏达州索克中心镇，该镇在他出生时只有两千多人。刘易斯的父亲是位医生，母亲去世较早。刘易斯中学毕业后，先是在奥柏林学院就读一年，1903年进入耶鲁大学学习，大学期间他休学一年，去过英国，在作家厄普顿·辛克莱于新泽西州创办的空想社会主义性质的农场干过活，曾尝试在纽约从事编辑和写作工作，还去巴拿马运河区找过工作，这一切极大丰富了他的阅历。第二年他回到耶鲁，1908年从耶鲁毕业。大学毕业后他做过编辑、记者，到过美国和欧洲许多地方，也开始尝试小说创作。他结过两次婚，但都以离婚告终。成名后他收入丰厚、誉满全球，但似乎没有从自己的成功中获得快感，一生都"在路上"奔波，无法安定下来，1951年他因心脏病在意大利罗

---

1 . Frost, Robert. "The Figure a Poem Makes." in *Heritage of American Literature: Civil War to the Present*. Vol. II. Ed. James E. Miller, Jr. San Diego and New York: Harcourt Brace Jovanovich, 1991, p. 881.

马去世。死后骨灰运回故乡安葬，墓碑上除了姓名和生卒年月之外只有
"《大街》的作者"的字样[1]。

　　其实刘易斯的第一部小说《我们的雷恩先生：一个绅士的浪漫冒险》
（*Our Mr. Wrenn: The Romantic Adventures of a Gentle Man*）于1914年 就
已经出版，但直到他的第六部小说《大街》面世才引起广泛关注。刘易
斯最重要的五部作品都出版于20世纪20年代，包括揭露了保守、沉闷、
压抑的美国小城镇生活的《大街》，嘲讽了美国商业文化时期城市商人
生活、塑造了巴比特这个庸俗市侩形象的《巴比特》（*Babbitt*，1922），
叙述了一位正直的医生阿罗史密斯所遭受的种种磨难的《阿罗史密斯》
（*Arrowsmith*，1925），刻画了招摇撞骗的宗教骗子甘特里的一生的《埃尔
默·甘特里》（*Elmer Gantry*，1927），以及抨击了20世纪20年代社会价值
观，尤其是两性关系的《多兹沃思》（*Dodsworth*，1929），其中又以《大
街》和《巴比特》最能体现他的艺术成就。"刘易斯作品的成功之处，在
于他善于圈定某一社会领域……然后建立典型——包括区域典型和人物
典型，进行社会批判。"[2]这些具有浓厚讽刺意味的小说展示了他的文学才
华和社会责任感，也为他带来了不少非议。1930年，刘易斯获诺贝尔文
学奖，但当时他的文学创作巅峰已过。他照旧勤奋写作，他的小说亦然
销量极好，他仍然是风靡一时的作家，但他主要还是被人们看作美国20
世纪20年代的作家，是《大街》和《巴比特》的作者，而这两个书名在
美国语言中已经被赋予了特别的含义，收入《美国传统词典》、《韦氏新

1.　樊培绪：《美国，在文明、进步的路上（代译序）》，载辛克莱·刘易斯著的《大街》，
　　南京：译林出版社，2005年，第1页。
2.　虞建华：《置于死地而后生——辛克莱·刘易斯研究和当代文学走向》，载《外国文学》
　　2004年4期，第77页。

世界大学词典》、《简明牛津词典》等辞书中[1]。

　　"《大街》的出版改变了他的生活，也改变了美国文学。"[2]与被美国人理想化了的具有静谧美丽田园风光的小城镇生活不同，刘易斯揭露了美国中西部小城镇的颓败与落后、人们观念的守旧与狭隘，以及小镇生活的枯燥与乏味。小说通过女主人公城市姑娘卡罗尔嫁给肯尼科特医生后随他到格菲尔草原镇定居的经历，披露了小城镇生活的种种陋习。"大街"一词也随之成为美国所有小城镇大街的延长，成为物质主义的、平庸狭隘的小城镇心态的代名词。卡罗尔是一位单纯善良、受过良好教育的年轻女子，怀着要改造小城镇的崇高理想和满腔热情，来到这个闭塞落后的格菲尔草原镇，但很快就对所见所闻异常失望，无论是丑陋脏乱的城镇建筑、粗鲁低俗的生活方式，还是自命风雅的小镇居民，都使她异常失望。更有甚者，她发现镇上的人们不仅偏执守旧，而且故步自封、沾沾自喜，对新事物充满了敌意。卡罗尔希望以自己的改革事业帮助镇上的人战胜"乡村病毒"，改变他们的生活方式，为一汪死水般的小镇生活带来活力："当她发现建设乡镇可以成为自己的事业时，她就感到踌躇满志，精神振奋，自己也变得生气勃勃、精明干练了。"[3]卡罗尔进行了一系列移风易俗的尝试：她在读书会上教大家如何鉴赏文学经典，在新婚晚会上穿上自己缝制的中国服装，还提出上演萧伯纳的戏剧、开办公共图书馆、改建市政厅的主张，然而在小镇的保守势力面前卡罗尔处处碰壁，小镇的居民不仅抵制她的各项改革，并且对她评头论足、指指

1. 樊培绪：《美国，在文明、进步的路上（代译序）》，载辛克莱·刘易斯著的《大街》。南京：译林出版社，2005年，第2页。

2. Miller, James E., Jr., ed. *Heritage of American Literature: Civil War to the Present*. Vol. II. San Diego and New York: Harcourt Brace Jovanovich, 1991, p.1358.

3. 辛克莱·路易斯：《大街》，樊培绪译。南京：译林出版社，2005年，第8页。

点点，甚至偷窥她的一举一动，就连爱她的丈夫也不认同她的改革、同情她的叛逆，对她的激进言行加以规训。在巨大的压力下，卡罗尔终于认识到她的改革是失败的，她无法融进小镇文化，只能出走。"我一直想出逃。不管以什么方式都行！只要能逃，什么屈辱都可忍受。这是'大街'逼我做的。我是怀着崇高理想上这儿来的，是想来做点儿事的，可现在呢——不管用什么方式走都行。"[1]卡罗尔在华盛顿待了两年之后回到镇上，她说："也许我的仗打得不漂亮，但我没有放弃自己的信念。"[2]有了之前的经历，卡罗尔或许会比之前更为理智、实际，更为脚踏实地，能对小镇的文明进展做出更多的实事吧。

值得指出的是，正是在《大街》出版的1920年美国女性获得选举权。《大街》的女主人公卡罗尔的经历告诉我们，尽管女性经过了多年的努力获得了政治权利，但是社会对女性的文化偏见却不是一朝一夕就能消除的。除了乡村改革，小说还涉及了社会对女性的双重标准、女性的社会角色期待与女性自我实现的矛盾、女性对自身环境的反叛等主题，值得读者关注。

《巴比特》是刘易斯的代表作，生动刻画了乔治·巴比特这个美国中产阶级的典型形象，毫不留情地批判了城市中产阶级虚荣庸俗、自命不凡的市侩本性。刘易斯以泽尼斯[3]商业文化领域各种光怪陆离的画面，揭示了第一次世界大战之后美国社会商业文化的拜金主义本质。由巴比特派生出来的词"巴比特式"（babbittry）也成为低级趣味、市侩作风的代名词。

《巴比特》从1920年写起，当时第一次世界大战刚结束不久，美国经

---

1. 辛克莱·刘易斯：《大街》，樊培绪译。南京：译林出版社，2005年，第436页。
2. 同上，第542页。
3. "泽尼斯"是英语Zenith的音译，意为"顶点、巅峰时刻"。

济出现了空前繁荣的景象，城市面积不断扩大，白领中产阶级数量急剧增长，传统价值观发生了极大变化，已进入消费时代的美国社会弥漫着金钱的气息。在这个"喧嚣的20年代"里，在这个鳞次栉比的企业办公大楼取代了城堡和教堂的城市里，物质生产的高速发展使得赚取丰厚利润和享受奢华生活成为中产阶级的人生目标，物质至上的拜金主义成为商人的最高追求，财富成为衡量人成功与否的标准。刘易斯"选定了中产阶级，显然决心要描绘美国社会生活中迄今为止尚未开拓过的这一层次"[1]。刘易斯正是以巴比特作为中产阶级的代表人物，以城市为书写的地理空间，从方方面面反映了美国的商界文化与中产阶级生活。在他的笔下，这些中产阶级商人的利欲熏心、道貌岸然、虚荣势利、自鸣得意被暴露得一览无余。他们早已被这个物化了的商业社会机制所奴役，早已失去了个性和自我，只能过着随波逐流的生活。

　　巴比特是刘易斯塑造的最为丰满的人物形象，成为庸俗、虚荣、守旧的中产阶级实业家的代表。小说情节并不复杂，刘易斯以泽尼斯地产中介商乔治·福·巴比特的日常生活为线索，展现了巴比特的性格特点、商业活动、家庭生活、人际往来、思想观点，由此提供了一幅生动的人物肖像画。巴比特的地产生意做得风生水起，他对自己的能力充满自信。虽然他逢人便说"可信赖的商人应尽的本分就是严格遵守道德，成为众人的表率"[2]，但是他想的更多的是如何获得顾客的信任，以获取更多的赚钱机会，他"心安理得地深信：地产生意的唯一目的，就是让乔

---

1. 潘庆舲：译序《美国"经济膨胀"年代的史诗》，载辛克莱·刘易斯著的《巴比特》，潘庆舲、姚祖培译。桂林：漓江出版社，2017年，第6页。

2. 辛克莱·刘易斯：《巴比特》，潘庆舲、姚祖培译。桂林：漓江出版社，2017年，第81页。

治·福·巴比特赚大钱"[1]。

　　作为一名殷实的商人，巴比特言行举止、穿着打扮都必须符合他的身份，他也曾对自己生意上的成功和社会地位感到洋洋得意，如他向朋友保罗倾诉的那样，他养活了一家人，购置了一幢好房子和一辆六个气缸的车子，还开了一家事务所，他加入了教会，为了保持身材去打高尔夫球，他开汽车兜风、打桥牌，只跟与他身份相匹配的人来往。但即便如此，他还是感到了精神的空虚，产生了对这种一成不变的刻板生活的抗拒。他曾经想冲出这个圈子去寻找自由，但"有了自由这个如此陌生，而又令人如此棘手的东西，他反而不知道该怎么着了"[2]。巴比特尝试了短暂的离经叛道，但无论是对其商业同盟的抵制，抑或是他的婚外恋以及归隐大自然，都无法使他真正获得独立，反而深感恐惧和孤单，生怕被那个他厌恶的绅士阶级排除在外，失去他已拥有的社会地位和荣华富贵，因为他是这个商业社会的产物，这个社会的价值观已深深烙在了他的脑海里，他早已陷入其中不能自拔。为了不危及自己的地位和声望，巴比特只能屈服和妥协，他又返回原来的生活轨道，继续扮演成功商人和标准公民的社会角色。刘易斯晚年时曾说："我塑造巴比特这一人物，是出于爱而不是恨。"[3]由此看来，刘易斯所批判、抨击的更多的是当时的社会，而不是作为社会牺牲品的个人。小说中既有对巴比特所代表的中产阶级的谴责，也包含了对被裹挟在商业大潮中而身不由主的个人的同情，以及对现代人所感受到的普遍异化感的理解。

---

1. 辛克莱·刘易斯：《巴比特》，潘庆舲、姚祖培译。桂林：漓江出版社，2017年，第56页。
2. 同上，第168页。
3. 潘庆舲：译序《美国"经济膨胀"年代的史诗》，载辛克莱·刘易斯著的《巴比特》，潘庆舲、姚祖培译。桂林：漓江出版社，2017年，第11页。

　　刘易斯秉承了现实主义的细致严谨的描写手法，为读者提供了关于这一时期中产阶级的商业活动、社会交往和家庭生活的翔实细节，同时他也将讽刺和幽默发挥到极致，善于以细节来巧妙地揭示人物形象和社会现象，大到住宅、事务所、汽车，小到毛巾、牙膏、电子点烟器，以及广告中的各类产品，无不说明这一点。譬如，他在《巴比特》中提到巴比特住宅时，就详细提到其陈设与装修，还给出了一个细节：巴比特家的卧室里摆着印有彩色插图、合乎标准的床头书，但是从来没有人翻开来看过。这一个似乎不经意间描写的细节，展示了巴比特们——这些社会上的殷富阶层缺乏文化教养的本质。刘易斯的小说也曾被指责为结构松散、杂乱无章，但恰恰是这样的结构有助于刘易斯在作品中涵盖社会的方方面面。刘易斯不靠曲折刺激的情节吸引读者，而是以细节的描写以及夸张式的漫画刻画了具有立体感的人物形象，常常令人忍俊不禁，无论是《大街》里的卡罗尔，还是《巴比特》中的巴比特，都给读者留下了深刻的印象。

　　辛克莱·刘易斯今天并不太为人们所熟知，除了前面提到的两部作品，大多数读者对他其他的作品知之甚少，但他的确是第一位获得国际文学最高奖项的美国作家。他的传记作者马克·肖勒（Mark Schorer）在其撰写的著名传记《辛克莱·刘易斯：一个美国人的一生》（*Sinclair Lewis: An American Life*，1961）中曾如此评价他，刘易斯"是现代美国文学中最糟糕的作家之一，但是没有他的写作，我们无法想象美国文学现在是什么样子"[1]。尽管评论界一直对刘易斯褒贬不一，但不可否认的是，

1.　Miller, James E., Jr., ed. *Heritage of American Literature: Civil War to the Present*. Vol. II. San Diego and New York: Harcourt Brace Jovanovich, 1991, p.1358.

刘易斯的小说对20世纪初的美国社会现实进行了栩栩如生的描绘和入骨三分的讥讽，体现了他对社会现实的敏锐洞见和深刻反思，具有强烈的时代色彩和现实意义，他以自己的笔为美国文学史册书写了新的一页。

T. S. 艾略特（T. S. Eliot，1888—1965）

讨论美国现代主义诗歌，势必谈到T. S. 艾略特，而无论是美国文学史还是英国文学史，都不可能忽略T. S. 艾略特。这位后来加入英国国籍的美国作家，不仅以他辉煌的文学成就获得哈佛大学荣誉博士学位、英国皇家勋章和诺贝尔文学奖，并且在英美诗坛和文论界称雄长达二三十年之久。T. S. 艾略特是对20世纪英美现代主义诗歌影响最大的诗人和评论家。

T. S. 艾略特于1888年出生于美国密苏里州圣路易斯的一个保持着新英格兰加尔文教传统的望族世家。艾略特祖上出过不少名人，有教育家、作家和牧师。他的祖父是牧师，后来创办了华盛顿大学。父亲虽然经商，但不乏文人气息，母亲更是喜弄文墨，还写过诗歌。艾略特属于那种受过正规高等教育的学者型诗人。他曾负笈去美国圣路易斯的史密斯学院和马萨诸塞州的弥尔顿学院就学，后来在哈佛大学度过他的大学本科（1906—1910）和研究生时代（1911—1914），其间在名师指导下学习哲学和古典文学。著名的新人文主义者欧文·白璧德（Irving Babbitt）、哲学家乔治·桑塔亚纳（George Santayana）以及身为客座教授的英国著名哲学家伯特兰·罗素（Bertrand Russell）都曾教授过他。艾略特于1910—1911年间在巴黎大学学习一年，后来又去了德国和英国，曾在牛津大学留学，同时撰写他关于哲学家F. H. 布拉德利（F. H. Bradley）

的博士论文。其后欧洲弥漫的战火使他无法返回哈佛大学参加论文答辩，并促使他在英国伦敦定居下来。

艾略特1915年结婚，1933年结束了这段对他来说显然是不幸的婚姻。婚后，他曾试图以教书养家，但没过多久就放弃了。自1917年起直到1925年，艾略特在伦敦的劳埃德银行任职员，同时也兼任《自我中心者》（*Egoist*）杂志文学专栏的编辑工作。他1922年创办文学评论杂志《标准》（*The Criterion*），并任主编至1939年。1925年，艾略特进入费柏出版社工作，后来成为董事，直至去世。1927年艾略特加入英国国籍，并且改信英国国教。艾略特成名于20世纪20年代，40年代之后，荣誉纷沓而至。1947年艾略特获哈佛大学名誉博士学位，翌年获得诺贝尔文学奖，后又得到英国女王颁发的荣誉勋章。

艾略特在本科学习期间就开始在《哈佛校刊》上发表诗作，并一度担任该刊物的主编。1908年阿瑟·西蒙斯（Arthur Symon）所著的《文学中的象征主义运动》（*The Symbolist Movement in Literature*，1899）使艾略特首次接触到法国象征派诗歌。法国象征主义诗人，尤其是夏尔·波德莱尔（Charles Baudelaire）和于勒·拉弗格（Jules Laforgue）的诗歌创作使艾略特获益匪浅。从波德莱尔那里艾略特学到了如何把丝毫没有诗情画意的现代城市生活变成诗歌创作的素材，而从拉弗格那里他继承了使用反讽的手法来"分化"诗人的个性，使自己能够在诗中同时扮演参与者和旁观者的角色[1]。西蒙斯的著作对艾略特所起到的作用就好似宗教皈依，此后艾略特的诗风与过去相比已是判若两人。就像庞德说的那样，他使自己"现

1.　Litz, A. Walton. "Ezra Pound and T. S. Eliot." in *Columbia Literary History of the United States*. Ed. Emory Elliott, et al. New York: Columbia UP, p. 957.

代化"了[1]。艾略特于1914年在伦敦遇到当时时任美国《微型评论》海外编辑的庞德，庞德对这位诗坛新人十分赏识，是庞德极力劝说美国芝加哥的《诗刊》杂志接受了艾略特的成名之作《J. 阿尔弗瑞德·普鲁弗洛克的情歌》（"The Love Song of J. Alfred Prufrock"，1915）。诗歌描绘了现代城市生活的空虚无聊，并塑造了一个充满失落感的现代人物形象。从这首诗的发表直到他的代表作《荒原》（The Waste Land，1922）问世，庞德对艾略特的诗歌创作一直持积极的扶植态度。艾略特的第一部诗集《J. 阿尔弗瑞德·普鲁弗洛克及其他》（Prufrock and Other Observations）于1917年出版，其中包括《J. 阿尔弗瑞德·普鲁弗洛克的情歌》、《序曲》（"Prelude"）等诗作。之后不久，艾略特的又一部诗集《诗集》（Poems，1919）出版，其中收集了《小老头》（"Gerontion"）、《河马》（"The Hippopotamus"）、《斯威尼在夜莺之间》（"Sweeney among the Nightingales"）等诗作。1921年，艾略特在瑞士疗养期间完成他的长篇诗作《荒原》。他在返回伦敦途中，将手稿交给庞德，征求他的意见。庞德对这首诗进行了大刀阔斧的删减，还提出许多中肯的意见和建议。《荒原》于1922年在艾略特所编辑的《标准》杂志上发表，这首诗表现了第一次世界大战后笼罩西方文明世界的精神危机。艾略特将该诗献给了庞德，以表自己的感激之情。1925年，艾略特的另一首名作《空心人》（"The Hollow Man"）发表，诗歌背景为一片死去的土地，其中心形象是脑袋里塞满了稻草、没有灵魂的空心人，进一步反映了现代人信仰丧失、精神空虚的悲观失落情绪。

自20世纪20年代后期，艾略特的诗歌内容宗教色彩日益浓厚。他在

1.　Litz, A. Walton. "Ezra Pound and T. S. Eliot." in *Columbia Literary History of the United States*. Ed. Emory Elliott, et al. New York: Columbia UP, p. 956.

1928年宣布自己"文学上是古典主义者，政治上是保皇主义者，在宗教上是英国天主教徒"[1]。在此之后，他不仅与教会人士接触越来越频繁，还先后创作了《圣灰星期三》（"Ash Wednesday"，1930）和《四个四重奏》（*Four Quartets*，1943）等诗作。《圣灰星期三》标志着诗人从对现代社会和现代人的关注转移到对关于人类命运的基督教思想的探索。《四个四重奏》包括四首自成一体的哲学、宗教冥想诗歌，集中地反映了艾略特对宗教的亲身体验和哲学思考，探讨了永恒和时间的关系，被有些评论家认为是艾略特最成功的作品，甚至是"20世纪最伟大的英语诗歌"[2]。这些作品反映出艾略特后期思想从人文主义到宗教救世观的转变。

艾略特在其文学生涯的后期热衷于戏剧创作。他自己认为诗歌是戏剧最自然和完整的媒介，所以他的戏剧多以诗体写成。他于1934年完成了为教区募捐所创作的古装剧《岩石》（*The Rock*，1934）；第二年为歌颂具有基督教献身精神的圣托玛斯·贝克特而创作了《大教堂凶杀案》（*Murder in the Cathedral*，1935），刻画了神权与世俗权力的冲突，描绘了贝克特坚定的宗教信仰。《家庭聚会》（*The Family Reunion*）和《鸡尾酒会》（*The Cocktail Party*）分别于1939年和1949年上演，前者表现了基督教的赎罪精神，后者宣扬了宗教的拯救力量。《大教堂凶杀案》后来还被搬上银幕。

艾略特是诗人，也是一位多有创见、硕果累累的文学评论家，"我们无法想象当代批评环境而不承认他在创造这种环境中的重要早期作

---

1. Kermode, Frank. "Introduction." in *Selected Prose of T. S. Eliot*. Ed. Frank Kermode. New York: Harcourt Brace Jovanovich, 1975, pp.18-19. .

2. Cooper, John Xiros. *The Cambridge Introduction to T. S. Eliot*. Shanghai: Shanghai Foreign Language Education P, 2008, p.115.

用"[1]。他的文论主要收集在《圣林》(*The Sacred Wood*, 1920)、《论文选》
(*Selected Essays*: 1917—1932, 1932)、《诗歌的用途和批评的用途》(*The Use of Poetry and the Use of Criticism*, 1933)、《跟随不寻常的神祇》(*After the Strange God*, 1934)、《古今论文集》(*Essays Ancient and Modern*, 1936) 等
论文集里。他最主要的文学批评文章有《传统与个人才能》("Tradition and the Individual Talent", 1917)、《批评的功能》("The Function of Criticism", 1923) 和《诗歌的用途和批评的用途》。艾略特的文论对英美文学界影响极大。他文艺思想的中心点在于传统与个人才能，以及过去、现在和未来的关系。艾略特十分强调传统的重要性，认为传统既可以解放诗人，也可以磨砺诗人的才能。诗人的才能在于发挥催化剂的作用，使传统起变化。艾略特在评论英国作家乔伊斯的时候说当代作家使当代社会具备形体和富有意义的唯一途径就是沟通历史与现实[2]。艾略特倾心于英国17世纪前期玄学派诗人。他指出17世纪后期至18世纪初期的诗歌趋于理念化，因而表现出一种"感受的分化"；18世纪后期和19世纪的诗歌则过于偏向表现个人情感。而玄学派诗人以他们"统一的情感"，达到了分析能力和个人情感的完美结合。现代诗歌应力求恢复17世纪前期玄学派诗歌那种理念与情感的平衡。艾略特还提出诗歌的非个性论，他强调说："诗不是放纵情感，而是逃避情感；不是表现个性，而是逃避个性。"[3] "艺术家的进步意味着持续不断的自我牺牲、持续不断地消灭自己的个性。当

---

1. Cooper, John Xiros. *The Cambridge Introduction to T. S. Eliot*. Shanghai: Shanghai Foreign Language Education P, 2008, p.37.

2. Miller, James E., Jr., ed. *Heritage of American Literature: Civil War to the Present*. Vol. II. San Diego and New York: Harcourt Brace Jovanovich, 1991, p.821.

3. 托·斯·艾略特：《传统与个人才能》，载托·斯·艾略特著的《艾略特文学论文集》，李赋宁译注。南昌：百花洲文艺出版社，1994年，第11页。

然只有知道个性和情感的人才知道回避这些东西的意义。"[1]诗人为了表现情感，必须找到一个"客观对应物"，也就是"一套客观物体，一个场景，一连串事件"，这些就成为表现"那种特殊情感的配方"。也就是说，诗人应通过客观对应物来抒发情感，并使读者对此产生同样的感受[2]。艾略特的文论由于他深厚的文学和哲学功底而具有相当的说服力。他的文学批评概念，尤其是他的"客观对应物""感受的分化"和"诗歌的非个性论"后来备受新批评派的推崇，在西方文坛上成为举足轻重的文艺理论模式。

当然，艾略特对英美文学的影响更见于他的诗歌创作，而他的诗歌艺术也正是他的文学理论的实践。纵观艾略特的诗歌，可以看出玄学派诗歌和法国象征主义诗歌对他的直接影响。与此同时，艾略特诗歌还含有大量典故，表现出他深厚的文学修养。他擅长从神话、传奇、人类学、异国语言和文化中汲取有用的素材，使自己的作品充满神秘主义色彩。然而，艾略特的才能也在于充分利用传统，并将传统与现代诗歌揉为一体，其诗歌的丰富内涵性与复杂意象皆出于此。在艾略特看来，现代文明社会复杂多样，而这种复杂多样的社会生活必然在诗人头脑里产生复杂多样的反应，诗人必然变得越来越广博，越具暗示性，越迂回曲折，因此现代诗人的诗必然是难懂的[3]。

1.　托·斯·艾略特:《传统与个人才能》，载托·斯·艾略特著的《艾略特文学论文集》，李赋宁译注。南昌：百花洲文艺出版社，1994年，第5页。

2.　Materer, Timothy. "T. S. Eliot's Critical Program." in *The Cambridge Companion to T. S. Eliot*. Ed. A. David Moody. Shanghai: Shanghai Foreign Language Education P, 2000, pp. 52-53.

3.　Eliot, T. S. "The Metaphysical Poets." in *Selected Prose of T. S. Eliot*. Ed. Frank Kermode. New York: Harcourt Brace Jovanovich, 1975, p.65.

　　《J. 阿尔弗瑞德·普鲁弗洛克的情歌》是艾略特成名之作，几乎是英美文学选集中的必选作品。艾略特诗歌的全貌从他的这首早期诗歌中可见一斑。全诗一共130行，以独白形式写成。诗歌题目中的"情歌"两字，与诗歌中所表现的内容相比，形成强烈的讽刺。整首诗中表现出的行动极少，读者看到的主要是主人公内心印象的相互作用。《J. 阿尔弗瑞德·普鲁弗洛克的情歌》只是一首在多情和怯懦之间徘徊的"情歌"，是失望挫败和感情冲突的"情歌"。艾略特突发奇想，在诗歌的开头便使用了一个奇异的意象，把夜晚比作一个吸了乙醚、躺在手术台上的病人，表现出现代生活那令人窒息的气息与现代人那种无能和无奈的心态。这个意象的使用曾被某些评论家认为是现代诗歌的开端[1]。

　　艾略特在诗中塑造了一个生活在毫无意义的社会里的现代人。主人公普鲁弗洛克是个既多愁善感又优柔寡断的悲剧性人物。从题目来看，普鲁弗洛克似乎是要去告白，但是他的性格和所处的环境决定了他终将一事无成。普鲁弗洛克的自我形象就是相互矛盾和具有讽刺意味的。一方面，他为自己领子笔挺的晨礼服和华丽又不失文雅的领结感到沾沾自喜；另一方面，他也承认自己已青春不再，细细的手臂和腿，以及头上的秃斑都说明他已失去了男子的阳刚之气。普鲁弗洛克是一个"用咖啡匙量过自己一生"的中年男子，他事事谨小慎微、无所作为，虽然满脑子浪漫爱情的念头，可又意识到自己不是什么哈姆雷特式的英雄，没有勇气采取任何行动，到头来由于自己的犹豫不决而饱受心理折磨。他已然意识到自己懦夫般的性格，无法鼓足勇气表达自己的愿望。他数次壮起胆量，却一再踟蹰

1.　Litz, A. Walton. "Ezra Pound and T. S. Eliot." in *Columbia Literary History of the United States*. Ed. Emory Elliott, et al. New York: Columbia UP, p.957.

不前，拖延采取行动的一刻。他终于认识到时间的流逝和自己可悲又可笑的小丑境地，自己始终是个懦夫和弱者。

普鲁弗洛克所处的污秽杂乱、毫无生气的现代城市环境也说明他对伟大爱情的追求只能是海市蜃楼般的幻影。诗中的时间是弥漫着黄色烟雾的10月夜晚，诗人异乎寻常地以猫的懒怠动作来描绘城市上空夜雾的缓缓降临。夜雾落在窗棂上，落在污水沟里，与烟囱里冒出的黑烟搅在一起。出现在主人公眼前的，是肮脏狭窄、行人稀少的街道，街道两边是廉价的旅店和满地污物的餐馆。在人声嘈杂的沙龙里，可以看到佩戴着首饰、散发着芳香、高谈阔论的庸俗女人。与这些丑陋的景色和庸碌的人群形成强烈反差的，是普鲁弗洛克追求爱情的"英雄"壮举，从而更反衬出他的无能以及他追求的无价值。

《J. 阿尔弗瑞德·普鲁弗洛克的情歌》表现出艾略特诗歌创作的许多重要特点：微妙的反意讽刺、奇异大胆的意象、突然转移的场景、不断跳跃的时间、长短结合的诗句、雅俗并存的词汇、包罗万象的典故，等等。这些特点在他的代表作《荒原》里，被发挥得更加淋漓尽致，因而也大大增强了作品的难度。

《荒原》是展现西方文明精神危机的一部史诗般的著作，具有划时代的意义，为艾略特赢得了国际声誉。它创作于第一次世界大战结束后不久，描绘了一幅战后西方社会精神贫瘠、性爱紊乱的画面，表达了整整一代人的强烈幻灭感。诗歌"集东西方文明于一炉，把整个人类文化传统微缩于433行诗中"[1]。诗中古代和现代的预言家交叉出现，各种神话传

1.　张剑：《T. S. 艾略特在西方——艾略特评论史述评》，载《外国文学评论》1995年第2期，第119页。

奇交织在一起，最终集中于艾略特在嘉西·魏斯登（Jessie Weston）和詹姆斯·弗雷泽（James Frazer）的著作中所读到的圣杯传奇和地中海的繁殖神话。艾略特的诗引用了濒临死亡的渔王故事片断。渔王是繁殖力的象征，他的性无能使他的国土变成了一片荒原，造成王国里所有的植物枯萎、人类和动物不育。而生命的雨水、精神的再生和性功能的恢复都与寻求圣杯的传说联系在一起，这表明人类社会只有通过宗教才可以得到拯救和再生。在这首诗里，艾略特就是以这个传说作为结构框架，以神话传说中的荒原比喻经历了第一次世界大战浩劫之后的欧洲文明。

　　艾略特把荒原作为欧洲文明的象征，这使他成为战后一代人诗歌的代言人。在诗里艾略特把过去的繁盛与如今的颓败进行了比较，目的是以过去的辉煌来反衬现在的庸俗。这种对比在诗中俯拾皆是，有些出现在同一章节中，有些甚至出现在不同的章节里。从表面上看，这首433行的长诗似乎是由毫无关联的现代生活片段、各种引语和典故拼凑而成，还引用了好几种外语；在事件、对话、叙述中，时间和空间不断转换，上下没有什么逻辑和因果关系；各种文化和语言以及众多的引语、引喻和典故在诗中交织穿插，为读者的阅读造成极大困难。但这也正是艾略特的匠心所在，他以繁殖之神的神话传说为中心点，不仅以象征的手法表现了现代生活的混乱无序，也以此描绘出西方文明的精神危机。艾略特成功地"在昔日诗歌和神话的伟大成就与当今诗歌的必要性之间构造了一座非同寻常的桥梁"[1]。

　　《荒原》的结构颇像一首有五个乐章的交响乐，虽然这五个乐章从形

1.　马尔科姆·布雷德伯里：《T. S. 艾略特》，刘凯芳译，载《外国文艺》1999年第3期，第228页。

式上看没有什么关联。第一章为《死者葬仪》（"The Burial of the Dead"），诗章以春天这个季节开篇。4月是复活节的月份，使人联想到耶稣的死亡和复活，但艾略特诗中的4月是"最残酷的月份"[1]，只能引起令人不快的回忆和欲望。它所带来的不是和煦的春风细雨和遍野的万物复苏，不是生机和繁荣，而是死树、焦石和垃圾，是满目的焦土和荒原。大地的回春需要水，但水里也有死亡。现实生活也是死气沉沉、没有意义的。没有正常的爱情生活，只有情欲和绝望，因此人"不死也不活"。在这一章的结尾，艾略特笔锋一转，刻画了大战后伦敦这个"虚幻的城市"，"冬晨的棕色烟雾下／人群涌过伦敦桥，那么多人，／我想不到死神毁了那么多人"。这一章点明了大战后欧洲成为精神荒芜、物质生活混乱的荒原这一主题。

第二章《对弈》（"A Game of Chess"）突出了现代社会各个阶层庸俗无聊的生活，既刻画了浑身珠光宝气、香气熏人的上流社会贵妇人，也描写了庸庸碌碌、粗俗可悲的社会下层妇女。这一章的前半部分措辞华丽，内容涉及好几位古典文学作品和神话传奇中的女性，而且这些女性都经历了灾难性的两性关系，用以喻指现代社会那些雍容华贵的上层阶级妇女纸醉金迷、淫靡奢侈的生活方式。而后半部分风格骤变，以白描的手法展现了一个现代的场景，写了伦敦小酒馆里两个下层市民的对话，谈话内容不外乎淫乱、堕胎、镶假牙，从而更加突出了现代人思想扭曲、性生活紊乱的空虚精神状态。

第三章题为《火诫》（"The Fire Sermon"），抨击了现代人的道德沦

1.　以下该诗歌引语皆见于赵毅衡编译：《美国现代诗选（上）》。北京：外国文学出版社，1985年。

丧。艾略特以对比的方式写了泰晤士河的今昔。"可爱"的泰晤士河已今非昔比，仙女们早已离去，只有"一只老鼠从草丛中爬过，/黏糊糊的肚子在河岸上拖着"，"可是在我背后，冷风骤起，我听到/骨头咔咔嗒嗒碰响，拉开大嘴的冷笑。"火在这一章里不代表爱情或激情，只是情欲。而诗中那位打字员和长满粉刺的小职员之间毫无爱情可言的性行为不仅显示了现代社会里人对性生活的低级下流态度，也表现了现代人对贞操的极度漠然。

第四章《水里的死亡》（"Death by Water"）只有短短10行。一个高大英俊的腓尼基人如今死在水里。第一章中提到的预言已经实现——水里也有死亡。水可以拯救人类，也可以毁灭人类。这一章可以说是希望与绝望的会合处，水中的死亡暗示着洗礼和再生，为下一章做了铺衬。

最后一章《雷霆的话》（"What the Thunder Said"）一开始又回到第一章中对一片干旱的荒原的叙述，再一次表现出对生命之水的祈求，也是对在精神荒原上重建生活和秩序的渴望。最后，艾略特通过雷霆的声音表达了他的信念，即舍予、同情、控制。只有如此，才能获得安宁。诗人在抨击西方现代文明的同时也对未来指出了宗教救世的希望。

艾略特的诗歌和文论有其划时代的历史意义。尽管他的诗歌曾遭到一些力图使美国诗歌民族化的作家和评论家的非议，但是他的诗歌打破了国别的界限，开辟了现代诗歌的新纪元。他"对美国现代派诗歌的形成，对现代派诗歌审美标准的确立，都起到了关键性的作用"[1]。没有艾略特，西方现代诗歌就不会是今天这般模样。

---

1. 张子清：《20世纪美国诗歌史（第一卷）》。天津：南开大学出版社，2018年，第141页。

尤金·奥尼尔（Eugene O'Neill, 1888—1953）

从殖民时期到20世纪20年代近三百年漫长的岁月里，美国文学在小说和诗歌领域里取得了令世人瞩目的成就，呈现出一派百花争艳的气象，唯独美国的戏剧直到20世纪初，还是一片荒原。在奥尼尔之前美国的剧院里也上演戏剧，但多是从欧洲照搬的流行剧，以及带有宗教和说教色彩的情节剧。这些矫揉做作、单调肤浅的戏剧与现实生活严重脱节，满足不了美国人精神生活的需要，也反映不了美国人自己民族的特色。奥尼尔率先开创了美国现代戏剧，至此美国戏剧才迅速发展成为在美国文学中与小说和诗歌鼎立的文学形式。无疑，奥尼尔是美国最杰出的现代剧作家。

奥尼尔通往成功的道路是漫长而坎坷的。他1888年出生于纽约百老汇的一家旅馆里（他也是在旅馆里去世的），似乎从一开始就注定一生要和戏剧联系在一起。父亲詹姆斯·奥尼尔是位因扮演基督山伯爵而出名的演员，常年在外巡回演出。奥尼尔的童年生活动荡不安，一家人随父亲的剧团过着颠沛的生活。他幼年时家庭就充满了悲剧——母亲吸毒成瘾，哥哥酗酒放纵。稍大一点儿，奥尼尔被送到教会寄宿学校，饱受孤独和压抑的痛苦。在感到祈求得到上帝的帮助没有奏效后，奥尼尔背叛了他的宗教信仰。后来的几年是奥尼尔一生中精神最苦闷的一段时间。因缺乏精神寄托，他还染上了酗酒、纵欲的恶习。1906年奥尼尔进入普林斯顿大学，入校不到一年就因行为恶劣被勒令退学。离开学校之后，奥尼尔四处闯荡，饱尝了世态的炎凉和人间的不平，接触到生活在社会底层的形形色色的人。他结了婚，又很快离了婚。他在码头打过零工，在商行当过学徒，到洪都拉斯淘过金，也当过水手，去过南美、非洲以及欧洲，此后还当过记者和列车员。这段生活大大丰富了奥尼尔的人生经历，加深了他对人生的认识。1913年，奥尼尔因患肺结核而住院疗养。养病期间他开始大量阅读，并对自己的生活道路进行了认真思考。奥尼尔从古希腊剧作家、莎士比亚、易卜生，特别是瑞典剧作家约翰·奥石斯特·斯特林堡（Johan August Strindberg）那里汲取了养料，他立志做一个戏剧家，以笔描写人生舞台上的千姿百态。奥尼尔动笔写剧了，他在剧场里长大，对剧团里的一切十分熟悉。但他感到自己缺乏创作经验，于是1914年报名参加了哈佛大学贝克教授开办的戏剧训练班。此后，他去了普罗温斯敦，在那里上演了他的第一部成熟剧作《东航卡迪夫》（*Bound East for Cardiff*, 1916），从此开始了他的戏剧创作生涯。1920年奥尼尔的《天边外》（*Beyond the Horizon*）在百老汇上演，并获得普利策奖，从此奠定了他在美国戏剧界的地位。在以后的岁月里，奥尼尔共创作50多部戏剧，三次获得普利策奖。1936年，他又荣获诺贝尔文学奖，成为美国戏剧界唯一享此殊荣的剧作家。

奥尼尔在一次采访中这样说过："对我来说，戏剧就是生活……［而］生活就是斗争，若不说总是也可以说常常是不成功的斗争；因为我们大多数人内心都有一种东西，它阻止我们去完成我们向往和渴求的事业。此外，在我们前进的时候，看得到的总是比我们所能达到的要远。"[1]这段话概括了奥尼尔戏剧的精神实质，也道出了他对人生的基本看法。奥尼尔对人生的看法基本上是悲观的，这种人生观在很大程度上是

1.　奥尼尔：《戏剧对我意味着什么》，薛诗绮译，载龙文佩编的《尤金·奥尼尔评论集》。
　　上海：上海外语教育出版社，1988年，第345页。

由于他生活上的磨难和家庭生活的不幸。从表面上看，奥尼尔似乎专门和美国社会所提倡的那种廉价的乐观精神唱对台戏。他的戏剧强烈谴责了金钱至上的物质主义和传统道德准则，他坚持直面人生，在戏剧创作中反复涉及罪恶和死亡对人们的折磨、孤独和挫败所带来的苦恼、爱情和人生的困惑等主题，他努力探索人生的意义，表现出对人类悲剧性命运的高度关注。他强调"只有通过无法实现的梦想，人才能获得希望，获得值得为之献身的希望，最终以这种方式实现自我价值。在毫无希望的境地里继续抱有希望的人，比起他人更接近星光灿烂、彩虹高挂的天空"[1]。他的创作表现出剧作家对理想的追求、对人生意义的探索，以及对这种追求和探索的价值的肯定。

奥尼尔最早的几部剧作都是独幕剧，由普罗温斯顿剧团演出。《东航卡迪夫》是其中最有代表性的一部。剧中主人公是一个叫扬克的水手，他怀着没有希望的希望，一步步走向死亡。扬克生活中的幻想就是拥有几亩地，有一个自己的家。这种幻想成为这些浪迹天涯的水手们生活中的希望和动力。这些独幕剧根据剧作家的航海经历写成，反映了普通水手单调、孤寂的悲惨生活，表现出人对一种更为充实、更有价值的生活的憧憬和希望。大海则象征着人无法抗衡的冥冥力量。

三幕剧《天边外》的上演标志着美国戏剧时代的真正到来。对剧中的每个人物来说，生活中的目标都是可望而不可即的。耽于幻想的浪漫主义者罗伯特和他务实的农夫哥哥安德鲁交换了生活的角色，向往冒险的罗伯特留在了贫瘠的新英格兰农庄务农，而天生的庄稼汉安德鲁却出

---

1. Cargill, Oscar, et al., eds. *O'Neill and His Plays: Four Decades of Criticism.* New York: New York UP, 1961, p.104.

海远航。违背了自己真正意愿的两兄弟以后的生活都充满不幸。安德鲁的女友露斯在一时冲动下做出了非理智的选择，结果毁了三个人的一生。这部剧笼罩着一种神秘的悲剧色彩，人性中的某种内在因素决定了人的悲剧性命运，在梦想与现实之间永远有一条不可逾越的鸿沟，人的追求永远是在"天边外"。这出剧在表现人生方面既真实又带有象征意义，显示了奥尼尔戏剧创作的成熟。

《琼斯皇帝》（*The Emperor Jones*，1920）是奥尼尔表现人性扭曲的一部重要剧作。主人公黑人布鲁特斯·琼斯是个越狱逃到西印度群岛的罪犯。他靠欺骗手段爬上当地土著部落皇帝的宝座，对迷信的土著人进行剥削。骗局被识破后，他仓皇逃进原始森林。追击者的阵阵鼓声使恐惧中的琼斯面前出现各种梦魇般的幻象，最后他被追捕者活活打死。琼斯曾依赖金钱来谋求幸福，但最后发现财富也主宰不了自己的命运。

1921年上演的《安娜·克里斯蒂》（*Anna Christie*）为奥尼尔赢得了他的第二个普利策奖。奥尼尔在该剧中又一次以大海为背景，表现了人与命运斗争的徒劳。安娜的父亲是个老水手，他痛恨"该死的大海"，于是把女儿寄养在内地，结果孤苦伶仃的女儿沦为妓女。而安娜是个现实又勇敢的女性，她爱上了水手布克，并毅然向父亲和情人坦白了自己的身份。大海既是人无法掌握的命运，也是生活的挑战。人的悲剧性命运是注定了的。安娜逃脱了岸上饱受凌辱的生活，又将面对新生活所包含的无尽的孤独和等待。

《毛猿》（*The Hairy Ape*，1922）写了人的"归属"主题。主人公扬克（他的名字"Yank"影射他代表所有的美国人）是个体格魁梧、力大无比、胸脯上长满汗毛的司炉工，他自信自己的力量可以推动现代机器的运转。可是钢铁老板的女儿看到他的样子后视他为怪物，使一向自豪的扬克失去了归属感。他为了报复，跑到街上去碰撞那些有钱人，被关进监狱。出狱后他发现连工人联合会也不信任他。最后他来到动物园去找猩猩，却被猩猩掐死了。被人类所抛弃的扬克，又遭到动物的拒绝，就像奥尼尔自己所说的那样："[扬克是一个] 失去了与自然的和谐，但又未能在精神上寻得新的协调的人。"[1]扬克在对归属的追求中，发现了自己可悲的命运。他的真正归属只存在死亡之中。奥尼尔曾说："杨克的确就是你自己，就是我自己，他代表着每一个人。"[2]以此概括了杨克这一角色的普遍意义。

1924年，奥尼尔又创作了他的另一部杰作《榆树下的欲望》（*Desire Under the Elms*）。这出剧以一个乱伦的故事表现出在金钱至上的社会中扭曲了的人性和变态心理。老卡伯特是个视自己拥有的土地高于人类感情的农夫，他为使自己的土地有继承人娶了城市女人艾比。但艾比爱上老卡伯特的儿子伊本并与他生了一个儿子。伊本怀疑艾比勾引他是为了继承遗产，与她反目成仇。对物质的欲望和对感情的欲望发生了强烈冲突。爱情终于在这场冲突中占了上风。艾比为了表示爱，杀死了婴儿，她和伊本也重归于好，但他们的爱情又是通往自我毁灭的。在该剧的结尾，艾比和伊本双双被警察带走，只剩下老卡伯特厮守着他整治好的田地。奥尼尔在此又一次强调了物质高度发展的社会里人的精神危机。

从20世纪20年代到30年代初，奥尼尔创作了多部剧作，涉及社会上许多有争议的题材，在技巧上也不断推陈出新。他在《上帝的儿女都有翅膀》（*All God's Chillun Got Wings*，1923）中写了不同种族之间的通婚；

---

1. 朱利叶斯·巴布：《欧洲人看美国首屈一指的剧作家》，王德明译，载龙文佩编的《尤金·奥尼尔评论集》。上海：上海外语教育出版社，1988年，第30页。
2. Cole, Toby, ed. *Playwrights on Playwriting*. New York: Farrar Straus & Giroux, 1960, p.236.

在《大神布朗》（*The Great God Brown*，1926）中使用面具来表现人物；
《拉扎勒斯笑了》（*Lazarus Laughed*，1927）不仅使用了面具，还用了合
唱队；《奇异的插曲》（*Strange Interlude*，1928）中出现了大量的内心独
白，以此剖析人物心理；《悲悼》（*Mourning Becomes Electra*，1931）模
仿了古希腊悲剧中俄瑞斯忒斯三部曲，把通奸、谋杀、自杀和乱伦全部
放在一个新英格兰家庭的故事中。他还创作了好几部长剧，其中《奇异
的插曲》和《悲悼》都是长达5小时的巨作。

　　1934年之后，奥尼尔创作旺盛期似乎已经过去。他于1936年被授予
诺贝尔文学奖，但他沉默了12年后才又向观众奉上了新作。他在这些年
里实施了一项计划，准备创作一个包括11部作品的宏大系列，来刻画一
个爱尔兰籍美国家庭200年的变迁，但终于因身体原因未能如愿，最后
仅有两部作品存留下来。在此之后，奥尼尔写了《送冰的人来了》（*The
Iceman Cometh*，1939）和《进入黑夜的漫长旅程》（*Long Day's Journey
Into Night*，1941），这两部剧作被许多评论家视为奥尼尔艺术生涯的顶
峰[1]。奥尼尔的后期作品，无论在内容还是形式上，都达到了新的高度，
为自己的艺术创作画上了一个完美的句号。

　　《送冰的人来了》写于1939年，直到1946年才在美国首次演出。该剧
篇幅很长，基本由对话构成，重人物而轻情节。全剧笼罩着一层浓厚的
悲观色彩。剧中人是寄居在哈里·霍普酒店里的十多个房客。这是一群
生活中的潦倒者，他们终日无所事事，沉湎于酗酒和幻想之中。酗酒和
幻想能帮助他们忘记自己的不幸，回避生活的现实。幕启，这群醉生梦

---

1. 诺曼·伯林：《尤金·奥尼尔》，王永明译，载龙文佩编的《尤金·奥尼尔评论集》。
　　上海：上海外语教育出版社，1988年，第242页。

死的酒鬼在等待着推销员希基的到来，希基口才好，还和他们一起喝酒作乐。但姗姗来迟的希基转变了态度，他有了正视自己的勇气，并且逼迫他们也这样做。这种做法其实只能使他们认识到生活的空虚和自己的无奈，而只有重温那些白日梦他们才有勇气继续生活下去，去继续幻想着明天。奥尼尔在该剧所提供的启示是，幻想是生存的必要，只有死亡才能使人类彻底摆脱幻想。

　　奥尼尔去世后，他的《进入黑夜的漫长旅程》于1956年公演。这是一部心理传记。奥尼尔在该剧中真实地再现了自己一家——从当演员的父亲到吸毒成瘾的母亲，从酗酒纵欲的哥哥到身患肺病的弟弟（奥尼尔本人）——爱恨交织的家庭关系。该剧所表现的时间只有一天，但过去的经历时时反映在现实生活的痛苦之中。他们同在一个屋檐下，却又个个孤独、相互疏远。在走向黑夜的旅程中，他们的生活节奏如同钟摆般在爱和恨之间摆动。他们述说自己的经历，时而为推卸责任相互责怪，时而又因后悔自我忏悔。对于现在的家庭悲剧，似乎每个人都有责任，但又似乎不能归咎于哪一个人。我们可以感受到家庭成员之间既相互吸引又相互对立的矛盾冲突。心理的创伤使他们无法正常生活，每个人都试图但又无法改变生活的轨道。他们就这样走下去，直到进入漫长的黑夜。母亲的话表达了他们生活的全部意义："我们谁也无法左右生活所赋予我们身上的一切。事情往往在你意识到它之前就降临到你身上。一件事完了，又迫使你去干另一件事，直到最后，一切事情都使你不能再成为你要成为的那个人，于是，你就永远失去了真我。"[1]《进入黑夜的漫长

1.　凯瑟琳·休斯：《美国剧作家导论，1945—1975》，谢榕津译，载龙文佩编的《尤金·奥尼尔评论集》。上海：上海外语教育出版社，1988年，第171页。

旅程》中没有跌宕起伏的情节，在一家人琐碎的日常生活对话和独白中烘托出伟大的悲剧，人物的悲惨命运令人窒息、震撼心灵。

　　奥尼尔拓宽了美国文学的视野，使美国戏剧成为一门真正的艺术。他的功绩首先在于他使美国戏剧从粉饰、回避现实的虚假乐观和商业性的消遣中解放出来，使之再现了严酷的社会现实。奥尼尔的戏剧最真实地反映了20世纪初西方社会里的幻灭感和精神危机，因此他的戏剧创作基本上都是悲剧。正像奥尼尔自己所说的那样："我们本身就是悲剧，是一切已经写出来的和没有写出来的当中最令人震惊的悲剧。"[1]他的人生观无疑是悲观的，但这种悲观主义渗透着一种对理想的追求。尤其是他早期作品里的主人公，虽然出身低微、命运凄凉，但对生活的价值和人的归属都有着执着的追求。尽管这种对生活真谛的追求无一不以失败或死亡而结束，但人的尊严和力量就见于这种无畏的追求之中。人的悲剧和崇高都在于此，奥尼尔戏剧的力量也在于此。奥尼尔在谈到他的戏剧时说："当人在追求不可企及的东西时，他注定是要失败的。但是他的成功是在斗争中，在追求中！"[2]人可以有追求，但同时人的理想又永远无法实现，这是奥尼尔剧中人物的永恒命运。奥尼尔的悲观主义中也含有宿命论的观点，他在作品中不止一次涉及主宰人命运的那种神秘莫测的力量，这种力量既是外在的也存在于人的内心。人性的畸形和心理变态在他的剧作中也多有反映。在他的后期创作中，人物认识到自己永远无法摆脱困境的命运，已放弃了那种无谓的追求。除了死亡，幻想成为生活的实际内容。奥尼尔也强调人对自我的认识，并提倡人内心的和谐和人

1.　奥尼尔：《论悲剧》，刘保瑞译，载刘保瑞等译的《美国作家论文学》。北京：生活·读书·新知三联书店，1984年，第246页。

2.　同上，第247页。

与人之间的和谐，由此来减轻人在生活中的精神重负，创造生存条件。奥尼尔戏剧创作中表现出的深邃思想为美国戏剧的发展树立了新风。

奥尼尔的戏剧生涯是大胆探索、不断实践的过程。他在艺术创作中注意吸收欧洲古典戏剧的养分，又汲取了欧洲近代戏剧大师斯特林堡和易卜生的创作精华。他一生都在孜孜不倦地进行艺术表现方面的探索，在创作中采用了各种艺术技巧。他的表现手法多彩多姿。他有现实主义和自然主义的作品，也在创作中使用过表现主义和象征主义手法。他以意识流和内心独白刻画人物心理，以布景、道具和音响将人物内心冲突诉诸观众的视觉和听觉，以面具揭示人的多重性格，还使不同演员扮演一个角色的两种对立面。正是这种敢于标新立异的独创精神，使他为了内容的需要不断发掘新的艺术手法，并使他始终屹立于美国戏剧的前列。

奥尼尔是现代美国戏剧的开拓者，也是第一位有世界影响力的美国剧作家。关于奥尼尔，美国一位评论家曾如此说："在奥尼尔之前的美国只有剧场，自从有了奥尼尔，美国才有了戏剧。"[1]而我国戏剧大师曹禺先生也给予奥尼尔高度的评价："奥尼尔一生反对商业性戏剧。他严肃地致力于对戏剧的探索与创造。他深深地感到美国社会的各种问题，但又寻不到任何解决问题的方法……有人说他是悲观的，有人说他有神秘色彩。我以为他确实是一个正视人生的勇士，一个正直、有理想的大艺术家。"[2]

---

1. Sheaffer, Louis. *O'Neill: Son and Playwright*. New York: AMS Press, 1968, p.481.
2. 曹禺：《我所知道的奥尼尔》，载尤金·奥尼尔著的《外国当代剧作选（一）》。北京：中国戏剧出版社，1988年，第5—6页。

佐拉·尼尔·赫斯顿 (Zora Neale Hurston, 1891—1960)

佐拉·尼尔·赫斯顿是哈莱姆文艺复兴时期著名的黑人女作家、民俗学者、人类学家。她将人类学的学术训练成功用在对美国黑人民俗文化的研究上，也将民俗研究中记录下来的语言类型应用于文学创作，在作品中大量运用黑人口语和对话文体，形成了自己特有的写作风格。与哈莱姆文艺复兴时期其他女作家不同的是，赫斯顿关注生活在农村的黑人生活，由此开启了黑人文学的乡村书写传统。此外，赫斯顿在创作中努力建构了黑人女性的主体意识，极大地影响了后来的黑人女性作家。

赫斯顿1891年生于亚拉巴马州诺塔萨尔加市，幼年时随父母迁往佛罗里达州的伊顿维尔——美国历史上第一个黑人自治的小城。父亲约翰·赫斯顿是当地颇具影响力的牧师，曾出任市长；赫斯顿的母亲是小学教师，她鼓励孩子们要有远大志向——"跳向太阳"。赫斯顿13岁时母亲去世，几个月后父亲再婚，赫斯顿的童年也宣告结束。赫斯顿为继母所不容，很早就离家独立生活，饱受生活风霜。她16岁时给一个流动剧团的女演员做贴身女仆，跟随剧团四处奔波。1918年赫斯顿重新进入学校学习。1925年，赫斯顿从霍华德大学毕业后，获得奖学金并就读于纽约的巴纳德学院，成为该校的第一位黑人学生。她在著名人类学家弗朗兹·博厄斯（Franz Boas）的指导下学习人类学，并且获得人类学学士学位。

赫斯顿受到的人类学训练使她对黑人文化有着敏锐的洞察力，通过田野调查，她对黑人文化遗产进行收集、加工和整理，最终将其转化为民俗学或文学作品。但因为赫斯顿一直在白人的指导和资助下开展民俗研究，所以受到白人恩主的控制。赫斯顿的传记作者罗伯特·海明威

（Robert E. Hemenway）指出，给予赫斯顿资助的白人女性夏洛特·梅森（Charlotte Mason）规定，在之后五年当中赫斯顿的研究成果都归梅森所有，未经她同意，赫斯顿不能将其用于他处[1]。因而，赫斯顿的创作过程充满张力，一方面她渴望保留独特的创作风格，另一方面又必须得到白人资助者的认可。

赫斯顿1925年来到哈莱姆文艺复兴的发源地纽约。她最早于1921年在社团刊物上发表处女作诗歌《啊！夜晚》（"O! Night"）和短篇小说《约翰·雷丁走向大海》（"John Redding Goes to Sea"）。1924年，她的短篇小说《沐浴在阳光下》（"Drenched in Light"）被黑人杂志《机遇》（*Opportunity*）刊载，1925年，她的短篇小说《斯朋克》（"Spunk"）被收入哈莱姆文艺复兴领袖之一的阿兰·洛克（Alain Locke）所主编的著名文集《新黑人》（*The New Negro*）中，她也成为哈莱姆文艺复兴运动中的活跃分子。1926年赫斯顿同其他文艺青年创办了刊物《烈火》（*Fire*），但因为资金短缺，仅出了一期便停刊了。赫斯顿的长篇小说处女作《乔纳的葫芦藤》（*Jonah's Gourd Vine*）出版于1934年，之后又出版了三部长篇小说，分别为《他们眼望上苍》（*Their Eyes Were Watching God*, 1937）、《摩西，山之人》（*Moses, Man of the Mountain*, 1939）和《苏瓦尼的六翼天使》（*Seraph on the Suwanee*, 1948）；两部黑人民俗学著作《骡子与人》（*Mules and Men*, 1935）和《告诉我的马》（*Tell My Horse*, 1938）；此外还有一部传记《道路上的尘土》（*Dust Tracks on a Road*, 1942）。她最新出版的作品是1931年完成的书稿《奴隶收容所：最后一批"黑人货物"的故事》（*Barracoon: The Story of the Last "Black Cargo"*, 2018），一部将民俗研究融入文学创作的典范，这部作品当年因赫

1．Hemenway, Robert E. *Zora Neale Hurston: A Literary Biography*. Chicago: U of Illinois P, 1977, p.110.

斯顿坚持在文中使用黑人方言而遭出版商拒绝，直到近几年才问世。

　　1960年，赫斯顿在默默无闻中去世，死前栖身于福利院，连身后的葬礼都是由朋友筹款才得以举办。直到20世纪70年代，当代著名的非裔女作家艾丽斯·沃克（Alice Walker，1944—　）到佛罗里达找到她被湮没于荒草中的坟墓，为她立了一块刻有"南方的天才"的墓碑，并推动赫斯顿作品的再版，才使赫斯顿的作品重新进入黑人经典文学的殿堂。

　　赫斯顿的代表作品是《他们眼望上苍》，它被艾丽斯·沃克称之为"我们文学中最性感、最'健康'地描绘异性之爱的一部小说"[1]。这部作品描述了一个黑人女性在婚姻和家庭生活中追求幸福和自主权的过程。已到中年的小说女主人公简妮有过三段婚姻，她通过向女友讲述的方式再现了自己的经历。简妮在替富家白人干活的外婆南妮的抚养下长大，16岁那年，她在看到蜜蜂给开花的梨树授花粉时性意识萌发，开始憧憬美好的爱情，渴望着亲吻她的蜜蜂的到来。简妮和一个男孩接吻的一幕被外婆看到，外婆由此联想到自己一家人的遭遇，她身为奴隶时遭主人强奸生下女儿，奴隶制被废除后她一心希望女儿有个好前程，但女儿17岁时又遭白人强暴，生下外孙女，她将孩子留给母亲，从此不见踪影。外婆知道自己命不久矣，为了让简妮免遭她和女儿的命运，她决心在离开人世前看到简妮体面地出嫁，过上有保障的生活。外婆为她选中了一位家有60英亩[2]田产但已不年轻的农夫洛根·基利克斯。但洛根完全不懂感情，仅将简妮视为自己私有财产的一部分，对待简妮与田间的骡子没有什么区别。简妮明白了一个道理，即"婚姻并不能造成爱情"，她无法忍

1.　Alice Walker, "Zora Neale Hurston: A Cautionary Tale and a Partisan View," in *In Search of Our Mothers' Gardens*. New York：Harcourt Brace Jovanovich, 1983, p.88.

2　英亩：英美制地积单位，1英亩等于4.840平方码，合4046.86平方米。

受这种没有爱情、被当作骡子使用的婚姻以及沉重的农活。

　　简妮的第二任丈夫是乔·斯塔克斯，在偶遇能言善辩的乔之后，简妮与他私奔到另外一个城镇。虽"不代表日出、花粉和开满鲜花的树木，但他渴望遥远的地平线，渴望改变和机遇"[1]。但这一段看似美好的感情也非如简妮所愿，她看到了地平线、享有财富带来的地位，但却没有得到夫妻间的相互尊重，从而陷入了另外一个牢笼。乔是个雄心勃勃并且内化了白人社会价值观的男人，他努力扩充自己的财富、提升自己的社会地位，在发迹后成为这个黑人城镇的市长和首富。此时的乔已经高高在上，热衷于发号施令，不愿再与地位低下的黑人来往了。他也不再尊重妻子，不仅对她冷嘲热讽，甚至限制她的行动；他视妻子为宠物和花瓶，强调她的绝对顺从，要求她扮演好市长夫人的贵妇人角色，以此巩固自己的社会地位。这样一来，简妮再一次感到窒息，她生活在一个狭小的天地里，成为丈夫的附庸。精神上的贫瘠引发了简妮的反抗。

　　乔去世后，简妮爱上了一文不名而且年轻自己十多岁的农业季节工迪·凯克（字面义为"茶点"），简妮抛下已有的一切追随他到佛罗里达做农活。她与黑人一起劳动、一起生活，在黑人特有的文化氛围中找到了自由、享受到乐趣。她终于实现了自己的梦想，步入了一段甜蜜的婚姻生活，也在这场婚姻中获得了尊重和爱情。"茶点"年轻英俊，"他会是花儿的蜜蜂——是春天梨花的蜜蜂"[2]。可惜好景不长，在飓风到来时"茶点"为救简妮被疯狗咬伤，患上了狂犬病。神志不清的"茶点"对简妮的生命构成了威胁，出于自卫，简妮只好开枪结束了他的性命。被判

---

1. 佐拉·尼尔·赫斯顿：《他们眼望上苍》，王家湘译。北京：北京十月文艺出版社，2000年，第31页。
2. 同上，第114—115页。

无罪后，简妮回到了故乡伊顿维尔。

《他们眼望上苍》讲述了一位黑人女性的成长，塑造了一位敢于追求充满爱情的婚姻生活的女性，展示了黑人女性对爱情、自由、平等和权利的追求，这一人物形象在非裔美国文学中具有重要的开拓意义。赫斯顿以富含诗意的语言，描写了简妮情窦初开时的感受："她仰面朝天躺在梨树下，沉醉在来访的蜜蜂低音的吟唱、金色的阳光和阵阵吹过的和风之中，这时她听到了这一切的无声之声。她看见一只沾着花粉的蜜蜂进入了一朵花的圣堂，成千的姊妹花萼躬身迎接这爱的拥抱，梨树从根到最细小的枝梗狂喜地战栗，凝聚在每一个花朵中，处处翻腾着喜悦。原来这就是婚姻！她是被召唤来观看一种启示的。"[1]赫斯顿在小说中通过简妮这一形象大胆描绘了黑人女性对爱情和性爱的向往，以及对自己幸福的追求。由于长期以来将黑人女性视为"淫荡""好色"的白人社会偏见，黑人文学很少涉及黑人女性的爱欲和性萌动，赫斯顿的小说打破了关于黑人女性的刻板形象，为黑人文学增加了活力。

《他们眼望上苍》不仅探讨了黑人女性意识，也涉及黑人女性所面临的性别政治等问题。小说女主人公简妮是一位敢于挑战命运、努力实现女性自我价值的黑人女性。如果说她的第一次婚姻是听从了外婆的安排，那么之后的人生道路都是她自己做出的选择。赫斯顿描述了简妮寻求独立人格、反抗传统习俗的行为，提倡女性应掌握自己的命运。小说特别指出黑人女性所遭受的种族和性别双重歧视。简妮的外婆就曾告诫她说："白人是一切的主宰……白人扔下担子叫黑人男人去挑，他挑了

1.　佐拉·尼尔·赫斯顿：《他们眼望上苍》，王家湘译。北京：北京十月文艺出版社，2000年，第13页。

起来，因为不挑不行，可他不挑走，把担子交给了家里的女人。就我所知，黑女人在世界上就是头骡子。"[1] 黑人女性是骡子，甚至是男人的"痰盂"，遭受白人社会和黑人男性的任意欺压。所以在经受了第一任丈夫对她的身心压迫、第二任丈夫颐指气使的精神虐待后，简妮打算按自己的方式生活。她抛下了地位和财富，选择了与"茶点"到佛罗里达做季节工的生活，沉浸在和其他黑人一起劳动和玩乐的乐趣当中，不再受财富的羁绊，也不再受身心虐待，实现了她自由自在生活的愿望。

《他们眼望上苍》具有鲜明的黑人文学特征。赫斯顿在书中大量使用黑人的方言、口语，也通过运用自由间接引语，使叙述者与书中人物自由穿插，以此引起读者共鸣。小说语言形象化，使用了大量比喻，生动展现了黑人民俗文化，具有浓厚的地方色彩。

《他们眼望上苍》出版后毁誉参半，因与当时流行的黑人抗议文学模式不符而受到冷落。但如今这部小说已经成为研究黑人文学和女性文学的必读书，也被耶鲁大学著名学者哈罗德·布鲁姆列入他所著的《西方正典》(*The Western Canon*，1994)的西方经典书目。它是非裔美国文学的丰富遗产，被艾丽斯·沃克称为"对我来说，再没有比这本书更为重要的书了"[2]。"这部作品的女性主义主题、浓郁的黑人民俗文化特色和叙事策略使它成了美国文学史上的经典，影响了众多当代黑人作家。"[3]

---

1. 佐拉·尼尔·赫斯顿：《他们眼望上苍》，王家湘译。北京：北京十月文艺出版社，2000年，第16—17页。

2. Alice Walker, "Zora Neale Hurston: A Cautionary Tale and a Partisan View," in *In Search of Our Mothers' Gardens*. New York: Harcourt Brace Jovanovich, 1983, p.86.

3. 程锡麟：《佐拉·尼尔·赫斯顿》，载谭慧娟、罗良功等著的《美国非裔作家论》。上海：上海外语教育出版社，2016年，第122页。

赫斯顿曾说："我不因自己是黑人而悲观。在我的灵魂和头脑里也没有蕴藏着巨大的悲伤。我毫不在意。我不属于那些哭哭啼啼的黑人，他们觉得上天亏待了他们，他们的感情因此受到伤害。不，我不因这个世界而哭泣——我在忙着磨我的牡蛎刀。"[1]赫斯顿打破了种族界限和关于种族的刻板印象，塑造了积极向上的黑人的正面形象，展示了黑人对生活的肯定态度和他们的喜怒哀乐，真实再现了黑人文化传统，被誉为20世纪上半叶的重要非裔女性作家。

赛珍珠（Pearl S. Buck，1892—1973）

赛珍珠是美国文学史上的一位传奇人物。她曾在中国居住过多年，中年后才定居美国，对中国有着深厚的感情，一生致力于沟通东西两个世界和两种文化。她是美国第一位获得诺贝尔文学奖的女性，也是第一位在作品中向西方读者讲述中国故事的作家，但遗憾的是，她在美国文坛上受到冷遇，其作品也被忽视。不可否认，赛珍珠的跨文化经历以及她的作品，使她成为连接中美文化的桥梁，也为传播中国文化做出了积极贡献。

赛珍珠1892年出生于西弗吉尼亚州的希尔斯伯勒，父母亲都是在华的传教士。当时父母回国休假，赛珍珠因此出生在美国。几个月后，襁褓中的赛珍珠被父母带回中国，在江苏镇江长大，后去上海念中学。

---

1. Walker, Alice. "Looking for Zora." in *In Search of Our Mothers' Gardens*. New York: Harcourt Brace Jovanovich, 1983, p.115.

1910年，赛珍珠返回美国，就读于伦道夫·梅康女子学院，毕业后起先留校任教，不久便返回中国照顾患病的母亲。1917年，赛珍珠与美国农业专家约翰·洛辛·巴克结婚，婚后与丈夫留居中国。1921年起她在南京金陵大学教授英国文学，1925年返美就读于康奈尔大学，获文学硕士学位。1935年赛珍珠与丈夫离婚，之后与出版商理查德·沃尔什结婚，此后再没有回到中国。她于1973年在美去世，墓碑上只有"赛珍珠"三个中国字。

赛珍珠一生笔耕不辍、著述颇丰，最独具特色、令人瞩目的是她所创作的中国题材作品。她从小在中国环境中长大，会讲中文，听到过许多中国故事，也在中国的教会学校里读过书，但得益于她母亲的精心指导，她很小就开始英文阅读和写作。她在美国伦道夫·梅康女子学院就学期间，为学院的学报和其他刊物撰写文章，还获得过两个文学奖。在金陵大学任教期间，她陆续在《大西洋月刊》、《论坛》、《民族》等刊物上发表文章和短篇小说。1930年，赛珍珠的第一部讲述中国故事的小说《东风·西风》(*East Wind: West Wind*)出版，获得成功。1931年，小说《大地》(*The Good Earth*)出版，在美国引起轰动，第二年荣膺普利策奖，小说在其他西方国家也广受好评。1933年赛珍珠翻译出版了中国古典文学名著《水浒传》的英文版《四海之内皆兄弟》。1932年和1935年分别出版了《儿子们》和《分家》两部小说，这两部小说与《大地》合称"大地三部曲"，成为赛珍珠最为知名的作品。除此以外，赛珍珠还出版过《母亲》(*The Mother*, 1934)、《龙种》(*Dragon Seed*, 1942)、《群芳亭》(*Pavilion of Women*, 1946)、《同胞》(*Kinfolk*, 1949)等作品，以及关于父母亲的两部传记《异乡客》(*The Exile*, 1936)和《战斗的天使》(*Fighting Angel*, 1936)。两部传记分别记述了赛珍珠母亲和父亲的生平，生动刻画了身处异国他乡的传教士的生活，属于传记作品中的佳作。赛珍珠1938年获诺贝尔文学奖，诺贝尔文学奖评奖委员会对她的评语是："由于她对中国农民生活做了丰富多彩和史诗般的描述并著有两部优秀的传记，特授此奖。"[1]1941年赛珍珠创办东西方协会，1954年出版自传《我的几个世界》（*My Several Worlds*），1964年创建赛珍珠基金会。赛珍珠还于1935年荣获美国艺术文学院豪威尔斯奖章，1936年成为美国艺术文学协会会员。

"大地三部曲"以一个农民家庭几十年间的兴衰变迁，描写了正在遭受苦难的旧中国，探讨了中国农民与他们世世代代生息繁衍的土地的关系，对当时古老、落后的中国大地上的军阀混战、民不聊生、天灾人祸、动荡不安进行了史诗般的描述，而其中最为成功的作品是《大地》。小说主人公王龙就是千千万万农民的缩影，他们栖息在这片土地上，把土地看得如生命一样重要，土地成为他们的根。他们勤劳、节俭、吃苦耐劳，渴望拥有更多的土地和金钱。王龙辛苦劳作，哪怕倾家荡产、逃荒要饭都不愿失去土地，最终发家致富。而一旦有了土地和金钱，便过上了那种他们之前羡慕的地主生活。《儿子们》的主人公是王龙的儿子王虎，他拒绝留在家中守着田产，立志入伍，最终成为盘踞一方的军阀。《分家》则以王虎的儿子王源为主线。与父亲不同，他虽曾留洋海外，但有着浓厚的土地情结，最终回归故乡的土地。赛珍珠通过人与土地的关系的变化，表现了中国社会之变迁。赛珍珠在中国生活多年，与中国人接触密切，她关心民间疾苦，熟悉中国人的生活。正是赛珍珠的中国经历，"使她一直怀有热情讴歌这块土地上普通人民的念头"[2]。

1.　保罗·A. 多伊尔：《赛珍珠》，张晓胜等译。沈阳：春风文艺出版社，1991年，第71页。

2.　同上，第20页。

　　《大地》是赛珍珠的代表作，小说从王龙结婚的日子开篇。王龙是皖北农村的穷苦农民，娶了地主家的使唤丫头阿兰。小说中农民的生活是极其艰辛的，早上喝开水时加上一点儿茶叶对他们来说都是奢侈的。对中国的农民来说，土地就是他们的一切。他们日出而作、日落而息，有着强烈的土地情结。王龙和妻子在收成好的年头，把卖粮食赚来的钱藏在屋里床后面的内墙小洞里，用攒下来的钱再去买更多的土地。土地成为他在别人面前炫耀的资本，既是他的生存之本也是他的发财之道。在饥荒年代，王龙一家人即使在穷途末路时也不肯卖地，因为"他们的生命全靠这片土地"[1]。王龙并不完美，他身上带有旧时代农民的愚昧和落后。他在积攒了一定的财富之后，开始嫌弃自己的糟糠之妻，他认为妻子的打扮与一个地主妻子的身份不相配，开始指责这个一直默默无闻像牛一样苦干的女人，他更看不惯妻子的大脚，却没有想到妻子就是靠这双大脚才能与他一起天天在地里干活。他不仅买地买房，还纳了一个裹着小脚、从不干活的妓女为妾，从此和自己的妻子形同陌路。他成为富人后搬到城里居住，雇人为他种地，但在他生命的最后一段时间，"回到自己的土地上来。他闻到田野的芳香，一看到自己的土地，便感到心旷神怡"[2]。直到临终，他还嘱咐两个儿子说："我们是从土地上来的……我们还必须回到土地上去……如果你们守得住土地，你们就能活下去……谁也不能把你们的土地抢走。"[3]对王龙来说，土地是人的血肉，是这个世上最为重要的东西，他与土地的紧密关系体现了中国农民的生存状态以及对土地的坚守。

1.　赛珍珠：《大地》，王逢振译。北京：北京联合出版公司，2019年，第62页。
2.　同上，第276页。
3.　同上，第333页。

阿兰也是这部小说中作者刻意塑造的人物，折射了农村广大女性的艰难人生。通过阿兰，赛珍珠赞扬了中国传统女性的传统美德，她们的悲剧人生也表现了赛珍珠对中国妇女生活与命运的深切关注和同情。阿兰命运多舛，她从小被卖到大户人家做使唤丫头，饱受欺凌，天天挨打受骂。嫁给王龙之后，她勤俭、善良、坚韧，一年到头起早贪黑，辛苦劳作，把家里打理得井井有条，还为王龙生下五个子女，自己却很少享福。她每天忙完家里的事情后就去地里干繁重的农活，甚至在刚刚生下孩子后又返回地里干活。她从不讲究吃穿，却在生下第一个儿子后，把自己和儿子都打扮一新，去了原来的主子那里，就是为了让他们看看自己的日子过得如何。在饥荒年代一家人去南方逃荒时，她带着孩子们乞讨。她讨饭时的叫喊声让王龙和孩子们惊讶不已，阿兰告诉他们："我小的时候这样喊叫过，而且得到了吃的。那年也是这样一个荒年，我被卖去做了丫头。"[1]是她的吃苦耐劳帮助丈夫成为当地的富人。但发迹后的王龙越发看不上她的相貌，还有她的大脚。他看她时，"就像看一张桌子或一把椅子，或者像看院子里的一棵树那样。他对她毫不在意，甚至不如对一头垂下头的牛或不进食的猪那么关心"[2]。王龙的背叛使阿兰饱受打击，她虽然委曲成全、逆来顺受，但忍受不了丈夫对她精神上和心灵上的摧残，终于染病在身，只是重复地对负心的丈夫说："我为你生了儿子。"[3]直到她病入膏肓、卧床不起，才不再去地里干活。直到此时，王龙和孩子们才"第一次意识到她在这个家庭里是多么的重要。她曾经使他们所有的人感到舒适，而他们对此却毫无感觉"[4]。阿兰为这个家付出了一

1.　赛珍珠：《大地》，王逢振译。北京：北京联合出版公司，2019年，第93页。

2.　同上，第93页。

3.　同上，第179页。

4.　同上，第236页。

切，她的默默忍受和无私奉献换来的却是劳累、痛苦和冷漠。阿兰是封建礼教的牺牲品，她的经历代表了中国农村女性典型的悲剧人生。

《大地》出版后广受欢迎的一个原因是它所"具备的揭示人类共性的能力，尽管它所描述的是一个英语国家的人民并不十分熟悉的民族"[1]。赛珍珠笔下的中国农民有着诸多的美德，但也有私欲和缺陷，他们是有血有肉的人，散发着人性的善恶，具有人的普遍共性。美国第一位诺贝尔文学奖获得者辛克莱·刘易斯盛赞赛珍珠，称她"从人类的观点出发，呈现出一副崭新的东方画卷"[2]。赛珍珠以自己的作品，向西方世界展示了一个真实客观的中国社会，她用直白、简洁而朴实的语言，独具特色、形象丰满的人物，贴近现实生活的情节设计，描绘了自己亲眼所见的中国人民的苦难。三部曲时间跨度大，人物性格突出，叙事形式类似于中国传统小说中的白描手法。她不仅生动刻画了以王龙为代表的中国广大农民的生存状态，展现了中国农民对土地的深深眷恋，也体现了中国人的价值观念、思维方式、伦理道德、民族性格，尤其是表现了中国农村的生活习俗。如她所说："我们期待镜子做的就是它反映真相，而在小说这面镜子里，有的只是对中国人这个伟大的对象的真实映现。"[3]

在美国文学史中，赛珍珠受到其他诺贝尔文学奖获得者未曾受过的冷遇，重要原因在于她对异族文化——中国和亚洲文化——的描写。赛珍珠曾说："我想让外界所知道的是我所写的书，并不能代表全部的中国，我在我的书里，并没有奢望能反映出整个的中国民族来。我不过是

1.　保罗·A. 多伊尔：《赛珍珠》，张晓胜等译。沈阳：春风文艺出版社，1991年，第24页。
2.　Lewis, Sinclair. *New York Times*. Nov. 23, 1938, p.18.
3.　姚君伟编：《赛珍珠论中国小说》。南京：南京大学出版社，2012年，第15页。

就我所经历、所知道的书写出来。这一点，不过是只能代表我个人所能领略的一部分而已。"[1]赛珍珠真实感人地描绘了她所看到、所经历的中国，并以文学形式努力沟通东西文化，虽然由于赛珍珠的文化身份，其作品有一定的局限性，但对中国读者来说，赛珍珠及其作品有着独特的魅力和意义。

F. 司各特·菲茨杰拉德（F. Scott Fitzgerald，1896—1940）

　　F. 司各特·菲茨杰拉德是美国"迷惘的一代"的代表作家之一，他的作品真实地反映了20世纪20年代美国人的精神面貌和生活方式，充分表现了"美国梦"的幻灭。在菲茨杰拉德的代表作《了不起的盖茨比》（*The Great Gatsby*，1925）中，有这样一个情节：主人公杰伊·盖茨比的父亲给小说叙述人尼克·卡拉威看了杰伊小时候的一本书，在书的衬页上列有盖茨比为自我完善而制定的一个详细的日常活动时间表。这一细节显然影射了本杰明·富兰克林在其《本杰明·富兰克林自传》中建立的自我完善行为模式。富兰克林以他自身的榜样，创立了一个美国神话，或曰"美国梦"：人可以通过个人奋斗达到成功。但具有讽刺意味的是，盖茨比虽然走上了"成功"之路，但他的成功却是靠贩酒和欺骗取得的。菲茨杰拉德的作品正是以此描写了20世纪20年代美国人的理想和幻灭，展现在读者面前的是一个摒弃了富兰克林所提倡的勤俭奋斗的道德标准的时代，而取而代之的是冷酷的机会主义和对金钱和享乐的崇

1.　赛珍珠：《我的中国世界——美国著名女作家赛珍珠自传》，尚营林等译。长沙：湖南文艺出版社，1991年，第310页。

拜。发人深思的是，菲茨杰拉德本人也生活在这样一个美国神话里，他的一生极为典型地反映了他那一代人的追求和幻灭。

　　菲茨杰拉德一共创作了4部长篇小说和160多篇短篇小说，他作品中的许多人物都带有自传成分。菲茨杰拉德于1896年出生于明尼苏达州的圣保罗市。他的外祖父是爱尔兰移民，后来靠经商发家，成为巨富。他父亲不善经营，一家人生活常靠妻子的富有亲戚接济，菲茨杰拉德因而从小便对财富以及财富所带来的特权有一种既爱又恨的矛盾心理。菲茨杰拉德17岁时在亲戚的资助下进入普林斯顿大学学习，在校期间他是社交场合上的宠儿。虽然学习成绩平平，但其文学才华已初露端倪。菲茨杰拉德未等大学毕业即入伍服役，身边带着他未完成的第一部作品《人间天堂》（*This Side of Paradise*）的书稿。他没有到过欧洲战场，却在服役期间结识了有钱的漂亮女子姗尔达·赛瑞。菲茨杰拉德对姗尔达紧追不舍，但姗尔达却不愿嫁给一个无钱无势的人。两年后菲茨杰拉德退伍，在一家公司当了抄写员，并利用业余时间继续写作。姗尔达终于失去了耐心，与他解除了婚约。菲茨杰拉德为得到梦寐以求的心上人，回到家乡埋头写作。几个月后，《人间天堂》（1920）出版了，菲茨杰拉德不仅名利双收，还赢得了姗尔达的芳心，作品出版后两人便成了婚。婚后菲茨杰拉德夫妇生活奢侈豪华、挥金如土，他们出没于酒吧、舞厅，往返于纽约、巴黎，纵情享受着金钱带来的一切。菲茨杰拉德的生活方式使他成为"爵士乐时代"的最好写照。然而，在狂欢纵乐的同时菲茨杰拉德没有忘记上流社会对他的鄙视和他所受到的伤害，他后来承认，这件事使他变了个人。"这个一年以后口袋里金钱丁零当啷响时才娶了那个姑娘的人，将永远对有闲阶级持有怀疑和敌意。这不是革命者的信念，而是乡下人心里压抑的仇恨。"[1]他的这段经历后来在他的代表作《了不起的盖茨比》里得到了形象的反映。在其后两年里，菲茨杰拉德又陆续出版了短篇小说集《新潮女郎与哲学家》（*Flappers and Philosophers*，1920）、《爵士乐时代的故事》（*Tales of the Jazz Age*，1922）和小说《漂亮冤家》（*The Beautiful and Damned*，1922）。

菲茨杰拉德的创作为他带来了可观的收入，但他和姗尔达挥霍的生活方式仍然使他不时感到经济拮据。1924年菲茨杰拉德来到欧洲，在那里结识了海明威等"迷惘的一代"的作家。1925年《了不起的盖茨比》出版，代表了菲茨杰拉德文学创作的最高成就，但是这本书的成功没有给他带来他所盼望的经济效益。进入20世纪30年代之后，菲茨杰拉德家庭生活出现危机，姗尔达精神逐渐失常，菲茨杰拉德的经济状况也陷入困境。情绪消沉使他染上酗酒恶习，作品也受到读者冷落。1934年，他的小说《夜色温柔》（*Tender Is the Night*）出版，销路令作者失望。1937年，菲茨杰拉德迫于生计，只好去为好莱坞编写电影脚本。1940年他由于心脏病发作猝然去世，年仅44岁。他的最后一本小说《最后一个大亨》（*The Last Tycoon*，1941）于他去世后出版。

《人间天堂》是菲茨杰拉德的成名作，以一个名叫阿莫瑞·布莱恩的青年的成长为情节主线，逼真描写了美国20世纪20年代年轻人的价值趋向。主人公布莱恩脑子里充满了要出人头地的幻想，对他来说，这就意味着要做个大人物、娶最漂亮的姑娘。布莱恩是战后一代年轻人的代表，他崇拜金钱，追求物质享受，把道德理想、社会责任等全部抛在了

1.　Fitzgerald, F. Scott. "The Crack-Up." in *The Norton Anthology of American Literature*. Ed. Ronald Gottesman, et al. 1st ed. Vol. 2. New York: Norton, 1979, p.1654.

脑后，因为对他来说"一切神祇统统死光，一切仗都已打完，对人的一切信念完全动摇"[1]。菲茨杰拉德说出了战后一代人的心声，把"迷惘的一代"的心态表现得淋漓尽致。这部作品为菲茨杰拉德赢得了极大的声誉。

　　无论是从思想意义还是艺术水平上来看，《了不起的盖茨比》都堪称美国20世纪20年代"美国梦"幻灭的一首绝唱。著名作家T. S.艾略特对这部作品评价较高，曾声称，《了不起的盖茨比》是"亨利·詹姆斯之后美国小说迈出的第一步"[2]。小说写了主人公盖茨比与黛西的爱情悲剧。贫家子弟盖茨比在服役期间结识了豪门之女黛西，两人虽然相爱，黛西却不愿嫁给家境贫寒的盖茨比。战后盖茨比得知黛西早已和有钱人汤姆结婚。黛西生活优裕，却不得不忍受汤姆的不忠。盖茨比对黛西始终无法忘怀，他通过非法买卖发了横财，终于得以与黛西重温旧情。盖茨比的痴情使黛西感到满足和激动，但她没有勇气放弃已拥有的财富、地位和安全感。在一次车祸后，盖茨比为保护黛西，主动承担开车的责任。汤姆却乘机借死者丈夫的手杀了盖茨比，然后和黛西一走了之。盖茨比以毕生心血筑起的美好梦想，就这样在严酷的现实面前破灭了。

　　盖茨比的遭遇深刻地揭示了美国20世纪20年代"美国梦"的幻灭。盖茨比从小就有成功的雄心，企望像富兰克林那样依靠个人奋斗改变自己的命运。遇到黛西之后，他与黛西的爱情成为他美丽幻想的核心，因为黛西象征着上流社会一切美好的东西。为了赢得黛西，他从社会底层奋斗上来，甘愿为实现这样的理想献出自己的一切。而为了自己带有浪

1．董衡巽等：《美国文学简史（下）》。北京：人民文学出版社，1986年版，第213页。
2．Chase, Richard. *The American Novel and Its Tradition.* New York: Doubleday, 1957, p.166.

漫色彩的目标，他甚至不惜以不合法的手段追求显赫的财富。盖茨比不择手段地获取金钱，因为他知道金钱是衡量成功的唯一标准，只有金钱才能使他梦想成真，他也希望金钱能使一切回到过去。他在纽约长岛购买了一座富丽堂皇的豪华住宅，门前天天车水马龙、悬灯结彩。他举行各种舞会，以期引起黛西的注意。小说中有这样一个情节，盖茨比在带领黛西参观他的住宅时，炫耀式地把无数五颜六色的华贵进口衬衫一股脑地堆在黛西面前，黛西果然瞠目结舌，为之倾倒。盖茨比的做法尽管格调低下，却足以使黛西动心。金钱把黛西重新吸引到盖茨比的身边，使他一度认为自己憧憬的理想即将实现。盖茨比的可悲之处在于他所孜孜以求的目标十分渺小。黛西不过是个徒有美丽外表的阔小姐，她内心自私空虚，决然不会为纯洁的爱情放弃地位和特权。盖茨比为这样一个势利庸俗的女子奋斗终生，乃至牺牲自己的性命，令人可悲可叹。

　　但盖茨比这个人物又有他的可贵之处。他对生活充满了美好的憧憬，对自己的追求坚信不疑。菲茨杰拉德在小说的结尾，借故事叙述人尼克之口，把盖茨比的梦和美国早期移民的梦想联系在一起，追溯了美国梦的渊源。尼克想象"当年荷兰水手怎样眺望这片林木葱葱的新大陆"，又目睹了盖茨比是如何隔水凝望着黛西家码头尽头亮着的那盏绿灯的。美国的早期移民曾憧憬依靠个人奋斗创造财富，盖茨比把黛西视为自己梦想的化身，也曾想以自己的努力重新赢得她，但社会的现实迫使他采用不正当的手段来实现自己的理想。盖茨比的发财之路说明了美国精神的腐败，美国早期的理想主义已被赤裸裸的拜金主义所替代。尽管如此，盖茨比这个人物还是值得读者同情的。他虽然赚钱不择手段，但目的并不卑鄙。盖茨比粗俗的外表下掩藏着他浪漫主义的理想、纯朴美好的愿望，以及他对理想锲而不舍的追求。

菲茨杰拉德对盖茨比和汤姆的不同态度，表现了盖茨比和汤姆本质上的不同。出身于有产阶级的汤姆，倚仗自己继承的财产，挥霍放荡、为所欲为，并且认为享有特权是天经地义的事。而出身贫寒的盖茨比是依靠自己双手致富的，他积聚财富，仅仅是以金钱作为达到目的的手段，而他又随时准备为自己心爱的人奉献出一切。建造在物质主义之上的理想本身就是腐败的，但即使是对一个腐败理想的无私献身，在菲茨杰拉德看来，也比那种彻头彻尾的自私自利要高尚得多。虽然盖茨比的梦想"一年年在我们的眼前渐渐远去"[1]，但作者对盖茨比这样一个为自己的理想而拼搏但又最终落得一无所有的人物寄予了极大的同情，所以才将其称为"了不起的盖茨比"。

《了不起的盖茨比》在艺术上的最成功之处在于作家使用了"双重视角"（double vision），"即作者把自己两种不同的看法统一在一部作品之中，以达到某种效果"[2]。这部小说以一个由中西部来到纽约学做股票生意的年轻人尼克·卡拉威作为故事的叙述人，由他来讲述主人公盖茨比的故事。尼克既是盖茨比的邻居，又是黛西的远亲和汤姆的大学同学。所以他有机会和其他人物充分接触，并能客观冷静地对他们的行为进行评价。菲茨杰拉德认为，一个"具有一流才能"的作家，有能力"在同一时间里在头脑里容纳两种截然不同的想法，而且依旧不影响他的思维功能"[3]。在这部作品中，菲茨杰拉德就是通过尼克这个既在圈内又在圈外的清醒的观察者，点明了他所保持的既身在其中又置身事外的立场，以此

1.　菲茨杰拉德：《了不起的盖茨比》，巫宁坤等译。上海：上海译文出版社，2011年，第152页。

2.　董衡巽主编：《美国文学简史（修订本）》。北京：人民文学出版社，2003年，第390页。

3.　Fitzgerald, F. Scott. *The Crack-Up*. Ed. Edmund Wilson. New York: New Directions Book, 1993, p. 69.

揭示了人物形象的本质，点出了小说的主题。

　　和盖茨比一样，尼克战后来到东部寻求发展，但他的道德观植根于中西部。在开始面对东部社会五光十色的生活时，他也为之迷惑。只有在他亲眼见到了以汤姆为代表的有钱人内心深处的肮脏之后，他对他们的所作所为才持有批评态度。特别是在他与盖茨比交往的过程中，他逐渐认识到表面上浮夸、粗俗的盖茨比比起汤姆和黛西来要高尚得多。尼克一方面羡慕有钱人的上等生活水准，一方面又憎恶他们那种无所事事、丝毫不负责任的生活方式。正因如此，尼克在小说的后面气愤地指出："汤姆和黛西，他们是粗心大意的人——他们砸碎了东西，毁灭了人，然后就退缩到自己的金钱或者麻木不仁或者不管什么使他们留在一起的东西之中，让别人去收拾他们的烂摊子。"[1]尼克对这样两种不同的人进行了比较，做出了自己的道德抉择。他对盖茨比由鄙视到同情直至钦佩，虽然认识到盖茨比的理想不过是白日梦，却禁不住告诉他说："他们是一帮混蛋。他们那一大帮子都放在一堆也比不上你。"[2]在目睹了盖茨比"美国梦"的幻灭之后，尼克意识到单纯以财富去追求理想是自我毁灭的因素之一，他毅然离开了象征着精神和道德荒原的纽约，返回了中西部老家。

　　1934年，在《了不起的盖茨比》出版9年之后，菲茨杰拉德出版了《夜色温柔》，他对此书寄予重望。在《了不起的盖茨比》出版三周后，他给好友、编辑帕金斯写信说："我正以十分愉快的心情创作一部长篇小说。这部小说无论在形式、结构，还是在思想内容上都十分新潮。小说探讨的是乔伊斯和斯泰因一直致力探讨却无结果，而康拉德根本就没有发现

---

1. 菲茨杰拉德：《了不起的盖茨比》，巫宁坤等译。上海：上海译文出版社，2011年，第150页。
2. 同上，第129页。

的最为典型的时代特征。"[1]小说出版后，并没有取得菲茨杰拉德所想象的
轰动效应，令其极为失望，作品直到作者去世后才开始被重视："从菲茨
杰拉德全部作品来看，在他的风格趋于成熟的过程中，《夜色温柔》如
同《了不起的盖茨比》，是一座丰碑。"[2]海明威也曾说："这部小说的绝大
部分内容写得都极为精彩，令人拍案叫绝。这是一部使人越读越感兴趣
的小说。"[3]像菲茨杰拉德其他作品一样，这部小说表现了作者对上层社会
的揭露和批判。主人公狄克是一位很有前途的、出身低微的年轻精神病
医生。他在看病时爱上了一个富翁家的千金小姐，后与她结婚。为了爱
情，狄克牺牲了自己的事业，全心全意地照顾妻子，但妻子治愈后竟另
觅新欢，弃他而去。痛苦中的狄克以酒消愁，在穷困中了却余生。作者
对富有阶级那种没有道德责任心的行为表示愤慨，也又一次展现了理想
的幻灭和悲哀。这部作品因作者注入了自己的感受而读起来真实感人。

菲茨杰拉德是美国20世纪20年代那个"历史上最会纵乐、最讲绚丽
的时代"[4]的象征，这使他在美国文学史上永远占有一席之地。他不必去
创造一个"迷惘的一代"的传说或者将其用于文学创作，因为他的经历
本身就是这个时代的中心故事[5]。像他作品里的主人公一样，菲茨杰拉德
一生都在追求那带有玫瑰色的美国梦，一生都在追逐意味着成功的金

1. 吴建国：《菲茨杰拉德研究》。上海：上海外语教育出版社，2002年，第194页。

2. Stern, Milton R. "*Tender Is the Night* and American History." in *The Cambridge Companion to F. Scott Fitzgerald*. Ed. Ruth Prigozy. Cambridge: Cambridge UP, 2001, p.96.

3. Meyers, Jeffery. *Scott Fitzgerald: A Biography*. New York: Cooper Square P, 1994, p.246.

4. Fitzgerald, Scott. *The Crack-UP*. Ed. Fdmund Wilson New York: New Directions Book, 1993, p.14.

5. Kazin, Alfred. *On Native Grounds: An Interpretation of Modern American Prose Literature*. Unabridged ed. New York and London: Harcourt Brace Jovanovich, 1970, p. 316.

钱。作为一个不同凡响的作家，他又深深体会到物质奋斗和享乐主义的毁灭作用。正是他对自己时代狂热的追求与深刻的批判，他的作品表现出了带有悲剧性的时代幻灭感，也因而迸发出真正的艺术生命力。

威廉·福克纳 (William Faulkner, 1897—1962)

　　威廉·福克纳是迄今为止美国最杰出的南方作家。他倾尽毕生笔墨描绘了养育他的南方。他在1956年的一次访谈中说道："我发现我家乡的那块邮票般大小的地方倒也值得一写，只怕我一辈子也写它不完，我只要化实为虚，就可以放手充分发挥我那点小小的才华。这块地虽然打开的是别人的财源，我自己至少可以创造一个自己的天地吧。"[1]正是出于这个目的，福克纳以大家手笔，构筑了一个小说王国，即他的"约克纳帕塔法世系"，他众多的作品都以这个他虚构的"约克纳帕塔法县"为背景，约克纳帕塔法县因而成为一个微缩了的南方社会。福克纳的创作深深地扎根于南方文化中，他在这样一组浩瀚的南方史诗中，即表现了他对南方历史、现状和未来命运的思考和担忧，也反映了现代社会中人们普遍存在的困惑和危机感。

　　福克纳对哺育了他的南方怀有深切的感情。南方的历史和传统既使他为之骄傲，也让他感到沉重。福克纳1897年出生于密西西比州的牛津镇附近的一个名门望族。他的曾祖父威廉·克拉克·福克纳在当地声名

1.　威廉·福克纳：《福克纳谈创作》，蔡慧译，载李文俊编选的《福克纳评论集》。北京：中国社会科学出版社，1980年，第274页。

显赫，一生颇具传奇色彩。他在内战时曾是南军上校，战后成为律师、铁路资本家、州议员，还写过两部小说和一个剧本，最后死在仇敌的枪口下。据说，福克纳把自己的姓里添上一个字母u以示与这位大名鼎鼎的曾祖父作家的区别。福克纳从小耳濡目染，听到过不少有关自己家族和当地的故事。福克纳在这种弥漫着南方历史文化传统的氛围中长大，所以家族史和南方的历史渊源成为他日后创作取之不竭的素材。他曾经在一篇文章里说："某人说过，……艺术首先是地方性的，那就是说，它直接产生于某一个时代和某一个地方。这是一个非常深刻的见解；因为李尔王和哈姆雷特……除了伊丽莎白时代的英格兰外，不可能写于其他地方……同样包法利夫人也只可能写于19世纪的罗恩古地而不是任何其他地方。"[1]

　　福克纳只读过两年高中，尽管他从六年级时就喜爱文学，但对学校生活不感兴趣，麦尔维尔、莎士比亚、菲尔丁（Henry Fielding）和康拉德（Joseph Conard）等人的作品反而更让他入迷。在第一次世界大战中，福克纳参加了加拿大空军。战后他在密西西比大学读过一年的语言和文学，此后福克纳尝试过各种职业，可是他心中已经认定要投身于文学事业。1925年初，福克纳来到文人云集的新奥尔良，在那里他接触到弗洛伊德（Sigmund Freud）的心理学和乔伊斯的先锋小说。对福克纳的文学生涯极为重要的一件事是他在那里认识了著名作家舍伍德·安德森。据福克纳后来的回忆，是安德森鼓励他发展自己的文学风格，并让以自己的故土作为创作的基点。安德森还向自己的出版商推荐了福克纳的第一部小说《士兵的报酬》（Soldier's Pay，1926），这部小说成为福克纳文学创作的起点。

1．肖明翰：《福克纳与美国南方文学传统》，载《四川师范大学学报（社会科学版）》1996年第01期，第50页。

　　福克纳在其写作生涯中共创作了19部长篇小说和近100篇短篇故事，他的写作大致可分为三个阶段。第一阶段是他的实习阶段，作品包括他的诗集《大理石牧神》（*The Marble Faun*，1924）以及小说《士兵的报酬》和《蚊群》（*Mosquitoes*，1927）。这一时期可以说是福克纳的实习阶段，他正在摸索自己的创作路子，作品不免带有某些模仿和雕琢痕迹。他的这几部作品都没有引起什么反响。

　　1929年出版的《沙多里斯》（*Sartoris*）标志着福克纳的创作进入了鼎盛时期。小说描写了出身于南方贵族家庭的年轻人在家族的精神遗产重压下心理受到严重损害，最终造成了人生悲剧。《沙多里斯》被称为"站在门槛上"[1]的书，因为这是福克纳以约克纳帕塔法县为背景的第一部小说，它说明福克纳终于跨过了创作初期的门槛，为自己今后的创作确定了方位。自1929至1936年，福克纳出版了他最重要的几部作品，其中包括《喧哗与骚动》（*The Sound and the Fury*，1929）、《我弥留之际》（*As I Lay Dying*，1930）、《圣殿》（*Sanctuary*，1931）、《八月之光》（*Light in August*，1932）和《押沙龙，押沙龙！》（*Absalom, Absalom!*，1936）。在短短几年内，福克纳一鼓作气推出好几部代表他最高水平的作品。福克纳的文学创作在这一时期达到巅峰，他也因而确立了自己在文学界的地位。

　　自1936年起，福克纳的创作进入了成熟期，他在这一时期出版过众多的作品，但从整体来说始终没有超越他在自己写作的黄金时期所取得的辉煌成就。这一时期的主要作品包括长篇小说《野棕榈》（*The Wild Palms*，1939）、《坟墓的闯入者》（*Intruder in the Dust*，1948）、《寓言》

1．弗雷里克·J.霍夫曼：《威廉·福克纳》，姚乃强译。沈阳：春风文艺出版社，1994年，第4页。

（*A Fable*，1954）、《掠夺者》（*The Reivers*，1962）以及"斯诺普斯三部曲"《村子》（*The Hamlet*，1940）、《小镇》（*The Town*，1957）和《大宅》（*The Mansion*，1959），还有短篇小说集《去吧，摩西》（*Go Down, Moses*，1942）。福克纳在这些作品中不断充实他的约克纳帕塔法世系，进一步挖掘和探索了他一贯的创作主题。

　　1946年马尔科姆·考利（Malcolm Cowley）编辑出版了《袖珍本福克纳选集》（*The Portable Faulkner*），并在序言中对福克纳大加赞扬，从而引起评论界和公众对福克纳作品的重视，福克纳的名望自此不断上升。福克纳于1948年当选为美国艺术文学院院士，1949年荣膺诺贝尔文学奖，还曾两次获得普利策奖。

　　福克纳认为："不仅每一部书得有一个构思布局，一位艺术家的全部作品也得有个整体规划。"[1]正因为如此，他从自己的第三部小说开始，逐渐构筑和完善了一个小说王国——约克纳帕塔法世系，这是一个具有高度真实性的虚构物。福克纳以作家丰富的想象力和艺术创造力为这个世系提供了有关社会阶层和地理环境的许多细节，甚至还在《押沙龙，押沙龙！》一书中绘制了一幅"密西西比州约克纳帕塔法县杰弗逊镇"的地图，并称自己为"约克纳帕塔法的唯一业主和所有者"。这个县的面积为2,400平方英里[2]，1936年时人口为15,611人，其中白人6,298人，黑人9,313人。约克纳帕塔法世系的确是福克纳可以发挥自己才华的天地，它追溯了南方社会不同阶层人物的浮沉，时间跨度长达一个半世纪。福克纳在这个世系中讲述了好几个家庭、几代人的故事，每部作品都自成体系，

---

1. 威廉·福克纳：《福克纳谈创作》，蔡慧译，载李文俊编选的《福克纳评论集》。北京：中国社会科学出版社，1980年，第274页。
2 英美制长度单位，1英里等于5,280英尺，合1.6093千米。

但和别的作品又有关联。福克纳丰富的想象力和严密的构思不能不令人钦佩。他的作品中有名有姓的人物竟有六百余人，许多人物在好几部作品中都出现过。福克纳以如此众多的人物和宏大的场景创作了一幅色彩斑斓的美国南方社会的历史画卷。

《喧哗与骚动》、《我弥留之际》、《八月之光》、《押沙龙，押沙龙！》被认为是福克纳最重要的四部作品。《喧哗与骚动》是福克纳的代表作，也是他尤为喜爱的小说，"因为它是他的第一部最富创造性的作品，是第一部为他赢得了世界声誉的杰作。更重要的是，这也是他的第一部，或许是唯一的一部不是为了出版，而是为他自己、为小说艺术本身而创作的作品"[1]。小说的书名引自莎士比亚的悲剧《麦克白》中麦克白的一句台词："人生如痴人说梦，充满着喧哗与骚动，却没有任何意义。"[2]作品通过描绘一个南方贵族家庭的没落来揭示南方旧有经济的解体和传统道德法规的崩溃。小说讲述了约克纳帕塔法县杰弗逊镇上康普生家族成员的故事。书中康普生先生的女儿凯蒂是小说的轴心，其他人物的故事则可以看作是由此向外展开的轴线。小说分为四个部分，前三部分由凯蒂的三个兄弟讲述，最后一部分由康普生家的黑人女仆迪尔西叙述。这样福克纳就从四个不同的角度叙述了同一个故事。康普生家的子女在一个毫无家庭温暖的环境下长大，父亲颓败无能，母亲冷漠自私，几个子女心态都不健全。女儿凯蒂轻佻放荡，南方的传统道德标准对她失去了意义。她后来离家出走，却把自己的私生女留在家中，凯蒂的行为直接影响到家中其他子女。凯蒂的弟弟班吉是个白痴，虽已成年却只有3岁

1.　肖明翰：《威廉·福克纳研究》。北京：外语教学与研究出版社，1997年，第235页。
2.　李文俊：《威廉·福克纳》。北京：人民文学出版社，2010年，第16页。

孩子的智力。班吉没有思维能力，也没有任何时间概念，他只能说出自己的感觉，而这些感觉又和记忆混杂在一起。他的叙述涉及凯蒂的成长过程，表达了他对疼爱过自己的姐姐的依恋之情。小说的第二部分由哈佛大学学生、凯蒂的哥哥昆丁叙述。昆丁是一个传统观念的卫道士，他不堪南方贵族社会伦理道德观念的心理重压，精神极其脆弱。他爱自己的妹妹，同时又是家族荣誉的维护人。凯蒂的行为给他以沉重的打击。他无法阻挡妹妹的所作所为，只好选择死亡，试图用阻挡时间前进的办法使自己的家族免遭毁灭。第三部分的叙述者是凯蒂的大弟弟杰生。杰生利欲熏心、自私残忍，是现代商业社会中一个赤裸裸的拜金主义者。他憎恨凯蒂，因为她的堕落使他失去了凯蒂的丈夫在废除婚约前许诺给他的那份银行里的工作。为了报复，他百般折磨和虐待凯蒂的女儿小昆丁，终于使她走上母亲的老路。与这三部分形成强烈对比的是小说的"迪尔西部分"。福克纳在分别从康普生三兄弟的视角讲述所发生的事件之后，让小说中唯一一个心态健全，具有尊严、忍耐力和同情心的人物——黑人女仆迪尔西在书中的最后部分对故事加以补述，以使读者对康普生家人的行为做出道德判断。迪尔西是小说中最健康和最有生命力的因素。

《我弥留之际》也讲述了一个家庭的故事。但这部作品涉及的却是南方的一个贫穷白人家庭。故事分为59节，情节的发展由15个人物（既有这个家庭的成员也有局外人）从不同角度进行叙述。小说描写了一个普通农妇弥留之际和她去世后发生的事情。艾迪·本德伦在世时，曾让丈夫答应把她的遗体运到她娘家的所在地杰弗逊埋葬。所以在她死后，一家人赶着载棺枢的大车，向杰弗逊出发。他们一路上历经艰险，渡过水灾和火灾的劫难，最终到达目的地。但本德伦一家人送葬的艰难旅程完全不能和克服种种磨难并创造了英雄业绩后回到家乡的荷马史诗《奥德塞》相提并论，小说也不是在讲一个历经千辛万苦而完成一项崇高使命的故事。福克纳在这部作品中展现了一出现代生活的荒诞式悲剧。本德伦的丈夫安斯只知道为自己打算，几个子女之间毫无手足之情。且不说一家人运送一具散发着腐烂气味的尸体的可笑举动，两个儿子一个在水灾中砸断了腿，另一个因放火烧棺柩被送进了疯人院；安斯和女儿其实是另有所求，未婚有孕的女儿一路上在盘算如何堕胎，而到达杰弗逊后，埋葬了亡妻的安斯立即配了假牙，又娶了妻子。现代人生存的可怜与可悲在这部作品中得到充分和形象的表现。

在1932年出版的《八月之光》中，福克纳对人性从两个侧面进行了探讨。小说的主人公裘·克里斯默斯从小被遗弃。在孤儿院时，他无意目睹了女保健员的丑事，便被说成有黑人血统。在以后的年月里，克里斯默斯因无法确定自己的身份，一直生活在极端的矛盾和孤独之中。他最终用暴力对待企图制约他的外部世界，他杀死了自己的白人情妇，自己也在星期五（耶稣受难日）这一天被白人处以私刑而死。与这种暴力、孤独和死亡的主题相对立的人物是代表平和、忍耐和生命力的农村姑娘莱纳·格鲁夫，她怀着身孕，为寻找遗弃自己而逃的情人来到杰弗逊。她与克里斯默斯走的是两条不同的生活道路。她平静地接受了自己的命运，一路上得到好人相助，还平安生下了孩子。福克纳在这部小说中不仅抨击了种族偏见，也宣扬了应以恬静、忍耐的态度面对生活的人生观。

长篇小说《押沙龙，押沙龙!》在写作手法上更趋复杂。它讲述了庄园主托马斯·塞德潘家族的崛起和衰败。塞德潘因出身低微而遭到歧视，他立誓将来要拥有财富，以实现自己的"宏伟计划"。他后来带着黑奴到杰弗逊开荒定居，终于建成象征着财富和地位的大宅，还娶妻生下一子一女。但后来他与一黑白混血女人所生的儿子来到杰弗逊，与他的女儿订婚了。塞德潘怕血统混杂，极力阻挠，后又唆使儿子亨利把这个混血儿子打死了，亨利也逃亡在外。南北战争之后塞德潘回到已经荒芜的庄园，他虽然雄心不减，希望再生一个儿子继承家业，但最后还是被人杀死。极具象征意义的大宅亦在大火中变为废墟，塞德潘家族终于灭亡。

福克纳既是长篇小说巨匠，也创作了一些短篇小说佳作，其中最为出名的当属《献给艾米丽的一朵玫瑰》（"A Rose for Emily"，1930）。艾米丽是镇上格里森家族最后一名成员，独自生活在一所阴森的大宅子里，其父生前自私又专横，控制着女儿的生活，赶走了她所有的追求者。父亲死后她曾爱上一个"北方佬"，但遭到镇上人的横加干涉，而这个薄情的北方人也没有与她成婚的打算，还毁灭了她生活的所有希望，最终导致她心理变态，酿成悲剧。未婚夫失踪之后她与世隔绝40年之久，直到葬礼之后，人们才终于走进她的住宅，在床上看到了她未婚夫的遗骸，摆出一度是拥抱的姿势。原来艾米丽当年毒死了这个她唯一爱过的男人，以自己的方式永远留住了他，得以与他相伴一生，其手段的决绝和惨烈以及她孤苦悲凉的人生令人唏嘘。福克纳在一次演讲时说，这个故事讲的就是"可怜、可悲的人为了得到所有人都想得到的东西，与自己的心灵、他人，以及环境进行的搏斗"[1]。正因为如此，福克纳要献给令人同情的艾米丽一朵玫瑰花。

福克纳是美国文学史上一位承上启下的重要作家。他首先是一位乡

---

1.   Faulkner, William. *Faulkner in the University: Class Conferences at the University of Virginia, 1957-1958*. Ed. Fredrick L. Gwynn and Joseph L. Blotner. New York: Vintage Books, 1965, p.185.

土作家，其作品带有浓厚的地方色彩，他继承了马克·吐温等美国文学大师的优秀传统，对自己生活的地理区域做了全面的审视，绘制了一幅纷繁复杂的美国南方社会画面。他对南方社会的兴衰和南方人命运的起落的描绘令人折服。与那些文学前辈们相比，福克纳作品中所表现的社会场景更为广阔，人物更为众多，时间也更为久远。福克纳作品的内容极为丰富，人物形象塑造涵盖社会各个阶层，无论在广度和深度上都胜过他人。特别是通过对走向衰败的南方贵族家族的描写，福克纳象征性地揭示了南方奴隶制种植园制度由盛而衰，最终走向灭亡的过程，并且指出南方白人社会对印第安人和黑人的不义行为所带来的自我毁灭。但福克纳同时又是一位现代作家，他在自己那些富有时代气息的作品中，以对人类状况所具有的深刻洞察力，对现代社会和现代人做了透彻的阐述。他的作品既表现了南方贵族社会的精神遗产对其子孙造成的历史负担，也反映了美国资本主义发展时期人们对物质文明的追求，以及由此所带来的价值观念的丧失和人性的扭曲。他"通过对过去的探索在过去和现在之间建立了一种有机联系，想在对过去的探索中更深刻、更全面地认识现在，找出它的问题的根源"[1]。福克纳作品所关注的基本问题是：物质文明的发展和精神的危机感、社会对人性的扼杀、人类的内心冲突、人如何对待历史遗产、人与人之间的关系（包括不同种族的人之间的关系）以及人的自我定义和定位，等等，从根本上说，是对人类命运的关注。他所表现的这些主题不仅使自己的作品超越了区域，甚至超越了国家界限，也赋予了它们以现代性和现实意义。

尽管福克纳的作品带有悲剧性，但并不是说他对人类命运采取了

---

1. 肖明翰：《威廉·福克纳研究》。北京：外语教学与研究出版社，1997年，第85页。

完全悲观绝望的态度。福克纳在批判式地观察南方社会和对南方贵族家庭的衰败进行逼真的艺术再现时，还塑造了一些没有受到文明社会腐蚀、保持真正人格的"原始人"形象。这是些生活在社会下层的普通人，在他们身上反映出善良、纯朴、有尊严、有同情心和忍耐力等人类的优良品质。《喧哗与骚动》中的黑人女奴迪尔西就是小说中唯一一个"正常人"。她无视种族偏见和歧视，以爱心和同情心对待别人，在她身上闪烁着生活的希望火花。《八月之光》中的莱纳·格鲁夫是一个普通的农村姑娘，她善良纯朴，对生活怀有简单的信念，她的经历本身就是生命和希望的延续。《去吧，摩西》中的老猎人山姆·法泽斯是印第安人和黑人的后代，他常年生活在大自然中，远离文明社会，是他教给少年艾萨克勇敢、坚韧、正直、荣誉感和怜悯之心等在文明社会中已经丧失的道德观念。这些普通人的形象代表了人类的希望，体现了福克纳对人类命运的概括："我相信人类不仅仅会存活，还能越活越好。"[1]

在艺术技巧上，福克纳也有诸多创新，对现代小说创作产生了较大的影响。他在谈到自己的创作理念时说："我主要就是讲故事，用我所能想到的最有效的方式，最能感动人、最为详尽的方法……把同一个故事讲了又讲，讲的是我和这个世界。"[2]福克纳在创作中吸取了前人的创作经验，又巧妙地应用了许多现代派的技巧，可以说他把自己所表现的主题和艺术风格有机地融合在了一起。福克纳与霍桑在某些方面十分相似，两人都十分注重历史对后人的影响以及对人物内心世界的挖掘。但福克纳在探索人的心理技巧方面显然比霍桑更前进了一步。他在作品中大量

1.　李文俊：《威廉·福克纳》。北京：人民文学出版社，2010年，第43页。

2.　Blotner, Joseph, ed. *Selected Letters of William Faulkner*. New York: Random House, 1977, p.185.

使用"内心独白"的手法，以再现人物的心理活动。同时，他继作家乔伊斯之后更进一步运用了"意识流"手法，力求通过表现人物的意识流动达到更深层的人物形象塑造。《喧哗与骚动》可以说是福克纳运用这些手法的典范。读者通过几个不同人物的内心独白和意识流动，从中获得各种信息，最终对事件做出判断。由于意识流在很大程度上反映的是无意识或是潜意识的心理活动，里面夹杂着许多回忆和联想，所以往往会给读者造成一定的阅读困难。尤其是当福克纳大胆地以一个没有思维逻辑能力、没有时间概念的白痴作为小说的第一故事叙述人时，更为理解该书增加了难度。但我们不妨把这些手法看作是福克纳处理纷繁复杂、支离破碎的现代人生活和精神方面的独到之处。

福克纳的另外一种大胆尝试是"多角度"叙述法，即让几个叙述人讲述同一事件，使读者得以从不同的侧面审视人物和事件，从而得出比较客观、全面的结论。在《喧哗与骚动》中，福克纳就是让四个人从不同的角度来讲同一个故事，读者通过全面观察，最终取得某种认同。《我弥留之际》是采用这种艺术手段的范例。读者在不断地转换视角中，从不同层次上了解到故事的真实意义。福克纳的作品读起来并不容易。除了上述这些特点之外，福克纳还擅长使用象征、隐喻，文体也常给人晦涩冗长之感。读者需要耐心，也需要适应他那种独特的文体。但福克纳在艺术上的探索的确值得肯定，福克纳自己曾说，一个作家"并非竭力使其作品难懂、晦涩，他不是在矫揉造作、卖弄技巧，而仅仅是在讲述一个真实，一个使他无法得以安宁的真实，他必须以某种方式讲出来，以至于无论是谁读到它，都会觉得它是那样令人不安或那样真实或那样美丽或那样悲惨"[1]。福克纳"坚持不断创新，在艺术上精益求精，终于成为一代文豪，至今还在世界文坛影响着一批又一批的作家和读者大众"[2]。

　　美国20世纪20年代之后涌现出来的众多南方作家形成了美国文学史上一个被称为"南方文艺复兴"的文学流派。而威廉·福克纳以他辉煌的文学成就在灿烂群星中雄踞群首，为美国和世界文坛瞩目。他也被公认为20世纪最伟大的小说家，其声望超越海明威和菲茨杰拉德，而与之前的霍桑、麦尔维尔、马克·吐温和亨利·詹姆斯齐肩[3]。他之所以能够创作出诸多不朽之作是因为他对人类生存状态和人性的深刻认识，如他在诺贝尔文学奖的获奖词中所说：人"是不朽的，并非因为生物中唯独他具有永不枯竭的声音，而是因为他有灵魂，有能够同情、牺牲和忍耐的精神。诗人的、作家的职责就是写这些东西"[4]。福克纳对美国文学乃至世界文学的发展功不可没。

欧内斯特·海明威（Ernest Hemingway，1899—1961）

　　欧内斯特·海明威对现代美国文学的发展有特殊的贡献。他作为美国"迷惘的一代"的最杰出代表，在作品中深刻地描写了第一次世界大战给人们带来的创伤，反映了战后整整一代人怅惘、失落和空虚的精神

1.　Meriwether, James B., and Michael Millgate, eds. *Lion in the Garden: Interviews with William Faulkner, 1926-1962.* New York: Random House, 1968, p. 204.

2.　陶洁：《福克纳研究》。上海：上海外语教育出版社，2013年，第13页。

3.　Bloom, Harold. "Introduction." in *William Faulkner.* New ed. Bloom's Modern Critical Views. Ed. Harold Bloom. New York: Bloom's Literary Criticism, 2008, p.1.

4.　李文俊：《威廉·福克纳》。北京：人民文学出版社，2010年，第43页。

状态。此外，海明威以他独树一帜的"海明威风格"，成功地创建了一种洗练、简捷的现代叙事文体。海明威的艺术风格使他成为继马克·吐温之后对美国文学语言做出创造性发展的又一座丰碑，在美国和世界上都不乏追随者和模仿者。

　　欧内斯特·海明威于1899年7月生于芝加哥郊区一位医生家庭，富裕的家境和慈爱的双亲使小海明威有一个无忧无虑的童年。他学习优异，也热衷于学校各项活动。对海明威性格影响最深的是他酷爱户外活动的父亲，他培养了海明威对渔猎的终生爱好。父子俩常常一起打猎垂钓，有时父亲还带他到印第安人的居住地出诊。这些早年的经历后来以文学形式多次出现在海明威的作品之中。

　　海明威1917年中学毕业后选择从事新闻工作，在《堪城星报》当了一名见习记者，这一段生活锻炼了他的文笔。但欧洲大陆燃烧着的战火使海明威跃跃欲试。他于1918年志愿参加第一次世界大战，为红十字会开车，后在意大利前线受了重伤。海明威带着勋章以及战争创伤回到故乡，这时他已经变了一个人。他无法忘却残酷的战争场面，对这场造成无数伤亡的战争由怀疑到否定乃至憎恨。战火的洗礼改变了他的人生观以及他对整个人类命运的看法。在一阵彷徨惆怅之后，海明威决定投身文坛，以笔抒发自己内心的感受。海明威1921年以驻外记者的身份来到巴黎，一边工作，一边学习写作，逐渐形成了一种颇为接近新闻写作手法的独特文学风格。在学艺期间，海明威曾得到安德森、斯泰因、庞德和菲茨杰拉德的鼎力帮助。自1923年开始出版作品到1926年出版《太阳照样升起》（ *The Sun Also Rises* ），海明威在文学创作的道路上逐步走向成熟，他以令人耳目一新的作品脱颖而出，得到了文学界的承认和重视。

　　海明威的文学创作大致可分为三个时期。第一阶段从1923年海明威首次出版作品起到西班牙内战爆发，作品包括短篇小说集《在我们的时代里》（*In Our Time*，1924）、《没有女人的男人》（*Men Without Women*，1927）、《胜者无所得》（*Winner Take Nothing*，1933），长篇小说《太阳照样升起》、《永别了，武器》（*A Farewell to Arms*，1929）《有钱人和没钱人》（*To Have and Have Not*，1937）。海明威这一时期的作品集中表现了作者对第一次世界大战的感受，代表作为《太阳照样升起》和《永别了，武器》。前一部小说成为"迷惘的一代"的宣言，奠定了海明威在文学界的地位，而后一部小说从一个独特的角度描绘了战争的无情、冷漠和残酷，以及战争对人肉体和精神的摧残，是世界文坛上战争文学的一部杰作。

　　海明威写作的第二时期是他的"西班牙时期"。在西班牙内战于1936年爆发之后，海明威亲赴西班牙报道战事，立场鲜明地支持年轻的共和政府，反对以佛朗哥为首的法西斯分子。他这一时期的主要作品有他写过的唯一剧本《第五纵队》（*The Fifth Column*，1938）和长篇小说《丧钟为谁而鸣》（*For Whom the Bell Tolls*，1940）。与他以前在战争小说中流露出来的强烈反战情绪不同，海明威在《丧钟为谁而鸣》一书中，歌颂了正义战争和为正义战争献身的反法西斯战士。这部小说出版后为海明威赢得了国际声誉。

　　海明威文学创作的最后一个时期包括小说《过河入林》（*Across the River and Into the Trees*，1950）、《老人与海》（*The Old Man and the Sea*，1952）、《海流中的岛屿》（*Islands in the Stream*，1970）和回忆录《流动的盛宴》（*A Movable Feast*，1964）。后两部作品是在作家去世后由他妻子整理出版的。《老人与海》是海明威后期创作中极负盛名的作品。该书1953年荣获美国普利策奖，翌年瑞典文学院将诺贝尔文学奖授予海明威，标志着国际文坛对海明威作品的高度评价。在《老人与海》这部作品中，海明威以一个老人与一条象征着厄运的大鱼之间的斗争寓意了人类命运的主题，特别提倡了勇敢面对逆境的精神，表达了人的意志不可摧毁的思想。海明威创造的"硬汉性格"在这部作品中得到了最完美的表现，连海明威自己也说，这是他"一辈子所能写出的最好的一部作品"[1]。

除了长篇小说之外，海明威还创作了几十个短篇小说，其中《一个干净明亮的地方》（"A Clean, Well-Lighted Place"）、《杀人者》（"The Killers"）、《弗朗西斯·麦康伯短促的幸福生活》（"The Short Happy Life of Francis Macombe"）、《乞力马扎罗的雪》（"The Snows of Kilimanjaro"）、《白象似的群山》（"Hills Like White Elephants"）、《士兵之家》（"Solder's Home"）等都是脍炙人口的名篇，被认为是"真正显示他天才"之作，也因此改变了美国作家"讲故事"的方式[2]。

20世纪50年代后期，海明威疾病缠身，创作也愈来愈困难。1961年7月，他在家中用父亲留下来的猎枪结束了自己的生命。

从创作时期来看，海明威最重要的作品首先是《太阳照样升起》。这是海明威的成名作。这部小说既是海明威"关于那个混乱的战后20年代的记录，也证实了他作为作家创造逼真的人物、氛围、情景和事件的能力"[3]。在这部小说的扉页上，海明威引用了旅居巴黎的美国女作家格特鲁特·斯泰因的一句话："你们都是迷惘的一代。""迷惘的一代"因而成为战后身心受到重创的一代人的代名词，海明威也因反映了这一代人的

---

1. 董衡巽编选：《海明威谈创作》。北京：生活·读书·新知三联书店，1985年，第140页。

2. Smith, Paul. "Introduction: Hemingway and the Practical Reader." in *New Essays on Hemingway's Short Fiction*. Beijing: Peking UP, 2007, p.1.

3. Wagner-Martin, Linda, ed. "Introduction." in *New Essays on* The Sun Also Rises. Beijing: Peking UP, 2007, p.1.

精神状态而成为"迷惘的一代"最优秀的代言人。《太阳照样升起》描写了一群在第一次世界大战中身心受创、流亡他国的美国年轻知识分子的生活。战争摧毁了他们以往的理想和道德观，他们的生活失去了目标，因而消极遁世、心灰意冷，企图在寻欢作乐中忘却痛苦和现实。放荡的行为和漠然的表情下掩盖着他们流血的心灵。小说中的主人公杰克·巴恩斯在战争中受伤，失去了性功能。他爱恋着一个英国女人勃瑞塔，又无法跟她做爱，只好眼睁睁地看着勃瑞塔和其他男人调情。前途黯淡渺茫，宗教皆为虚妄，爱情已经死亡，巴恩斯的痛苦和失望成为那一代人的真实写照。小说勾勒了这一群年轻人毫无意义、无所事事的生活方式——酗酒斗殴、寻欢作乐、追逐刺激。他们因为各自的战争经历已经无法过正常的生活。书中巴恩斯的性功能丧失是有象征意义的，它代表着战后年轻人理想信念的丧失和行动的无能。太阳照样升起，但战争给这一代人造成了无法解脱的痛苦和无法抚平的创伤。小说主人公巴恩斯说："世界到底是怎么回事，这我并不在意，我只想弄懂如何在其中生活。说不定假如你弄懂了如何在世界上生活，你就会由此而懂得世界到底是怎么回事了。"[1]《太阳照样升起》是作家自己的自画像，也展现了战后青年一代的心态。同样令人关注的是小说的风格。这部现代主义作品与统治维多利亚时期和世纪之交的美国文学的"文雅文学"不同，它没有表达过度的情感、没有说教，也没有引导读者，它使用了自己的词汇，反映了自己的时代[2]。

　　1929年出版的《永别了，武器》是海明威最为著名的作品。小说有

1.　海明威：《太阳照样升起》，赵静男译。上海：上海译文出版社，2004年，第163页。

2.　Wagner-Martin, Linda, ed. "Introduction." in *New Essays on* The Sun Also Rises. Beijing: Peking UP, 2007, p.2.

较强的自传成分，作者通过描写主人公在战争中的经历表现了战争的残酷无情。这是一个悱恻动人的战争爱情故事。亨利·腓特力是个志愿在意大利参战的美国青年，他在前线结识了一个英国护士凯瑟琳·勃克莱，并与她相爱。在经历了战场上那种血淋淋的场面和无数士兵的无谓死亡之后，亨利的厌战情绪不断加剧，认识到"拯救世界民主"的口号只不过是骗人的谎言，战争的无意义促使他在爱情中寻求幸福。他为了和爱人在一起，决定与战争"单独媾和"。亨利和凯瑟琳越境逃到中立国瑞士，在远离战场的地方过了一段世外桃源的生活。但不久凯瑟琳在分娩时因难产而母子双亡，只留下陷入深深痛苦中的亨利。这本书阐释了海明威这一代人的悲剧观，海明威本人说："这部书是一部悲剧，这个事实并没有使我不愉快，因为我相信人生就是一部悲剧，也知道人生只能有一个结局。"[1]同时，海明威在这部小说中表现了强烈的反战思想。第一次世界大战的浩劫造成的不仅是无数生命的丧失和无数人幸福的毁灭，更可怕的是，它导致了整整一代人信仰的丧失和理想的破灭。故事中的男女主人公曾希望以逃离战场的方式获得个人幸福，但他们的悲剧说明，他们永远无法逃避这个世界，所以以逃避的方式寻求幸福也只不过是黄粱一梦。因为世界是逃避不了的，而在这个世界上已经没有幸福可言。从战场上侥幸活下来的人的战后生活方式和思想状态在海明威的前一部小说《太阳照样升起》里被描述得淋漓尽致。

《丧钟为谁而鸣》是海明威描写西班牙内战的一部力作，代表了海明威战争观的一个转折点。同样也是描写战争，但海明威没有表现出第一个时期作品中那种厌恶一切战争的情绪。这部小说的主题不是厌战或反

1.　库尔特·辛格：《海明威传》，周国珍译。杭州：浙江文艺出版社，1983年，第102页。

战，而是讴歌为反法西斯而战的英雄。小说主人公罗伯特·乔丹是个年轻的美国教员，从美国来到西班牙参加反法西斯战争。他的任务是炸毁一座桥梁，这对西班牙民主势力的反攻具有重大的意义。他在当地游击队的配合下，完成了任务，但在撤离时负了重伤。他一个人留下来狙击敌人，以自己的生命换取了其他游击队员的生命安全。小说歌颂了为正义战争英勇献身的勇士，他目的明确、有强烈的责任感和正义感，在死亡面前毫不畏惧，并甘愿为理想献身。与以往海明威作品中的主人公相比，罗伯特更具有积极意义。海明威在赞扬这些反法西斯英雄的同时，也触及这场战争中暴露出来的问题。这部作品的人物塑造更趋复杂，并刻画了战争和事业的曲折艰辛。

　　海明威后期文学创作的最高峰当属中篇小说《老人与海》。这部作品写了一个古巴老渔民桑提亚哥出海捕鱼的故事。桑提亚哥许多天没有捕到鱼了，但他没有泄气，在下一次出海时独自划向远海。经过两天两夜的苦战，他终于捕到了一条比自己船身还长的大鱼。在返回途中，绑在小船边上的大鱼又招来了成群的鲨鱼的围攻。老渔民奋力与这些鲨鱼拼搏，终因势单力薄而失败，鲨鱼吃掉了他历尽艰辛捕获的大鱼。老人只带回一副18英尺[1]长的骨架。在小说的结尾，精疲力竭的老人在他的茅屋里酣睡，他梦到了狮子。《老人与海》出版后即引起文学界的重视，并被译成多种文字。老人与鱼的搏斗被用来象征人与外界势力的斗争，而人的力量常常不足以与外界势力抗衡，但桑提亚哥的故事说明一个人即便失败也可以是胜利。桑提亚哥在故事结尾所得到的是一种自豪感。他竭尽全力拼搏过，饱受痛苦却坚持了下来。尽管在战斗过程中失去了可见的报酬，但他显示了

1.　英美制长度单位，1英尺等于12英寸，合0.3048米。

自己的勇气、力量和尊严。老人的这种精神充分体现了海明威所提倡的那种"硬汉"风格，这种风格可以用书中的一句话作为最好的概括："人不是生来为吃败仗的。一个人可以被消灭，却不能被打败。"[1]

综观海明威的文学创作，美国现代文学大师的称号对海明威来说无疑是当之无愧的。作为第一次世界大战的幸存者，他把自己的战争经历融进了自己的文学创作，以敏锐的洞察力把握住时代的脉搏，成为身心都受到创伤的一代人的代言人。正因为如此，战争和死亡在他的创作主题中占据重要地位。海明威的作品，特别是早期作品，主要是围绕这两个主题。这不仅是因为作家目睹并体会到战争只不过是人之间的相互残杀，不是所谓的为了"拯救世界民主"所进行的正义战争，更重要的是，海明威意识到宗教和西方世界的道德观无法把人类从这场浩劫中挽救出来。在《永别了，武器》中男主人公有这样一段著名的独白："什么神圣、光荣、牺牲，这些空泛的字眼儿，我一听就害臊，我可没见到什么神圣的东西，光荣的东西也没什么光荣，至于牺牲，那就像芝加哥的屠宰场，不同的是把肉拿来埋掉罢了。"[2]在《太阳照样升起》中，海明威的笔锋又指向了那些经历了那噩梦般的战争而又活了下来的人们，这是一群试图摆脱却又永远无法摆脱噩梦般回忆的"残疾"人，他们借酒消愁，以各种感官刺激来掩饰精神麻木。这是信仰和理想皆丧失殆尽的一代人，他们那种悲观失望、消极遁世的思想状态在海明威笔下被描绘得细致入微。

海明威的战争经历在很大程度上铸成了他对人的命运的看法。这种

1.　海明威：《老人与海》，吴钧燮译。北京：人民文学出版社，1987年，第75页。
2.　董衡巽等：《美国文学简史（下册）》。北京：人民文学出版社，1986年，第199页。

看法往往带有悲剧色彩。海明威经常把他的主人公置于战争、斗牛场、非洲平原这些有危险、有可能死亡的地方，而且他的主人公几乎总是被打败，或失去所爱，或遭遇死亡。在20世纪30年代以后的作品中，海明威更关注于人与命运的抗争，战场则常常设在人物的内心深处[1]，人物形象多为猎人、斗牛士、拳击手和渔夫。他尤其擅长刻画男性人物，他们身上最能体现海明威所提倡的那种"硬汉"精神，即在重压下所显示出的那种坚毅、勇气和自我约束。这些人物都有自己的生活准则。他们在危险、暴力和死亡面前常常以失败告终，但他们总是能够以极大的毅力忍受痛苦、保持尊严。这些具有强烈个性的人物构成了海明威式的英雄。

说到海明威的文学创作，就不能不提到他的文体风格。海明威的作品内容和他的创作形式是浑然一体、不可分割的。海明威自己曾谈到他写作时所遵循的冰山原理："如果一个散文作家对他想写的东西心里很有数，那么他可以省略他所知道的东西，读者呢，只要作者写得真实，会强烈地感到他所省略的地方，好像作者已经写出来似的。冰山在海里移动是很庄严宏伟的，这是因为它只有八分之一露在水面上。"[2]在这种原则指导下，海明威创造了一种严谨、洗练、朴素的叙事风格。他的作品十分含蓄，简单的语言往往表达出极其深远的内涵。作品主要由白描手法写成，常常是寥寥几笔，便勾勒出一个场景或一个人物形象。海明威所用的词汇都是英语中最简单的基本词汇，主要是名词和动词。他的句型多数为简单句或是用连接词"和"（and）连接起来的并列句。作品中常常包括大段的电文式

---

1. 董衡巽等：《美国文学简史（下）》。北京：人民文学出版社，1986年，第201页。
2. 董衡巽译：《海明威谈创作》，载董衡巽编选的《海明威研究》。北京：中国社会科学出版社，1980年，第85页。

的对话，他的对话简短、结构简单、文笔朴实无华，作品因而具有口语化的明显特点。作家不对人物和事件进行评论，不披露作家的意图和倾向，也不对人物行为和动机进行评判。这样，读者就有很大的反应和思维空间。英国评论家赫·欧·贝茨（H. E. Bates）的比喻极其形象，极有说服力地形容了海明威的文风。他说："海明威是个拿着一把板斧的人"，"他斩伐了整座森林的冗言赘词，还原了基本树干的清爽面目"，海明威"以谁也不曾有过的勇气把英语中附着于文学的乱毛剪了个干净"[1]。

海明威既是一位技巧娴熟、颇有深度的文学大家，也是个精益求精、有高度责任感的作家。他在几十年的创作过程中，对自己作品中的每一个细节和每一句对话都反复推敲，不厌其烦地一遍又一遍地进行修改，力求以最简练的形式达到最有效的结果。海明威在创作时的认真态度堪称楷模。海明威自己说："写作这件事情，你永远做不到尽善尽美。这是一个永不间断的鞭策，比我做过的任何事情都要困难，……所以我才写作。"[2]据说《永别了，武器》结尾处的最后一页，海明威就足足改写了39遍才感到满意[3]。精湛的艺术技巧与高度的责任心相结合，使海明威达到一个很高的艺术境界。

海明威是第一次世界大战后涌现出来的一位蜚声全球的美国作家，他的作品有着经久不衰的魅力，是美国文学读者的必读书。他的作品所表现的主题具有相当的深度，他也常常被人们称作"迷惘的一代"的代

1. 赫·欧·贝茨：《海明威的文体风格》，赵少伟译，载董衡巽编选的《海明威研究》。北京：中国社会科学出版社，1980年，第131—133页。

2. 董衡巽编选：《海明威谈创作》。北京：生活·读书·新知三联书店，1985年，第111页。

3. Donaldson, Scott, ed. "Introduction." in *New Essays on* A Farewell to Arms. Beijing: Peking UP, 2007, p.19.

言人，他塑造的勇于面对命运、面对死亡的硬汉形象更是成为美国文学中的经典人物。正如诺贝尔文学奖的颁奖词所说："勇气是海明威作品的中心主题——具有勇气的人被置于各种环境中考验、锻炼，以便面对冷酷、残忍的世界，而不抱怨那个伟大而宽容的时代。"[1]与此同时，海明威还以他独创的文体为美国文学做了开拓性的贡献，一位评论家如此说："海明威的影响在于其文体，他是自马克·吐温之后第一个对文学语言进行彻底改变的美国人。"[2]海明威无疑是"这个时代伟大风格的缔造者"[3]。

弗拉基米尔·纳博科夫 (Vladimir Nabokov, 1899—1977)

弗拉基米尔·纳博科夫在美国居住的时间并不算长，却对当代美国文学产生了不可替代的深远影响。作为一个集欧洲多国重要文学传统（俄国、英国、法国、德国等）之大成的经典作家，他把这些传统，尤其是他钟爱的欧洲现代主义文学精髓带到了美国。纳博科夫在后现代消费社会于美国迅速发展的阶段移居美国，却仍试图坚持现代主义那种极其高雅的格调，主张艺术为艺术，而不受社会、政治，甚至道德要求的制约。尽管纳博科夫主观上欲固守精英现代主义的艺术传统，但他也看到时代已然不同，尤其是科技发展和大众娱乐驱动下消费主义大肆扩张，使得他在创作手法、题材和主题方面也进行了创新，反映了新时代潮流对他的冲击，这种笔法为他赢得"美国后现代主义文学的带路者"的名

---

1. 海明威：《老人与海》，董衡巽等译。桂林：漓江出版社，1987年，第359页。
2. Rubinstein, Annette T. *American Literature: Root and Flower*. Beijing: Foreign Language Teaching and Research Press, 1988, p.476.
3. 海明威：《老人与海》，董衡巽等译。桂林：漓江出版社，1987年，第360页。

号。纳博科夫发扬了现代主义中的先锋笔法，在语言、叙述等方面进行了创新和实验，他的作品代表了很多后来作家的创作倾向，当然，这个倾向的重要发轫者确实当属纳博科夫。

　　弗拉基米尔·纳博科夫出生于圣彼得堡，父母都来自声名显赫的贵族家庭。但19和20世纪之交，沙皇政权风雨飘摇、大厦将倾，乱世之中的纳博科夫家族也遭受近乎灭顶的冲击。1919年全家被迫逃亡到西欧，几年后其父又被沙俄极端保皇主义分子误认为政敌而杀死。所幸纳博科夫从亲戚处继承到一笔遗产，足以在流亡期间生活并接受贵族精英教育，以及在英国剑桥大学学习俄罗斯文学和法国文学。1922年纳博科夫回到德国柏林，1925年结婚。后来纳粹夺取德国政权，因为妻子是犹太人，他们全家又仓皇迁居到法国巴黎，并最终在1940年逃亡到美国。1945年纳博科夫加入美国籍。到美国后，他先后在斯坦福大学、韦尔斯利学院、康奈尔大学等知名学府讲授文学。

　　显贵博学的贵族教养和不凡的天资使纳博科夫文采出众，他在17岁时就曾在俄国出版过诗集。在西欧国家漂泊期间，纳博科夫用俄语创作了大量诗歌、剧作和小说，也用法语发表了一些作品，在俄国移民圈内外已声名远扬，所以很多人认为纳博科夫是一个欧洲作家，尽管狭义上可以根据他最终的国籍称为美国小说家（实际上他在美国只待了21年，20世纪50年代末又移居瑞士，直到去世）。前半生的饱经创伤和颠沛流离，以及在俄国、英国、德国、法国、美国等国家和文化中的流散经历，使纳博科夫的创作具有一种别人无法企及的宽阔视角，其文学理念和文学创作因而卓立不凡、别树一帜，不囿于特定民族、国家、语言和文化，甚至时代的传统俗套。纳博科夫生于旧的俄国欧洲贵族体系，眼看着那个曾盛极一时的大厦因其内部腐朽和外部暴力而分崩离析，然后经历了纳粹等新生邪恶势力给现代世界带来的恐怖与灾难，到美国后看到的则又是一个豪横暴富、粗俗自大的消费社会。"弃我去者，昨日之日不可留；乱我心者，今日之日多烦忧。"旧的价值体系已然灰飞烟灭，战后的世界很难提供重建新的替代物的希望。在这种矛盾和茫然下，纳博科夫沉湎于对艺术的探索和创造中，从山重水复疑无路的迷茫中回到为艺术而艺术的老路。但"为艺术"的材料和手段是不可能不受其时代和境遇的影响的。他小说中出现的乱伦、恋童癖这样挑战社会伦理的情节，就反映了从一战到二战再到美国消费社会形成这个阶段中，人类社会文明秩序的礼崩乐坏及文人的颓废、虚无与病态。人生的颠沛流离、价值观的破碎使得他即使维护现代主义的创作理念，也不可能笃定地一成不变。这一点法国作家、哲学家让–保罗·萨特（Jean-Paul Sartre）看得很清楚，他认为纳博科夫的作品是一种反小说，其中"有一种流放的愿望，要把自己已经筑起来的结构统统撞倒，另起炉灶"[1]。

　　1939年，已移居巴黎生活的纳博科夫为参加一个英国文学比赛，创作了他的第一部英语小说《塞巴斯蒂安·奈特的真实生活》（*The Real Life of Sebastian Knight*），小说直至1941纳博科夫移民美国后才在美国出版。尽管这部著作常被评论家忽略，但它已经可以反映纳博科夫之后以英语创作的作品的重要特点，预示了《微暗的火》（*Pale Fire*，1962）这部重要作品的创作手法[2]。这是一部带有自传性质的小说，主人公名叫V，是书名中塞巴斯蒂安·奈特的同父异母的弟弟。奈特是个因先天性心脏

1．钱满素编：《美国当代小说家论》。北京：中国社会科学出版社，1987年，第245页。
2．芭芭拉·威利：《纳博科夫评传》，李小均译。桂林：漓江出版社，2014年，第99页。

病英年早逝的作家，与V的关系并不亲密。V决定更多地去了解奈特，因为他不满意奈特的秘书写的奈特传记。尽管V对自己同父异母的哥哥知之甚少，但却坚定地认为这部奈特传记中有着诸多偏差、谬误，甚至毁谤，于是决心来写一部公正客观的"正传"来予以纠正。讽刺的是，V本人同样不乏主观成见，甚至自私偏见，在为哥哥立传时把自己的想法投射到书中人物上。为了重新书写关于奈特真实生活的传记，V煞有介事地进行采访和调查以便探寻更多的真实材料，但调查越深入越长久，他越对奈特以及他的作品感到陌生和不解，甚至最后对哥哥是否已经真正亡故都差点儿闹出误会。V最终陷入更深的怀疑和困惑中，写"正传"的目的越来越难以实现。V书写塞巴斯蒂安·奈特的真实生活的初衷是试图解构已经存在的奈特传记，但最终发现自己是在一个谜团上建构主观幻想。V计划写传记的过程既是对其亡兄真实生平的调查，也是对文学创作本质、过程和文本特征的探求，但调查最终使得V自己即调查主体丧失了探求的权威立场和能力。《塞巴斯蒂安·奈特的真实生活》尽管是纳博科夫第一部英语小说，但无论是在语言、文采，还是叙事手法方面，都表明纳博科夫足以与当时很多母语是英语的作家比肩。《塞巴斯蒂安·奈特的真实生活》是一个由比喻、意象、象征、奇思妙想、文字游戏、谜语等构筑的绚丽而玄秘的意义迷宫。作家利用各种物品、数字、颜色、意念编织了隐秘意象，把小说包裹在流光溢彩、朦胧幻变的神秘氛围中。

到美国后纳博科夫创作了《庶出的标志》（*Bend Sinister*，1947）、《洛丽塔》（*Lolita*，1955）和《普宁》（*Pnin*，1957）3部小说。让他在全世界知名的，也使得他最受误解和曲解的，当然是《洛丽塔》。该书1954年即完稿，但没有一家美国出版商敢出版，只好于1955年在法国作为色情类小说出版。这就为这部作品定下一般读者眼中再也无法改变的色情书基调，也成为以后出版商的卖点，还更加影响了人们对该书的评判。《洛丽塔》直到1958年才在美国出版。这本书其实并没有太多露骨淫秽的描述。在更大程度上，引发争议的是小说对恋童癖以及作为一个知识分子主人公伤风败俗的行为的呈现。《洛丽塔》的主人公是来自欧洲的中年知识分子亨伯特·亨伯特，他为了继承一笔遗产而来到美国。亨伯特有迷恋美貌幼女的恋童癖，而正好他女房东有个12岁的女儿。这个漂亮小姑娘令亨伯特魂不守舍，终日想入非非，把她称之为自己的梦中情人，还为她取了个名字叫"洛丽塔"。在对这个未成年女孩的淫念驱使下，亨伯特勾引并娶了女房东为妻。后者发现他的真实意图后，本想揭发他，却意外死于车祸，正中亨伯特下怀。为了对洛丽塔为所欲为，亨伯特带着她驱车在美国各地逃窜。但亨伯特最终发现洛丽塔早就失去了童贞，很多时候比他还世故狡诈并故装无辜地操纵他。随着时间的推移，洛丽塔厌倦了亨伯特，与另一个勾引她的男人逃跑了，这令亨伯特陷入疯狂中。几年后，穷困潦倒的洛丽塔又联系到亨伯特，亨伯特因此获知了那个勾引她偷跑的人的信息，找到这个人后亨伯特开枪杀了他。

　　小说开头是一篇由编者"小约输·雷博士"撰写的煞有介事的"序文"，里面说明了《洛丽塔》或《一个白人鳏夫的自白》一书的来龙去脉：书稿由一个律师遵其当事人遗嘱寄给雷博士进行编订出版，这个当事人就是杀人后被捕候审的亨伯特，但他在开庭前病亡了。编者雷博士强调，亨伯特的律师之所以把书稿寄给自己，可能因为雷自己出版过一本"论述了若干病理状态和性变态行为"的书。雷博士还提到，这本书可能会因为色情内容引发争议，而他自己不会同情或者认可亨伯特这样一个"卑鄙无耻""道德败坏"的作者。雷提醒读者他编订亨伯特的书稿，是为了把它当作"一份病历"和"精神病学界的一本经典"，使其发挥一种"对严肃的读者所应具有的道德影响"，使人们"以更大的警觉和远见，为在一个更为安全的世界上培养出更为优秀的一代人而作出努力"[1]。这个序文，实际上是小说的有机部分，它在小说叙述手法和思想内容的表达上的作用是非常重要的，它发展了《塞巴斯蒂安·奈特的真实生活》中就已经露出端倪的俄罗斯套偶结构：一个叙述者引出并评价另外一个叙述者的叙述（类似英国名著《呼啸山庄》所采用的嵌套结构）。小说中的不同结构层次和双重叙述声音，使文本意义和内涵出现矛盾和含混，一方面好像在谴责亨伯特用践踏社会律法、伦理道德的手段占有未成年的洛丽塔的行为，另一方面却也任由亨伯特对他自己的变态心理、思想和淫秽行径进行毫不知耻的美化。

正是这种道德上的含糊其词使得该书充满争议。而为了回应这些争议，纳博科夫后来又撰写了《关于一本题名〈洛丽塔〉的书》来自我辩护："我既不读教诲小说，也不写教诲小说。不管约翰·雷说了什么，《洛丽塔》并不带有道德说教。对于我来说，只有在虚构作品能给我带来我直接地称之为美学幸福的东西时，它才是存在的，那是一种多少总能连接上与艺术（好奇、敦厚、善良、陶醉）为伴的其他生存状态的感觉。"[2]他还指出："通过阅读虚构小说了解一个国家、了解一个社会阶级或了解一个作家，这种观点是幼稚可笑的。"[3]纳博科夫没有托尔斯泰或者狄更斯那样用文学呈现和改变社会的意愿，像他在沙皇俄国时代的贵族生活方式一样，旧的世界和秩序已经毁灭，一去不返。因为二战而暴富的美国，

---

1. 弗拉基米尔·纳博科夫：《洛丽塔》，主万译。上海：上海译文出版社，2013年，第1—5页。
2. 同上，第500页。
3. 同上，第502页。

像洛丽塔一样既令人惊羡，又早熟世故、贪婪淫荡、恶俗不堪。文学在纳博科夫那里，早就不再具有诗人华莱士·史蒂文斯诗中放在田纳西荒野中的坛子那样的组织建构世界秩序的作用，只如他迷恋和沉浸其中的蝴蝶。他用蝴蝶的拟态和保护色给人带来的惊奇来描述文学的作用："在艺术中寻求非实用主义的喜悦"，一种"难以理解的令人陶醉和受到蒙蔽的游戏"[1]。

　　有意思的是，纳博科夫明白读者会把他视为"曾装扮过《洛丽塔》书中撰写序文的人物，即老于世故的约翰·雷这个角色"[2]，却坚决否认雷博士所持的道德立场，这就使得对小说的解读更为复杂。这一定程度上也反映了纳博科夫对西方文明的绝望。一些评论家认为《洛丽塔》反映了纳博科夫对欧洲和美国两种文明的看法，亨伯特是"欧洲古老文化的体现者"，而洛丽塔"象征美国"。洛丽塔虽然年幼，但早已失去童真，反客为主地利用亨伯特的欲望来操纵这个中年人。亨伯特最后才发现洛丽塔是"天真幼稚和诡计多端、可爱和粗俗的结合体"，代表了美国社会和文明的特征，两人之间的关系也就成为对他们各自代表的文化和社会的讽刺、批判[3]。

　　《洛丽塔》从一开始被美国出版商视为禁忌，到后来变成风靡全球的畅销书，这给纳博科夫带来了巨额收入，使他不需要再为生计奔波，于是他辞去美国的教职，在1959年移居瑞士，一心进行创作，1962年《微

---

1. 弗拉基米尔·纳博科夫：《说吧，记忆》，王家湘译。上海：上海译文出版社，2013年，第137页。

2. 弗拉基米尔·纳博科夫：《关于一本题名〈洛丽塔〉的书》，载《洛丽塔》，主万译。上海：上海译文出版社，2013年，第495页。

3. 刘海平、王守仁主编：《新编美国文学史（第四卷）》，王守仁主撰。上海：上海外语教育出版社，2019年，第125页。

暗的火》出版。这本小说开头与《洛丽塔》相仿，也有一个编者为一个去世的作者编订遗著——这一次是一个诗人的一部999行的长诗——而写的"前言"。第二部分是"诗篇"本身，第三部分是编者对诗的"评注"，最后一部分是"索引"。从形式上看，《微暗的火》就像是一部带有学者、专家评注的诗歌作品，但实际上却是一部跨越了体裁界限的小说。诗歌文体、小说内容、"编者"对诗歌的解读、编者自己的评述、小说整体作为虚构文本本身的意义，这些都形成巨大的张力，也构成比《塞巴斯蒂安·奈特的真实生活》更为复杂的象征迷宫。如同《洛丽塔》一样，这是纳博科夫对小说内容、精神、意义的再一次颠覆，尽管没有利用争议性的故事。所以，甚至有评论者说这部小说拒绝任何解读[1]。继《微暗的火》之后，纳博科夫又陆续出版了《爱达或爱欲：一部家族纪事》（ *Ada or Ardor: A Family Chronicle*，1969）、《透明》（ *Transparent Things*，1972）、《看，那些丑角！》（ *Look at the Harlequins!*，1974）等长篇小说，以及一些回忆录、短篇小说、诗歌作品和译作。

纳博科夫在当代美国文学发展史上起了非常重要的作用。在二战后新批评盛行的文学圈子里，纳博科夫所秉承的欧洲文学传统，以及他从诸如乔伊斯、普鲁斯特等欧洲现代主义大师那里学习并继续推进的创作理念，对当时的美国文坛产生了深远的影响。他对文学形式、语言、叙述等各方面进行大胆实验，把小说写作变成一个语言迷宫的建造过程，文笔精雕细琢、极致奢华，营造出蝴蝶翅膀在阳光下闪耀时扑朔迷离、

---

1. 梅绍武：《译者后记》，载弗拉基米尔·纳博科夫的《微暗的火》，梅绍武译。上海：上海译文出版社，2013年，第366页。

神秘莫测的迷幻效果，大大冲击了传统小说文体和语言对创作设定的边
界，用"一场难以理解的令人陶醉和受到蒙蔽的游戏"打破了人们对现
实和世界的既成认知模式，大大影响了很多美国重要作家，尤其是常被
称为后现代主义作家的约翰·巴思、托马斯·品钦和唐纳德·巴塞尔姆
等人，所以一些评论者视纳博科夫为美国后现代文学的先驱[1]。纳博科夫
对语言和形式本身的专注和探索，也对20世纪后半叶致力于发掘语言本
身性质、质地和魅力的美国作家提供了很多启发。

约翰·斯坦贝克（John Steinbeck，1902—1968）

1929年纽约证券市场的崩溃，标志着美国经济大萧条的开始。这场
持续近十年的经济危机导致大批工人失业、农民破产，各种社会矛盾激
化，成为美国20世纪30年代最重大的社会事件。约翰·斯坦贝克正是因
为成功地描写了大萧条时期美国农民和季节工人的悲惨遭遇而成为美国
20世纪30年代的忠实代言人，并于1962年荣获诺贝尔文学奖。

斯坦贝克于1902年出生于加利福尼亚州的萨利纳斯，他的父亲是蒙
特雷县的财政官员，母亲做过教师。在母亲的鼓励下，他很早就接触到
欧洲的优秀文学作品，对《圣经》和英国亚瑟王的传奇故事有过精心钻
研，而弥尔顿、陀思陀耶夫斯基、福楼拜和哈代（Thomas Hardy）都是
他喜爱的作家，后来他也拜读过薇拉·凯瑟、舍伍德·安德森和海明威
等美国作家的著作。1919年斯坦贝克从萨利纳斯高中毕业时，已有了当

1.　李公昭主编：《20世纪美国文学导论》，西安：西安交通大学出版社，2000年，第337页。

作家的志向。从1920至1925年，斯坦贝克在斯坦福大学时断时续地选修过一些课程（主要是英文课程），但未获学位。后来，他来到纽约，希冀在写作上有所发展。他做过记者，也当过工人，但一年后终于失望而归。返回加州后，他靠打零工挣钱糊口，同时进行文学创作。不久，他的第一部作品《金杯》（*Cup of Gold*，1929）出版。这是一部根据17世纪著名的加勒比海盗亨利·摩根爵士的故事写成的传奇小说，问世后反响平平。随后出版的短篇小说集《天国牧场》（*The Pastures of Heaven*，1932）和小说《致一位未知的神》（*To a God Unknown*，1933）同样没有得到什么反响，直到1935年《煎饼坪》（*Tortilla Flat*）出版，斯坦贝克的文学生涯才真正出现了转机。在其近40年的创作生涯中，他创作了十多部长篇小部和短篇小说集，还有一些非虚构类作品。他的创作为他赢得了广泛好评，也使他成为继刘易斯、奥尼尔、赛珍珠、福克纳和海明威之后第六位获得诺贝尔文学奖的美国作家。

《煎饼坪》以作家的故乡萨利纳斯谷地为背景，歌颂了一群被称为"珀萨诺"的既古怪又有趣的墨西哥裔美国人。这些人贫困潦倒、游手好闲，偶尔也有一些不轨行为，为体面的上流社会所不齿，但他们心地善良、无忧无虑，以一种自然、简朴的方式生活，完全不受文明社会的约束。斯坦贝克的许多创作思想在这部早期作品中已显端倪。他批判了金钱万能的文明社会和为物质享受疲于奔命的毫无意义的生活方式，宣扬了鄙视财富、同舟共济的"骑士"品质，表现出对无产者的理解和同情。这部作品的结构松散，既有中世纪亚瑟王和他的圆桌骑士的传奇影子，也在构思上与舍伍德·安德森的《俄亥俄州的瓦恩斯堡》（*Winesburg, Ohio*，1919）有许多相像之处。

1937年问世的中篇小说《人鼠之间》（*Of Mice and Men*）为斯坦贝

克的另外一部成功之作，内容极为感人。作品叙述了两个流浪的农场雇工的悲惨遭遇。乔治和朗尼是一对相依为命的朋友。他们拥有一个美好的理想，即有朝一日能有一个自己的小农场。朗尼体魄魁梧，但智力低下。一天他在无意中杀死了挑逗他的农场主的儿媳，乔治为了使他免受追捕者的折磨，无奈亲手打死了他。虽然无法守护朋友的生命，但是他保住了朋友的尊严。朗尼失去了性命，两人曾一起构筑的理想框架倒塌了，存留下来的乔治精神上受到严重打击，也因此失去了生活的意义。小说中出现的田鼠是很有象征意义的。犁翻了土地，也就摧毁了田鼠的窝巢。斯坦贝克正是以此揭示了农民失去了土地之后的命运。乔治和朗尼的美国梦在这个物欲横流、冷酷无情的社会里注定是无法实现的。小说书名引自苏格兰诗人彭斯（Robert Burns）的诗句"老鼠与人的最好打算常常落空"，借此寓意像乔治和朗尼这样的社会下层人物的必然命运。他们就像那只田鼠一样，被现代资本主义农业的巨大机器害得无处安身，连最低微的愿望也得不到满足。这些农民无产者因为无法左右自己的命运，他们的悲惨结局也就无法避免了。

　　20世纪30年代，美国中南部平原受到干旱和尘暴的肆虐，沙尘暴毁掉了大面积的农田，庄稼也被吹光，加上大萧条的经济危机，使成千上万名俄克拉何马州的农民破产。斯坦贝克在《愤怒的葡萄》(The Grapes of Wrath, 1939) 一开始，就再现了沙尘暴下的农田。"大路上的尘埃飞扬起来，落在田边的野草上，落在附近的田地里。现在风更大了，刮着玉米地里雨后干结的地面。天空弥漫着尘土，愈来愈暗；风掠过大地，卷起尘土送往别处。风越刮越猛，雨后干结的地面裂了开来，田野上的尘土飞扬到天空，形成一道道灰色的烟雾。玉米迎风扑打着，发出了呼啦啦的干涩声响。最细的尘土现在已不落回大地，而是消失在逐渐变暗的天空中。"[1]在严重自然灾害下颗粒无收的农民，无法在这片干涸的土地上继续生存，他们的土地被大公司吞收，只落得无家可归。怀着寻找一块安身之地的愿望，大批农民离乡背井，踏上了去加利福尼亚的路途。其实，造成这场生存危机的，不仅有天灾，还有现代农业为了追逐利润，对土地掠夺式的开发和滥用。1937年斯坦贝克决定加入俄克拉何马西迁大军的行列，对那些沿着66号高速公路逃荒的破产农民家庭进行实地采访。到达加利福尼亚之后，他住在那些农业季节工人的宿营地，亲身体验了他们的生活境遇。怀着对这些农业工人的极大同情，斯坦贝克出版了他这部传世之作《愤怒的葡萄》。小说出版后立即引起轰动，报纸和杂志出现了连篇累牍的介绍和评论。小说面世5个月后跃居畅销书榜首，第一年销售量即超过40万册[2]。作者也于次年获得普利策最佳小说奖。小说于1940年被搬上银幕，由著名影星亨利·方达（Henry Fonda）领衔主演，电影使这部作品广为流传。有人甚至认为这部小说与另一部抗议社会非正义的作品——斯托夫人的《汤姆叔叔的小屋》——起到了相似的社会作用[3]。一部描绘人民大众的苦难和斗争的作品触动了千百万美国人的心弦。

　　《愤怒的葡萄》讲的是俄克拉何马州农民乔德一家的故事。他们在大萧条年代里，被迫离开自己世代耕作的土地，成为成千上万被沙尘、干旱和大公司的推土机赶出家园的农民中的一员。他们变卖了所有家当，全家13口人挤在一辆破卡车上，朝着代表着希望的西部逃荒。在西行的

1.　斯坦贝克：《愤怒的葡萄》，胡仲持译。上海：上海译文出版社，2003年，第2页。

2.　Owens, Louis. The Grapes of Wrath: *Trouble in the Promised Land*. Boston: Twayne, 1989, p.7.

3.　Miller, James E., Jr. ed. *Heritage of American Literature: Civil War to the Present*. Vol.II. San Diego and New York: Harcourt Brace Jovanovich, 1991, p.1252.

路途中，一家人风餐露宿。老年人经不住颠簸，相继去世；年轻的吃不了苦，寻找别的生路。到了加利福尼亚州之后，全家仅剩8口人。可加州并非他们想象中的天堂，等待他们的仍然是苦难与压迫。他们就业无路、无处安身，饱受农场主和警察的压榨、欺辱，在严酷的事实面前，这些受苦受难的农业工人认识到为了生存必须团结互助，并与恶势力展开了不懈的斗争。

小说的题目取自美国南北战争时期由朱莉娅·沃德·豪（Julia Ward Howe）创作的著名歌曲《共和国战歌》的歌词。在书的开头，葡萄代表了盛产葡萄的加利福尼亚州为失去土地的农民带来的美好希望，葡萄因而成为甜蜜生活的象征。但葡萄的味道很快就变了。这些农民在加州饱受辛酸的遭遇使他们理想破灭。压迫使他们愤怒、使他们觉醒，愤怒给予他们力量，葡萄转而成为愤怒的象征。正像书中所描绘的那样："愤怒的葡萄充塞着人们的心灵，在那里成长起来，结得沉甸甸的，准备这收获期的来临。"[1]

苦难锻炼了人的精神和意志。随着物质生活条件的不断恶化，这些受压迫的劳苦大众的觉悟不断提高，他们在苦难中逐渐学会了以勇气和尊严面对各种灾祸并坚强地活下去，学会了团结起来为争取自己最起码的生存权利而斗争。作者在这部小说中以饱满的笔墨塑造了三个在苦难和斗争中成长起来的典型人物形象。

吉姆·凯绥原来是一位基督教牧师。他在目睹了广大农民所受到的残酷压迫后，对自己的信仰产生了怀疑。经过痛苦的思考，他放弃了自己的牧师职业和基督教义，认识到只有在为受苦受难的大众服务中才能

1.　斯坦贝克：《愤怒的葡萄》，胡仲持译。上海：上海译文出版社，2003年，第402页。

找到自己真正的信念。凯绥从相信上帝转变为相信人民，从为神服务转到为人民大众服务。他领导了反对剥削农业工人的农场主的罢工，并积极向工人们宣传团结斗争的道理，最后为工人的事业献出了自己的生命，以自己的鲜血教育了别人。

汤姆·乔德是在斗争中成长起来的一代新人。他是一个正直、豪爽的农民青年，开始时只知道为自己的家庭打算，在凯绥的教育下他逐渐懂得"一个人并没有自己的灵魂，只是大灵魂的一部分"[1]。严峻的现实，特别是凯绥的死擦亮了他的眼睛，使他认识到个人力量的渺小。他必须和其他的穷人团结起来一起战斗，必须投身到为所有穷人而奋斗的斗争洪流中去，完成凯绥未竟的事业。他在与母亲分别前说的那段著名的话，说明他已把自己的利益和其他穷人的利益融合在一起了，从而完成了从利己主义者到利他主义者的转变。他说："到处都有我——不管你往哪一边望，都能看见我。凡是有饥饿的人为了吃饭而斗争的地方，都有我在场。凡是有警察打人的地方，都有我在场……我们老百姓吃到了他们自己种出的粮食，住着他们自己造的房子的时候——我都会在场。"[2]乔德以坚定的意志走上了凯绥走过的道路。

乔德的母亲是小说中最丰满、最感人的人物形象。这位勤劳、坚强的妇女是一家人的主心骨。从小说一开始，她就无私地维护和照顾自己的家庭，时时用她的一片爱心关心着每个家庭成员。最初她没有时间和精力过问自己墙外的事情，但当她自己家的墙被银行的推土机摧毁，她一家人和成千上万的农民一起上路后，她再也无法忽视比她更困难的人

1.　斯坦贝克：《愤怒的葡萄》，胡仲持译。上海：上海译文出版社，2003年，第487页。
2.　同上，第487页。

了。她的爱心此时已超越了自己小家的范围，延伸到对周围其他穷人的关心和帮助。她在逃难的过程中懂得了这样一个道理："从前总是先顾到自己一家人。现在不是这样了，对谁都是一样。日子过得越不顺当，越要多帮人家的忙。"[1]穷人和穷人心连心。她在自家几乎断粮的情况下，把自己的食物分给那些更困难的人。她动员自己的女儿用乳汁救活了一位濒临死亡的陌生老人。她支持儿子的行动，把儿子送上了为劳苦大众的利益而斗争的道路。这位穷苦人母亲的形象就像高尔基作品中的那位母亲一样给读者留下了深深的印象。

《愤怒的葡萄》是一本充满着时代气息的作品。农民乔德一家人的遭遇是20世纪30年代成千上万劳苦大众的缩影。这部小说不仅抗议了社会的非正义，也哀叹了开拓西部边疆精神的丧失。斯坦贝克在作品中宣扬了美国早期的各种价值观，特别是人与土地的亲密关系以及人对土地的爱。美国作为一个农业社会的神话就构筑于人由于自己拥有土地和财产而拥有的独立性上。斯坦贝克认为，人一旦失去土地，就有丧失一切的危险[2]。在这部作品和其他作品中，斯坦贝克都描绘了失去土地的农民以及那些没有土地的雇农的痛苦。资本主义农业的发展破坏了人和土地的关系，把农民从自己的土地上驱逐出去，变成了雇工，又阻止了他们美国梦的实现。沿着66号公路向西迁移的逃荒大军成为美国理想的最大讽刺。在斯坦贝克笔下，西部边疆不再是早期移民可以实现自己理想的天地，而成为一小撮人对大多数人进行欺辱压榨的场所，这片土地上弥漫着失去了土地的农民的失望和愤怒。斯坦贝克正是从这个侧面刻画了20

---

1. 斯坦贝克：《愤怒的葡萄》，胡仲持译。上海：上海译文出版社，2003年，第517页。
2. 理查德·H. 佩尔斯：《激进的理想与美国之梦——大萧条岁月中的文化和社会思想》，卢允中等译。上海：上海外语教育出版社，1992年，第256页。

世纪30年代美国人的精神状态的。

　　许多人把斯坦贝克称为无产阶级作家，因为他描写了20世纪30年代社会阶级之间的冲突。但斯坦贝克的创作主题不仅是剥削阶级和被剥削阶级之间的斗争，他还表现了人类的苦难和善德。"斯坦贝克始终是一位道德作家，关注善与恶的选择以及这些选择所带来的后果。"[1]斯坦贝克在诺贝尔文学奖授奖仪式上演说时讲道："作家的古老的任务并没有改变，他有责任揭露我们许多可叹的过失和失败，有责任为了获得改善而将我们愚昧而又危险的梦想挖掘出来，暴露给世人。而且，作家有权宣告人已被证明具有达到心地与灵魂伟大的能力并歌颂这种能力——这是一种在失败时获得勇敢的能力，是一种获得勇气、同情和爱的能力……我认为，一个作家如果不是满怀激情地相信人有改善自己的能力，就不配献身于文学，也不配跻身于文坛。"[2]斯坦贝克在《愤怒的葡萄》这部史诗般的小说中，歌颂了人类受苦受难的历程和"在失败时获得勇敢的能力"。小说中那只缓慢而坚毅地向前爬行的小乌龟，就是以坚强的意志与命运抗争的最好象征，作者在强调团结斗争的精神之外，更宣扬了人道主义的伟大，而这种人道主义的精神在缺衣少粮的穷苦人身上得到了最充分的体现。这是因为只有穷人才能理解、同情穷人的困境和痛苦，才能相互帮助，共渡难关。小说中乔德的妹妹忍着婴儿夭折的痛苦，用奶水去喂一个即将饿死的陌生老人。这种行为表现了斯坦贝克所提倡的同情心和爱心。同时，这部小说还有较强的宗教色彩，许多评论家指出凯绥这一形象的塑造带有明显的耶稣救世精神。

1.　George, K. Stephen, ed. *The Moral Philosophy of John Steinbeck*. Lanham: Scarecrow P, 2005, p.33.

2.　沃伦·弗伦奇：《约翰·斯坦贝克》，王义国译。沈阳：春风文艺出版社，1995年，第21—22页。

斯坦贝克在《愤怒的葡萄》的结构安排上也有他的独特之处，他没有按照传统做法把全部笔墨用于讲述乔德一家的遭遇，而是在小说中时而穿插一些介绍社会大背景的章节。乍一看这些章节好像与故事本身毫不相关，实际上斯坦贝克正是通过这些章节的插入说明乔德一家作为广大破产农民的代表的普遍意义，而且这些社会背景和社会现实的展现更有利于加深读者对乔德一家人悲惨命运的理解。斯坦贝克这种把新闻学和文学结合起来的文体能有效地服务于他的主题，并起到了很好的效果。

《珍珠》(*The Pearl*, 1947)是继《愤怒的葡萄》之后斯坦贝克的另一部享有盛名的优秀作品。在这部根据墨西哥民间传说改写的中篇小说里，斯坦贝克无情地揭露了金钱至上、弱肉强食的社会里有钱人贪得无厌、道德沦丧的本性，同时也揭示了普通人追求金钱所带来的悲惨后果。整个故事既真实感人又富有寓意。贫苦的印第安渔民吉诺在海里捞到一颗硕大无比的珍珠，这颗珍珠燃起了吉诺对舒适和宽裕生活的强烈欲望。他甚至将这颗珍珠比作他的灵魂，但事与愿违，这颗"世界上最大的珍珠"被有钱人所觊觎，吉诺的珍珠非但没有给他带来幸福，反而招来一连串的灾祸。他被欺骗、被追捕、被袭击，最后，房子被烧、渔船被毁，儿子也被打死了。愤怒与绝望之中，吉诺杀死了追捕他的人，把珍珠又扔回了大海。故事从某种层次上来看，有些像中国古代文学中那些教育人不要贪心、不要被意外之财迷住心窍的民间故事。但从另一种层次来看，吉诺的悲剧又是对拜金主义社会里有钱人贪婪本性的无情鞭挞。这部作品后来颇受美国中学文学教材编纂者的青睐。

斯坦贝克其他主要作品包括小说《胜负未决》(*In Dubious Battle*, 1936)、《长谷》(*The Long Valley*, 1938)、《月落》(*The Moon Is Down*, 1942)、《罐头厂街》(*Cannery Row*, 1945)，续集《伊甸园以东》(*East of*

Eden，1952）、《甜蜜的星期四》（*Sweet Thursday*，1954）、《烦恼的冬天》（*The Winter of Our Discontent*，1961），以及游记《查利偕游记》（*Travels with Charley: In Search of America*，1962），还有约50篇的短篇小说。他的作品至今已被改编搬上银幕的有《愤怒的葡萄》、《人鼠之间》、《珍珠》等。

　　斯坦贝克的作品语言朴实无华、简洁流畅，具有很强的可读性。他的作品句型也较为简单，具有口语化的特点，仿佛是面对面地给读者讲故事；同时，他在作品中也运用了包括象征、讽喻、拟人等修辞手段，但又很自然地将这些修辞手段融入到作品的叙述中，表现出他对语言极佳的驾驭能力。

　　斯坦贝克是20世纪30年代最重要的作家。他凭借自己敏锐的观察，忠实地记录和再现了那个充满了灾难和愤怒的年代，但他笔下又同时流露出对人类内在素质的信心。斯坦贝克作品中对人类心灵的颂扬超越了同时代许多针砭时弊的社会抗议小说，也使他的作品至今仍然具有独特的魅力。

拉尔夫·埃利森（Ralph Ellison，1914—1994）

　　拉尔夫·埃利森是美国当代著名黑人作家。他生前只出版过一部长篇小说《看不见的人》（*Invisible Man*，1952），第二部小说《六月庆典》（*Juneteenth*，1999）与第一部小说之间相隔了47年之久，直到他去世5年后才面世。但他的第一部作品已经奠定了他在美国文坛的重要地位，自问世以来一直盛誉不衰，被认为是美国黑人文学的最优秀作品。像埃利森这样以一部作品定乾坤的作家在世界文坛上可以说是寥若晨星。

　　埃利森于1914年出生于俄克拉何马州的俄克拉何马城。父亲经过商，也当过建筑工人，他因崇拜19世纪著名超验主义作家拉尔夫·爱默生而把爱默生的教名作为儿子的教名，但不幸的是他在埃利森3岁时就去世了，之后由靠做佣人的妻子把儿子带大。埃利森自小对音乐有浓厚的兴趣，渴望将来成为一名音乐家。1933年他获得奖学金，得以进入亚拉巴马州的塔斯克基黑人学院学习音乐。在音乐方面的三年专业学习不仅使他后来写过不少音乐方面的评论文章，也对他的创作风格有所影响。有一次去纽约，埃利森结识了著名黑人作家理查德·赖特，是赖特鼓励他走上了文学创作之路。赖特给他列了文学阅读书目，还约他写了一篇书评。书评的发表标志着埃利森文学尝试的初次成功。他以后的生活道路也就此确定了下来。1938至1942年，埃利森为美国政府的联邦作家计划项目工作，参加有关口头传说的研究。他在这一时期也开始写起散文、随笔和评论文章，还写了几个短篇小说。1942年，埃利森担任《黑人季刊》的编辑。1943至1945年，他在军队服兵役。1945年他获罗森瓦德研究员基金并开始进行小说创作。经过7年的潜心写作，《看不见的人》于1952年问世。

　　《看不见的人》出版后受到文学界的高度重视，荣膺1953年的美国国家图书奖，也确立了埃利森在美国文坛的重要地位，这部作品被称作"第二次世界大战以来最重要、最有影响力的美国小说，或许也是20世纪最为重要的美国小说，是20世纪的《白鲸》"[1]。1965年，在《图书周刊》举办的文学成就民意测验中，《看不见的人》被评为过去20年间"最优秀的单部

---

1. Busby, Mark. *Ralph Ellison*. Ed. Warren French. Boston: G.K. Hall, 1991, p. 39.

作品"[1]。作者后来被美国好几所大学聘为教授，应邀到各地大学演讲，还因此获得多所大学的荣誉学位。1963年埃利森的母校塔斯克基学院授予他名誉博士学位，1969年埃利森获美国自由勋章，1975年当选为美国艺术文学院院士，1985年获美国国家艺术奖章。从1970年起他担任纽约大学埃尔伯特·施韦策教授这一重要教职直至退休。自从埃利森一举成名后，文学界一直翘首等待着他的第二部小说，但这部作品未能在他有生之年完成，令人遗憾。但无论如何，埃利森的《看不见的人》已足以使他成为文坛上一个"看得见的人"，他也以事实证明了自己无愧于当年父亲对他抱有的厚望。

　　除了《看不见的人》，埃利森还出版过两部文集。第一部出版于1964年，名为《影子与行动》（*Shadow and Act*），收集了他从1942至1964年间写的文章。第二部文集《走向领地》（*Going to the Territory*）于1986年出版，收集了他从1964至1985年间写的文章。这些文章包括文学、民俗学、黑人音乐、美国黑人文化与美国文化大框架的关系诸方面的内容。其中有些文章，如《二十世纪小说与人类的黑色面具》（"Twentieth Century Fiction and the Black Mask of Humanity"）和《作为美国民主功能的小说》（"The Novel as a Function of American Democracy"）反映了埃利森对美国社会机制和文学的敏锐、深刻的洞察力，也有助于读者加深对埃利森小说创作思想与精湛技巧的了解。1997年初美国兰登书屋出版了埃利森的短篇小说集《飞回老家与其他故事集》（*Flying Home and Other Stories*，1997），收入了他从1937至1945年间创作的13篇短篇小说，其中6篇以前从未付梓，这也算是对埃利森作品爱好者的慰藉吧。

1.　伯纳德·W. 贝尔：《非洲裔美国黑人小说及其传统》，刘捷等译。成都：四川人民出版社，2000年，第238页。

　　如果说《看不见的人》是埃利森的杰作，那么他的第二部小说就是他倾注了一生心血的工作[1]。早在《看不见的人》出版之前，埃利森就开始了他第二部长篇小说的构思创作，其中某些章节也曾在一些刊物上发表。但1967年的一场火灾烧毁了他的手稿，可埃利森没有放弃，他一直对自己的构思进行扩充调整，对作品本身进行字斟句酌的修订。埃利森去世后，他的文学财产执行人约翰·卡拉汉教授完成了小说的编辑整理工作，由兰登书屋将埃利森的第二部小说《六月庆典》出版。小说以六月庆典这一黑人的重大节日为题，讲述了一个黑人牧师希克曼与其白人养子布里斯的故事。通过这部小说，埃利森展现了美国黑人对美国民族的形成做出的贡献，以此反思了美国种族问题与美国民主之间的关系；埃利森也强调了白人与黑人的相互理解和信任的重要性，并呼吁以自我反省来调和白人与黑人之间的种族冲突。与《看不见的人》中步履维艰、寻求身份认同的主人公不同的是，《六月庆典》中的希克曼是一位具有宽阔胸怀、充满博爱精神的人，他代表了黑人对美好生活的向往。他在六月庆典上说："我们来自非洲……他们用锁链将我们带到这个国家……把我们看作没有人性的巨大动物……我们融入了这泥土……我们在这片土地上获得了新生，我们现在使用一种新的语言，唱一首全新的歌来充实我们的生活。"[2]可以看出，埃利森在《看不见的人》出版之后的岁月里，对美国种族关系以及美国社会现状进行了更为深刻的反思。

　　埃利森走上文学之路绝非完全出于偶然。他自幼喜好读书，涉猎广

---

1. Bradley, Adam. *Ralph Ellison in Progress: From* Inrisible Man *to* Three Days Before the Shooting. New Heaven and London: Yale UP, 2010, p.8.

2. 拉尔夫·埃利森：《六月庆典》，谭惠娟、余东译。南京：译林出版社，2003年，第109页。

泛，林肯的讲演、《圣经》、富兰克林的著作都在他的阅读范围之内。他后来在赖特的影响下读过大批文学名著，认真钻研过康拉德、陀思妥耶夫斯基等欧洲文学大师的作品，但埃利森更主要的是通过阅读美国作家（如爱默生、麦尔维尔、惠特曼、詹姆斯、吐温、福克纳等人）的作品而接触和领悟到自己国家的文学传统。他从这些作家那里学到如何表现自己的主题：生活在现代美国社会里的黑人的生活经历。当然这些阅读也使他意识到这样一个事实：作为人的美国黑人形象已基本上从美国小说中消失，取而代之的是受种族歧视的不被当作人的黑人。

埃利森成为名作家的主要原因是他那种能够把个人经历和历史事件进行提炼，从而转换成文学作品的艺术家天赋。埃利森虽然在南方长大，但没有受过以往蓄奴州强加在黑人身上的种种束缚，他的种族仇恨没有某些黑人作家那样深，因此他对种族歧视问题的分析也就更加冷静和理智，创作视野也就更加开阔。这也正是他与以理查德·赖特为代表的激进黑人作家在思想观念和文学创作思想方面的不同。《看不见的人》出版之后作者也受到不少非议，有人指责他为了文学的利益而忘记了黑人事业的紧迫性，特别是没有继承赖特所开辟的战斗道路[1]。但是埃利森认为自己首先是个作家，然后才是一个黑人作家。他希望自己的小说被看作是文学作品，而不是政治小说或社会学作品。埃利森曾这样说："关注美国历史上一些隐蔽的侧面是我作品的基础，这些隐蔽的侧面集中表现在我们种族问题的困境之中。"[2]埃利森并非不关注种族问题，《看不见的人》反映了生活在种族歧视的社会里黑人的境遇与黑人争取平等权利

1.　Lewis, R.W.B. "Ellison's Essays." in *Ralph Ellison*. Bloom's Modern Critical Views. New York: Chelsea House, 1986, p.9.

2.　O'Meally, Robert, ed. *New Essays on* Invisible Man. Cambridge: Cambridge UP, 1988, p.7.

的斗争，但小说所反映的种族压迫，主要是以精神压迫的形式表现出来的。黑人的肤色使他们有别于其他人种，但肤色这一表面现象又使现代社会可以剥夺一个黑人的个性，这也是美国这个一贯强调人人平等与个人自由的社会的悲剧。小说主人公所感受到的心理异化和对自我的寻找又是现代社会中的普遍现象。从这种意义上来说，埃利森在小说中不仅表现了黑人对生存价值的探讨，更主要的是把黑人作为真正意义上的人来对待，由此开展了对所有社会人生存价值的探讨。通过把黑人的社会处境放在现代社会的大背景中，埃利森的小说就比一般的黑人作品更深刻，在美国社会和文学界中影响也就更大。

《看不见的人》的主人公是个无名无姓的黑人青年，在小说的一开始他就给我们讲述了现代人的生存危机。现代人生活在动荡且荒诞的现代社会里，终日惶惶不安，生活在种族歧视社会里的黑人更是感到无立足之地："我是一个看不见的人……别人看不见我，那只是因为人们对我不屑一顾……人们走近我，只能看到我的四周，看到他们自己，或者看到他们想象中的事物——说实在的，他们看到了一切的一切，唯独看不到我……你时常会怀疑自己是不是真的存在……你急切地要使自己相信你确确实实存在于这个现实世界里。"[1]作为一个看不见的人，他自然失去了身份。小说主人公从自己栖身的地下室里向我们讲述了他的生活历程，他以往的经历其实就是自我的探索和追求。

小说的主人公在中学时代是个品学兼优、温顺谦卑的好学生。他在种族歧视的环境里长大，接受了南方白人社会强加于黑人身上的行为准则。他在中学毕业典礼上发表了演讲，谈到谦恭是社会进步的动力，因

---

1. 拉·艾里森：《看不见的人》，任绍曾等译。北京：外国文学出版社，1984年，第3页。

而受到白人的赞赏，并得到一个公文包和去黑人学院的奖学金。充满幻想的主人公尽管目睹了社会上许多的不公，但仍相信他有朝一日可以凭借自己的努力出人头地。黑人学院将是他在社会阶梯上前进的又一步。主人公在生活中又扮演了一个新的角色。由于他平时的优良表现，他被黑人院长布莱索博士派去为来学校参观的白人董事诺顿先生开车。无意之中，他使诺顿先生发现黑人特鲁布拉德与自己女儿乱伦的事情，之后为安慰受到惊吓的诺顿，主人公又把他带到了附近的金日酒家，结果诺顿在那里遇到疯人院的病人，致使其心脏病发作。布莱索博士对主人公让黑人在白人董事面前露丑的行为大为不满。主人公被学校开除，他不得不从南方来到纽约谋生。

可悲的是，主人公的北方之旅并不是通往自由之路，而是陷入了更加阴险、复杂的社会圈套。生活在北方的黑人似乎有更多的人身自由，但人际关系更加冷漠，心理异化也更加严重。主人公很快体会到在这个社会里别人对他视而不见，他的自我进一步丧失。"看不见的人"先是在一家油漆厂找到工作，后因锅炉爆炸时负伤被送进了医院。他被当成试验品（而不是一个人）受到电击治疗，脑子也成了一片空白。他不知道发生了什么事，不知道自己身居何处，甚至连自己也看不见。经历了又一次的生活打击后，再次失去身份的主人公开始了寻找自我的求索。

"看不见的人"不久加入了自称为劳苦大众服务的兄弟会组织，希望在为组织的工作中实现自身价值。但他开始时并没有意识到在他改名换姓、以一种新角色重新出现时，他的自我实际上被完全剥夺了，他又一次成为受人摆布的工具。"看不见的人"以满腔的热情开始了工作，只是后来才体会到这个组织决不允许有独立个性的人存在，他的作用仅仅是组织的思想和决定的传话筒。兄弟会为了保全组织，完全不惜牺牲任何个人和他人的利益。"看不见的人"又一次失望了。在随后发生的哈莱姆黑人骚乱中，他掉进了一个掀开了盖子的煤窑。他在地下对自己以往的经历进行了回顾和认真的思考。

在蛰居的地洞里，"看不见的人"对自己走过的路做出了总结。只有这时，他才清楚地认识到自己的身份——他是谁。而具有讽刺意味的是，他最终找到的身份正是他的不可见性。在小说的一开始，主人公对生活和社会充满了幻想。他按照社会所提供的模式塑造自己，结果失去了自己的个性。他在生活中扮演了各种角色，但那些身份代表不了他自己，因为像他这样的普通人（无论是白人还是黑人）根本无法掌握自己的命运。他始终是个工具，或是被那些社会权威人物玩弄于股掌之中的玩偶。正是在追寻自我的过程中，主人公逐步产生了一种自我意识：他认识到社会的实质，认识了自己，也认识了自己和他人的关系。而这种自我意识帮助他彻底摒除幻想，真正实现自我价值。蛰居的结束是行动的开始，而要采取行动，一个人必须首先了解自己。主人公蛰居地下的最终目的就是帮助自己和其他人放下幻想，克服精神盲目，认识自己和社会。"看不见的人"这种寻求自我的经历在现代社会里是有普遍意义的。正如他最后所说的："谁能说我不是替你说话？"[1]

《看不见的人》表现出埃利森高超的艺术手法。他在创作中充分运用了本民族丰富的文化传统，使自己的作品带有浓郁的黑人文化特征，黑人民间传说、宗教活动、方言土语、民谣等大量出现在这部作品中。埃利森创作的另一特点是把音乐融于自己的小说创作，这当然得益于他对音乐的爱好和在音乐方面所受到的专业训练。除了人物的语言富有音乐

1.　拉·艾里森：《看不见的人》，任绍曾等译。北京：外国文学出版社，1984年，第592页。

感和节奏感外，作家在小说中还直接引用了黑人音乐，而且整部作品的创作像是一部乐曲，有主题的重复，还有乐曲和声的出现。《看不见的人》是对黑人文化遗产的继承、发扬和发展。

在描写手法上，埃利森采用了现实主义、象征主义和超现实主义相结合的方法。除了对情节主线进行现实主义的描写之外，作者还大量运用超现实主义手法来表现人物紊乱困惑的内心活动和精神状态，例如书中对梦的描述、主人公负伤后在医院的情景，以及在小说的前言和结尾部分主人公在地下对人生的思考等。其次，作者善于通过对场景的描写来表达环境与思想的关系，例如主人公在南方时经历的黑孩子的互相殴斗、金日酒家的混乱秩序以及发生在纽约的哈莱姆黑人骚乱等，这些场景在作者的笔下都有一种梦魇般的气氛，成为现代社会混乱状况的写照。

象征主义的成功运用是该书的又一特色。埃利森围绕小说主题，使用了一连串的象征。小说开始时有两个黑孩子被蒙上眼相互殴斗的情节，这个细节紧扣“看不见”这一主题，象征小说开始时主人公精神上的盲目和受到的蒙蔽。主人公这时对自己和社会都缺乏了解，看不清周围人和社会的本质，而除去蒙眼布就成为他今后的追求和斗争的象征。发人深省的是，在主人公的成长过程中，他周围那些为别人指引道路的人也有“视力”缺陷：黑人学院的牧师本人就是盲人，他为布莱索博士歌功颂德却不了解他的真正为人；兄弟会组织的领导人杰克则有一只假眼，比喻他对事物的片面理解和偏见。主人公最后掉在了废弃煤窑里。他在里面拉上电线，安装了1,369个灯泡，灯光照亮了自己，也照亮了周围环境。他彻底清醒了，他最终发现了自我，即自己是个“看不见的人”。“看不见的人”随身带着的公文包也是一个象征物，公文包里装着和公文包一起奖给他的一封信，写着："务使这小黑鬼继续奔波。"[1]包里还有黑人学院院长的信和兄弟会的文件。"看不见的人"在地洞里把他们全部烧掉了，他只有毁掉这些在成长过程中象征着他的虚假身份的文件，才能真正认识和实现自我。此外，主人公在油漆工厂的工作也是一种隐喻。黑白两色的油漆象征了美国社会的种族关系，象征手法有效地表现了主题，显示了埃利森的艺术创作功力。

作为美国文学的一个重要分支，美国黑人文学自理查德·赖特于1940年出版了《土生子》之后有了突破性发展；而拉尔夫·埃利森突破了种族的界限，探索人性和现代人所面临的普遍问题的小说又把美国黑人文学推向一个新的高峰。在美国文学向多元化方向发展的今天，埃利森的小说无论从思想或艺术角度都堪称美国文学百花园里的一朵奇葩。

索尔·贝娄 (Saul Bellow, 1915—2005)

索尔·贝娄是美国当代小说界的泰斗。他以涵盖面广、内容丰富的多部优秀小说作品证明了自己的创作实力，被评论家称之为继福克纳和海明威之后最杰出的美国作家。他的作品与艾萨克·巴什维斯·辛格、伯纳德·马拉默德等人的作品一起汇成了美国战后小说流派中的一支生力军——犹太小说，他也为美国当代文学的发展做出了不可磨灭的贡献。

索尔·贝娄出生于加拿大的魁北克省，父母是俄裔犹太人。贝娄在

---

1. 拉·艾里森：《看不见的人》，任绍曾等译。北京：外国文学出版社，1984年，第34页。

蒙特利尔的犹太区度过童年，9岁时随父母迁至美国芝加哥定居，在一个多种文化、多种语言混杂的居民区长大。中学毕业后，他就读于芝加哥大学，两年后转入西北大学，并于1937年获社会学和人类学学士。同年，贝娄入威斯康星大学研究院继续学习人类学，年底辍学。贝娄这时已经立下登上文学殿堂的雄心，他一面孜孜不倦地读书，一面还要挣钱糊口。在这段时间，他教过英文、当过编辑、做过记者。二战期间贝娄在美国商船队服役，并且完成了他的第一部小说《晃来晃去的人》。自20世纪40年代初期，贝娄开始在一些小杂志上发表短篇小说。1944年长篇小说《晃来晃去的人》面世，开始引起评论界的注目，贝娄自此步入文坛。贝娄的创作生涯长达半个世纪之久，共出版了14部长篇和中篇小说、4部短篇小说集，还有剧本、游记、随笔、演说集等。在从事写作的同时，贝娄一直坚持在学术界任职。自20世纪40年代中期，他先后在明尼苏达大学、纽约大学、普林斯顿大学、巴德学院、波士顿大学等处执教。贝娄于2005年去世。

　　贝娄20世纪40年代出版的两部长篇小说《晃来晃去的人》和《受害者》（The Victim，1947）只能算是他20世纪50年代创作高峰之前的序曲，但他以后近半个世纪的创作题材在这两部小说里已露端倪。《晃来晃去的人》的故事发生在1942年的芝加哥，主人公约瑟夫是个生活在"荒诞的现实"世界里却充满浪漫幻想的犹太青年。他在不情愿地等待应征入伍的日子里，试图享受一下个人自由，于是辞去工作，在读书、写作、思考中探索自己的自我本质。但自由的生活并未给主人公带来满足，相反，这种无所事事、晃来晃去的状态使他内心日趋苦闷、空虚。他把自己锁进了自己选择的自由的牢房里，看不到未来，只有过去。由于无法在世界上找到一个立足点，他成为生活在生存边缘的人，一个晃来晃去的人。他不堪这种自由的重负，反倒盼望以入伍使自己思想得到解脱，以军队的约束和官僚机构的统治免除自己深切的失落感和痛苦的追求。小说所塑造的这种企望在现实世界里寻找生存立足点的知识分子形象以后又多次出现在贝娄的作品之中。晃来晃去的人从一定程度上来说是贝娄主要人物形象的基本写照。

以流浪汉传奇小说的形式写成的《奥吉·马奇历险记》使索尔·贝娄一举成名。这部作品在风格和观念上与20世纪40年代的作品相比有所变化，标志着贝娄的创作走向成熟。小说的主人公奥吉是个出生于芝加哥贫民区的犹太青年，从他一出生，外界力量就试图干预他的生活，按照一定的模式塑造他的一生。奥吉的性格就是他的命运。他具有独立的精神和自由的意志，这种性格注定他要否定现存的生活模式，进行自我定义，坚持自己对人生的探索。他在大萧条期间离家出走，独自闯荡世界。在他的"历险"过程中，他见识了金钱社会里形形色色的人，自己也由于生计所迫干过各种行当：店员、窃书贼、私人秘书、工会职员、走私犯的帮手等。他有过成为富翁的机会，也谈过多次恋爱。但是奥吉害怕在一种一成不变的生活环境里被同化，由此失去自我本质，因而总是设法摆脱别人对他的控制，保持自己的自由人格。奥吉抗拒命运的结果没有使他找到自我。实际上，他自己也不清楚应该怎样生活。在痛苦的探索中，他自认为发现了生命的轴线，即真理、爱情、和平、慷慨、友谊与和谐，但这种美好的幻想又被严酷的社会现实所不容。战后奥吉滞留欧洲，成为非法倒卖战争剩余物资的掮客。奥吉自比为发现新大陆的哥伦布，意识到外部世界的混乱和人内心世界的苦闷同样真实，人生充满无法解决的矛盾。

《奥吉·马奇历险记》使贝娄获得他的第一个美国国家图书奖。许多评论家指出这部作品在形式与内容上都继承了马克·吐温的《哈克贝利·费恩历险记》。《奥吉·马奇历险记》打破了贝娄前两部作品中那种拘谨、欧化的风格和忧郁低沉、个人内省的基调，转向有着充沛活力和向上精神的喜剧风格。贝娄作品的中心人物也开始转变，他们不再仅仅因为精神视野与生存空间的反差而饱受折磨，而是积极、执着地追索生活内涵与自我本质。贝娄肯定了这种探索的意义，而这种肯定又包含着对人类痛苦与挣扎的充分理解与认同。贝娄20世纪50年代的作品在手法上也更加挥洒自如，他所创造的小说形式被称为流浪汉的形而上喜剧，他的主人公是自我创造者，在广阔的社会背景和喜剧性的自我历险过程中达到精神的升华[1]。他的作品由于创造了新的人物而内容更加丰富、视野更加开阔。

《勿失良辰》（也译为《只争朝夕》）是贝娄继《奥吉·马奇历险记》之后的一个优秀中篇小说。作品结构严谨，描写了主人公汤米·威尔海姆一天的活动。威尔海姆是个典型的生活失意者，对他来说，生活就是一连串的失败。他的好莱坞明星梦早已破灭，事业无成、婚姻触礁，身边的两个亲人除了指责他以外，毫无同情之心。他又是一个总是做出错误决定的人。他抱着破釜沉舟的决心把仅剩下的700美金交给骗子坦姆金去做投机生意，最后落得一文不名。而在这个社会里，金钱才是人们崇拜的上帝："他们崇拜金钱！神圣的金钱！迷人的金钱！除了金钱之外，对一切事物都无动于衷了。"[2]威尔海姆在去寻找坦姆金的路上，被人流卷进一个正在举行葬礼的教堂。沉浸在经济破产和亲人背叛双重痛苦之中

1.　Bradbury, Malcolm. *Saul Bellow*. London and New York: Methuen, 1982, p.49.

2.　索尔·贝娄：《只争朝夕》，王誉公译，载《索尔·贝娄全集　第十卷》。石家庄：河北教育出版社，2002年，第47页。

的威尔海姆，望着陌生的死者放声痛哭。威尔海姆最后的感情宣泄不仅仅是为他未能抓住的这一天（Seize the Day 的原意是"抓住这一天"），也是为了他失败的人生。他的痛哭又把他和其他人联系在一起，使他成为社会的一员。被冷漠的金钱世界淹没的威尔海姆在自己的眼泪里得到了安慰、获得了新生。生存现实是严峻的，但人生的价值就在于无论是什么样的生活，都要将它继续下去。

　　贝娄20世纪50年代的重要作品还有《雨王亨德森》。小说的主人公亨德森是一个终日过着庸碌生活的百万富翁。富裕的物质生活造成了他精神的极端空虚和迷惘，以致使他不停地发出"我要"的呼声。为寻求心灵的安宁和生活的意义，他做出了去非洲原始部落的选择。他的非洲之旅充满了艰辛，他立志为当地居民寻找水源的行为虽适得其反，但他的善行也为他赢得了雨王的称号。他在探索人生价值的过程中完成了从为我到利他的心理转变。贝娄曾把自己小说的主人公称作"优秀品质的荒谬探索者"，不能不说是对小说人物行为的某种嘲讽[1]。贝娄自己或许也知道亨德森的追求在现实社会里行不通，但与此同时，亨德森坚持不懈的自我探索在一个充满铜臭的世界里又是难能可贵的。

　　进入20世纪60年代之后，贝娄的作品更趋于描绘混乱无序的外部世界在人物内心世界的反映。1964年出版的《赫索格》真实刻画了在动乱的60年代里知识分子经受的精神危机。评论界认为，这部小说"以喜剧性的嘲笑和严肃的思考相结合的风格，揭露了当代资本主义文明的深刻危机，表现了当代美国中产阶级知识分子的苦闷和矛盾，给美国当代文学带来了较

1．　Bradbury, Malcolm. *Saul Bellow*. London and New York: Methuen, 1982, p. 59.

有意义的思想内容"[1]。赫索格是个在大学执教的犹太历史学家，他学识渊博、生活优裕，在学业上还有宏伟的规划。然而混乱的社会现实造成了人们观念的变化，赫索格突然意识到自己和周围的一切都变得一团糟。他最好的朋友和他的妻子通奸，使他感情上受到严重打击，婚姻最终失败。他原有的观念和理想受到社会现实的冲击，令他精神无比苦恼、迷惑，无法完成自己计划的著作。赫索格苦苦思索人生，极度的心理压力使他的精神几乎崩溃。赫索格试图用语言去理解现实、抓住现实。他以给别人（家人、朋友、古今名人，甚至他自己）写信的方式倾吐自己的苦闷。比起贝娄前几部作品的主人公来，赫索格文化修养更高，对问题认识得也更深刻。西方文化的严重危机使自我失去了原先的意义，造成了知识分子的精神失调。赫索格面临着如何在混乱中把握自己、给自己重新定位的考验。他最后的选择是在自然环境中寻求安宁，重新鼓起面对生活的勇气。小说的积极意义在于赫索格尽管看到现实的种种丑陋，却不甘做现代社会的牺牲品，他仍在积极地思考，寻求个人生存的价值和意义。该书出版后不仅销路甚好，还为贝娄赢得了1965年美国国家图书奖。

　　1970年问世的《赛姆勒先生的行星》是动荡不安的20世纪60年代的真实写照。主人公亚瑟·赛姆勒是个在二战中从法西斯屠刀下逃生的犹太老人，他战后来到美国，又体验了现代城市生活的恐怖。抢劫、暴力、毒品、性开放、学生示威、犹太传统观念的瓦解，所有这一切使赛姆勒感到他生活的这个星球已经到了崩溃的边缘。这位独眼的战争幸存者冷眼旁观这个疯狂的世界，痛心人道主义理想的破灭和现代社会精神生活的贫瘠。虽然对人类的堕落回天无力，但他盼望着建立一种更富有人情味的人际关

1.　钱满素编：《美国当代小说家论》。北京：中国社会科学出版社，1987年，第74页。

系。小说出版后作者又一次获美国国家图书奖。

《洪堡的礼物》讲述了两代作家人生观和两种不同的生活道路。洪堡是20世纪30年代的著名诗人，代表了早已过时的理想主义。他追求柏拉图式的精神美，试图在美国的物质主义和精神文化之间建起一道桥梁，但社会的严峻现实使洪堡的理想无法实现。他经受不住失败的打击，落到潦倒街头、在疯狂中死去的下场。西特林是个曾受到洪堡提携的年轻作家，成名于20世纪50年代。他受物质世界的诱惑，成名后尽情享受着成功给他带来的地位、金钱和女人，思想上逐渐满足于随波逐流。西特林并非认识不到物质与精神之间的鸿沟，但他在物欲的深渊里愈陷愈深，终于无法自拔。当周围所有觊觎他钱财的人都把手伸向他时，西特林也尝到了失败的苦头。在失去一切后，他重新认识了洪堡，还靠洪堡遗赠的剧本渡过了难关。西特林的思想在痛苦中得到升华。贝娄在该小说中精辟地剖析了美国作家的矛盾思想和精神危机。这部作品获1976年普利策小说奖。同年，贝娄成为又一位荣获诺贝尔文学奖的美国作家。

进入20世纪80年代以后，始终保持着旺盛创作力的贝娄又相继出版了几部中长篇小说《院长的十二月》、《更多的人死于心碎》（*More Die of Heartbreak*，1987）、《偷窃》（*A Theft*，1989）和《贝拉罗莎暗道》（*The Bellarosa Connection*，1989）。其中《院长的十二月》的出版"是一件颇为值得重视的事件：这部小说表明贝娄的创作第一次发生了重大转折，即从原来富有喜剧色彩的叙述转向了颇具悲剧色彩的叙述。"[1] 小说聚集城市生活，但主要是针对芝加哥和布加勒斯特两座城市里的阴暗面，无论

1.　乔国强：《索尔·贝娄笔下的"双城记"——试论索尔·贝娄的〈院长的十二月〉》，载《当代外国文学》2011年第3期，第29页。

是专制体制下的布加勒斯特，还是所谓民主体制下的芝加哥，都上演着谋杀、迫害、背叛的悲剧，令主人公无所适从。贝娄描绘和批判了充斥着邪恶的现代大都市生活，但也表达了他一贯的观点，即面对残酷的社会环境，个人的反抗是软弱无力的，只能接受现实，并尽力保持个人的一份尊严。而在《更多的人死于心碎》中，贝娄以幽默的手法，讲述了一名植物生态学教授贝恩·克雷德的生活。与贝娄的许多作品相似，这部小说也涉及具有理想主义色彩的主人公在残酷社会现实面前碰壁而理想破灭的内容。1997年，贝娄出版中篇小说《真情》（ The Actual ）。

2000年，贝娄广受好评的最后一部小说《拉维尔斯坦》（ Ravelstein ）出版。小说以贝娄挚友、美国学者艾伦·布鲁姆（Allan Bloom）为原型创作，记载了主人公拉维尔斯坦人生的最后岁月，以及他（布鲁姆）与奇克（贝娄本人）的友谊。这部传记小说没有跌宕起伏的情节设计，贝娄通过奇克之口，以交谈、回忆、联想等方式，刻画了一个具有鲜明特点的犹太知识分子形象。也是在这部小说中，耄耋之年的贝娄更为公开地表达了自己对大屠杀、反犹主义、犹太人的命运这些与其犹太文化身份直接相关的问题的思考，因而被称为其"最富犹太性的作品"[1]。

在其长达半个世纪的文学生涯里，贝娄取得了令世人瞩目的成就。他曾经三次获得美国国家图书奖，还获过欧·亨利奖、国家艺术奖、美国文学杰出贡献奖等奖项。他于1969年入选美国艺术与科学院院士，1976年获得诺贝尔文学奖，瑞典文学院在授予贝娄诺贝尔文学奖时表彰了他"对人的理解和对当代文化的精妙分析"[2]。作为一个关心社会现实的作家，贝娄

---

1. Safer, Elaine B. "Saul Bellow: Master of the Comic." *Critique* 51.2 (2010): 131.

2. Chavkin, Allan, ed. *Critical Insights: Saul Bellow*. Pasadena and Hackensack: Salem P, 2012, p.3.

的作品表现了这个动荡不安的时代及其社会生活，尤其是政治、经济、文化领域的动乱。贝娄深刻揭示了当代西方文明所面临的危机，主要着墨于物质主义盛行的社会里人的精神危机。区别于许多当代作家的是，贝娄不是一个完全的悲观主义者。他认为我们只能对现实状况尽力而为，接受这种好坏兼而有之的现实。一方面，贝娄对自己的时代有相当清醒的认识，对美国社会的各种严重社会问题和危机感有深切的体验。他接受了西方存在主义的观点，认为存在是必然的、不可避免的。人生活在现实之中，要接受现实，并且时时受到现实生活的制约。另一方面，贝娄始终认为，即使是在这个充满丑陋的社会里，仍然"有着某种意义，某种趋向，某种实际价值；它使我们对于真谛、和谐，乃至正义，有了指望"[1]。正因为如此，人要不断地探索生存的意义，保持人的个性和尊严。因而，贝娄在自己的作品中一再强调重建人与人之间的理解、同情和友爱的正常关系，呼吁精神文化的重要性，提倡人要不断追求生活的价值和生存的意义。

值得指出的是，贝娄一直将自己视为"美国作家"，而不是"美国犹太作家"。他说："我把自己看作一个出身为犹太人的人——是美国人，有犹太血统——有一定的生活经验，其中一部分具有犹太特点。"[2]尽管如此，贝娄的犹太文化身份还是体现在他的作品之中。从根本上来说，他的小说关注的焦点是个人在现代社会中的命运。小说的主人公都是在这个动荡不安的社会里不断奔波，试图找到一个立足点的人。贝娄笔下的人物多是城市知识分子阶层的犹太人，他们既在思想意识里带着犹太古老文化传统和人道主义理想的印记，又有在恶劣生存环境中生活的现代

1. 引自贝娄的诺贝尔文学奖受奖演说，载于《赫索格》，宋兆霖译。桂林：漓江出版社，1985年，第493页。
2. Miller, Ruth. *Saul Bellow: A Biography of the Imagination*. New York: St. Martin's P, 1991, p.43.

都市人的种种困惑。这些人知识渊博、精于思辨、性格敏感，因而对社会的种种弊病有更深切的体会，也就承受了更多的心灵痛苦。可以说，他的人物都是一些"晃来晃去的人"和"受害者"。他们无一不因这个腐化堕落的社会环境而受到痛苦的折磨，他们既逃避不了社会现实，又不甘心与其同流合污。他们勤于思考、奋力追索，或试图改变自己的生活环境，或缩进内心的避风港，以躲避这个疯狂世界的漩涡。贝娄入木三分地再现了这些既不安于社会现状，又没有能力改变社会现状的人。从这个意义上来说，贝娄笔下的主人公属于那种非传统英雄式的人物，他们并非那些有着完美无缺的品格且敢于与物质社会彻底决裂的英雄。他们在追求高尚品质和清高超脱的同时也不会拒绝优裕的物质享受；他们与社会格格不入，又无法改变自己周围的环境。他们秉性善良，富有人性，又处处显得那么滑稽可笑。他们对个性与自我的追求既给人一种人生悲剧的伤感又带有喜剧式的自我嘲讽。到最后，他们所能做到的只是在与现实妥协的同时努力保持一定的个人尊严。中产阶级知识分子对现实强烈不满却不得不无奈忍受，他们被异化又不断妥协，这种矛盾心态和两重性格在贝娄笔下得到了透彻而精辟的剖析。

　　贝娄的艺术风格有着鲜明的特色。他部分继承了19世纪后半叶以来的欧洲及美国现实主义的传统，推崇福楼拜、托尔斯泰、马克·吐温、德莱塞等现实主义作家。他坚持表现社会现实，立志成为"社会的历史学家"[1]。他的笔成功地反映了自己生活的社会与时代，表现了现代人的境遇和感受。而在如何表现人、塑造人物形象方面，贝娄又吸取了现代主义，特别是存在主义的一些观点和做法。在艺术手法上，贝娄的多数

1.　引自《纽约时报图书评论》，1976年12月5日。

小说结构松散，情节上并不总是按照时空顺序直线发展，而是夹杂着大量人物的回忆、独白和心理活动。他作品的句法也没有一定之规，有时有长达几页的对话，有时又有大段的意识流描写。这种看起来混乱无章的写作手法，恰恰表现出社会现实和人物心理的混乱。他的语言文字受到了意第绪语的影响，作品具有独特的犹太风味。从整体上来看，贝娄并不像有些当代作家那样醉心于玩弄文字游戏，以致使作品变得晦涩难懂。贝娄使用的是一种将外部世界与内心活动相结合的、口语化的日常用语和与深邃思想相结合的文体。贝娄的小说体现了现实主义和现代主义两种潮流的交织。

贝娄以自己卓越的文学成就，被公认为20世纪最伟大的作家之一。美国当代另外一位著名作家菲利普·罗斯（Phillip Roth，1933—2018）指出："威廉·福克纳和索尔·贝娄这两位小说家是20世纪美国文学的支柱。他们一起成为20世纪的麦尔维尔、霍桑和马克·吐温。"[1]贝娄在其长达半世纪的创作中一直坚持直面现代社会的各种问题，他曾说"除了思考之外我们作家没有其他事情可做。我们必须思考，必须对我们的处境保持更加清醒的认识，否则我们只能写些幼稚的作品，无法发挥我们的功能；我们将会缺乏真正的兴趣而变得毫不相干。"[2]贝娄在创作中认真地履行了作为作家的社会职责，他的作品反映了第二次世界大战后的西方社会危机、现代人寻求生存价值的意义，以及对人类的深切关怀。他的著作为美国文学增添了活力，也为美国文学史揭开了新的一页。

---

1.   Royal, Derek Parker, et. al. "Looking at Saul Bellow (1915 – 2005)." *Philip Roth Studies* 1. 2 (Fall 2005): 115.

2.   Bellow, Saul. "The Thinking Man's Waste Land." *Saturday Review* 3 Apr. 1965: 20.

约翰·厄普代克（John Updike，1932—2009）

　　厄普代克在他的自传体文章里曾这样说："把艺术视为一种遨游：沿着铅笔划出的条条细线，飞出希灵顿镇，完全飞越时间，飞进众多无法看见，甚至是尚未降生的心灵深处。"[1]他就是这样做的。当年立志于献身艺术的小镇男孩，最终成为著述甚丰、饮誉文坛的著名作家。在许多人的眼中，他被视为其时代最伟大的美国作家之一。厄普代克的作品，尤其是他的"兔子四部曲"系列小说，不仅为他赢得了盛誉，也牵动了千百万读者的心弦。

　　约翰·厄普代克1932年出生于宾夕法尼亚州的希灵顿镇。父亲是镇上中学的数学教员，母亲自己对写作有浓厚的兴趣，在独生儿子还只是孩童时，便让他阅读《纽约客》杂志。杂志上刊登的漫画、文章、诗歌和故事深深地吸引了小厄普代克。厄普代克年轻时即显示出他在绘画方面的天赋，他自己也曾希望将来成为漫画家。1950年厄普代克获奖学金进哈佛大学主修文学，期间担任过校刊主编，四年后以优异成绩毕业。同年，他的一篇故事和一首诗被《纽约客》接受，成为他"文学生涯中一个令人振奋的突破"[2]。大学毕业后厄普代克去英国牛津大学的拉斯金美术研究院学习美术。一年后，应聘回国到他特别喜爱的《纽约客》杂志编辑部工作，并为该杂志撰稿。从1955至1957年，厄普代克在《纽约客》

1.　Updike, John. "The Dogwood Tree." in *The Norton Anthology of American Literature.* 1ˢᵗ ed. Vol. 2. Ed. Ronald Gottesman, et. al. New York: Norton, 1979, p.2197.

2.　查尔斯·托马斯·塞缪尔：《约翰·厄普代克访谈录》，董文胜译，载《当代外国文学》1997年第2期，第131页。

上发表了诸多诗歌、故事和文章。为了在文学创作领域里更有作为，厄普代克于1957年毅然离开《纽约客》杂志，成为专业作家，但在他的创作生涯中，他还是为该杂志撰写了大量诗歌、短篇小说、专栏文章和评论。他后来全家搬到马萨诸塞州的伊普斯威奇镇居住，他的家乡希灵顿与伊普斯威奇成为他日后作品的主要背景。

　　厄普代克是当今美国文坛最多产的作家之一。从1954年发表第一篇短篇小说以来，他几十年的辛勤笔耕已结出累累硕果。除了使他大显身手的长篇小说以外，他在短篇小说、诗歌、文学评论以及儿童文学诸领域也都颇有建树。厄普代克出版著作三十余部，仅长篇小说就有22部，除了"兔子四部曲"系列小说之外，还有《贫民院集市》（*The Poorhouse Fair*，1959）、《人马》（*The Centaur*，1963）、《农场故事》（*Of the Farm*，1965）、《夫妇们》（*Couples*，1968）、《政变》（*The Coup*，1979）、《伊斯特维克的女巫们》（*The Witches of Eastwick*，1984）、《美丽百合》（*In the Beauty of the Lilies*，1996）、《葛特露与克劳狄斯》（*Gertrude and Claudius*，2000）、《恐怖分子》（*Terrorist*，2006）等。厄普代克钟情于创作系列小说，除了"兔子四部曲"外，还有"红字三部曲"和"本奇四部曲"。厄普代克的短篇小说也颇受人们称道，经常入选各类文学选集，2013年出版的两卷本《约翰·厄普代克：故事集》（*John Updike: The Collected Stories*，2013）收录了他的186篇短篇故事。厄普代克也一直没有停止创作诗歌。《诗歌集》（*Collected Poems: 1953—1993*，1993）收录了他这一时期创作的诗歌，《诗歌选》（*Selected Poems*，2015）概括了他的诗歌创作生涯。厄普代克的文学评论集《拥抱海岸》（*Hugging the Shore*）收录了他文学评论中的许多精品。

　　厄普代克一生中获得多种荣誉，包括两次普利策奖、两次美国国家

图书奖、三次全国书评家协会奖，以及国家艺术勋章、国家人文奖章、
迈克尔·雷短篇小说奖、美国艺术文学院小说金质奖章等。他还两次出
现在《时代周刊》的封面上。

　　自20世纪60年代中期，厄普代克便已跻身美国重要作家之列。在主
题上他延续了约翰·契弗（John Cheever）的传统，描写了居住在市郊
的中产阶级的日常生活，但他的道德立场又使他与索尔·贝娄和伯纳
德·马拉默德有相似之处。面对战后小说界各种标新立异的文学潮流，
厄普代克坚持基于传统之上的创新。他强调说："我们所关心的和所要描
写的就是现实——散文令我动心之处在于我的那种感觉，我如实记录了
一些真实的东西，我反映了现实，我的言谈话语会传播真实。因此从这
种广义上来说，我无法想象哪一种文学不是现实主义的。"[1]厄普代克一向
认为中产阶级生活比以往美国文学所反映出来的要更复杂，所以他力图
在作品中更加真实地再现他们的生活[2]。纵观厄普代克的作品，我们可以
看出他对中产阶级的细致观察和对美国社会敏锐的洞察力。他的作品通
过描写美国中产阶级面对的问题，譬如忠实、宗教、责任等，展示了美
国当代社会的风云与变迁，绘制了一幅色彩斑斓的美国社会风俗图画。
他曾说："中产阶级的家庭风波、对思想动物说来如谜一般的性爱和死
亡、作为牺牲的社会存在、意料之外的欢乐和报答、作为一种进化的腐
败——这些就是我的主题。"[3]

1.　Miller, James E., Jr., ed. *Heritage of American Literature: Civil War to the Present.* Vol.II. San Diego and New York: Harcourt Brace Javanovich, 1991, p.1951.

2.　Tanner, Tony. "A Comprised Environment." in *John Updike.* Bloom's Modern Critical Views. New York: Chelsea House, 1987, p.37.

3.　钱满素、罗长斌：《厄普代克和他的兔子》，载《宁波大学学报（人文科学版）》1997年第1期，第15页。

1959年出版的《贫民院集市》是厄普代克的第一部小说，描写了发生在一所贫民院的故事。书中的主人公是注重工作效率、讲究科学管理的贫民院管理员康纳，康纳能够满足老人们的各种物质要求，却恰恰忽视了他们的精神需求：对死亡的恐惧和对信仰的依赖。他无情地摧毁了宗教信仰对那些接近生命终点的老人们的慰藉，继而否定了他们生存的意义。厄普代克以贫民院喻指美国社会，讽刺了在井然有序的福利社会里信仰的崩溃与精神的贫乏。

《人马》于1963年出版后受到普遍赞扬。厄普代克把中学教师乔治·考德威尔平凡的日常生活与希腊神话里人马喀戎的英雄业绩相提并论，加深了小说的寓意。人马在希腊神话中是个甘于自我牺牲的神，为了给普罗米修斯赎罪他情愿放弃长生不老。小说中的主人公考德威尔是个心地善良、为人正派、忠于职守的普通人，也是一个处处倒霉的小人物。他在崇尚物质、道德堕落的社会环境里艰难地传播着知识和真理。同时他还是一个尽职的父亲，为了儿子能成长为艺术家不惜牺牲自己的一切。一个人的力量在强大的社会势力面前是微不足道的，但考德威尔以自己对善和爱的执着追求实现了他的生命价值。作者从这个人物三天的活动中表现了他的性格和遭遇，在考德威尔与儿子的身上可以看到作者的父亲和他本人的影子。考德威尔坚韧地承受着所有的痛苦，与后来"兔子四部曲"系列中兔子不断的逃跑形成鲜明的对比。厄普代克解释说："一种是兔子的逃避方式——本能的、不假思索的、畏惧的……另外一种是以马的方式对待生活，上套拉车，直到倒下为止。于是便有了《人马》。"[1]小说为作者赢得美国国家图书奖。

---

1. Verde, Tom. *Twentieth-Century Writers: 1950-1990*. New York: Facts on File, 1996, p.154.

两年后出版的《农场故事》沿用了《人马》中的某些故事背景，写了35岁的乔伊携带第二次结婚的新婚妻子和继子去寡居母亲的农场上做客的故事。乔伊身上有诗人的禀赋，但为了蝇头微利而放弃了对文学的追求，干起了广告生意。他的母亲一直希望他能成为一个诗人，现在却为如何生活及如何对待婚姻与乔伊的妻子发生了冲突。小说篇幅不长，但生动勾画了中产阶级家庭中的人际关系，同时通过主人公母亲的口吻揭露了美国现代城市生活对人的腐蚀和对人天性的扼杀。

厄普代克在前面几部小说中所表现出的对国家道德面貌的忧虑也贯穿于另一部小说《夫妇们》之中。作品写了居住在小城塔尔博克斯的一些夫妇们因为精神空虚，而从淫乱的性生活中寻求刺激的故事。作者通过对这些夫妇们生活中淫秽场面的描写，反映了道德堕落这枚毒菌对美国中产阶级心灵的侵袭。小说中富裕的生活环境与低级的生活方式、败坏的道德风尚形成了强烈的反差，但厄普代克书中大量的色情描写削弱了小说主题的表现，小说出版后曾引起不少訾议。

值得一提的还有厄普代克出版于2006年的《恐怖分子》，小说讲述了生活在新泽西的一位年轻伊斯兰激进分子的故事。艾哈迈德·阿什马维·穆罗伊自幼遭父母遗弃，学校里无论是老师还是同学都令他无法忍受，只有他的穆斯林启蒙老师让他得到心灵慰藉，他慢慢被卷入恐怖组织，甘愿充当人体炸弹，驾驶装满炸药的汽车去炸毁林肯隧道。小说描绘了"9·11"这一震惊世界的恐怖事件后美国人普遍的危机感，也探索了这些年轻人走向恐怖主义的社会和历史根源。通过这个年轻穆斯林的眼睛，厄普代克反映了当代美国社会的种族问题与社会乱象。"9·11"事件发生时，厄普代克正在纽约探亲，目睹了世贸中心双子塔的被炸与坍塌，因而对此感受颇深。

　　厄普代克的"兔子四部曲"系列被公认为他小说创作的最高成就。该系列时间跨度为20世纪50年代末至80年代末。四部小说在情节和主题上前后呼应、衔接严密，形成了完整的一组作品。有趣的是，这原非作者的初衷，厄普代克本人在创作伊始也未预料到有如此完满的结局。这四部小说在出版时间和描写的时代上都间隔了约10年。作者从外号"兔子"的主人公的青年时代一直叙述到他去世。厄普代克不仅对主人公10年之内的生活做了交代，更主要的是以"兔子"作为时代的代表，以主人公的经历折射出在这一时期内美国社会的变迁。该系列小说因而成为美国社会20世纪50年代末至80年代末的一个极好写照，"兔子"哈里也成为美国文学中的经典人物。

　　《兔子，跑吧》（*Rabbit, Run*, 1960）是这套系列作品的第一部。主人公哈里·安斯特洛姆中学时是篮球明星，他在篮球场上的矫健身影为他赢得了"兔子"的绰号，使他成为学校里风云一时的人物。时年26岁的哈里早已远离当年的掌声和鲜花，成为社会上千千万万个中下层阶级的一员。他如今在廉价商店里推销厨具，与庸俗无聊的詹妮斯结了婚，有了儿子，每天浑浑噩噩地打发日子。虽然科技发展带来了生活进步，收音机、广播进入人们的生活，但他仍然感到失落与不如意。他当年在球场上活动自如，现在却发现婚姻和家庭给他带来的重负使他在社会的大场地上步履维艰。回首往事，他自己也总结出这样一条道理："奇妙啊！那些折磨人的东西其实是再简单不过的了，而那个你无法逃避的世界又是那样拥挤和混沌。"[1]更为可悲的是，哈里意识到他今天的生活状态完全是出于无奈，因为不是他安排了自己的生活，而是生活一直在摆布

1.　约翰·厄普代克：《兔子，跑吧》，万正方译。郑州：河南人民出版社，1998年，第298页。

着他，哈里对自己的生活充满了不满和忧虑，因而寻求一种更令人满意的生活方式就成为这部小说突出表现的主题。他只能通过女人的肉体来寻求解脱，欲望成为他获得生活意义的方式。"成功的性爱于是成为连接过去的辉煌的唯一纽带。"[1]哈里对生活采取的是逃避方式。有一天他一时冲动离家出走，从此开始了他兔子式的多次逃跑。"他给自己的这种行为找到了一个理由，那就是他要去寻找自我和自由，家庭和社会在他眼里都成为他自我寻找过程中的障碍，而促使他做出这种选择的一个重要内因是他心中怀有的一种憧憬，一种对生活之意义的憧憬。"[2]可惜的是，当年马克·吐温为哈克贝利·费恩逃离文明社会污染所安排的出路已不适用，因为当今美国已无边疆可言。哈里三次出逃，就是企图逃离他所厌恶的社会现实，寻求生存的价值，但每次总是要回去面对他所厌倦的一切。更遗憾的是，哈里一次次的出逃并未改变他的处境，使他得到满足。他这种不负责任的做法反倒使他周围的人受到伤害。

"兔子"哈里生活的20世纪50年代是美国社会相对稳定和平庸的年代。二战后的美国社会不仅是经济高度发展的时期，也是日趋世俗化的时代。兔子深切地感受到自己生活的空虚，他不甘心这样沉沦下去，但又看不见出路。他试图把宗教作为精神寄托，可是信仰也解决不了他的迷惘和恐惧，"他就是不愿意顺着那自相矛盾的路子一直走下去"[3]。兔子的思想是矛盾的。他追逐物质利益又不甘平庸，向往理想生活却没有奋斗方向。到头来，他只有盲目地跑来跑去，使自己陷入长期的精神危机

---

1. Gilman, Richard. "An Image of Precarious Life." in *John Updike: A Collection of Critical Essays*. Ed. David Thorborn and Howard Eiland. Englewood Cliffs: Prentice-Hall, 1979, pp.15-16.

2. 金衡山：《厄普代克与当代美国社会——厄普代克十部小说研究》。北京：北京大学出版社，2008年，第28页。

3. 约翰·厄普代克：《兔子，跑吧》，万正方译。郑州：河南人民出版社，1998年，第230页。

之中，也使自己和他人都更深地陷入困境。作者在这本小说里虽然没有太多地涉及社会内容，但20世纪50年代末美国人内心的不安和躁动已跃然纸上。小说荣列《时代周刊》有史以来最伟大的100部小说的榜单。

11年之后，出现在《兔子归来》（*Rabbit Redux*，1971）里的哈里已成为近40岁的中年人。他当了排字工人，下了班就老老实实窝在家里，日复一日地过着平庸单调的日子。但在风起云涌的20世纪60年代，即使是安于现状的"兔子"也无法做到无动于衷。他现在所面对的是一个科学技术高速发展（人类首次登上月球）但世风日下的时代。越南战争、民权运动、校园骚动、性解放以及嬉皮士般的生活方式所引起的社会秩序混乱必然波及个人，就连早已放弃逃遁方式的"兔子"也必须面对新的生活现实。这次轮到他的妻子詹妮斯跑了。她在性解放的浪潮中弃家而去与情人同居。"兔子"把女嬉皮士吉尔和从越南战场回来的黑人青年斯基特接到家里，同他和儿子纳尔逊住在一起，结果引起邻居的抗议。"兔子"的房子被烧，吉尔丧身。"兔子"自己在技术革新中被工厂解雇，生活失去着落。詹妮斯结束了一段恋情之后又回到"兔子"的身边。

与11年前内心充满失望和忧惧的哈里相比，20世纪60年代的哈里感到生活更加不可理喻，家庭经济没有什么起色，夫妻关系又每况愈下。来自社会的冲击波使得已经变得消极起来的哈里更感到困惑不解、不知所措。如果11年前哈里还有某种精神追求，那么现在的他已处于挣扎后的无奈。除此之外，詹妮斯、吉尔和斯基特的悲剧性故事在书中也有不同程度的描写。家庭生活与两性关系仍然是作者津津乐道的话题，但在《兔子归来》中，厄普代克偏重于着墨在大的社会事件对家庭和个人的影响上。20世纪60年代美国社会风云及其对美国人心灵的巨大冲击在该书中都有比较客观的反映。

"汽油短缺了。"第三部小说《兔子富了》（*Rabbit Is Rich*，1981）一上来就点出了作品的时代背景，指向20世纪70年代末的美国能源危机和由于伊朗人质事件而导致的美国在海外势力的下降。但经济萧条非但没有给"兔子"带来厄运，反而为他发财提供了机会。具有节油特点的日本汽车使身为日本丰田汽车代销商的"兔子"赚了不少钱。他继承了岳父留下来的车行，当上了车行老板，每年能够销售300辆汽车，46岁的哈里终于跻身中产阶级行列。他现在关注的是商界的内部消息，也是《消费者报告》的忠实读者和韦伯·莫吉特的投资指导的热心听众。他的生活方式和精神面貌也随之起了相应的变化。以前常去的小酒馆换成了俱乐部，聊天、打高尔夫球成为消遣的主要活动。他以往逃跑的冲动没有了，现在即使跑步都是出于健康考虑了。与当年那个生活的消极对抗者相比，"兔子"如今在感情上完全投入了中产阶级的怀抱。可是物质条件的满足并不等于精神的完全充实，表面上心满意足的"兔子"时时被怀旧情绪所袭扰。父子不和以及当年情人的绝情，常令"兔子"哀叹生活中的种种不如意。青春不再，现在甚至连性爱都只能是向衰老和死亡的示威。不再为生计困扰的"兔子"，意识到金钱也无法填满精神的空白。富了的"兔子"失去了早年的精神追求，对环境做了妥协。就连儿子都这样说他："老爸不再喜欢做出气汹汹的样子，那种气汹汹的样子过去是令人尊敬的，他过去不在乎外界如何看他……他当时具有打篮球留下来的不管不顾的模糊信念，或者在众人宠幸中长大而具有的信念……那种活力一去不复返了。"[1]与银行存款增加相对的是兔子身体状况的下滑，

1. 约翰·厄普代克：《兔子富了》，苏福忠译。上海：上海译文出版社，2009年，第328页。

以及他的精神空虚和人际关系的恶化。[1]厄普代克在这部小说里对美国中产阶级心态的逼真刻画使他一举荣获美国三个最主要的文学奖：普利策奖、美国国家图书奖和全国书评家协会奖。

《兔子歇了》（*Rabbit at Rest*，1990）是"兔子四部曲"系列的最后一部，这部讲述了"兔子"人生历程最后阶段的小说不仅为小说主人公"兔子"的人生落下了帷幕，也为历经几十年的系列小说画上了最后的句号。该书出版后又一次引起轰动，还为厄普代克赢得1991年的普利策奖。

《兔子歇了》描写了"兔子"去世前最后一年的经历。奔波了多半辈子的"兔子"几年前把汽车行交给儿子经营，自己退休过起悠闲日子。可岁数不饶人，"兔子"现在心脏状况不好，死亡的威胁时隐时现。更让他揪心的是，他发现儿子吸毒成瘾，负债累累，连其掌管的公司也濒临破产。这不能不令哈里发出九斤老太式的感叹。哈里心脏病发作，出院后在遭受性饥渴折磨的儿媳的挑逗下与其发生了性关系，这使妻子大怒。生活和家庭又一次将"兔子"置于极大的压力之下，而老之将至时对死亡的恐惧和孤独感、日益衰退的身体，都令"兔子"感到无比压抑和空虚。焦头烂额的"兔子"孑然一身跑到佛罗里达。前面是一片黑暗，兔子在孤寂无望中又一次心脏病发作。心力交瘁的"兔子"随着国际局势的动荡和东欧剧变，生命之旅走到了尽头。"兔子"的个人经历也折射了当时美国严重的社会问题："一切都在崩溃，飞机，桥梁，里根统治下的八年，这是无人问津储备的八年，是玩空手道大赚一把的八年，是债

---

1.   Newman, Judie. *Macmillan Modern Novelists: John Updike*. Hong Kong: Macmillan Education, 1988, p.61.

台高筑的八年，是听天由命的八年。"[1]

在描写"兔子"一生经历的最后一部小说中，厄普代克重点突出了"兔子"父子两代的冲突。哈里的儿子纳尔逊出生于20世纪50年代，成长期正值美国社会的动荡年代，纳尔逊虽然没有像父辈那样经受贫困和战争，但这一代年轻人缺乏老一代那种纯朴的道德观和对精神的追求。这是没有信仰、没有追求，也没有抱负的一代。他们除了坐享老一辈打下的江山，比起上代人更平庸、更无能。纳尔逊这个人物形象折射出美国新一代中产阶级衰微的精神面貌。

2001年，在"兔子四部曲"之后，厄普代克出版了一部中篇小说《记住兔子》（*Rabbit Remembered*），记录了"兔子"从青年到去世的几十年人生经历。

厄普代克"兔子四部曲"系列小说的最成功之处在于塑造了兔子这样一个置身于美国社会大背景中的典型美国人形象。作者正是以一个充满矛盾和冲突的人物为主人公，探讨了美国政治生活、科技发展、家庭生活、人际关系（尤其是两性关系）等一系列问题，揭示了美国当代文化的种种现象，给人以深刻的启示。兔子身上的矛盾之一是美好的过去与庸俗的现实之间的冲突。"兔子"曾有过辉煌的青春。对作为篮球明星的兔子来说，未来是任其驰骋的广阔天地，前途是一条铺满鲜花的金光大道。可是现实世界恰恰不像"兔子"所期待的那么美好。他身处社会的中下层，枯燥无味的工作和空虚庸俗的家庭生活为他带来的只是烦恼和无聊。对现实生存环境的极度不满和失望使"兔子"一次次离家出逃。

1.　约翰·厄普代克：《兔子歇了》，蒲隆译。上海：上海译文出版社，2008年，第8—9页。

"兔子"的逃跑既是他对现实生活的消极对抗，也是对已不复存在的美好过去的追求。而正是因为过去求而不得，"兔子"的"跑"又总是回到原处。"兔子"身上的矛盾还见于作为个人和社会人之间的冲突。作为有自我要求的个人，"兔子"一直希望保持当年在篮球场上的自由，按照自己的意愿安排生活，而他作为丈夫和父亲的角色犹如条条绳索捆住了他的手脚，使他的生活陷入千篇一律的公式。"兔子"对生活有一种不可名状的恐惧和担忧，他意识到自己生活的无意义。内心对寻求自身生存价值的欲望和冲动使得兔子像贝娄笔下的马奇一样不停地奔跑，而随着年龄的增长与社会地位的变化，"兔子"对自身价值的追求逐渐减退。对个性的追求时时在内心蠕动，但更多的是对现实的妥协。厄普代克不仅描绘了美国当代人生活中的种种困惑，也表现出人们试图逃避生活、逃避社会责任的不现实性。

　　厄普代克作品的主要内容是对美国中产阶级日常生活的挖掘。他擅长描写生活琐事，常常于轻描淡写之中把故事叙述得趣味横生、耐人寻味。在对人物的刻画上，他也力求客观，让读者对人物的性格和行为做出判断。此外，在叙述人物性格与社会现实的各种矛盾冲突时，厄普代克又常以当代重大社会事件为衬托，反映出社会变动对人物行为和心理的影响，增强了其作品的深度和广度。从小处入手，又以小见大，是厄普代克创作的特色，也是他的成功所在。

　　厄普代克也是公认的语言大师，是"其时代美国小说家中最伟大的文体学家"[1]。他的作品文字优美、描写细腻、笔调流畅，表现出他驾驭

1.　Bloom, Harold. "Introduction." *John Updike*. Bloom's Modern Critical Views. Ed. Harold Bloom. New York and Philadelphia: Chelsea House, 1987, p.1.

语言的深厚功力。同时由于他在绘画和诗歌方面的造诣，他的作品既富有诗意又带有画家对细节的敏感和漫画家的幽默与诙谐。虽然读者在书中读到的多是我们熟悉的生活内容，但厄普代克成功的人物塑造、精湛的叙事技巧与高超的语言能力使这些故事读起来栩栩如生，别有一番滋味。

作为社会历史变迁的忠实记录者，厄普代克"的确是其时代、地方与社会的代表性作家"[1]，他以自己的作品勾勒出第二次世界大战后美国社会的消费文化、信仰危机、理想破灭、道德沦丧、精神贫瘠等社会现实，探讨了美国政治变化、科技发展、家庭生活中的一系列社会弊端，揭示了现代人的生存窘境，兔子的故事是美国的故事，也是人类命运的故事，给我们以启发、使我们反思。他卓越的文学成就使他成为美国当代作家中的佼佼者。

托马斯·品钦（Thomas Pynchon，1937— ）

托马斯·品钦，美国当代最为重要的小说家之一，常被视为西方后现代主义代表性的小说家。说到"后现代主义"，我们这里选择从广义的概念上来理解它，主要用它来表示20世纪五六十年代后美国和西方在文学创作、批评和阅读理念实践等方面的转变。所以，当我们说品钦的作品是后现代小说时，主要也意在强调他试图在主题、题材、体裁、手法

---

1. Bloom, Harold. "Introduction." *John Updike*. Bloom's Modern Critical Views. Ed. Harold Bloom. New York and Philadelphia: Chelsea House, 1987, p.1.

和风格等方面挑战、颠覆以往的写作传统，以呈现他眼中发生了断裂式变化的社会。这可以理解为后现代主义把现代主义"不断更新"的创作理念推向极端的"新之又新"的尝试，也反映出后现代主义试图脱离和解构一切传统和成规的野心。在独创性和影响力方面，学界往往把他和浪漫主义伟大作家麦尔维尔、现代主义大师乔伊斯相提并论。他获得的各种文学奖也证明了他的成就：美国国家图书奖、布克奖、福克纳文学奖、麦克阿瑟奖等，此外他还数次获诺贝尔文学奖提名。

作为美国名气最大的作家之一，品钦的生平却是世人知之最少的，这成为品钦研究中另一个引发各种猜测、探究和解读的谜团。根据学界比较被广泛接受的说法，品钦生于纽约长岛郊区一个中产阶级家庭，1953年考入康奈尔大学主修工程物理学，未满两年便中止学业加入美国海军，1957年重返康奈尔大学并转入英语语言专业，据说还选修了著名作家弗拉基米尔·纳博科夫的写作课程（纳博科夫本人对此毫无记忆，而康奈尔大学有关品钦的学籍记录，据说也被损毁或丢失）。大学毕业后，品钦供职于美国波音公司当时的西雅图总部，做技术文案工作并参与公司导弹研究工程项目。当然对品钦的这些"生平记录"，学界仍争论不休、信疑参半，所以面对此类信息，我们最好听从20世纪曾执着探寻品钦踪迹的品钦研究专家托马斯·萧伯（Thomas Schaub）的建议：把品钦的生平作为《拍卖第四十九批》（*The Crying of Lot 49*，1966）的一个旁注来解读[1]——实际上，这个旁注几乎可用以理解品钦所有的作品。

1.　Schaub, Thomas. "Playing Bridge with Thomas Pynchon."
　　<https://thomaspynchon.com/playing-bridge-with-thomas-pynchon/>.

有人认为，品钦先理后文的教育背景和在波音公司的工作背景大大影响了其创作，说明为何其作品多涉及艰深科学并流露出对科技以及军工联合体的担忧和敌意。这些说法当然有道理，同时也应看到品钦创作的大时代背景对其创作的影响。第二次世界大战后美国经济、科技的高速发展和社会的动荡混乱、富裕物质生活与严重精神危机的反差，给人们带来极大的惶惑和茫然，这些都表现在品钦的作品中。到目前为止，品钦共出版了8部长篇小说一些短篇。1960年，品钦的发表了其短篇小说中最具代表性的《熵》（"Entropy"）。他的第一部长篇小说《V.》（*V.*）于1963年出版，并折冠该年度福克纳文学奖。《拍卖第四十九批》是其第二部长篇小说，也是使他开始赢得文学界广泛认可的作品。1973年，被视为品钦代表作的长篇小说《万有引力之虹》（*Gravity's Rainbow*）出版，并荣获次年美国国家图书奖。以后十几年他都处于偃旗息鼓状态，1984年出版的《慢慢学》（*Slow Learner*）也只是从前发表的五部短篇小说的合集再版。6年之后品钦才出版了长篇小说《葡萄园》（*Vineland*，1990），并在接下来的二十几年中推出4部长篇小说：《梅森与迪克逊》（*Mason & Dixon*，1997）、《反抗时间》（*Against the Day*，2006）、《性本恶》（*Inherent Vice*，2009）和《放血尖端》（*Bleeding Edge*，2013）。

品钦创作的主要主题和风格可从其较为有影响的短篇小说《熵》中得以管窥。熵指的是熵定律，即热力学第二定律。据此定律，物质与能量沿不可逆转的方向——即从可用到不可用、从有序到无序——转化与耗散，而宇宙万物也从某种稳定秩序不可挽回地走向混乱衰亡[1]。把这个

1.　刘雪岚：《"丧钟为谁而鸣"——论托马斯·品钦对熵定律的运用》，载《外国文学研究》1998年第2期，第95页。

概念引入小说写作，首先反映了品钦在知识技术爆炸引发社会各方面急剧变化的时代，用自然科学领域的专业知识打造"时代隐喻"或范式以呈现世界的创作理念。《熵》的故事场景是一幢公寓楼里楼上、楼下的两户人家。楼上的知识分子卡里斯托花了数年把自己的家建成一个密封温室，将自己与外界隔绝。卡里斯托眼睁睁看着熵定律描述的热寂现象步步逼近，但对此他只能以一个迂腐学究的方式应对，躺在床上喋喋不休地絮叨熵定律以及相关的老生常谈，被动地看着宇宙末日降临。而楼下住户"肉球"马利根正与朋友们夜以继日地狂欢胡闹，持续了两天的疯狂派对在酒精和毒品刺激下越来越失控，人们相互争吵、攻击，混乱与危险一步步逼近临界点。这两户人家中发生的事情象征着宇宙将陷入混沌，西方文明正走向崩溃。这是品钦用熵和"热寂说"创造文学意象以呈现他眼中日益走向末日的西方世界的典型尝试，熵和"热寂说"相关的象征手法及表现的主题，也成为贯穿品钦一生创作的基本模式。从后现代主义的角度来看，品钦摈弃了所谓的宏大叙述，强加给世界单一、黑白分明的确定性秩序，并把这个秩序本身视为熵增定律影响下的混乱、崩溃的系统。由此品钦发展出另外一种主题模式，即世界由一个所谓的真理统控的善恶分明、秩序井然的体系，沦落至种种神秘符号构成的系统，文学家的任务是对"该符号系统进行不可能的解读"[1]。这既应和了后现代艺术的重要创作原则，同时也解构了真理、意义、价值等被表述和解读的可能性，说明这些都是根本无法被揭示和探寻到的。

所以，自品钦第一部长篇小说《V.》开始，追寻叙事模式（当然是对传统探寻主题的讽刺／模仿）就或隐或显地出现在其作品中。追寻叙事模

1.　Gary, Richard. *A History of American Literature*. Oxford: Blackwell Publishing, 2004, p.729.

式加上熵定律成为解读和赏析品钦小说的重要线索[1]。《V.》中熵作为隐喻仍起着重要作用，但被有机地融入探寻主题中，使得小说更为复杂、含混和隐晦，这种创作手法持续到品钦最近的长篇小说《放血尖端》。《V.》的主人公之一赫伯特·斯坦西尔在翻阅曾供职于英国外交部的父亲的生前日记时，在其中发现一个和"V"符号有关的谜团，于是开始了他年复一年欲罢不能的调查。探寻越持久，疑团也就愈加庞大、细密，令人窒息，可以想见这也导致小说情节头绪庞杂、散乱，时间、地点、场景随意突兀转换，不是把读者带向传统小说中水落石出、真相大白的结局，而是带向更加扑朔迷离的悬疑困惑。小说题目所示的"V"究竟代表什么，也越来越令人摸不着头脑，成为一个虚无缥缈的能指或符号[2]，象征着日益走向热寂的无法表征的信号系统以及"世界的无生命化……物化和死亡"[3]。在这个熵定律控制的符号系统中追寻的斯坦西尔最终被淹没在大海中，正如几十年前他的父亲在调查一次社会混乱事件时神秘消亡一样。

　　这种"探寻"模式和结果在《拍卖第四十九批》中以不同的方式重现。较品钦其他的长篇作品，《拍卖第四十九批》要简短得多，按时间先后讲述，主人公也只有一个——家住加利福尼亚州基尼烈城的年轻家庭主妇奥迪帕·马斯。小说依然头绪繁多、内容庞杂，处处峰回路转、山重水复，导向的结尾并不是柳暗花明，而是充满疑团的死胡同。小说讽刺、模仿了侦探小说的形式和探寻小说的主题，描述了奥迪帕注定失败的探寻过程。生活富足但空虚无聊的奥迪帕突然收到一封律师函，说她

1.　刘雪岚：《托马斯·品钦的奇谲世界——兼谈其短篇小说〈熵〉》，载《外国文学》2000年第3期，第4页。
2.　杨仁敬：《简明美国文学史》。上海：复旦大学出版社，2014年，第604页。
3.　黄铁池：《当代美国小说研究》。上海：上海三联书店，2014年，第226页。

曾经的男朋友、百万富翁皮尔斯·英弗拉里蒂去世，死前指定奥迪帕作为他的遗嘱执行人。百无聊赖的奥迪帕马上前往英弗拉里蒂公司所在地圣纳西索，但她到了目的地就和帮助她办理事务的律师纵酒乱性，搞得昏天黑地，而遗嘱执行也就这样变成在酒色作用下的猥亵闹剧，但是一切又都好像受制于冥冥之中的邪恶谋划。本应执行遗嘱的奥迪帕，却被英弗拉里蒂作为爱好的集邮所吸引，其中一些邮票就是书名中提到的要被拍卖的第四十九批物品。这些邮票中仿佛有着某种邪魔力量，开始控制和驱使着奥迪帕，时不时露出片鳞只甲让她穷追不舍、欲罢不能。

很快，她在一个酒吧的厕所中偶然发现一个代表着弱音邮递号角的符号，以及"W.A.S.T.E."这个首字母缩拼词，号角符号和"W.A.S.T.E."也出现在英弗拉里蒂的集邮中，像闹鬼一样不断出现，使奥迪帕在加利福尼亚州诸多地方不停地疯狂追寻。最后她只弄明白了"W.A.S.T.E."代表的是"我们等待着沉默的特里斯特罗帝国"，特里斯特罗据说是一个反政府的历史悠久的地下邮递系统。但除此皮毛信息之外，奥迪帕越探索便越疑惑，甚至连英弗拉里蒂是否真的死了，或者是否这一切都是英弗拉里蒂的恶搞伎俩，都无处知晓。最后，奥迪帕获知有人要在拍卖行买下被标为第四十九批拍卖品的英弗拉里蒂的邮票。小说结尾处，奥迪帕一头雾水赶到拍卖会，身后的门不详地落锁，她"在座位上往后一坐，等待那第四十九批拍卖品的拍卖"[1]。

品钦的代表作《万有引力之虹》中探寻者的命运更为悲惨，重复了《V.》中斯坦西尔的下场。《万有引力之虹》在手法和主题上进一步发展和

1.　托马斯·品钦：《拍卖第四十九批》，叶华年译。南京：译林出版社，2014年，第162页。

推进了《V.》，很多评论家称其为《V.》的续编[1]。《万有引力之虹》波澜壮阔，故事场景几乎辐射全球各大洲，小说中大大小小人物近500个，来自许多国家和社会各个阶层。题材从热力学、心理学、数学、哲学、战争到流行音乐、毒品等，风格是各种文体的大杂烩，从形而上哲思到瘾君子的幻觉无所不包，时而严肃写实，时而荒诞魔幻。小说打破了学科、体裁、历史与虚构之间，甚至是时空的界限，成为美国后现代派小说的经典之作[2]。它大大冲击了西方的写作和阅读习惯，造成了解读和批评的巨大"混乱"，以致严重干扰了普利策文学奖的评定，导致该奖历史上首次没有颁出。题目"万有引力之虹"可以有很多解读，但较为明显的意思是导弹飞行时形似彩虹的抛物线。把神秘莫测、随时随地带来死亡与毁灭的导弹弧线和彩虹相提并论，显然是通过讽刺、模仿把后者重写为一个阴森可怕的象征，说明熵和混乱状态下现代西方文明末日无从逃离的厄运。故事发生在二战结束的前一年，主人公泰荣·斯洛索普是美军驻伦敦的情报员，任务是侦探有关纳粹德国V-2导弹袭击的情报。斯洛索普在探寻导弹袭击的规律和模式的同时，自己却受到一个政府心理情报机构的监视。斯洛索普在伦敦荒淫纵欲，每次他和某个女性发生关系的地方，就会成为德军导弹袭击的靶子。这一巧合的原因是，斯洛索普小时候父亲曾将他卖给在哈佛大学工作的德国科学家进行儿童性试验，该实验用的神秘物质后来用于制造V-2导弹。为了真正揭开谜团，斯洛索普去德国继续探寻，却陷入更多阴谋和涉及这些阴谋的人群中。斯洛索普在追寻过程中看到彩虹，在这个"祥瑞"征兆中他的肉体莫名其妙地分

1.　杨仁敬：《简明美国文学史》。上海：复旦大学出版社，2014年，第604页。
2.　同上，第605页。

解，他从此凭空蒸发消失了。

《万有引力之虹》在延续熵和毁灭主题时也诠释了"启蒙辩证法"，对当代科学技术问题的启蒙根源提出质疑，揭露了科学技术中盲目的非理性成分[1]。同时，品钦把对启蒙辩证法的批判和对资本主义的批判结合起来，"谴责了资本主义的强烈欲望、多国公司、作为美国以及它的盟友和对手的楷模的巨型卡特尔组织，因为所有这些都朝着财富和权力集中的方向发展"[2]。科技被资本和权力机构控制、利用，变成导致人类异化和最终毁灭的工具。小说还把弗洛伊德理论和热力学理论揉在一起。这使得我们可以把这部作品和劳伦斯的《虹》来对比，劳伦斯笔下代表着不受资本浸染的原始生命力已然被科学技术和战争武器变为导致混乱和灭亡的破坏力量。这些手法和主题被《万有引力之虹》以后的作品不断推进。

《性本恶》的主题仍然是在资本主义金钱权势勾结下产生的罪恶阴谋网络中，探寻者在探寻中的迷失。像《拍卖第四十九批》一样，被探寻的东西似乎有了邪恶的生命和不可抗拒的能动力，有意引诱和玩弄探寻者，与其玩残酷的猫鼠游戏，直到后者筋疲力尽、生无可恋。《性本恶》的故事发生的时间是1970年，是品钦对20世纪60年代那个嬉皮时代的致敬[3]。主人公多克是一个私人侦探，他曾经的女友萨斯塔突然来到他家求助。她现在被地产大鳄乌尔夫曼包养，乌尔夫曼妻子和她的奸夫威逼利

---

1. 刘风山：《后现代语境中的托马斯·品钦小说研究》。济南：山东大学出版社，2013年，第62页。

2. 丹尼尔·霍夫曼主编：《美国当代文学（上）》，《世界文学》编辑部编译。北京：中国文艺联合出版公司，1984年，第395页。

3. 但汉松：《译后记》，载托马斯·品钦的《性本恶》。上海：上海译文出版公司，2011年，第419—420页。

诱萨斯塔参与谋害乌尔夫曼，以侵吞他的财产。萨斯塔知道多克现在的情人佩妮是助理检察官，所以想请佩妮帮忙救乌尔夫曼。尽管多克对萨斯塔旧情不减，且因她对乌尔夫曼的痴情颇受伤害，但还是不由自主地答应了她。然后，就如《拍卖第四十九批》中发生的那样，他就此身不由己地陷入一个所谓的调查之旅，不是他去发现线索，而是种种线索令人眼花缭乱地出现，从而牵着他的鼻子走。

多克还没就乌尔夫曼的事情展开实质行动，就有一个黑帮成员里克出现在他的侦探社，雇他去找一个人——这人正是乌尔夫曼的保镖夏洛克，而且里克提到乌尔夫曼的一个地产项目"峡景地产"。多克去峡景地产调查，却在附近一家按摩店莫名其妙地昏倒了，醒来发现自己已处于警督伯强生带领的众多警察的控制之下，而身边躺着的尸体就是他要找的夏洛克。伯强生告诉多克，乌尔夫曼在夏洛克被杀时被绑架，并怀疑是多克作的案。伯强生本人知道的乌尔夫曼的信息比谁都多，因为他正为这个大亨的地产项目做广告。但警督好像对被绑架的金主安危并不十分感兴趣，而是释放了多克，目的是为了收买他做线人。此时，和乌尔夫曼有着千丝万缕联系的联邦调查局也胁迫佩妮把多克出卖给他们，以便贿赂多克向他们告密。多克陷入一个警察以及政府机构的巨大阴谋网络中。与他打交道的人好像都被这个网络所收买或者胁迫，每个人都知道多克不知道的事情，并在有意无意间把多克引向下一个所谓的线索，种种线索又在一艘名叫金獠牙的游艇上聚集。

金獠牙身后的金主涉及黑白两道、政府和包括乌尔夫曼在内的巨商，它在海雾中如幽灵一样在世界各地游弋，在各国进行颠覆、破坏、走私等非法阴谋活动。在金獠牙这个词中，金指的是政商勾结、不择手段聚敛的赃钱，獠牙象征的是所从事的活动嗜血和凶残。对金獠牙的追寻，正如多克的律师索恩乔在他自己的事务所档案中的探寻一样，发现有关它的记录"奥秘重重，有些大惑不解的职员（甚至还有合伙人）会一直查到十九世纪评论家托马斯·阿诺德和西奥菲勒斯·帕森斯那里，而结果通常是会被搞得很崩溃"[1]。而那些在茫茫世界中探寻其秘密的人的绝望无助就不用说了。那些向多克提供线索的人，包括萨斯塔和索恩乔，都和金獠牙有关或者被它通过种种手段控制。最后，多克发现索恩乔也参与了对金獠牙的投资和承保。所有的线索都指向金獠牙，也可以说所有的线索都由这个邪恶之牙释放出来以引诱牺牲品。小说标题"性本恶"的字面意思是海运保险中的专业术语"固有缺陷"（inherent vice），指损失不在海运保险赔付范围的货物的自身缺陷。它也一语双关，表示《圣经》中的原罪。这个术语在多克和索恩乔谈论金獠牙时冒出，揭示了金獠牙和与它有关的阴谋集团那无法被救赎的恶。

"固有缺陷"同时也象征探寻者们的自身局限，所以他们根本无法探究和对抗金獠牙背后的巨大罪恶与阴谋。最后一切恢复正常，多克探索过了，结果却如同在迷雾中鬼打墙似的又转回原地，一切都没有改变。多克拿到了杀死夏洛克凶手的特写镜头照片，却无法确认凶手。多克拿出放大镜"开始逐一观察每张图像，结果所有画面都变成了一个个小色点。这就像是说，无论发生了什么，它都到达了某种极限。就像找到了无人看管的通往过去的大门，它并未禁止入内，因为根本用不着。最终，在回溯真相的过程中得到的东西就是这种闪着光的怀疑碎片，就像索恩乔的同事们在海事保险中常说的那个词——'固有缺陷'"[2]。每一

---

1. 托马斯·品钦：《性本恶》，但汉松译。上海：上海译文出版公司，2011年，第100—101页。
2. 同上，第392页。

次多克得到一个线索，这个线索就会自动跳出而且带着他走向另一个线索，但这种巧合不是把他引向皆大欢喜的结局，而是邪恶地摆布他，就连表面上无辜无助的萨斯塔也好像在利用他。尽管侦探工作完结，但多克并不能得到任何顿悟和愉悦，而是被金獠牙代表的恶灵一般的势力更加密不透风地围困住。小说结尾重奏了《拍卖第四十九批》，即比等待戈多还绝望的等待主题——探寻者多克的车驶入歧途，迷雾四起，油将耗尽，他停下车，"等待一切可能发生的事"[1]。

品钦最近的小说《放血尖端》把主人公的探索置入了网络虚拟世界，随着迷茫的主人公举步维艰、险象环生的追寻，读者们看到的还是资本家——这一次当然不再是地产大鳄而是IT界巨头——与政府沆瀣一气，在网络世界营造和散布令人窒息的毒瘴迷雾。小说再一次显示出，品钦尽管已到耄耋之年，但其创作天分和精力仍未减当年；隐世的他并未失去对现实世界发展的敏感洞察力和批判精神。

品钦是与时俱进的，在坚持自己独特的主题和风格的同时，一直探索着把它们融入最能反映社会时代精神的重大现实题材中，而且逐渐改正他开始创作时那隐晦艰涩的文风和一味追求突破范式的矫揉。这些都有理由让读者期待他更新和更为令人耳目一新的作品。

1.　托马斯·品钦：《性本恶》，但汉松译，上海：上海译文出版公司，2011年，第411页。

第五章

多元化的美国当代文学（1970—2015）

　　20世纪70年代以来，美国和整个世界在生产方式、政治经济、社会文化、生活方式以及人们所处的整个自然环境等方面，都发生了剧烈变化，其影响远远超过200多年前极大改变了世界面貌的工业革命时期。这一时期的美国文学既有着与20世纪70年代以前的现代文学的诸多承袭和联系，又因为新的历史社会条件与形势而出现新的趋势与特点。20世纪60年代和70年代后美国文学的发展犹如疾风暴雨后的丛林，尽管最具破坏性、有巨大能量的主峰已经来袭过，但风暴摧枯拉朽后留下的丰富养料和丰沛雨水滋养、催动着整个生态，显示出惊人的发展。民权运动、女权运动、反文化运动、极端剧烈的思想和艺术实验运动，从根本上动摇了社会、文化和艺术的陈规俗套，这些运动中的一些主要思想和手法，汇流和融入当今文学新的滚滚洪流中，尽管不再显得如前两个年代那样激烈，但仍以各种形式推进当今文学大潮的涌动。

　　20世纪70年代中叶持续已久的越南战争终于结束，80年代初罗纳德·里根当选并连任美国总统，推行其维护传统社会价值观和自由市场制度的保守政策。美国逐渐走出持续多年的经济低谷，中产阶级在不同程度上受惠，美国所谓的富足的消费社会的特征更加明显。经济的恢复使美国

的国际政治影响继续增长。20世纪八九十年代，一系列重大国际事件接踵
而至，柏林墙倒塌、苏联解体、冷战结束，随后是美国领导的西方军事集
团对入侵科威特的伊拉克萨达姆政权进行大规模军事打击。美国作为"世
界警察"和"霸主"如日中天，反过来也助推了它经济、科技和文化在全
世界的影响力。而20世纪90年代后，以电子计算机和互联网为代表的高新
技术在美国兴起，带动一系列新兴产业如燎原之势发展起来，更是强劲助
推了美国作为世界第一科技经济大国的影响力。以美国为代表的所谓晚期
资本主义急剧扩张，经济、技术、生产和文化等各方面的全球化进程进入
实质性阶段，加拿大社会学家马歇尔·麦克卢汉（Marshall McLuhan）早
就提出的，但曾一度被世人冷嘲热讽的"地球村"概念一下成为现实，麦
克卢汉所谓比讯息更为重要的媒介（这次是世界互联网等技术以及飞机、
高速列车等交通方式的革命）使得时空、国家、民族、语言、文化等界限
被弱化，甚至消融，世界各国各种接触、碰撞和交流在地球村中变得更为
寻常。人口国际流动和移民空前活跃、频繁，对自诩为移民国家的美国产
生了更大的影响。以高水平技术移民为主的移民潮，给美国注入高新科技
人力资源；教育产业国际化也为美国吸引了大量国际留学、访学交流人
才（有学者称之为"短暂移民"），这些都让美国在利用国际高端人力资
源上占尽优势，也使得其社会文化更具多元性和吸融性。美国人对国际性
和世界性的经验、认知也在不断增强，对不同国家文化和种族经验的文学
创作更能欣赏和接纳。所以，当代美国非裔作家伊什梅尔·里德（Ismael
Reed，1938—　）把美国文学称为"全球文化交叉穿梭的枢纽"，反映了美
国社会互融混合的文化生态[1]。

1.　Moser, Linda Trinh, and Kathryn West. *Contemporary Literature, 1970 to Present*. New York: Facts on File, 2010, p.3.

　　全球化和网络化背景下的美国教育、文化、科技水平进一步提高，中产阶级读者对从现代主义文学到后现代主义作品，甚至是相关文学理论的理解和接受力也空前提高。20世纪60年代以来各种权力运动对社会各个层面的影响，也让美国一般读者对文学反映的不同阶级、性别、种族平等、多元政治诉求非常容易产生同情和共鸣。电影、电视、漫画等大众娱乐产业无孔不入，与所谓高雅严肃的文学不断产生互动，两者有时相互借鉴，有时相互讽刺、模仿，创造了一个阳春白雪与下里巴人、各种文学文化元素和形式交融荟萃的广阔、复杂生态，为作者的创作和读者的选择提供了巨大自由空间。加上后现代主义的影响，文学创作更是充斥着开放性、消解性、不确定性、相对性和嬉戏性，文学家对文学形式、语言和叙述进行了毫无顾忌的实验和重建，文学的外延被极大拓展和模糊化。这一时段文学难以找出一个明显的发展主流。总体性的、大一统的历史记录方式，在新的时代和生产方式下，已经难以为继。

　　与此同时，这一时期美国文学的历史和社会现实促进了对历史和政治责任的回归。美国国力和势力增长的同时也伴随着深重的危机。里根政府的保守经济政策使社会财富进一步集中在社会顶层极少数人手中。电子、人工智能产业以及相关新工业的发展，传统制造业的没落等，加重了本来就不平等的社会资源分配，导致大批工人失业，社会贫富差距问题更为严重。全球化形势下，新型生产方式和新兴金融模式的发展势不可挡，美国实体产业和生产活动外流，以华尔街为代表的虚拟金融"产品"产生大量虚假繁荣泡沫，最终导致美国经济危机在新千年的第一个十年中爆发。新的国际危机也随之激化。伊斯兰激进组织等各种势力把美国作为首要敌对攻击目标，最终导致在美国本土上演了"9·11恐怖袭击事件"，转而又引发一系列的新千年之战：以美国为首的西方军事力量对阿富汗、伊拉克等国家大规模入侵，美国自越战后再次陷入战争泥淖。在所谓的"反恐战争"中，战场、战线的数量和形式的繁杂都是前所未有的，从世界各个角落到美国本土、从现实世界到虚拟空间，各种有形、无形的敌对行为给美国社会和民众带来极大伤亡、损耗与恐惧，也促使美国文学对战争、恐怖主义以及引发这些灾难的西方文明从根源上进行深刻反思。

从某种意义上说这种历史"转向"的前因后果，可以从弗拉基米尔·纳博科夫的创作和影响及其对这种影响的消解谈起。纳博科夫的创作理念代表着美国当代文学中的唯美主义倾向，主要致力于对语言、形式的实验和对新技法的探索，而非强调文学的社会功用。当然纳博科夫在创作手法、题材和主题方面，也反映了新的时代潮流的冲击。这两个方面使得纳博科夫成为美国后现代主义创作的开拓者。E. L. 多克托罗（E. L. Doctorow, 1931—2015）在创作初期注重写作手法的实验，但逐渐把一些现实主义传统与其实验手法水乳交融。1985年多克托罗出版《世界博览会》（*World's Fair*）并于次年获美国国家图书奖，1990年他的《比利·巴思盖特》（*Billy Bathgate*, 1989）又获全国书评家协会奖。这两本著作都以20世纪30年代经济大萧条中的纽约为背景，前者以一个未失童真的孩子为主人公，后者以一个沦入黑社会的少年为叙述者，这两本书成为深究纽约历史的天真和经验之歌，暴露了美国神话的破产。《纽约兄弟》（*Homer & Lanley*, 2009）中霍默和兰利兄弟是真实人物，他们患有囤积狂症，1947年被发现死在堆满垃圾的纽约第五大道富人区的一套豪宅中。以这对兄弟的"收藏品"为道具，多克托罗呈现了从一战到二战后美国社会的重要方面，揭示了美国各种社会理想最终变味走形，导向歧途的悲剧。罗伯特·库弗（Robert Coover, 1932— ）也被视为致力于探索和实验的前卫艺术作家，20世纪80年代后其创作更多取材于美国历史和现实社会生活，致力于探索历史和虚构、现实与想象之间的关系。《杰拉尔德的晚会》(*Gerald's Party*，1985) 是元小说和侦探小说的杂烩拼合、讽刺模仿，对人的记忆和语言以及叙述言行本身进行了质疑。这种形式和主题，也从不同程度上反映在元小说和西部小说形式杂糅的《鬼城》(*Ghost Town*，1998) 和对20世纪40年代"黑色封皮侦探小说"进行模仿讽刺的《诺瓦侦探》(*Noir*，2010) 中。

　　但即使是试验小说，也往往源自严肃的创作初衷，其中破碎无序的情节、混乱交叠的时空、无个性的漫画式人物、多层次/多维度的开放结构等，都反映了当代令人无法理解的混乱、动荡和荒诞，以及人在资本主义制度倾轧下的扭曲、异化和无助感。实验的目的是为了震撼读者、消解传统小说对现实的美化和对读者精神的麻醉。不可否认有些实验也极大偏离了现实生活和社会，变成了为实验而实验的文字游戏。所以20世纪80年代以后，这种试验很难再引发读者的兴趣，作家们更加倾向于采用能贴近社会现实的类似现实主义的手法[1]。血淋淋的战争、残酷的种族犯罪、一次次的金融危机、赤裸裸的现实，使得美国文学不得不去关注现实、历史和政治。20世纪70年代起，所谓的"极简主义"(Minimalism) 和"肮脏现实主义"(Dirty Realism) 兴起，并明显表现出由实验文学向现实主义笔法的回归。极简主义强调风格的变化——放弃巴思或品钦令人眼花缭乱、繁复晦涩的风格；肮脏现实主义强调内容的转向，关注普通工薪阶层或下层美国人，以一种新型现实主义的风格写就。许多新一代美国作家都常被归为极简主义和肮脏现实主义所代表的

1.　陶洁：《灯下西窗——美国文学与美国文化》。北京：北京大学出版社，2004年，第78页。

新型现实主义中，譬如雷蒙德·卡弗（Raymond Carver，1938—1988）、博比·安·梅森（Bobbie Ann Mason，1940—　）、理查德·福特（Richard Ford，1944—　）、路易丝·厄德里克（Louise Erdrich，1954—　）和理查德·拉索（Richard Russo，1949—　）。福特和拉索等都获得了普利策奖等重要奖项，厄德里克已经成为当今最杰出的美国原住民作家[1]。

极简主义代表是英年早逝的雷蒙德·卡弗，其作品把日常生活描写得极其细致，而人物也往往是社会地位低下的平庸之辈，他们被淹没于各种廉价的超市消费品世界中。这种笔法不仅反映了20世纪80年代里根任中美国进入所谓的富足消费社会后的生活方式，更揭露了没有分配到应得之社会资源的底层人群在廉价消费品和垃圾食品的包围下，遭受的生理和心理的折磨与病变。卡弗的作品激发了20世纪八九十年代美国短篇小说的复兴。理查德·福特最为引人注目的成就是"弗兰克·巴斯科姆三部曲"（"Frank Bascombe Trilogy"），包括《体育记者》（The Sportswriter，1986）、《独立纪念日》（Independence Day，1995）和《大地的层面》（The Lay of the Land，2006），其中《独立纪念日》获普利策奖[2]。这三部小说讲述了主人公巴斯科姆从风华正茂的成功体育记者到接近暮年、重病缠身的落魄房地产经纪人的人生经历，很有代表性地反映出肮脏现实主义或极简主义小说的题材和主题——人生的失意挫败、人在社会中的异化、人际关系的敌对、家庭的破裂、疾病死亡的折磨等。但最终巴斯科姆身患绝症后得到顿悟，开始欣赏肃杀的秋季中的人生果实——尽管它并不甜

1.　Bertens, Hans, and Theo D'haen. *American Literature: A History*. New York: Routledge, 2014, pp. 581-82.

2.　萨克文·伯科维奇主编：《剑桥美国文学史第七卷（修订版）》，孙宏主译。北京：中央编译出版社，2005年，第598页。

美。他与世界、社会达成妥协，开始理解与亲近和他一直关系紧张的家人、前妻和情人[1]。

福特的作品也能证明评论者对1960年到1990年小说发展和转变的一种总结："以元小说的灿烂烟火为开端……却以极其平凡的爱而结束。"[2]这里"极其平凡的爱"具体指的是安妮·普鲁（Annie Proulx，1935— ）在《船讯》（*The Shipping News*，1993）中所写的，普通人在平凡甚至乏味惨淡的生活中对爱和人情味的执着憧憬与追求。福特和普鲁等人的创作折射出这一时期美国小说中的一些共性：在内容上开始对现实中的普通人感兴趣，进一步对实验主义进行有选择的吸收和扬弃，并与其他风格进行融合，深化现实主义笔法以便对当前人们更为关心的现实问题进行捕捉和描述，形成一种广义上的新现实主义[3]。对许多作家来说，创造具有挑战性或创新性形式的必要性，与他们自己以及周围世界正在经历的社会变革相比，显得不那么紧迫[4]。这尤其明显地表现在女性和少数族裔作家的创作中。在民权、女权等各种社会运动的影响下，这些长期处于社会文化边缘的作家更倾向于把文学创作当作社会、文化批判的武器。

这一时期女性文学和族裔文学蓬勃发展，而且更因少数族裔女性创作的极速崛起而增长了势头，比如1993年托妮·莫里森（Toni Morrison，1931—2019）被授予诺贝尔文学奖便是很有说明性的事件。1985年对

---

1. Bertens, Hans, and Theo D'haen. *American Literature: A History*. New York: Routledge, 2014, pp. 590-91.

2. 萨克文·伯科维奇主编：《剑桥美国文学史第七卷（修订版）》，孙宏主译。北京：中央编译出版社，2005年，第602页。

3. 刘海平、王守仁主编：《新编美国文学史（第四卷）》。上海：上海外语教育出版社，2018年，第182页。

4. Levine, Robert S., ed. *The Norton Anthology of American Literature: American Literature since 1945*. 9th ed. Vol. E. New York: Norton, 2016, p.16.

女性文学而言是一个重要年头——《诺顿妇女文学选集》（*The Norton Anthology of Literature by Women: The Tradition in English*）出版，这标志着女性文学从创作到它在大学文学教学内容中的地位，再到学界对其的接受和重视等各个方面都实现了划时代的突破，这在很大程度上起到了促进各族裔新老女性作家推出更多优秀作品的作用。乔伊斯·卡罗尔·欧茨（Joyce Carol Oates, 1938— ）作为当代美国文坛上创作力最为旺盛的作家之一，在20世纪70年代后继续保持高产势头，倚重其惯用的心理现实主义叙事手法，把普通人琐碎的日常事件和历史过程相结合，展示了历史与社会环境的影响下小人物们的命运，笔锋深入到人物内心世界最深幽、黑暗的角落，借以剖析"整个当代美国社会的心理肌瘤"[1]。如她的早期代表作《他们》（*them*, 1969）通过呈现在洛雷塔和女儿莫琳两代女性身上重演的贫困、堕落和绝望，揭示了在光鲜的美国梦的掩盖下永恒化的社会暴力与邪恶痼疾。对美国社会膏肓痼疾的揭示，是欧茨后来小说中的一个重要主题，并在《金发女郎》（*Blonde*, 2000）中达到高潮。这部小说揭穿了玛丽莲·梦露上演的炫目华丽大戏，无情地把这场人间喜剧幕后社会的肮脏、变态、无耻、残暴展示在世人眼前。

　　一些比欧茨年轻的作家，在关注点和手法上比较接近前面提到的新现实主义。与卡弗创作手法类似，波比·安·梅森、安·贝蒂（Ann Beattie, 1947— ）等作家试图用简约笔法来描述普通人的沉闷，往往是悲剧性的平庸生活。波比·安·梅森的成名作是《在乡下》（*In Country*, 1985），小说通过一个在消费社会中长大的17岁"物质女孩"对自己出生

1.　金莉：《20世纪末期（1980—2000）的美国小说：回顾与展望》，载《外国文学研究》2012年第4期，第90页。

前阵亡在越南的父亲的生平的探索，把越战的残酷、人对历史的健忘、人性和人之存在的可悲可怜，毫不做作地呈现在读者面前，并像海明威小说一样，仅凭冰山一角就能给读者以彻骨的震撼。安·贝蒂被认为是一个专门"为美国20世纪60年代后的年轻人写史"的作家，记录他们"成长、结婚、离婚、从事不同工作、参加相同派对"的尘俗命运[1]。1976年她的第一部长篇小说《萧瑟冬景》（*Chilly Scenes of Winter*）问世，后被拍成电影，描写了20世纪60年代心中充满困惑、迷惘、孤独的年轻人。贝蒂的风格平直简洁、不露感情，尽管她笔下的人物往往来自美国中产或富有阶层，但通过这些人物所揭示的同样是美国社会中人们灵魂空虚、精神匮乏的荒原图景。她在短篇小说创作上也颇有成就，不少作品入选年度《美国最佳短篇小说集》。

另外一些女性作家也取得了不俗的成就。安妮·泰勒（Anne Tyler，1941— ）的长篇小说《思家小馆的晚餐》（*Dinner at the Homestick Restaurant*，1982）一经推出便被《纽约时报书评》和《新闻周刊》列为当年美国最优秀小说，作品成功捕捉到经历了20世纪60和70年代的社会动乱之后人们渴望回归传统与家庭的心态。1988年出版的《呼吸课》（*Breathing Lessons*）获1989年普利策奖，塑造了一些因为有着性情极为敏感而为社会所不容的畸零者形象。玛丽莲·罗宾逊（Marilynne Robinson，1943— ）是一位作品不多但极为深邃严肃、特立独行的作家。她的小说以《旧约》"耶利米哀歌"式的痛切风格，犀利、深刻地剖析了美国社会信仰、道德的沦丧以及人性的迷失。其第一部小说《管家》

---

1 .　Levine, Robert S., ed. *The Norton Anthology of American Literature: American Literature since 1945*. 9th ed. Vol. E. New York: Norton, 2016, p.986.

（*Housekeeping*，1980）出版后即入围普利策奖并一炮走红，小说讲述了两个少女的成长故事以及她们对未来道路的选择。《基列家书》（*Gilead*，2004）是一个老来得子、自以为将不久于人世的年迈牧师给幼子所写的书信，信中父亲向孩子描述了自己观察到的人世的罪恶贪婪、争战暴力、背信弃义，但也希望孩子未来能在这个堕落的世界中找到自己的信仰和人生的立脚之处。小说虽沉郁厚重，却又不失对人类的终极关怀，为罗宾逊一举赢得普利策小说奖（2005）。简·斯迈利（Jane Smiley，1949— ）把笔锋深入到美国家庭，通过对一个个社会基本构成单位的分析，揭示了普通美国人的生活、感情和存在状况，她的《一千英亩》（*A Thousand Acres*，1991）以莎士比亚《李尔王》为原型投射出发生在当代美国社会的家庭悲剧，并于1992年获得普利策小说奖。

20世纪70年代以来，美国少数族裔文学得到迅猛提升和发展，这不仅仅是因为民权运动、高校中族裔研究的建设和发展，更为重要的是少数族裔作家群体突破僵化的、本质主义的族裔定义和创作套路，把笔触扩展到对整个美国甚至人类的普遍生存状态的深挖。其中黑人文学的进展最为长足而强劲，既表现在数量、质量上的突飞猛进，也表现在对黑人文学界限的挑战与突破上。如伊什梅尔·里德成功地把黑人小说推向"美国文化中后现代的极点"，大胆运用讽刺、戏仿以及超现实主义的黑色幽默手法，既解构了美国主流文化和文学传统，也颠覆了黑人文化和社群中的刻板传统、价值观、人物形象。里德发掘了在加勒比海地区和西印度群岛地区长期流行、有着远古非洲本土历史渊源的伏都教，在小说中创造了新伏都主义，以此来对抗美国和西方白人文化传统，这在他的早期作品《黄后盖收音机破了》（*Yellow Back Radio Broke-Down*，

1969）、《芒博琼博》（*Mumbo Jumbo*，1972）中有突出表现[1]。之后里德又创作了《可怕的两岁娃》（*The Terrible Twos*，1982）、《可怕的三岁娃》（*The Terrible Threes*，1989）、《春季日语班》（*Japanese by Spring*，1993）、《刺激!》（*Juice!*，2011）等。约翰·埃德加·怀德曼（John Edgar Wideman，1941—）也被誉为当代最杰出和有影响力的黑人作家之一。怀德曼从20世纪60年代开始创作，1970年出版的长篇小说《归心似箭》（*Hurry Home*）讲述了一名混血男性对身份归属的追求。20世纪80年代以来他推出更为醇熟的佳作，尤其是《昨日的邀请》（*Sent for You Yesterday*，1983）和《费城之火》（*Philadelphia Fire*，1990），这两部作品使他成为首位两次获得笔会/福克纳小说奖的作家。怀德曼的创作是他发掘和认识黑人传统文化的精神和艺术的寻根过程，他在对西方现代文学传统进行吸收的基础上，有意识地运用非裔历史、神话传说和独特的黑人语言等元素，为非裔美国文学创作开辟了新路。里德、怀德曼等人的开拓为较为年轻的黑人作家进行更大胆的探索提供了榜样。查尔斯·约翰逊（Charles Johnson，1948—）的新奴隶叙事《中间航道》（*Middle Passage*，1990）获得1990年美国国家图书奖，奠定了其作为非裔美国文学开拓型小说家的地位。爱德华·P. 琼斯（Edward P. Jones，1950—）的小说《已知世界》（*The Known World*，2003）赞颂了非裔美国人在奴隶制导致的毁灭性灾难下浴火重生的精神，获2004年普利策小说奖[2]。

20世纪60年代兴起的黑人艺术运动在70年代中后期曾一度经历失去

---

1. 王家湘：《黑色火焰：20世纪美国黑人小说史》。杭州：浙江文艺出版社，2017年，第448—461页。

2. 庞好农：《非裔美国文学史（1619—2010）》。北京：中央编译出版社，2013年，第294—295页。

发展动力的危机，幸而黑人女性作家的崛起为黑人文学注入了新的活力，为黑人文学在题材、体裁和主题上开辟了另一片新天地。在男性作家对种族压迫叙事模式的基础上，着眼于对黑人女性而言更为切身熟悉的议题，也更倾向于让一贯被打压和忽视的女性和儿童发声，发展出一种既关注族群问题也关怀个体生活与命运的人性化叙事[1]。诺贝尔文学奖得主莫里森继续出版极其富有启发性和先导影响力的作品。和莫里森齐名的艾丽斯·沃克（Alice Walker，1944— ）在文学创作、黑人女性传统发掘和黑人身份理论探索方面成就卓著，与莫里森等人一起为后来女性作家树立了榜样。受到她们影响的重要作家之一就是格洛丽亚·内勒（Gloria Naylor，1950—2016），内勒的第一部小说《布鲁斯特街的女人》（*The Women of Brewster Place*，1982）即获得1983年国家图书奖处女作小说奖。书中讲述了一个黑人住宅区内的几个女性的故事，起初这些故事是分离的，但是逐渐汇流，成为反映黑人女性整体共同命运的交响乐。此后内勒出版的《林顿山》（*Linden Hills*，1985）和《戴妈妈》（*Mama Day*，1988）都更突出女性视角和其感受，揭示了黑人各个阶层，尤其是女性的苦难和抗争。内勒在作品中赋予黑人女性分享私人生活经验的讲述平台，使得她们能够最终联合团结、发出声音、建构身份、反抗压迫并获得力量[2]。尤为值得注意的是，非裔女作家的创作出现特别明显的多元化发展特征，大大丰富和扩展了美国黑人文学。牙买加·金凯德（Jamaica Kincaid，1949— ）聚焦其出生地西印度群岛的移民生存经

---

1. Moser, Linda Trinh, and Kathryn West. *Contemporary Literature, 1970 to Present*. New York: Facts on File, 2010, p. 23.

2. 萨克文·伯科维奇主编：《剑桥美国文学史第七卷（修订版）》，孙宏主译。北京：中央编译出版社，2005年，第568—569页。

历与状况，把对黑人社区中母女关系、家庭关系的探究与西方历史上的殖民主义和一直持续的种族歧视结合起来。她的两部自传体小说《安妮·约翰》(*Annie John*，1985) 和《露西》(*Lucy*，1990) 曾获得广泛关注。

美国印第安文学像黑人文学一样，也因民权运动而突飞猛进，但它更是一种迫在眉睫的生存之战的产物。二战后的美国经济发展对各种自然资源的急剧消耗和掠夺，使得在保留地世代生活的印第安人成为牺牲品，他们几十年间失去了数百万公顷的世袭家园和土地，很多部族被逼到了无寸土立足之地的灭绝边缘。印第安文化复兴和文学的兴起，从一个层面上说是印第安人唤醒民族自觉、挽救族人于危亡的文化战争。本土作家们的任务在于保护印第安人的土地、传统、历史、文化，清算白人文化百年来殖民、侵略、剥夺和欺骗留下的深重毒害，探讨如何利用自己的自然、传统、神灵、仪式、神话来应对日益扩张的晚期资本主义显性和隐性的灭绝策略。美国印第安人有着悠久而辉煌的口头艺术，但像他们的土地和人民一样几乎遭受灭顶之灾。18、19世纪印第安族裔的有志之士就开始进行文学创作，经过痛苦而缓慢的发展，印第安文学终于在20世纪下半叶枯木逢春。20世纪六七十年代，在民权运动的影响和推动下，印第安人在进行争取基本生存权和人权斗争的同时，努力通过文学艺术创作来发声和宣传，推动保卫土地、传统和文化的斗争。1968年，斯科特·莫马迪（Scott Momaday，1934—) 出版小说《日诞之地》(*House Made of Dawn*）并获次年的普利策奖，使得印第安文学实至名归地进入美国主流文学殿堂，成为印第安文学甚至是整个当代美国文学发展史上的里程碑。1969年，莫马迪的散文集《通向阴雨山的道路》(*The Way to Rainy Mountain*）为印第安文学的发展又一次扩展了疆域。他的这些作品炸响了印第安文学复兴的第一阵春雷，其他本土作家如詹姆斯·韦尔奇（James Welch，1940—2003）、莱斯利·马蒙·西尔科（Leslie Marmon Silko，1948— ）、西蒙·奥尔蒂斯（Simon J. Ortiz，1941— ）、温迪·罗斯（Wendy Rose，1948— ）等人的小说、诗歌作品百花齐放，及至1985年印第安文学研究专家坎尼斯·林肯（Kenneth Lincoln）的里程碑式作品《美国印第安文艺复兴》（*Native American Renaissance*，1983）再版时，新一代作家又脱颖而出，他们是：成为第一个本土文学畅销书作家的路易丝·厄德里克，诗人琳达·霍根（Linda Hogan，1947— ）、乔伊·哈乔（Joy Harjo，1951— ）、谢尔曼·亚历克西（Sherman Alexie，1966— ）等。从此，越来越多的本土作家获得全国性重要文学奖项，把美国本土文学推向世界文坛的显著位置。

　　当代黑人文学和本土文学发展的模式，在很大程度也可以用来理解其他美国少数族裔文学，如亚裔和拉丁裔文学的振兴。但对这两个族群文学发展的探究，还要考虑另外一个重要因素。二战以后，为应对以高科技产业为主要特征的经济的迅猛发展，引入了尤其是亚洲等地的科技高端人才，也迫于以往的歧视性移民政策所遭受的抨击，美国在1965年通过新移民法案，一定程度上放弃了1924年移民法对亚洲、非洲和拉丁美洲移民的赤裸裸的限制和排斥，这几乎立即导致了来自上述地区的新一轮大规模移民潮，大批具有高等教育和新型科学技术知识背景的移民涌入美国，改变了长久以来被主流社会限制、隔绝下亚洲等少数族裔社群的人口、就业和阶级结构。他们的知识背景、族裔意识和经济实力，加上民权运动的推动，都大大促进了这些少数族群的话语权和文学的发展。这股新的移民潮也进一步推动了1970年以后美国文学最显著的特征——多元文化主义的兴起，少数族裔作家和传统主流白人作家一起塑造了美国文学的新面貌，重新书写了美国文学史[1]。

美国亚裔人中华裔人口最多，华裔美国文学的发展在一定程度上反映了整个亚裔文学的生态演进。长期以来老一辈华裔作家一直迎合符合美国白人社会政治文化和审美标准的刻板形象及主题，描述了美国华裔被同化和融入美国"大熔炉"的所谓模范成功事迹。美国民权运动期间，以赵健秀（Frank Chin，1940— ）和汤亭亭（Maxim Hong Kingston，1940— ）为代表的作家开始激进地挑战和颠覆少数族裔的刻板形象，他们试图从中国历史传统中寻找创作灵感和资源，重新定义华裔文化、重塑华人形象。赵健秀以关公为原型创造了孔武有力、勇于反抗的"新关公"式的文学形象；汤亭亭从花木兰等传说中寻求灵感，塑造了顽强不屈、敢于抗争的"女勇士"角色。两人在创作道路上勇于借鉴和实验，不仅在为华裔发声、身份探索、文化建构和反白人至上的文化剥削和打压斗争上发挥了作用，在文学手法上也实现了历史性突破，影响了大批后来的华裔和其他族裔作家[2]。谭恩美（Amy Tan，1952— ）等就是在他们之后继续开拓和扩大华裔文学影响的第二梯队拓展者。沿着这些先行者的创作道路，华裔美国文学在质量、规模、题材、风格等方面都出现重要变化和空前繁荣，"超越了时代、民族和性别的界限"，成为美国文学的重要组成部分[3]。哈金（Ha Jin，1956— ）从20世纪90年代开始用英语创作，到1999年便以长篇小说《等待》（*Waiting*，1999）赢得美国国家图书奖和笔会/福克纳奖。哈金新世纪的作品《战争垃圾》（*War Trash*，

1.　Bertens, Hans, and Theo D'haen. *American Literature: A History*. New York: Routledge, 2014, pp. 563-65.

2．尹晓煌：《精编美国华裔文学史（中文版）》，徐颖果主译。天津：南开大学出版社，2016年，第265页。

3．同上，第271页。

2004）于2005年再度获得笔会/福克纳奖。迄今为止，哈金已出版十几部长篇小说和短篇小说集，还出版了多本诗集和非虚构类作品。伍慧明（Fae Myenne Ng，1957— ）以处女作《骨》（Bone，1993）一鸣惊人，得到读者和学界的高度认可，入选很多美国大学英语系列的阅读书目。小说通过对旧金山唐人街一个梁姓华人家庭中两代人悲欢情仇、生离死别经历的描述，探讨了华裔美国人在种族、历史、传统、文化、代际关系等各种张力下苦苦挣扎的命运和选择，这是一个痛苦甚至是毁灭和死亡的过程，但到最后他们的祖先、血统和文化成为支撑他们家人的基础，正如身体上的皮肉可以崩析脱落，但是那坚实的"骨头"会留存一样——这就是标题"骨"的一个含义。伍慧明较近的作品《望岩》（Steer Toward Rock，2008）也大获成功。任璧莲（Gish Jen，1955— ）的《典型的美国佬》（Typical American，1991）探讨了华裔美国人在归化与被排斥之间挣扎的困境，也非常具有典型性地反映了所有少数族裔在美国白人世界中对待自己族裔历史和文化根基的矛盾心理。《谁是爱尔兰人》（Who's Irish?，1999）、《爱妾》（The Love Wife，2004）等作品为任璧莲赢得多项文学大奖，并使她在2009年当选美国艺术文学院成员。

华裔文学在反对种族压制、颠覆刻板形象和拓展创作空间与维度上的努力和成功，在一定程度上反映了其他亚裔文学的发展进程。菲律宾裔作家杰西卡·塔拉哈塔·海格多恩（Jessica Tarahata Hagedorn，1950— ）的《食狗者》（Dogeaters，1990）揭示了美国殖民主义对菲律宾社会和文化造成的深远毒害，该作品成为脍炙人口的名著。她编注的《陈查理已死：当代亚裔美国文学选集》（Charlie Chan Is Dead: An Anthology Of Contemporary Asian American Fiction，1993）和《陈查理已死续编：世间安家》（Charlie Chan Is Dead II: At Home in the World，2004）收录和推介了很多优秀亚裔文学作品，为亚裔文学的推广、研究和教学做出杰出贡献。海格多恩较为新近作品包括《梦想丛林》(*Dream Jungle*, 2003) 以及《毒理学》(*Toxicology*, 2011) 等。越南作家阮清越 (Viet Thanh Nguyen, 1971—) 的《同情者》(*The Sympathizer*, 2015) 获2016年普利策奖小说奖。这部小说用一个越南人的眼光重审了越南战争，颠覆了美国主流文学对这场战争以及对越南人的书写模式。他的文集《永志不灭：越南与战争记忆》(*Nothing Ever Dies: Vietnam and the Memory of War*, 2016) 荣获美国全国书评家协会奖非虚构类作品奖。裘帕·拉希莉 (Jhumpa Lahiri, 1967—) 是印度裔作家，其处女作短篇小说集《疾病解说者》(*Interpreter of Maladies*, 1999) 获得次年的普利策小说奖和笔会/海明威奖，她的《同名人》(*The Namesake*, 2003)、《低地》(*The Lowland*, 2013) 等作品也受到广泛好评，为她赢得弗兰克·奥康纳国际短篇小说奖、美国国家人文奖章等荣誉。这些作家都反映了现今亚裔文学取得的空前艺术成就。

　　加勒比海地区以及墨西哥等拉丁美洲国家离美国最近，地缘政治原因加上历史渊源使拉美裔移民成为美国少数族裔中最大的群体，也产出了光辉灿烂的文学。拉美裔文学从20世纪20年代开始呈现出较为明显的成长趋势，40年代之后就初见规模，自70年代起美国拉美裔文学的代表性作家、作品就开始越来越显赫地出现在《诺顿美国文学选集》、《哥伦比亚美洲小说史》和《剑桥美国文学史》等权威文学选集之中。20世纪末以来，拉美裔作品开始不断问鼎美国国家图书奖、普利策奖和全国书评家协会奖等重要奖项。古巴裔小说家奥斯卡·伊奇韦罗斯 (Oscar Hijuelos, 1951—2013) 的首部作品《我们在上一个世界中的房子》(*Our House in the Last World*, 1983) 即获得罗马奖等奖项，而其第二部小说《曼波王弹奏情歌》(*The Mambo Kings Play Songs of Love*, 1989) 一举拿下普利策奖，这是拉丁裔作家首次斩获此奖，也标志着拉丁裔作品破天荒地问鼎美国三大主流文学奖项之一。《曼波王弹奏情歌》讲述了一对古巴移民兄弟凭借自己的音乐天赋和巨大的勇气与毅力，把源自拉丁美洲的曼波音乐在美国推向新的高度，同时也自豪地把拉丁裔的文化、传统和奋斗史书写在美国的史册中。朱诺·迪亚斯（Junot Diaz，1968— ）是拉丁裔作家中另一个具有传奇色彩的人物。迪亚斯出生在多米尼加共和国，在孩提时代随上一辈人移民到美国。自幼生活在美国社会底层的迪亚斯从创作短篇小说开始其写作生涯，并展示出不俗的才华。而他的长篇小说处女作《奥斯卡·瓦奥短暂而奇妙的一生》（*The Brief Wondrous Life of Oscar Wao*，2007）则大放异彩，在读者界和学界都引起巨大反响，一举赢得包括全国书评家协会奖和普利策奖在内的许多奖项，甚至在国内外引起一股"多米尼加热潮"[1]。小说主人公奥斯卡·瓦奥是多米尼加移民后代，因为家庭贫穷加上自己肥胖笨拙，故难以融入社会，并变得孤僻内向，沉湎于科幻小说和电子游戏，终日想入非非。奥斯卡·瓦奥最后突发奇想去了多米尼加，试图在那里找到自己的归宿和人生价值，但却暴死于那个他并不了解的"故国"，结束了他"短暂而奇妙的一生"。小说手法新奇，亦庄亦谐，以记录一个多米尼加少数族裔边缘人的扭曲、异化、孤独为主线，串联出在美国干预下拉丁美洲国家的病态发展史，揭示了拉丁裔族群在美国和他们所谓的"故国"遭受的不同苦难。拉丁裔文学界中也出现很多杰出的女性作家，如格洛丽亚·安扎尔多瓦（Gloria Anzaldua，1942—2004）、朱莉娅·阿尔瓦雷斯（Julia Alvarez，1950— ）以及桑德拉·希斯内罗斯（Sandra Cisneros，1954— ）等。

1. 李保杰：《当代美国拉美裔文学研究》。济南：山东大学出版社，2014年，第102页。

　　对当代诗歌而言，1985年的一个标志性事件是，美国国会通过法案，从1986年起把"国会图书馆诗歌顾问"更名为"桂冠诗人顾问"，简称"桂冠诗人"。美国各个州也纷纷设立自己的州桂冠诗人选任制度。各种诗歌创作班在大学和社会等机构大量开办，形式不拘一格的诗会、读者俱乐部等也如雨后春笋般出现。受电视和大众流行音乐表现形式的影响，从20世纪50年代起，如垮掉派诗人艾伦·金斯堡等人开始举办公众诗歌朗读会，为诗歌赋予诸如爵士乐般的表演形式，复兴诗歌古老的口头吟唱传统[1]。这种诗歌的大众表演做法到了20世纪90年代更是风靡各地，如酒吧、咖啡馆、书店、剧场、广场，甚至地铁上，进而成为一种电视、广播的表演秀形式。各种诵诗擂台赛也借助电视等电子媒介迅猛兴起，并发展成由专门机构举办的按不同性别、年龄等类别分组进行的名目繁多的地方、全国和国际性赛事。不少诗歌新人因此脱颖而出，甚至出现了一种新型诗歌创作手法——"擂台赛诗歌手法"[2]。诗歌日益突出音乐歌唱和舞台表演形式的特征，这也从一个方面说明，为什么被很多人视为流行音乐歌星的鲍勃·迪伦（Bob Dylan，1941—　）能够斩获2016年诺贝尔文学奖。

　　在20世纪很长的时间里，现代主义诗歌占据不可撼动的地位，但进入五六十年代以来，垮掉派诗人们开始从反文化的角度对现代诗歌以及它所代表的社会文化价值观和秩序进行冲击和破坏，用诗歌进行反战宣传和鼓吹个人自由，同时注重捕捉和描绘日常生活感受。20世纪七八十

1．　Levine, Robert S., ed. *The Norton Anthology of American Literature: American Literature since 1945*. 9th ed. Vol. E. New York: Norton, 2016．p.14.

2．　Moser, Linda Trinh, and Kathryn West. *Contemporary Literature, 1970 to Present*. New York: Facts on File, 2010, p.117.

年代以后，诗人们更为重视用诗歌展示和反映重大社会事件和进程，诗歌创作也更趋向现实主义笔风，但也有诗人刻意展示对日常凡俗生活中琐屑事物的感悟[1]。当然一些女性和少数族裔诗人还是更倾向于把诗歌作为对抗性别、种族歧视的武器。当今很多诗人都在所谓的传统诗歌和实验诗歌中自由借鉴，甚至出现兼具两种诗风的混合型诗歌，既继承了实验先锋派对新形式的探求和拓展诗歌边界的雄心，同时尊重了传统诗学，在自由诗和传统形式内外游走[2]。实际上，这些人也往往是最能被学界和一般诗歌受众所认可和接受的——这些被称为"新正统派"的诗人，包括了美国桂冠诗人中的多数人[3]。

还有一位值得关注的是俄裔诗人约瑟夫·布罗茨基（Joseph Brodsky，1940—1996），他于1972年被苏联驱逐出境，经维也纳到达美国，并于1977年加入美国国籍。到达美国后布罗茨基发表多部诗集，包括《言语的一部分》（*A Part of Speech*，1980）、《致乌拉尼娅》（*To Urania*，1988）、《如此等等》（*So Forth*，1996）等。布罗茨基的诗歌关注道德、宗教和历史问题，常借用神话题材。1986年他凭借散文集《小于一》（*Less Than One*）获得全国书评家协会奖，1987年获诺贝尔文学奖。

在诗歌界，值得注意的仍是少数族裔诗人的崛起，尤其是黑人诗歌的发展。马娅·安杰卢（Maya Angelou，1928—2014）在诗歌、小说、传记、戏剧创作、电影导演、编剧和表演等多方面取得辉煌艺术成就，

---

1. Levine, Robert S., ed. *The Norton Anthology of American Literature: American Literature since 1945*. 9th ed. Vol. E. New York: Norton, 2016, pp.16-17.
2. Moser, Linda Trinh, and Kathryn West. *Contemporary Literature, 1970 to Present*. New York: Facts on File, 2010, p.119.
3. 张子清：《20世纪美国诗歌史（第二卷）》。天津：南开大学出版社，2018年，第872—876页。

再加上她身为黑人民权运动活动家的威望，成为后来非裔女性的榜样和指路明灯。作为诗人，安杰卢出版了十多部诗集，其中代表作有《在我死前给我杯冷水》(*Just Give Me a Cool Drink of Water 'Fore I Diiie'*，1971)、《现在，希巴女王唱那首歌》(*Now Sheba Sings the Song*，1987)、《我不会动摇》(*I Shall Not Be Moved*，1990)、《啥也不带去旅行》(*Wouldn't Take Nothing for My Journey Now*，1993) 等。安杰卢的诗作汲取了美国黑人传统口头表演艺术精华，大胆直面黑人尤其是黑人女性所遭受的种种暴力，声讨种族和性别歧视与不正义。安杰卢在传记创作中也成就斐然，其中最为著名的是曾获全国图书奖提名的《我知道笼中鸟为何歌唱》(*I Know Why the Caged Bird Sings*，1969)，该书讲述了她从出生到16岁的人生经历，描写了一个黑人女孩的艰难生存环境，受到高度评价。安杰卢在黑人女性创作的主题、题材、体裁、叙事方式、人物塑造等方面开辟了道路，与托妮·莫里森、波勒·马歇尔 (Paule Marshall，1929—2019) 等人一起成为开创当代非裔女性文学的先锋。在安杰卢等人后面的艺术梯队中，最为出名的佼佼者之一就是丽塔·达夫 (Rita Dove，1952—)，像安杰卢一样，达夫也是在多个艺术领域——诗歌、小说、戏剧、音乐、舞蹈等——取得耀眼成就的全才。她是历史上获得普利策诗歌奖的第二位非裔美国人，并于1993年成为历史上第一位担任美国桂冠诗人的非裔女性。达夫在桂冠诗人职位上连任到1995年，期间为推动黑人和少数族裔的诗歌与文学创作做出巨大贡献。

诗歌也是印第安文艺复兴运动的一股强大推动力量。莫马迪、厄德里克等人同时也都是非常有成就的诗人。印第安普韦布洛族诗人西蒙·奥尔蒂斯是与莫马迪等并肩掀起印第安文艺复兴运动的另一位巨匠。奥尔蒂斯从20世纪70年代开始诗歌创作，1982年就因《来自沙溪》

（*From Sand Creek*，1981）荣获手推车奖。其后重要作品有《编织石》
（*Woven Stone*，1992）和《外面某个地方》（*Out There Somewhere*，2002）
等。他的创作扎根于部族传统艺术，汲取印第安口头讲述精髓，结合沃
尔特·惠特曼和垮掉派诗歌精髓，形成极具印第安口头文学艺术感染力
的独特诗风，表达了对土地和自然的崇敬，谴责了当代西方工商业的过
度发展、机械化导致的异化和物化，以及对人性的阉割摧残[1]。乔伊·哈
乔是美国印第安文艺复兴运动生力军中的佼佼者。她从热爱的大地、传
统和文化中汲取鲜活强大的生命力，将其精炼为令人心动的诗歌韵律。
哈乔立足于印第安民族故事和历史，题材涉及女权主义和社会正义，并
经常将土著神话、象征和价值观融入她的作品中。她的诗歌以记忆和超
越为中心，进行文化反思及批判。哈乔曾获多种奖项，2019年6月被授予
美国桂冠诗人称号，2020年连任。

　　20世纪80年代以来的美国戏剧也呈现向传统表演手法和形式回归的趋
势，内容转向现实题材，关注人与社会关系，凸显阶层、种族、性别、
战争等人们普遍关心的社会问题[2]，少数族裔和女性戏剧家更是有意识地
把戏剧作为批判现实的手段，强调其实现政治宣传、推进社会变革的功
用。这个时期的戏剧与外百老汇（Off-Broadway）或外外百老汇（Off-Off-
Broadway）剧场以及纽约市之外的各地方剧场的继续扩张是分不开的。这
些小型的体制外剧院在运营成本和追求利润方面的压力远远小于百老汇大
牌商业剧院，给予了剧作家更多的创作自由和发挥空间，扶植了大批具

---

1. 张冲、张琼：《从边缘到经典：美国本土裔文学的源与流》。上海：上海外语教育出版
　　社，2014年，第184—185页。
2. 刘海平、王守仁主编：《新编美国文学史（第四卷）》，王守仁主撰。上海：上海外语
　　教育出版社，2019年，第306页。

有探索精神和多样化题材的戏剧作品。老一代剧作家爱德华·阿尔比就是从外百老汇起家的。以山姆·谢泼德（Sam Shepard，1943—2017）和戴维·马梅特（David Mamet，1947— ）为代表的新一代剧作家更是得益于百老汇之外的各种非体制性剧场。

马梅特和谢泼德并称为美国20世纪七八十年代的"剧坛双星"[1]。马梅特从美国先辈尤金·奥尼尔、阿瑟·米勒以及欧洲剧作家贝克特、契诃夫等人的作品中广泛吸收精华。马梅特的剧作一般都取材于普通小人物的日常生活，但却能以化腐朽为神奇的手法表现唯利是图的美国资本主义商业社会对人的异化摧残——个体在商业丛林法则下被毒害，变成心灵扭曲、冷漠、自私的孤狼式人格，彼此相互猜疑与背叛伤害。马梅特获得奥比奖的成名作为《美国野牛》（*American Buffalo*，1975），这部剧作生动形象地刻画了现代美国人生活与精神上的焦虑和困扰，揭示了资本主义社会里伦理道德的缺失。之后马梅特又相继创作了获得普利策奖的《格伦加里幽谷树林花园》（*Glengarry Glen Ross*，1983）以及《奥利安娜》（*Oleanna*，1992）、《波士顿婚姻》（*Boston Marriage*，1999）、《种族》（*Race*，2009）、《无政府主义者》（*The Anarchist*，2012）等多部作品，极大推动了当代美国戏剧的发展。

这一时期女性剧作家的创作可以说真正支撑起半边天。享有盛誉的老一辈剧作家梅根·特里（Megan Terry，1932— ）继续进行富于女权主义意识的作品创作，大胆进行戏剧实验，经常通过转换技巧来探索女性面对的各种社会问题。后起之秀玛沙·诺曼（Marsha Norman，1947— ）

---

1. 刘海平、王守仁主编：《新编美国文学史（第四卷）》，王守仁主撰。上海：上海外语教育出版社，2019年，第328页。

因其探讨生命意义的剧作《晚安，妈妈》（'night, Mother，1983）和贝思·亨利（Beth Henley，1952— ）讲述了一家三姐妹生活、感情经历的《心之罪》（Crimes of the Heart，1978）获得普利策等重要奖项。

黑人艺术运动有力推动了黑人戏剧的发展，并使其最终为百老汇所接纳。但黑人艺术运动一度曾把戏剧过度政治化而忽视了艺术审美维度，在一定程度上损害了非裔戏剧的发展[1]。这也反映出非裔剧作家在动荡、艰辛的逆境中探求艺术发展时遭遇的各种不利因素和阻力。比如剧作家奥古斯特·威尔逊（August Wilson，1945—2005）就曾像20世纪60年代黑人戏剧运动中的不少作家一样，在当时的社会运动需要和传统戏剧模式之间犹疑，创作受到严重桎梏。直到70年代后期，威尔逊才有机会从层层羁绊中解放出来，在一定距离外重新审视黑人文化和传统，发展自己独特的戏剧手法。1984年他的作品《莱妮大妈的黑臀舞》（Ma Rainey's Black Bottom）成功上演，并打入被白人戏剧主宰的百老汇，成为当代黑人剧作历史上的一件大事。他创作的黑人编年史式的系列戏剧共10部，总称"匹茨堡系列"（Pittsburgh Cycle），包括获得普利策等大奖的《藩篱》（Fences，1985）和《钢琴课》（The Piano Lessons，1990）等。

黑人女性剧作家的创作在20世纪80年代达到新的高峰。她们结合黑人女性的个人生活经验，创作出大量既关注美国社会以及黑人族群公共命运，又关注女性隐私情感和问题的作品。如温迪·瓦瑟斯坦（Wendy Wasserstein，1950—2006）的《海蒂编年史》（The Heidi Chronicles，1988）就有机糅合了一个黑人女艺术家的艺术探索过程、黑人女性自我意识发展以及对社会价值观、世界观等问题的反思，该剧获得1989年普利策奖

1．　Saxon, Theresa. American Theatre: History, Context, Form. Edinburgh: Edinburgh UP, 2011, pp.164-65.

和托尼奖。苏珊-洛里·帕克斯（Suzan-Lori Parks，1963— ）在20世纪90年代成为美国最重要的剧作家之一，进入新的世纪后仍保持强劲的创新势头，不断为美国戏剧界注入新鲜活力。自20世纪80年代起，帕克斯共创作了超过20部剧作，获得各种重要奖项10余项。《强者/弱者》（*Topdog/Underdog*，2001）获得2002年普利策奖。该剧以讽刺的手法揭示了黑人历史和现实中的生存悖论——被驱逐和压制的黑人生活在历史和现实的"空洞"中，沦为"无形"的存在，依靠从白人手中撒漏出的有限社会资源存活，黑人之间为了争抢白人扔掉的残羹剩饭而相互撕咬，无论谁获胜，都是在狗咬狗的争斗中自相伤害。这一时期的黑人剧坛新秀还包括尼托扎克·尚吉（Ntozake Shange，1948— ）等。

黑人剧作家的成功也激励、启发了亚裔美国剧作家们。1965年他们在洛杉矶成立"东西方艺人剧团"（East West Players Theatre），并从20世纪70年代起开始着重推出亚裔戏剧作品。1980年，第一部亚裔美国戏剧集《在两个世界之间》（*Between Worlds*）出版，书名意味深长地揭示了亚裔剧作家以及亚裔族群的生存窘况，提高了亚裔族裔意识，也成为当时亚裔剧作家们当务之急要解决的问题。与此同时，亚裔剧作家们努力提高自己创作的艺术性，并吸收了其他种族剧作家的长处。华裔作家黄哲伦（David Henry Hwang，1957— ）堪称华裔中的谢泼德，他可以说是一个戏剧神童。大学未毕业黄哲伦就创作了《新移民》（*Fresh off the Boat*，1979），并获得1981年奥比奖。1988年他的《蝴蝶君》（*M. Butterfly*）成功踏上百老汇舞台，获得托尼奖（这是亚裔剧作家首次问鼎该奖），该剧成功揭示和颠覆了西方人对东方人在文化和性别等方面的刻板形象，批判了西方社会的东方主义欲望和幻想。1997年他以自己外祖母的家世为素材创作了《金童》（*Golden Child*，1998）。进入20世纪，他又继续推出《花鼓歌》（*Flower Drum Song*，2002）、《黄面孔》（*Yellow Face*，2007）、《中式英语》（*Chinglish*，2011）等。这些剧都深入探讨了华裔族群在美国白人社会中的文化冲突、身份探索以及不同世代和新老移民之间的复杂关系。像谢泼德一样，黄哲伦也具有非凡的音乐天赋，曾是一个摇滚乐队的成员。他参与了《阿依达》（*Aida*，2004）等多部百老汇音乐剧的创编，是当代著名的歌剧和音乐剧作家，2018年荣入戏剧名人堂。

总之，从20世纪70年代到2015年，美国在科技、经济和生产力等方面的急剧变化，影响着作为上层建筑重要维度的文学，而文学又反过来进一步促进了美国社会的多元化进程和文化图景。当然，随着科技经济改变旧有的社会文化图景，美国内在的社会矛盾和西方民主固有的悖论在新媒介环境下变得日益深重和不可调和。几十年以来美国多元化文化的发展引起了美国社会白人至上主义者和右翼势力的恐惧和仇视，导致美国社会内部的剧烈分化和敌对化，也从一个侧面反映了美国多元文化发展中的问题。一贯富于批判精神的美国文学将对此做出什么样的反思和剖析，将是美国文学爱好者和研究者在未来一段时间中拭目以待的关注点。

辛西娅·奥兹克（Cynthia Ozick，1928—　）

辛西娅·奥兹克是当代最为知名的美国犹太裔女作家。她出生在纽约市移民聚居区的一个传统的犹太裔家庭，一家人像众多犹太移民一样在种族歧视和迫害下辛苦经营、艰难求生。奥兹克还是一个小学生时就已经饱尝种族歧视和仇恨的滋味，有时甚至遭到其他孩子的人身伤害。这些痛苦、屈辱的记忆长期留在她脑海中，使她以后能深入思考为什么有的人在对待所谓非我族类的他者群体时会那么残酷无情，也有助于从没亲历过欧洲犹太人大屠杀的奥兹克能游刃有余地写出以大屠杀为背景的小说。

奥兹克成长的时代背景是20世纪初的移民高潮，大量外来移民涌入并在美国繁衍生息，这在美国主流社会群体中引发严重恐慌和敌意，使得美国政府大力推行移民本土化政策，目的在于让移民及其后代接受美国主流社会的文化、语言、意识形态和价值观。奥兹克的父亲威廉·奥兹克是第一代移民。他是位造诣很深的犹太学者，精通希伯来经典典籍和意第绪语言文化，有着坚定的传统犹太教信仰。对父亲的敬畏以及对他学识的仰慕，可以从一个方面解释奥兹克作品中对犹太性的执着坚守。对奥兹克创作产生重大影响的还有她的舅舅亚伯拉罕·莱盖尔森（Abraham Regelson）——一个和威廉一样信仰笃诚的渊博学者。莱盖尔森自学成才，后来成为知名的希伯来诗人、作者和翻译家。莱盖尔森的文学成就和对希伯来文化复兴事业的献身精神，使他成为奥兹克的精神导师，并把奥兹克引上文学道路。

第一代到美国打拼的父辈们的学识并不能帮助第二代移民从根本上解决经济和社会地位问题，奥兹克的家人在这种情况下选择的是尽量让孩子融入美国主流社会，所以奥兹克最终进入公立学校就读，有时甚至是整个学校的唯一犹太学生。1946年奥兹克考入纽约大学，并开始真正考虑文学创作事宜。但像那个时代一切立志于此的女性一样，她们所能找到的文学典范绝大部分都是欧美主流的男性作家的作品。亨利·詹姆斯、E. M. 福斯特、契诃夫、托尔斯泰、麦尔维尔等是奥兹克所仰慕的文学前辈，亨利·詹姆斯作品则成为她模仿的范本[1]。这在一定程度上也反

---

1. 乔国强主编：《从边缘到主流：美国犹太经典作家研究》。上海：上海世界图书出版公司，2015年，第183—184页。

映出她从小所受的归化教育的模式。但对移民们而言，归化有时仅仅是一厢情愿，结果也往往事与愿违。对詹姆斯的模仿使她在俄亥俄州立大学完成了研究这位先师著作的论文并拿到硕士学位，但在模仿他进行的文学创作上却收获甚少。其后奥兹克开始反思同化问题，探索如何扎根于自己的族裔传统和性别身份进行创作。正如她后来自己意识到的，她是"以美国小说家身份开始进行创作，而以犹太小说家告终。我一面写、一面就犹太化了"[1]。

　　奥兹克长篇处女作小说《信任》（Trust，1966）的出版，标志着她的文学创作探索终于实现突破。但使她走出亦步亦趋的学徒阶段、第一次获得自主创作成功的，则是短篇小说集《异教徒拉比等故事》（The Pagan Rabbi and Other Stories，1971）。这个集子充分呈现和探讨了同化和犹太性的矛盾冲突以及相关主题。小说集中的标题故事描写的是犹太拉比艾萨克·科恩菲尔德自杀的悲剧。科恩菲尔德作为一个拉比、犹太教精神领袖人物和精通犹太律法的专家，本应笃信上帝、恪守律法，反对任何形式的其他崇拜，但他却陷入了大自然崇拜并对所谓的橡树树神产生深厚迷信，最终因此放弃犹太信仰。结果他被树神抛弃，陷入迷茫绝望中，最后上吊自杀了。《异教徒拉比》所涉及的犹太性是奥兹克一生创作所执着的中心问题。奥齐克认为，"作为一个犹太人，其特征不仅仅是有着满头卷发，被异化、被边缘化的敏感个体。做犹太人就要遵守与神立下的契约"[2]。在这方面科恩菲尔德本应为犹太人做个好榜样，但他却屈从于非犹太文化的诱惑而背叛犹太律法，这是他悲剧的根源。小说集包含了以后奥兹克作品的核心思想：美国现代社会的犹太人应该警惕主

1.　辛西亚·奥齐克：《大披巾》，陶洁译，载《外国文学》1994年第4期，第55页。
2.　Ozick, Cynthia. *Art and Ardor*. New York: Knopf, 1983, p. 123.

流文化的侵蚀和同化，坚信犹太传统文化并固守犹太特性。《异教徒拉比等故事》也反映了奥兹克创作艺术特色的成型，在现实主义手法中揉入对离奇或超自然现象的描写，烘托出寓言体裁的效果，深刻的思想与奇幻的笔法使得该书深受学界好评。该书获得布朗布里斯犹太文化遗产奖、美国犹太图书委员会奖以及美国艺术文学院奖等一系列奖项。

　　《异教徒拉比》折射出作者对自己遭受的文化同化以及她文学创作初期对主流男性经典的盲从的反思，反思后她向犹太性和犹太传统回归。其结果是她将自己的身份、思想和创作牢固树立在犹太文化传统的根基上，因而也成就了她的艺术特色和价值。这不仅对她自身的艺术生涯至关重要，同时也影响了整个美国犹太文学的发展。20世纪60年代，随着美国第二、三代犹太移民逐渐被美国熔炉所吸纳，犹太传统面临危机并转而殃及整个美国犹太文学创作。一些犹太学专家看到犹太传统的式微和犹太人对本民族历史的淡漠，这些导致美国犹太文学艺术创作资源与灵感的枯竭，犹太文学似乎已经走向下坡路。而此时奥兹克对族裔身份的认同、重返犹太历史与文化的长河寻求创作资源和灵感，不仅成就了她本人的独特艺术，也为正在被美国主流文化冲击、呈现没落态势的犹太文学创作注入一股生机。更为重要的是，奥兹克作为女性作家异军突起，"不仅改变了（美国犹太文坛）男作家一统天下的局面，也开辟了新的发展方向"[1]。

　　20世纪80年代初，奥兹克勇敢地沿着自己的创作道路再次进行突破，进入了她多年不愿启封的犹太史上最为黑暗、血腥、恐怖的集体记忆，发表了以大屠杀为背景的短篇小说《大披巾》（"The Shawl",

---

1. 刘海平、王守仁主编：《新编美国文学史（第四卷）》，王守仁主撰。上海：上海外语教育出版社，2019年，第267页。

1980），并因此而扬名世界文坛。与它的文学价值和重要性相比，小说故事简单得几乎难以置信，就像是其中的三个主要人物一样瘦骨嶙峋，也像她们一样以弱小的骨架承受着全部的人性之恶。小说让相对次要的人物14岁犹太少女斯特拉第一个出场，然后才让另外两个人物亮相：斯特拉的姑母、女主人公罗莎，以及罗莎裹藏在大披巾中的出生不久的女婴玛格达。直到这时读者才明白她们是在纳粹逼迫下的死亡行军中的犹太人。罗莎和斯特拉已经被折磨成皮包骨头的行尸走肉，罗莎根本就没有乳汁维持女儿玛格达的生命，于是女婴"抓住大披巾的一角，以它代替奶头吮吸起来。她啜了又啜，把毛线弄得湿漉漉的。披巾的气味真好，是亚麻牛奶。这是块神奇的披巾，整整三天三夜它给婴儿提供了营养。玛格达没有死，她还活着，虽然她非常安静。她嘴里呼出一股特别的气息，杏仁和肉桂的气味"[1]。

　　罗莎在死亡行军中时刻想着把玛格达送给路人以便给她一线生机，但她明白这样冒险的结果可能是双双被纳粹打死，所以罗莎只能把婴儿藏在大披巾中，继续在死神手中苟延残喘。她们到了一个集中营，小玛格达也奇迹般活到了15个月并开始蹒跚学步。一天，斯特拉忍受不住严寒，就把掩藏着玛格达的大披巾抢走，自己盖上取暖。小玛格达失去了与生俱来的庇护，发疯似的四处去找大披巾，从而暴露了自己。罗莎赶紧从斯特拉那里抢回大披巾去救玛格达，但女婴已经被纳粹士兵发现，罗莎眼睁睁地看着纳粹把孩子摔到高压电网上活活电死了。为了不暴露自己，罗莎只能用大披巾塞住自己的嘴，强压住要发出的哀号。故事笔风瘦硬、冷峻，每一笔触间都深藏沉重的意蕴。小说中心意象大披巾象

1.　辛西亚·奥齐克：《大披巾》，陶洁译，载《外国文学》1994年第4期，第55—56页。

征着犹太教的神迹，能代替母乳让孩子活下去并使孩子口中发出肉桂和杏仁的香气。"披巾像犹太男人祷告时用的披巾，象征着受到上帝神圣律法的保护。肉桂和杏仁香气却使人想起犹太人在安息日结束时打开的香料盒。正统犹太人认为这种香气可以保护他们，使他们有能力抵制世俗一周的精神污染。"[1]斯特拉为了自己御寒抢走了小玛格达的"神佑"，把她推给了纳粹。但不能简单地把斯特拉归为坏人，小说开头描述她的语句"跟地狱一样冷"，也是在描述纳粹逼迫下犹太人行军时的天气和他们所处的非人境地。邪恶的地狱中，人心里没有天堂，包括罗莎在内："她们处在一个没有怜悯的地方，罗莎的全部怜悯之心被扼杀了，她看到骨瘦如柴的斯特拉，毫无恻隐之心。她相信斯特拉盼着玛格达快死，她可以啃她的小屁股。"[2]人性恶的严酷逼迫之下，即使是受害者也被推向同类相噬的边缘。但大披巾这个意象传递的是《旧约》中那个古老教义：信仰和神迹比实实在在的食物更重要。这与《异教徒拉比》中的抛弃信仰和律法的反面教材遥相呼应：拉比科恩菲尔德没有恪守这个教义，犹太人祈祷用的披巾不再保佑他，他最终只能用它上吊。

小说基于犹太性又超越犹太性，具有普遍文学价值的历史意义。故事中仅有寥寥数笔却暗示小玛格达有日耳曼人的血统，读者可以推测罗莎曾与纳粹分子发生过情愿或者被动的性关系因而怀孕。无论如何，孩子面部特征和妈妈相比"完全是另外一张脸，眼睛如蓝天般清澈，光滑柔软的毛发是浅黄色的，几乎跟缝在罗莎外衣里的星星一个颜色。你简直可以说她是他们的娃娃"[3]。孩子浅黄色的头发和迫害（不管是主动还是

1. 钱青：《美国三位优秀的犹太女作家》，载《外国文学》1994年第4期，第44页。
2. 辛西亚·奥齐克：《大披巾》，陶洁译，载《外国文学》1994年第4期，第56页。
3. 同上，第56页。

被动参与迫害）犹太人的日耳曼人的面部特征，象征着被迫害的犹太民族和加害者日耳曼民族的共同的沉重历史遗产（或包袱），这也成为全人类的历史遗产或重压。如何对待这个遗产？是再一次扼杀、消灭与淡忘，还是依靠大披巾所象征的神迹来保存它？最起码对奥兹克而言，大屠杀已经渗透历史，深深浸入到战后犹太人的生活和精神中，成为现代犹太性不可剔除的部分。这或许就是奥兹克犹豫多年后，仍然选择发表这个探究人类历史上最为沉重、黑暗的话题的小说的一个原因。而当读者面对这个问题时，奥兹克又把这个犹太/日耳曼历史遗产变成人类的历史遗产。正因如此《大披巾》才获得举世公认的文学成就，成为奥兹克的代表作。

此后，奥兹克先后推出《升空》（*Levitation: Five Fictions*，1982）、《吃人的银河系》（*The Cannibal Galaxy*，1983）、《斯德哥尔摩的弥赛亚》（*The Messiah of Stockholm*，1987）等作品，赢得广泛承认并多次获奖。这些标志着奥兹克思想愈加成熟的著作也大大丰富和扩展了美国犹太文学创作的疆域。奥兹克继续探讨和大屠杀有关的犹太历史与传统以及这个大语境下犹太人的身份、信仰（尽管不必一定是严格宗教意义上的）问题。《斯德哥尔摩的弥赛亚》即这方面的代表作。主人公拉斯·安德梅宁是纳粹大屠杀中幸存的犹太孤儿，被人救下并带到瑞典。拉斯成年后在斯德哥尔摩一家报社工作。他对自己亲生父母的家世一无所知，只能猜测他的亲人全部死于那场浩劫。但一种直觉告诉他，当年被纳粹杀害的波兰作家布鲁诺·舒尔茨是他的亲生父亲。他开始学习波兰语并希望揭开自己的身世之谜。他听闻舒尔茨曾留下一部名为《弥赛亚》的手稿，而这部手稿可能就在斯德哥尔摩，于是他四处打听、搜寻，并最终在一个书店找到手稿。拉斯阅读手稿时却陷入怀疑和失望，同时他发现给他手稿的书店老板别有用心，想利用他来证明手稿的真实性，以便从中牟利。

失望和愤怒之下拉斯烧毁了手稿，却被告知《弥赛亚》可能真出自舒尔茨之手。对这部小说我们可以做很多种解读，它留给读者思考的问题包括：对犹太人的种族大屠杀摧毁与割裂了部分犹太传统和文化，劫后余生的犹太人在流散中如何与过去、传统建立连接？大屠杀破坏了犹太民族历史的部分背景文本，在这样一个支离破碎的语境中，如何才能拼接出有意义的文本？大屠杀后的犹太后人怎样通过修补传统、与传统连接来建立自己的身份？这些问题大大丰富和深化了作品的内涵。

　　奥兹克的才华和艺术创造力总能把读者带向意想不到的新天地。进入新千年之际，这又被《普特梅塞传》(*The Puttermesser Papers*，1997)所证实。全书由数个单独成篇的故事组成，但主人公都是犹太女性普特梅塞(Puttermesser，意思是"涂黄油用的刀")，这个主要人物的故事作为中心主线把几个松散的故事串联起来，记述了她的生活、工作、抱负、爱情、死亡和死后进入天堂的经历。无论从主题还是从笔调上，这个故事集都令读者措手不及，有时令人忍俊不禁，但笑后却又能感到它黑色幽默般的沉重和哀痛。这本书不是犹太人苦难的历史，而是当代犹太女性（或者所有犹太人）所面临的存在之轻。笔法也更像超现实主义，在对凡庸生活的写实描述中，亦庄亦谐地融入魔幻和荒诞成分。这本书的故事开始于普特梅塞34岁时作为纽约市一个小公务员那令人压抑而生厌的生活，随着故事的发展，她的生存境况每况愈下，越来越令人窒息。第二部分中，普特梅塞竟然造出了一个犹太民间传说中的泥精灵(golem)，并在它的帮助下做了纽约市长，立志在这个腐败的城市中扭转乾坤。但结果是普特梅塞无法控制泥精灵，她从政的雄心以闹剧告终。从此普特梅塞的命运轨迹就此定型并延续下去：她的抱负、愿望最终都事与愿违。小说接下来描述她注定要搞砸的爱情，最后是人生迟暮的普特梅塞被奸杀进了天堂——当然天堂也远非她想象的那样顺心。小说以接近超现实主义的笔法创作了一个关于当代犹太人生命中不可承受之轻的寓言。奥兹克在其漫长而又丰富多彩的文学道路上不断探索和进取，愈老弥坚。2008年，她在80岁高龄时被同时授予两个终身成就奖，笔会/马拉默德奖和笔会/纳博科夫奖，后者的授奖辞强调了奥兹克"持久的创造力和完美的技艺"[1]。犹太体裁和对与时俱进的创作手法的探索为她赢得犹太人的"后现代代言人"的称号[2]。

　　自我归位于"第三代犹太作家"的奥兹克接过以贝娄为代表的第二代犹太作家手中的接力棒，继续探索犹太人在美国的生存状况和心路历程。第二代犹太作家在极力展示和陈述犹太人生活的外部状况中，使犹太文学免于落入欧文·豪（Irving Howe）在1977年预言的"衰竭"境地，而奥兹克曲径通幽，直面他们精神世界里的困惑和心灵世界里遭受的创伤，凭一己之力再次将美国犹太文学带上新的征程，开启了美国犹太文学的新局面。奥兹克认为作家应该为他/她所属的群体写作和发声，但她从不认为作家只属于某一个群体。任何一个伟大的作家，写作的起点是某个群体，但写作的终点却是全人类，莎士比亚、陀思妥耶夫斯基、但丁和叶芝，无一例外。无疑，奥兹克的起点是为犹太人写作，但若是读者仅仅视她为一位犹太作家，那么对奥兹克来说是莫大的不公。犹太性只是让她拥有了那个与众不同的独特性，而让独特性熠熠闪光、清晰可辨的却是那个普遍永恒的人性，奥兹克认为那是文学创作不可或缺的元素。

1.　乔国强主编：《从边缘到主流：美国犹太经典作家研究》。上海：上海世界图书出版公司，2015年，第188页。

2.　Statlander, Jane. *Cultural Dialectic: Ludwig Lewisohn and Cynthia Ozick*. New York: Peter Lang, 2002, p.225.

艾德里安娜·里奇（Adrienne Rich, 1929—2012）

　　艾德里安娜·里奇是美国著名诗人，也是极具影响力的女权主义活动家和理论家。她把诗歌艺术创作深深植根于社会变革和政治斗争实际需要中，从中汲取灵感和动力，使得诗歌走出象牙塔，成为为女性和其他少数、边缘、被压迫群体赋权的战斗号角和政治艺术。里奇的作品一洗那些阳春白雪式诗歌的无病呻吟和孤芳自赏，充满生命力、批判力、感召力，为众多读者所赏识、传诵，成为当代美国女权主义运动的重要推动力量。里奇一生共出版诗集20多部，尽管不少保守界人士对她中后期创作中大胆、激进、极富战斗性的诗风颇有微词，但这些作品仍得到众多学者和读者的广泛好评和拥护，并获得无数重要而显赫的诗歌大奖，如美国国家图书奖、露丝·莉莉诗歌奖、华莱士·史蒂文斯奖、兰南文学终身成就奖、博林根诗歌奖、全国书评家协会奖等。

　　里奇出生于马里兰州巴尔的摩的中产阶层家庭，父亲是学养渊深的犹太裔学者，也是美国一所顶尖医学院的医生和教授，母亲则是钢琴家和作曲家。书香门第家庭的教养和艺术熏陶加上父亲的鼓励，使得里奇从小就对读书和写作有着极大的热情。1947年，里奇考入美国著名的"七姐妹女子学院"中的拉德克利夫学院（在历史上相当于哈佛大学的女生部，1999年正式并入哈佛大学），大学毕业那年，她的诗集《世界的改变》（*A Change of World*, 1951）被选入"耶鲁青年诗人丛书"项目并出版。该项目的评委之一、德高望重的老诗人威斯坦·休·奥登（W. H. Auden）高度赏识这部诗集，对其做出的评价是"笔风洁净而谦恭……既表现出对前辈的尊崇，又不被其光辉所震慑，率真无虚饰"[1]。这种赞许从另一个角度反映出，在父亲引导下进行写作的里奇，在诗歌习作阶段是以白人男性经典诗作为圭臬的，她最初创作师从的正是弗罗斯特、叶芝、史蒂文斯、奥登等人。在日后的反思中她非常清楚地看到，自己为了走进男性主导的诗坛并为之接受，选择了从男性的视角创作，舍弃了女性身份。里奇在第二部诗集《钻石切割刀及其他诗篇》（*The Diamond Cutters and Other Poems*，1955）仍信奉女性应该忍耐、顺从、安于孤独的说法。在生活中，里奇也坚持传统的家庭观和女性的角色定位，坚信自己做诗人的同时，也可以充分保证过好一个女人的生活[2]。她与哈佛大学教授阿尔弗雷德·康拉德结婚并育有3个孩子。

年轻时的里奇确实尝试过按照传统的社会性别定义和期许来生活和创作，但是兼顾贤妻良母和诗人的双重身份、在两个角色之间做到完美协调，这个美好理想最终被生活和现实所重创，里奇开始重新审视社会所赋予女性的角色。这恰恰也是她那个年代众多知识女性和职业女性所遭遇的困惑——这是导致美国当代女权主义运动产生的一个重要原因。当里奇在照顾孩子和持家的疲惫与无暇执笔写诗的痛苦中彷徨挣扎时，著名女权主义者贝蒂·弗里丹（Betty Friedan）开始研究并创作以后成为女性主义经典的《女性的奥秘》（*The Feminine Mystique*，1963）。里奇几乎是《女性的奥秘》所揭示的当时饱受折磨和困扰的中产阶级女性中的一个典型。很长一段时间她都无法进行诗歌创作，在走投无路之时，她

---

1. Levine, Robert S., ed. *The Norton Anthology of American Literature: American Literature since 1945.* 9th ed. Vol. E, New York: Norton, 2016, p.570.
2. 刘海平，王守仁主编：《新编美国文学史（第四卷）》，王守仁主撰。上海：上海外语教育出版社，2019年，第375页。

甚至做了当时不能为人理解和认可的绝育手术。这一系列事件终于导致里奇思想和写作道路的转变，其中很多原因都可以从《女性的奥秘》中找到。像弗里丹一样，里奇因为自己的困境而反思所有女性的"奥秘"和困境。幸运的是，她最终还是坚强地走出人生低谷，在带孩子、操持家务的间隙，勉强挤出时间继续写诗。里奇的第三本诗集《儿媳的快照：1954—1962年诗抄》(*Snapshots of a Daughter-in-Law: Poems 1954—1962*，1963）和上部《钻石切割刀及其他诗篇》之间有着漫长的8年间隔，反映出里奇这个期间的苦苦挣扎。《儿媳的快照：1954—1962年诗抄》中里奇开始抛弃奥登等人看重的形式主义风格，改用自由诗体表现女性作为诗人的独特经历和体验，揭露了社会对女性的剥削和压制，流露出明显的女权主义思想。如这部诗集中最后一首诗《走屋顶的人》("The Roofwalker"）中描述的："竭尽全力/去盖我不能在其中生活的房屋/——所有这些蓝图，/闭合的空隙，/测量，计算，是否值得？/一个我不能选择的生活/选择了我：甚至/我的工具也不适于/我要做的工作。"[1]这里表现了里奇对在男性话语中利用女性声音进行诗歌创作的困难的反思。从此以后，如何解构这些男性文学传统的"蓝图"，抛弃男性诗歌经典中的创作圭臬（"测量，计算"），如何创造女性自己的诗歌世界，成为里奇长期探索的议题。除了像上面的诗节所揭示的女性受到的压制外，里奇也鼓励妇女们成为智慧、勇敢和骄傲的新女性，赋予了《儿媳的快照：1954—1962年诗抄》鲜明而坚定的政治性。这本诗集标志着她诗歌创作理念的转向，表明她自己对性别身份的探索。在此后，里奇更积极自觉

---

1. 马克·斯特兰德编：《当代美国诗人：1940年后的美国诗歌》，马永波译。北京：北京师范大学出版社，1999年，第359页。

地进行左派政治活动，并参与到日益热烈的反越战运动和民权运动中，在女权主义、性别政治方面的理论和实践探索上走得更远。诗歌中她也开始更为大胆和激进地表现女性的性以及对同性恋的认同等禁忌话题。

到了20世纪60年代晚期，里奇的女权主义思想和活动进入一个新的阶段，致使一贯支持她进行政治活动的丈夫也开始怀疑她，夫妻俩渐行渐远。1970年两人分居，同年丈夫自杀。很多男性把这场悲剧归咎于里奇，这成为她开始反感和远离男性的一个促因。在获得美国国家图书奖的诗集《潜入沉船：1971—1972年诗抄》（*Diving into the Wreck: Poems 1971—1972*，1973）里，里奇表达了对男性和父权制的愤怒和批判。诗集中很多诗以自白叙说方式，把女性对人生、生活、事业的追求等诸多问题置于广阔的政治历史背景中进行深刻思考，揭示了女诗人在充满敌意和障碍的男性社会和父权文化中，对身份建构和艺术创作进行的不懈探索。这反映在标题诗（《潜入沉船》）里潜入水下探究沉船的意象中："首先读完各种神话书，/安装相机，/检查刀刃，/我穿上/黑橡胶的盔甲，/可笑的脚璞/黯淡又笨拙的面罩。/我不得不这样/不像克斯托/有他勤勉的队伍/登上洒满阳光的纵帆船/而是独自一人。"[1]在这首被广为流传的诗歌中，"沉船"象征了被父权文化所封杀和深埋的女性历史与文化。女性，尤其是女诗人要克服重重阻碍甚至危险去探索、寻觅，以建构女性的主体存在价值，这样才能使女性从父权社会和文化中解放出来，建构女性语言、女性书写和女性文化。显然，比起《走屋顶的人》一诗，《潜入沉船》显示出里奇对女性创作看法和实践的变化：大胆舍弃了男性

---

1. 许庆红：《"作为修正的写作"——里奇女性主义诗歌的政治与美学》，载《外国文学》2014年第1期，第17—18页。

创作蓝图，摆脱了在男性经典的"屋顶上"邯郸学步、胆战心惊、举步维艰的行走困境，配备了女性自己探索的武器（"刀刃""盔甲"），并具有自我探索的勇气和信心。《潜入沉船：1971—1972年诗抄》激励着女性积极、勇敢地参与到文学、文化、政治等领域的变革中。诗集获得1974年美国国家图书奖（里奇起初拒绝领奖，后来以全体女性的名义接受了这个荣誉）。这是美国主流学界第一次把这个奖项颁发给一个很多人眼中的激进女性主义者。

　　20世纪70年代中后期，里奇公开自己的同性恋身份，并和一个女作家同居。她更激进地坚称诗人和知识分子必须要担负起社会变革和政治进步的责任，她的诗歌也被更明确地定位为政治活动的有机部分，更多地被人作为"政治诗"来接受和阅读。里奇的社会斗争活动和诗歌创作所涉及的生活领域也更为宽广。在诗集《你的本土，你的生活》（*Your Native Land, Your Life*，1986）中，里奇彻底突破了先前白人、中产阶级、女诗人、女同性恋等身份的限制，与美国印第安人、黑人、犹太人和同性恋者站在一起，呼吁所有被压迫的群体共同团结起来反对各种歧视和不正义，推动社会的公平和进步，里奇因而赢得"诗人战士"的称号[1]。为了进一步推进自己的政治理念，里奇也开始利用富有战斗性的散文进行社会宣传，这不仅打破了同时代人的创作窠臼，还赢得众多读者的热烈响应[2]。早在1977年她就出版了具有颠覆意义的著作《生为女人：作为经验与制度的母亲身份》（*Of Woman Born: Motherhood as Experience*

1. 张子清：《20世纪美国诗歌史（第二卷）》。天津：南开大学出版社，2018年，第1177—1178页。
2. 萨克文·伯科维奇主编：《剑桥美国文学史（第八卷）》，杨仁敬等主译。北京：中央编译出版社，2008年，第196页。

and Institution）。该书结合里奇自己为人母的私人经历，对母亲身份从人类学、心理学、文学、历史等领域做了跨学科的研究，揭示了父权文化如何把母亲身份制度化和内化。里奇解构和颠覆了父权社会对母性和母亲身份的夸耀、美化策略，宣称这些都是对母亲身份进行制度化剥削的伎俩。里奇把父权制重新定义为通过种种有形和无形、暴力和思想的手段与策略定义和压制女性的普遍机制，对传统意义上的家庭、婚姻、母亲职能等概念进行了彻底的质疑和颠覆。里奇从此同时成为诗人、女权主义理论家和积极的社会活动家，这三种身份三位一体地服务于她的政治诉求[1]。在1979年出版的《关于谎言、秘密和沉默：1966—1978年散文选》（*On Lies, Secrets, and Silence: Selected Prose 1966-1978*）中有一篇题为《当我们这些死者醒来：作为再审视的书写》（"When We Dead Awaken: Writing as Re-Vision"）的文章，里奇在里面重新审视了文学经典、文学经典中的女性形象，这不仅代表了女性意识的觉醒，也是对男权统治的抵制。里奇强调，"头一次，这种苏醒是一种集体现实，睁开自己的眼睛再也不是件孤独的事"[2]。里奇的这篇文章在女权运动第二次浪潮中具有很大的影响力。

对政治和诗歌关系的探讨，集中和突出地体现在里奇文集《那里发现了什么：关于诗歌与政治的笔记》（*What Is Found There: Notebooks on Poetry and Politics*，1993）中。该书由近30篇论文、信札和笔记构成，大部分都围绕里奇自身的人生经历和创作感悟展开，以说明诗人的创作不仅

---

1. 金莉等：《当代美国女权文学批评家研究》。北京：北京大学出版社，2014年，第303—304页。
2. Rich, Adrienne. "When We Dead Awaken: Writing as Re-Vision." in *On Lies, Secrets, and Silence: Selected Prose 1966-1978*. New York: Norton, 1979, p.35.

属于私人领域，更属于集体情感和社会活动。该书旨在探讨诗人应如何在一个万马齐喑、道德沦丧，大部分人犬儒懦弱、明哲保身的社会中进行创作。里奇鲜明地提出"诗歌不仅可以是政治的，而且其本质就是政治的"，鼓励人们在阅读时要有足够的自觉和意识来辨别"种族、阶级、性别、地位、特权等信息"，并最终产生对抗资本主义制度的决心和勇气。为了实现最大程度的平等、正义，结成最广泛、强大的联合阵线，里奇敦促人们学会欣赏和支持社会的边缘人、被剥夺的人、有色人种、同性恋者等群体的作品，以便达成所有被压迫者之间的团结联盟[1]。里奇所关心和为之奋斗的，已经不仅仅是女性或者同性恋这样的特殊团体，而是关怀整个社会的受压迫人群并为他们的斗争振臂高呼。2009年，里奇在论文集《一只人性的眼睛：关于社会中的艺术的文集，1997—2008》(*A Human Eye: Essays on Art in Society, 1997-2008*)中进一步探讨了诗歌与社会、政治的关系。已到晚年的里奇斗志更坚，奋斗的目标更具有雄心，对资本主义罪恶制度的批判也更为坚决。文集标题《一只人性的眼睛》出自马克思《1844年经济学哲学手稿》中"私有财产和共产主义"部分："正是因为这些感觉和特性无论在主体上还是客体上都便成人的，眼睛变成了人的眼睛。"[2]这表明里奇对社会全面实现公平正义、对实现所有个体享有尊严的迫切渴望与追求。这种鲜明的政治立场招致很多学者的批评，他们认为里奇的过度政治化有碍诗歌艺术本身。但政治、社会进步和诗歌艺术在里奇眼中，恰恰是不可分割、相辅相成的统一体，文学史正是因为女性、同性恋者、少数族裔和其他受压迫群体的积极斗争才变得更为丰富多彩和富有

1.　金莉等：《当代美国女权文学批评家研究》。北京：北京大学出版社，2014年，第308—309页。

2.　Rich, Adrienne. *A Human Eye: Essays on Art in Scociety, 1997－2008*. New York: Norton, 2009, p. x.

价值。值得注意的是，里奇这种对艺术、文学和诗歌健康发展的理解，并不是20世纪早期马克思批判现实主义的简单重复，而是利用心理分析理论使之更为深邃和丰富。在里奇眼中，诗歌是能够通往被压抑的人类心理的桥梁，诗歌能够激发人们心灵深处巨大的能量，推动政治运动，形成伟大的革命艺术力量，祛除美国和西方社会的民族心理中的病变，从灵魂层面实现社会的公平正义[1]。

里奇的诗歌创作成就和影响是非常独特的。她的诗人生涯起步于现代主义和形式主义的精英式传统，她本来可以依靠自己的天赋在这条道路上平稳地走下去，且在学界较为保守和正统的圈子中获得更多的认可，但是她响应了20世纪下半叶轰轰烈烈的民权和女权运动，拒绝了为艺术而艺术的主张，把诗歌艺术和社会变革紧密结合在一起，探究诗歌与政治（尤其是性政治）斗争、社会运动的内在联系和张力，把艺术变成激发人们为自由、公平和正义而奋斗的精神动力，同时又证明了作为政治和社会变革战歌的诗歌，并不会失去艺术魅力。里奇的创作理念和实践，为后人树立了一个积极而鲜明的典范，启发着艺术家们去反思艺术在充满歧视和压迫的美国社会中应如何发展和发挥作用。

托妮·莫里森（Toni Morrison，1931—2019）

1993年，瑞典文学院决定向托妮·莫里森颁发诺贝尔文学奖，这是美国文学史上第一个获此殊荣的黑人女作家。瑞典文学院给予她的评价

1.　萨克文·伯科维奇主编：《剑桥美国文学史（第八卷）》，杨仁敬等主译。北京：中央编译出版社，2008年，第198—200页。

是："在小说中以丰富的想象力和富有诗意的表达方式使美国现实的一个极其重要方面充满活力。"莫里森以她的小说创作实现了她当初的誓言：我要为黑人经典著作的发展贡献自己的力量[1]。莫里森坚持以自己的创作来探索非裔美国人受奴役的文化历史根源，挖掘黑人文化的底蕴，其成就令人瞩目，成为当代最著名的非裔女性作家。

　　托妮·莫里森原名克洛艾·安东尼·沃福德，生于美国中西部俄亥俄州克利夫兰附近的钢铁小镇洛雷恩。俄亥俄州的地理位置使它在美国南北战争前有过一段独特的历史，它南接实行奴隶制的肯塔基州，而北部地区则是废奴主义者的活动地段，流向加拿大的俄亥俄河成为黑奴奔向自由的历史"见证人"。这个地区为莫里森以后的创作提供了历史背景。莫里森出生时正值大萧条时期的1931年。她父母早年为寻求更好的社会和生活环境从南方迁来，父亲在造船厂当电焊工，为了贴补家用还干些别的零活，母亲操持家务。莫里森以优异的成绩从高中毕业，获得奖学金后进入专为黑人开设的霍华德大学学习。在大学学习期间，她改名为托妮，参加了学校的戏剧俱乐部，并于1953年获得文学学士学位。大学毕业后莫里森进康奈尔大学研究院攻读硕士学位，继续学习她心爱的文学，尤其是古典文学。1955年毕业后她来到得克萨斯南方大学教书，一年半后回到母校霍华德大学任教直到1964年。在霍华德大学执教期间她曾参加过一个创作小组，后来她的处女作《最蓝的眼睛》（*The Bluest Eye*, 1970）的雏形既始于此。1957年她与建筑师哈罗德·莫里森结婚，并生有两子。几年后莫里森婚姻破裂，她辞去教职应聘到兰登书

1.　Samuels, Wilfred D., and Clenora Hudson-Weems. *Toni Morrison*. Boston: Twayne, 1990, p.ix.

屋任编辑，后承担了反映黑人生活经历的作品的编辑工作。莫里森在兰登书屋工作长达近二十年，其间也在耶鲁大学、巴德学院、纽约州立大学等兼任教职。1984年莫里森离开了兰登书屋，到纽约州立大学奥尔巴尼分校执教，后来在普林斯顿大学教授英美文学。莫里森不仅被誉为美国最优秀的黑人女作家，还是与福克纳、乔伊斯、哈代等最著名的欧美作家齐名的小说家[1]。

即便是任编辑期间，莫里森也并没有打算把写作作为职业，但心底挥之不去的文学情结使她提起笔来，把自己早年写下的一个短篇故事加以扩充，于1970年以《最蓝的眼睛》为名出版。这部作品讲述了一个幻想得到蓝眼睛就能获得幸福的黑人小女孩的故事。小说一经出版，即受到评论界的关注。小说充分显示了莫里森的创作才能和实力，也预示着美国文坛又将崛起一颗新星。1973年出版的第二部小说《秀拉》（*Sula*）塑造了一个敢于抗争黑人妇女命运的女性叛逆者形象。小说问世后曾因"秀拉"这一形象引起了争议，但争议的结果是《秀拉》被提名参加1975年美国书籍评奖的小说类评选。莫里森的文学生涯就此如日中天，每一部作品都引起轰动效应。

据莫里森自己讲，她写《秀拉》和《最蓝的眼睛》是因为她自己想要读这些书[2]。而在描写过这些女性之后，她才动手写男人，即她的第三部小说《所罗门之歌》（*Song of Solomon*，1977）。这部小说刻画了一个黑人男青年自我发现和成长的过程，展现了作者以更广阔的视角对黑人文化的探索。小说出版后获得极大成功，获得1977年最佳小说奖和1978

---

1. Smith, Valerie. ed. *New Essays on* Song of Solomon. Cambridge: Cambridge UP, 1995, p. 2.
2. Tate, Claudia, ed. *Black Women Writers at Work*. New York: Continuum, 1983, p.122.

年美国文学研究院和全国书评家协会奖。《所罗门之歌》被评论界认为是继艾里森的《看不见的人》之后最优秀的黑人小说，代表了美国黑人文学发展的又一高峰。

莫里森的下一部小说《柏油娃娃》(*Tar Baby*，1981）通过讲述一对在不同文化背景下长大的黑人青年男女的爱情故事表现了黑人青年对生活道路的选择，受到评论界的赞誉。莫里森的第五部小说《宠儿》(*Beloved*）于1987年出版，作者在这部小说中转向黑人受奴役的历史，挖掘了奴隶制对奴隶身心所造成的长久的梦魇般的创伤这一主题。小说中身为奴隶的母亲为了使女儿不跟自己有同样的命运，而亲手杀死了她，小说生动描写了获得解放的黑人是如何最终从痛苦的创伤中走出来的。小说出版后评论界毁誉不一。翌年美国的黑人作家和评论家为这部著作未能获得国家图书奖而在全国范围内进行抗议。作品终获1988年普利策奖。

莫里森的《爵士乐》(*Jazz*）出版于1992年，描写了从南方农村搬迁到北方城市的黑人的生活。1993年获得诺贝尔文学奖之后，莫里森又相继出版了小说《天堂》(*Paradise*，1999）、《爱》(*Love*，2003）、《恩惠》(*A Mercy*，2008）、《家》(*Home*，2012）、《上帝救救孩子》(*God Help the Child*，2015）。《天堂》将黑人历史回溯到奴隶解放初期。小说围绕黑人聚居区鲁比镇的男性和修道院的女性两条交叉的线索进行叙事，展现了以鲁比镇为代表的黑人群体所建构的封闭家园的缺陷，以及以"血缘原则"所建立的乌托邦"乐园"的幻灭。《爱》被称为"莫里森巅峰时期的成熟之作"[1]，莫里森将故事置于美国种族隔离、民权运动及后民权运动时代的大背景下，探讨了爱在非裔美国文化中的解放与疗伤功能，表达了

---

1.   Gates, David. "Another Side of the August Ms. Morrison." *Newsweek*. 1 Sep. 2003, p. 52.

黑人女性争取平等、自由与幸福的渴求。《恩惠》出版后被《纽约时报书评》列为"年度十佳图书"之一，这部小说回到17世纪末期的北美殖民地，又一次涉及创伤性的记忆，并对女奴的母亲身份进行了审视，小说也被认为是"受到高度评价的《宠儿》的姊妹篇"[1]。书中的奴隶母亲恳求一位看上去仁慈的白人农场主买走女儿的行为，与《宠儿》女主人公塞丝为了不让女儿重复当奴隶的命运而割断其喉咙的举动一样，似乎都有悖伦常，但她们的举动都是出于强烈的母爱，尽管造成了女儿难以摆脱的被抛弃的阴影。《家》书写了美国退役黑人士兵弗兰克的创伤体验，展现了黑人走出创伤、重建家园的艰难，也指出回归黑人社区才能使美国黑人获得救赎。《上帝救救孩子》进入了当年《纽约时报》年度"最值得关注的100本书"榜单。书中描绘了种族歧视社会里深肤色的女儿与浅肤色的母亲的关系，浅肤色使母亲"拥有少得可怜的那一点尊严"[2]，而女儿的深肤色则是浅肤色的母亲"一生都要背负的十字架"[3]。肤色因而成为富有历史、政治和经济内涵的文化符号，影响到黑人女性的身份建构。在这部小说中莫里森再次探讨了黑人女性如何成为内化的种族歧视的牺牲品的主题。莫里森创作这部作品的目的在于："我知道我想要表现出种族伤痕的肤色创伤，看看即便不能被理解，也要搞明白它对我们的孩子做了什么。"[4]她最重要的评论文集《黑暗中的游戏：白色与文学想象力》（ Playing in the Dark: Whiteness and the Literary Imagination ）于1992年面世，莫里森在此着重探讨了种族问题及其对文学想象力的影响。莫里森

---

1 . Hooper, Brad. "*A Mercy*." *Booklist*. 105. 1 (Sept., 2008): 5.

2 . Morrison, Toni. *God Help the Child*. New York and Toronto: Alfred A. Knopf, 2015, p. 4.

3 . Ibid. p. 7.

4 . Medley, Mark. "Toni Morrison Won't Stop." *The Globe and Mail*. 18 April, 2016.

的创作获得高度认可，她也因此获得多种奖项，除上述所说，她还曾获得全国图书基金美国文学突出贡献奖（1996）、全国人文奖章（2000）、总统自由勋章（2012）等，并被授予宾夕法尼亚大学、哈佛大学、牛津大学、日内瓦大学、普林斯顿大学等的荣誉学位。莫里森于2019年去世，享年88岁。

莫里森在自己的创作中始终把笔触对准生活在黑白双重文化冲突中的黑人，表现出她对自己民族文化传统的关注和强烈的民族感情。她的文学创作超越了早期黑人文学对种族歧视制度的抗议，而转向对黑人本身和黑人心灵的探索。黑人，尤其是黑人女性如何在两种文化的价值观夹缝中发现自己、掌握自己，如何继承黑人本民族的文化遗产是莫里森小说创作一贯的主题。正如她所说："身为黑人和女性，我能进入到那些不是黑人和女性的人们所不能进入的情感和认知范围。"[1]

莫里森的处女作《最蓝的眼睛》今天已成为美国女性文学经典作品。作者通过大萧条时期一个黑人小女孩佩可拉的悲惨遭遇，揭示了美国白人的文化价值观，尤其是社会流行的审美标准——蓝眼、金发、白皮肤——对黑人的影响与戕害。佩可拉出生在一个毫无温暖和欢乐可言的贫困黑人家庭，她渴望爱，相信如果自己有一双美国著名童星秀兰·邓波儿那样的蓝眼睛，一切都会改变。漂亮的蓝眼睛就像是一剂灵丹妙药，不仅会改变她的容貌，也会改变她的处境。对蓝眼睛的渴求成为这个黑人小女孩生活中最大的愿望。在一个白人文化价值观占统治地位的社会里，这种把黑与丑等同起来的偏见渗透到社会的各个角落，包括对孩子的文化教育中。生活在这样的文化环境里的黑人青少年看不到自己

1.　Caldwell, Gail. "Author Toni Morrison Discusses Her Latest Novel *Beloved*." in *Conversations with Toni Morrison*. Ed. Danille Taylor-Guthrie. Jackson: UP of Mississippi, 1994, p. 243.

民族文化的价值和自身的价值，只好在统治文化中寻求楷模，追求价值实现。可叹的是，这种追求也包含了对自我的否定。佩可拉不仅得不到白人社会的承认，也同样得不到受白人文化观侵蚀的黑人社会的认可，她的生活只能是一出悲剧。佩可拉虚构中的理想世界被现实的车轮碾得粉碎。她被父亲强奸，受到母亲责骂，遭到邻里的唾弃。当她认为实现了自己的愿望时，神经已经错乱。莫里森这个含有神话色彩的故事表达了对受白人文化奴役的黑人同胞的深切感情，也向在白人文化侵蚀下扭曲的本民族价值观敲响了警钟。

小说《秀拉》中的女主人公形象曾引起评论界的争议。与前一部作品中的佩可拉不同的是，秀拉是一个敢于打破社会强加在黑人妇女身上的锁链的勇士。这个人物的塑造反映了莫里森对生活在种族与性别歧视双重压迫下的黑人妇女命运的深切关注。莫里森在这部小说中刻意塑造了一个敢于反抗黑人命运、努力实现自我的女性，对黑人妇女生活道路的选择进行了大胆的探讨。小说内容主要围绕女主人公秀拉及其女友奈尔的成长过程和生活环境展开，突出表现了秀拉对现有生活方式的反抗与对自我的追求。生活在秀拉时代的黑人妇女是极其不幸的，她们受到社会的种种约束，而这些约束主要来自社会为妇女所界定的有限角色与美国黑人受到的种族歧视。秀拉和奈尔"早就发现因为她们既非白人也非男人，所有的自由与成功都与她们无缘，她们便着手把自己创造成别的东西"[1]。秀拉勇敢地选择了一条与众不同、我行我素的生活道路。与后来选择了做贤妻良母的奈尔相反，秀拉拒绝扮演社会为妇女所规定的生活角色，拒绝受到任何男人或家庭的束缚，竭力创造一种自己的生活

1.　Morrison, Toni. *Sula*. New York: Plume, 1982, p. 52.

现实。秀拉对社会不公正待遇的反抗还体现在她对传统道德观念的彻底摒弃。她置社区舆论于不顾，生活放荡不羁，在性放纵中寻求和确立自我。这种秀拉式的叛逆尽管有其极端的一面，但秀拉极具个性的大胆举动又不能不令读者佩服。然而，这种反叛注定是为社会甚至是被黑人社区所不容的，也是注定无法成功的。秀拉的反抗带有盲目性，也缺乏作为社会人应有的责任感。而莫里森似乎也暗示没有健康的社区的理解与支持，个人对独立人格的追求就会感到窒息，因而也是根本不可能成功的。莫里森在这部小说中还以细腻的笔触探讨了妇女之间真挚的友情。秀拉与奈尔在幼时结下的友谊曾一度中断，但这是她们一生中最美好的一段情感。奈尔在小说的结尾意识到她所感到的痛苦与孤独是由于生活中缺少秀拉所致，而不是自己被丈夫抛弃这一事实。只有妇女才能真正理解妇女。黑人妇女的苦难与反抗在这部作品中得以形象与真实的再现。

1974年，莫里森这样说道："我们［黑人］所要做的，就是重新认识自己。我们要了解我们的昨天，了解昨天是为了今天。"[1]莫里森的这段话道出了她下一部作品《所罗门之歌》的主题：人只有了解自己的文化传统遗产才能更好地了解自我，使自己的生活更有意义。《所罗门之歌》讲述了黑人青年麦肯·戴德（奶娃）对自我属性的寻求。奶娃在崇拜金钱和财富的房地产经纪人父亲的影响下长大，曾一度把金钱与享受当作自己生活的目标。终于有一天，奶娃厌倦了这一切。为了脱离自己在情感与精神上都已"死亡"（"戴德"在英文中是"死亡"的意思）的家庭、为了摆脱与姑妈外孙女的感情纠葛、为了逃避自己毫无意义的生活

1.　Samuels, Wilfred D., and Clenora Hudson-Weems. *Toni Morrison*. Boston: Twayne, 1990, p. 7.

环境，他决定离家出走。奶娃放弃了自己舒适的中产阶级生活，为寻找父亲告诉过他的一笔金钱遗产，踏上了南下征途。奶娃最初以为找到那笔金钱就可以使他逃避自己的过去与责任，就可以使他得到所企望的独立与自我。但在奶娃去寻找遗产的过程中，他的寻求却转变成他对姑妈唱过的一首歌的歌词含意的探索。奶娃没有找到金钱，却找到了比金钱更为宝贵的财产。在他沿着父辈和祖辈的踪迹继续他的追求时，他不仅发现了自己家族的历史，更重要的是，他重新认识了自己。在其前辈的世界里，社区与精神的价值超出了个人与物质的价值。当奶娃懂得接受自己的过去和自己家庭的过去时，他才真正长大成人，也才真正寻找到自我。莫里森在这部小说中对人物的塑造也颇见功力。奶娃的姑妈派拉特是一个生下来就没有肚脐的女人。身体的与众不同使她既孤立于社会也自立于社会。而正因为此，也使她免受扭曲的价值观的侵蚀与毁灭。派拉特与奶娃那个眼中只有金钱的父亲形成了鲜明的对照。对金钱、地位、财产、风度，甚至卫生的鄙弃使她更重视如感情、尊重、忠实、慷慨等精神价值。从她身上，奶娃首先看到了一个与自己不同的生活环境与精神世界。在奶娃完成旅程时，派特拉在奶娃的怀里死去，象征着她帮助奶娃成人这一使命的终结。

莫里森当年在兰登书屋工作时曾承担过《黑人之书》的编辑工作，这部著作讲述了美国黑人300年来遭受的压迫与反抗压迫的历程。在为该书搜集材料时，莫里森看到一个有关肯塔基州女奴加纳的报道。她在逃往自由的路上，为了不让自己的孩子再次陷入奴隶主的魔爪，毅然割断了孩子的喉咙。这个故事激发了莫里森的创作灵感。她以此为素材，进行了艺术加工之后，于1987年以《宠儿》为名出版了她的第五部小说。

《宠儿》最初被许多评论家称之为"关于历史的鬼故事"[1]。小说的背景设在19世纪南北战争前后时期，女主人公塞丝是个性格刚烈的黑人女奴。塞丝不甘于受奴役的非人生活，从南方种植园逃出。当奴隶主带人来抓她时，她用一把手锯割断了自己年幼女儿的喉咙，目的是让自己的后代不再在屈辱和奴役中生活。但过去的并没有永久过去。塞丝居住的蓝石路124号开始闹鬼。塞丝死去的女儿宠儿阴魂再现，变为一个20岁的年轻女子出现，终日缠扰着塞丝，要求补偿自己失去的童年和母爱。这个象征着过去的鬼魂像乌云一般笼罩着现在。最后，只有当宠儿的鬼魂消失后，塞丝才有可能开始新的生活。

《宠儿》既是塞丝自己的故事，也是所有生活在肯塔基州甜蜜之家种植园里的奴隶的故事，同时也是所有试图通过逃亡、争取自由的黑奴的故事。作者选择了母亲亲手杀害自己女儿这一异乎寻常的残忍行为，揭露了奴隶制的深重罪孽及其对黑奴身心所造成的巨大创伤。莫里森曾说："我理所当然地认为我和别人一样了解奴隶制……但我需要发现的是内在的生活。"[2]生活在奴隶制度下的黑奴是毫无人权可言的。他们只是奴隶主的财产与牛马，遭受着非人的压迫与歧视，任由主人打骂、摧残与买卖。女奴的命运就更加悲惨了，她们的基本价值是繁殖劳动力与供奴隶主泄欲。她们不拥有自己，也不拥有自己的子女。塞丝的婆婆萨格斯家破人亡，所有的孩子或者惨死，或者被卖，无一留在身边。塞丝自己从小就没有得到母爱，母亲不堪忍受奴隶主的凌辱试图逃跑，后来被吊死。塞丝自己也受到奴隶主的毒打与性虐待。她脊背上形状像树一般的

1. Samuels, Wilfred D., and Clenora Hudson-Weems. *Toni Morrison*. Boston: Twayne, 1990, p. 135.
2. Morrison, Toni. "Toni Morrison." *Contemporary Authors: New Revision Series*. 42 (1994): 325.

伤疤就是奴隶主暴行的见证。塞丝自己终于也逃跑了，她的出逃就是为了拥有自己、拥有自己的儿女。从根本上来说，是为了维护自己做母亲的权利与做人的尊严。塞丝杀害女儿的行为反映了遭到奴隶制践踏的母性，因而更揭示了奴隶制的非人性。塞丝认为她结束女儿的生命为的是使女儿避免当女奴的悲惨命运。对塞丝来说，杀害自己的孩子正是为了拯救她的生命，因为即使是死亡也会比呆在奴隶主庄园要好得多。不管杀人行为本身在道德上是否正确，塞丝的行为是出于她对女儿的深厚母爱，表明了母亲对自己的孩子所拥有的权利。这种反常的母爱行为为奴隶制所造成的悲剧提供了强有力的例证。小说还表现了罄竹难书的奴隶制对奴隶所造成的永久性心灵伤害。宠儿是所有那些被剥夺了生存权利的黑奴的化身，她渴望得到社会承认、得到丧失的母爱。这样一种双重要求使她转世还魂，终日呆在母亲身边。宠儿的鬼形象真实与否我们毋庸追根究底，她的意义在于莫里森以此对罪恶的奴隶制进行了无情的揭露和鞭挞，对黑人奴隶受到的精神创伤进行了形象而深刻的刻画。塞丝杀死女儿之后，精神上受到沉重打击，母爱引起的内疚始终萦绕心头，使她无法正常生活，几乎与外界隔绝。莫里森以死去的黑奴阴魂再现的故事探索了黑奴的过去对他们今天生活的影响，并以表现黑奴的心理意识为切入点，着重表现了奴隶制对黑人心灵造成的创伤。即使是在黑奴肉体挣脱了锁链之后，过去惨痛经历的记忆仍然桎梏着众多黑人的心灵。而只有在彻底打破精神锁链后，黑人才能真正得到解放。

　　莫里森别具一格的艺术风格对她的成功是至关重要的。莫里森在谈到自己的创作经验时曾说："我在写一本书时总是知道我要写什么故事，这并不难。任何人都可以想出来一个故事。真正困难的是给人物注入生命力，给予他们活动余地，并使他们成为我所希望的那种人。我只有26

个字母，既没有色彩也没有音乐。我必须用技巧使读者看到颜色、听到声音。"[1]作为一名黑人作家，莫里森十分注重对黑人文化遗产的挖掘与利用。她的作品不仅语言优美，而且带有浓郁的民族特色。黑人的词汇、比喻、意象、象征在她的小说中比比皆是。更为突出的是，莫里森成功地运用了黑人带有神话色彩的古老民间传说和口头文学。她善于以黑人民间文学中神话式的魔幻情节来渲染人物和故事，如秀拉回到自己社区时知更鸟闹灾，《所罗门之歌》中黑人会飞的传说，《宠儿》中鬼魂还世等。这不仅增强了莫里森艺术创作本身的感染力，也使黑人古老的文化传统焕发出新的生命力。当然，除去黑人文化沃土的滋润之外，莫里森的作品还显现出她扎实的文学修养。莫里森在竭力探求黑人文学风格的同时，也不忘博采现代作家之长，福克纳、弗吉尼亚·伍尔夫、乔伊斯等现代大师的创作风格都对她有所启迪。意识流、对人物心理的探索、象征和隐喻手法的运用、多层面的叙事风格等现代派手法在莫里森作品中都有所反映。莫里森最引人注目的写作特点是她大胆打破了小说的传统创作模式，混淆了现实和虚构、历史与神话的界限，有意制造出时序与空间的跳跃和变位，使自己的作品有一种朦胧感和神秘感，因而具有独特的艺术魅力。

　　莫里森早已成为彪炳黑人文学史的著名作家，她的文学成就使美国黑人文学，及至美国文学的发展达到又一新的高度。她首先是为黑人而写，一支饱含激情的笔叙说了美国黑人的苦难历史和生存困境，揭示了黑人丰富而又复杂的精神世界。她的作品也触动着除黑人之外的读者。

1.　Tate, Claudia, ed. *Black Women Writers at Work*. New York: Continuum, 1983, p.120.

莫里森帮助我们进一步了解了黑人民族，而她所涉及的种种主题，诸如文化冲突、价值定位、个人与社区和历史的关系等也是生活在这个地球上所有民族和种族所面对的问题。莫里森不仅属于黑人民族和美国人民，她也属于世界人民。

菲利普·罗斯（Philip Roth，1933—2018）

菲利普·罗斯是美国当代文坛最为才华横溢、最具独创精神的小说家之一。罗斯在文学创作道路上进行了孜孜不倦和无所畏惧的探索，以大胆甚至令人震惊的笔法塑造了一系列令人过目不忘的人物形象，展示出惊人的艺术想象力和创造力[1]，大大加深和丰富了当代美国文学的内涵。而作为一个犹太裔作家，他对美国犹太文学的发展起到了不可替代的作用。我国学者乔国强认为，罗斯和辛格、贝娄、马拉默德如同4根支柱共同支撑起了美国犹太文学的殿堂[2]。

罗斯出生于美国新泽西州的纽瓦克。他的父亲是虔诚的犹太教徒，在20世纪初的移民大潮中来到美国。像其他移民一样，老罗斯也经历了在一个完全陌生的国度和文化中艰难维生、养家糊口的岁月，尤其是20世纪30年代经济大萧条的磨难。凭借犹太人传奇般的坚韧和精明，他最终和家人一起渡过了难关并在美国稳稳扎下根来，还给下一代的成长教育铺就了平稳的发展之路。罗斯先是考入罗特格斯大学纽瓦克分校，后转入宾夕法尼

1. Baym, Nina, ed. *The Norton Anthology of American Literature*. Shorter 6th ed. New York: Norton, 2003, p. 2481.
2. 乔国强：《美国犹太文学》。北京：商务印书馆，2008年，第441页。

亚州巴克内尔大学，1954年获学士学位，然后在芝加哥大学学习并于1955
年取得英语文学硕士学位。硕士研究生毕业后罗斯加入美军，但不到一年
便因伤退役，回到芝加哥大学攻读博士学位，但终因对写作的执着和投入
而放弃学业。离开芝加哥大学后，罗斯先后在爱荷华大学、普林斯顿大
学、宾夕法尼亚大学等高校任教，教授欧美文学，教学之余坚持写作，他
一生共创作了30多部作品，几乎囊括了包括国家图书奖、全国书评家协会
奖、普利策奖在内的美国所有最重要的文学奖项。

在探讨罗斯及其作品时，评论者常常遇到一个刻板印象的阻碍，那
就是罗斯的出身所带来的族裔文学划分和归属问题。与其前辈犹太作家
马拉默德、贝娄等人相比，罗斯所经历的犹太种族社会文化经验是不同
的。他的家庭尽管不是特别富裕，但已经属于社会经济地位较为稳固、
在文化上比较被同化的美国中产阶层。罗斯生于美国经济大萧条期间，
但经济危机并没有给他幼小的身心留下太深的影响。等他进入青少年时
代，对世界、人生有了自己的理解时，历史的车轮已经飞驰到二战后经
济发展迅速、国家认同感很强、多数美国人生活水平增长较快的相对繁
荣期。所以，他虽然仍居住在犹太人聚集的社区，那里的学校中也几乎
全是犹太孩子，但社区中已鲜有人说意第绪语。尽管还有一种无形的种
族文化之墙围护着这个犹太社区，但总体上人们还是普遍信奉和迎合被
美国社会大熔炉同化的趋势，美国资产阶级主流的价值观、教育理念和
消费文化被热烈拥护，因而形成一种犹太传统和美国主流文化杂交的"亚
文化"。这种亚文化中人们的观念、价值、思想、性情、言行成为罗斯
以后创作的丰富资源，而形成这种混杂亚文化的两种文化之间的碰撞、
汇流所产生的冲击和张力也成为罗斯作品中叙述动力的来源。但总体而

言，他更强调自己的"美国人"身份[1]，试图通过犹太族裔题材来反映美国的社会全貌。

罗斯的理念集中体现在他的第一部中短篇小说集《再见，哥伦布》（*Goodbye Columbus*，1959）中。上述那种亚文化以及它不断流变产生的巨大冲击成为小说集中故事叙述发展的生命力和推动力，罗斯以非凡洞察力捕捉到亚文化潮流流向，用充满机智、讥讽、自然灵动的笔锋刻画了犹太人在美国主流文化和犹太传统文化习俗交汇处充满变数、不安、憧憬、尝试、犹疑的生活，同时又大胆而犀利地揭示了年轻一代对传统犹太教律法的认识，以及在它的影响下对家庭观念、性禁忌等方面的挑战和叛逆。这就使得小说越过了传统犹太教义设定的很多界限。《再见，哥伦布》出手即不凡，获得1960年美国国家图书奖等奖项。当然，小说成功的同时争议也随之而来，尤其是来自一些犹太卫道者的抨击。罗斯被扣上憎恨自己犹太人身份，甚至是反犹的各种帽子。这种争议会长期伴随罗斯涉及犹太族裔的重要作品，如《波特诺的怨诉》（*Portnoy's Complaint*，1969）。

《波特诺的怨诉》对犹太宗教、传统、价值、伦理道德、性等方面的探究更为大胆和直接，再次引发各方面的强烈反响。作为严肃小说作品，它成为畅销书，出现洛阳纸贵的现象，但同时又一次引发主要来自犹太人的强烈抨击。小说用一种非常巧妙的叙述策略来处理敏感禁忌话题，记述了主人公犹太青年亚历山大·波特诺对其心理医生信口而出的倾诉。这种方式是主人公（也是小说作者）用以应对社会或者超我强大压制的策略。在波特诺的个例中，这个超我起作用的方式是他母亲一天

1.　萨克文·伯科维奇主编：《剑桥美国文学史（第七卷）（修订版）》，孙宏主译。北京：中央编译出版社，2012年，第335页。

到晚对他不住地训斥和唠叨——这也是他的长辈对年轻一代强加以犹太传统清规戒律的一个象征。为了反抗母亲的管教，波特诺长期自渎以至于阳痿。这又反过来导致另一个难言之隐——在道貌岸然者看来，自渎、阳痿等都是肮脏、病态、邪恶的和不能启齿的。所以，波特诺只能对他的心理医生——一个唯一能够名正言顺诉说的对象来吐露内心的苦闷和怨愤。波特诺的怨诉反映了弗洛伊德所谓自我、本我、超我之间的压抑、妥协、斡旋关系。波特诺被犹太传统社会道德、社区条条框框和家庭管制所压制和困扰，尽管心中充满憎恶反感，却也不敢正面反抗。他利用手淫行为来偷偷表示对社会律令的蔑视，但这种所谓的反抗也让他自我憎恶。小说以此折射了20世纪60年代犹太青年所经历的彷徨、矛盾、焦虑与愤怒。

罗斯创作的重要特点是不断求变求新，每创作一部作品，都能看到他闯进新的领域，使用新的手法，这体现了罗斯时时突破窠臼的创作理念，在艺术开创道路上做"赶时髦的人"（Swinger）[1]。《乳房》（The Breast, 1972）这部中篇小说转向了卡夫卡式的荒诞主义风格，以《变形记》为灵感来源，讲述了犹太裔大学教授凯派仕变成一个近两米高的巨大女性乳房的荒诞可怖经历。像《变形记》中变成了巨大甲虫的主人公一样，深陷惊恐、孤独、痛苦、疑惑的凯派仕以第一人称内心独白的方式追问人的荒诞生存问题，反映了当代美国人的孤独和异化，把所谓的心理现实主义推向一个新的维度[2]。

---

1. 苏鑫：《当代美国犹太作家菲利普·罗斯创作流变研究》。上海：上海三联书店，2015年，第2页。

2. 丹尼尔·霍夫曼主编：《美国当代文学（下）》，《世界文学》编辑部编译。北京：中国文艺联合出版公司，1984年，第327—328页。

从20世纪70年代末期到80年代初期，罗斯推出以犹太作家内森·祖克曼为主人公，对文学艺术和艺术家的社会存在本质进行形而上思考的三部曲。第一部《鬼作家》（*The Ghost Writer*，1979）描写的是，踏上文学创作道路不久的年轻主人公祖克曼正为自己的艺术探索而努力，为此目的他带着某种朝圣的虔诚去拜访功成身退的隐居犹太作家洛诺夫，打算向这位前辈倾诉自己文学探索的心路历程。在洛诺夫家中他遇到这位前辈的养女艾米·贝莱特，却发现洛诺夫和贝莱特两人之间的不伦关系。贝莱特声称自己就是著名的《安妮日记》的作者安妮·弗兰克，说她并没像人们所认为的那样死在纳粹集中营里，而是幸存下来并辗转来到美国。身为作家的祖克曼也开始利用自己安身立命的手段——想象力和创造力——去进一步发展贝莱特的故事，还想象自己与贝莱特相爱、结婚。书中所描绘的祖克曼、洛诺夫、贝莱特之间虚虚实实、真真幻幻的关系使得《鬼作家》富有超现实主义的神韵，烘托出一个严肃而沉重的主题：年轻一代的犹太作家如何在文学创作中探索灾难深重的犹太历史文化并背负其沉重的遗产包袱，如何处理文学前辈代表的艺术传统等。

三部曲的第二部是《被释放的祖克曼》（*Zuckerman Unbound*，1981），标题中"被释放"（unbound）的一个较为直接、浅显的意思是，已人到中年的祖克曼终于因为一部著作一炮而红、名利双收，从捉襟见肘的经济窘境中脱身而出。但名利也给他带来严重干扰和烦恼。他的著作受到热捧，但很多较为传统的犹太同胞，尤其是他的家人认为他的书丑化犹太人，因而厌憎祖克曼，家人甚至埋怨他的书害死了父亲。最后祖克曼回到生他、养他的故乡时，原来的犹太社区已经物是人非、满目凋敝。除了一些空巢老人，多数犹太人都已迁往他地。祖克曼发现自己故土难寻、众叛亲离、无根无依。在书的结尾，他知道自己出生、成长的犹太社区对他而言已经毫无意义，他在那里"谁都不是"，他自忖："你不再是任何人的儿子，你不再是某个好女人的丈夫，你不再是你弟弟的哥哥，你也不再有故乡。"[1]这就是书名中的"被释放"的另一层极具反讽和悲剧意味的含义。《被释放的祖克曼》探讨的是犹太作家（或者普遍意义上的艺术家）的艺术追求、生命寄托和生存意义之间的关系。这个主题也延伸到三部曲的最后一部《解剖课》（The Anatomy Lesson，1983）。从标题就可以看出，小说的探究又加上了人的身体维度。小说中祖克曼进入中年危机，祸不单行，他的母亲去世，一直困扰他的一种连医生也无法确诊的疼痛症又日益加重，种种磨难和病痛使他无法进行创作。依赖酒精和致瘾性药物苦苦挣扎的祖克曼突发奇想，决定弃文到芝加哥医学院学医。在芝加哥，他更加沉湎于怨天尤人、愤世嫉俗中，并继续酗酒、滥用止痛和神经药物，最终在一个犹太人墓地失去控制，摔成重伤并毁了容。在医院治疗和整形期间，他反思自己的生活，开始考虑如何重新振作起来。祖克曼从墓地到医院的过程是一个重生的象征，他接受的治疗也是一个灵魂重塑的隐喻。

　　20世纪90年代后，罗斯作为当代美国重要的小说家地位已经稳固确立，而他又迎来一个创作高峰期，先后推出了《萨巴斯的戏院》（Sabbath's Theater，1995）、《美国牧歌》（American Pastoral，1997）、《人性污点》（Human Stain，2000）、《退场的鬼魂》（Exit Ghost，2007）和《报应》（Nemesis，2010）等作品。其中，艺术、艺术家、艺术家人生与社会之间关系的探讨，在《萨巴斯的戏院》中继续得以深化与发展。罗斯62

1.　菲利普·罗斯：《被释放的祖克曼》，郭国良译。上海：上海译文出版社，2013年，第254页。

岁那年出版《萨巴斯的戏院》，小说的主人公萨巴斯的年龄是64岁，所以
有评论家认为，这部小说折射出罗斯自己当时所经历的健康恶化与情感
危机，投射出作者对人生较为阴冷、负面的评价[1]。无论如何，这个作品
带有一定的自传性质，同时呼应了祖克曼三部曲中的一些主题。只不过
《萨巴斯的戏院》的主人公不再是小说家，而是个犹太艺人，是放荡不
羁、愤世嫉俗、荒淫无度的木偶剧表演者萨巴斯。他在晚年一身病痛、
穷困潦倒、求生无路、寻死不得，不由得对自己一生和艺术事业进行自
虐式的灵魂拷问。萨巴思自己表演了一出为艺术耗尽一生的荒诞剧，他
不为人理解，在病痛穷困、孤独绝望和愤怒中备受煎熬。小说标题中的
"theater"除了有"戏院"的意思，当然还有"戏剧"的含义，象征萨巴
斯的表演生涯和如戏的人生。很多读者和评者对这部小说有所非议，一
个原因是小说对萨巴斯荒淫无耻的私生活的描述。但这种记叙的一个严
肃用意是揭示萨巴斯以近乎暴露狂一样的行为来报复这个他永远无法适
应的社会，同时也是对20世纪60年代反文化运动的一种类似黑色幽默的
哀悼。有评者说，通过这部小说可以看出，在20世纪90年代罗斯仍像贝
娄和梅勒等少数老一辈小说家一样，向反文化运动中艺术家们表现出的
对资本主义社会秩序和道德价值观的反抗精神表示致敬，"萨巴斯的生活
是关于罗斯事业上晦暗面的一个启迪性的比喻，也是对20世纪60年代美
国艺术上那个离经叛道时期的一篇迟来的颂词"[2]。但仔细读来就会发现，
《萨巴斯的戏院》尽管流露出对20世纪60年代那场轰轰烈烈的反抗运动的
消亡的伤感和愤怒，但同时也对那场运动的极端性进行了反思和批判，

1. 萨克文·伯科维奇主编：《剑桥美国文学史（第七卷）（修订版）》，孙宏主译。北京：
中央编译出版社，2012年，第352页。
2. 同上，第355页。

这表现在对萨巴斯完全无视道德，对社会发泄，满嘴恶毒不满的淫秽语言和胡闹言行的描述上。小说的基调阴冷、悲愤，甚至令人绝望，就如萨巴斯试图表演的莎士比亚悲剧《李尔王》，小说力透纸背地烘托出萨巴斯这个充满了矛盾的人物形象，鞭辟入里地揭示了一个抗争失败、梦想幻灭的艺术家的灵魂状态。小说获得1995年美国国家图书奖。

　　《美国牧歌》是对美国20世纪60年代那场反文化运动更为深刻、犀利和全面的反思，与《萨巴斯的戏院》相比，这个反思更为痛楚、悱恻和悲天悯人。被扯进这场反文化运动的是一个自小患有口吃，性格敏感、偏激的犹太女孩梅丽。梅丽出生在一个堪称美国梦化身的令人艳羡的富有犹太家族中。这个家族从梅丽的曾祖父移民美国就开始为美国梦而奋斗，到了第三代，也就是梅丽父亲塞莫尔·利沃夫时，利沃夫家族好像已经彻底过起理想中的"美国牧歌"式浪漫美好的生活，甚至连塞莫尔的身体体征都美国化了，他长成了一个金发碧眼、德才兼备、机敏强壮的全才健儿，从少年时代开始就在篮球、橄榄球和棒球各种比赛中成为人们眼中的焦点和明星。塞莫尔成人后继承并成功经营了家族公司，迎娶了来自天主教家庭、曾在选美比赛中赢得"新泽西小姐"称号的美貌妻子。但是利沃夫家族的"美国牧歌"式生活却因为梅丽的口吃症状而出现不和谐音调。到梅丽进入叛逆的青春期时，越南战争、国内的反抗运动以及各种社会矛盾也正好开始白热化，梅丽变成一个极端分子，选择用暴力来反对战争和对抗美国政府，并因在当地邮局中放置炸弹、害死无辜居民而开始逃亡生活。塞莫尔·利沃夫一家的"美国牧歌"式生活在爆炸声中分崩离析。塞莫尔深陷负罪、内疚和耻辱感中，时刻为生死未卜的女儿揪心。当他最后千辛万苦找到梅丽时，这个单纯偏激的女孩已经变成一个苦修赎罪、行尸走肉般的耆那教教徒，完全与她曾狂热地试图靠暴力拯救的世界割断了纠葛。塞莫尔的妻子离他而去，嫁给了当地一个祖先是英国新教徒的所谓纯正美国人的权势人物。这部小说通过描述一个犹太女孩和她的家庭的毁灭刻画和反思了美国二战后，尤其是从越战到尼克松政府时代席卷美国社会的各种恶潮和混乱。小说并没有简单颂扬或指责那个时代的反文化运动，而是怀着极大的同情和关切，剖析了从社会到个体、从政治政策到人物性格等各种共同导致悲剧的因素。

时光进入新千年，也见证着罗斯的继续不懈创新。《退场的鬼魂》中，"鬼魂"（Ghost）指的就是前面所提的祖克曼三部曲中《鬼作家》中的"鬼"，也就是祖克曼。祖克曼频繁出现在罗斯的一系列小说中，显然《退场的鬼魂》是罗斯打算把这个人物送出艺术舞台的一部安魂曲。可以想象，小说中的内森·祖克曼已到暮年，而罗斯也给他安排了一场谢幕演出，并让作为三部曲开端的《鬼作家》中的一些重要场景和人物重现。比如，现在祖克曼已到了他所崇拜的先辈洛诺夫的年龄，也像洛诺夫一样隐居在山区。但是因为健康原因不得不重返纽约就医，而在此他又遇到自己年轻时在洛诺夫家相遇的梦中情人——与洛诺夫发生不伦恋的艾米·贝莱特，岁月无情、命运多舛，穷困不堪的她已经失去当年的优雅与美貌。祖克曼也遇到一个像他当年拜访洛诺夫时一样野心勃勃的青年作家，但是现在的年轻一辈更加急功近利、不择手段，吸血虫般一心想打探洛诺夫的花边新闻，好去写一本迎合大众低级趣味的畅销书。小说继续了《萨巴斯的戏院》中对众多主题的探讨，如艺术创作、艺术家灵与肉两方面的状况等，表述了艺术家迟暮之时对随之凋零的创作能力的悲哀。

　　总的来说，罗斯的创作是基于美国犹太人的族裔经验，但却敏感而准确地把它放在美国历史发展的宏大历史潮流中，通过犹太族群中各色人物在时代洪流中或随波逐流、或徒劳顽抗、或反抗冲撞的人生戏剧展示了整个美国社会中人性、人生的矛盾和悖论，展现了整个美国社会的生活和时代精神。在艺术手法上，罗斯大胆借鉴、融合了众多小说大师，包括贝娄和马拉默德等老一辈犹太作家的艺术精髓，并建立起自己的风格，为当代美国小说发展做出独特贡献。他不仅成为美国犹太文学的中流砥柱，其作品也反映了美国文学整体的重要成就[1]。

斯科特·莫马迪（Scott Momaday，1934— ）

　　斯科特·莫马迪，美国作家、诗人、教授、学者、编辑、画家、印第安传统文艺表演和传承者。他在当代美国文学史上的特殊地位，不仅仅是因为他在上述各个领域的成就，更是因为他在当代印第安文学文化复兴中的肇始者角色和影响。1968年他的小说《日诞之地》(*House Made of Dawn*)[2]出版，次年荣获普利策奖，这是美国印第安裔小说家在这个文学大奖中首次折桂，因而在当时的文学界引起极大轰动，为印第安文学甚至整个当代美国文学发展史树立了一座丰碑。他的这些作品炸响了

1. 高婷：《超越犹太性——新现实主义视域下的菲利普·罗斯近期小说研究》。北京：光明日报出版社，2011年，第1页。
2. 也被译为《黎明之屋》《晨曦之屋》等。据小说汉译者张廷佺考证，小说英语标题来自印第安颂歌，该颂歌中"house made of dawn"并不指具体的建筑物，而是一种"精神建构"的象征，"是印第安人心目中'万物产生或复苏的地方'，也是'太阳从地平线上出现的地方'，更具体地说，它是'被日出造就的地方'，仅仅是一个想象体，而非实体建筑"。参见张廷佺：《〈日诞之地〉：印第安人自己的讲述》，载斯科特·莫马迪的《日诞之地》。南京：译林出版社，2013年，第16—19页。

印第安文学复兴的第一阵春雷，随后，其他本土作家如詹姆斯·韦尔奇（James Welch）、莱斯利·西尔科（Leslie Marmon Silko）、路易丝·厄德里克等人的作品如雨后春笋般涌现。几个世纪备受白人殖民者剿灭、摧残和压制的印第安文化与文学，在百十年的万马齐喑后终于冲破种种打压、限制，从千百年古老的土地和根基中迸发出生机与活力，一场老树开新花的印第安文学复兴运动轰轰烈烈展开了。

1934年莫马迪出生于俄克拉何马州劳顿城，父亲是基奥瓦印第安人和白人的混血儿，母亲则有切洛基印第安血统。他的父母都受过良好教育而且都有极高的文艺修养，职业都是老师，除了致力于印第安保留地的教学外，他们在文艺方面也极有天赋，母亲是作家，父亲是颇有成就的画家和艺术家。莫马迪几乎继承了父母所有的文艺基因，并且在他们的有意培养和鼓励下在文艺创作中发挥才华。更为重要的是，莫马迪的创作深深植根于印第安文化和传统之中。莫马迪的父亲是一个优秀的印第安故事讲述者，莫马迪从小就在父亲讲述的故事中受到熏陶。因为工作关系，莫马迪父母带着儿子不断在基奥瓦印第安保留地以及纳瓦霍、阿帕切和普韦布洛等其他保留地辗转，这给了莫马迪宝贵的机会去领略和熟悉不同地方和部落的多彩多姿的印第安传统与文化。这种"泛印第安文化"的亲身体验，使得莫马迪对印第安传统、语言、文化、生活等各方面的见识比很多其他同时代印第安作家更全面，也更能了解白人种族主义对各个印第安保留地的歧视、剥削、压榨、欺骗和践踏，以及对印第安古老、神圣的传统文化和生活方式的破坏。用文字和艺术来呈现、歌颂和弘扬印第安文化和传统，成为莫马迪创作的初衷。除了印第安文化的浸润，莫马迪也接受了非常好的白人学校教育，他毕业于新墨西哥大学，获得文学学士学位后进入斯坦福大学攻读诗歌创作专业研究生。获取博士学位后，莫马迪先后在很多知名大学任教，如加州大学圣巴巴拉分校、加州大学伯克利分校、斯坦福大学、亚利桑那大学等。他把自己的教研工作和保护印第安传统、推进及普及印第安研究等结合起来，并取得了卓越成效。莫马迪还是哥伦比亚大学、德国雷根斯堡大学等著名学府的客座教授。继1969年获得普利策奖之后，莫马迪陆续获得一系列奖项和荣誉，包括意大利蒙德罗国际文学奖、美国西部文学协会奖、美国国家艺术奖章等。

莫马迪的第一部小说《日诞之地》利用印第安人的神话和传统口述的创作形式，讲述了主人公阿韦尔游离"日诞之地"，迷失在暴力、腐败的世界中，但最终又回归到这片神圣故土，肉体和精神都获得重生的故事。小说开篇第一段是："故事是这样的。有一片日诞之地。那儿有花粉和雨水，是一片古老、恒久的土地。小山五彩斑斓。平原上，泥土和砂石色彩艳丽。马儿毛色各异，有红的、蓝的，还有带花斑的，它们在吃草。远处的群山上有一片深色的荒野。那片土地宁静、结实。四周美极了。"[1]这种开头，既模仿了印第安人讲述故事的模式（"故事是这样的"），又赞美了"日诞之地"的特征：充满生机、健康和谐、和平美好、光明圣洁。第二段开头是："阿韦尔在奔跑。他一个人在奔跑。"这是在告诉读者小说遵循几乎各个民族和文明都有的古老神话的主题——追寻（如中国的夸父追日、古希腊的奥德赛等）。小说一开头，就用这种极其美丽动人又蕴含深意的方式揭开了阿韦尔一生跋涉和寻觅的序幕。阿韦尔生长在印第安人普韦布洛部落的赫梅斯村，正如整个印第安族群的命运都

---

1. 斯科特·莫马迪：《日诞之地》，张廷佺译，南京：译林出版社，2013年，第1页。

受到白人野蛮粗暴的随意控制和支配一样，白人社会的干预硬生生撕裂了阿韦尔和他故土"日诞之地"的联系。二战爆发后，他被征入美军，远赴欧洲作战。战场上血腥残暴的同类杀戮，以及他在美军中受到的歧视，使他肉体和心理饱受戕害，退伍后带着创伤后应激障碍症回到部落，如同行尸走肉般生活，无法与部落中同胞，甚至自己的外公正常交流。阿韦尔"无法说话是他疏远部落、疏远自己的有力象征"[1]，这是在白人世界中受到摧残、毒害的后果。他与"日诞之地"间的异化和隔绝再一次出现严重恶化，在部落举行传统仪式时，他根本没有能力去真正参与其中并用心灵的力量来完成它，反而把事情搞砸，还因此与人斗殴，导致过失杀人。阿韦尔被判入狱服刑，再次被逐出"日诞之地"。出狱后阿韦尔更加迷失和远离故土，浪迹到白人世界的堕落大都市洛杉矶。在那里，白人的歧视、官僚体制的压迫、警察的暴力，使得阿韦尔一次又一次遭受打击，几乎丧命。这时他才从内心深处真正感应到故土的召唤。

小说结束于："他能看见峡谷、群山和天空，能看见雨、小河和远处的土地，还能看见晨曦中深色的小山。他一边跑一边低声吟唱颂歌。四周没有声音，他没发出声音；他只记得那首颂歌的歌词。随着歌词的节奏，他奔跑的劲头越来越足。花粉之地，日诞之地。故事讲完了。"[2]结尾精巧回应了开头，再次强调和凸显了小说的重要特征：遵循印第安口头讲述故事的传统来打造小说的叙述模式，以及利用这种模式对当今印第安人的心灵进行探索。这种手法的意义和价值在于小说翻转了美国文学

1.　萨克文·伯科维奇主编：《剑桥美国文学史（第七卷）（修订版）》，孙宏主译。北京：中央编译出版社，2012年，第701页。

2.　斯科特·莫马迪：《日诞之地》，张廷佺译。南京：译林出版社，2013年，第258—259页。

史上白人写作中印第安人被动的、任人描画的、被叙述者的位置。莫马迪在小说中把讲述故事的权力交给了印第安人，印第安人夺回了被剥夺的主体性，"他们不再是被凝视的对象，而变成了凝视者，小说的叙事变成了逆向凝视"，印第安人开始自信又自豪地讲述、唤醒记忆，自主地把握过去、历史和自己的政治命运，进行自我身份定义[1]。小说通过这种印第安人的自主讲述，反思了阿韦尔和"日诞之地"之间先是异化、疏离，然后回归、认同的关系，揭示了当今印第安人所急需面对和解决的生存问题：白人文明对印第安人和他们土地的入侵和剥夺，使得印第安人失去与神圣土地之间的精神纽带，印第安人需要完成一系列的探索，才能真正回归他们的故土，即"日诞之地"，否则他们从身体到精神会继续在白人文明的涂炭、毒污下病入膏肓、走向灭亡。对"日诞之地"的回归和理解，不仅仅是小说中人物的要务，也是莫马迪自己创作的灵感来源和动力，他写道："我的写作灵感源于那片大地，作品带有地方色彩，这既是我有意为之，又是情感的自然流露。大地以某种重要的方式决定了我们的身份和作用。大地与人的关系是写作的精髓，是一切文学作品的精髓。"[2]这些都使得《日诞之地》成为一部具有划时代意义的本土文学作品，也成为当之无愧的美国20世纪最优秀的小说之一，被翻译成德语、意大利语、荷兰语、挪威语、汉语等多种语言，进入世界文学殿堂。莫马迪也因此成为当代印第安小说的"真正开路人"[3]。

---

1. 张廷佺：《〈日诞之地〉：印第安人自己的讲述》，载斯科特·莫马迪的《日诞之地》。南京：译林出版社，2013年，第14页。

2. 斯科特·莫马迪：《回顾》，载斯科特·莫马迪的《日诞之地》，张廷佺译。南京：译林出版社，2013年，第268—269页。

3. 朱振武等：《美国小说：本土进程与多元谱系》。上海：上海外语教育出版社，2018年，第41—42页。

对印第安人与自己古老土地悠久传统之间的血肉和灵魂关系的探讨，在莫马迪第二部小说《远古的孩子》（*The Ancient Child*，1989）中进一步得到推进。只不过，小说中的主人公赛特更像是作者本人，而不是像阿韦尔那样处于极其边缘化的穷困潦倒的底层印第安人。赛特来自印第安基奥瓦部落，很小就失去亲生父母，被一个中产阶级白人收养，他在优渥的白人社会环境中长大并接受良好的白人教育，最终成为一名顶级画家，上升到美国社会顶层。但是赛特的创作不得不屈从和迎合白人的艺术口味和需要，这使他的艺术发展受到遏制，灵感枯竭，在精神上也越来越困惑和迷茫。此时，赛特远在印第安保留地的祖母去世。她生前托人把赛特叫回参加她的葬礼。这是赛特成人后第一次回归故土。与阿韦尔不同的是，他一踏上祖母"生于斯，死于斯"的古老土地，灵魂深处的某种力量便马上被激活。赛特最终下定决心，彻底诀别物欲横流、让他的心灵和艺术饱受荼毒的白人社会，永久回到世代祖先居住的土地上。在那里他深深爱上一个印第安姑娘并与她结婚。这象征着他和自己祖先文化、土地产生了真正感情，并正式与之系上永久的身心灵魂纽带。印第安传统婚典以及其他古老神秘的典礼，也是赛特的回归和扎根仪式。最终他实现了他梦中的异象：变成印第安传统中的图腾神熊。如果说《日诞之地》中的印第安人和土地的联系更多是有关现实生存和社会政治问题维度的，那么《远古的孩子》把这个维度扩展到了艺术创作、文化承续方面，表现出印第安人更高的精神追求：不仅仅是身心、古老土地与传统的结合，更要在艺术文化上深深扎根于传统，这样艺术家才能真正找到自己的艺术创作精神和目标，让自己的才华开花结果并滋养自己和印第安民族。这显示出莫马迪在印第安艺术发展和文化传统建构等方面更为成熟、深入的思考和富有远见卓识的探索。

莫马迪散文方面的成就也非常突出，影响最大的是他1969年推出的散文集《通向阴雨山的道路》，这部著述把印第安人，尤其是印第安基奥瓦部族的故事、神话、传说、历史、个人回忆等揉为一体，创造了一种具有印第安浓郁传统文化特色、能让无数代印第安先辈故事通过作家发声的新型个人/民族传记形式，为印第安文学又一次扩展了疆域。尽管在小说和散文方面成就非凡，莫马迪个人最钟爱的却是诗歌，认为诗歌才是文学艺术的最高形式[1]。值得一提的是，他在文学方面的突破彻底改变了20世纪60年代美国文坛对美国印第安散文、诗歌的轻视冷漠态度，让美国主流学者开始真正认真审视并重视印第安诗歌[2]。如同《远古的孩子》中所表露的重要思想，他的诗歌深深扎根于印第安民族的口头传统，从印第安生活、习俗、文化、历史、歌谣、仪式、神话和故事中汲取营养。但同时莫马迪也没有排斥美国和欧洲经典文学中的优秀传统，从亨利·梭罗、艾米莉·狄金森、D. H. 劳伦斯那里，尤其是现代主义作家詹姆斯·乔伊斯、威廉·福克纳和华莱士·史蒂文斯等作家那里吸收精华。这就使得他的诗作不仅有着馥郁的印第安文化内蕴，而且在形式、韵律和手法方面都极具格调和品位。莫马迪的重要诗集有《"人"字形的雁群和其他诗歌》（*Angle of Geese and Other Poems*，1974）、《跳葫芦舞的人》（*The Gourd Dancer*，1976）、《面朝太阳：故事和诗歌集，1961—1991》（*In the Presence of the Sun: Stories and Poems, 1961-1991*，1992）、《在熊的屋子里》（*In the Bear's House*，1999）等。在这些诗歌中，莫马迪基于印第安口头艺术传统创造出隽永优美的诗句，表达了

---

1. 哈尔·黑格：《走近纳瓦雷·斯科特·莫马迪》，载斯科特·莫马迪的《日诞之地》，张廷佺译。南京：译林出版社，2013年，第265页。

2. 张子清：《20世纪美国诗歌史（第三卷）》。天津：南开大学出版社，2018年，第1576页。

对印第安文化、传统、土地的颂扬，广泛而深入地探讨了印第安人和土地的关系，并把这种探讨扩展到历史和现今整个美国社会与一直被美国白人文明所压榨、伤害的土地、自然的关系，并试图通过修复人与自然的关系，达到人类文明和自然世界的和谐、白人社会与印第安族群的和解。莫马迪最关注的事情之一"是我们对待环境的方式。我们并没保护好我们的地球，并没认识到大地是有神性的"，重唤人们对"大地的神性"的认识是莫马迪不懈追求的目标[1]。正如下面的诗所呈现的："河源/正午叠翠峰峦间的平原：/沼泽几乎难以听到的呢喃——/中空的枯树干，风霜的容颜。/端口处一只昆虫一簇苔藓——/淹没草根涨起的水面/充盈在茎秆之间。何以觞滥？/这远古力量之源/充斥荒蛮天地之间。"[2]这首诗集中表现了莫马迪对印第安古老土地的一贯崇敬和无比深情。大地的一切都有灵性，一草一木，都体现了古老土地孕育、生养一切的慷慨和伟大。水的力量催生世界万物，并对它们一视同仁地深情滋养与呵护。一根枯木，犹如一根时空的箫笛，演奏着远古的故事，表明了莫马迪对印第安土地和它养育的印第安人与文明的崇敬。

莫马迪对印第安文化的忠诚信念使得他自信地用本土文化和精神来审视和批判贪婪无度、掠夺成性、穷兵黩武的西方社会的商业文明。这些都为其后的印第安作家提供了重要的启示，使得他们珍视本土语言、文化、传统和经验，以它们作为题材，批判和抗议白人的殖民、屠杀和

---

1. 哈尔·黑格：《走近纳瓦雷·斯科特·莫马迪》，载斯科特·莫马迪的《日诞之地》，张廷佺译。南京：译林出版社，2013年，第265页。

2. Ferguson, Margaret, and Mary Jo Salter, Jon Stallworthy. *The Norton Anthology of Poetry*. 5th ed. New York: Norton, 2005, p.1681. 本诗由本书作者自译。

对印第安祖祖辈辈人拥有的古老土地的掠夺、践踏与蹂躏。从这个意义上说，莫马迪的小说和诗歌创作，是真正的当代印第安文学复兴的晨曦与河源。

唐·德里罗 (Don DeLillo, 1936—)

唐·德里罗是当今美国最有影响的小说家之一。著名文学理论家哈罗德·布鲁姆曾把德里罗与托马斯·品钦、菲利普·罗斯和科马克·麦卡锡（Cormac McCarthy）并列为美国当时最为重要的4位小说家[1]。美国评论家约翰·杜瓦尔（John Duvall）后来又把德里罗置于包括托妮·莫里森、约翰·厄普代克等在内的最有影响力的美国小说家之列[2]。这些评价都反映了德里罗在美国文坛的地位。德里罗至今已出版长篇小说17部，另外还发表多部剧本及大量短篇小说、文论，被授予多项文学大奖，如美国国家图书奖、以色列耶路撒冷奖（这是该奖首次授予美国作家）、诺曼·梅勒终身文学成就奖等。

德里罗是美籍意大利人，1936年生于纽约市布朗克斯区一个意大利族裔群体聚居区。1958年，德里罗毕业于布朗克斯区福特汉姆大学，获得交际艺术学士学位。之后他受聘于一家广告公司做广告文案创作。这段学习和工作的经历尽管都不是他所喜欢的，但却深刻影响了他整个创作生涯。媒介、媒体、广告以及相关题材几乎出现在他所有的小说中，

1. Bloom, Harold, ed. *Don DeLillo*. New York: Chelsea House, 2003, p.1.
2. Duvall, John, ed. *The Cambridge Companion to Don DeLillo*. New York: Cambridge UP, 2008, p.1.

成为德里罗重点探究和批评的社会现象，这从德里罗在业余时间创作并发表的一些短篇小说中凸显出来。1964年他辞去工作走向专业文学创作道路。1971年其长篇小说处女作《美国志》（*Americana*）出版，从中尤其可以看出他大学所学的与媒介有关的专业知识以及他作为广告人的工作经历。《美国志》的主人公和第一人称叙述者是戴维·贝尔，纽约市一家电视网络公司年轻有为的节目制作人和高层管理人员。在别人眼中年纪轻轻的他已经实现了美国梦，先于他人达到了人生和事业的高峰，但他却深深陷入了精神危机之中，原因是他时刻感受到的不可承受的存在之轻：

> 我们网络公司的所有人都纯粹存在于录像带上。我们说的话、做的事情，都让我感到惶惑，好像这些都来自过去——都是以前我们所说所做的，但被凝冻封存起来，卷在一个个小型的胶片盘里，放在实验室中，等着节目时间表上出现适当的档期被拿出来播放或者重播。我隐隐担心，如果哪个人的小拇指不经意触碰到一个按钮，我们大家就都玩完了，所有人都会被彻底消磁抹除。[1]

令戴维忧惧的是人被媒介和媒介形象包围，最终也成为媒介形象，丧失自我感知、思考和行动能力，丢失真正的自我身份。小说后面的描述表明，不仅仅是戴维公司中的人，他的家人甚至他自己，都"存在于录像带上"，无时无刻不以录像带或电影胶片上的角色的形象和行为方式为榜样来生活，沦为录像带上的媒介形象的复制品。为了摆脱这种录像

---

1. DeLillo, Don. *Americana*. New York: Penguin, 1989, p. 23.

带上的鬼影一样的生活方式，戴维离开纽约，和几个朋友一起去西部，打算到西部印第安人部落中去探寻和拍摄仍没有被录像带或者媒介吞噬的真正世界。在某种程度上，这是《麦田里的守望者》中主人公霍尔顿逃向没有被资本主义文明污染的西部荒野的计划的翻版。但像霍尔顿一样，戴维很快意识到，整个美国已经没有一块未被媒介浸染的净土，连他自己去探索的方式——拍摄净土，都是在玷污净土。所以，戴维根本就没有到达他要探寻的目的地，而是在途中的一个小城镇上滞留下来，想拍摄一部实验电影。当然，拍电影的计划也是无果而终，但是通过拍摄，他进一步了解了媒介形象和美国梦的关系："这个国家有一个普遍的第三人称，我们所有人都想变成的'他'。电视广告发现了这个'他'并打着'他'的招牌向消费者宣扬，各种可能性都对他们敞开了大门。在美国，消费不仅是购买，更是梦想。广告即喻示——融入第三人称单数的梦想似乎并非那么缥缈。"[1]

也就是说，媒介形象已经成为美国人引以为豪的美国梦的载体，美国梦的实现已经变为对媒介形象的追求和把自己复制成媒介形象。根据陆谷孙主编的《英汉大词典》，《美国志》的英语书名"Americana"意为"美国（或美洲）史料（包括典籍、文献、地图等）；美国（或美洲）文物（尤指早期家具、兵器及手工艺品）；美国（或美洲）民间轶闻和传说"。[2]在很大程度上，这部小说可以说是一部"美国形象志"。在电视、电影、新闻、摄影、广告等媒体中制造的形象充斥着美国社会，德里罗比同时代任何其他作家都了解形象的麻醉和毒害作用，《美国志》"不仅

---

1. Don DeLillo, *Americana*. New York: Penguin, 1989, p. 270.

2. 陆谷孙主编：《英汉大词典（第2版）》。上海：上海译文出版社，2007年，第58页。

呈现了美国社会的种种形象，而且通过形象揭示了形象所体现或者掩饰的历史、社会和精神等各方面的转变"[1]。

　　此后德里罗继续探究美国消费和媒介社会的各种病征，大胆尝试各种题材、主题和手法。《球门区》（*End Zone*，1972）把体育的商业化与美国梦、橄榄球比赛的暴力和核武器战争的威胁交织在一起进行刻画。《拉特纳星球》（*Ratner's Star*，1976）则对科幻小说进行戏仿，呈现了一出科学被企业化和商业化的闹剧。《玩家》（*Players*，1977）、《名字》（*The Names*，1982）则探究了美国资本主义和金融全球化导致的恐怖主义危机。使德里罗真正稳固确立世界重要作家地位的是《白噪音》（*White Noise*，1985）。这是他最为著名，也是最为评论界关注的作品。关于小说标题，德里罗在给汉译者的信中解释说白噪音"泛指日常生活中淹没书中人物的其他各类声音——无线电、电视、微波、超声波器具等发出的噪音"，其基本特征是"全频率的嗡嗡声……是'始终如一和白色的'"[2]。小说最初命名为"Panasonic"，就是意在强调白噪音的无处不及[3]。这种噪音是小说中家庭和商场——主人公山上学院的教授杰克的两个主要活动场所——的主旋律。在家中，杰克家人被电视和收音机中各种节目，尤其是各种广告的声音所淹没。而在商场这个巨大的消费场所，里面的白噪音更是强大和令人感到恐怖、神秘：各种消费行为所造成的杂乱声响

---

1. Cowart, David. "For Whom Bell Tolls: Don DeLillo's *Americana*." in *Critical Essays on Don DeLillo*. Ed. Hugh Ruppersberg and Tim Engles. New York: G. K. Hall, 2000, pp. 84-89.

2. 唐·德里罗：《致译者信》，载唐·德里罗的《白噪音》，朱叶译。南京：译林出版社，2013年，第4页。

3. 小说出版前本名为Panasonic，但该词与日本松下公司商标重名，而松下拒绝授权，因此德里罗把书名更名为"White Noise"。参见Keesey, Douglas. *Don DeLillo*. New York: Twayne, 1993. p.8.

　Panasonic一词由前缀pan-和sonic两部分构成。据陆谷孙主编的《英汉大词典》解释，pan-意指"全、整个、总、泛"；sonic意为"声音的，声波的"。

中甚至还隐藏着"一种无法判定来源的沉闷的吼声，好像出自人类感觉范围之外的某种形式的密集群居生物"[1]。如果说《美国志》中的人的异化是在媒介作用下变成了录像带上的形象——没有了实质的影像，那么《白噪音》中的人的异化是消费白噪音作用下的异变——那些"密集群居生物"就是消费者自身，只不过他们自己都不知道自己发生了异变，因为白噪音既在人听觉的范围之内包围和侵扰人们，更在"人类感觉范围之外"起作用，它的辐射力可以以更为隐秘的方式渗透到人难以想象的深度和广度。如杰克9岁大的女儿斯泰菲在梦呓中絮絮念叨着电视广告词，证明消费噪音辐射波成为"每一个孩子都有的脑噪音的一部分，藏在深不可测的寂静的区域"[2]。白噪音体现的是美国思想家弗雷德里克·詹明信（Fredric Jameson）所谓的晚期资本对无意识领域的彻底攻陷和殖民，这是德里罗小说中最为常见的一个主题。白噪音既代表了美国人的消费狂热行为，也表明美国人对噪音本身的癫狂消费，更是美国资本主义商业和消费意识形态以声波和脑辐射波形式在全球和人类无意识中的传播[3]。更为发人深思的是，德里罗讽刺模仿了传统校园小说或学院小说形式，把"白噪音"作为美国大学校园和高等教育的"背景音"，以剖析大学教育在资本主义商业和消费社会中的沦陷。

　　德里罗运用多种手法从不同角度和层次呈现商业和消费的白噪音对山上学院的围攻，例如在学校的地理特征方面，它位于铁匠镇外的一座小山上，与校名所含的《圣经》典故"山巅之城"（city on a hill）寓意相辅相成，展现了崇高的信仰，也塑造了其精神灯塔的形象，但小说反映

1.　唐·德里罗：《白噪音》，朱叶译。南京：译林出版社，2013年，第38页。

2.　同上，第172页。

3.　Keesey, Douglas. *Don DeLillo*. New York: Twayne, 1993, p.141.

的却是这个灯塔的信号正泯灭于从四面八方袭来的白噪音中。山上学院周边的城镇进行着"谦恭、合情合理、不慌不忙"的商业化[1]，白噪音辐射源日益布满购物中心、超市和商城等，把山巅之城层层包围。铁匠镇中人们不再聆听山巅之城"世上的光"的教诲，而是转向他们肉体和灵魂活动的新中心，即消费白噪音的大本营——中村商城。白噪音对山上学院的冲击构成小说的开篇序曲。小说开篇描述了山上学院新学年开学场景，大学生及其家长们驾车轰隆隆地驶入校园："旅行车排成一条闪亮的长龙，鱼贯穿过西校区……向宿舍区行进。旅行车的车顶上满载着各种各样的物品。"[2]山上学院新学年的开学就被笼罩在旅行车的轰鸣与消费品被卸下、展摆和炫示的噪音中。旅行车长龙的先头部分已盘踞校园，后部还在州际公路上，这既说明白噪音攻击波的强大持久，又指出了其进袭方式和方向——作为市侩文化和消费主义的据点、以旅行车和高速公路为主要出行方式的中产阶级向山上学院大举入侵。小说对山巅之城的模仿与讽刺就此显露出来。这个《圣经》典故在美国文化历史中有着特殊含义，它出现在1630年约翰·温斯罗普与一众清教徒乘"阿尔贝拉"号赴北美殖民地途中所做的《基督教仁爱的典范》的布道中，被用以号召和激励清教徒们恪守神旨、团结一致赴新大陆创建荣耀上帝的新英格兰山巅之城[3]。但《白噪音》中，消费的白噪音淹没了温斯罗普所宣扬的福音，山上学院作为美国社会山巅之城——即是信仰、文化和精神的制高点，也是公共美德典范和文化榜样——的职能也被白噪音消融。

---

1. 唐·德里罗：《白噪音》，朱叶译。南京：译林出版社，2013年，第280页。

2. 同上，第3页。

3. Winthrop, John. "A Model of Christian Charity." 载《美国文化教程》，金莉主编。北京：高等教育出版社，2011年，第20—28页。

　　3年后，德里罗推出新的力作《天秤星座》(*Libra*，1988)，这部小说于1989年获得《爱尔兰时报》国际小说奖。1991年《毛2号》(*Mao II*) [1]出版，次年获得美国笔会／福克纳奖。此后，德里罗花了6年多时间创作他迄今为止最有分量的小说《地下世界》(*Underworld*，1997)。这部近900页的鸿篇巨制，其历史广度和深度堪比《尤利西斯》或《战争与和平》，该书为德里罗赢得1998年美国国家图书奖。

　　小说以其浩瀚篇幅和细腻笔触呈现了从20世纪50年代冷战初期到20世纪90年代后期苏联解体、网络技术兴起和跨国资本横行的近半个世纪的世界风云局势，同时对当代美国社会进行了多方面、深层次的扫描透视，揭示了消费主义、媒体控制、资本霸权和全球化所导致的生态灾难、暴力犯罪等种种危机。《地下世界》里的重要人物多达30几个，有的来自真实生活，有的则是虚构的，他们几乎是各阶层的代表：炙手可热的政要人物，如约翰·埃德加·胡佛；卑微如蝼蚁般的下层人民，如贫民区的流浪少女埃斯梅尔拉达；有靠寻租发家暴富的资本家维克多·马尔采夫；有把自己孩子拼命从赛场上抢到的棒球偷了卖钱的黑人混混曼克斯·马丁；有享誉世界的艺术家克拉拉·萨克斯；有刻意隐瞒自己真实身份的地下涂鸦画家伊斯梅尔·穆尼奥斯；有像德蕾莎修女那样善良的艾尔玛·埃德加修女；有杀人不眨眼的公路连环杀手理查德·吉尔基……小说主要叙述者是来自纽约布朗克斯区、从少年杀人犯变成废物处理超级跨国公司高级管理人员的尼克·谢，尼克的叙述始于20世纪90年代，57岁的他突发怀旧之情，前去拜望在沙漠中利用报废的美国空军军机进行前卫艺术创作的旧情

1.　这个书名来自美国画家安迪·沃霍尔（Andy Warhol）的一幅画作，其中罗马数字"II"指的是作品标号，所以译为《毛2号》似更准确。中国学界常把这部小说译为《毛二世》。

人克拉拉·萨克斯，然后一直回溯到20世纪50年代他在布朗克斯区的青少年时代，主要是他对父亲离奇暴死的无法释怀的执念和他自己因过失杀人而入狱的经历。这条倒叙线串联起其他叙述者的讲叙，这些叙述者包括尼克的弟弟、由国际象棋神童变成美国军方核武器研究专家的马特·谢及克拉拉·萨克斯、埃德加修女等，这些人和尼克的叙述构成一个庞大复杂的复调合奏。在这个恢宏的交响乐中，还有一个时隐时现的小插曲，黑人混混曼克斯·马丁拿着从儿子那里偷的棒球穿梭于纽约的寒夜以寻求买主。偷球、卖球整个过程不过一个夜晚中的几个小时，按照传统时间顺序铺开，分散交织在尼克等人的主要叙述之间，与尼克的倒叙从相反方向相互穿插。这一正一反、一短一长、一辅一主的两条线，串起来的是冷战、核军备竞赛、联邦调查局的阴谋、越南战争、军工联合体、公司与国家的霸权、民间反文化运动、消费主义的盛行、垃圾包围反攻人类文明等重大事件，读来令人惊心动魄，为之震撼。

2001年出版的《人体艺术家》（*The Body Artist*）以哥特小说的形式探讨了艺术和艺术家在一个商业化世界中的命运。2003年的作品《大都会》（*Cosmopolis*）给人的感觉似毕加索的作品《格尔尼卡》的文字版。小说采用夸张变形、撕裂扭曲、剪贴叠加的手法烘托出一部美国当代启示录，揭示了以华尔街为代表的资本主义跨国虚拟金融将导致西方文明的全面崩溃。2007年出版的《坠落的人》（*Falling Man*）把读者重新带回"9·11"袭击的恐怖时刻。这是德里罗在袭击发生6年后，为美国献上的一部堪比古希腊悲剧的净化（catharsis）之作，被称为是对那场悲剧进行定义性描述的文本。《坠落的人》中，德里罗并没有刻意呈现恐怖袭击本身，而是剑走偏锋，着墨于一个幸存者——律师基思劫后余生却生不如死的心路历程以及恐怖袭击给其家人造成的重创。小说通过对一个个体及其家庭的微观切面剖析，展现了那场灾难对整个美国社会的冲击。"坠落的人"从个人层面上说，指的是被灾难击倒、一蹶不振、自甘沉沦的基思；从社会层面上，则暗示了整个美国从"山巅之城"坠落下来，这样就从微观和宏观两个层次上揭示了美国社会的危机。《欧米伽点》（*Point Omega*，2010）中，"欧米伽"（Ω）是希腊字母表最后一个，它所代表的点即是终点。小说借看破红尘与权势、隐居沙漠的老人埃尔斯特之口解释了这个点的象征意义：这是一个"技术糊点"，人类体内自毁基因将被触发、启动的点。这部小说像《大都会》一样，从另一个角度预示了美国资本霸权的崩溃点的到来。迄今，德里罗创作的17个长篇中，列在最后的是其2016年的《零K》（*Zero K*），小说情节非常简单。小说分上下两卷，每卷十章，是主人公杰夫的叙述。两卷中间，夹着一个不足7页的独立部分，从其标题"阿提斯·马提诺"看出，这是杰夫的继母阿提斯的叙述。杰夫13岁时父母离异，他跟母亲生活直到她病逝。后来，杰夫被其父亲、金融大鳄罗斯·洛克哈特接到地处中亚沙漠中的汇聚（Convergence）公司。杰夫和父亲关系一向疏远，所以对父亲的突然安排一无所知。他到达汇聚后，才清楚知道这是一个从事人体冷冻的国际公司，而父亲是公司的资助人和董事会成员。罗斯计划和患硬化症晚期的妻子阿提斯一起被冷冻，希望儿子陪同他们进行这一过程。尽管杰夫极力反对，罗斯和阿提斯却毫不为其所动。意外的是，罗斯在最后一刻反悔了，阿提斯自己冷冻起来，而罗斯却和儿子返回了纽约。但从此罗斯生活在丧妻的痛苦和背信的羞愧中，两年后他让杰夫陪同他再次回到汇聚，践行前约，把自己冷冻起来。

"汇聚"是一个以美国富豪为代表的世界各国大财主组建的全球跨国资本联盟，他们汇聚了全球的金钱和科技力量，在中亚某国的沙漠地下建造了一个巨大的高科技"方舟"，公然宣称要为富人们建造一个超越现有人类历史和语言的"复生文明"。但这个"绝对零度"[1]的方舟，实际上是跨国资本公然挑战人类伦理道德底线、制造如《弗兰肯斯坦》中极度阴森可怖的"地下世界"洞穴的升级版。从特定角度解读，这部小说是对《欧米伽点》主题的推进：跨国资本的罪恶达到了其深渊之底——人类所能想象的、分子无法再运动的最低温度"绝对零度"。这部小说，从某种意义上说，是对德里罗前面小说中重要主题和手法的炉火纯青的总提炼：对美国晚期资本罪恶的批判以及对它将恶贯满盈的预示；对科幻小说、《圣经》典故（诺亚方舟、基督复活等）、古希腊哲学（柏拉图洞穴寓言）的模仿讽刺等。但不同于以前小说的是，《零K》展现了德里罗作为语言和思想大师在创作中返璞归真、举重若轻的优雅，这本小说也成为他创作登峰造极的一个展台。

德里罗的作品广泛而深刻地剖析了美国社会生活的方方面面，刻画和展现了当代美国最普遍、最深刻、最牵动人们神经的重大热点问题：冷战的威胁，消费品（和垃圾）对人的淹没和销蚀，广告和电子媒介对人的控制，晚期资本主义的横行，美国国内外恐怖主义和其他形式的暴力的肆虐，美国人在资本主义新阶段、新型工商业体制和活动中的扭曲和异化等。德里罗创作中的深刻题材以及相应的富于表现力和张力的风格，使他被称为美国千禧年时期笔锋最为犀利的文化剖析家之一[2]。

---

1. 小说中，汇聚公司的科学家解释道，"绝对零度"是他们进行人体低温冷冻的项目名称，但实际操作中，并不能也无须达到"绝对零度"。
2. 周敏：《德里罗的〈美国志〉解读》，载《中国社会科学院研究生院学报》2010年第6期，第112页。

乔伊斯·卡罗尔·欧茨（Joyce Carol Oates，1938— ）

　　乔伊斯·卡罗尔·欧茨被称为巴尔扎克式的作家，可见其题材范围的广度、主题的深度、所用体裁的多样和作品的多产。她天资聪颖、多才多艺，是小说家、诗人、剧作家，也是大学教授、评论家、编辑，如此丰富的经历也使得她的作品有着别人难以企及的厚重质感。她在多个文学领域取得了非凡的成就，其中小说创作奠定了她在美国文坛的重要地位。自从1963年欧茨出版第一部短篇小说集《北门边》（*By the North Gate*）以来，她已创作了数十部长篇小说和短篇小说集，另外还有大量诗歌、戏剧、散文和文学评论作品等。欧茨通过一生辛勤而多产的创作，把如椽巨笔探入社会、文化和人性各个领域，从无数大大小小的人情世故中揭示人间悲喜剧的深层主题。其作品的价值和意义可从她获得的各种国内外奖项中窥见一斑：美国国家图书奖、普利策奖、美国艺术文学院罗森塔尔奖、马拉默德笔会终身文学成就奖、英联邦杰出文学贡献奖、欧·亨利短篇小说奖、国家艺术基金等。

　　欧茨1938年出生在纽约州北部一偏僻城镇的贫苦工人家庭中，年幼时即饱尝人世艰辛。贫乏的物质生活使欧茨从青少年时就努力从文学中寻求慰藉和精神财富。早期艰难的人生经历和在世界名著中的浸润，成为她以后创作的题材和灵感的丰富矿藏。勤奋好学的欧茨成为家族中第一个考上大学的人，她进入雪城大学主修英国文学，获得学士学位后又在威斯康星大学攻读英国文学硕士学位。毕业后欧茨在底特律大学教授英美文学。1968年欧茨随丈夫到加拿大温莎大学供职，继续教授文学和创作方面的课程。十年后欧茨回到美国任职于普林斯顿大学。欧茨所有

的重要人生经历几乎都和文学有关，她在文学上取得如此令人瞩目的成
就也就不难理解了。

　　一般认为，在欧茨开始创作的20世纪60年代中，她主要基于现实主
义和自然主义笔法去描述她所熟悉的劳工阶层的生活与命运，故事背景
也往往发生在她的故乡和做第一份教书工作时所在的传统工业城市底特
律。这一时期的代表作是《他们》[1]，小说采用了接近德莱塞式自然主义的
笔法，时间横跨30年，描述了母亲洛雷塔和她的子女两代人身上美国梦
的破碎。洛雷塔的故事开始于20世纪30年代美国经济大萧条期间，还是
少女的洛雷塔尽管出身贫贱，却梦想着浪漫的爱情和美好的未来，但这
一切由于家人的野蛮干预而毁于一旦。洛雷塔的哥哥杀死了她的情人，
警察霍华德又趁火打劫借此血案胁迫勒索，她不得不委身与霍华德并与
之结婚。婚后霍华德因枉法被革职，到欧洲从军打仗。洛雷塔失去生活
来源，为了养活几个孩子被迫卖身糊口。二战结束后，霍华德退役归
来，却在不久后死于事故。洛雷塔带着孩子改嫁，最终又被抛弃，靠社
会救济勉强把孩子拉扯大。时间到了20世纪60年代，社会的发展没有阻
止洛雷塔的悲惨命运无情地在女儿莫琳身上重演，莫琳未成年就沦落街
头出卖肉体。最后莫琳与自己的老师发生关系并拆散了他的家庭，把他
的前妻赶出门取而代之。小说正是在这些地方流露出自然主义倾向，揭
露了美国下层民众中如瘟疫般流行和持续的贫穷、暴力、道德沦丧，表
现了美国梦对这些群体的残酷、欺骗和戏弄。而他们中的女性更是被侮

1.　小说英语标题"them"的首字母为小写形式，不符合一般书名和标题的拼写常规，因
　　而经常被误写为"Them"。实际上这个首字母的小写形式是作者的匠心所在，强调书
　　中主要人物的卑微出身，在社会上被边缘化、被践踏的低贱地位，以及"'他们'和
　　'她们'永远无法改变的'他者'身份和悲剧命运"。参见金莉等：《20世纪美国女性小
　　说研究》。北京：北京大学出版社，2010年，第249页。

辱和伤害的最深的群体，经历着最为深重的痛苦和绝望。《他们》一出版就获得评论界的一致赞赏，获得1970年美国国家图书奖。

1971年出版的长篇小说《奇境》（*Wonderland*）标志着欧茨小说创作第二个阶段的开始。小说标题中的"奇境"令人联想到刘易斯·卡罗尔的名著《爱丽丝漫游奇境记》，但与后者描述的充满童趣、天真和纯洁的童话世界相反，欧茨的小说描述了一个充满了噩梦、恐怖和罪恶的地狱。小说开头就是令人毛骨悚然的杀戮场面，主人公杰西的父亲因破产而失去理智，亲手屠戮了家人并自杀，只有杰西一人侥幸逃脱。爱丽丝虽跌入了兔子洞却去漫游了奇境，而杰西逃出了家中的死神魔爪后，却一头跌进了美国社会这个更大的魔窟，他带着读者游历了这个魔窟，见证了在里面发生的种种罪恶和恐怖：吸毒、暴力、残虐、肢解、阉割以及杀戮。成为孤儿的杰西最后被心理学家皮德森收养，但是皮德森的心理学知识非但不能医治社会邪恶对人的伤害，反而让自己家人心灵压抑、扭曲和变态。杰西在无法摆脱的心理阴影和孤独恐惧中埋头苦读。他考入医学院并以优秀成绩毕业，娶了业内知名专家的女儿为妻，自己也最终成为一个名医。但家庭和事业的表面成功，并不能破解社会邪恶给家庭带来的魔咒，夫妻同床异梦，父母与孩子之间隔阂重重。他的女儿成了一名嬉皮士，吸毒成性，与其他嬉皮士男女群居淫乱。最后杰西带着已经被生活折磨得不成人样的女儿出去划船，并亲手把她杀死，重演了40年前他父亲的悲剧。只不过杰西悲剧的原因不再是经济原因，而是更为有毒的精神危机。《奇境》展示的是《他们》中悲剧的复制、重演，时代发展了，美国的社会问题却更为深重；物质生活的贫乏之上又新添了更为严重的精神心灵污染和变态。如同《他们》特别强调和同情女性一样，《奇境》也凸显了女性的痛苦、迷茫、绝望，以及婚姻枷锁对她们精神和心理的伤害。以《奇境》为代表的第二阶段的欧茨作品对社会罪恶的分析和批判更为深入，在手法上也更注意探索、创新，具有实验精神。她把传统现实主义和精神分析理论结合起来，借助意识流笔法，使用内心独白、自由联想、心理时间等手段更为深入地去揭示人物内心世界和种种欲念幻想，"表现了当代人特别是女性的心理真实"[1]。

与欧茨令人瞠目的创作数量相对应的，是她勇于创新、不拘一格、灵活多变的手法和风格。《他们》《奇境》展示的是深陷在人性和社会罪恶中的个体（尤其是女性）几乎注定的苦难和绝望，这好像就是欧茨另一部长篇小说《任你摆布》（*Do With Me What You Want*，1973）的标题所揭示的。但实际上这部小说却出人意外地闪现出欧茨作品中较为罕见的乐观和光明的一面，给人一种极为积极正面的启示：人在自己可以操控的有限范围内，还是应该做出努力，改变现状的。这就是欧茨小说中常暗含的一种向善论思想（meliorism）。女主人公埃琳娜从小生活在一个充满恶毒争斗的破裂家庭中，父亲乖戾冷漠，母亲极度自私自利，他们都不择手段地控制女儿，把她当作夫妻间彼此要挟和伤害的工具。这样环境下长大的埃琳娜尽管出落成一个漂亮、高雅的金发碧眼美人，却完全是一个内心脆弱、精神空虚、毫无个性、任人摆布（这就是小说标题的含义）的"花瓶"。母亲唯利是图，把埃琳娜嫁给一个百万富翁。自幼听任父母操控的埃琳娜又成了丈夫用以炫耀身份、权势的昂贵玩偶和奢丽摆设。但当埃琳娜遇到有妇之夫的律师杰克后，一切开始改变。两个人相互吸引、坠入爱河，埃琳娜开始真正思考爱情、人生和自主。尽管杰克也不是一个完美的人，但他的出现使得埃琳娜开始摆脱一味消极、懦

1.　金莉等：《20世纪美国女性小说研究》。北京：北京大学出版社，2010年，第245—246页。

弱、任人摆布的人生定式，最终下定决心迈出百万富翁丈夫的"黄金牢笼"。这部小说的时间背景是女性积极抗争、争取平等权利的20世纪60年代，反映了欧茨对女性解放运动的信心和积极回应。欧茨另一部小说发生的时间大部分也设在60年代，而反映的社会潮流更为宏阔，那就是当时的民权运动。这部名为《因为它苦涩，因为它是我的心》（*Because It Is Bitter, and Because It Is My Heart*, 1990）的小说，揭露了当时民权运动所反抗的主要邪恶力量——性别和种族歧视对两个年轻人的摧残。故事发生在纽约州北部一个小镇上。男女主人公分别是白人女孩爱丽丝和黑人男孩维尔林。爱丽丝生长于一个失败、堕落、父母陷于赌博和酗酒、对孩子不管不问的家庭中（这是欧茨笔下较为典型的家庭模式）。维尔林则生活在社会的种族歧视和欺凌中。两个人同病相怜，成为知心朋友。为了保护爱丽丝不受当地一个恶霸的侮辱，维尔林失手将恶霸打死了。尽管爱丽丝和维尔林守住了秘密使得维尔林免受牢狱之灾，但这件事情成为两个人一生难以摆脱的诅咒。深埋心底的罪恶感和社会的种族偏见，使得两个有情人注定难成眷属，两人一生的抱负和理想也都在残酷的现实面前灰飞烟灭。这篇小说以极强的批判现实主义笔锋抨击了性别和种族歧视的罪恶。

《我生活的目的》（*What I Lived For*, 1994）中，欧茨则把剖析、批判美国社会文明、个人与集体心理的笔锋直指20世纪90年代的美国社会政治领域，从而揭示了美国文明癌变的一个深层病灶。当然，这部20世纪末美国社会政治启示录中，用以揭示那种末世景象的，仍是欧茨惯用的血腥暴力场面以及它在人心中留下的血腥记忆与折磨，还有其扭曲人们内心的作用。主人公杰罗姆·考基·柯尔克兰是一个从纽约优宁镇贫民区白手起家的成功房地产商，还成为镇议会的议员，在当地俨然是一个风云人物。但是驱使他成功的，却是父亲提莫西·柯尔克兰几十年前在圣诞前夕被枪杀的血腥事件。考基对美国梦的追求，如同他实现了美国梦之后所享受的灯红酒绿、纸醉金迷、纵情声色的生活，其实主要都是为了麻醉自己，以便忘记父亲被杀的残暴场面。但是最终他才明白，他的美国梦把他引向的政界是一个更为淫秽、腐败、贪婪的罪恶渊薮，在那里他同样无法摆脱血腥、污秽和暴力。考基自己中年危机爆发之时，又遇到继女的精神崩溃，他在一个政治集会上被继女开枪误伤，血腥暴力在他自己身上重演。最后他躺在病床上，重审自己的人生。

欧茨的长篇小说《金发女郎》（Blonde，2000）的关注面就更为广泛了，几乎是当代美国重要社会恶疾的全面诊断书，涉及消费社会中大众娱乐文化里的歇斯底里、媒介无孔不入的丧心病狂、父权文化的残暴和政界的堕落肮脏。小说以好莱坞影星玛丽莲·梦露为原型，但是完全异于类似题材的其他作品对死去多年的梦露的炒作和消费套路。《金发女郎》与英国文豪托马斯·哈代（Thomas Hardy）的名著《德伯家的苔丝》（Tess of the D'Urbervilles，1891）有相同之处，描述了一个本性善良的女性在黑暗邪恶势力压制下的毁灭。《金发女郎》全书共六个部分，除了第一部分"序幕"之外，其他五个部分，分别截取梦露一生中关键的人生阶段（有的三四年，有的五六年）作为主要内容，描述梦露从孩子到少女，再到成年女性，最终成为世界"艳星"并暴亡的悲惨一生。像苔丝一样，欧茨笔下的梦露是一个本性纯真、向往美善的女性，但从政界权势人物到演艺界大腕儿，再到一般消费者，都肆无忌惮地对这个女性进行剥削压榨、蹂躏侮辱，最终把这个一心向善的女性的肉体和心灵撕扯、肢解、吞噬。如果说哈代的小说具有强烈的自然主义色彩，把苔丝的悲剧归咎于某种"天地不仁，以万物为刍狗"的愚蠢、盲目和无法被

人理解的神秘命运，那欧茨的小说则明确指明毁掉梦露的是美国梦掩饰
下的疯狂的消费文化和邪恶政治。

《我带你去那儿》（*I'll Take You There*，2002）的故事场景被设在雪城
大学，讲述了一个孤独的女大学生水中捞月一般寻求归属、爱情和亲情
的故事。小说共三个部分，第一部分是女主人公"我"从第一人称视角
的追述，主要回忆了她在雪城大学卡帕加玛派女生联谊会中的遭遇。作
为一个风华正茂的大学生，"我"满怀美好憧憬进入校园，渴望着自己能
够开始新的生活篇章，被同学接纳成为她们中的一分子，结果却是处处
碰壁、时时让自己和别人都陷入尴尬窘境。在这一部分中，"我"对大
学经历的讲述和"我"入校前在一个毫无亲情的家庭中的成长经历交织
在一起。就像前面介绍的两部小说中的描述一样，个体在社会中的挫败
往往反映出他们家庭经历中的不幸、冷漠、憎恨，甚至暴力。这也正是
"我"性格孤僻和行为怪异的原因。家庭中遭受的冷落和排斥像魔咒一
样跟随她到了大学，不管"我"多么努力，却始终无法真正冲破横亘在
"我"与他人之间的无形壁垒。第二部分讲述像透明隐形人一样的"我"
饥不择食地去寻求机会，急切地让别人发现"我裸露的脸"、满足"我"
的"赤裸裸的女性的渴望"[1]。"我"在饥渴之中疯狂恋上一个黑人学长马修
斯，不惜任由他把自己当作性欲的发泄机器。小说中一直以"我"这个称
呼出现的主人公在这一部分里有了一个名字——黑人马修斯给她起的称号
"阿尼利亚"。但很快马修斯就感到"我"威胁到他的安定生活了，于是
对"我"的性欲顿然消失，毫不留情地把"我"逐出门去。"我"重新回

---

1. 乔伊斯·卡罗尔：《我带你去那儿》，顾韶阳译。北京：人民文学出版社，2005年，第
101页。

到一个无名氏的隐形人状态。小说最后一部分讲述的是"我"突然接到哥哥的电话，得知父亲还活着，他流落到犹他州一个叫克莱森特的地方，已经到了癌症晚期。"我"赶到那个地方，陪着父亲度过了他最后的时日，并把他的遗体带回故乡安葬。"我"想象着死后能与父母葬在一起。小说以"我"一句含混的允诺结尾并最后点题："如果我们之间的事有了结果，有一天，我会带你去那儿。"[1]这部小说依然借意识流的手法和心理独白，生动揭示了主人公孤独、悲苦和渴望被接纳的内心世界[2]。

《掘墓人的女儿》（*The Gravedigger's Daughter*，2007）等作品就更显示出欧茨创作题材和主题的那种巴尔扎克式的无所不容。这是欧茨探讨犹太人的大屠杀和美国犹太社群生存状况的一部较为典型的作品。书中仍然具有她作品中的普遍元素：家庭暴力、血腥和死亡，女性和儿童所遭受的暴虐，但是这些都被置于社会对犹太人的歧视和种族主义背景下来探讨。女主人公（也就是标题中的"掘墓人的女儿"）丽贝卡·施瓦特的父母是德国犹太人，本来过着安静、美满的知识分子生活。但是纳粹邪恶势力的爆发逼迫他们放弃德国故土的一切，在1936年她的父母带着两个儿子踏上逃亡美国的漫漫路程，这时丽贝卡尚在母亲腹中。千辛万苦之后，他们乘坐的船到了纽约城外的一个港口，还没有来得及办理上岸入境手续，丽贝卡便在拥挤、肮脏的船舱中出生了。此处的象征意义是非常重要的：丽贝卡注定成为一个不断被驱逐、被拒斥、被边缘化的漂泊者。上岸后，施瓦特一家的美国梦瞬间被打碎了，这里根本不是他们想象的天堂，而是种族

1.　乔伊斯·卡罗尔：《我带你去那儿》，顾韶阳译。北京：人民文学出版社，2005年，第289页。

2.　顾韶阳：《前言》，载乔伊斯·卡罗尔的《我带你去那儿》。北京：人民文学出版社，2005年，第6页。

歧视和仇恨的地狱。父亲施瓦特找不到原先在德国从事的教学职业，忍辱含垢做了一个掘墓人，这象征着美国的种族主义把他变成了自己和家庭幸福的掘墓人——生活的打击和压力，白人施加给犹太人的暴力、侮辱和剥夺，给一家人带来致命后果，丽贝卡的父亲从一个饱学儒雅的教师变成一个粗野蛮横的家庭暴君，母亲日益沉默，二哥逐渐自闭，而大哥则选择以暴制暴来对抗和报复社会，最终成为一个逃犯。丽贝卡13岁时，父亲再也无法忍受生活的残酷，开枪打死了妻子，但在举枪瞄向丽贝卡时，却没有忍心下手，而是调转枪口自杀了，丽贝卡身上溅满了父亲的鲜血。二哥离家出走，丽贝卡被人领养，但她仍对生活充满憧憬，希望能靠知识改变命运，可学校里种族仇恨和暴力打破了她的读书梦，她从领养人家中出逃，从此走上漫漫人生漂泊路，依靠干各种零活维生。丽贝卡在一个宾馆打工时，差点儿被一个房客强奸，但是一个年轻人救了她。一直没有安全感和靠山的丽贝卡一下迷上这个年轻人，两个人很快结婚生子。但是丈夫开始对她和孩子横加暴力，还几乎打死了孩子。为了保护儿子，丽贝卡决定再次离家，带着儿子重新踏上了无尽的逃亡之路。这一次，她不仅逃离了家，也逃离了自己，她开始想象自己成为别人偶然提到的一个名叫"黑兹尔·琼斯"的女性。

《掘墓人的女儿》的故事中，丽贝卡在逃亡中逃离了给自己带来屈辱、打击，甚至是毁灭的犹太身世，在某种意义上她也迷失了自己。但是，欧茨把发表于2004年的短篇小说《表姐妹》（"The Cousins"）作为跋，再次收录在《掘墓人的女儿》中，使得两个作品相得益彰。这两个故事不仅可以在《掘墓人的女儿》中合成一个有机整体，而且在作为两个独立作品时，也赋予了这一长一短两部小说更深厚的内涵和解读空间。如果从独立短篇作品的角度读《表姐妹》，可以看出它是体现欧茨短篇小说创作水平的一个代表性作品——除了长篇小说，欧茨还以大量的短篇小说著称，实际上让欧茨崭露头角走向文坛的第一部成功作品《北门边》就是短篇小说集。《表姐妹》的一个重要的出彩之处是它的形式：这是一部书信体小说，由两个犹太裔老年女性写给彼此的二十几封信构成。开篇就提到两位主人公，即从1998至1999年持续一年多书信往来的已过花甲之年的丽贝卡·施瓦特和与丽贝卡年龄相仿的芝加哥大学教授芙蕾达·摩根斯顿，从信中可以看出这时丽贝卡已经退休，住在佛罗里达州，而另外一个写信者芙蕾达的最后一封信成为小说的"结尾"。丽贝卡和芙蕾达本来素昧平生，因为芙蕾达出版了一部基于自己少女时代亲身经历的纳粹对犹太人大屠杀的回忆录，使丽贝卡想起母亲生前常常提到的在德国的亲戚，越来越觉得芙蕾达应该是自己的表姐妹。于是开始写信给芙蕾达，请求认亲。一开始，芙蕾达认为丽贝卡是一个想入非非的粉丝，只是礼貌性地偶尔回信敷衍。但是丽贝卡执着地继续写信，提供越来越多的从她母亲那里听来的细节，芙蕾达开始认真考虑这件事情，她后来甚至主动给丽贝卡写信，要求见面。讽刺的是，丽贝卡的回复却越来越少，直到彻底断了音信。最后芙蕾达急切甚至懊恼地写信请求丽贝卡回复，小说戛然而止，把读者抛在悱恻而不祥的悬疑之中。至于丽贝卡为何不再回复，从其信中内容可以推测出极有可能她已病入膏肓，失去了行动能力。独立来读，这个短篇以新颖的体裁表现了大屠杀给犹太人从整个民族到家庭、再到个体的命运带来的摧残和撕裂，拷问了大浩劫过后，人们如何对那段黑暗历史进行回忆，如何面对被刨出、毁掉和抛弃的犹太族群历史文化与感情根系问题。而作为跋出现在《掘墓人的女儿》中，《表姐妹》哀婉地揭示出丽贝卡在试图逃离自己的犹太家庭、犹太身份，但在漂泊、流离的一生接近尽头时，产生了叶落归根的心愿，这个心愿最终能否实现呢？欧茨似乎并不想为读者提供一个虚假的安慰，而是把它作为一个冰冷现实的问题，扎眼地悬置在人类的智力和良心的法庭之上。

　　欧茨的作品有着严肃、深刻的社会批判意义，她的笔触不仅剖析了美国20世纪以来的各个社会阶层和领域，更深入到社会和人的情感、心理和精神层面，既揭示了美国社会对人的灵与肉的双重摧残和扭曲，也暴露了美国人和普遍意义上的人性的缺陷。但是也能看出其小说人物憧憬美好社会、人生和人的尊严与意义的倔强韧性，尽管他/她们会时时在残酷的现实面前碰壁。欧茨作品中的世界和人生常常是残暴无情、血腥肮脏和令人沮丧的，她用自己永不枯竭的笔锋不断挖掘和剖析，其最终目的是搜寻人类向往美好的"无处不在的强烈愿望"[1]。欧茨作品以无所不包的题材反映了美国社会全貌，而更为重要的则是她通过笔耕而试图培育和收获的创作理念：一种极富多元主义精神和普遍关怀的向善论[2]。

汤亭亭（Maxine Hong Kingston，1940— ）

　　谈起美国文坛近40年来崛起的华裔文学作家群体，就不能不提到汤亭亭。这位华裔作家曾说过这样的话："我不知道不写作的人怎样忍受

---

1. 丹尼尔·霍夫曼主编：《美国当代文学（下）》，《世界文学》编辑部编译，北京：中国文艺联合出版公司，1984年，第535页。
2. Cologne-Brookes, Gavin. *Dark Eyes on America: The Novels of Joyce Carol Oates*. Baton Rouge: Louisiana State UP, 2005, p. 239.

生活。"[1]汤亭亭认为"字词和故事建立秩序。生活中发生在我们身上的一些事看上去毫无意义，但当你把它们写下来时你就找到了其含意。或者说，当你把生活变成字词时，你就促成了它的含意。含意存在于字词和故事之中。"[2]汤亭亭正是通过记载和再创自己和父辈人的生活反映和探索了处于美国边缘文化的华裔人及其独特的经历和心态。汤亭亭把创作视角始终对准中美两种文化的碰撞与冲突，她轰动美国文坛的作品为美国文学多元化状态的形成做出了重要贡献。

汤亭亭1940年生于加利福尼亚州的斯托克顿市，父母是来自中国农村的移民。父亲婚后先来到美国，在洗衣店干了14年才得以把妻子接到身边。留在国内的母亲用丈夫寄来的钱进了医学院，毕业后成为受人尊敬的医生。可是到达美国后，她不得不放弃这一切，先后当过洗衣店的女工和农场工人，还生养了好几个孩子。汤亭亭排行第三（前面两个孩子在中国去世了），高中毕业后进加州大学伯克利分校学习，并于1962年获得文学学士学位。汤亭亭曾执教于加利福尼亚州和夏威夷的数所中学。1977年汤亭亭被夏威夷大学聘为客座英语副教授。

汤亭亭的成名之作是她的自传体作品《女勇士》(*The Woman Worrior: Memoirs of a Girlhood Among Ghosts*, 1976)。这部从华裔女性的独特视角反映美籍华人（特别是女性）经历的作品于1976年问世后，立即引起媒介和学术界的关注和高度赞赏。汤亭亭所获得的一系列奖项使得《女勇士》颇受大学阅读书目与院系课程目录的青睐，也频繁出现在文学史、

1.　Miller, James E., Jr., ed. *Heritage of American Literature: Civil War to the Present*. Vol. II. San Diego and New York: Harcourt Brace Jovanovich, 1991, p. 2082.

2.　Ibid.

文学选集与文学评论中。在这部作品中，汤亭亭以神话和自传故事相结合的手法展现了中美两种文化的冲撞以及她如何在双重文化环境中寻求自我属性的成长过程。该书出版后获当年美国非小说类"全国图书批评界奖"，位列《纽约时报》与"该月之书读书社"的最畅销书单，1979年，《时代》杂志将其列为20世纪70年代十部最佳非小说类作品之一。

　　《女勇士》也被认为是汤亭亭的代表作。在这部回忆录里，汤亭亭试图通过重新安排自己童年时代的事件和母亲为使她"成长起来"而对她讲的那些故事来建构自己双重属性的复杂身份，并以此阐释了自己与第一代华人之间在确定文化属性方面的差异。该书以"无名氏女人"的故事开篇。女主人公的母亲在她幼时就用因与人通奸而投井自尽的姑妈的故事来告诫女儿，而女主人公对这位作为中国封建社会牺牲品的姑妈充满了同情。在叙述这位因为有辱家族名誉连名字也被注销的姑妈的故事时，主人公找到了向性别歧视挑战的方式，从而为这位被故意遗忘了的姑妈正名。然而，母亲讲述的那些故事不仅仅是关于受压迫的女性。在第二章里，母亲向女儿讲述了中国古代女英雄花木兰的故事，花木兰女扮男装、替父从军、英勇杀敌的故事给主人公留下了深深的印象。这位打破了中国传统性别观念束缚的女性成为主人公心目中的英雄。

　　《女勇士》的第三章是关于母亲英兰（英兰意为英勇的花木兰）的亲身经历。母亲在两种文化环境里的不同经历既使她成为主人公的人生榜样，也造成两人之间的对立。英兰到达美国之前毕业于医学院，她生性胆大，曾除掉医学院女生宿舍的鬼，是位有独立意识、有社会地位的职业女性。但她到达美国与丈夫团聚后，又扮演了传统女性的角色，不仅生有6个儿女，还每日在洗衣店操劳长达15小时。由于对美国文化习俗的无知（母亲认为自己生活在一个满是鬼的环境中），母亲的言谈举止往往显得不合时宜，常常令出生于美国的女儿汗颜无地。尽管如此，这位意志坚强的女性比起姨母月兰的遭遇强多了。月兰在与丈夫别离30载后千里迢迢从中国香港来美寻夫。英兰鼓励月兰从早已又娶妻的丈夫那里讨回自己作为大老婆的名分，但生性软弱的月兰无法忍受丈夫的无情遗弃和一个完全陌生的环境，最终因受刺激而神经错乱。在最后一章里，汤亭亭以中国古代才女蔡琰（即蔡文姬）的故事，表达了她对种族间的和谐与女性地位改善的美好愿望。在自己成长的过程中，作者因急于与美国文化认同，急于表达自己的独立自主意识，曾与母亲发生强烈冲突。后来她从母亲嘴里听到了蔡琰的故事。蔡琰在年轻时被一个野蛮民族的头领掳去，并给他生了两子。12年后，蔡琰被赎回故国，并带回了她的诗歌《胡笳十八拍》。像蔡琰一样，汤亭亭学会了以艺术形式表现自己对压制的愤怒，更重要的是，她还学会了包容。她意识到自己与母亲都生于龙年，两人有许多相像之处，两人也都是女勇士和讲故事的能手。因而，作者的故事不仅表达了母女之间，也是两种文化之间的沟通和融汇，而且她讲的故事也包含了母亲的故事。正如她在书中说的那样："开头是她讲的，结尾是我讲的。"母女共同创作了我们所读到的中美文化故事。母女两人都是通过讲故事建构其身份的，她们"为寻找身份进行着同样的探索，构建着同一身份"[1]。

　　汤亭亭的作品真实地再现了生活在美国主流文化边缘的美国华人，尤其是那些在美国出生、受美国教育长大的第二、第三代移民的境遇与心态。他们受美国文化熏陶，接受了美国的价值观，可在美国白人眼中，他

1. Juhasz, Suzanne. "Maxine Hong Kingston: Narrative Technique & Female Identity." in *Contemporary American Women Writers: Narrative Strategies*. Ed. Catherine Rainwater and William J. Scheick. Lexington: UP of Kentucky, 1985, p.183.

们仍然是外人，是同黑人和印第安人一样的少数民族，因而被排斥在美国主流文化之外。不仅如此，他们也同样不属于故国，中国对他们来说是个陌生的地方。他们对故国文化的了解多来自作为第一代移民的父母和亲戚。汤亭亭在自己的作品中生动地描述了美国华人在两种文化夹缝里的生活状态，对作者来说，中国是她父母称作"家"的地方。每天晚上，她的母亲都告诉孩子们他们怎样才能找到他们家在村里的房子，这将是他们最终的归宿。但是作者不愿回到那个她从未去过的地方，中国在她心目中是位于地球上遥远的另一头的国家。急于认同美国文化就造成了他们与急于使他们承袭本族文化传统的父母（尤其是母亲）的矛盾与冲突。华裔作家的作品中两代人的矛盾从根本上来说是两种文化价值观的冲突和两种文化隔阂所造成的误会。第二、三代华人在成长过程中经历了对两种文化做出正确认识和接纳的痛苦过程。《女勇士》中有一个典型的事件。一次药店把药错送了，母亲大为光火，令女儿去药店讨糖以除邪气。药店老板以为华人小孩买不起糖便满足了她的要求，她对此深感耻辱。她知道母亲永远不会懂得药店老板对她的看法，而药店老板也永远不会理解母亲对药店送错药的愤怒心情。汤亭亭幼时因被夹在两种文化之间而备感痛苦，因为生活在美国社会里，她更理解药店老板的反应，只有在长大成人后，她才能逐步学会理解和包容母亲一代人的行为方式，才逐渐懂得欣赏和钦佩母亲的坚强性格。认同异国文化却又被排斥在外，抵制本族文化（至少是在他们年幼时期）却又无法与之割离，华人由于自己的双重身份所产生的异化感是痛苦的，也是真实的。如果说第一代移民的美国梦是发大财的话，第二、三代移民的美国梦不如说是如何确定自己的文化属性。汤亭亭和其他许多华裔作家正是通过文学来表现美国华人这种心理状态的，也是试图通过文学来塑造一个融汇中西文化的完整的自我。

　　作为一个女性作家，确立女性意识与建构文化属性具有同样重要的意义。汤亭亭是在母亲讲的家族和神话故事的熏陶下长大的，一方面，母亲向她灌输了中国封建文化传统中男尊女卑的思想。母亲曾用无名氏姑妈的故事告诫过她恪守妇道的重要性，父母和邻居那些"养女等于喂鸟""养鹅要比养女强"等轻视女性的语言也激起过女主人公的极大反感。另一方面，母亲不仅通过中国文化故事为她提供了像花木兰和蔡琰这样坚强的女性角色楷模，还以自身的经历为她树立了女性自强自立的榜样。母亲实际上也是一位女勇士。她在中国通过勤奋学习成为一名女医生，在美国又以自己的辛勤和操劳成为家庭的栋梁。对作者来说，关键在于这些中国文化遗产是否能对生活在美国的她有所帮助。幼年时，汤亭亭难以理解母亲的心意和期望，不懂美国华人的根深植于中华文化这一道理。她发誓要以自己的努力得到美国社会的认同。她发奋图强，以门门功课都得A的成绩来表现自我价值；她还与母亲发生过剧烈摩擦。只有在成年之后，在经历了美国社会的种族和性别歧视之后，作者才真正尝试理解自己本民族文化，也只有这时，母亲才得到女儿的理解和爱戴。汤亭亭在书的结尾谈到蔡琰那些融入了两种民族文化的诗歌，她终于充满感情地宣称她是母亲的女儿，她和母亲都是龙的子孙。更重要的是，母亲不仅是女儿生活中的精神支柱，也为女儿提供了生存的途径。女儿从母亲那里获得了中国文化底蕴，学习了艺术表现手法，懂得了如何以建构华裔女性独特的话语框架作为她生活中的武器。在花木兰的女性英雄主义精神的鼓舞下，作者以自己的笔塑造了包含中西文化的自我，实现了在充满种族和性别歧视的美国社会里华裔女性的自我价值。

　　如评论家约翰斯顿所言："中国的神话与传统、西方文学风格与美国大众文化，都只是汤亭亭表达其变化莫测的想象力的原材料。在汤亭亭的世界里，东方和西方就如同阴和阳、男人和女人一样相互映衬。"[1]汤亭亭自己也说，她的创作是多层面的，并不局限于亚裔美国人的维度，具有艺术独特性。[2]她善于混合使用东西方文化元素，其作品虚构与非虚构相结合，历史、传说、神话、小说各种体裁交叉出现、相映成趣，焕发着别样风采，令读者印象深刻。汤亭亭也因此构成了自己独特的写作风格。

汤亭亭描写赴美华工遭遇的第二部作品《金山勇士》（*China Men*，1980）出版后又一次引起轰动，并受到评论界青睐，于1981年获美国国家图书奖。作为《女勇士》姊妹篇的《金山勇士》以同样的手法讲述了19世纪男性华人漂洋过海到北美修建铁路的故事。"中国佬们在这片国土上，从南到北，从东到西铺设了纵横交错的钢轨。他们是这片土地上修建铁路的先驱者。"[3]就像那部描写美国黑人家史的畅销小说《根》（*Roots*）一样，汤亭亭叙述了华工对建设美国这块土地所起到的历史作用并申明了他们作为美国公民的正当权利。然而，为美国开发西部做出贡献的华工的经历绝不是实现美国梦的成功历程。美国华工的历史就是一部血泪史，美国国会1882年通过的《排华法案》（Chinese Exclusion Act）表明华工移民一直受到白人至上的美国社会的歧视和打压。虽然华工对美国的建设功勋卓著，但在一个充满种族歧视的社会里，他们的历史功绩被抹杀，他们的生活饱含艰辛与凄凉。铁路竣工之后，据说有两万多磅[4]尸骨

---

1. Johnston, Sue Ann. "Empowerment through Mythological Imaginings in *Woman Warrior*." *Biography* 16.2 (1993): 137.

2. Kingston, Maxine Hong. "Cultural Mis-readings by American Reviewers." in *Asian and Western Writers in Dialogue: New Cultural Identies.* Ed. Guy Amirthanayagam. London: Macmillan, 1982, p.56.

3. 汤亭亭：《中国佬》，肖锁章译。南京：译林出版社，2000年，第147页。

4. 英美制质量或重量单位。1磅等于16盎司，合0.4536千克。

被运回中国[1]。书中所描述的家族故事，成为"华人海外飘零的史诗"[2]。作者的祖父阿公和其他中国男人离别故乡，梦想到大洋彼岸的"金山"发财致富，但因为当时的排华法禁止华人女性入境，他们长期以来过着"单身丈夫"的生活。就是在这样的艰难处境下，他们成为"连接和建设美国的先辈"[3]，为美国的建设和发展做出了重要贡献。作者自己承认她的这两部作品都是根据她父母的经历写成，前者叙述了母亲的经历和母亲所讲的故事，而后者不仅叙说了父亲在移民前后的生活，也涉及其他亲友的生平。对作者来说，《金山勇士》显然是一项更艰巨的任务，因为她的父亲不像母亲那般善于讲故事。汤亭亭本人强调了这两部作品的有机统一。她最初曾打算只写一部书，但后来还是决定分两部来写，两部书各以母亲与父亲为中心人物，而且叙事人的身份有所变化。前者的叙事人是一个寻求女性定义的少女，后者则是一个能够把握住种族和性别复杂性并能理解异性的成熟女性。汤亭亭这样说道："在《女勇士》中，'我'（叙事人）通过了解具有典型意义的母亲开始了对自我的寻找。在《金山勇士》中，'我'因为拥有理解异性的能力而更加完整。"

　　从形式上来看，这两部作品也有不少相同之处。两者都是把家族故事、东西方传说与神话、中美历史以及回忆糅合在一起，当然在《女勇士》里，神话与现实的界限更加模糊。这两部作品尽管都被归为非小说类文学体裁，但汤亭亭这种含有历史、自传、神话、传说的蒙太奇写作技巧使她的作品超越了小说与非小说的传统界限，具有独特的艺术魅力。

1.　Chang, Iris. *The Chinese in America: A Narrative History*. New York: Viking, 1991, p. 64.

2.　单德兴：《以法为文，以文立法：析论汤亭亭〈金山勇士〉中的〈法律〉》，载单德兴的《铭刻与再现：华裔美国文学与文化论集》。台北：麦田出版社，2000年，第94页。

3.　Kingston, Maxine Hong. *China Men*. New York: Knopf, 1980, p.146.

1989年，汤亭亭出版了自己的第一部纯虚构作品《孙行者》(*Tripmaster Monkey: His Fake Book*)，在这部小说中她又一次把中国神话与美国现实相结合，塑造了一个20世纪60年代垮掉派的华裔戏剧作家形象。该书出版后获得了美国西部笔会奖。在主人公惠特曼·阿新身上我们可以看出美国20世纪60年代的社会动乱和种族歧视对华裔青年的深刻影响。不仅如此，阿新的性格特点折射出中美两种文化底蕴：他既具有惠特曼那种豪放不羁的气质，又有着《西游记》里孙行者那种敢于造反、藐视一切权贵的精神。小说以这位生活在旧金山的美籍华人几天的生活为切入点，刻画了当时华裔青年以玩世不恭、自暴自弃的人生态度对主流文化进行的反叛、对种族歧视进行的抗议。小说又一次大量涉及美籍华人的历史和文化。汤亭亭自己把这部作品看作是美籍华人的颂歌（主人公的名字是美国著名民主诗人惠特曼的名字和他的《自我之歌》的结合）。主人公阿新既是一位反对战争、反抗歧视、反叛传统的"垮掉派"华裔青年，又是"美猴王在当今美国的化身"[1]。此外，这部小说从前两部作品"我"的叙述视角转变到全知的叙述视角，表现出作者艺术手段的多样性与进一步成熟。

　　在这几部取得广泛好评的作品之后，汤亭亭于2003年出版了《第五和平书》(*The Fifth Book of Peace*)，这部作品的灵感来自传说中讲述如何缔造和平的中国古代的三部和平书。汤亭亭在中国寻找这几部作品未果的情况下，决定自己撰写《第四和平书》。遗憾的是，她所完成的156页书稿在1991年发生在加利福尼亚奥克兰的一场大火中化为灰烬。汤亭亭之后重新拾起笔来，于12年后出版了新完成的作品。作者通过写作重

1.　Kingston, Maxine Hong. *Tripmaster Mondey: His Fake Book*. New York: Vintage International, 1990, p.33.

建了自己的生活，而作品既表达了作者的反战、和平思想，也试图为那些遭受战争创伤的人们提供心理慰藉，使他们获得内心的安宁。这部作品延续了她一贯的做法，将虚构与非虚构相结合，汤亭亭称该书为"非虚构—虚构—非虚构的三明治"[1]。

2006年，汤亭亭出版新作《战争的老兵，和平的老兵》（*Veterans of War, Veterans of Peace*），作品出版后受到广泛关注。汤亭亭在这部作品中，是以编者的身份出现在封面上的，因为这本书是她多年来主持的"写作—冥思"工作室的集体创作成果。这个工作室的成员虽然背景不尽相同，但都曾受到战争的摧残，因而写作成为治疗战争创伤的手段。作者在引言中说："我们讲故事和听故事是为了生存、是为了保持清醒。为了与他人相关联、为了弄清事情的后果、为了记录历史、为了重建文明。"[2]该书为读者揭示了战争的真相，并且告诉读者如何找到和平。因为世界上战火不断，所以这本书也就有着持续的意义，表现了汤亭亭和本书其他作者的人文情怀。

华裔作家已成为当今美国非主流文学中一支不可忽视的生力军，这个群体的出现反映了美国社会乃至文学日趋多元化的表现，而汤亭亭不愧为这个群体中的杰出代表。她于1997年被克林顿总统授予国家人文奖章，2008年度获美国国家图书奖的终身成就奖，2014年被奥巴马总统授予国家艺术奖章。汤亭亭被公认为华裔美国文学的代表作家，也是美国当代重要作家，已经成为"当今活着的作家中，作品在大学里被讲授最

---

1. Shea, Renee H. "The Story Revised: A Profile of Maxine Hong Kingston." in *Poets & Writers*. Sept/Oct., 2003, p. 32.

2. Kingston, Maxine Hong. *Veterans of War, Veterans of Peace*. Kihei: Koa Books, 2006, p.1.

多的一位"[1]。她的作品为中美两国读者的相互了解起到了积极作用，成为中西文化交流的桥梁。

山姆·谢泼德 (Sam Shepard, 1943—2017)

　　山姆·谢泼德是美国文坛、戏剧、电影演艺界的一颗巨星。在北美，这是一个家喻户晓的人物，大多数人熟悉他是因为他是一个成就甚高的影星，出演过数十部电影并多次得奖，1984年获得过奥斯卡奖提名。有着表演天赋的他还是一个非常有影响力的电影编导，谢泼德也因为音乐和歌唱天赋而在音乐界颇负盛名。而对文学界而言，他的伟大则在于他在戏剧、诗歌、散文等创作方面的成就，尤其是在戏剧创作上的特殊贡献。谢泼德有着惊人的创造力和大胆的实验创新精神，但同时又没有放弃对美国戏剧传统中一些核心要素的传承，这使得他成为那一代人中最重要的天才剧作家[2]。

　　谢泼德的父亲塞缪尔·谢泼德·罗杰斯是空军飞行员，1943年谢泼德出生，随父名被叫作塞缪尔·谢泼德·罗杰斯三世（Samuel Shepard Rogers III），当时老罗杰斯还在第二次世界大战欧洲战场上作战。战后老罗杰斯回到美国，作为职业军人拖家带口地在美国本土以及其他空军基地辗转。幼年的谢泼德就这样在不断的迁徙中度过童年。老罗杰斯退伍后带全家在加利福尼亚州杜阿尔特安顿下来，他尝试通过教书、经营农场等工作来养

1. 单德兴：《"开疆"与"辟土"——美国华裔文学与文化：作家访谈录与研究论文集》。天津：南开大学出版社，2006年，第3页。
2. 周维培：《当代美国戏剧史，1950—1995》。南京：南京大学出版社，1999年，第203页。

家。长期的军旅生活和在战争中受到的身心创伤，使得老罗杰斯难以适应平民的生活，工作屡屡失意，家境每况愈下，他自己变得酗酒成性，动辄对家人施暴，最后竟然抛弃家庭跑到沙漠中隐居，这在谢泼德的剧作《真正的西部》（*True West*, 1980）中的父亲角色上有所体现。谢泼德自幼就没有得到一般孩子应有的稳定生活和童年乐趣，却也早早收获了别人无法得到的阅世经历，这赋予了他闯荡世界的渴望和冒险精神。父亲持家的无能与家庭暴力、家庭的混乱与缺乏关爱、生活的困顿和绝望、父子间的冲突和仇恨等，这一切都成为他很多戏剧故事中的背景或者题材，用以象征整个美国社会秩序的分崩离析。但在广袤犷悍的美国西部的生活经历，包括他自幼在农场和牧地打工、干农活、照料马匹等，也在他的创作中留下深刻的痕迹，美国西部的生活方式、习俗和传统文化，以及有关这些的文学、传奇、电影等，成为他创作灵感和素材的取之不尽的源泉。父亲的失职、暴力及家庭的破败使青春期的谢泼德非常叛逆，成为一个地道的问题少年——目无法纪、反抗尊长、酗酒吸毒、飙车竞逐、打架斗殴。幸运的是从高中起他发现了自己的表演才能，并在学校剧团表演、写剧，这使得他旺盛的精力和强烈的叛逆心理得以发泄和升华，也使他免于继续沉沦。高中毕业后，谢泼德进入一个专科学校学习畜牧知识以便毕业后做兽医谋生，但可以想象这肯定不是他的人生目标。大专只读了一年，一个巡演剧团的到访彻底改变了谢泼德的人生。他参加并通过了剧团的试演，抛下他久想脱逃的家（在其正式剧作生涯开始后，他改用谢泼德为姓，据说一个原因就是再次表示与父亲和家庭脱离关系），随剧团开始浪迹天涯的演艺生活。一年后，即1963年，谢泼德随剧团来到纽约，并在格林威治村找到自己的归宿。他开始在外外百老汇的一些剧院演出，同时靠兼职打杂维持生活。这个时期美国追捧吸毒和性自由的反文化运动如野火般蔓延，格林威治村更成为反文化运动的一个中心，这正投谢泼德这样的叛逆者所好。但他的创作天赋再一次救了他，使得这个20岁出头的年轻人能够把主要精力投注在戏剧创作上。在这个前提下，格林威治村对他产生影响的也就不仅仅是嬉皮士那纵情声色和滥用毒品、酒精的生活方式了，更多的是那种独特的艺术氛围。他开始以惊人的速度和质量进行创作，很快获得圈内专业人士和观众的广泛认可并开始一次次收获奥比奖。

来纽约的第二年，即1964年，21岁的谢泼德几乎同时推出《岩石花园》（*The Rock Garden*）和《牛仔》（*Cowboys*）两部剧作。两剧部都有一定的自传性，《岩石花园》演绎了一个没有亲情、彼此难以沟通的失败家庭故事，《牛仔》中出现的并不是真正的牛仔，而是两个迷茫、躁动、一事无成、幻想成为西部传奇中牛仔的城镇青年。但像《麦田里的守望者》中少年主人公霍尔顿逃往西部的想法已成痴人说梦，这两个青年向往的牛仔时代和精神早就消亡。二人一味憧憬牛仔的传奇生活但毫无实际行动可能性的空谈，颇有《等待戈多》中人物对话的荒诞意味。实际上，这两部剧已经出现以后会贯穿谢泼德大多数剧作的一种创作方式：他继承了荒诞派戏剧大师塞缪尔·贝克特（Samuel Beckett）的剧作精神[1]。此后，谢泼德以令人目不暇接的速度写出《芝加哥》（*Chicago*，1965）、《伊卡洛斯的母亲》（*Icarus's Mother*，1965）、《红十字》（*Red Cross*，1966）、《旅游者》（*La Turista*，1967）以及《传奇剧》（*Melodrama Play*，1967），这些剧都获得了奥比奖并为谢泼德赢得了评论界和观众的广泛赞赏。至1970年，来纽约7年左右的时间，谢泼德就已经创作了近30部剧作，成为美国戏剧界的传奇人物。这些剧作的成功原因是多方面的，谢泼德准确捕捉到当时道

---

1.   Bryer, Jackson R., and Mary C. Hartig. *The Facts on File Companion to American Drama*. 2nd ed. New York: Facts on File, 2010, pp. 535-36.

德沦丧、分崩离析的美国人的精神贫乏、绝望和挣扎，同时也敏感地把握住了当时外外百老汇戏剧所需要的戏剧旋律和风格，并利用自己的独特手法将其表现出来[1]。更为重要的是，通过这些剧谢泼德铸就了自己极具个性的风格：美国西部元素与时兴通俗文化主题相结合，把年轻人喜闻乐见的艺术形式引入舞台，不再像传统剧那样塑造完整人物形象和情节，舞台效果的实现主要依靠把富有时代气息的鲜活舞台动作、意象和音响有机组合起来。这方面他在音乐，尤其是摇滚乐上的天分起到了很大的作用。

在纽约的巨大成功让谢泼德名利双收，但像他自己剧中的人物一样，谢泼德自己也难以摆脱美国社会所遭受的各种诅咒的影响。灵魂的空虚和不安不是名利能够消解治疗的。剧中人物那无法与人交流的魔咒也时时困扰着谢泼德本人。当代美国社会之癌——毒品——是侵扰谢泼德的另外一个原因。这些都令他身心疲惫、灵感枯竭。1971年他带着妻子和孩子到英国旅居。在英国期间，他的创作灵感再次充溢，一连写了好几个剧本，让欧洲观众得以一睹其才华和戏剧风采。他把促使他出奔英国的原因部分地体现在1972的《罪恶的牙齿》（ *The Tooth of Crime* ）一剧中。该剧揭露了艺术家在丛林法则支配下的商业机制中的异化，以及他们内心的撕裂、痛苦和挣扎。标题来自法国著名象征派诗人斯特凡·马拉美（Stéphane Mallarmé）的诗句"铁石之心把你的居处护藏/罪恶的牙齿无法伤害那顽冥心房"[2]，比喻艺术家们在适者生存的商业化演艺圈中心灵的兽化和泯灭。该剧中，谢泼德把舞台变成了一个古罗马的血腥角斗场，胜者为王，败为寇。主人公一代摇滚乐天王豪斯在声势如日

1. Abbotson, Susan. *Masterpieces of 20th-Century American Drama*. Westport: Greenwood Press, 2005, p.154.

2. Saddik, Annette J. *Contemporary American Drama*. Edinburgh: Edinburgh UP, 2007, p.133.

中天时，遭到后起之秀库罗的挑战。演艺界的那些幕后操纵者们当然不会放过这场狂赚的好戏，于是安排了一场豪斯对阵库罗的表演决斗（用时髦的话说就是PK大赛）。名声、金钱、女人等成为豪斯和库罗决斗的巨大赌注，但是他们都没有意识到自己只不过是更大赌局上的筹码。决斗舞台上，摇滚艺术的种种表演形式和手段成为两人短兵相接的利器，老天王豪斯依赖的西部牛仔风格尽管炉火纯青，但显然已经像《牛仔》中表现的那样成了明日黄花。商业演出界需要的是拼命升级、更新换代，包括歌手们都是这种升级游戏的牺牲品。年轻时髦、紧跟时代潮流的库罗尽享天时地利人和的种种优势，豪斯如堂吉诃德一样惨败后竟气急败坏地打死了裁判。失去一切的他只能用自杀来封存自己那早就被娱乐界扔入历史垃圾箱的艺术格调。库罗成功上位，但他心中也明白，豪斯的下场也将是他自己的最终结局。《罪恶的牙齿》中，谢泼德就像那个孤注一掷的老天王豪斯一样，几乎用尽了自己能够发挥的语言、音乐、声响和视觉效果、舞台设计等各方面的才能和经验，给观众各个感官造成冲击，两个摇滚巨星之间的角斗被演绎成一场惊心动魄、残酷血腥和神秘恐怖的原始杀戮仪式。《罪恶的牙齿》是步入中年阶段的谢泼德对艺术、艺术家命运以及艺术家所依存的市场机制的反思，揭露了在艺术被商业化、娱乐化和消费化的背景下，艺术家们的迷失、疯狂和痛苦挣扎。这个主题使得《罪恶的牙齿》成为戏剧界的一个划时代作品，它不仅揭露了艺术家在丛林法则中的命运，而且影射了整个所谓的美国梦和美国式成功，赋予了剧本更深远的文学价值和更持久的生命力[1]。

---

1. 丹尼尔·霍夫曼主编：《美国当代文学（下）》，《世界文学》编辑部编译。北京：中国文艺联合出版公司，1984年，第607页。

　　《罪恶的牙齿》好像是经过了创作灵感暂时枯竭后谢泼德报复式炫示才华的一个秀台。所幸他马上恢复了自信，并在此后的创作中逐渐返璞归真，以致有评论者说他开始向现实主义回归[1]。至少，他从英国回到美国3年后开始推出的"家庭剧"系列表现出鲜明的现实主义倾向，尽管这些剧中的独白、视觉意象和舞台动作仍是谢泼德商标式的个性元素，但无论从人物塑造还是从故事情节上都更类似传统剧的表现形式。"家庭剧"系列所探讨的主题也更贴近日常生活，从家庭这个社会基本细胞来映射整个社会的道德沦丧和腐朽败落。系列的第一部《饥饿阶级的诅咒》（Curse of the Starving Class，1977）又回到谢泼德少年时熟悉的西部穷困家庭，他们世代位于食物链顶层人物的践踏之下，被饥饿、债务所折磨，永无翻身机会，这就是剧名中的"诅咒"的基本含义。家庭这个社会细胞在这个诅咒下癌变，整个社会也就开始发出腐臭。《饥饿阶级的诅咒》还没上演就仅凭出版的剧本获得了奥比奖。而真正让谢泼德毫无争议、赢得学界和戏剧界一致信服的，是系列剧的第二部《被埋葬的孩子》（Buried Child，1978）。该剧描述的是另一种家庭诅咒，结构和意象设计巧妙、主题深刻，扣人心弦。剧一揭幕，就展示了雨夜里破败穷困、畸形变态、人心叵测的家庭氛围。作为一家之主的道奇老病昏聩、脾气乖戾，躺在客厅沙发上看电视并自欺欺人地瞒着家人偷偷酗酒。老伴海莉在楼上只顾自己打扮，好出去和牧师杜伊斯鬼混。老两口不说话则已一开口就吵，老道奇话中充满嫉恨与恶毒，可以听出他因海莉的不忠而对她无比憎恶。老道奇在和海莉的吵骂中不由自主地提到"被埋葬的孩子"——这是谢泼德独具匠心的点题方式。随着其他人物出场，观

1.　郭继德：《精编美国戏剧史》。天津：南开大学出版社，2016年，第349页。

众逐渐明白"被埋葬的孩子"是盘踞在老道奇心中无法祛除的执念，只要他一激动，"被埋葬的孩子"便会脱口而出，但说出之后，不是被别人打断，就是他自己马上欲言又止，所以像《饥饿阶级的诅咒》一样，这个剧中也有一个诅咒，它来自那个"被埋葬的孩子"——老道奇家中不散的阴魂。随着剧情发展，这个阴魂对这家人的诅咒一层层显示出来。大儿子蒂尔顿曾是全美最佳运动员，但现在沦落到只能寄居父母篱下，没有出息到从老道奇那里偷酒喝。二儿子布莱德利因为电锯事故丢了一条腿。从海莉在楼上的唠叨中可以听出，她心中只爱惜一个她认为有出息的儿子安塞尔，但安塞尔已经在多年前度蜜月的途中遭横祸，英年早逝。老道奇则大声叫骂说安塞尔不是他的亲骨肉，他的骨肉"被埋葬在后院里"——再次点题"被埋葬的孩子"。海莉不再屑于搭理病喘吁吁的老道奇，而是扬长出门去会情人了。

　　苦雨凄绵，黑夜更深，家中的第三代——蒂尔顿的儿子、离家6年的文斯带着女友谢丽到来。没有人给他们开门，昏病的老道奇也认不出孙子，反而辱骂谢丽。蒂尔顿进了屋却对文斯视而不见，当谢丽问他有没有认出儿子时，蒂尔顿说"我曾有个儿子，但是我们埋葬了他"。这就说明，"被埋葬的孩子"和蒂尔顿也有扯不清的纠葛。道奇、蒂尔顿和文斯当着谢丽的面吵成一团，甚至持刀相向。文斯找借口离开了家，蒂尔顿和谢丽聊天，说道奇曾溺死一个婴儿并把他埋葬。这时布莱德利进来开始辱弄谢丽。剧情进入第二天早晨，海莉带着杜伊斯神父回来。全家又开始相互吵骂，海莉当众和杜伊斯调情，杜伊斯却道貌岸然大骂美国年轻一代道德堕落。海莉也附和，说宗教信仰有多重要。道奇突然崩溃，大声说出诅咒全家的秘密：海莉和别人私通生过一个孩子，而蒂尔顿对这个孩子情有独钟，道奇猜想孩子是蒂尔顿和母亲乱伦的结果，就杀死了婴儿。这时文斯醉醺醺回到家，加入了全家混战。老道奇突然宣布自己的遗嘱，把房子和里面的财物留给文斯，然后死去了。他的死没有引起全家人的任何特别反应。全剧以恐怖神秘的一幕结束：蒂尔顿满身泥水抱着一个婴儿的尸体上台，海莉却在唠叨着她种的蔬菜。这种结尾的象征意义令人不寒而栗，文斯可能会继承家族的诅咒，继续与阴魂不散的死婴纠缠。这部剧中，对作为社会基本构成单位的家庭癌变的解剖和诊断更加彻底和令人心惊，更入木三分地解释了美国社会的腐朽堕落。《被埋葬的孩子》赢得1979年普利策戏剧奖，此时谢泼德已经是继田纳西·威廉斯之后美国最多产的剧作家。

　　有评论说，谢泼德"是唯一的一位成功发扬60年代传统，用音乐和艺术，用分散开来的人物和语言对一些相似之处进行探索的美国剧作家，是唯一的一位运用这些成分不断创作出引人注目之作的美国剧作家"[1]。进入20世纪80年代后，谢泼德继续把对美国戏剧精髓传统的继承和对社会时代发展出现的新问题有机结合，在舞台上展示出来。比如《震惊状态》（*States of Shock*，1991）中，身心被战争炮火震毁的老兵身穿美国历史上各种军装拼凑的军服，把对当时海湾战争的谴责和历史上美国参与的所有战争联系在一起，揭露了战争对老兵和美国人民造成的损伤和灾难。2001年"9·11"恐怖事件发生后，面对美国政府的穷兵黩武，谢泼德罕见地写出极具政治色彩的《地狱之神》（*The God of Hell*，2004），映射和谴责了当时的布什政府借爱国主义对广大人民生活和生命的粗暴践踏与伤害。

1.　萨克文·伯科维奇主编：《剑桥美国文学史（第七卷）（修订版）》，孙宏主译。北京：中央编译出版社，2012年，第66页。

　　谢泼德于2017年7月去世，一代巨星长达半个多世纪的多产创作落下帷幕。他一生共写出近50部剧本，除了奥比奖和普利策奖，他还获得1986年的纽约戏剧评论家协会奖、2009年的笔会/劳拉·佩尔斯国际戏剧基金奖等。谢泼德1986年入选美国国家文学艺术学会，1996年被列入美国戏剧名人堂。他对社会时代主题的敏感把握和舞台演绎，对艺术手法的不断革新求变，他热诚的创作精神，为"美国戏剧增添了宝贵的财富"[1]。要填补他的去世在当代美国戏剧创作中留下的空白，恐怕需要很长的时日。

路易丝·格吕克 (Louise Glück, 1943—)

　　2020年，美国女诗人路易丝·格吕克获诺贝尔文学奖，成为世界文学史上第16位诺贝尔文学奖女性得主。折桂诺奖前，格吕克已经在美国国内获得了各种重要奖项，如全国书评家协会奖、普利策诗歌奖、威廉·卡洛斯·威廉斯奖、博林根诗歌奖、华莱士·史蒂文斯奖、国家图书奖等。格吕克在2003到2004间曾连任美国桂冠诗人，是迄今美国唯一获得诺贝尔文学奖和桂冠诗人"双料"荣誉的作家。这些奖项背后，是她不停的笔耕生涯，迄今已出版诗集12部，其中最为重要的有：《头生子》（*Firstborn*，1968，又译《长女》）、《阿喀琉斯的胜利》（*The Triumph of Achilles*，1985）、《野鸢尾》（*The Wild Iris*，1992）、《阿弗尔诺》（*Averno*，2006）等。

1.　陈爱敏：《20—21世纪之交美国戏剧主题嬗变与艺术创新》，载《戏剧艺术》2014年第2期，第53页。

　　尽管如此，格吕克折桂诺贝尔奖仍被媒介报道为爆冷门的事件，以致有报道称"沉默30多年的格吕克获诺贝尔文学奖"。但正如一些评论者指出的，关于格吕克爆冷或"沉默"的说法，真正反映的倒可能是严肃诗歌在物欲横流、浮躁喧嚣的商业金钱社会中的边缘化和落寞境况。另一个重要原因是，格吕克的诗歌精神确与时代潮流格格不入，因而显得曲高和寡。如格吕克两部诗集的汉译者柳向阳所评：格吕克创作的是"疼痛之诗"，它们"像锥子扎人。扎在心上。她的诗作大多是关于死、生、爱、性，而死亡居于核心。经常像是宣言或论断，不容置疑"[1]。不难想象，在一个大众娱乐的消费社会，这样的诗歌是难以为很多人所接受的，尽管少数同道中人早就看到其良药苦口的功效：格吕克的诗"能让人们在这个日益堕落的世界中得到一丝抒情的美感"[2]。但有多少人愿意从关于死亡、苦难的扎心诗歌中去品味美感？或许只能在某些极端情况下，人们才愿意直面这份肃穆与沉重。所以有人认为，格吕克的获奖或许正是这样一种特殊形势——2020年全球疫情大肆蔓延——的召唤。"每当遭遇灾难，人们首先向诗歌寻求慰藉。'九·一一'等突发灾难一定程度上促进了当代诗歌复兴。人们发现抚慰心灵的良药，还是诗。……要从格吕克的诗里寻找慰藉的力量，需要细细体味，抚慰被此起彼伏、欲去还留的Covid-19这类瘟疫折磨的人类，需要的正是这样的诗。"[3]那么，格吕克的诗是如何呈现疼痛与灾难的？又有什么意义？管窥这些问题的

1.　柳向阳：《代译序：露易丝·格丽克的疼痛之诗》，载露易丝·格丽克的《月光的合金》。上海：上海人民出版社，2016年，第1页。

2.　徐颖果、马红旗主撰：《精编美国女性文学史（中文版）》。天津：南开大学出版社，2016年，第581页。

3.　松风：《露易丝·格吕克：冷峻而温情的古典主义诗人》，载《外国文学动态研究》2021年第1期，第61页。

答案的一个地方，或许是瑞典文学院授奖给格吕克的理由："因她清晰可辨的诗意之声，以其素穆之美促成个体存在的普世性。"[1]在某种意义上，此话可以这样理解：格吕克的诗歌把个体的悲惨生存经历升华为古希腊悲剧的"普世"主题与情怀。她的诗歌与古希腊悲剧之间也确实有着某种特殊契合——两者的一些重要根系都深扎于古希腊神话。瑞典文学院宣布格吕克获奖的新闻公报里称："她从神话和古典图案中汲取灵感，呈现在她大部分的作品中。"[2]这种评价也早就是学界的共识，格吕克在耶鲁大学的同事、美国作家和诗人尼古拉斯·克里斯托弗（Nicholas Christopher）在评价格吕克诗集《阿弗尔诺》时就指出："格吕克从神话——集体神话与私人神话——的源泉中汲取灵感、滋养想象力，用呕心沥血打造的明澈词句和灵动之音乐性呈现人类最原始、最难以言表的恐惧——被孤立，被遗忘，爱的消亡，记忆的丧失，肉体的衰亡，心灵的毁灭。"[3]

格吕克沉郁、痛切、扎心而打动灵魂的诗风，可以从她个人的生活经历和所受过的诗歌训练等方面中得以说明。格吕克生于美国纽约市，是家中3个女儿中的老二，但是她从未见过她的姐姐——这个家中的长女在格吕克出生前一周因为厌食症夭折，格吕克是在家庭失去亲人的悲伤中降世的，这个悲剧如冥冥之中的某种魔咒一直伴随她的人生，但也因此激发她对人生和诗歌创作的特殊思考，死亡、悲哀、失去亲人等题材

1. 朱又可：《独家专访诺贝尔文学委员会主席：今年为什么颁给她》，范静哗译。
   <http://www.infzm.com/content/193740?from=nfzmwx>.
2. 和苗：《美国女诗人格吕克获2020年诺贝尔文学奖》。
   <http://www.xinhuanet.com/world/ 2020-10/08/c_1126582880.htm>.
3. Nicholas Christopher: "Art of Darkness."
   <https://www.nytimes.com/2006/03/12/books/review/art-of-darkness.html>.

也就不可避免地贯穿她的创作。格吕克十几岁时，不幸降临在她身上，她也患上神经性厌食症且久治不愈，这严重影响了她的生活和学业。在同龄女孩们享受活泼烂漫、充满梦想的豆蔻年华时，格吕克却在进食困难、体力耗竭、绝望恐惧、不停求医问药、不断接受治疗的挫折和痛苦中度过。可以想象，这种情况下，格吕克姐姐病痛和死亡的阴影会自然而然地再次不断袭入她和家人头脑中。这些经历让她对身体、灵魂、生命、死亡、恐惧、绝望等沉重问题不由自主地进行深思，成为日后她诗歌创作的重要题材和主题。这些都较为集中地体现在她早期的《水蝮蛇的乡村》这首小诗中："鱼骨在阿特拉斯的波浪上散步。/那里有其他/死亡追求我们的迹象，用水，/用陆地拉拢我们：在松树林中/一条未伸直的小蝮蛇在苔藓上打滚/在污染的空气中高耸。/诞生，而非死亡，是沉重的损失。/我知道。我也在那里留下了一张皮。"[1]

"诞生，而非死亡，是沉重的损失"，这样的诗句反映了格吕克诗歌的概貌，令人想起古希腊神话中酒神狄俄尼索斯的师父赛利纳斯对"什么是人类最美好的东西"这个问题的回答："最好的东西是你根本得不到的，这就是不要降生、不要存在、成为虚无。不过对于你还有次好的东西——立刻就死。"[2]讽刺的是，在很多方面20世纪的人类仍没有脱离几千年前古希腊人的某些存在境况和悖论，人生如此痛苦而荒诞，仍在引发那些古老的问题：生有何恋？人又为什么降生？是什么力量导演了这场无厘头的残酷恶作剧？格吕克在《母亲与孩子》（"Mother and Child"）

1.　马克·斯特兰德编：《当代美国诗人：1940 年后的美国诗歌》，马永波译。北京：北京师范大学出版社，1999年，第130页。

2.　尼采：《悲剧的诞生：尼采美学文选》，周国平译。北京：生活·读书·新知三联书店，1986年，第11页。

一诗中就沉痛叩问这些问题："我们都是做梦的人；我们不知道我们是谁。/某个机器制造了我们；世界的机器/……/我们做梦；我们记不起来。/……/我为什么受苦？为什么无知？/巨大黑暗中的细胞。/某个机器制造了我们；轮到了你对它讲话，继续问/我是为何？我是为何？"[1] 这首诗，除了再次回应古希腊神话中赛利纳斯关于人生的"答复"，还让人想起《旧约》中《约伯记》《耶利米书》等章节中屡屡出现的类似悲愤天问。

格吕克的诗歌与神话、《圣经》（当然也是另一种意义上的神话）有着密切的联系。这种关系的渊源在很大程度上可以在格吕克的人生经历中寻找。格吕克的祖父母是犹太人，从匈牙利移民到美国，靠在纽约经营杂货店为后辈创造了很好的生活条件。格吕克的父亲丹尼尔·格吕克是一个非常成功的商人，不仅有着精明的经商头脑，而且多才多艺，曾参与开发了著名的可换刀片的多用途刀具（X-Acto knife）。实际上，丹尼尔·格吕克早年的梦想是当一名作家，这个没有实现的理想传给了女儿。格吕克的母亲毕业于著名的女子私立大学、号称美国"七姐妹女子学院"之首的韦尔斯利学院，她才华出众且热爱文学。格吕克父母对文学的爱好和对文学创造力的尊崇，以及他们在格吕克身上发现的天赋，都使得这对父母在女儿身上尤其倾注心血，他们乐此不疲地给幼小的格吕克讲述和带她阅读各种神话、传说、童话及其他文学作品。这就解释了为何格吕克的多数诗集和诗歌中，都能看到来自古希腊神话、《圣经》和其他神话故事的各种典故和暗喻了。

1.　露易丝·格丽克：《月光的合金》，柳向阳译。上海：上海人民出版社，2016年，第318—319页。

格吕克善于把神话等素材水乳交融、天衣无缝地融入创作，从而打造出炉火纯青的诗歌艺术，这在某种程度上也是得益于她因厌食症而接受的长达7年的心理治疗。心理治疗和在此过程中她所学到的心理分析知识，不仅让她领悟了诗歌意象和语言的奥秘，也为她揭示了通向人类心理和无意识中更为幽深之处的暗道。她把自小就痴迷谙晓的神话，应用在诗歌创作中，到达一个其他人难以企及的高度。童话、神话对心理分析的重要性在现代心理分析创始人弗洛伊德那里就受到高度重视，而弗洛伊德的弟子卡尔·荣格更是试图从神话中寻求沉淀与深藏在人集体无意识中的"原型"——人类最为古老的文化、文学基因，荣格认为这种"原型"基因如同人类生物基因一样具有共性和普遍性。荣格因此成为神话原型批评的一个重要创始人。这一理论的启示意义在于，它揭示了人对宇宙、人生的千万年甚至是更长时间的不断思考和反思在人类无意识或古老记忆中的厚重沉淀。世界很复杂，但面对这个世界，从古至今，人类存在的基本主题却很简单：所谓"饮食男女"，生存，繁衍，应对各种各样的天灾人祸，尤其是最后一项。"天地不仁，以万物为刍狗。"百万年来人类面对的灾难如此繁多，几乎可以拿任何一个时期的模式来"考古"历史或者"预示"未来。所谓的"原型"，从一个角度看，其实并不神秘复杂，只不过是人类对百万年里那些最为普遍的基本生存活动的无数次记录和再记录（当然很长时间内是口头的）的浓缩罢了。这些记录像地层沉积一样，深深积压和埋藏在人的无意识中，在某些情况下会浮出，以各种形式到达意识这个冰山顶层，神话、传说、童话，包括《圣经》在内的古老宗教文献都属于这些形式。从这一方面说，格吕克是幸运的，她家庭和她本人遭受的灾变、她自幼在神话中的浸润、她接受的心理治疗，这三者共同帮她发掘了一道通往人类最为远古的记忆的神秘通途，从而在很大程度上帮助塑造了她独特的诗风。所以，一直以来对格吕克的作品就有一种比较普遍的评价："她的诗个人化地使用了普及的西方神话，其诗朴素而敏锐。"[1]

　　当然，格吕克的诗歌绝非是只任天分自由疯长的结果，如果那样，她诗歌的艺术性和深邃性就会大打折扣。格吕克非常幸运地接受了严格的正统学院教育，系统修习了自莎士比亚到济慈、自狄金森到叶芝再到艾略特等人创作的传统英语文学诗歌，并自豪地加入了这个传统，格吕克承认古典英语诗歌"就是我的语言的传统：我的传统，就像英语是我的语言。我的继承。我的财富。早在经历之前，一个孩子就能感受那伟大的人类主题：孕育失落、欲望、世界之美的时间。"[2]这种传承，很大程度上是在一位专业、严苛的诗人和老师的指导下完成的。格吕克厌食症得到控制后，参加了哥伦比亚大学一个主要面向退役老兵的诗歌研习班，在那里她遇到了多位慧眼识才的优秀老师，尤其是后来成为美国桂冠诗人的斯坦利·库涅茨（Stanley Kunitz）。库涅茨对格吕克这个爱徒严格到苛刻的程度，后来她深情回忆起跟着这位诗歌大师学习的经历："他不停鞭策我，从他那里得到掌声和祝贺太不容易，我是他的爱徒，但在他手底下如奴隶一样一刻不停地用功。"实际上这位严师在背后还是不由自主地夸耀这位弟子："她笔触及处，凡事都化为音乐和传奇。"[3]不仅如此，库涅茨诗歌中的常见题材和主题，如生命和死亡的相反相成，以及他沉郁肃穆却又富有悲天悯人情怀的笔风，都在他的得意弟子的创作中

---

1. 马克·斯特兰德编：《当代美国诗人：1940年后的美国诗歌》，马永波译。北京：北京师范大学出版社，1999年，第130页。

2. 松风：《露易丝·格吕克：冷峻而温情的古典主义诗人》，载《外国文学动态研究》2021年第1期，第59页。

3. Kort, Carol. *A to Z of American Women Writers* (Rev. ed.). New York: Facts on File, 2007. p.109.

得到青出于蓝的继承，如格吕克的名作《野鸢尾》："当知觉/埋在黑暗的泥土里，/幸存也令人恐怖。/……/你，如今不记得/从另一个世界到来的跋涉，/我告诉你我又能讲话了：一切/从遗忘中返回的。返回/去发现一个声音：/从我生命的核心，涌起/巨大的喷泉，湛蓝色/投影在蔚蓝的海水上。"[1]生和死、出世和入世、光明与黑暗、窒息与呼吸结合在一起。尤其最后一节中，诗歌暗示的是个人和整个世界命运的合一，与生命历史长河的汇流——这就是所谓的"促成个体存在的共同性"。所以有人认为这首诗可以作为格吕克所有诗作合集的小引[2]。但是这种共同性绝非媚俗，而是恰恰相反。格吕克的斯坦福大学同事、美国诗人里奇·霍夫曼（Richie Hofmann）高度评价了她诗歌的现实意义，认为格吕克"在一个持续播报、快速新闻循环和不知羞耻的自我推销时代，守护着亲密性、私密性、内在性……"[3]。这里的"亲密性、私密性、内在性"很大程度上指的是一种对人生、人性、心灵和无意识的深刻内省，是对人类文明的深刻拷问。格吕克在其诺贝尔文学奖获奖演讲词中提到威廉·布莱克和艾米莉·狄金森的"私密性诗歌"对她的影响，说自己最为这类诗人"那出于哀伤或渴望的孤独的人类声音所吸引……亲密的，诱惑的，往往是

---

1. 露易丝·格丽克：《月光的合金》，柳向阳译。上海：上海人民出版社，2016年，第21—22页。

2. Spanckeren, Kathryn Van. *Outline of American Literature*.
<https://publications.america.gov/wp-content/uploads/sites/8/2016/05/2007_Outline_American Literature_English_Digital.pdf>.

3. Hofmann, Richie. "Nobel reminds us why Glück's poetry matters now."
<https://lite.cnn.com/en/article/h_bce1469fed6e8bdcef1509efac2dab19>.
译文转引自松风：《露易丝·格吕克：冷峻而温情的古典主义诗人》，载《外国文学动态研究》2021年第1期，第61页。

幽暗的、秘密的。不是那些站在露天竞技场上的诗人"[1]。

对哀伤题材和孤独声音的执着，来自对人性和人类存在的深刻认识——这又和她对神话的理解有关。荣格在解释"原型"时，指出人的心理中有一条拖在后面的长长的蜥蜴尾巴，当然他是在说自远古以来通过一代代人的演化、积淀，存在人类心理最深层的集体无意识。但很容易看到，这个尾巴也可以喻指人性中残存的、亿万年自然演化历史赋予的动物性。与此内在的固有先天性基因相比，最多几万年前人类才开始产生和培育的后天文明基因简直微不足道。人类的痛苦、灾难更多的是来自这种不平衡。如果说人类心理和无意识是一层层古老的横向沉积层，那么纵贯其中的是一条垂直的血污沉积带，记录着无数灾难、死亡、痛苦，典型的例子是古希腊神话中神界和人界的血腥残酷冲突、争战和杀戮，以及《旧约》中上帝对人的无数次惩罚。

格吕克的个人经历，她对神话的熟稔，从心理分析中获得的洞察能力，对威廉·布莱克、济慈、狄金森等人的师承，这一切使她成为对这个纵向血污沉积带进行研究和在此基础上进行创作的诗人。她的诗歌之所以内省、私密，正因为她看到，这条血污沉积带一直被有意或无意地忽略，甚至在历史上被诸如希特勒这样的邪恶、狡诈的暴徒利用。而在当今这个疯狂的媒体时代，人们更是容易陷入麻木、自欺、冷血中，把苦难当作"猛料"恶搞、炒作的媒体事件层出不穷。所以，格吕克像狄金森一样非常警惕多数人的暴政。"在吸引我的那类艺术中，由集体发出的声音或裁决是危险的。……在此我谈论的不是艾米丽·狄金森对青春

1.　露易丝·格丽克:《2020诺贝尔文学奖得主露易丝·格丽克的获奖演讲》，李琬译。
<http://www.chinawriter.com.cn/n1/2020/1208/c404090-31959671.html>.

期少女的恶劣影响。我谈论的是一种性格，这种性格不信任公共生活，或者认为公共生活领域就意味着概括会抹去精确，片面的真相会取代坦率的、充满感性的揭露。"[1] 对此，《文明》一诗表现得非常深刻，由此诗可以看到，格吕克不再仅仅是一个诗人，也是哲学家和预言家，焦虑地关注着人类历史、现在和将来的命运："然而有某种东西，在这行动里，正在被承认。/这冒犯了我们体内残留的动物的部分：/是奴役在说话，在分配权力/给我们自身之外的力量。/所以那些说话的人被流放，被压制，/在街头被蔑视。"[2] 执拗地追问"我们体内残留的动物的部分"以及它对"权力"的贪婪、对"奴役"的迷狂，无情地把大多数人懦弱、规避的目光引向那条"蜥蜴尾巴"或者在人类发展史中留下的血污沉积带，这是格吕克的诗以避免迎合大众的又一典型表现。

在美国盛行的大众媒介狂欢中，格吕克的诗歌读来无疑是非常让人感觉高冷而"扎心"的。格吕克诗歌创作理念的成熟期，也是"20世纪60年代末……政府的明显的谎言频频曝光"的时代[3]，面对世界越来越多的谎言和巧言修辞，格吕克诗歌走向一种孤冷和淡漠的风格，以一种近乎虐心的执拗与社会的扯谎和粉饰唱对台戏，不从众、不向权势低头，直面人生最为残酷、恐怖的实质。从某种意义上说，格吕克非常像伟大的诗人屈原，其创作也颇似孤独踯躅在汨罗江边的那位东方伟大诗人进行的私人化和个体化的深刻内省吟咏。正是这种孤独个体对人世苦难根源

1. 露易丝·格丽克：《2020诺贝尔文学奖得主露易丝·格丽克的获奖演讲》，李琬译。<http://www.chinawriter.com.cn/n1/2020/1208/c404090-31959671.html>.
2. 露易丝·格丽克：《月光的合金》，柳向阳译。上海：上海人民出版社，2016年，第367页。
3. 萨克文·伯科维奇主编：《剑桥美国文学史（第八卷）》，杨仁敬等主译。北京：中央编译出版社，2008年，第131页。

进行沉思和创作的勇气，才真正使得诗歌和诗人的价值得以持续和发挥作用。

艾丽斯·沃克 (Alice Walker, 1944—)

艾丽斯·沃克，著名非裔小说家、诗人、学者、理论家和社会活动家。在当代美国文学史上，人们往往将她与诺贝尔文学奖获得者托妮·莫里森相提并论，这是因为她们都在民权运动中接受洗礼并发展出自己的文学理念，促进了黑人女性文学的发展。如果没有她们，由民权运动中喷涌而出的黑人艺术运动会是残缺和缺乏长远生命力的。她们的创作，撑起了黑人女性文学的半边天，也为整个当代美国文学增添了多姿多彩的重要维度。

沃克出生于美国佐治亚州一个贫困的黑人佃农家庭，是家里8名子女中最小的一个。像大多底层黑人家庭一样，沃克的父亲时常家暴妻子和儿女，使得她以后的作品多有关于男性对女性进行暴力加害的场景或主题。沃克1961年考入亚特兰大的斯佩尔曼学院，两年后转到纽约市的莎拉·劳伦斯学院。即使是在较为开放、自由的纽约的大学中，沃克也很难读到女性和少数族裔作家的著作，只能按当时主流课程的设置，习读以白人男性作家作品为主的所谓经典。沃克在纽约学习期间开始参与当时如火如荼的民权运动，并且在那个时期的"寻根"风气的影响下，远赴非洲大陆进行游访。在非洲，沃克既饱尝了这个古老大陆上众多民族丰富多彩的历史文化传统，也触目惊心地见证了西方殖民主义在非洲的深远遗留和影响，这些反过来又让沃克对美国国内非裔族群的被压迫状况产生更深刻的认识。这次非洲之行给她人生和写作生涯带来不小影响的另一事件是，她在那里意外怀孕了。当时在美国堕胎是非法的，这个生长在保守、贫困的黑人家庭中但却渴望新生活的青年女性陷入困境，经受了巨大的身心折磨甚至试图自杀。最后在朋友的帮助下，沃克才得以在一个地下诊所进行了堕胎手术。这次经历使得沃克在以后的创作中以独到和切身的视角反思和呈现女人的身体、性、生育以及相关的社会权力与控制问题。

大学期间沃克数次遇到民权领袖马丁·路德·金，并积极参加他所领导的一些活动，这也在很大程度上影响了沃克的生活、追求和创作。沃克大学毕业后返回南方老家以及密西西比州等地投身于民权运动，并结识了一位为黑人争取权益的犹太裔白人律师。1967年两个人冲破种种阻挠结婚，成为密西西比州第一对公然寻求法定地位的跨种族通婚夫妻，极大震惊和冲击了种族主义盛行的南方社会，引起很多白人的恶毒威胁和攻击。这些个人经历，作为女性，尤其是黑人女性在性别和种族歧视的双重迫害下的辛酸无奈，都在她的第一部诗集《一度》（Once，1968）中得到体现。此后，在政治活动和文学创作中不断成长的沃克又出版了《革命的牵牛花》（Revolutionary Petunias and Other Poems，1973）等多部诗集。此外，她也从大学时期就开始创作短篇小说、散文，以及文学理论文章，但最让沃克为读者所熟知和欣赏的，还是她的小说创作。迄今为止，沃克共出版了包括《格兰奇·科普兰的第三次生命》（The Third Life of Grange Copeland，1970）、《梅里迪安》（Meridian，1976）、《紫色》（The Color Purple，1982）、《拥有快乐的秘密》（Possessing the Secret of Joy，1992）和《现在是你敞开心扉之际》（Now Is The Time to Open Your Heart，2004）等在内的7部长篇小说，还有大量结集或单独出版的短篇小说。

《格兰奇·科普兰的第三次生命》是自20世纪早期至民权运动期间这半个多世纪中三代美国黑人的家族生命史，更是三代黑人女性在种族和性别主义双重压迫下的苦难史，故事以小见大，反映了20世纪整个黑人族群的历史命运。故事背景、情节等都在不同程度上展示了沃克自己熟悉的故乡、黑人族群，尤其是黑人女性和孩子的遭遇。中心人物格兰奇·科普兰是美国南方佐治亚州的一个佃农，社会的不公和残酷、黑人生活的贫困无望使科普兰心灵扭曲、性情残暴。在社会上他被凌辱、欺压，却把满腔的愤怒、挫折和仇恨带回家中，蛮横地发泄在妻子玛格丽特身上，动辄将她打得死去活来。科普兰自暴自弃，沉迷于醉酒和嫖娼，对家庭和儿子布朗菲尔德根本不愿承担任何责任。最后，科普兰自己也无法忍受这种生活，弃家跑到传说中自由、平等的美国北部，企图在那里呼吸到所谓的自由空气。被弃的玛格丽特自杀，布朗菲尔德不得不独自求生。布朗菲尔德长大后遇到了心地善良、知书达理的黑人姑娘梅姆，两人结婚并像其他人一样做佃农维持生计。但是从小在家庭内外的暴力环境下长大的布朗菲尔德，开始重蹈父亲科普兰的覆辙，终日虐打梅姆，使她变成了当年他母亲玛格丽特一样的行尸走肉，并最终死在布朗菲尔德的枪下。梦想幻灭的老科普兰从北方回到故里，收留和照顾孤苦的孙女露丝。布朗菲尔德服刑期满，获释回家，他不仅不思悔改，反而变本加厉，试图让自己的女儿露丝替代梅姆继续作为他施虐的对象。科普兰为保护孙女击毙了布朗菲尔德，自己也死在警察的枪下。沃克曾指明，这部小说取材于黑人社区里家庭暴力的真实事例。黑人们所经受的非人待遇把他们变成失去人性的暴力施为者，而且这种暴力会因为在家庭中的耳濡目染而像基因一样代代相传。尽管小说呈现了一出黑人们无法逃避的悲剧，但老科普兰最后对孙女的关爱以及为了这种爱而不惜大义灭亲、自我牺牲的选择，还是使得小说闪现出一丝希望之光：两代人在暴力中的一生，最后也以暴力终结，而第三代、无辜的小露丝却存活下来，开始了科普兰家族的第三次生命。

《格兰奇·科普兰的第三次生命》作为沃克的长篇小说创作起点，确立了贯穿沃克后来大多作品的典型主题：种族、性别和家庭关系。"作品的最终指向是黑人妇女在家庭中的命运。……在沃克的作品中，家庭是个想象的结构，是建构经历、确立身份的方式。"[1]随着沃克思想和创作的一步步成长，这些主题和理念在她的代表作《紫色》中得到了炉火纯青的呈现。故事的时代背景是20世纪早期到第二次世界大战前，主要地点仍是佐治亚州黑人聚居的偏远贫困地区。主人公黑人女孩西丽是个天真善良的少女。西丽母亲身体多病不能满足西丽继父的性欲，他便在西丽身上发泄使她接连生下两个孩子，并把西丽的这对子女强行抱走卖掉。西丽的继父不仅把西丽作为泄欲对象，还把她当作牲口使唤，强迫她辍学回家干活和料理家务。病弱无能的母亲死后，西丽的继父娶了后妻，但仍不停地对西丽施暴，还觊觎西丽正渐渐长大的妹妹南蒂。善良的西丽为了保护自己的妹妹，不得不继续牺牲自己任由继父摆布。西丽继父日益把她当作绊脚石和累赘，将她半送半嫁给了一个有一堆孩子的鳏夫。还没有完全成年的西丽替丈夫持家，照顾和她自己年龄相差不多的继子。丈夫整日在外胡混，到了家就像对待牲口一样虐待她，懵懵懂懂的西丽只能把自己遭受的一切通过向"亲爱的上帝"写信来倾诉。西丽知道自己的继父和丈夫都试图性侵妹妹南蒂，就设法帮助南蒂离家出走。西丽丈夫的旧情人、歌手莎格患病，落魄潦倒，被丈夫接到家中。

---

1. 金莉等：《20世纪美国女性小说研究》。北京：北京大学出版社，2010年，第283页。

西丽非但不嫉妒，反而对莎格尽心照料，使莎格放下疑心与芥蒂，成为西丽的挚友，她还启蒙西丽了解和发现自我——包括自己的身体和性。

西丽一直给在非洲旅居的妹妹南蒂写信，却从未得到过回音，很久以后她才发现南蒂的回信都被丈夫藏匿了起来。在莎格的鼓励和陪伴下，西丽已经有了足够的觉悟、勇气和能力反抗丈夫的控制，她和莎格走出家庭到了大城市孟菲斯，在那里西丽凭借自己的聪明、能干开办了一家衣服裁缝公司，实现了经济和精神的自主。她的丈夫在失去一切后才意识到自己能对女性为所欲为，都是因为社会和体制给他的权势，而一旦女性选择反抗，他便无计可施。他不再狐假虎威，而是向西丽服软、道歉。西丽的妹妹南蒂从非洲归来，还带来了当年被西丽父亲抢走送人的、与西丽失散多年的儿女。全家人大团圆，与莎格、西丽的丈夫一家人等建立起一个和谐团结、其乐融融的大家庭。

《紫色》在许多方面实现了突破，它对黑人社区中的暴力、乱伦，以及对女性的暴虐和压榨进行了无情揭露，也将女性对自己身份、身体和性意识的觉醒以及黑人女性之间的爱（包括性爱）给予了大胆的描写，让很多人感到震惊，甚至敌视，但这正是沃克思想和艺术突破的表现和价值所在，她把黑人文学，尤其是黑人女性文学所涉及的题材、主题推进到了一个新的境界和高度，为后来黑人女性的创作和创新拓展了视野。更为可贵的是沃克在叙述手法上的推陈出新，小说大胆挪用了18世纪英国流行的、常被男性作家用以对女性进行道德规训的书信体，对其进行解构和颠覆式的应用，把这种控制女性的体裁变成"被剥夺出版和发言机会的妇女直抒胸臆、表现妇女文化、赞美姐妹情谊和友爱"的媒介，赋予女性言说的力量，"对父权社会表示强烈的抗议"，建构起女性文学传统和文化秩序[1]。这部小说得到普遍的赏识和认可，获得1983年普利策奖和美国国家图书奖。小说在全球很多国家成为畅销书，并在1985年被著名导演斯皮尔伯格改编成电影。

沃克进行文学创作的同时，更重视推动和践行女性文学传统和妇女文化秩序的建构，这两者是一个相辅相成的过程。沃克在大学的文学学习过程中就发现，所谓经典，基本上是欧美白种男性著述的代名词，这非常不利于女性，尤其是少数族裔女性的创作。大学毕业后，沃克在参加民权运动的同时，开始有意发掘、宣扬和建构黑人，尤其是黑人女性文学传统，这项工作最为有名、影响最大的一个成就就是发现了被白人和男性文学两者的所谓经典标准而抹杀和尘封的前辈——"黑人文学之母"佐拉·尼尔·赫斯顿。20世纪70年初，沃克在挖掘、收集、整理黑人历史文化资料时，接触到被湮没已久的赫斯顿的作品，马上被这位先辈的文笔和思想所震撼，开始对赫斯顿作品和生平进行了不倦的探究和发掘工作。沃克考证并搜寻到赫斯顿的墓地，怀着极大的敬意对墓地进行了修缮，并立了一块标有"南方的天才"字样的墓碑。她还找到了赫斯顿的晚辈亲戚，得到关于赫斯顿生平的翔实资料。接下来，沃克系统整理了赫斯顿已经出版和未能付梓的大量作品，不遗余力地对其进行研究和评介，在学界提出并确立了赫斯顿作为现当代美国黑人女性文学先驱的地位。这些研究把因历史不公正而被抹杀的赫斯顿重新置入世界文学殿堂，更重要的是，它为女性和少数族裔发掘与创建自己的文学文化传统，开创了极为成功和富有启发意义的成功先例。这个传统的建构所带

---

1. 陶洁：《译者的话》，载艾丽斯·沃克的《紫颜色》。南京：译林出版社，2008年，第10—11页。

来的影响，当然首先表现在沃克自己的创作中。沃克在赫斯顿这位文学前辈的作品中读到了积极自信的黑人种族观念，看到了赫斯顿塑造的那些有血有肉、立体饱满、完整健全、复杂鲜活的黑人形象，这都一反白人所炮制的黑人刻板形象，成为沃克本人在创作中建构健康黑人传统的榜样和指针[1]。沃克发表了一系列文章来探索和阐释这种思想，最后结集为《寻找我们母亲的花园》(*In Search of Our Mothers' Gardens*，1983) 一书，在其中沃克提出了一个非常重要的观念"妇女主义"(Womanism)，并以此来纠正当时美国主流的白人女权主义忽视甚至排斥少数族裔女性创作的弊端，使得美国女性主义的内涵得以大大丰富和完善。妇女主义强调的是黑人女性所追求的一种具有鲜明独特性的女性主义，作为一个团结、进步的旗帜，妇女主义凸显了性别与种族的双重压迫下美国非裔妇女的独特策略。"妇女主义"的外延被大大扩展，具有极强的包容性和多元性，包括了同性恋者和其他性取向的人，发扬了"统一主义"传统，扬弃了一般白人女性主义和一些黑人权力运动中的分离主义和排外主义，"确保以整个人类（包括男女两性）的生存和完整为己任"，宣扬不同性取向的黑人妇女的姐妹情谊和团结友爱，呼吁和促进"黑人妇女精神上的解放和完整，以及获得的崭新的艺术生命"[2]。这些都在《紫色》中，尤其是西丽和莎格之间关系的描述中得到充分体现。

　　沃克较近的作品《现在是你敞开心扉之际》在构思和主旨上应和了赫斯顿的代表作《他们眼望上苍》。小说中，著名作家凯特（这是沃克祖母的名字）已年过半百，她感觉自己的创作和人生都遭遇了阻碍和困惑，

1.　Walker, Alice. *In Search of Our Mother's Gardens*. San Diego: Harcourt Brace Jovanovich, 1983, p.85.
2.　金莉等.《当代美国女权文学批评家研究》. 北京：北京大学出版社，2014年，第21—22页。

于是离开家，去神秘的亚马孙热带雨林远游。在亚马孙丛林中，凯特和原住民一起参加丛林部落的神秘仪式，与神鬼进行通灵。他们服用一种叫"祖母藤汁"（Grandmother yage）的草药，在药物的作用下，凯特感觉自己经历了一系列奇幻景象，看到了自己的母亲和祖母。在《现在是你敞开心扉之际》中，沃克把妇女主义再一次进行推进，更彰显这个概念中不同地域、种族、文化之间的和谐共处和共同体的建构。在这部小说中，沃克弱化了《紫色》等小说中的黑人政治意识，把重心移向对美洲原住民的萨满教（小说标题即出自印第安萨满教歌词）的描述[1]，试图在这个古老、原始的教义中寻求一种神秘通途，探知人与自然、现代文明与历史、个人与祖先、世俗存在和精神世界之间的种种联系。在亚马孙雨林中与自然的融合、萨满仪式、祖母藤汁赋予的艺术灵感、通过神秘仪式与祖母神会等场景，使得妇女主义、环保主义、生态女权主义等全球性环境危机之下产生的新理念交融起来，显示出沃克对人类命运的终极关怀和对艺术的不懈探索与创新精神。

艾丽斯·沃克在当代美国文学史上的地位是非常独特而重要的，她的文学成就，尤其是《紫色》的成功，大大驱散了那些企图涂黑、遮掩、排斥和抹杀黑人女性文学重要性的势力，把黑人女性文学不可逆转地引到前台。沃克对黑人，尤其是黑人女性文学传统历史的发掘与重建，对黑人女性文学谱系的构筑，以及对妇女主义等黑人女性主义理论的建构，极大推动了黑人女性文学和整个黑人文学的发展，同时为其他少数族裔文学的发展提供了切实而深远的启示。这些成就，使得沃克本人像

1.　谭惠娟、罗良功等：《美国非裔作家论》。上海：上海外语教育出版社，2016年，第511页。

她发掘出的赫斯顿一样，成为众多女性和其他弱势群体的文学启明星，也必定超越时代，成为后世很多文学儿女的光辉典范。

莱斯利·马蒙·西尔科 (Leslie Marmon Silko, 1948—)

莱斯利·马蒙·西尔科，美国印第安作家、诗人，美国20世纪60年代后期"印第安文艺复兴"的重要推动者。如果说莫马迪在这场复兴运动中是首要的男性探路者，西尔科就是紧跟其后的印第安文学女性开拓者，并成为"第一位出版了长篇小说的美国土著女作家"，她沿着莫马迪《日诞之地》的创作方向进行了更深入和广泛的拓展[1]，并对后来的本土作家，如路易丝·厄德里克，起到积极的启发和引导作用。

西尔科出生于美国新墨西哥州的阿尔伯克基，在新墨西哥州印第安拉古纳普韦布洛部落[2]所在的村落度过童年。西尔科除了具有拉古纳普韦布洛印第安血统外，还有墨西哥人和白人血统。她的曾祖父罗伯特·马蒙是英国移民后裔，在19世纪70年代作为一家铁路公司勘测员进入拉古纳普韦布洛部落所在地域，与当地一个拉古纳族女子成家并安顿下来。后来马蒙成为普韦布洛部落的总督，还参与制定了第一部普韦布洛部落宪法。西尔科的父亲也担任过部落委员会的财务主管。西尔科的曾祖母玛丽·马蒙和姑奶奶苏珊·马蒙曾帮助照顾、抚育西尔科，两位老祖

---

1. 萨克文·伯科维奇主编：《剑桥美国文学史（第七卷）（修订版）》，孙宏主译。北京：中央编译出版社，2012年，第702页。
2. 普韦布洛印第安人在美国共有18个分支，拉古纳普韦布洛是其中一支。参见张廷佺：《〈日诞之地〉：印第安人自己的讲述》，载斯科特·莫马迪的《日诞之地》。南京：译林出版社，2013年，第2页。

宗级的女性擅长讲故事，把拉古纳文化和传统知识灌输给幼小的西尔科。西尔科的母亲是来自蒙大拿州的有着墨西哥裔血统的大平原印第安人（Plains Indian），所以婴儿时期的西尔科是在她母亲部落传统的绑婴板（cradle board）上度过的。这种混血族裔身份和多种传统文化的熏陶，使得西尔科以后的创作特别关注各种混血群体的身份和经历问题。但是西尔科还是强烈认同拉古纳的传统和文化，她8岁时就有了自己的马匹，13岁时就拥有了自己的来复枪，还参加了部落的猎鹿行动[1]。西尔科在保留地的印第安学校上到小学4年级，然后被带离老家到阿尔伯克基一所天主教学校学习，那里不允许讲她一直使用的印第安母语。从此她开始经历一种语言和文化意义上的流离、漂泊，在以白人文化为主的美国社会的不同族群和地域之间游历，这些经历以后使她对种族、文化归属等问题进行了切身而且深刻的思考。总体而言，她在拉古纳普韦布洛印第安人保留地成长，耳濡目染的拉古纳印第安人的传统、神话和文化奠定了她日后创作在题材、体裁和主题方面的思想基调。

西尔科1969年以优异成绩毕业于新墨西哥大学，获得英语专业学士学位，然后进入这所大学的法学院，学习印第安法律。但是她很快看到美国法律体系对印第安人的伪善与两面三刀，一方面是无耻、虚伪和欺骗，另一方面是赤裸裸的歧视与巧取豪夺，她学习法律的理想幻灭，故提前离校。这时西尔科更为坚信讲故事和文学创作的力量，认为这才是改变世界的有效手段，于是更为认真和投入地利用自己熟悉的拉古纳讲故事手法进行短篇小说和诗歌的创作。1974年，西尔科出版首部诗集《拉

1．Levine, Robert S., ed. *The Norton Anthology of American Literature: American Literature since 1945.* 9th ed. Vol. E. New York: Norton, 2016, pp.1041-42.

古纳女人》(*Laguna Woman*)，获得诗歌界和学界的高度赏识。而同一时期她发表的一些短篇小说也开始被学界和读者普遍认可，其中几个短篇被收录进印第安文艺复兴的标志性著作——肯尼思·罗森（Kenneth Rosen）主编的《送雨云的男人：当代美国印第安故事集》(*The Man to Send Rain Clouds: Contemporary Stories by American Indians*，1974）中，而选集的标题正来自西尔科早在上大学期间发表的短篇小说《送雨云的男人》("The Man to Send Rain Clouds"，1969）。

　　而无论是对西尔科本人，还是对整个当代印第安文学而言，她的首部长篇小说《仪典》(*Ceremony*，1977）才是真正的划时代作品，这是当代印第安女性出版的第一部长篇小说。小说标题指的是主人公、印第安退伍老兵塔尤在经历过二战的严重打击和伤害后，借以找回自我、恢复心灵和重获归属感的印第安传统仪式。塔尤，像作者西尔科一样，是一个拉古纳族混血儿，但却更边缘化，因为他是个私生子，为家人带来了耻辱，所以从小被妈妈抛弃。姨妈把他接到家里与自己的孩子洛奇一起拉扯成人。第二次世界大战爆发，他和洛奇加入美军，远赴太平洋战场作战，经历了血腥残酷的战争。洛奇死于日军手下，塔尤带着身心创伤和负罪感复员，回到老家。尽管战争已经结束，他也回到了远离战场的家乡，但是杀戮在他身心留下的烙印却像恶灵一样追随着他。塔尤接受并参加了部落长老们主持的仪典，开始身体和心理的复苏，并被引领着一步步走近和理解印第安神话与传统，在印第安绵长悠远的历史、文化、故事中完成一系列灵魂探索。在一系列的仪典过程中，塔尤领受到印第安女先祖的教诲，重新建立与印第安部族的古老土地之间的联系，感悟到这片土地对他的赐福和护佑。值得注意的是，正如世界上很多文化中关于土地的隐喻一样，塔尤所回归的土地是母性的，这弥补了他从小失去的母爱，正是这种母性的慈爱治疗了他在白人文明的战争杀戮和其他邪恶力量中所受到的伤害和诅咒。这里揭示了白人文明和印第安传统的反差：前者是以技术为支撑的白人男性暴力文化，而后者是与自然融为一体的具有治愈疗效的母性文明。塔尤最终在仪典中顿悟：他只有放弃暴力，才能真正回归到养育着印第安文明的土地母亲的怀抱。

《仪典》中有关土地母亲的主题在西尔科的短篇小说集《讲故事的人》（Storyteller，1981）中继续得到探究和发展。在西尔科的成长经历中，对她人生和创作影响最大的就是曾祖母和姑奶奶以及其他家族女性讲的故事。在西尔科眼中，这些讲故事的女性在讲述故事，尤其是当她们照顾孩子、给年幼的一代讲述故事时，实际上就在承担着一个对部族命脉至关重要的使命：传递印第安传统、神话、文化、知识和价值观念，而且这些女性讲述故事的形式和这些故事的内容一样丰富多彩、不拘一格。《讲故事的人》也像西尔科女先辈们讲述的故事一样，在形式和体裁上多种多样、琳琅满目，是一场由故事、传奇、短篇小说、神话、书信、传记，甚至还有照片构成的文艺什锦盛宴，所有的篇章都浸润着其他部分的韵味，笼罩在一种跨越时空、现实与神话界限的神秘光晕中，史前传说和现实事件交织在一起，传奇神话中的角色和生活中的人物息息相关。所有故事都在传递相同的寓意和价值观念，把叙述者与听故事的人交融在同一片土地、同一种精神的集体生存体验中，这些故事编织成的世界就能帮助人们认清自己与周围人的联系，思考自己存在的生活与土地环境之间的关系，并认清和担当在这种"更宏大的背景下"自己"所扮演的角色"[1]。所以，讲故事实际上就是教导人们认识历史、传统、世界、他人的特殊方式，使人明确认知自己的身份和责任，以及自己的行为方式。小说的标题故事《讲故事的人》讲述的是一个伊努伊特女人在父母被白人杀害后追凶复仇的经历，故事中伊努伊特女人从她所熟悉的大地中获取勇气、智慧和力量，并最终把蔑视、践踏和侮辱土地的白人凶手诱到河中淹死。故事传递的信息是：印第安族群在面对自己的土地家园被入侵和家人被迫害时，应该依靠自己的土地作为精神和行动指导，从大地之灵那里得到智慧和力量，勇敢承担责任，采取行动保护家园，并在行动中重新定义自己。土地以及土地之上的万物，如同在无数的印第安神话中表现的一样，不是静止的、被动的背景，而是有着神性、灵性和能动性，和人物一样参与着故事和叙述的发展，甚至帮助人物采取行动。所以西尔科曾特别说明，她短篇小说中的自然环境会直接影响故事的结局[2]。《讲故事的人》中的伊努伊特女人和她对土地的信赖、与土地的联盟行动，就说明了这一点。

　　西尔科的另一部重要著作是长篇小说《沙丘花园》(*Gardens in the Dunes*, 1999)。在形式上，这部小说体现出西尔科进一步的探索创新——她把印第安人的讲故事手法和维多利亚时代小说的要素结合起来，把笔触延伸到更深远的历史和地理纬度中，探讨在西方资本主义和基督教文明的入侵与掠夺中，印第安人以及他们的土地与自然环境的命运。小说提到1890年在南达科他州发生的伤膝河大屠杀（Wounded Knee

---

1. 李雪梅：《西尔科的〈说故事的人〉中与西方迥异的女性观探析》，载《辽宁师范大学学报（社会科学版）》2013年第5期，第719页。
2. Silko, Leslie Marmon. "Interior and Exterior Landscapes: The Pueblo Migration Stories." in *Landscape in America*. Ed. George F. Thompson. Austin: U of Texas P, 1995, p.168.

Massacre），揭露和谴责了白人的西进运动、淘金热等对美国西部印第安人保留地的残暴掠夺和践踏，控诉了白人对印第安人的疯狂屠杀和对其文化的灭绝。但小说真正重点揭示的是那种更为隐形、披着欺骗性"文明"外衣的普遍殖民意识形态对印第安文明的损害。小说中的白人不是手持最先进战争武器的美国大兵和残暴贪婪的土地开发者、掘金者，而是博学儒雅的英国植物学家，但是他在和印第安人交往中同样体现了根深蒂固的殖民心态。小说中，西尔科没有使用历史或现实存在的部落名称，而是虚构了一个居住在亚利桑那州和加利福尼亚州交界处的沙丘地区的沙蜥部落（Sand Lizard Tribe），这个部落已经被伤膝河大屠杀所代表的侵略和杀戮所摧毁，主人公是11岁的沙蜥族女孩木蓝和她的祖母、妈妈、妹妹，祖孙三代、四个女性流离失所，漂泊到了加利福尼亚的一个小城落脚。附近又发生美国军队对印第安人的剿杀，兵荒马乱中三代人失散。木蓝被强行送入一个类似于改造所的由白人管理的寄宿学校，接受去印第安化的教育。她最终逃离学校，被白人植物学家爱德华·帕尔默夫妇收留。帕尔默打着科学研究的旗号搜集世界各地的珍奇动植物和矿物，实际上是对大自然巧取豪夺、谋取钱财。在某种程度上，木蓝成为他收集的一个标本。木蓝跟着帕尔默一家游历了欧美大陆很多地方，目睹了爱德华对自然的贪婪、剥夺，这些最终毁掉了他。最后木蓝放弃了白人施舍给她的富裕生活，回到自己出生的地方，和自己失散多年的妹妹团圆，一起重建沙丘中的花园。这部小说因为其时间背景和地理场景的拓宽而有了更为丰富的内涵，但是西尔科作品中的基本主题仍然清晰可辨：印第安人如何从肉体回归到灵魂，回归到被白人文明践踏和破坏的土地，并使得土地重新焕发生机和神力，以赋予印第安人修复心灵与族群人际关系的疗伤力量。在西尔科看来，作为一个作家，她自己在这个使命中的角色，就是发扬印第安人讲故事的艺术传统，使得讲故事重新发挥印第安传统神话中的神奇力量，重建印第安人和土地母亲的纽带。

作为当代最重要的美国印第安作家之一，西尔科更试图通过讲故事把这种印第安人与土地、人与人之间的纽带扩展到更为广阔的范围，成为全世界各种文化之间的纽带。她曾说："我把自己视为全球社区的一员，那些养育了我的老一辈就把他们自己看作世界公民。我们眼中没有国界。当我写作的时候，我是在写给全世界，而不仅仅是为美国而写。"[1]西尔科的写作，是对生她、养她的族人的智慧和传统的发掘与发扬，是对产生了这些智慧和传统的土地的挽救、养护和颂扬，并努力把她眼中具有神性的古老印第安土地、这片土地上的人民的信仰，通过讲故事推介到她文章能够企及的地方，构想更为广阔的人类和自然共同体，激发跨越时空、跨越人类社会和自然世界、跨越历史和现实的天人合一理想。

谭恩美（Amy Tan, 1952— ）

谭恩美是在赵健秀、汤亭亭等民权运动中的开路者之后，把美国华裔文学的影响力推向一个崭新高度的成功作家。《喜福会》（*The Joy Luck Cub*, 1989）的成功，成为当代美国华裔文学发展的一个里程碑式事件，而谭恩美以此为起点的创作，也在很多方面突破了传统的华裔文学的界

---

1. "Leslie Marmon Silko."
<https://www.poetryfoundation.org/poets/leslie-marmon-silko>.

限，甚至被认为"开创了一种美国小说的新风格"[1]。美国华裔作家李健孙（Gus Lee，1946— ）指出："美国出版业对新华裔美国作者的兴趣，一般地讲，当然要归功于汤亭亭，特殊地讲，要归功于谭恩美。谭恩美神奇的作品震动了美国社会精神的意识之弦，创造了既有永久历史意义又具有广泛商业成功的一种文学作品。"[2]这些评价，都在一定程度上概括了谭恩美的文学创作成就和影响。

谭恩美1952年出生于美国加利福尼亚州奥克兰市。父母是第二次世界大战后从中国移民到美国的。父亲是工程师，还做过福音浸信会的牧师。谭恩美的母亲在认识谭恩美父亲前曾有过一段不幸的婚姻，给她造成过影响持久的身心创伤，包括不得不抛下与前夫所生的女儿们远赴他国的痛苦。旧疤犹存，新的不幸又在美国接踵而来，1967年谭恩美的哥哥和父亲在一年内双双死于脑瘤。这再一次给谭恩美的母亲造成极大的打击和刺激。她认为美国的家中了邪咒，于是带着谭恩美和小儿子移居瑞士，并尽量给孩子们创造机会，接受最好的教育，以便子女都能成功、腾达。但是老一辈这种传统的望子成龙、望女成凤的期盼，给谭恩美带来极大的压力；母亲屡受打击后极不平稳的精神状态（她曾数度企图自杀）与谭恩美青春期的叛逆情绪，再加上西方年轻人中盛行的反文化影响，造成了她们母女之间非常紧张，有时是激烈的对抗关系。谭恩美那段时间成了问题少女，与一些嬉皮青年结交，纵欲、吸毒，还

---

1. 尹晓煌：《精编美国华裔文学史》，徐颖果主译。天津：南开大学出版社，2016年，第265页。

2. 吴冰、王立礼主编：《华裔美国作家研究》。天津：南开大学出版社，2009年，第244页。

曾违法被拘。谭恩美甚至数次试图与不良之徒私奔到国外，这更加剧了母女之间的矛盾和对抗。谭恩美母亲不得不又带着子女重返美国，在加州圣克拉拉市居住下来。尽管过了青春期的谭恩美不再那么叛逆，但她自己的人生选择和母亲望女成凤的期盼继续长期龃龉。像很多亚裔父母一样，谭恩美的母亲把女儿送到医学院，以期孩子日后能找到受人尊重的稳定工作，但谭恩美却私自转学，改修英语语言学。她1974年在圣荷塞州立大学获得语言学硕士学位后，去加州大学伯克利分校继续攻读博士学位，但没有完成学业就退学开始工作。谭恩美做过一个残疾儿童项目的语言能力发展顾问，还尝试过记者、医学期刊编辑、商业技术文案自由撰稿人等工作，但在她母亲眼中，她一直都是不务正业、蹉跎岁月。谭恩美日益深刻地意识到母亲的失望，母女之间长久的矛盾成为两人各自越来越大的心病。谭恩美本人陷入极度的焦虑抑郁中，不得不进行心理治疗，但是越治心结越重。于是她开始求诸写作进行宣泄和心理疗伤。事实证明，这条文学疗伤之路是正确的，它不仅使谭恩美本人走出人生迷谷，更是在这个过程中开始写母亲的故事，了解她的身世和伤痛，母亲对儿女的拳拳之心等。写作帮助谭恩美揭开了母亲的内心世界，冰释了母女间几十年的情仇纠葛。所有这些都在她的一些作品中通过不同方式表现出来，使得小说富于真情实感、委婉动人、引人入胜。这也是谭恩美出道便一鸣惊人并很快成为美国重要通俗作家的一个重要原因。

谭恩美的处女作《喜福会》一出版便成为畅销书，让她一夜之间成为美国最受欢迎的通俗作家之一。小说极具自传性，讲述了四位华人移民母亲和她们出生于美国的女儿之间的隔阂与最终的和解之路。小说题目"喜福会"指的是旧金山四位从中国移民到美国的女性，即吴素云、许安梅、龚琳达、映映·圣克莱尔组成的家庭麻将聚会。"喜福会"最早是抗日战争期间吴素云在中国桂林发起的，在疯狂进逼的日寇的屠刀和铁蹄之下，吴素云带着幼小的孩子拼命逃难，但在路上能有喘息的机会时，她就和几个一起逃难的姐妹用能够凑合到的零星食物和野菜"聚餐"，并假装是在享用大宴，饭后她们还要打上几圈麻将。这些能让大家暂时逃脱残酷恐怖的现实，借打麻将时的好手气表达这些苦难中的女性对生命、生活"喜福"的顽强向往。吴素云在战后来到美国旧金山并结识了许安梅、龚琳达和映映。她们在旧中国都曾经历战乱、包办婚姻等种种痛苦和不幸，而来到美国后她们发现这里也不是她们想象的天堂，语言障碍、文化隔阂、种族歧视，使得她们在美国社会处于另一种意义上的无根无基、漂泊离散状态。所以，当她们在旧金山相遇不久，吴素云便重新发起喜福会，和许安梅、龚琳达、映映轮流做东依次在每一家中聚会，烹调、品味各自的中国老家菜肴，然后转向麻将桌。对这四位生活在美国社会边缘的移民女性而言，喜福会是她们彼此之间相互帮助、支撑，并维持她们和中国历史传统联系的仪式。但她们出生在美国的女儿们，却随着年龄增长越来越认同美国的主流文化，对母亲们开始产生嫌弃甚至敌对情绪。喜福会在这些一心赶美国社会时髦的女儿们眼中，成为一种莫名其妙、滑稽怪异的东方神秘"巫术"。母亲们就这样在被社会边缘化和被自己孩子排斥的状态下生活着，直到吴素云带着未了的"宿愿"抱憾离世。其他三位母亲终于认识到再也不能等下去了，于是这些老人们开始利用喜福会来重建和女儿们的骨肉联系，这个一直被母亲们用来作为激发生存希望和斗志、保留故国家乡传统、讲述自身故事、建立姐妹情谊的平台，现在被用来拉近和教育女儿，使其了解母亲以及母亲们所代表的中国历史传统，以便新的一辈能在美国社会进行她们自己的种族身份探索和建构。许安梅、龚琳达、映映在吴素云故去后举办的第一次喜福会上，把吴素云的女儿，也就是小说的主要叙述者晶妹拉上麻将桌，向晶妹讲述了她自己都不知道的母亲一生的秘密和凤愿。

小说就此以麻将作为中心意象，展开一种新颖、富有创意的小说叙述形式：小说共4卷16章，分别是由四位母亲（已经去世的吴素云的叙述由晶妹代劳，所以晶妹的"戏份"最多，成为主要叙述者）和她们各自女儿的故事构成。这些故事彼此之间在时间、因果等方面没有太紧密的联系，完全可以作为一部短篇小说集来读，但内容都是关于四对母女在男权社会中的不同遭遇以及这些遭遇给母女带来的隔阂。这种叙述形式贴切服务于标题"喜福会"的寓意与表达的主题，母亲们利用喜福会来实现与女儿的沟通，把自己的传统、身世、凤愿和对女儿们的美好祝愿像打麻将牌一样，"打"给女儿们"吃"。16个故事遵循的不是传统小说的叙述范式，而是麻将的出牌模式，如被3位母亲们软磨硬泡缠着拉上麻将桌的晶妹描述的："映姨掷骰，阿姨们告诉我，琳达姨变成东风，我成了北风，最后出牌。映姨是南风，安梅姨是西风。"[1]按照这个方式，喜福会中四位母亲和她们的女儿们轮流"坐庄"讲述，按照东、南、西、北风各打四圈的顺序，生成16个故事。这种叙事模式保证了各个叙述者间的平等地位，四对母女间的故事没有宾主、轻重之分，组成的文本正如美国女性主义评论家伊莱恩·肖沃尔特（Elaine Showalter）所说的"百纳被式女性文本"一样，"没有任何一个时空点被任何高潮所凌驾"[2]。但《喜福会》的独特价值在于，谭恩美利用富有中华文化特色的"喜福会"意

---

1.   Tan, Amy. *The Joy Luck Club*. London: Vintage, 1989, p.34.

2.   Showalter, Elaine. *Sister's Choice: Tradition and Change in American Women's Writing*. Oxford: Clarendon, 1991, p.161.

象取代了美国女性主义的叙事传统和模式，赋予了不能很好掌握英语而长期在美国失声的中国母亲们"坐庄"和发言的权力，给了她们力量、信心和平台，去唤醒"只说英语、狂饮可口可乐"、沉溺于美国"14K金一般"肤浅而廉价的消费文化中的女儿们，让她们珍惜和承接喜福会所象征的亲情、生存斗争经验和意志。

《喜福会》的成功令谭恩美看到母亲的身世和故事是可供她发掘和写作的丰富资源。两年之内，她就又推出一部更为接近她母亲亲身经历的小说《灶神之妻》（*The Kitchen God's Wife*，1991）。可以想象，这部小说几乎在很多方面都是《喜福会》的翻版，以华裔母女之间的紧张关系为导线，发展到一个危机临界点，并最终达成和解：不擅长用英语和女儿交流的母亲最终下定决心，对女儿吐露自己的一生，向女儿倾诉母亲对孩子的美好期盼和祝愿等。《灶神之妻》中，珍珠像《喜福会》中的那些女儿一样，是被美国社会文化同化了的新一代华裔女性，她和作为第一代移民的母亲温妮之间一直存在很深的隔阂。也像《喜福会》一样，和温妮一起移民到美国的老朋友、一直被珍珠视为阿姨的海伦决定在离世之前促成珍珠和温妮之间的沟通与和解。温妮终于打开心结，向女儿吐露了她一直深埋在心底的来美国之前在旧中国的悲惨遭遇。温妮的妈妈是一个富人的妾室，在家中没有地位，因而温妮从小也受尽歧视。她长大成人后，好不容易嫁给了一个叫文福的富家子弟。但是她很快就发现，文福是一个残暴成性的虐待狂，对她施暴，还折磨死了他们幼小的女儿。后来，温妮结识并深深爱上了一个美籍华人士兵。文福为了报复而诬陷温妮，让她蒙冤并遭受牢狱之灾，受尽屈辱和折磨。但是出狱后，她侥幸抓住最后的机会逃到美国和爱人重聚。母亲的倾诉，使得母女冰释前嫌，彻底改变了两人的生活。与《喜福会》相比，《灶神之妻》

削弱了对美国白人社会中中国移民群体所受歧视和排斥的批判，更迎合美国主流社会读者对充满异国情调的中国和中国女性题材的猎奇心理，着重描述了一个华裔母亲自幼在旧中国陈腐的封建习俗下的生活经历，以及她在一个虐待狂丈夫手中的悲惨遭遇。尽管在客观上这是对旧中国封建社会女性被压迫和剥削的控诉，但很多评论者注意到，主观上谭恩美是在有意利用这些普通美国人不能也不愿认真辨析、批判的旧中国糟粕形象来追求市场成功，这就是很多学者批评的小说中的"东方主义"倾向，即西方社会用西方文化至上甚至是唯一的殖民主义偏见来看待东方，把"他者化"的东方想象书写成低等、愚昧、落后、野蛮的形象，并把这种形象以系统的方式在从学校教育到大众文化等社会的各个领域中普及，固化了东西方不平等的关系以及西方白人的优越地位[1]。

对华裔母女关系的探讨，加上对美国人眼中神秘和古老的中国文化的描述，确实为谭恩美的作品赢得了大量读者，所以谭恩美尽量去发掘这些题材，《接骨师之女》（ *The Bonesetter's Daughter* ，2001）是另一个例子。小说题材和主题仍是《喜福会》和《灶神之妻》的延续，写的是旧金山一位华裔女作家露丝·杨陷入写作和人生的低谷，而同时，长期和她处于争执甚至冷战状态的母亲开始出现阿尔茨海默病的症状。这些成为露丝和母亲不得不亲密接触的契机。在照看母亲时，露丝发现了母亲此前用汉语写的一些手稿，不精通汉语的露丝请人把母亲手稿翻译成英语，打开了通向母亲早年身世和母亲所承载的中国文化传统的一道门。这个手稿的内容构成小说的主要部分，也就是母亲所叙述的移民美国前

---

1. 吴冰、王立礼主编：《华裔美国作家研究》。天津：南开大学出版社，2009年，第269—270页。

在中国北京附近一个小山村的往事。这个故事地点，正是20世纪早期轰动考古界的北京人化石被发现的地方。母亲家人谋生的行当是非常具有中国文化特点的制墨行业，小说还点缀了许多其他中国文化符号，诸如中医"接骨"等。这些所谓的"中国元素"，加上母亲被美国人所办的孤儿院救助并最终前往美国的经历，都使得小说能满足西方读者对东方形象和东方女性命运的阅读期盼和品味习惯。但小说的叙述方式也确实引人入胜，母亲和女儿的叙述穿插，时空在现代美国旧金山与旧时中国北京之间交替，把女儿在物欲横流的美国社会中的现实经历与母亲在虚构的远方神秘国度中的故事杂糅在一起，实现了母亲与女儿的精神交流和情感重建，像前两部母女关系小说一样，女儿也借由对母亲生活、身心历程的了解，开始了对自我的重新审视、思考和定义。

除了这些母女关系主题小说外，谭恩美也大胆尝试其他通俗文学题材，尤其是利用美国人心目中神秘的东方异域风情形象来创作玄幻小说。她的《通灵女孩》（*The Hundred Secret Senses*，1995）和《拯救溺水鱼》（*Saving Fish from Drowning*，2005）都是商业上非常成功的尝试。《通灵女孩》中，谭恩美开始尝试脱离她一贯挖掘、利用的母亲、外祖母在中国的经历以及以母女为主线的叙事方式。但神秘的中国文化符号依然是支撑《通灵女孩》的重要成分，只不过被谭恩美用魔幻主义笔法更进一步地给予了推进和强化。小说的叙述者是美国旧金山的奥利维亚，她的母亲是美国白人，父亲是中国人。奥利维亚幼时丧父，母亲也改嫁。毫无责任心和爱心的母亲对奥利维亚不管不问，而她的中国父亲先前还有过婚姻史，留下一个比奥维利亚大十几岁的中国女儿——一个叫邝的女孩子。邝来到了美国，代替奥利维亚的生母无微不至地照顾自己同父异母的妹妹。但是奥维利亚并不真正了解自己的这个姐姐，因为她觉得邝的行为举止怪异疯癫。邝自称她的眼是"通灵眼",能看见在阴间里的鬼魂,并能和这些魂灵交流。奥利维亚对此嗤之以鼻,甚至嫌弃姐姐。成人后的奥维利亚婚姻和事业陷入危机,邝想利用自己的通灵能力帮助妹妹挽救婚姻、走出人生低谷。而实现这个目标的唯一途径,就是要回到邝的故乡,中国桂林地区的一个充满神秘甚至魔幻氛围的小村庄——唱绵。在邝的努力下,奥维利亚和已经分居多时的丈夫一起带着邝赶往中国唱绵。在那里,邝通过她的灵异能力让奥维利亚明白了他们三个人的"前生"——一段在19世纪太平天国起义期间的故事。通过帮助奥维利亚对前生中三个人彼此恩怨情仇的了解,邝驱散了在今生现实中纠缠、扰乱他们生活的邪魔,促成妹妹与妹夫的破镜重圆。邝也为此付出代价,消失在一个被鬼神盘踞的山洞中,她通过牺牲自己为奥维利亚换来了幸福。

《拯救溺水鱼》则把主要故事场景移到了军阀混战、战火纷飞的缅甸,而且玄幻特征也更加鲜明,大大迥异于谭恩美前几部小说。小说叙述者陈璧璧是一个鬼魂,生前是美国旧金山华裔社会的名流和东方艺术品收藏家。她生前负责组织一群美国人到中国和缅甸旅游,但临行前神秘亡故,于是她的魂灵便跟着原来安排好的旅行团踏上了东方之旅。旅游团先访问了中国云南的丽江,团里的美国游客因为语言文化不通,亵渎了当地神明,而冒犯了当地人,故狼狈地匆匆离开中国前往缅甸。在缅甸丛林中,这些人结识了一些遭到缅甸军政府镇压而逃到深山老林中的一些少数民族。这些族人看到旅行团中一个十几岁的白人少年,认定他是部落神灵脱胎转世的化身,是下凡前来拯救他们的。于是,族人就想方设法把旅游团滞留在原始丛林里。但是美国媒体以为旅行团被绑架了,炒作出一个全球轰动的媒体事件。故事怪诞灵异,充满讽刺,但也探讨了西方人的精神空虚、盲目自大，以及东西方的文化隔阂和媒体文化等重要而严肃的议题。

　　谭恩美有着非常灵敏的文学感知力，善于借鉴与驾驭流行文学的创作手法。随着多元文化的兴起，她捕捉到华裔族群，尤其是其中女性的生活和内心经历题材在美国主流文化消费市场的吸引力。从前辈作家，尤其是汤亭亭等人的作品中，她继承了华裔美国人母女关系等非常具有发掘潜力的题材，采用印第安等少数族裔文学中发展比较成熟的叙述方式，从流行文化中提取各种为西方人所迷恋的东方元素，编织成虚虚实实、神秘玄妙、可做多样解读的故事文本。无论如何，她的成功都进一步激发了美国读者对华裔或亚裔文学的兴趣和认可，也激励了更多亚裔作家转向自己祖辈的文化传统，并以此作为探讨、反思和创作的思想矿藏，这也从客观上促进了亚裔文学的更大发展和繁荣。

丽塔·达夫（Rita Dove，1952— ）

　　丽塔·达夫，非裔美国诗人、小说家、剧作家，也是造诣颇深的音乐人和舞蹈家。关于达夫的艺术成就，广有佳话流传，比如她1993至1995年连任两届美国桂冠诗人，是该荣誉有史以来入选的最为年轻的诗人和首位非裔美国人；她也是获得普利策诗歌奖的第二位非裔美国人；她也是因其艺术成就被两位美国总统（克林顿和奥巴马）授予奖章的作家。达夫和中国人民、中国诗歌界也非常有缘，2015年她曾获得中国第10届"诗歌与人·国际诗歌奖"。而早在2006年，达夫就曾到中国香港访问，并在香港大学举办了诗歌朗诵会。

　　丽塔·达夫出生在俄亥俄州阿克伦市一个成功、殷实的黑人中产阶级家庭里。她的外祖父20世纪早期从南方农业地区来到阿克伦，成为工厂工人，努力改变自己的命运，与外祖母一起勤奋持家，为自己和后代的成功与幸福打下了坚实的基础，这在达夫以后获普利策奖的诗集《托马斯与比尤拉》(*Thomas and Beulah*, 1987)中得到深情呈现。外祖父母的努力使达夫的母亲受到良好教育。达夫的父亲也是靠个人奋斗而出人头地的人，他出身低微，是家里10个孩子中唯一读完高中并上了大学的。老达夫以优秀成绩从大学毕业，却因肤色只被雇佣为电梯操作员，但他并没有消沉自弃，而是更加努力地与命运抗争，最终成为美国轮胎制造业中的首位黑人化学家。达夫的家庭重视教育和阅读，在这种环境下达夫从小就被培养出热爱读书的习惯。父母和祖辈几代人喜欢聚一起讲故事，这不仅是家庭亲密、温馨的催化剂，也很早激发了达夫的想象力和文艺创作梦想，让她不到10岁就迷上了诗歌。在充满温情和积极进取精神的家庭中，达夫所受的教养和很多其他黑人作家（如沃克）是非常不同的，她展露才华和创作的道路也非常平稳、顺利。达夫从小聪明好学，在高三她作为全美100名优秀高中生之一被授予总统奖学金，并被邀到白宫做客。1973年她以优异成绩毕业于迈阿密大学，后获得富布赖特奖学金赴当时在西德的图宾根大学学习当代欧洲文学。1977年达夫从爱荷华大学作家研习班毕业，获艺术硕士学位。关于她的诗歌创作，中国第十届"诗歌与人·国际诗歌奖"授奖词中的评价是非常全面而中肯的：

　　　　丽塔·达夫为我们揭幕开美国黑人身世和生存困境，她平静而诚实地正视种族问题，将历史光影、岁月狂想、个人经历，还有虚构之术，有机地编织在一起，构建起一个广阔的文化远景。

在重写历史的诗传统上，她不重复任何声音，也不相信种族的界限，她绘制着新的空间概念，广泛地关注人性，呈现出了作为世界公民令人动容的侧影。她还运用女性的精神血肉来探索人生的奥秘，处理复杂的人性关系。她尊重自己的生活经历，触及更深的自我，展现出一个创造者沛然的诚意。从走向真实但尚未被证实的点上，她进入了文学的现场、成为事实暴露的勇敢者，把洞悉之真留给记忆和现实。丽塔·达夫的诗歌措辞简练、清新自然，她选择平实的、寻常的、为人所熟悉的生活来揭示真谛，其无限近似于蓝调的底色有着令人顿悟的品质。[1]

以上所说在她的第一部诗集《街角的黄房子》（*The Yellow House on the Corner*，1980）中得到典型反映，尤其是她利用平实寻常、为人熟悉的生活来揭示真谛的创作理念。如标题所示，诗人的出发点是自己"生于斯，长于斯"的熟悉的家乡社区——它的街道房屋以及里面的人与生活。比如这个集子中最为脍炙人口的三首《青春期》（"Adolescence"）中的第一首："露水浓重的夜晚，在外祖母的门廊后面/我们跪在挠人痒痒的草上说悄悄话：琳达的脸悬在我们面前，苍白如一颗山核桃，/显得很智慧，因为她说：/'男孩的嘴唇很柔软，/柔软如婴儿的皮肤。'/空气听见她的话都凝固了。/一只萤火虫在我耳边嗡嗡地飞，远处/我能听见街灯'砰'的一声/变成了一个个微型太阳/映照在长着羽毛的天空。"[2]诗歌以清新平

1．《第十届"诗歌与人·国际诗歌奖"授奖词》，载《诗歌与人》2015年第9期（第十届"诗歌与人·国际诗歌奖"专号），第1页。

2．丽塔·达夫：《她把怜悯带回大街上：丽塔·达夫诗选》，程佳译。太原：北岳文艺出版社，2017年，第23页。

易、富有人情味的语言开头，描绘出外祖母家温馨静谧的后院中，几个豆蔻年华、情窦初开、懵懂天真的女孩子们憨态可掬的悄悄话场景。"挠人痒痒的草""空气听见她的话都凝固了""我能听见街灯'砰'的一声/变成了一个个微型太阳"等词句，把女孩们窃窃私语时的外部景物，还有她们谈论"禁忌"话题时紧张羞怯而又好奇渴望的内心世界，刻画得淋漓尽致、美不胜收。读者仿佛能置身于几个小女孩之间，忍俊不禁地听着她们"显得很智慧"的私密话。诗的结尾更是美轮美奂，把小女孩那充满紧张神秘的想象，用梵高画作一样极富视觉冲击力的意象闪现出来。诗歌起笔貌似平实，但意蕴神奇。这从一个侧面说明了达夫的笔风和手法，也正如诗集的标题所示，黄色房子象征诗人所熟知的个人、家庭和社区范围里的小天地；而它所在的街角路口，则象征着向不同方向扩散的可能性和向远方进展的巨大空间。所以诗集不仅没轻视小女孩们的情怀，还把它和宏大的历史社会连接起来。于是我们会读到揭示奴隶制罪恶和黑奴们痛苦经历的诗篇："第一声号抬起胳膊，挥过露珠点亮的草，/奴隶们的住处响起一阵沙沙声——/……/我看着他们被赶进天亮前蒙蒙的光中/而女主人还睡得像一根象牙牙签，/马萨梦见了小姐屁股、朗姆酒和黑奴放克。/我再也睡不着了。第二声号响了，/鞭子卷起，抽在拖延者的背上——/有时候我姐姐的声音，不会听错的，也在他们当中。/'哦，求求你！'她哭喊着。'哦，求求你！'/……/当田野舒展成一片片白色，/他们就像蜜蜂一样撒在了肥厚的花丛中，/我流泪了。还不是天亮的时候。"[1]

　　更可贵的是，《街角的黄房子》把这种厚重的历史感与黑人在当今

1.　丽塔·达夫：《她把怜悯带回大街上：丽塔·达夫诗选》，程佳译，太原：北岳文艺出版社，2017年，第20页。

现实中的种族歧视和迫害下的生存境况有机结合，因而赋予诗集以严肃而犀利的社会批判价值。如《教我们数算自己的日子》（"Teach Us to Number Our Days"）这首小诗用极为平实而简洁的意象营造了沉痛、哀婉的诗蕴，呈现了黑人族群时时刻刻面临的警察暴力所造成的死亡、伤痛，以及留在幼小的孩子心灵中巨大的死亡恐惧和创伤："街巷闻得着警察，他们大腿上颠着手枪，/每个枪膛都上了一颗细长的蓝色子弹。/廉租的露台层层叠上了天。电视天线将月亮叉成了棋盘，/一个男孩在那玩井字棋，梦到/自己吞下一颗蓝色的豆子。/豆子在他肚子里生根，发芽，/……/巡警，冷面无私，掌控所有豆子。/八月，菊花点头而过，朵朵都是别在衣袖上刺痛的心。"[1]诗歌是能超越时空的。2020年，一个黑人在美国明尼苏达州明尼阿波利斯市被警察暴力执法致死，这再次引发全球对美国黑人群体命运的关注。在这个背景下重读此诗，我们不得不信服亚里士多德的名言："诗是一种比历史更富哲学性、更严肃的艺术，因为诗倾向于表现带普遍性的事，而历史则倾向于记载具体的事件。"[2]达夫的创作不仅仅超越历史，也突破种族、肤色、地域等限制，以便追求艺术对普遍经验的反映。丽塔·达夫曾表示"作为一个黑人妇女，我关注种族……但肯定不是我的每首诗都提到作为黑人的事实。我的诗是关于人类的，有时碰巧是关于黑人的。我不能也不愿意逃避任何种类的事实。"[3]她的第二部诗集《博物馆》（Museum，1983）显然更进一步，从街角的房子，到放眼展示大千世界的博物馆。在这个博物馆中，仍不乏个人、小家的温

1. 丽塔·达夫：《她把怜悯带回大街上：丽塔·达夫诗选》，程佳译，太原：北岳文艺出版社，2017年，第12页。
2. 亚里士多德：《诗学》，陈中梅译注，北京：商务印书馆，1996年，第81页。
3. 张子清：《20世纪美国诗歌史（第二卷）》，天津：南开大学出版社，2018年，第1073页。

馨，但同时也犀利剖析了人性，并关注到整个人类的命运。《博物馆》也毫不犹豫地揭示了人性和人类历史的阴暗。在《香芹》（"Parsley"）中，读者看到的是多米尼加独裁者所代表的人类心中深不可测的恶："将军找到了那个词：*Perejil*。[1]/谁说对，谁活着。他笑了，牙齿闪闪发亮/在沼泽地里。甘蔗出现了/在我们梦中，被风鞭笞，淌流着。于是我们躺下。为了每一滴血/有一只鹦鹉在模仿春天。/在沼泽地里甘蔗出现了。"[2]

达夫谈到这首诗时说，她认为没有哪个人从未产生过邪恶之念，也没有人会对邪恶产生的过程毫无亲身体验。用诗去探究、剖析独裁者随心所欲的残暴是非常重要的，因为它能帮助读者理解人其实无恶不作，当我们进入到独裁者的头脑时，我们自己已经身处他所实施的暴行的半路上了[3]。纵观整个诗集，正是对家庭中亲情温暖的珍惜，以及对人性恶的透彻理解，才使得达夫写出《核时代的启蒙书》（"Primer for the Nuclear Age"）这样对整个人类的警句："水手的地图边缘/写着：'越过/这个点有妖魔。'/……/如果你已经有了一颗心，总有一天/它会杀死你。"[4]

《托马斯与比尤拉》同样是发端于私人生活和感情，从小听着外祖父母（即诗中的托马斯与比尤拉）故事长大的达夫，在外祖父去世后陪伴外祖母的日子里，更加了解这对饱经沧桑、相爱一世的老人，诗集就是对

---

1. 西班牙语，即标题中"香芹"一词。1937年多米尼加共和国独裁者拉斐尔·特鲁希略（Rafael Trujillo）下令对海地的黑人进行大屠杀。海地的黑人往往发不出Perejil这个词里中的"r"音，所以这个词成为辨识他们的一个手段，据说有2万3千多名海地黑人因此被判定为清洗对象而遭处决。

2. 丽塔·达夫：《她把怜悯带回大街上：丽塔·达夫诗选》，程佳译。太原：北岳文艺出版社，2017年，第61页。

3. Levine, Robert S., ed. *The Norton Anthology of American Literature: American Literature since 1945*. 9th ed. Vol. E. 2016, New York: Norton, p.1079.

4. 丽塔·达夫：《她把怜悯带回大街上：丽塔·达夫诗选》，程佳译。太原：北岳文艺出版社，2017年，第59页。

这对老人相濡以沫、奋斗一生的敬礼。但像达夫的所有诗作一样，《托马斯与比尤拉》把描述外祖父母生活点滴的笔墨逐渐汇流，变奏为一首涵盖了从1900到1960年半个多世纪的美国黑人经历的史诗，以家族史的形式书写外祖父母所代表的那个时代的所有黑人的抱负与追求，反映了20世纪初美国南部农业地区黑人向北方工业城市的大迁移的壮阔历史，"用语言搭建一座回望非裔族群的瞭望塔"[1]。书中的诗歌并没有按严格的时间顺序来安排，但所描画的托马斯与比尤拉的人生是清晰的。托马斯离开南方老家，充满豪情与无畏到北方闯荡："离开田纳西山岭时／他们没什么可夸耀，／只有美貌和一把曼陀林。"年轻的托马斯和比尤拉偶遇，生活的艰难毫不影响他们对美好生活和爱情的热烈追求，"于是他把黄丝巾／围在她肩头，暖暖的／带着他喉颈的温度（他挣了／好多钱，可以再买一条）"。他们在亲情和爱的支撑下，坚忍奋斗，追求美好生活。诗集描述了托马斯做工的艰辛："齐柏林工厂／需要工人，好吧——／但是，站在囚笼一样的／鲸鱼肚子里，火星子／飞溅出焊接口，／噪声如雷轰鸣。"诗作也记录了黑人在美国经济衰退时首当其冲成为被打击对象的残酷命运："失业暴民的吼声／如一锅沸腾的例汤／溅在一岸灰色制服上。"但他们对生活从没有失去过希望，对国家和社会总怀有朴素的忠诚。二战爆发，托马斯因身体健康原因无法上战场，于是积极地进入飞机厂参加生产："身子太虚无法参战，他／站在一只未安装的机翼前／半真半假地想，没什么大不了的。／许多个下午，厂厂拉开时铝板／闪着光，飞向太阳；可现在／早上第一件事只是面对／灰头土脸、叨叨闲聊的／周围那些健壮的女

---

1. 黄礼孩：《世界跟我到这里》，载丽塔·达夫的《她把怜悯带回大街上：丽塔·达夫诗选》，程佳译。太原：北岳文艺出版社，2017年，第4页。

人，/还有那个铆钉，等着他的铆枪/啪啪炸响五秒钟。"[1]达夫对托马斯和尤比拉生活的描述没有限制在纯粹的私人圈子，如《街角的黄房子》和《博物馆》中所表现的，这个圈子是一个轴心点，它有着很强的辐射力和感染力，把主题引向历史和社会时空的深远之处。

达夫诗歌的一个显著特点是它的音乐和节奏美，这与她在音乐和舞蹈方面的天赋是分不开的，从她的诗集《装饰音》(*Grace Notes*，1989)、《美式狐步》(*American Smooth*，2004)等的标题中便可见一斑。最能体现她这方面才华的是《穆拉提克奏鸣曲》(*Sonata Mulattica*，2009，也译作《黑白奏鸣曲》)。标题中的"Sonata Mulattica"指的是音乐大师贝多芬创作于1803年的著名《A大调第九小提琴奏鸣曲》(*Vionlin Sonata OP.47*，No.9)，这是贝多芬所有小提琴奏鸣曲中最出色的一首，也标志着浪漫主义时期小提琴奏鸣曲形式的巅峰。但是这首不朽名曲却隐藏着一个极其凄凉的故事。贝多芬原本要把此曲献给从伦敦到维也纳来访的小提琴家布林格托瓦(George Augustus Polgreen Bridgetower)。布林格托瓦是黑白混血儿(诗集标题中Mulattica即这个意思)，他的母亲是波兰人，而父亲是非裔加勒比人，布林格托瓦自小表现出传奇般的音乐天赋。他和贝多芬在维也纳结识，两人相见恨晚，曾共同演奏《A大调第九小提琴奏鸣曲》。但在闲谈时布林格托瓦不小心对一位女士说了句轻浮之言，这大大激怒了贝多芬，这位音乐伟人本来就倔强、乖戾，再加上当时已经开始遭受丧失听觉的打击，贝多芬竟然和布林格托瓦断然绝交，并把奏鸣曲改为献给法国小提琴家鲁道夫·克鲁采(Rodolphe Kreutzer)，这就是该曲又名

---

1. 引自《她把怜悯带回大街上：丽塔·达夫诗选》中《托马斯与比尤拉》部分（第69—160页），程佳译。太原：北岳文艺出版社，2017年。

《克鲁采奏鸣曲》的原因（讽刺的是，克鲁采竟然怀疑贝多芬的能力和作品的价值，据说一生都没有演奏过它）。布林格托瓦事后多次向贝多芬道歉，但是都没有打动固执的贝多芬。布林格托瓦返回伦敦，最后在贫困中死去。

　　两位音乐天才之间的故事，成为音乐史上一件憾事。这在《乔塔》（"The Bridgetower"）一诗中得到记述。在悲剧发生两个多世纪后，达夫用诗作化解了布林格托瓦和贝多芬之间的纠纷，在充满音乐感的诗歌中造就了两位音乐同道的和谐合奏。达夫用诗歌弥补并圆满完成了一场本来抱憾的音乐盛典，但目的却不是用来篡改历史。相反，她用诗歌去揭示发生在两个音乐天才间悲剧的深层历史原因。两个人都因为出身卑微而遭受社会歧视，而布林格托瓦还承受着种族歧视。贝多芬和布林格托瓦同是天涯沦落人，所以，这首诗又名《黑白奏鸣曲》，其中的"黑白"也指这两个肤色不同但命运相连的音乐家。当然诗集主要还是聚焦在布林格托瓦在封建特权和种族歧视双重压迫下的悲惨命运，并把它放在更大的历史语境中来反映整个黑人群体遭受的压迫和不公正待遇。更主要的，《穆拉提克奏鸣曲》突破了种族界限，由对黑人族群的悲悯，放眼到所有被剥削、压迫的人民。如《（重）生》["（Re）Naissance"]这首诗就把音乐家的遭遇和当时所有农民的悲惨命运联系起来。它标题下有个小引："1789年2月29日，农民在田野上挖掘/最后几个被冻坏的马铃薯。天使没有出现。"诗中出现堪与《卖炭翁》这样的传世作品相比的凄凉诗句："雪是温柔的掠夺者：它吮吸 / 我们身上再也没有碎布绑着的地方 / 觅其所及，在一片骂声中 / 把我们冻成霜。"[1]正是这样深刻而广泛的社会

1.　丽塔·达夫：《骑马穿过发光的树：丽塔·达夫诗选》，宋子江译。长沙：湖南文艺出版社，2019年，第179页。

揭露和批判价值，加上不凡的诗歌手法和音乐性，使得《穆拉提克奏鸣曲》获得赫斯顿/赖特遗产奖。

达夫的艺术成就不仅仅限于诗歌，她的小说如《第五个星期天》（*Fifth Sunday*，1985）、《穿越象牙门》（*Through the Ivory Gate*，1992）以及剧本《地球的黑色面孔》（*The Darker Face of the Earth*，1994）[1]等都广受好评。达夫的创作关注黑人历史和命运，但也把这种关注扩展到对所有美国人甚至全人类命运的终极关怀，真正突破了近当代黑人艺术主题、情感、体裁、风格的限制，走向世界主义的高远境界，拓展了非裔美国诗歌和文学的发展道路和空间。由此来看，说她是目前美国黑人文学和艺术家中的领军和代表人物是毫不为过的[2]。

路易丝·厄德里克 (Louise Erdrich, 1954—)

路易丝·厄德里克是当今美国最为重要、多产和有影响的印第安作家之一，是继斯科特·莫马迪和莱斯利·西尔科等人之后在印第安文艺复兴运动中发挥重要作用的多才多艺的作家。她既是小说家，也是诗人，有着令人惊服的创作力，到目前为之已推出长、短篇小说集近20部和诗歌、散文集、儿童小说等著述10余部。厄德里克的作品不仅在学界受到高度认可，赢得全国书评家协会小说奖、美国国家图书奖、美国国

---

1. 又译为《黑人复仇记》，出版于1994年，首演于1996年俄勒冈莎士比亚戏剧节。参见金莉、王炎主编：《当代外国文学纪事：1980—2000 美国卷（下卷）》。北京：商务印书馆，2015年，第722页。

2. 庞好农：《非裔美国文学史（1619—2010）》。北京：中央编译出版社，2013年，第290页。

会图书馆美国小说奖、欧·亨利短篇小说奖、笔会/索尔·贝娄美国小说成就奖等殊荣，而且也深得普通读者喜爱，很多著述都是脍炙人口的畅销书。厄德里克的书被译成多国语言，受到世界读者的欢迎，使她蜚声美国内外。在所有当代印第安作家中，厄德里克有惊人的创作速度、广受欢迎的畅销业绩和令学界信服的文学价值，也是对美国本土文学的发扬光大做出突出贡献的首要人物。

厄德里克身上有着德国人、法国人和印第安奥吉布瓦部族的混合血统。她的德国血统来自父亲这边。她的祖父是德国人，参加过第一次世界大战，战后移民美国，是底层贫穷移民在美国奋斗、求生、扎根、发展（尤其是艰难地熬过20世纪30年代经济大萧条时期）并成功的典型例子。厄德里克的父亲拉尔夫·路易斯·厄德里克和他的兄弟曾在第二次世界大战中抗击纳粹。祖父两辈的经历成为厄德里克2003年出版的小说《屠夫俱乐部》（*The Master Butchers Singing Club*）的重要灵感资源。二战结束，拉尔夫退役了，并进一步接受教育获得教师资格证。生性活泼好动、充满冒险和探索精神的拉尔夫没有像其他人那样在自己熟悉的白人社区立业成家，而是到美国北达科他州的龟山奥吉布瓦印第安保留地任教。在那里他遇到一个奥吉布瓦部落的酋长帕特里克·古尔诺并与之结为好友，拉尔夫因此结缘了古尔诺的女儿丽塔，两人后来恋爱、结婚。像厄德里克的代表作《爱药》（*Love Medicine*，1984）中描述的那样，古尔诺所属的印第安族群有着悠久历史和古老传统，但同时也带着几百年来西方殖民和白人统治的深深烙印。从较早期法国殖民者的探险和商贸活动，到以后英国殖民者取法国人而代之，再到美国建国后白人的扩张、侵入和统治，使得很多奥吉布瓦人身上都流淌着种族杂交的血液，古尔诺就是古老的奥吉布瓦部落和早期法国殖民者的混血后代。尽管如此，奥吉布瓦人一直坚韧、顽强地保护和维系着自己原住民的传统。古尔诺酋长是一个虔诚的天主教徒，更是部落传统文化、仪式、技艺和故事的继承者、表演者。在20世纪50年代，古尔诺还和部落中其他人一起挫败了美国联邦国会试图撕毁历史条约、侵吞印第安保留地的阴谋，这被厄德里克写入其2020年的小说《守夜人》（The Night Watchman）中。从家世上看，厄德里克是幸运的，她所继承的东西——本土传统和移民经历以及两者之间的相反相成关系——成为她艺术创作的不竭题材和技法宝藏。印第安族群的历史和现状、他们的存在方式、白人的扩张与统治给印第安人造成的灾难、印第安文明和基督教之间的矛盾张力、印第安人和其他种族人群之间的关系等，都是她文学作品的重要主题。

　　路易丝·厄德里克是拉尔夫和丽塔七个子女中的老大，她是在印第安人和白人两个世界中长大的。他们全家住在以白人为主的城镇沃珀顿，离外祖父的家乡龟山奥吉布瓦印第安保留地有数小时车程。拉尔夫和丽塔在城里一个印第安事务局所管辖的印第安寄宿学校任教（厄德里克的外祖父古尔诺曾在这个学校上学），但他们的孩子上的都是以白人孩子为主的学校，厄德里克因而孩提时并没有对印第安传统和身份的强烈认同。所以，有着印第安血统的人在白人文化中对自己真正身份的认同困难（或不情愿），也是日后厄德里克创作中常被探究的。拉尔夫和丽塔夫妇积极鼓励孩子们读书和写作，所以厄德里克很早就有了当作家的梦想。厄德里克经常去看望外祖父并在那里逗留，听外祖父讲故事并受到古老的印第安文化的耳濡目染。1972年，作为常春藤名校之一的达特茅斯学院第一次向女性敞开校门，厄德里克作为首批达特茅斯女大学生之一被录取了。正巧也在那年，一直宣称致力于印第安青年培养的达特茅斯，破天荒地建立了美国印第安研究系，系主任就是以后会成为厄德里克丈夫和文学创作搭档的印第安裔学者、作家迈克尔·多里斯。厄德里克在这个新成立的系中选修课程，开始有意识地研究印第安文化和传统，并思考自己的印第安人身份问题，还把相关的学习思考和心得作为素材进行创作。毕业后她从事过教学、编辑等各种各样的工作，最后她决定做一个职业作家，于是又进入约翰·霍普金斯大学学习创意写作并获得艺术硕士学位。20世纪80年代初，她与迈克尔·多里斯结婚，并开始一起创作，到1995年两人分手之前厄德里克的作品都或多或少有多里斯的参与成分。

厄德里克的成名作《爱药》是包括了她早些年发表的一些短篇小说的结集。该书到目前为止有3个版本，经过两次修订。第一版在1984年发行，1993年的第2版中新增了4个故事，并扩展和稍微修改了一些内容（本章所介绍的内容根据这一版），2009年的第3版中又删去两篇。这也说明小说结构上较为松散、不受严格故事线或者时间线的限制，读者可以随意从中选取任何一个故事阅读。但是里面独立的篇章在题材、主题、人物、故事发展等方面是有联系的。实际上，这些联系被有意地扩展到厄德里克以后的众多小说中，最后逐渐形成一个庞大复杂的网络，构成一个像福克纳"约克纳帕塔法世系"一样的小说王国，反映了以北达科他州奥吉布瓦部族为主的印第安人几个世纪的宏阔历史。《爱药》是以后被称为厄德里克"小无马保留地（Little No Horse）世系"小说的奠基之作，随着她近半个世纪的创作，这个小无马保留地世系小说逐渐发展成厄德里克独特的西部印第安史诗世界，在其中演绎了如下小说中印第安人和其他人种/群体的波澜壮阔的人间喜剧：《甜菜女王》（The Beet Queen，1986）、《痕迹》（Tracks，1988）、《宾果宫》（The Bingo Palace，1994）、

《小无马保留地奇事的最终报告》(*The Last Report on the Miracles at Little No Horse*，2001)、《四颗心灵》(*Four Souls*，2004)、《踩影游戏》(*Shadow Tag*，2010)、《圆屋》(*The Round House*，2012)、《守夜人》等。这些世系小说的结构、主题、人物、体裁等全貌可以基本反映在《爱药》中。

《爱药》全书的18个故事的发生时间横跨半个多世纪，从20世纪30年代到80年代，在这漫漫的历史长河中，没有哪一个人物占据中心或主导地位，所有人物都在浩荡的时代潮流中漂泊，时而有交会，时而被冲散，但冥冥之中他们都有着某种联系，谁都脱离不了那河流的冲刷和浸润。从故事的讲述方式看，有的通过人物第一人称视角述说，有的则是以第三人称全知全能叙述者的视角叙述，还有一些是故事中的人物把故事讲给另外的人物听。这非常形象地反映了厄德里克自小在外祖父部族中所听到的讲故事的风格和传统——没有任何声音可以压倒其他人的声音，所有的故事和叙述声音都同等重要，它们对叙述者和听故事者都产生同样的影响和作用，形成部族闲聊式的独特讲故事风格[1]。正是通过这样的风格，厄德里克立体、全面地呈现了《爱药》中庞杂的世系小说世界，以及其中各色人等的经历。《爱药》中，从小无马保留地到周边的明尼阿波利斯、圣保罗等大城市，该世系小说中的地理边界已经大体清晰，生活在这个世界中的喀什帕、拉马丁、莫里西、皮拉杰、拉扎雷等印第安五大家族的代表性人物已出现。各大家族之间，印第安人、混血印第安人和白人之间，天主教和印第安文化之间的各种复杂关系、恩爱情仇引发的张力和冲突形成故事发展的重要驱动元素。

---

1.   Werlock, Abby H. P., ed. *The Facts on File Companion to the American Novel*. New York: Facts on File, 2006, p. 801.

　　五大家族中的第一代出生于20世纪初，他们已经开始生活在西方现代文明肆虐与印第安传统日益式微的困境中。从他们开始，年轻的几代人更彻底地脱离传统，受到工业文明更大的诱惑和毒害。第一代人的代表人物、五大家族中三个主要家族的中心人物是玛丽·拉扎雷·喀什帕、她的丈夫尼科特·喀什帕和她的情敌、尼科特的情妇露露·纳纳普什·拉马丁。他们之间的情爱以及他们与其他人（前夫、旧情人等）的情缘，衍生出众多有着血缘关系的第二代人物，然后这种复杂的关系在下一代人中再次上演，繁衍出更多的第三代人物。小说中五大家族的人物几乎都因为这种关系而被罗织在一个巨大的隐形网络中；有些人知情，有些人不知情；有些人努力去逃离这个网，有些人则试图顺着网的某个纽结去溯源寻根，弄清自己的身世，与其他他们本以为是陌路的人建立联系。而掌握众多线索和秘密并帮助他们寻根的人，就是几乎争风吃醋了一辈子的玛丽和露露这两位"老祖宗"。小说开头一篇是《世上最了不起的渔夫》，早年逃离了那张网的琼·喀什帕在外浪迹多年后试图回归保留地，但临近家乡时在暴风雪中消失，不知所终。琼是玛丽和尼科特之子高迪的妻子，两人生下一子金·喀什帕。琼还是露露的儿子盖瑞的情人，这段孽缘的结果就是私生子利普夏。琼要把利普夏扔进沼泽，多亏玛丽把他救回抚养，利普夏一直称玛丽和尼科特为外婆、外公，并为了帮玛丽打败老情人露露而配制"爱药"给尼科特吃，以便留住他的心——这就是标题的由来。

　　这里表现出的人物之间关系就是《爱药》中人物的复杂联系和纠葛的基本模式，从一方面也反映了厄德里克的小无马保留地世系小说里族群构成和延展的基本特征。小说以琼的故事开篇是深具匠心的，因为她是中间一代的枢纽式人物，起着把其他人物引入世系族谱的作用。她的这个作用也体现在小说的时间轴上，她的故事发生于1981年，从这个时间点上，上下两代人沿着时间轴相反方向分别叙述他们自己的故事，最早回溯到1934年14岁的玛丽在天主教修道院被威逼利诱放弃印第安身份（在教会眼中这个身份本身就是罪恶）而信奉耶稣。最晚发展到1984年，利普夏在露露的引导下找到了亲生父亲、一直因反抗白人压迫而被判服刑但又一次成功越狱的盖瑞，父子相认。实际上利普夏也替母亲琼完成了与盖瑞的夫妻精神团圆。这些感人至深的故事折射出印第安传统在基督教、白人的统治与剥削、当今西方文明诱惑下的崩溃，印第安人对自己身份的怀疑和背弃等。标题故事《爱药》是这些主题的集中反映。玛丽为了打败她的老情敌露露，想起了用印第安祖传秘方"爱药"来迷住丈夫的心，尽管她一直耻于承认自己的印第安血统，但她还是相信这个秘方的奇效。利普夏为报答玛丽的救命之恩，拿了外公的猎枪去打一对大雁以便取它们的心做主药。但是利普夏没有印第安人祖传的坚韧、勇敢与技能，开枪脱靶，大雁逃脱，他只好去超市买了冷冻的火鸡取鸡心代替。利普夏还自作聪明去请神父为鸡心赐福，遭拒后退而求其次请一个修女完成了这个不伦不类的仪式。结果可想而知，这种造假的假"爱药"最终噎死了外公。故事有着深厚而丰富的内涵，但其中一种解读可能是印第安人的传统、技能、文化甚至人际关系在白人的基督教和工业文明面前，日益被腐蚀、损毁。爱药的中心配料、作为大自然的精灵的大雁的心，已经无法为现今自己都羞于承认印第安身份的印第安人得到。连锁超市中机器加工的火鸡的心象征了当代机器文明，正是它毁掉了印第安传统的核心以及印第安人的心灵，使得传统的秘方成为致命毒药。但给人以希望和慰藉的是，两位打了一辈子的老祖宗级人物玛丽和露露在尼科特死后终于放下前嫌，成为好友。她们的关系也表明，当今的印第安人必须要接受他们的历史、前辈与现今社会条件共同编织的网络，并在这个网络中重新思考、探索自己的新身份。

《爱药》出手不凡，为厄德里克赢得了全国书评家协会小说奖。此后她的作品不断获奖，其中最有分量的一个是美国国家图书奖，颁予了《圆屋》。《圆屋》是"公正三部曲"中的第二部，第一部为《鸽灾》（*The Plague of Doves*，2008），以1897年白人私刑处死3个印第安人的真实案件为基础，揭露了白人吹捧的法治、正义在对待印第安人时表现出的虚伪和残酷。如果说《鸽灾》从历史根源上揭露了白人所谓的法治对印第安人的陷害和剥夺，那么在《圆屋》中厄德里克则把现时的美国司法体系推上审判台，控诉它在所谓最先进的文明制度下，对待印第安族群的选择性失明和不公，以及它对印第安人造成的伤害。更重要的是，《圆屋》的主人公和叙述者是一个13岁的男孩乔，通过他讲述这个年龄段的孩子不应该，也不能承受的痛苦经历：他的母亲被一个白人种族主义者残暴凌辱和强奸，甚至企图把她活活烧死。母亲侥幸逃脱，但却因为巨大的心灵创伤而自闭沉默，使得案件难以审理。乔的父亲尽管是印第安保留地的法官，但是由于司法体系混乱不堪、叠床架屋、漏洞百出，法律反倒成为他为妻子和族人伸张正义的桎梏。被害者的缄口、印第安法官的束手无策，都象征了从历史到现时印第安人在美国法律体系下的被钳制和压迫，对他们而言，法律无非是让他们倍感无力、无奈的第22条军规。更有甚者，这些法律使得加害者、那个种族主义恶棍为所欲为，变本加厉地羞辱乔的全家和整个印第安族群——他选"圆屋"作为施暴地点，是因为圆屋是印第安人的圣地。13岁的乔面对成人世界的巨大邪恶，只好和小伙伴们自己去探清案情，并把凌辱他母亲的暴徒击毙，但他也知道，这样做的同时，这个邪恶的成人世界和司法体系也把他逼成了凶手。这部小说中，厄德里克放弃了一贯的多个叙述视角和声音的手法，把整个故事的讲述权交给了一个孩子，让他担负起了与孩子年龄根本不符的存在之重和人世之恶，因此沉痛控诉了白人所谓的民主、法治、文明给一代代印第安人造成的伤害和它甩给新一代印第安人的罪恶遗产。这也象征着，印第安和白人文明冲突的重大问题，必须得由年轻的一代来面对，无论它对年轻一代是多么的残酷。历史和现实并没有给予新一代印第安人什么奢侈条件去舒适地适应和解决问题。

厄德里克最新的作品是《守夜人》，小说素材来自外祖父古尔诺的亲身经历和他早年的相关信件。20世纪50年代，为了应对二战后白人社区经济、房地产业的迅速发展，需要砍伐大量森林以提供建房材料。联邦政府看上了托马斯（小说中以古尔诺为原型塑造的主人公）所在的奥吉布瓦保留地的原始林地，于是国会试图通过所谓"解救"印第安人的法案，把他们引诱进城市，进而收回印第安祖先几百年前和白人签署的合约中规定的合法土地。国会一方面施展小恩小惠的骗术，另一方面企图利用印第安人信息闭塞、对官僚主义的繁文缛节不熟悉等劣势，紧锣密鼓地推进法案，想造成木已成舟的局面，把蒙在鼓里的印第安人逐出他们世代居住的保留地。托马斯听到消息后，尽管留给他们的时间已经不多，但还是和其他一些族人筹款克服困难，千里迢迢赶往华盛顿特区，与国会议员据理力争，挫败了他们的阴谋。厄德里克根据古尔诺的这段经历写就了《守夜人》，这是她对古尔诺等维护印第安生存、文化和传统的守护人的致敬，也是对白人政府对待印第安人一贯的阴险、恶毒、剥削和压迫的控诉。

厄德里克是一个多产的、成就极高的多种文学传统的集大成者。她自己祖辈中印第安裔、德国裔、法国裔等混合血统，成为她对一种艺术大同世界进行构想的契机。厄德里克把欧洲、美国白人文学的传统，有机融入印第安众多部族中以口头咏唱和讲述为特色的文化中，大胆进行综合和提炼，建构了自己融合各种艺术门类和体裁、跨越种族界限的诗学理念和实践道路，为美国文学献上了既立足美国原住民本土特色，又极具世界主义艺术品格和魅力的伟大作品。

桑德拉·希斯内罗斯（Sandra Cisneros，1954— ）

桑德拉·希斯内罗斯，墨西哥裔小说家和诗人，代表了当今多元文化美国文学生态中一股勃发的新生力量。作为墨西哥裔少数群体一员，希斯内罗斯自小生长在墨西哥族裔文化和主流美国文化之间的断层之间，每天经历、应对、忍受这个断层带的碰撞、动荡、不安，也见证着身在其中的人们的坚韧求生和相濡以沫。像在一个地震带做研究的地质学家一样，希斯内罗斯不仅深知这个文化断层带的危险，也看到这个断层所带来的多样丰富景观和蕴藏的巨大力量，她把这些都化作自己创作的素材和动力，创造出融两个文化于一体、不回避彼此之间矛盾冲突的独特文本和风格；以对拉丁族裔，尤其是拉丁裔女性在"断层带"中撕裂、矛盾经历的探索为基础，大胆解构了美国主流文学关于历史、身份、族群等的刻板定义，塑造了在两种文化张力威胁下苦求生存但又不失人性的鲜活而丰满的人物，折射出他们于双重文化碰撞产生的苦痛困惑中的希望憧憬。

希斯内罗斯生于芝加哥一个奇卡诺人聚居的贫困社区，是家中七个孩子中唯一的女孩。她父亲是墨西哥移民，母亲也有墨西哥裔血统。希斯内罗斯在墨西哥的爷爷在当地还算富裕，所以希斯内罗斯和家人常回爷爷家探亲或暂住。希斯内罗斯从小就体验着不同形式的双重世界：代表着美国物质富裕的芝加哥大都市和她所处的穷困少数族裔社区，这让她理解到美国社会阶层的天壤之别。在美国这个所谓的最发达国家和墨西哥这个发展中国家之间的往来，让她看到世界上不同国家的物质和文明差异；作为家中唯一的女孩，身处6个兄弟之中，也让她体会到社会对两性不同的眼光和期待。她总有着陷于"此处"和"彼处"之间的感觉，但是对这些差异对立，甚至是对处于极端的界域间的了解，也给了她丰富的创作题材和灵感[1]，以后她的写作中会不断出现揭露族裔、文化、性别等领域中二元对立的题材。尽管家境不好，她父母还是竭尽全力使孩子们尤其是她这个独女接受正规学校的教育。希斯内罗斯从小就显露出写作的天赋，10岁就开始自己写东西。她在芝加哥洛约拉大学获得文科学士学位，后进入爱荷华大学作家创作班，获得硕士学位。毕业后她成为一名教师，从事教学的同时进行写作。在成为名作家后，希斯内罗斯一直利用自己的影响力积极推动奇卡诺族裔女性的平等和文化事业的发展。

1984年希斯内罗斯出版了第一部小说《芒果街上的小屋》(*The House on Mango Street*)，小说创造性地借鉴了著名小说家舍伍德·安德森的《小城畸人》的形式，用来展示20世纪末墨西哥裔或奇卡诺青年女性的身心成长和探索历程。像《小城畸人》一样，《芒果街上的小屋》形似短篇小说集，由44个可单独成章的小故事构成，这些单篇最长一般不过三四页，最短的不到一页。《小城畸人》中有一个中心人物——18岁的乔治·威拉

---

1. Levine, Robert S., ed. *The Norton Anthology of American Literature: American Literature since 1945.* 9th ed. Vol. E. New York: Norton, 2016, p.1100.

德，而《芒果街上的小屋》中也有一个这样的主要人物——年轻的墨西哥裔女孩埃斯佩朗莎，小说通过她的追忆和叙述把所有故事糅合为一个有机的完整文本。如《小城畸人》一样，《芒果街上的小屋》也可以归类为艺术家成长小说（Künstlerroman）或成长小说（Bildungsroman），但希斯内罗斯利用这个文类探讨了一个奇卡诺女孩子成长中遭遇性别、种族歧视和文化隔阂问题。小说中的40多个故事用清新而又充满挚情的语言，记录了埃斯佩朗莎在墨西哥裔族群社区中的成长、生活和思考的点点滴滴，反映了整个奇卡诺族群的生存境况。

　　小说标题中的"小屋"是中心意象，汉译者在原文中的"house"前加一个"小"字，传递出小说最能反映主题思想的一种矛盾。小屋很小，也显得寒碜、简陋，但对埃斯佩朗莎一家而言，这是他们在美国打拼、奔波多年后实现美国梦的第一步。这个"小"有时表示一种亲昵，但更多情况下表示微不足道，暗示一个残酷的现实——埃斯佩朗莎一家的"成功"与美国主流物质主义和文化价值观之间的差距。所以，从另一角度看，"小屋"也就象征了埃斯佩朗莎一家以及他们所代表的奇卡诺族裔在美国社会中弱小卑微和被轻视、被排斥的他者地位。这种对弱势群体被边缘化和他者化的命运的思考，往往又和对女性遭受的压迫和欺凌的揭露结合起来。如埃斯佩朗莎讲述自己名字由来的《我的名字》这个故事，就体现了对上述问题的综合呈现和探究。"埃斯佩朗莎"也是她曾祖母的名字，这位女性先祖是"女人中的烈马，野得不想嫁人"，但还是被"曾祖父用麻袋套住她的头把她扛走"。这位梦想着像野马一样自由生活的曾祖母，最终被桎梏在被社会强加的婚姻和家庭中，郁郁地度过了囚徒般的生活。埃斯佩朗莎非常仰慕曾祖母，因为这个名字给她的是双重遗产：一方面是曾祖母血液里流淌的对自由的渴望，另一方面是社会压迫下的女性追求自我的挫败和羞辱。这在一正一反两方面激励和警示着生活在当今美国的埃斯佩朗莎，一定要努力摆脱曾祖母的命运，争取自己的自主和自由。但就像一切追求美国梦的移民一样，首先她要接受现实的挑战。埃斯佩朗莎对自由的梦想，要从面对一个充满敌意的文化开始。这个给她正面启发和负面教训、激励她追求梦想的名字，往往带给她的是苦恼：“在学校里，他们说我的名字很滑稽，音节好像是铁皮做的，会碰痛嘴巴里的上颚。”她甚至幻想着有一个时髦好听的名字：“我想要取一个新的名字，它更像真正的我，那个没人看到过的我。埃斯佩朗莎换成黎桑德拉或者玛芮查或者泽泽X。一个像泽泽X的名字就可以了。”[1]这就把少数族裔女性在追求自我身份时的挫折、彷徨、犹疑和挣扎表现得入木三分。

　　尽管《芒果街上的小屋》揭示了墨西哥裔女性遭受的歧视和暴力，但希斯内罗斯并没有在这个问题上表现出过于极端的倾向，而是更多地利用女性面临的困境来折射整个墨西哥裔群体在现实中处处碰到的文化隔阂和冲突。然后再反过来以这个族群的存在境况作为大背景，反映埃斯佩朗莎在自我意识、女性独立、族群认同、心智成长等方面的思考、探索和进步。这些往往又是通过对一些非常接地气的小事情的讲述来实现的，比如几个小朋友凑钱买的二手自行车、一只宠物猫、家人的头发等。读来令人觉得自然朴实、亲切感人，这种效果尤其又被希斯内罗斯的清新、优美、流畅的语言所加强，如陆谷孙指出的：“作品中少数族裔青少年的英语让人耳目一新，本身就是对主流话语的一种反叛。‘超短

1.　桑德拉·希斯内罗丝：《芒果街上的小屋》，潘帕译。南京：译林出版社，2012年，第10—11页。

式'的句法（如以'Me'代'As for me'）、不合文法的用语、屡屡插入的西班牙语专名和语词，可以说是族裔的专用符号。书中英文由抑扬格的音部和兴之所至的散韵造成的韵律之美，尤为别致，有些段落晓畅可诵。"[1]最终我们看到埃斯佩朗莎的身心和艺术成长，这意味着像《小城畸人》中的威拉德一样，她要破茧成蝶远飞，但这不是对主流文化群体价值观的盲目追随，而是自我独立意识的萌发、族群认同、姐妹情谊、和平等意识的形成，是埃斯佩朗莎向成长为一个为同胞而歌唱的艺术家迈出的第一步。

希斯内罗斯的短篇小说集《喊女溪》（*Woman Hollering Creek and Other Stories*，1991）具有更加鲜明的颠覆性。全书共3部分22个单篇，无论是结构上还是单个故事长度上，都不拘一格，长短不一。第一部分有7个故事，第二部分只有2个故事，最后一部分最长，由13个故事构成。这部作品更为成熟，进一步脱离了对诸如《小城畸人》这样的样板的依赖，去除了威拉德或者埃斯佩朗莎式的统揽全书的统一叙述声音，引入了多元多样的复杂不同的叙述视角，更为全面、立体和个体化地揭示了女性的各种经历和存在状况，表明希斯内罗斯的艺术造诣、观察世界的眼界和思想境界都进入一个新的层次，在揭示不同年龄、不同阶层、不同社会领域的女性的复杂丰富的生活经历和身心感受方面，笔法更为犀利娴熟。《喊女溪》呈现了众多不同经历、身世、境况的女性智慧、勇敢地采取不同策略，抗击和打破社会传统文化和权力制度对她们的种种限制束缚，争取自主独立和自我建构，甚至采取有意识的女权主

---

1. 陆谷孙：《回忆是实体的更高形式——代译序》，载桑德拉·希斯内罗丝的《芒果街上的小屋》。南京：译林出版社，2012年，第3页。

义行动。全书三部分描述了不同女性从年少女孩到成人的成长过程。第一部分的7个故事由不同叙述者讲述其少女时期的经历；第二部分呈现女孩们度过青春期进入成人世界的考验；第三部分的叙述者都是成年女性，她们更能体会作为奇卡诺族裔女性处在主流白人男权社会中的艰辛。这些成人女性的故事大都以墨西哥和美国边境地区为场景，象征她们生活在男性/女性、美国/墨西哥两个世界间的矛盾、挣扎、探索、进取和奋斗，所以这一部分更呈现出反抗颠覆精神，也强调了女性身份构建的女性叙事特点[1]。

　　这种特点非常典型地体现在第三部分的第一个故事，也是作为整部小说标题的故事《喊女溪》中。主人公克莱奥菲拉斯出生于一个靠近美国的墨西哥穷困边境小镇，她很小的时候母亲便过世了，小小的她担负起成年家庭妇女的重任，做着没完没了的家务，伺候昏聩无能的父亲和一大群愚笨窝囊的兄弟。克莱奥菲拉斯到了婚嫁年龄，家里为了"攀高枝"，根本没有和她商量就把她许配给了边境线对面美国小镇上的一名墨西哥裔年轻人。婚期到了，她对其一无所知的丈夫开车过来把她像一头牲口一样接走，越过边境来到美国这边的小镇。克莱奥菲拉斯很快发现这里甚至还不如她的家乡，贫困混乱的小镇上聚集着通过各种手段来到美国的墨西哥移民，他们大多都是被残酷的现实打碎了梦想的边缘者，小镇也成为穷困、闭塞、堕落的罪恶渊薮。克莱奥菲拉斯的丈夫很快就开始在外寻欢作乐并对她横施家暴，即使是她怀上第二个孩子的时候，也毫不收敛。克莱奥菲拉斯这样的遭遇在小镇周边并不罕见，甚至屡有女性被虐杀从车上抛尸的案件发生。

1.　李保杰：《当代美国拉美裔文学研究》。济南：山东大学出版社，2014年，第232—235页。

这就是故事标题"喊女溪"（Woman Hollering Creek）作为小说中心意象所要传达的一个意思。这条流过克莱奥菲拉斯家后的小河的流淌声，应和着多少像克莱奥菲拉斯这样被残害的女性的呜咽，喊女溪的水流中汇入了多少她们的眼泪。克莱奥菲拉斯左邻右舍是两个寡妇索莱达（Soledad，在西班牙语中意为"孤独"，这也是下文介绍的《拉拉的褐色披肩》中"可怕祖母"的名字）和多洛莉斯（原文Dolores，西班牙语中是"痛苦"的意思），索莱达被丈夫抛弃，多洛莉斯则因为战争失去了丈夫和两个儿子。这些人物的命运表明"喊女溪"的流经之地，处处都有着女性的痛苦和悲哀。克莱奥菲拉斯的丈夫变本加厉，有孕在身的克莱奥菲拉斯被打得遍体鳞伤，甚至不敢去做产检。但在诊所里，墨西哥裔护士格雷西拉发现了真相，马上联系自己的好朋友菲莉赛，好安排克莱奥菲拉斯逃出丈夫魔爪。小说最后，菲莉赛开车帮助克莱奥菲拉斯母子出逃，在经过喊女溪时，菲莉赛像"人猿泰山"一样啸叫起来，克莱奥菲拉斯也跟着一起开始高声欢呼她的解脱。"Hollering"此前一直可以被理解为"悲鸣"，但是在结尾时，它有了新的意义——"叫喊"，这是女性为自己的自由和解放而发出的欢呼。克莱奥菲拉斯一直把"Woman Hollering Creek"理解为"哭女溪"，但是现在它成了"喊女溪"，一直受欺压而悲鸣的"怨妇"们，开始憧憬和寻求一个像人猿泰山居住的不受社会压迫和制约的自由之地。《芒果街上的小屋》中曾祖母像野马一样生活的梦想，在《喊女溪》中开始被实现。

2002年，希斯内罗斯出版《拉拉的褐色披肩》（Caramelo），这部家族历史小说标志着希斯内罗斯的创作无论在叙事技巧还是在对族裔、性别问题的探讨上，都更加成熟。这是一部覆盖多代人的家庭史诗，其中主要代表人物有索莱达·雷耶斯（也就是小说中的"可怕祖母"）和丈夫、

"可怕祖母"的儿子伊诺森西奥·雷耶斯及其妻子，以及"可怕祖母"的孙女、主要叙述者——塞拉亚·雷耶斯，即小说题目中的"拉拉"。在时间上，这部家族史从20世纪初墨西哥革命时期一直伸展到美国进入所谓的多元文化社会的20世纪晚期。空间也在不停变换——主要地点从美国芝加哥、得克萨斯州的圣安东尼奥一直到墨西哥首都墨西哥城。在叙述语言上，也体现了一种动态的交织混杂——以英语和西班牙语两种语言写成。故事线在不同时间、地点和语言中穿梭，表现的是拉拉在家族历史中、家人记忆中、墨西哥和美国各地之间的精神探寻。所以小说以美国小说中常见的"旅行叙事"（典型如《愤怒的葡萄》《洛丽塔》《在路上》等）开头，描述雷耶斯家族（拉拉一家和叔叔一家）每年夏天都进行一次的从美国到"可怕祖母"家探亲、度假的大迁徙：

> 我们行驶的路线是这样的，从芝加哥出发，沿66号公路，也就是奥格登大道行驶，穿过巨大的"威克斯海龟背"，一路直奔密苏里州的圣路易斯，按照父亲的叫法，它的西班牙语名字应该是桑路斯。接着，从桑路斯再到俄克拉何马州的塔尔萨；从塔尔萨奔达拉斯；从达拉斯再奔圣安东尼奥，沿着81号公路前往拉雷多，然后，就一路开往边界线的另一边。接下来，我们会路过蒙特雷、萨尔蒂约、马特瓦拉、圣路易斯波托西、克雷塔罗，最后一站是墨西哥城。[1]

---

1. 桑德拉·希斯内罗丝：《拉拉的褐色披肩》，常文祺译。杭州：浙江文艺出版社，2010年，第5页。

　　这里描述的，不仅仅是一场跨国探亲的漫漫长路，更象征着也马上要成为一个成年女性的拉拉的成人仪式，是拉拉对故土墨西哥历史的传统文化、对祖先尤其是女性祖先身世的漫长曲折的探索之路。雷耶斯大家族中的人在这条路上来回穿梭，预示着拉拉的探索之路是双向的，既要探究自己的族裔传统、家族记忆，也要在这个基础上探寻和展望自己的未来。小说开头的探亲之旅，把她引向了"可怕祖母"索莱达的故事，索莱达和上文所提的《喊女溪》中的苦命女人重名，也在一个父权社会中屡遭遗弃、背叛与欺侮，最终变成"可怕祖母"。祖母的故事使得拉拉知道了索莱达代表的老一代女性的辛酸和"可怕"的命运，她开始和祖母产生共情，从而对自己在美国种族和性别歧视中的痛苦和挣扎有了更深认识。"可怕祖母"索莱达祖上世代从事披肩制作，她的母亲去世时给她留下了一条焦糖色披肩[1]，这成为她一生最为珍视的宝物，最终这个带着雷耶斯数代女性情感寄托的披肩传到拉拉手中。拉拉通过披肩继承的既是墨西哥族裔传统，也是墨西哥女性们的特殊经历、情谊和力量。但这条传统的披肩，也有着历史时代留下的缺陷、不足和痛苦。拉拉继承了披肩，意味着她继承了艺术家的责任，不仅要学习女性祖先去"编织"，更要在必要时拆散重织，重编自己的人生、艺术，最终通过艺术在美国文化和墨西哥文化之间，家族不同世代、不同性别的家人之间重织一道彩虹之桥。希斯内罗斯曾说《拉拉的褐色披肩》有很强的自传性。最起码，拉拉的文字"编织"体现了希斯内罗斯本人的艺术独创：用讽刺、诙谐、睿智、犀利而又不失亲切的语言，编织了令人眼花缭乱、美

1.　焦糖色披肩就是小说原标题西班牙语Caramelo的一个意思，Caramelo还有如下其他意思：（用于食品着色和调味）的焦糖（浆）；焦糖色，褐色；卡拉梅尔糖（一种焦糖味的奶糖）。

不胜收的文学织锦，而这美丽织锦的经纬有着巨大的承载力，展现出史诗般的壮美，蕴含着历史的厚重、家庭情感的深切、对当代美国文明和整个人类命运的忧思和憧憬。

希斯内罗斯的作品饱含对墨西哥族裔群体及其文化传统的认同和热爱，她的作品挑战和颠覆了美国主流文化的传统定义和预期，形成了具有多元文化特色的独特语言风格和体裁形式。以往为主流文化所斥为鄙俗和卑贱的少数族裔文化元素，如墨西哥语言、传统、习俗、食品、宗教信仰等，都被她大胆而自信地用来钩织自己绚丽又灵动的文本，成为她鲜明的、富有诗意的叙述风格中的亮点。她以这种鲜活的风格，塑造了一系列在生活压迫下仍然热情、坚强和独立的墨西哥族裔人物形象，尤其是那些墨西哥裔女性，她们是更为坚韧和可敬的挑战者：在贫困、种族、性别歧视、生育、生活等多重阻碍和重压下，突破和重塑自己。所有这些都使得希斯内罗斯成为当今美国文学中一位特立独行、非常具有启发意义的杰出作家，在重构美国新型多元文化地貌过程中发挥着重要的典范作用。

后　记

经过两年多的努力，《新编美国文学简史》终于脱稿付梓了。作为作者，自然有一种如释重负的感觉，但就如17世纪美国女诗人安妮·布雷兹特里特在诗集中所描绘的那样，她诗集的出版（她之前并不知情），令她感觉就像自己"衣衫褴褛、步伐蹒跚"的孩子突然被"暴露于大庭广众"之前，心中未免又有些忐忑不安。撰写一部文学史，总感到还有不断完善的余地，但著述最终还是要搁笔的，书中所有不尽如人意之处，只有留待今后弥补了。

作为"新编外国文学简史丛书"的一部分，《新编美国文学简史》追溯了美国文学从北美殖民地时期的发端至21世纪的嬗变历程。与世界许多其他国家相比，美国文学历史较短，但因其社会的快速发展，美国文学在人类历史长河的短短几百年里早已跻身世界文学之林，有其独特的魅力和极大的影响力。将几百年美国文学的发展，浓缩于这样一本书中，如何确定全书的基本框架，如何对作家与作品进行取舍，特别是对美国文学发展各个时期做出整体评价，是对撰写者的极大考验。我们在撰写本书时，阅读了大量文学文本、参考了大批批评文献，虽竭力而为，但因学识、时间有限，必然有考虑不周或疏漏之处。

《新编美国文学简史》共分五章，断代标准参照了国内外学界编写的文学史与文学选集，但也做了一些调整。目前所见到的文学史大都将第二次世界大战之后的文学作为文学史的最后一部分，但因二战结束距今已有70多年，故我们将本书第四部分截止到60年代末，而将70年代之后的文学作为第五部分。每章开始都有关于这一时期的概述，介绍这一时期社会历史的大背景，然后选择一些重要作家与其代表作品进行评介，并简述其思想观点和艺术手法，使读者对这一时期和其间的重要作家有一概括的了解。为方便读者查阅，在每一章节中，作家按照出生年月排序。

本书的前四章由金莉撰写，第五章由沈非撰写，最后由金莉进行全书的通稿。在本卷撰写过程中，作者曾受到许多美国文学研究领域专家、学者的启迪，在此表示由衷的感谢。

《新编美国文学简史》如能在娱乐方式日趋多样化、读书在人们生活中所占比重较小的时代吸引一批读者，使他们感到有所收获，我们也就达到了编撰这部文学史的目的。

编写一部"简史"，虽简却绝非易事，其中谬误之处，欢迎专家和读者不吝指正。

金莉

2021年6月

于京西厂洼